国代学典读
中当文经必
中国当代文学经典必读

吴义勤 ◎主编

崔庆蕾　侯建魁 ◎点评

2018中篇小说卷

ZHONGGUO
DANGDAI
WENXUE
JINGDIAN
BIDU

百花洲文艺出版社

图书在版编目（CIP）数据

中国当代文学经典必读.2018中篇小说卷/吴义勤主编. -- 南昌：
百花洲文艺出版社,2022.12
ISBN 978-7-5500-4219-3

Ⅰ.①中… Ⅱ.①吴… Ⅲ.①中国文学 – 当代文学 – 作品综合集
②中篇小说 – 小说集 – 中国 – 当代 Ⅳ.①I217.1

中国版本图书馆CIP数据核字(2021)第053749号

中国当代文学经典必读·2018中篇小说卷

吴义勤　主编

出 版 人	章华荣
责任编辑	胡青松
书籍设计	方　方
制　　作	何　丹
出版发行	百花洲文艺出版社
社　　址	南昌市红谷滩区世贸路898号博能中心一期A座20楼
邮　　编	330038
经　　销	全国新华书店
印　　刷	江西千叶彩印有限公司
开　　本	850mm×1168mm 1/16　印张 27
版　　次	2022年12月第1版第1次印刷
字　　数	340千字
书　　号	ISBN 978-7-5500-4219-3
定　　价	55.00元

赣版权登字　05-2022-39
版权所有，盗版必究

邮购联系　0791-86895108
网　　址　http://www.bhzwy.com
图书若有印装错误，影响阅读，可向承印厂联系调换。

我们该为"经典"做点什么?

/吴义勤

　　当今时代，对经典的追怀和崇拜正在演变为一种象征性的精神行为，人们幻想着通过对经典的回忆与抚摸来抵抗日益世俗和商业化的物质潮流。在这一过程中，一方面，经典作为人类文学史和文明史的基石与本源，其价值得到了充分的认同与阐扬；另一方面，经典的神圣化与神秘化又构成了对于当下文学不自觉的遮蔽和否定。可以说，如何面对和正确理解"经典"，正是当代中国文学必须正视的一个问题。

　　什么是经典呢? 就人类的文学史而言，"经典"似乎是一个约定俗成的概念，它是人类历史上那些杰出、伟大、震撼人心的文学作品的指称。但是，经典又是无法科学检验的主观性、相对性概念。经典并不是十全十美、所有人都认同的作品的代名词。人类文学史上其实根本就不存在十全十美、所有人都喜欢、没有缺点的所谓"经典"。那些把"经典"神圣化、神秘化、绝对化、乌托邦化的做法，其实只是拒绝当下文学的一种借口。通常意义上，经典常常是后代"追认"的，它意味着后人对前代文学作品的一种评价。经典的标准也不是僵化、固定的，政治、思想、文化、历史、艺术、美学等因素都可能在某种特殊的历史条件下成为命名"经典"的原因或标准。但是，"经典"的这种产生方式又极容易让人形成一种错觉，即"经典"仿佛总是过去时、历时态的，它好像与当代没有什么关系，当代人不能代替后人命名当代"经典"，当代人所能做的就是对过去"经典"的缅怀和回忆。这种错觉的一个直接后果就是在"经典"问题上的厚古薄今，似乎没有人敢于理直气壮地对当代文学作品进行"经典"的命名，甚至还有人认为当代人连写当代史的权利都没有。

　　然而，后人的命名就比同代人更可信? 我当然相信时间的力量，相信时间会把许多污垢和灰尘荡涤干净，相信时间会让我们更清楚地看清模糊的、被掩盖的真相，但我怀疑，时间同时也会使文学的现场感和鲜活性受到磨损与侵蚀，甚至时间本身也难逃意识形态的污染。我不相信后人对我们身处时代"考古"式的阐释会比我们亲历的"经验"更可靠，也不相信，后人对我们身处时代文学的理解会比我们亲历者更准确。我觉得，一部被后代命名为"经典"的作品，在它所处的时代也一定会是被认可为"经典"的作品，我不相信，在当代默默无闻的作品在后代会被"考古"挖掘为"经典"。也许有人会举张爱玲、钱锺书、沈从文的例子，但我要说的是，他们的文学价值在他们生活的时代就早已被认可了，只不过新中国成立后很长时间由于意识形态的原因我们的文学史不允许谈及他们罢了。

这里其实就涉及了我们编选这套书的目的。我认为，文学的经典化过程，既是一个历史化的过程，又更是一个当代化的过程。文学的经典化时时刻刻都在进行着，它需要当代人的积极参与和实践。文学的经典不是由某一个"权威"命名的，而是由一个时代所有的阅读者共同命名的，可以说，每一个阅读者都是一个命名者，他都有命名的"权力"。而作为一个文学研究者或一个文学出版者，参与当代文学的进程，参与当代文学经典的筛选、淘洗和确立过程，正是一种义不容辞的责任和使命。事实上，正是出于这种对"经典"的认识，我才决定策划和出版这套书的，我希望通过我们的努力，真实同步地再现21世纪中国文学"经典化"的进程，充分展现21世纪中国文学的业绩，并真正把"经典"由"过去时"还原为"现在进行时"，切实地为21世纪中国文学的"经典化"作出自己的贡献。与时下各种版本的"小说选"或"小说排行榜"不同，我们不羞羞答答地使用"最佳小说"之类的字眼，而是直截了当、理直气壮地使用了"经典"这个范畴。我觉得，我们每一个作家都首先应该有追求"经典"、成为"经典"的勇气。我承认，我们的选择标准难免个人化、主观化的局限，也不认为我们所选择的"经典"就是十全十美的，更不幻想我们的审美判断和"经典"命名会得到所有人的认同，而由于阅读视野和版面等方面的原因，"遗珠之憾"更是不可避免，但我们至少可以无愧地说，我们对美和艺术是虔诚的，我们是忠实于我们对艺术和美的感觉与判断的，我们对"经典"的择取是把审美和艺术放在第一位的。说到底，"经典"是主观的，"经典"的确立是一个持续不断的"过程"，"经典"的价值是逐步呈现的，对于一部经典作品来说，它的当代认可、当代评价是不可或缺的。尽管这种认可和评价也许有偏颇，但是没有这种认可和评价，它就无法从浩如烟海的文本世界中突围而出，它就会永久地被埋没。从这个意义上说，在当代任何一部能够被阅读、谈论的文本都是幸运的，这是它变成"经典"的必要洗礼和必然路径，本套书所提供的同样是这种路径，我们所选的作品就是我们所认可的"经典"，它们完全可以毫无愧色地进入"经典"的殿堂，接受当代人或者后来者的批评或朝拜。

感谢百花洲文艺出版社对我的经典观的认同以及对于这套书的大力支持，感谢让这个文学工程可以在百花洲文艺出版社这个平台美丽绽放。我们的编选仍将坚持个人的纯文学标准，而为了更好地阐析我们的"经典观"，我们每本书将由一个青年学者对每一篇入选小说进行精短点评，希望此举能有助于读者朋友对本丛书的阅读。

目　录

鹰的阴影/

/邱华栋

A

傍晚的时候，他们抵达了山脚下。这片区域非常荒芜，杂草都很少，没有人在这里扎营。

"我们要加快速度，不然赶不上他们。他们可能在海拔四千多米的那个营地等我们呢。"

陆英勇对周翔说的"他们"，指的是另外几位登山者。他们是通过互联网上的登山爱好者联盟网站认识的。那几个人来自美国、匈牙利、奥地利和法国，再加上他们两个中国人。

周翔是一个登山新手，而陆英勇已经有十多年的非凡的登山纪录了。他登上了好几座世界上最有名的山峰：乞力马扎罗峰、麦金利峰、厄尔布鲁士峰、文森峰和查亚峰，分别属于非洲、北美、欧洲、南极和大洋洲。他还到达过南极点和北极点。前往这些人迹罕至之地，是人体很难承受的极限之旅。正因为如此，才有一些人挑战自我，面对大自然，趋之若鹜地去攀登那直入云霄的高大山峰，抵达那渺无人迹的南极和北极点。

陆英勇就是一个不断挑战自我的人。他今年四十岁，刚好比周翔大十岁。早在2008年北京奥运会结束那一年，他就离开了传统行业，在互联网商业领域打拼，是一家上市公司的董事长。而周翔是和他有生意关联的一家公司的总经理。他们是生意上的合作伙伴。但从内心里来说，周翔觉得陆英勇是他精神上的引领者和兄长。他们的渊源很深，早在周翔多年前加入到大学里那个著名的划艇队时，他就知道了陆英勇的名字。

　　大学划艇队成立很多年了，常常和世界著名大学，比如哈佛、牛津、剑桥等大学的划艇队进行友谊比赛。而取得最好战绩的划艇队，就是陆英勇担任队长的那一支。那是上世纪九十年代的后期了，这位身高一米八八的划艇队队长，带领他的划艇队员们击败了世界上几所最著名大学的划艇队，取得了冠军。十年之后才考入到这所顶尖大学里的周翔，在划艇队的荣誉室内，看到了照片上和队友一起捧着奖杯的陆英勇的照片，就流露了崇拜之情。

　　后来，尽管周翔队长和他的队友们非常努力，在当年的世界著名大学划艇友谊赛中，他所在的划艇队取得的最好成绩只是第四名。参加划艇比赛，周翔才看到了欧美大学划艇队的队员们个个身形高大，如猛虎下山一般把一个小小的划艇划得像是离弦的箭一样飞，又像是脱缰的野马一样快，中国大学队根本不是对手。可为什么早在十年前，陆英勇当队长的那一届，划艇队就能取得冠军？比赛结束之后，周翔队长想不通。因此，在荣誉室内，他看着墙上的照片里陆英勇冲着他笑的样子很羞愧。

　　很快，这就成了毕业之前的校园记忆，被周翔淡忘了。毕业之后，忙碌于自己的事业，直到有一天周翔和一家公司谈合作的时候，他才知道了这家公司的董事长，就是学长陆英勇。两个有着相距十年的年龄差距和母校记忆的划艇队队长热烈握手了。后来，他们的合作愉快，陆英勇经验丰富、意气风发、老到成熟，在新媒介时代的商业领域里转圜自如，让周翔十分佩服。周翔就跟着陆英勇一起在生意场上攻城略地，顺风顺水。

　　后来，有一天，陆英勇请周翔到他的公司参观他的登山纪念小馆。那是一座玻璃幕墙建筑，伫立在二环边的繁华地段，整栋大楼有十多层，外形上看是透明的，建筑风格有些后现代或超现实主义风格。这就是陆英勇的公司总部大楼。周翔来到了十层，出了电梯。来来往往的人很多，公司里的俊男靓女穿梭不止，说明了这家公司的成长性极好。

　　楼层值班的女秘书看了工作安排，告诉他陆董事长的办公室房间号，他就沿着走廊走过去。这样他就穿越了陆英勇布置的登山纪念小馆。说是小馆，的确是个小馆。这个基本上沿着长廊布置的登山纪念小馆所陈列的，都是陆英勇这些年登山所用过的东西。大大小小、长长短短的东西，如雪地靴、冰爪登山、绳索、手杖、尿罐，而很多氧气瓶就像是废弃的炮弹壳。

周翔还在端详这些登山用具时，陆英勇已经出来迎接他了，和他一起走出来的还有一位气质高雅、面容漂亮的女士。他说："学弟，这是我夫人祁红，她现在要去赶飞机，我送送她。"祁红和周翔握手，微笑问好："你有客人，不要下去了。"她的笑容里有一种大气爽朗的感觉。在电梯边，陆英勇很细心地把祁红穿的碎花衬衣的衣领整理了一下，拉了拉手，和她告别。

他走过来，给周翔介绍那些东西。这个是四十年前法国人在山上留下的氧气瓶，那个氧气瓶更加古老，是八十年前美国人留在喜马拉雅山上的，他带回来作为纪念。虽然是废品了，可不能当垃圾扔掉，这是标示时间刻度的最佳纪念物。

陆英勇的大办公室被布置成了登山营地。他还养了很多只猫。漂亮的、长相奇怪的黑猫、白猫、花猫，在帐篷、登山绳索、标志旗、上升器、防滑钉和雪镜之间上蹿下跳的。还有鹰和乌鸦的标本，在半空中挂着，像是还在翱翔。林林总总的登山器具，全部在眼前展现，这奇特的内景和所有其他公司办公环境的布置都不一样。这也是他激励员工的方法，更是招揽合作者的一种无形的广告。这广告在说：这家公司的老总攀登过世界上很多高大到直入云端的雪峰，值得崇拜，值得信赖！

"那鹰和乌鸦都是真标本。登山的时候，大鹰有时候在你的头顶飞翔，有时候在你脚下的山谷里滑翔，你可以看见它展开的翅膀的阴影缓缓划过山体。乌鸦嘛，在登山途中，如果你坐下来在雪地上喘气，不到一分钟，乌鸦群就会发现你，然后，它们就在你的头顶盘旋。呱呱叫着，它们以为你不行了，打算吃掉你的眼珠和舌头，以你为食物呢。这个时候，你就必须站起来继续走，然后，乌鸦就一哄而散了。"

周翔感到了一丝恐惧。这时，他想到了一个问题："师兄，你告诉我，既然登山很艰难，可为什么还有那么多人要去呢？"

陆英勇眨巴着眼睛，笑了笑："因为山在那里。"他拍了拍周翔的肩膀，看着他疑惑的眼神："这不是我的回答，是一个著名登山家的回答：因为山在那里，所以就要去攀登。"

周翔忽然就明白了，为什么登山？因为山在那里。他懂了。他说："我也要登山。我能跟着您去登山吗？"

"当然可以啊，你要是能登到更高处，你的公司也会发展得更好。那是一种居高声自远的境界。你应该去登山。"

从那一次见面之后，周翔就在陆英勇的指导下开始学习登山了。陆英勇先帮助周翔联系了一所登山学校。在西藏的喜马拉雅山下，有这样的学校。登山者要通过一两年的实地学习，逐渐提高攀登山峰的海拔高度。假如你还没有登上过一座小山包，就不能去攀登海拔超过五千米的山峰，那很可能是要死人的。必须经过登山训练。在训练中，有的人进阶快一点，有的人慢一点，有的人甚至发现自己根本不适合登山。等到登山训练学校觉得你可以登山了，你要提出申请，有关部门才可以给你发登山许可证。

然后，最根本的地方在于钱。没有钱一定不要去登山，这是一项十分昂贵的探险运动，那些登上顶峰的人，几乎可以说是钱堆上去的。至于要花多少钱，那要看你的实力了。

"你甚至可以花几十万美元，雇上几个夏尔巴人，把你抬到珠穆朗玛峰上去。有没有这样的人呢？当然有了。欧美的一些富豪，有的就是这么上去的。夏尔巴人在高山上如履平地，富豪被抬上去，因为他们付钱了。可这就没有什么意思了。登山运动，有一个最重要的特征，那就是要自己一步步地走上去。"

"一步步地走上去？"

"是的，一步步地走上去。不是一步步地走上去的，就不算登山。这是登山的一个铁律。再说了，人生的路不也是这样吗？一天天、一月月、一年年，就这么过来了。没有谁能快进或者放慢这一人生的时间速度，时间对每个人的衡量标准是一样的。登山，就要一步步地走上去。"

在山脚下支好帐篷，陆英勇又仔细检查了帐篷的几个角，压上了防风的石头。他们算是扎营了。今晚，陆英勇和周翔就要在帐篷里过夜了。

他们吃牛肉干，喝水。周翔这时很感念在山前地区出发的村子里他喝到的塔吉克女人煮的奶茶。那奶茶到现在还让他觉得胃里热乎乎的，很舒服，很有热量。躺在睡袋里，一时睡不着，周翔说：

"你是怎么登上乞力马扎罗山的？它是非洲的第一高峰。美国作家海明威有一篇小说，就叫作《乞力马扎罗山的雪》。"

"我知道海明威，后来自杀了。他还获得过诺贝尔文学奖。他喜欢斗牛、打猎、捕鱼，年轻时驾驶一艘机船去搜寻过德国潜艇，负伤后在后方医院里喜欢过一个意大利女护士。有一部美国电影说的就是这个故事。"

"那是根据他的小说《永别了，武器》改编的。我还记得结尾，主人公和那个死去的女护士告别，然后'一个人冒着大雨回家去'。非常硬汉派。乞力马扎罗山，海明威就爬上去过。他的那篇小说里写道：有一只豹子死在雪线之上。"

黑暗中，陆英勇被唤起了遥远的记忆：

"那是十二年前的事了。乞力马扎罗山在坦桑尼亚，最高峰海拔5895米，不算很高大，却是非洲最高的山。攀登乞力马扎罗山，面对它，分别有左、中、右三条上山路。其中，右路距离比较短，坡度也很缓和，不过中间有一段在山脊线上走，地势很险要。最艰难的是走中线，就像是坐缆车一样，直接提升海拔高度，迎面爬上去，路途近，但很费力气。最舒服的是左线，在山脚下的小村落吃饱喝足之后，开始登山，爬到海拔三千米的地方，就向右拐，走一条平缓的路，这是一条最美的观光线路，然后和中线的登顶道路汇合，冲刺最后的海拔一千多米的高度，到达顶峰。有意思的是，山脚下完全是热带风光，可爬着爬着，你就进入到了冬季的寒冷。从山脚下向上面看，能看到山峰被白雪覆盖，可靠近了却是一片白云缭绕，都是云里雾里的，你必须穿越整个云雾层，才进入到雪山的范围。非常有趣而神秘。山下的热带森林里，植物多样，繁茂无比，有很多猴子，不怕人，问你要吃的。你不要乱给东西，否则它们就一直跟着你，伸着手，你不理会了它们会抢你的东西，就跟峨眉山上的猴子一样。摆脱了猴子，你继续攀爬，渐渐地钻入一片云雾，出了云雾，啊，眼前一下子豁然开朗了，远处的白雪皑皑的峰顶在召唤你。"

周翔想象着陆英勇那次登山的旅途。他又问："海明威的那篇小说的开头就说到，在乞力马扎罗峰上有一具风干的花豹尸体，可没有人知道，花豹跑到那么高的地方死去是为什么。你看见过山上有非洲花豹的尸体吗？"

陆英勇笑出了声："海明威写那篇小说，距离现在有百八十年了吧。我爬乞力马扎罗峰，可以说没有费什么劲儿，很快就登顶了。那是一次愉快的经历，这使我几乎轻视了登山运动，结果，我就吃了苦头。"

"怎么吃了苦头？"

"在第二年的五月，我就去攀登珠穆朗玛峰，结果登顶失败，功亏一篑。当时我已经上到了八千多米的高度了，就差几百米的海拔，但无论如何，我都不能再前进了。身体完全不行了，意志也崩溃了，我就下山了。"

"为什么会失败呢？"

"说到底还是准备不充分。到了第二台阶的时候，我无论如何不能再前进了。尤其是我还看到了不远处一个登山者的尸体，我就崩溃了，不能再前进了。"

"珠穆朗玛峰上有很多登山者的尸体吗？"

"不算很多，但的确能看见。在大本营有一个墓地，是石头垒的一些石堆，有人纪念性地营造的。每个石堆的前面都有人在石头上写了字，说是纪念谁谁的。那个人已经死了，但不在石堆里埋着，而是在山上死了，在更高的地方下不来了，死在登山途中了。被雪山留在那里了。"

听了这话，黑暗中，周翔沉默了好久。他听到外面起风了。这时，死亡的阴影就像是大鹰展开了翅膀，一瞬间飞过来，遮蔽了他爽朗的心情。登山是要死人的，这是他心理上没有准备充分的。

默不作声了许久，周翔听到陆英勇接着说：

"在珠穆朗玛峰的南坡和北坡，两条登山的主要线路的边上，都有死去的登山者。攀登珠峰的死亡率是百分之四，就是登顶一百个人，死四个人。有的是看不见的，他们掉入了冰缝，也有的，被雪崩掩埋了，失踪了。还有的掉入了悬崖，也看不到了。来年冰雪融化，顺着融化的水流会冲下来一些。能看见的尸体，也有一些。在一些地方，死在那里的，趴着、蹲着、躺着、侧倚着的，都有。那些尸体就像是路标一样，你最开始看见的时候，会心惊肉跳。因为那尸体很可能也是你，你也会变成他们。所以，你更要坚持下去，奋力攀爬，渡过万难险境。每个死去的登山者都有记载，他们的队友、亲人和登山管理者大都有记载。有人会记住他们的，他们即使不是英雄，也是为了心里的理想死在雪山上的，和大多数庸俗不堪、无法挑战自我的庸人是不一样的。"

周翔觉得他说得也许并不准确。每个人都有权利挑选自己的生活方式，平静、平常的生活，也是一种态度，不用去指责。

"那登山中遇到最困难的时刻，是什么时候？"

"我想想……最困难的时刻，应该是在路上看到那些已经没有能力继续攀登的登山者打算放弃的那一刻，他向你投来恳求帮助的目光时。这时，你需要的是自己奋力前行，你连他的眼睛都不要看，一看到他的目光，你就和他一样了，你立即就变软弱了，被他带走了。这样你很可能就不能继续前进了。"

"登山途中，不断有人放弃吗？"

"在夏季的登山季，在珠穆朗玛峰上，中途放弃的比比皆是。你只管前行，这时，你要心无旁骛，只关注自己的状态。你的体力、心情、呼吸，你的步伐，你的装备有没有问题，你会不会遇到面罩脱落、氧气瓶里的氧气还够不够，你的雪镜有没有损坏，绳索的绳扣系得牢不牢，上升器还在不在，冰爪鞋子给不给力，你雇佣的夏尔巴向导和帮手有没有分心等等。心无旁骛，一心登顶，这才是一个登山者要做的。"

周翔停了停，想到了这次出来的路途，问："明天我们能和他们会合吗？"

"差不多，不过我们俩要走一整天，才能到达那个营地。那地方在山上的一个山谷里，靠近边境。我们要小心一点，高山上人烟稀少，但环境很复杂，有些国家的极端势力武装，有时候会非法越境活动。"

外面的风声变小了，空气变得稀薄了。这个夜晚周翔睡得不好，脑袋很疼。在睡袋里感觉不到大地托着他，有点飘浮在空中的感觉。他担心自己病了。

第二天一早，吃了东西，他们很快就出发了。这段上山路没有积雪，到处都是巨大的岩石，干燥而枯涩。一上到山脊上，风就变得又冷又硬。

"我对你登上了那么多山峰的经历非常感兴趣。但你好像讳莫如深，从来不愿意主动提起。现在，都给我说说吧。一座座地来"，周翔有点气喘，"比如，北美的麦金利峰，你是怎么登上去的？那可是在阿拉斯加的苦寒之地啊。"

陆英勇停下来，调整了一下手杖，他的墨镜中有周翔那张白皙的脸："八年前我就登上了麦金利峰。现在说起来，似乎是很遥远平常的事了。麦金利峰是北美洲最高峰，那里接近了北极圈。山上的天气多变，十分恶劣，冰川就像是刀斧的丛林，攀登起来险象环生，可我觉得，比起喜马拉雅山脉的那些高峻的山峰来说，还是要好接近一些。我记得，在麦金利山峰的脚下，有一座美国小镇，叫作塔肯纳镇，凡是进军麦金利峰的登山者，都要在那里停留，做些准备。我在那里雇了一个向导，一个帮手。每年的夏季七月，来登山的人有不少，所以这也是一门很好的生意。这两个当地人有点像印第安人，也有些像因纽特人，总之是两个美国人。"

"他们的价格贵吗？"

"比夏尔巴人便宜。登山的准备工作一定要做充分。我记得我们租借了两架雪橇车，前面拉人，后面拉东西。停留在镇上的时候，当地人就围着我们卖东西，有人给我兜售大鲸鱼的头骨，还有用鲸鱼的骨头做的手杖、相框和棋盘。鲸鱼的骨头特别粗壮，比我的腰还粗，估计你想象不出来。在那个镇上，无论是酒吧还是饭店，都有北极熊的皮毛做成的标本。填充起来的北极熊巨大，跟活着的一样，就站在酒吧里或者是酒店大堂里欢迎你，那阵势实在是吓人。我身高一米八八，可和那北极熊的标本比起来，还要小几号。人在北极熊的面前，就像是一只小猴子在大猩猩的面前一样。人类必须保持谦卑，才能在荒野上生存下来。"

陆英勇回想起他见过的那块鲸鱼的头骨，只有一部分，也很巨大，能把他的整个人都装进去，可见鲸鱼的脑容量很大。这是一种聪明的动物。最终，他还是没有买下来，他不知道这玩意儿能不能允许带上飞机。

他记得，从塔肯纳镇远眺麦金利峰，它并不高大。可靠近之后，就知道了麦金利峰的艰险了。登山者一队队出发了，每天都有人登顶。等到他们回到小镇上，也都默不作声，就像是完成了一个功课而已。他们不愿意谈论登山的事。登山者在登顶的那一时刻，才是最激动的，之后就平静下来。是登山者本人加高了山峰的高度。这就是登顶的秘密所在。人是狂妄的，必须要给山峰再人为地增加一米多的高度，这是登山者登顶之后能够做到的。

两个人继续登山，从喀喇昆仑山延伸出来的这片山峰似乎并不友好，道路崎岖，落石滚滚。

"攀登麦金利峰最艰难的一段，就是走过它的冰川丛林。可能是风雪的作用，这些冰川纵横交错，十分艰险。我的冰镐和冰爪鞋起到了关键作用，自然还有绳索。我雇佣的当地向导和帮手很给力，他们俩一前一后，耐心地为我服务。他们已经有很多次攀爬麦金利峰的经验了，就像那些喜马拉雅山下的夏尔巴人一样，在高山上如履平地。他们的肺是天然的氧气瓶。也许，他们的血氧含量和我们这些来自平原和丘陵地带的人不一样，他们天然地就是高海拔的动物。我现在记得的是，攀登麦金利峰要战胜的，是内心的孤独和枯燥感。"

"有那么多登山者，还有助手，也会感到孤独？"

"是的。十分孤独。不知道为什么，在阿拉斯加，我看到的景象比任何地方都荒凉。荒凉无比的阿拉斯加大冰原！走啊走，就是没有尽头。前不着村，后不着店的。即使是靠近了雪山，开始登山了，前后也看不到什么人了，除了我的向导和助手我们三个人。其他登山者都不见了，太奇怪了！在镇上的时候他们人很多，一个个都跃跃欲试的样子。可眼前的白色令我绝望，让我想呕吐！可是，我什么都吐不出来。这就是我的感觉。登山路程要走'之'字形路线。我记得，麦金利峰的三号营地位于海拔3500米的地方，嶙峋的山石突出于冰雪中间，像是怪兽在雪堆里观察你。继续攀登，就是一道天然的谷地，冰雪很厚实，在太阳下还有反光。这一段比较好走，提升高度很快，四号营地设在海拔4300米的地方，从那里可以看见麦金利峰的侧影。后面的攀登就开始变得艰难了，要沿着左侧的山脊线行进。风很大，雪晶不断地打在甚至是砸在我的身上和脸上，风吹的声音很大。这时，我就是大声喊叫，别人也听不见。雪吹在身上就像是钝刀子割肉一样，让我难受不已。可我必须坚持，忽然，风又停了，云雾散去，雪晶也没有了，我一看，来到了五号营地，海拔在5100米左右，是一处山的肩膀，有一片平缓的背风地带。一般在登顶之前，登山者都要在这里休整一下，喘口气，然后，就是最后的海拔一千米的冲锋了。"

"登顶之前，都要稍微休整一下吗？"

"最好休整一下。所以，每一次登顶之前的准备要充分。要准确判断衡量好自己的体力如何，携带的登山用具有没有遗失。曾经有登山者不自量力，没有估计好自己的体力，结果体力透支后就死在山上。登山运动，往往是这最后的海拔一千米的路是最艰难的。在麦金利峰，要沿着左侧山峰的山脊线，走'之'字形路线。我记得，我走着走着，阴郁的心情忽然开朗起来了，四周大海一样的景观逐渐显现了。当时，我看到了阿拉斯加的茫茫无际，想到了杰克·伦敦的《热爱生命》，大自然的辽阔和无情会让你在和它真正对话之后，感到某种绝望。远看那麦金利峰就像是一个女人丰满的乳房，柔和的线条，顶端是白雪皑皑的奶头。可到了最后冲刺登顶的时刻，那平缓的山脊就成了遥遥无期的征途。一步步、一步步地走上去，最后，我终于到达山顶了！可不知道为什么，我那一刻脑子里闪现的，却是鲸鱼头骨的一片灰白色。"

陆英勇不说话了。回忆那段艰险的登山经历，他觉得很忧伤。当时，他和妻子的感情那么好，每到一个地方，即使是用昂贵的卫星电话，他也要和她尽量多说几句。后来，他们的通话越来越少，他也感到越来越远，和她，和天地之间的任何东西。

"下山后，我重新回到了人间那灯火通明的塔肯纳镇，看到很多人在走来走去，酒吧里喧闹非常，酒店里熙熙攘攘，很多人来了，很多人又在离开，可我却感觉自己像是一只孤独的狼，在看着陌生的人群。晚上我睡不着，等待第二天坐飞机离开这里。我从窗户往外看着，我记得那是7月3号的晚上，即将迎来第二天国庆节的美国人，把这个小镇上装扮得灯火辉煌，而我的内心里，却是一种无边的惆怅。"

现在的阳光很好，空气的透明度也很好。他们都看见了一只鹰。那只鹰就在他们的头顶盘旋着，遥远地盘旋着，一圈，又一圈。

它似乎发现了什么，在山峦之间，在大地之上。鹰的视力极佳，大地山峦对于它不过是一幅平面地图，任何跃动的东西，都在它的视线之内。

陆英勇停下来，用右手指了指那只鹰。"你看，它有多大，它的翅膀展开来，有好几米宽呢。"

周翔紧紧地跟在陆英勇的后面，他的胸口非常憋闷。海拔高度逐渐升高，一切似乎都变了，呼吸变得更加滞重，胸口憋闷，每走一步都是艰难的。透过雪镜，顺着陆英勇手指的方向，他也看到了那只鹰。

那只鹰黑白相间，也许不是鹰，而应该叫作雕？或者就是鹫？但肯定不是隼，隼是很小的鹰了。这大鹰的翅膀展开来飞翔，就如同静止的风筝那样，在他们的头顶一圈又一圈地盘旋。

"也许，它发现了人的尸体。"周翔吐字艰难地说。他感觉自己的嘴说了这几个字，都足足用了一分钟。平时说这几个字只需要三秒钟。

刚才，他用望远镜看到了远处那片雪地里趴卧着的一具穿着红色登山服的尸体，尖叫了起来。陆英勇告诉他，那个人趴在那里已经有十年的时间了，是个欧洲人。每个路过这里的登山者都能看见他。他就像是一具醒目的路标，告诉后来者，来到这里可能会死的。而且，他就在那里死给你看，死得那么平静、平常和安宁，趴在那里再也不能回家，也不能继续向上攀爬，更不能后撤到山下的营地里了。他是真的死了。周翔打了一个冷战。

"它飞过来了。它发现了我们。"陆英勇的声音稍微有点惊讶，周翔能听得出来。

周翔的雪镜片里，映射出了那只大鹰。它忽然俯冲下来，越来越近，似乎要向他们俩警告一样，呼啦一下子掠过了他们的头顶，就在距离他们很近的地方，也许是十米？二十米？在他们的耳边啸叫了一声，疾速地掠过了。

他们俩都看见了一道巨大的阴影掠过了白色的雪地。那是鹰的阴影，它的翅膀展开来的阴影，掠过了白色雪山。

"妈的，不祥之兆。"陆英勇喘了口气说，"高山上的鹰，都是闻到死亡的味道才会啸叫的。可这附近，什么也没有啊。除了那具早就被啄去眼睛、舌头和耳朵的登山者的尸体。"

现在，他们站在一片极其开阔的高台上。可以感觉到雪地下面是坚硬的岩石。从这里能看到眼前无比广大的世界，喜马拉雅山向西延伸而来的喀喇昆仑山的山体纵横捭阖地形成的大海。是的，这里是山的海洋，群峰竞起，峰峦叠嶂，高峰并峙，森严、冷漠而高拔，傲岸而遗世独立。这里是阔大和冷峻的世界，没有小山小水，都是大山和白云。白云在山峰之间缭绕，在他们的眼前流过。

他们发现在不远处的一块岩石上，搁着一罐红牛饮料。陆英勇走过去，抓在手里，打开来喝了一口，笑了："这是美国人皮特给我们留下的路标。咱们要抓紧赶路。你现在感觉怎么样？"

周翔狠狠地吸了一口气："我，感觉良好。"

他们继续前进。有四个登山者在前面等着他们俩呢。

B

……你想让我再给你说说我攀登厄尔布鲁士峰的情况？好吧。厄尔布鲁士峰位于大高加索山脉西段，是欧洲的最高峰，不过，它有两座并峙的山峰，一座海拔5642米，另外一座海拔5595米，差那么几十米的海拔高度，在近处和远处都看不出来。高加索地区是俄罗斯的传统势力范围，那里比较贫困，人也很粗狂豪野、桀骜不驯，不过也很淳朴。攀登厄尔布鲁士峰对于我是一次十分愉快的经历。整个登山的路途，要走一个很大的"之"字形路线。去那里要先飞到索契，然后再坐汽车前往厄尔布鲁士峰山脚下。高加索地区出产的红酒非常棒。我在山脚下就喝到了很好的高加索红酒，无论是格鲁吉亚还是阿塞拜疆、亚美尼亚，红酒都非常好。

说起来，欧洲没有太高的山，从西到东，先是比利牛斯山横亘在西班牙、葡萄牙和法国之间，大画家毕加索和米罗当年要想成名，必须去翻越比利牛斯山前往艺术之都——法国的巴黎才可以一举成名，不然他们就是西班牙放牛娃或是街头小混混。仅仅一山之隔，西班牙和法国就差多了。所以，西班牙人看着就像是没有进化好的白人，散漫，爱吹牛，懒惰，喜欢享受和性爱，却又没什么钱。我不大看得上西班牙人，虽然他们祖上曾经阔过，在大航海时代曾经征服过南美洲不少地方，杀了很多印第安人，干了不少让人不齿的坏事。葡萄牙人也是老牌子的海洋殖民者，可现在的葡萄牙，渺小、封闭、保守、沉默，就像是被欧洲遗忘的一块飞地。这全怪并不高大的比利牛斯山的阻隔。

继续往东，就是阿尔卑斯山脉。主要分布在瑞士和法国南部，从意大利也能看到这座山。阿尔卑斯山很有名，这条山脉适合滑雪的地方很多，不过并不惊险。于是，再往东的大高加索山脉的厄尔布鲁士峰，就成了欧洲第一高峰。

从更广大的地缘地貌上来看，从西边的比利牛斯山、阿尔卑斯山到大高加索山脉，然后继续向东，就是喀喇昆仑山脉和喜马拉雅山脉了。这是从欧洲西南部到亚洲西南部的、东西走向的几组巨大的山脉，形成了独特的地理屏障。一些高大的雪峰，构成了这些山脉之上的制高点。

大高加索山是欧洲和亚洲的分界山脉，南面的格鲁吉亚属于亚洲，北面的俄罗斯则属于欧洲。前些年，格鲁吉亚和俄罗斯之间爆发过战争，所以，我一到达厄尔布鲁士峰的山脚下，可以见到不少荷枪实弹的士兵，他们好像要随时准备开枪一样让人紧张。检查我的护照，也是看了一遍又一遍，唯恐我是一个间谍分子。

山脚下的小镇有缆车，直达山腰上的一处观光之地。从那里可以看到三千多米海拔之下的无尽的风景。高加索山山势险峻，勇敢彪悍的山地民族就在这崇山峻岭之间，养成了不服输的性格，比如格鲁吉亚人、阿塞拜疆人、车臣人和印古什人。再往山上走，就是登山者要走的无路之路了，大部分观光客就下山了，我则与两个助手一起，继续攀登山峰。

八月的盛夏时节，去厄尔布鲁士峰的登山者很多，大部分来自欧洲。那个季节特别适合旅游，空气宜人，山上险峻巍峨，山下风光旖旎。我的登山之路很顺畅，目标是海拔5642米的西侧主峰，欧洲最高峰。云团不断涌现，遮蔽了山峰。每一步都很艰难，又很踏实。我就这么一步步地走向了顶峰。

在顶峰之上，我照例要展开一面国旗。过去我在登上顶峰的时候，泪水往往会夺眶而出，一下子就化成了水汽，模糊了面罩和雪镜，让我什么都看不见。后来，再登上顶峰，我就学会了克制，不再那么容易流泪了。我首先感觉到，就是浑身紧张的肌肉忽然松弛了下来，然后我一屁股坐在硬实的雪地上，扔开登山手杖，松开双腿，让脚上的冰爪鞋子舒展开来，然后，缓慢地从胸前的口袋里掏出来折叠着的一面五星红旗，仰面将它徐徐展开。那一瞬间，我的心里的第一感受就是，我登顶了！第一时刻就是要向祖国报告这一喜讯。

你听着可能觉得有点夸张。但对于我来说，这是很真实的感受。在山上，绝对不能轻易地想到母亲，更不能轻易喊妈妈，那是在你要死的时候才会喊的。要是你掉进了冰窟窿里，喊的一定是妈妈。那是最绝望的时刻。可是在顶峰之上，你想到的，却是祖国。因为这是令你最骄傲的时刻，只有祖国才能分享和注目于你登顶时的那种巨大的自豪。展开来国旗，激动地想一会儿祖国，即使祖国那个时候很忙，来不及想你这个儿子，你也心满意足，就可以慢慢下山了。

顶峰上有什么？首先是风非常大，就像刀子一样，刮得我的身体感到很疼。其次，山顶的积雪十分厚实，而峥嵘的山石也裸露在山顶，风大了，可以躲在山石后面喘息一会儿。我看到山顶上有人丢下不少纪念物品，比如，一些石头上会缠绕着衣服、他国的国旗和其他物品。这很不好。像珠穆朗玛峰，现在几乎被络绎不绝前来的成千上万名登山者产生的垃圾淹没了。每年，西藏当地政府都要派人清理下来几十吨垃圾。最好是什么都不要在山顶留下。

在高加索山下，我回味登顶的感觉，觉得很奇妙。从宾馆往外看，在灯光中，我竟然看到了一些高加索地区的骏马走过小镇的街道。那些骏马身材高大，腿都很长，马蹄嘚嘚，鬃毛飘洒，十分符合当年汉武帝寻求天马的要求，就在那么寂静无人的大街上，天马和骑手一起走过，却不知道我这个游子，刚刚从最高的山峰上下来。

A

他们走在大海一般的山峦之中。远看是两个小点，近看则是穿着鲜艳登山服的两个人。周翔现在的感觉是缺氧，每走一步都很疲乏。他还感觉到脑袋也很疼，海拔的快速变化，让他的血压也有变化。

那咱们休息一会儿。看到他的这种状况，陆英勇扶着他，在一处岩石的背阴处歇息。周翔也看到了陆英勇蹙起了眉头。可能是遥远的事情，击中了他。"我能感觉到，这次出来登山，你的心情也不大一样。"周翔说。

"是的。你知道每个人都有自己隐秘的痛苦。这一次，我带你攀登这喀喇昆仑山，也在疏解我自己内心的痛苦。"

周翔迟疑了一下。他的太阳穴突突直跳："什么痛苦？"

"我离婚了，就在上个月。"陆英勇的雪镜里，映射的是雪山的连绵。

周翔吃了一惊，他知道陆英勇的妻子很能干，是一位很著名的律师。他们一家三口过得很幸福，孩子也都上了初中，房子好几套，郊区还有别墅，在海南、云南大理和北戴河也都有房产。家里两辆汽车，一辆奔驰迈巴赫，一辆宝马越野，日子一直过得都是顺风顺水，是改革开放四十年的受益者。

"日子过得好好的，为什么要离婚？"

陆英勇从口袋里取出来一袋牛肉干，递给周翔一块。"你要是娶了一个律师老婆，在法律层面上就是一个弱者了。你得按照她对婚姻生活的设想来。否则，你就会被埋怨，你就是不合格的男人，直到你们渐渐疏离。自从我开始登山之后，我距离天空越来越近，而离她越来越远了。这也是她说的。"

周翔沉默了一会儿，从胸口摸出来一张肖像照片，递给陆英勇，笑了，露出来一嘴的白牙。"你离婚了，可我却要结婚了！这一次我登山成功了，我就回去成婚。我要通过这次的登山，来验证我承受结婚后生活变化的能力。"

"我知道你们的恋爱都好几年了，应该有一个正果了。"陆英勇拿过那张两寸的小照片端详着，照片上的姑娘很甜美。"我记得她姓冯，在师大教授心理学，对吧？"

"是啊，学心理学的女人，我估计和女律师也是不相上下吧。她对我的心理状态把握得非常准确，我也心甘情愿被她掌控。可我还是有点不愿意结束自己的单身状态，不知道我能不能适应家庭生活。"

"你肯定行，你责任感很强，又很会妥协。再说了，结婚后有了孩子就不一样了。孩子对婚姻很重要，任何时候都是一种黏合剂。"

"你离婚了之后，你现在是什么感觉？"周翔接过来陆英勇递过来的照片，重新放回了胸口的一个小口袋里。

"痛苦。离婚了非常痛苦。人生的任何告别都是痛苦的，还有撕裂感。你的生活撕开了。我也需要疗伤。我结束了某种生活，而你即将开始一种新生活。我比你大十岁，我们在各自不同的生命状态里。但我们一起来攀爬这里的高峰了，会获得不一样的生命感觉。但怎么说结婚都是美好的。祝福你们。"

周翔看不到陆英勇的眼睛，都在雪镜后面掩藏着呢。听他说话的语气，也许他的眼睛湿润了。

可能是为了岔开话题，陆英勇说："你知道那个奥地利姑娘安娜，她为什么要来攀登这座山峰吗？"

"不知道。我们距离他们还有多远？"

"估计我们还要走四个小时，才能追上他们。安娜是个漂亮的金发姑娘，她有一个未婚夫，去年来这里登山，说好了登顶之后，就回奥地利和安娜结婚的。结果，他在海拔六千多米的雪山上，失足掉到了冰缝里，再也回不去了。这一次，安娜来和我们一起登山，就是为了看看她未婚夫的殉难之处。为了到他遇难的地方看一眼，她就来了。这是安娜的故事。每个人都有自己的登山故事。"

周翔心里一紧，有了一种不祥的感觉。这一次，他来登山，也是打算登顶成功之后就回去迎娶他心爱的女人的。

"很感人，"周翔喃喃地说，"但我可不想死在雪山上，我要活着回去。我的生活还没有完全展开呢。"

陆英勇这才觉得他说安娜的故事时机有点不对，他拍了拍周翔的肩膀："没问题，你肯定能回去，娶到你心爱的心理学女老师的。我估计她有第六感，而我也在这里，我这个登山老手，能保证你安全下山回家。"

B

……那么，如何前往北极和南极两个地球的极点呢？你问我这个，我就告诉你我到达这两个极点的探险经历。现在，去北极和南极地区都比较容易了，交通工具便利了。但说着容易，做起来依然很难。真正抵达极点，是需要巨大的冒险精神和充分的物质准备的。

先说北极。北极点被巨大的北冰洋冰块覆盖，冰块互相挤撞，来回漂移，很难确定。确定北极点的准确位置，需要专用仪器的帮助，才能测定出来。从北极向任何一个方向走都是南走。

我先从挪威奥斯陆飞向一座极地范围内的小岛上，那里只能降落小型飞机。在那里聚集着打算前往北极点进行探险的人。在北极探险，需要雪地狗、雪车、雪橇，还要防止北极熊的袭击。

前往北极点的路途既顺畅，也很艰险。在前进营地，做好了准备，我们就一个接一个地出发了。寻找极点需要依靠仪器测定，我们划着雪橇，坐着雪车在冰面上飞速前进。

我已经习惯了零下几十度的寒冷，登山服和防雪服非常耐寒。极目远眺，四周是白茫茫一片，这一刻，真孤独啊！在北极我会觉得我是最孤独的。我什么都不想说，狗拉雪橇在飞速前进，营地已经距离我很遥远了。雪橇是最保险的，因为极地犬的耐力是很好的，比汽油更可靠。在寒冷的天气里，汽油、柴油、航空用油都是不可靠的。机械会冻僵，汽油会凝固，发动机不工作，而极地狗却不会，它们活泼而欢快地拉着雪橇前进。在极地，我看到白茫茫的冰原上，耸起了很多冰凌堆。那些冰凌是冰块在互相撞击的过程中涌起的，又在寒冷的天气里完全冻结。远远看去，这些耸起于冰原地平线上的冰凌，很像是一个个白熊蹲伏在那里，伺机打算袭击我们这些挑战者，更何况这里本来就是北极熊的地盘。但靠近了发现，那是尖锥状的冰凌不过是大自然的杰作。

我气喘吁吁，感到胸部很僵硬，太冷了！肺都不想工作了，可雪橇在前行。走啊走，走啊走，等到我筋疲力尽的时候，向导却说：我们距离北极点不远了！

根据仪器的指点，我们终于到达了北极点！我站在了极点之上。这里是地球向北的所有经线的汇合点，极点。啊！我激动极了，一下躺在地上，再次展开了五星红旗。极地狗也在叫着，它们在休息，在欢快地吃东西，因为这时你要是不用食物来奖赏它们的辛劳，你就可能回不去了，你就会冻死在这个极点上，成为一个新的标志物。

我记得我躺下来，躺在极点上，似乎听到了这永久的冰块之下，有海豹的呢喃，鲸鱼的尾巴摆动。我忽然看见了一个活物，是的，是一个活物，那是一只北极狐狸，白蓝色的，在冰原上探头探脑，一跳一跳地靠近我们，站起来观察我们，然后，又一跳跳地跑了。这北极狐真是冰雪世界的精灵，它安慰了我孤寂无比的心灵，这时刻，我心情平静多了。

想到说马上要刮大风，我们必须尽快撤离，这里不是久留之地，我们很快回到了直升机营地，乘坐直升机飞向极地小岛，从那里再坐更大的喷气式飞机飞回挪威的奥斯陆。北极探险就这么结束了。到达过北极和没有到达过北极点的人，一定有所不同。可有什么不同，我得好好想想。后来，我的眼前总是出现那只北极蓝狐，它来探望我，似乎想和我说什么，它有秘密要告诉我，只是没有来得及说。

晚上，躺在奥斯陆的一家宾馆里，我头枕雪白的枕头，盖着雪白的被子，那一刻特别想念我的家人，我的妻子、孩子，我一下子大哭不止。我知道，他们都在远离我，而我此刻是多么想和她们靠近，手拉手地靠在一起。

第二年的年底，我又前往了南极，去寻找极点的位置。和北极的冰原不同，南极点的海拔很高，有3800米，那里的气温也非常低，低到了人类几乎难以承受的地步，似乎比北极更加寒冷。不过，那时我已经知道我停不下来了，我必须要到达这些人迹罕至之处，才能驯服我内心的野马。

我那一次去南极，到达南极点之后，又接着攀登了南极的最高峰——文森峰。文森峰海拔4897米，是南极洲的最高峰。南极洲之所以叫作洲，是因为这里有一片连续的陆地和冰原构成的大陆。这里和北极刚好相反，只有一个方向——北方。不管你往哪个方向走，都是北方。在南极，也是半年黑夜，半年白天，就是惯常所说的极昼和极夜。

到达南极有很多办法，从智利坐大船穿越终年刮大风的德雷克海峡，是常见的一种。不过，由于我后面的登顶路途还很艰险，所以我就直接坐一架红色的飞机，飞到了南极洲的边缘谢可林顿。而从那里出发，沿着南极洲的艾博思山脉向南极点进发，就容易多了。在智利那座小城，我们前往南极点的探险者临时形成了一个队伍。等到红色飞机载着我们飞到了北纬89度的探险营地，继续向南极点进发的路途，却依旧十分遥远。想想吧，一架红色飞机在白色的冰原上空飞翔，这有多美！当时，我坐在那架红色飞机飞越了智利到南极的海峡，飞向了极地边缘，心里按捺不住激动。人类最早到达南极点的时间是1911年，由一些英国人所实现的。当时，有两支前往南极点的探险队，结果一支彻底失败了，死伤好几位，另外一支探险队却意外地抢先到达。

如今在南极大陆，通往南极点的路上有多个观测站和补给站，可以得到很好的休息和救援。我发现，到南极的人比去北极的人多多了。可能大家都对南极企鹅感兴趣？那些几乎可以叫作熙熙攘攘的人们，纷纷来到了南极，在任何一个观察站，到处都有人讲英语、法语、德语和西班牙语，讲中文却很少。我们要先在爱国者山脉的营地里，集中进行训练，学会如何在雪地上行进。每个人的雪车后面都托带着行李包。要是善用雪车，那在蓝白色的冰原上，你就会行走如风。

南极大陆也是一望无际的大冰原，这种空旷让我顿生绝望感，使我忘记了北京大都市的所有烦恼，也忘记了家庭琐事、夫妻之间的冷战和热战带来的不快、抚养孩子的艰难和所有的烦心事。

我们走的通往南极点的路途已经很寻常了。那是一条一百年来很多到达南极点的先辈们不断行过的路。他们的身影在时间的深处消失了，只有我们呼哧呼哧的喘气声，在冰原上回响。除了无垠的雪原，从表面上看不到有什么危险。我们艰难跋涉，一走就是十几公里，拉开了散兵线。可南极洲企鹅在哪里？完全看不见，不知道它们在哪里休息呢，实在是看不到一只企鹅。

向导杰克走在最前面。他就像是在雷区前进的排雷兵那样，手里拿着导航仪器，引领我们直接向南极点进发。我们要走一百多公里的路途才能到达南极点，需要走整整九天。每天，我们都要跟在向导杰克的后面走四到八个小时，然后是扎营休息。有时候，他那穿着红色雪地服的身影会在冰原上停下来，是磁场导致他手里的仪器发生了偏转？我紧盯着他的背影，祈祷他千万不要把我们导向了万劫不复之地。好在这冰原不会突然裂开，也不会有暗流涌动，更不会有大鲸猛地冲破厚厚的冰层，从冰盖下一跃而出，把我们掀翻在地，然后全部吞噬。我的眼前有的，只是无尽的冰原，有的只是那像刀子一样切割着我的脸的冷风。南极的冰原开阔无垠，人太渺小了，这里太浩瀚了，浩瀚到了你简直置身于星空和宇宙里，没有任何参照物能够让你觉得这里有边界。这里的一切都是减法，你什么都看不到，除了来到这里的人自己。没有苍蝇，没有苍鹰，没有岩石，没有乌鸦和马匹。我这一路前往南极点就没有看到一只企鹅。冰原上走动着的，就是我们这些人。我们人人都是逃犯，又像是在追捕自己的镜子里的猎人。

太阳永不落下，我们在白昼里行走，每天要走好几个小时。我们这一行一共有九个人，其中有两对夫妇，分别来自英国和瑞士，还有一个日本人，一个西班牙人，一个德国人。那个德国佬一直对我不满意，在智利的餐厅里就觉得我不顺眼，出来一路上扎营的时候，我们挤在一个帐篷里，他总是要睡在中间。在我们的头顶，那永远都不落下的太阳，却是阴冷无比的。零下五六十度的天气，稍微不注意就会被冻伤，截肢的人比比皆是。

一天又一天，走啊走，在茫茫冰原上走路，实在是疲乏至极。当我们看见了南极点的一处美国观测站的建筑屋宇的时候，都很振奋，立即加快了步伐，终于到达了南极点了！北极点是什么都没有，南极点却有一个巨大的钢球，放在那里，显示着地球这一重要支点。

我靠近了那个镜面反射成凸透镜的钢球，看到了自己皲裂和变形的脸。太丑了，被冰雪和风扭曲了，击打了，摧毁了。可我到达南极点了，我终于到达了！我一下子躺下来，再次展开国旗，拍照留念。

在南极点，我感觉到这里真是乏善可陈，我到达这里之后，内心里浮现的是一种虚无感。在南极点观测站里，我喝到了热水，我泡了龙井茶，也请周围的人喝。接着，很快我们会坐飞机离开这里。那几天除了我们，后面还有一些探险者也陆续到了。我们等待了两天，终于有一架飞机前来接我们了。

我们飞离了南极点。还是一架红色的飞机，飞在白色的南极上空。

我坐飞机飞回到了休整地。我的下一个目标，就是攀登距离南极点并不遥远的南极洲的最高峰，文森峰。再次出发，来到文森峰下，是一周之后的事情了。我这个人做什么事情都喜欢一鼓作气。一鼓作气，再而衰，三而竭，这是中国古人说的。既然来到了南极洲，那我就要攀登文森峰这座最高峰。

文森峰海拔4897米，是地球上几大洲的最高峰中，最后一座被登顶的山峰。1966年，几个美国登山队员登上了文森峰。二十二年之后的1988年，两个中国登山家也登上了这座山峰的峰顶。现在，我来了。

从山脚下的一号营地出发，直奔海拔三千米的2号营地，一开始的登山路途十分顺利。从2号营地到达海拔4000米的3号营地，则是一段直上直下的路，需要借助绳索、冰爪和冰镐的力量，还有团队的协作。到达3号营地之后，往四下观察，南极洲真的是令人悲哀的苍茫。这简直是单调到极点的世界，到处都是灰白一片。天地之间，白云和大地，雪山和天空都是浑然一体的。不像其他地方的高大的雪峰，崇山峻岭之上是蓝天和白云，苍鹰也飞在你的脚下。

我记得在文森峰登顶之后，一场突如其来的风雪袭击了我们。我们来不及在山顶歇息，就赶紧下撤，结果还是有人冻伤了。那对瑞士夫妇的手脚都冻坏了。我估计得截肢了。回到了营地，红色的飞机接应我们。然后是向北飞行，飞回到智利的圣地亚哥。

在圣地亚哥，我彻底放松下来，在那些热闹的、到处都喧响着拉丁音乐的智利安第斯山牧羊曲的调子里，我会忧郁而放肆地大哭起来，然后我给我见到的每一个在酒吧里的人买酒喝。我请客！我请所有的人喝一杯！在这个夜晚，我这个唯一的中国人是最孤独的，旷世的孤独；而我又是最幸福的，我和他们在一起，在圣地亚哥这家酒吧里，和他们每一个人都能敞开心扉地拥抱。我哭了，他们也哭了，然后我们又笑了，喝得醉醺醺，人人都跳舞或者抱在一起。

第二天，我们的团队解散了。告别的时候，我和他们都很感伤。有人不知疲惫，兴致勃勃地前往阿根廷，打算去攀登南美洲的最高峰——阿空加瓜峰。阿空加瓜峰是安第斯山脉中的一座高峻的山峰，海拔6964米，是一座死火山山峰。山顶岩石林立，地势相对平坦。

我感觉到疲惫至极。其实，是我的内心里忽然地产生了某种厌倦。我格外想念我北京的家，我的老婆和孩子。我拿起电话就给祁红打过去了。在北京，还是白天，祁红正在工作，她还有点不耐烦，可她不知道我现在多么想念她，多么想家。她听我絮絮叨叨说了半天，只说了一句："好啦，你赶紧回来吧。"

于是，我就想尽快飞回去。再见了，南极大陆，南极点，还有南美洲。

这就是我前往北极和南极的一点经历。我去过了，我看见了，然后我又离开了。可能登山的最终目的，就是山在那里，你登顶之后，山，它还在那里。你以为你增加了山的高度，可实际上，山峰是不增不减的。

A

他们感觉到山上的气温在下降。太阳总是躲在云彩的后面不出来，或者说，云彩太厚了。紧接着，就下起了雪。

周翔没有见到过高山上飘雪。风裹挟着雪花，从天空的深处飘来。其实是从右侧的山谷里升上来的，几朵雪花撞在一起，就变成了雪团，打在他们身上。

"继续前进，我们要翻过这道山梁，然后向东边走，就是一条平缓的坡地了。"陆英勇在前面说，"这段路，你注意脚踩得实一些。刚下的新雪很虚浮，踩不实的话，容易滑坠。"

周翔这才发现他们已经走在了一道非常陡峭的山脊上了。爬山的时候，你会不知不觉就习惯了大山的走向，等到你真的来到危险的地方时，你不注意就会习以为常，你注意了，那就会胆战心惊。周翔看到假如他稍微向左边走两步，就是一个陡坡，掉下去就是万丈深渊。他的心悬了起来，不敢走了。

陆英勇发现了他的情况，转身喊："加快步伐，快速通过！"

周翔感到雪团砸在雪镜上，更令他烦恼和慌乱。他加快了速度。可脑子跟上了，步子却跟不上。一脚，两脚，他一下子踩虚了，一个趔趄，失去平衡，就向左边倒去。新雪的虚浮让他没有着落感，他一下子滑坠下去了。

滑坠是登山途中最危险的事故。滑坠，就是你无法按照既定路线前进或者后退，而是偏离主线，突然掉落到一边的非安全区域了。周翔感到自己一下子就掉下去了，他的手杖也甩开了，情急之下他使劲地抓着冰壁，可就是抓不住，一下子滑坠下去。陆英勇立即看到了这一危险情况，他狠踩地面，大喊："抓住绳子，不要乱动。"

在登山过程中，绳索也起着关键的作用。用冰镐在冰雪上开道，绳索则拴系着人的腰部，贯穿着冰锥、冰爪，登山者使用上升器提升自己。周翔悬在了半空，他脚下是一个巨大的斜坡，掉下去就是滑向不可知的地狱，有去无回。现在，是腰上的绳子救了命。

"脚踩紧了，稳住身体，抓牢绳索，不要动，让我来！"上面传来了陆英勇的声音。这声音沉着而有力，就像是最大的安慰剂一样，立刻让周翔清醒了许多。他不再慌乱了，心里浮现了未婚妻的脸。他必须活着回去娶她。按照陆英勇说的那样，他脚踩实了。这时，陆英勇开始一点点地将命悬一线的周翔拽上来。那个过程是周翔刻骨铭心的，就像是一百年那么长的时间。

终于把他拽了上来。周翔得救了。他瘫软在山脊上，喘了半天气。陆英勇走到他身边，说："很好。我们继续前进。给你三十秒，立即站起来。"

这次的脱险让周翔切实感受到了登山的险恶。这绝不是旅游，而是玩命。他更加小心了，内心里也更加坚定了。有些事情，你经历过了，就会更有力量，而不是被惧怕所吓阻。

下午，雪停了。阴冷而耀眼的太阳再次照射在群山之间。陆英勇在一处突起的岩石后面，搭起了帐篷，两个人钻进去休息休息，保持体力。

"谢谢你救了我。"周翔递给陆英勇一块牛肉干。这东西在山上吃非常管用。

陆英勇笑了笑。"也是你自己命大。"他嚼着牛肉干，"再说，有个姑娘等着你回家结婚的，上天不会让你留在山上的。"

"你为什么会离婚？我总是不明白，你们——"周翔疑惑地问。

"生活中总有潜流、缝隙、暗礁、闪失、顿挫。不知道哪里来的破坏力量，会突如其来地袭击我们的生活。从南极回到家里后，我似乎感觉到婚姻出现了问题。我老婆有个律师事务所，她是合伙人律师，平时非常忙。我又不断在外面登山，没有人照料家庭。于是，我那个叛逆儿子初三那一年，跟着几个搞摇滚的年轻人，忽然退学去了拉萨。是我老婆花了半个月的时间，才把儿子从西藏找回来，我回家她就埋怨是我把儿子带坏了，儿子变野了。她就开始和我冷战。而我那时候公司业务很忙，赶上了网络化的最好的电商时代，简直要忙疯了。"

"肯定有年轻姑娘喜欢你，对吧。"

"那是有的，这点事情瞒不过我的律师妻子。也有男人喜欢她啊。我们离婚了。她后来找了一个比她小八岁的男朋友。厉害吧？我妻子的取证手段也很厉害。但我很痛苦，我很爱她，可我不得不离婚。办完了离婚手续，为了纾解心情，我就去攀登了一座山峰……"

B

……那座山峰在印度尼西亚的新几内亚岛上，叫作查亚峰，海拔高度4884米，是大洋洲的最高峰。你要是展开地图来看，你会惊讶于新几内亚岛的巨大，这座岛简直是一个小大陆，靠近赤道。我就是那一次和皮特相识了。他也是去攀登查亚峰的。他是美国宾夕法尼亚人，高个子，长头发，喜欢登山运动。

在新几内亚岛，我想到了自己攀登乞力马扎罗峰的那种感觉。查亚峰是一座没有积雪的岩石山峰，山下到处都是热带植物，山脚下，植物长得太快了！十分茂密，第一天和第二天的植物都不一样，植物能一下子就覆盖了所有人兽的踪迹。有很多猴子出没。我站在那里没动，忽然，会感觉到我的脚被什么带毛的东西抚摸着，我一惊，低头一看，原来是一只猴子，正在睁大眼睛——它的眼睛像是鸡蛋那么大——清澈、深邃、恐惧地看着你，脑袋上褐黄色的毛像是损坏的刷子那样支棱着，你一看它，它就尖叫一声，逃跑了。

大岛上还有很原始的土著，我们就碰到一些，就在我和皮特一起攀登查亚峰之前，在山脚下的密林边上，就有一个用草木编织而成的屋子连接起来构成的一座小村落。一些男人出现了，全都是裸体，他们的裆部用长长的树叶包裹起来，脑袋上装饰着锦鸡或其他鸟类的羽毛，很长、很夸张。不过，他们见过很多外面来的人，并不惊奇。那时候前来查亚峰登山的人络绎不绝，几乎每个月都有，登山者给他们带来了各种东西作为礼物。那个酋长和我握手，他的手又黑又长，就像是猩猩的爪子一样。他看我的眼神就像是食人族看待即将到手的猎物那样。不过，态度基本是友好的，假如你给他们带来了巧克力和糖果、香烟和酒，他们就非常喜欢你，然后一哄而散。

查亚峰攀爬起来十分艰难，艰难的地方在于它完全是一座岩石山，没有一丝冰雪覆盖，需要有攀岩的本领。这恰恰是我不擅长的。所以，皮特帮了我。他教给我很多攀爬这样的岩石山的技巧。

我们出发之后，一开始，有土著孩子忽而跟在后面，忽而跑在前面，拿着弓箭射杀小鸟和小动物，大呼小叫的十分快活。等到海拔升高，岩石山裸露出来，没有了雨林的遮蔽，他们就不见了，我们开始了真正的登山之旅。这时，攀岩的专用鞋子就派上用场了。这是一种柔韧性很好的鞋子。冰爪鞋和冰镐都用不上了，但手杖和绳索依然管用。互相协作至关重要。在岩石山上最大的危险是摔死，把自己随时固定在绳子上很管用。用手牢牢地抓住石头的棱角很管用。一鼓作气，缓慢登山很管用。利用绳索硬是把自己拽上那五十米的绝壁很管用。

我就是在那次登山遇到了生命危险。当时我也滑坠了，掉到了悬崖下面的石缝里。我卡在那里整整有两个小时，是皮特耐心地、一点一点地将我拽上去。就像我刚才拽你一样。皮特救了我，等下你会看到他。我很感谢他，所以，这一次我们在网上约好了一起来到了这里登山。

然后，经历了一场生死挑战，我重新振作起来，和皮特一起，慢慢地登上了查亚峰的峰顶。极目远眺，查亚峰四周莽莽苍苍，全都是雨林。在雨林之上，云雾氤氲漫卷，雨林被涂抹得朦胧神秘。不过，煞风景的，是能看到在查亚峰一侧的美国人投资的一个铜矿，热带雨林被砍伐了，那里就像是一个疮疤。柴火烟雾升腾，山石一层层剥落。

我对皮特说：你看你们美国人，手伸得太长了！皮特耸了耸肩膀，表示道歉。

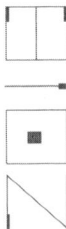

那次下山是十分痛苦的，我左腿摔伤、肌肉酸疼，穿越了刀斧丛林般的岩石山，穿越了不断掉落在身上的虫子的森林，经历了千难万险，我和皮特回到了市镇上，看到了乱跑的猪和鸡，我才知道自己回到了人间，也就不再怕那些带着食人族的目光看着我的土著了……

A

"他们在那里！"陆英勇指着前面的一顶小帐篷高声说。此时，连续行走了好几个小时的周翔已经筋疲力尽了。他振作起来，加快了步伐，靠近了那个营地。

小帐篷里的几个人出来了。他们是高个子的美国人皮特·恩斯特，奥地利人、金发长腿安娜，很瘦的、看上去有五十岁的法国人让·欧塔维，还有匈牙利人佩泰尔菲，他是一个很壮实的三十多岁的年轻人。

在暮色中，四个人的身影显得错落有致，加深了周翔对这片山谷的亲切感。空气中有煮肉罐头的香气，周翔饿了，他看到陆英勇上前紧紧拥抱了皮特，热烈地说了几句话，又和其他几个人握了握手。显然，他和皮特很亲热，两个人的暗号是拿出两罐红牛碰杯，然后一饮而尽。

周翔已经知道他和皮特一起爬过查亚峰，还把他从石缝里拽出来，救了他的命。陆英勇把周翔介绍给了这几位，他们互相友好地握手拥抱。在这人迹罕至的地方见到了同类，他们都很高兴。终于会合了，明天就可以继续登山了。

陆英勇对周翔说，在这个海拔超过五千米的边境地区，除了偷渡者、武装分子和边防士兵，偶尔会有一些牧羊人出没。

晚上，在帐篷外面，他们一起聚餐。在海拔这么高的地方，有这么一场小小的宴会进行，简直太棒了！各种压缩饼干、罐头、肉干、面包、干果和水，让所有人都感到了愉悦。

皮特和陆英勇商量了一下，就告诉大家明天的登山线路。

周翔观察着来到这里的几个登山者。唯一的女性，奥地利人安娜的长相很硬朗，这符合奥地利人脸部线条清晰的种族特征。德国人和奥地利人都善于沉思，所以，安娜也很喜欢沉思，还略带忧郁。也许，她在怀想长眠在海拔六千多米处的未婚夫？为了活跃气氛，周翔给她递过去一块牛肉干，用英语说，你要补充好能量。你必须像母牛一样有劲儿，才能登上顶峰。

她笑了，说：用母牛这个词形容一个金发美女，合适吗？

美国人皮特胡子拉碴的，他的个子超过了一米九，不知道这么高大的身材，是不是在高山上很耗氧。匈牙利人佩泰尔菲喜欢借助手电看书，他带的听说是一本诗集，那就更加令人惊奇了。他来这里是为了写一部描绘喀喇昆仑山的游记。那么法国人让·欧塔维呢？他抱着他一个小型吉他，在弹唱着科西嘉地区的歌谣，带有意大利风味儿。周翔笑了，觉得这支队伍的构成五花八门，很奇葩。

晚上，在帐篷里，陆英勇睡着了。周翔感觉自己的状态好多了，肺部似乎习惯了缺氧状态。他拿出未婚妻的照片，用手电筒照着看，心里很温暖。这次登山回去之后，他就要带她一起去一座海岛上举行婚礼。此刻，在他登山的时候，她正在筹划着他们的婚礼的细节。周翔觉得自己很幸运，遇到了一个好女人。

他的动静把在一边打鼾的陆英勇闹醒了，看到周翔拿着手电筒在看照片。陆英勇叹了口气："你会把她娶到手的。你有福了。"

"我要结婚，而你却离婚了。咱俩的状态刚好相反。"

"是啊，刚好相反。结婚，很美好，而离婚，肯定不好。"陆英勇的声音有点低沉。那么，这次登山，也是他治愈创痛的一个方式。陆英勇躺了一阵子，坐起来开始在一张厚纸上写着什么。周翔想看，他不让看。陆英勇写了很久，难道他在写游记吗？或者，是给远方的人写一封信？想到陆英勇一路上悉心地照料着他，从耐心指导他登山的要领，到路上帮助他背东西、煮饭，再到后来在雪坡上把他生生拽出死亡的领地，周翔觉得这个学兄很伟岸，有一种面对任何挑战都顽强不屈的精神。他对陆英勇充满了感激和崇敬。

第二天一早，山下送给养的牦牛队上来了。那是几个夏尔巴人。夏尔巴人的血液里，据说有能适应高山上活动的有氧因子。他们在海拔五千米以上的地方都如履平地。在喜马拉雅山和喀喇昆仑山登山的人，都喜欢雇佣夏尔巴人担任向导和助手。往往是好几个夏尔巴人帮助一个登山者攀登。只要你有足够的钱，夏尔巴人就能把你抬到珠穆朗玛峰的峰顶，而且你因缺氧都奄奄一息了，夏尔巴人还不怎么使用氧气罐。

周翔近距离地看那些上山的牦牛。牦牛非常雄壮，几个夏尔巴把供给从牦牛背上解下来，由队长皮特分发给大家，主要是水和食物。

上午天气不好山上有风雪，可能还有雷电。夏尔巴人描述了雷电袭击之前，岩石发出了嘶嘶的声响，他们就一直等到了下午才出发，一步步地向山上迈进。六个人都背着自己的东西，丁零当啷的声音在山谷间回荡。一个夏尔巴人走在最前面，后面跟着皮特，中间是他们几个，断后的是陆英勇和两个背着食物、水和其他东西的夏尔巴。

九个人在山脊线上行走，拉远了看，就像是小黑点，蠕动在天地之间。一只鹰看到了他们，它从遥远的雪山之巅飞来，在他们的头顶盘旋，啸叫了一声，等到太阳猛地跳出来，映照了这片海洋般的山系，成为殷红的沸腾的山脉的时候，它又飞走了，阴影在山峦之上移动成一条线。

走了半天，傍晚的时候，他们扎营了。周翔感到自己明显缺氧，头疼，晕眩。他尽量不吸氧，可还是不能像陆英勇那样轻松自如。人家是资深登山家，我是菜鸟。周翔停下来，在一个夏尔巴人的帮助下扎好了帐篷，将手杖绑在帐篷的角上，钻进去躺在泡沫软垫上，赶紧按摩酸疼的小腿肌肉。

天色渐渐黑了。周翔觉得心脏有点小不适应，陆英勇看出来了，他说："你躺下别动，呼吸要匀称，可能今天你走得太快了，明天要冲顶了，你今晚必须好好休息。"

周翔点了点头，很听话地躺在那里，渐渐地睡着了。在睡梦中，他似乎来到了一座海岛上。天空碧蓝碧蓝的，海水是透明的，他和新婚妻子小冯老师在浅海处潜水，在水下追逐着那些漂亮的热带海鱼。太阳照射在他们水下的身体上，白花花的，闪动着光斑，妻子带着氧气面罩的脸很生动，她很调皮地游过来抓住他……

就在这时候，他感觉到有人捅他，他醒过来了。

是一边的陆英勇。他小声说："有人在外面。不要动。"

周翔也听到了外面有声音，那是人走猫步的声音。可在这高山上，哪里能有人出现呢？

他睁开了眼，忽然看到了一片火光，映照在帐篷的外面。这时，帐篷外面有人用英语大声喊："出来！你们都出来！否则开枪了！"

周翔紧张坏了，但陆英勇非常沉着，他按住周翔，自己坐了起来，然后走出去了。周翔跟着出来了。

只见在他们扎营区帐篷的四周，站着十几个竖立着的黑影。有几束火把被人举着，在燃烧。周翔明白了，他们被某个武装团伙包围了。

接着，皮特、安娜、欧塔维、佩泰尔菲几个人都从帐篷里被赶出来。他们都吓了一跳，很紧张，也很配合，并没有做出什么反抗动作。很快，他们每个人都被捆住了双手，背在身后。这一切只发生在短短的几分钟之内。

周翔的心要跳出胸腔了，他害怕极了，但陆英勇给了他一个眼神，那是温暖的、稳重的、告诉他千万不要怕的眼神。他立即安稳了下来。

在火把的映照下，可以看到这些人都蒙着面，围着头巾，手里端着冲锋枪，都保持了沉默。为首的一个穿着黑色的衣服，只有一双眼睛露出来。他的腰间别有手枪，还有手雷。这伙人全副武装，一看就知道是邻国的一伙武装分子。可他们包围登山队干什么？

为首的对他们进行了搜身，抢走了手表、现金、护照，撕掉了佩泰尔菲的诗集，砸烂了欧塔维的小吉他。其余的人将他们的帐篷也进行了搜查，把抢到的东西背在了身上，拆毁了帐篷。

大概是凌晨四点多，周翔发现那几个夏尔巴人不见了。那些聪明的当地人，肯定察觉到有人包围了营地，早就跑了。

领头的走过去，他的手里拿着从他们身上搜到的各类证件，一一进行核对。他走到排成一排的登山者跟前，先问了陆英勇："你，中国人？"

陆英勇点了点头，说："是的。"领头的不说话，接着走到周翔跟前："你，中国人？"他拿着证件核对着。周翔点头。等到问到皮特的时候，他站住了："你，美国人？"皮特很淡然地说："是的，美国人。"

那个带头的看着他，挑衅地和皮特对视。这人的身材也很高大，在一米八，不过还是比皮特矮一点。可以看出来，他很注意这个眼前的美国人，对视了十多秒，他拿起枪托，猛地砸在了皮特的肩膀上，皮特一个趔趄，差点就跌倒了。他站起来，那个带头的上来又朝他的脸上打了两拳，皮特的嘴巴和鼻子立即出血了。皮特刚要还击，两个蒙面的人走过来，在他身后用枪托击打他的小腿，皮特一下子跪在那里了。

皮特大喊："杀了我！来吧！"他恼怒起来了。周翔和陆英勇都感觉到了皮特的愤怒和倔强。四周响起了一片拉枪栓的声音。被绑架的这些登山者和那些劫持者都感到场面紧张起来。

黑暗的山谷里，只有火把的猎猎声响。大家都凝止不动了。

那个带头的发话了："你们，跟我们走！"

周翔感觉到有人拿着枪管捅他，他知道在催促他上路。寒风凛冽，凌晨的山风刺骨寒。陆英勇示意他，不要和他们冲突，伺机而动。

他们一队人开始前行。

周翔紧紧地跟着陆英勇。他猜测他们是被邻国的极端武装绑架了。现在，他们被押着前往大山的那一边。在路上，陆英勇小声说："前方有一处海拔6200米的隘口，过了那个隘口，有一条山羊道，从那里向北走有我们的边防哨所。"

周翔点了点头。他想，那些人绑架了他们这些登山者干什么呢？他想不明白。这里地形复杂，好几个国家互相接壤。再往西，就是中亚地区，往南是巴基斯坦和阿富汗。绑架他们，无非是为了金钱，或者拿去交换什么俘虏，比如被俘虏的塔利班。周翔忽然想起来，他们对美国人皮特很凶狠，刚才还打了他，这说明，他们恨美国人。对陆英勇和他这两个中国人，还算友善。

这一走就是几个小时，一直走到了天光大亮。他们拉开了很长的散兵线，在山脊上行走。那里有一条山道，能够看见远处那海拔七千多米的雪峰。不过，这突如其来的阻断，看来是无法让他们再去登顶雪峰了。

在海拔6200米的隘口，是冰川的一条冰舌的延伸地带。周翔看到在旁边的山谷里，巨大的冰舌从山上伸展着，沿着山谷奔腾，蓝色的冰川晶莹剔透，非常美丽。

忽然，大家都看到安娜激动了起来，她挣脱了押送她的那几个人，跑向了旁边的山谷。她这是要干什么？所有的人都站住了，枪栓被拉动、子弹上膛的声音响成了一片，有人在喊叫，要她停下来。可安娜还在疯狂地跑向那片冰川。几个蒙面人在后面追赶他。她跑着，双手在后面绑着，可她还是跑着。有人开枪了，子弹射在了安娜脚下的山石上，溅起了火花，她还在奔跑，跑向那一片山谷。

皮特也大喊起来，他的喊声让安娜停了下来，她还在向冰川方向张望着。后面的蒙面人追了上来。

周翔忽然明白了，她不是在逃跑，而是在奔向靠近冰川的一处山岩。皮特大声对着敌人喊："不要开枪！她的未婚夫去年掉在了那个冰川下，死在那里了！"

所有的人都明白了。他们知道了安娜为什么奔向那片冰川。她的未婚夫去年死在了那里，她来这里就是为了这一刻，她来到未婚夫殉难的地方。可现在，她以被控制住的方式来到了这里，她被人反绑着，没法自由行动。

大家都站住了，陆英勇对周翔说："要找机会逃跑。你要听我的。"周翔点了点头。他从来没有遇到这样惊险的事。他心乱如麻，简直糟糕透顶，这次登山是他找的陆英勇，让他带他来到这里的。可现在，陷入了危局。怎么办？他很焦急。

安娜在山崖边跪着，哭了一阵子。

然后，蒙面的极端分子继续押着她前进。

他们很快翻过了海拔6200米的隘口。这里的视野非常开阔，周围的群山展现了狰狞的一面。凝固的大海波浪般的山峰层峦叠嶂，从这里下山，就会到达另一个国家了。海拔这么高的地方，没有人烟，只有他们这几个登山者，和那些武装分子。不过，可以看出来他们在高海拔地区并不适应，也在加紧下降海拔。

走了几个小时，中午的太阳看着很毒辣，可落到他们身上的感觉依旧是冰凉的。周翔感到手上的绳子勒得很紧。

他们扎营了，这里的海拔降了不少。似乎已经到了别国的领土上了。那些绑架他们的人也放松了，就在一处山谷里埋锅造饭。

吃完了饭，带头的似乎要审问皮特，把皮特带到了一边问话。皮特的额头上，嘴角都有血迹，已经干了。他们每个人都有两个或者三个武装分子看押着。

吃饭的时候，他们给他们松了绑。周翔和陆英勇蹲在地上，吃着一种馕饼。没有水，干嚼很难吃，可一直走路，他们都饿坏了。陆英勇忽然塞给他一张折叠好的纸，对周翔小声说，"帮我带着，也许你能先逃脱。"

周翔来不及问什么，就塞到了胸口的内袋里。

31

鹰的阴影

“一定不要慌张。要找机会跑。我们一路在向南，现在我们已经不在中国境内了。他们把我们带到了境外。不过，看来距离他们的营地还很远，要到山脚下才行。”陆英勇小声说。

“那怎么办？”周翔用眼睛问他。

陆英勇这时看他的眼神特别温暖，让周翔很奇怪。陆英勇小声说：“我会掩护你，我说要你快跑的时候，你一定要头也不回地使劲跑，像山羊一样往北面跑，转过山岩，你使劲跑，只要十分钟，你就能跑到祖国的土地上。”

周翔点了点头，他明白了。所有的人命悬一线，能逃跑的机会很渺茫。可他的兄长，他信赖的这个男人会帮助他。他经验丰富，征服过全世界各大洲的最高峰，还去过南极和北极点，经历过生死考验，他什么都不怕，早就将生死置之度外了。周翔的心渐渐平静了下来。

忽然，他们都看见，就在前面的空地上，那个蒙面的首领和皮特说着说着，就扭打了起来，皮特将蒙面人打倒在地。场面立刻变得紧张了。他们全都站了起来，蒙面人爬起来，拔出手枪，对着皮特的头部就开了枪。皮特一下子倒在地上死了。他一定是被打死了！

这时，陆英勇一把将身边看押他的那个蒙面人的冲锋枪抢了过来，对周翔说：“快跑！快跑！”然后，陆英勇就和冲过来的几个人扭打在了一起。

周翔连滚带爬地开始跑了，向着相反的方向，向着山那边，他像是山羊一样开始跑了。本来他以为自己完全没有力气跑了，可是不，现在他敏捷如山羊，不知道从哪里迸发出了全部的力量，他开始使劲地奔跑。腾跃！躲闪！转弯！迟滞！飞奔！停顿！翻滚！冲刺！他飞快地跑着，他听到了其他人都在奔跑的声音，在他背后，场面大乱，大家都在反抗，都在奔跑了。

子弹在他身边和脚下嗖嗖地响着，他不会回头。必须要听陆英勇的，他那温暖的目光，其实就是一种诀别。周翔的心里闪耀着陆英勇的目光，他奔跑着，奔向活命着的那个方向——北方。在他的身后，不仅有枪声，还有追赶他的跑步声，时远时近。跑过了一个山头，就是一面陡坡，有雪，有大石头，还有一片茂盛的雪莲花。奇怪了，从来没有见到这么多的雪莲花盛开在这美丽的高山上，往常它们都是一朵朵的很孤立，现在则成片开放在这里，像是在欢迎他一样。

他飞快地奔跑着，几乎是跳跃着，翻滚着，像是自由落体的石头，弹起来，掉下去，飞起来，再落地。跑啊，跑啊，跑啊。他一口气跑到了山脚下的一片树林里。

他成功逃脱了。躲了一阵子，只能听见风声。这时他看到，在附近有一队中国边防巡逻兵，正在向这边赶过来。他彻底安全了。周翔再回头往山上看，他看到了一只鹰。那只鹰一定是听到了所有的声音，看到了所有的行动。那只巨大的鹰，沉着地盘旋着，看着眼前寂静的山谷，啸叫了几声。

周翔走出了树林，仰望着那只鹰，看到了它的影子正在扫过大地。

也许陆英勇已经牺牲了。他为了保护周翔，肯定是中弹了。他们一定会杀了所有的人。只有他逃脱了，回到了祖国的土地上。他忽然想起来陆英勇交给他一张折叠的纸片，他从胸口的内袋里取出来。原来，那是一封写给他的前妻祁红的最后一封信。在信中，他告诉她他依旧爱她，他已经无法再回家，希望她照顾好儿子，还请她照顾一下他的寡母。显然，这是一封诀别信。陆英勇当时已经感觉到自己再也不能回家了。

周翔没法看下去，他眼睛潮湿了。那只鹰继续在飞翔，就像是陆英勇的化身一样，在遥远的高空守护着他，使他回到了自己的国土上。周翔久久地端详着那只鹰，泪水横流。他默默地念着陆英勇的名字，直到那只掠过整个天空的大鹰的翅膀的阴影，被太阳的反光照亮。

原载《长江文艺》2018年第9期

点评

　　小说中反复出现"苍茫""空虚""痛苦"等一类的字眼。这类字眼经常从主人公陆英勇的口中流出。他和妻子在一起的时候，因各自要忙各自的事业，彼此不能给予对方陪伴和温暖，所以孤独；因为孤独，他开始了年复一年日复一日的登山。登山的确在一定程度上填充了他内心的孤独，他就像一只越飞越高、一心想要逃离阴影而去往纯粹光明的鹰。但在妻子看来，他却离她越来越远了。

这是当下人们普遍的一个困境：关系最亲密的亲人之间、夫妻之间、朋友之间，陪伴的时间往往却是最少的。这是造成现代人们普遍孤独的重要原因之一。而且，最孤独的并非独处，因为对很多人来讲，独享一处宁静反而是难得的美好和慰藉；最孤独的应该是，明明身处繁华闹市，明明眼前灯火通明，却无一人可以知心，却无一物可以暖心。

陆英勇曾坚定地认为，登上山顶为高山增加一米多的高度就是登山这项运动最神秘的所在，也是登山者最大的动力来源。然而随着登上了越来越多的高山险峰，他越发觉得这种神秘或许并没有什么意义，因为"山峰是不增不减的"；就像他历尽煎熬终于登上了麦金利峰之后，"那一刻脑子里闪现的，却是鲸鱼头骨的一片灰白色"。灰白在这篇小说中每每出现都带着幻灭的色彩。那种突然间感到自己曾经的努力甚至生死相搏都毫无意义的预感，足以将人瞬间打入绝望。所以，从南极文森峰回到圣地亚哥以后，陆英勇感到"疲惫至极"和"忽然"的"某种厌倦"，此时此刻，他"格外想念老婆孩子"。

好在，阴影的另一面就是光明。漫长的登山生涯让他渐渐学会了心无旁骛、在大自然面前保持谦卑。他时时刻刻都与内心的孤独和枯燥、迷茫和荒凉作着斗争，登山的每一步都很艰难，但又很踏实。登山过程中，互相协作至关重要，他也因此收获了一位生死之交。他带着学弟周翔攀登珠峰，每当周翔坚持不住或遇险之时，他都会安慰周翔一定会让他平安地回去。他面对任何挑战都顽强不屈的精神深深感染了周翔。在被残暴的武装分子绑架之后，他用温暖、沉重的眼神告诉周翔不要怕。最终，他付出了最宝贵的生命为周翔赢得了逃跑的机会，让周翔得以安全回国。他兑现了自己的承诺，他用实际行动向周翔阐释了他说过的那句话的深刻含义——有些事情经历过了，就会更有力量，而不是被惧怕吓阻。

翻过阴影，终会前往光明。

陆英勇就是那只鹰，每个人心中都有一只鹰。

（侯建魁）

如果末日无期／

／王十月

是年，美利坚帝国选出了一位特立独行的大亨总统，爱丽舍宫迎来了它年轻的新主人和比他年长二十四岁的第一夫人。在东方，一位国君谋杀了至亲兄长。中东依旧乱成一锅粥，各国都在打着自己的小算盘。每个政治团体都在为自己争取最大的利益。各种意识形态背后，关系着庞大群体的利益诉求。

什么是对？什么是错？我们该何去何从？

人类在一些浅显的问题上尚且没能形成共识。之前没有，之后似乎也没有。人生而不平等。世界被分成三六九等。阶层固化在迅速崛起的中国受到热议。网络上各种新闻飞速发生又被瞬间淹没。有些事，看似和普通民众的生活无关，却深刻影响着民众的生活。

如果不是这一天的离奇经历，罗伯特教授也会和普通人一样，认为人类命运共同体是政治正确的空话。罗伯特教授，作者这样给他命名，其实，也可以叫他张教授、李教授、隔壁老王，或者伊凡洛维奇，或者奥克吐博、阿卜杜拉。这样的事情，可能发生在美国、中国，也可能发生在俄罗斯或者阿拉伯。因此，在这个小说中，作者有意忽略地理空间而专注于时间。没错，这是一部关于时间的小说。又或者，这不是小说。如果一定要把它当成小说，这也不是一部科幻小说，或可称之为未来现实主义。

罗伯特教授，作者这样设定他的身份，是年五十九岁，年富力强，自称是理论物理学家。这是不易出成果的领域，许多科学家终其一生，都未能对世界有新的发现，或者未能证明其新的发现。并不是每个从事理论物理研究的科学家都能如玻尔、海森堡、薛定谔、爱因斯坦、杨振宁一样幸运。罗伯特就是那大多数不幸者中的一员。罗伯特早年曾经游历中国，研习了大量东方经典，甚至作为爱好临摹过敦煌壁画，上武当山修习吐纳之术，对中国传统文化痴迷而执着。从孔子、孟子到鬼谷子，他最痴迷的是《黄帝内经》，一本据信是上古时代中国人文始祖轩辕黄帝所著的医书。这本书是中国传统医学的根本，重视阴阳五行之说。其中最让罗伯特着迷的是阴阳和经络。中国古人对世界的认知，阴阳，高度概括且符合现代物理学建立的宇宙模型。经络，中国古人绘出了翔实的图形，现代科学却无法证实也无法证伪。罗伯特认为人类是寄生生物，肉身是宿主，寄生物"经络"或者说"灵魂"，则是外星生物。寄生物与宿主一阴一阳，当阴与阳不协调时，人类就会生病。西方医学治疗的是宿主的问题，而中医则讲究调和寄生物与宿主的关系。罗伯特由此出发，来解释人类诸多的上古经典和神奇难解的现象与传说。他固执地认为《黄帝内经》中隐藏着关乎人类史前文明的秘密。他是个非主流的物理学家，致力于研究人类长生不死之法，认为中国道家的修仙切实可行。

他的理论，基于量子物理对世界的描述。在传统的认知里，世界是客观存在的。量子物理学描述的世界却是主观存在。量子物理学认为世界之所以存在，是因为主观的观察。在罗伯特生活的时代，量子纠缠已经进入应用领域。人们对于量子物理描述的宇宙依旧似信非信。罗伯特认为，既然世界是因为观察而存在的，如果一个人处在无人可以观察的空间，而他又能将自己的主观意识完全关闭，真正做到物我两忘，那么，时间对于这个人而言是不存在的，世界也是不存在的，这个人就能超越生死，如东方经文中所描述的那样："不生不灭，不垢不净，不增不减。是故空中无色，无受想行识，无眼耳鼻舌身意，无色声香味触法，无眼界，乃至无意识界。无无明，亦无无明尽，乃至无老死，亦无老死尽。"罗伯特致力于研究人类长生不死的法门。他的研究并不被普遍承认为物理学研究，他的著述被归为东方宗教与神秘主义哲学或者邪说歪理一类。他有众多拥趸，他的拥趸将他和霍金相提并论。但官方称他为科普作家，而不是物理学家。罗伯特认为，这一切皆是源于世人的无知。世人笑我太疯癫，我笑世人看不穿。他无法改变世人的误解。

罗伯特如今独自生活。七年前，他和妻子AI离婚。AI，一位优雅的华裔女性，出色的编辑。罗伯特的书皆由AI编辑出版。罗伯特是她的初恋，他们很恩爱。结婚十多年，她一直未能怀上孩子，这让她深感遗憾。罗伯特教授并不认为没有孩子是件大事，问题是东方人的世界观深入了AI的骨子里，以至于后来罗伯特教授邂逅了女画家薇拉，双双坠入爱河后，AI坚决和罗伯特离了婚。一来是罗伯特的婚外恋情让她无法接受，二来是她认为，罗伯特和薇拉会有个孩子。他们依然是朋友，她依然是罗伯特作品的出版人和经纪人。故事回到2017年2月14日，罗伯特准备和薇拉共度他们认识后的第七个情人节。薇拉比他年轻十五岁，这是个危险的年龄差。性欲旺盛的薇拉，已经让罗伯特深感力不从心。他不止一次向薇拉求婚，薇拉从未答应，这让罗伯特有种不安与紧张。

他早早就订好鲜花。下午三点，快递公司将鲜花送到办公室。他计划在四点半离开办公室。订好的酒店是七年前他和薇拉相识的地方。七年前，薇拉在这家酒店画廊举办个人画展，这是薇拉生平的第一次个人展。罗伯特正好在酒店和朋友谈点事，结束后顺道看了薇拉的画。画展经过开幕式的热闹，余下的只有冷清。这个时代，2017年，无论哪个国家都是这样，人们对于精神生活的热情远远不及物质。罗伯特的到来让画家感到意外。前面说过，罗伯特曾经临摹过东方的敦煌壁画，他对艺术有着独到的见解和感受力。薇拉的绘画吸引了罗伯特。她将印象派的技法和东方的神秘主义结合得恰到好处。罗伯特教授在每幅画前都要长时间停留，戴上眼镜，将鼻尖凑近画布，仔细观察画面上的细节和肌理，摘掉眼镜后退数步，眯着眼欣赏。他的夸张举止自然吸引了薇拉。重要的是，薇拉是罗伯特的读者。她绘画中的神秘主义灵感正是来自罗伯特对世界的描述。这样的相遇也许过于巧合，然而人类所有的活动，皆可看成是偶然中的必然或者必然中的偶然。薇拉在罗伯特看完画后，主动和他打招呼。罗伯特戴上眼镜，回头又看了两眼眼前那幅画，他从薇拉的画中，看到了自己的思想在跳跃。这让他很震惊。他微低已杂着花发的头，从眼镜片的上方打量薇拉。

您的作品？罗伯特教授问。

薇拉脸上露出调皮的笑，微微向后仰了一下身子，将一头深褐色的长发往后拨到脸的一侧，发尖落在半裸的褐色双乳之间。她的肢体语言充满了性的暗示与诱惑，她的眼睛像清晨的湖面，流动着明亮的光彩，她的嘴

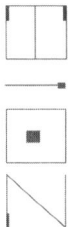

唇丰润欲滴。严格来说，薇拉算不上美女。她身上流淌着质朴的、健硕的、自然野性的美。她的体内流淌着西班牙人、墨西哥人、中国人和美国人的血液。她知道这独特之处，并恰到好处地向罗伯特展示她的独特之美。她从罗伯特的眼神里知道，他成了她的俘虏。

高更。罗伯特教授脱口而出。高更笔下的塔希提少女。我是说您，不是说您的画。您的画，有东方的神秘主义，还有未来主义，您将这二者结合得很好，用的却又是印象派的色彩。罗伯特发现自己前所未有的饶舌，侃侃而谈像个孩子。他现在只是想尽情展示他对薇拉绘画的理解，对薇拉的欣赏。

第一次有人这样形容我。薇拉说，只有画家和农夫，才会欣赏高更笔下女人的美。薇拉笑得很开心。

画家和农夫？！罗伯特的眼里闪动着惊异的光。

那晚，罗伯特和薇拉在这家酒店的大床上做了一整夜爱。脱去衣服的薇拉，更加像极了高更笔下的塔希提少女。她有着坚实而健硕的胸，饱满的臀部，弧线优美的腿，眉眼皆弯，肤色如大麦，像刚刚灌满浆的麦子，又像极初次发情的小母马。他用尽力量想要征服她，最终却被她所征服。罗伯特知道他这辈子离不开她了。而恐惧也随之而来。他比她大十五岁，用不了多久，他就要进入暮年，而她正年轻。罗伯特在那一刻开始怀疑自己的研究是否太过空洞，缺少实用意义。

然而，这天下午临近四点半钟时，一名衣着笔挺的陌生人敲开了罗伯特的办公室。他们先是确认了罗伯特的身份。

罗伯特，科普作家。陌生人说。

罗伯特纠正道，是理论物理学家。

陌生人掏出工作证递给罗伯特。罗伯特接过看了一眼，他无法确定工作证件的真假，将工作证递回，习惯性地低头从眼镜片上方狐疑地打量陌生人。陌生人面无表情，身形挺拔，符合民众对国家安全部门工作人员的想象。罗伯特不明白，国家安全委员会为什么会找他。

请您跟我们走一趟。陌生人说。

罗伯特问，去什么地方？去多久？我什么时候能回来？你们找我有什么事情？我是否可以拒绝？

他有太多疑问。陌生人对他的问题并不能给出明确答案。

罗伯特说，今天是重要的日子，你知道，我晚上有重要约会。

陌生人说，不能。

罗伯特说，我先打个电话。

他掏出手机正要打电话，陌生人伸出手，动作快如闪电，罗伯特的手机到了陌生人手中。陌生人随即关闭了罗伯特的手机，并且没有将手机归还的意思。这让罗伯特有些愤怒，他的自由与尊严受到了侵犯。这是一个重视人权的国度。陌生人此刻脸上终于露出了一丝挤出来的笑容，不笑尚好，一笑反而显得更加古怪。语言依旧不卑不亢。他告诉罗伯特，有重要的人在等着他，事关国家至高机密。具体情况他也不得而知。他只是接到命令，将罗伯特在规定的时间带到规定的地点。当然，罗伯特从陌生人身上没有感受到恶意。

出门，坐电梯下到地下车库，上一辆黑色轿车。车窗里拉上了黑色的布帘。罗伯特被戴上眼罩。他试图凭借车辆的拐弯与行走的时间来记住路线。他有着惊人的记忆力，这对他来说并不是太难做到的事情。回家之后，只要有地图，基本上就能复原行走的路线，从而找到他去到的地方。但他很快就放弃了这样做，车辆出车库后直接出城上高速。他能感觉到车辆在开往市外。根据车辆起伏的状态，他知道这是在朝北走，这城市的南面是大海，东面和西面相对平坦，只有朝北是起伏的山路。他并不紧张，倒是对将要见到的人，和将要面对的事情充满好奇。他没再问陌生人任何问题。

罗伯特一生行走过许多地方，中国的西部，非洲的部落，东南亚的丛林，巴勒斯坦，他经历过无数历险，在索马里遇到过海盗，在中东经历过大爆炸，在亚马孙丛林里与鳄鱼搏斗，许多次生死关头化险为夷，这练就了他冷静的行事风格。年轻时的他甚至有些好勇斗狠，后来深入中国传统文化，慢慢将一颗心平复了，又或许，他是快老了，毕竟马上要六十岁。他现在是一个温和而有教养的绅士。现在，他相信，他将面临人生的另一件大事。只是，罗伯特怎么也不会想到，他即将要面对的是改变他一生的重大事件，而且是超出常人想象的事。他更不会想到，因为他的决定，他这漫长无际的一生，将要陷入无边的孤独与无尽的痛苦之中。

　　车辆行走的时间并不长，一个小时左右，罗伯特知道，他应该是到了一个叫灵都的小镇。这安静的小城，有着竹笋一样平地拔起的山，有清碧如翡翠的河流。许多年前，他和AI在这里度过了甜美的时光。当然，最为幸福的回忆属于他和薇拉一起的日子。和薇拉相识后，他们曾在这里住过很长一段时间，薇拉在室外写生，她借用真实的自然光影，写生画出的却是客观与主观高度结合、充满了想象的画作。在认识罗伯特之前，薇拉的画作被认为是超现实主义，罗伯特对她的画作风格进行了命名——未来现实主义。薇拉作画时，罗伯特坐在一边研读《黄帝内经》和《易经》，那是他人生中最为快乐的时光。他们在各种环境下做爱，一起吃遍了灵都的小餐馆。中国人开的餐馆，法国人开的餐馆，意大利人开的餐馆，越南人开的餐馆，韩国人开的餐馆。他熟悉这里每一条街道，熟悉这城市的空气、雨水、阳光和风的味道。罗伯特对薇拉说起，五十年前，他第一次来到灵都，是跟随着他的父母来到这里。后来，母亲去世，死于癌症。那一年，罗伯特七岁。这是他人生的重大转变，许多父母早逝的孩子，后来会从事医学，希望以此来减轻失去亲人时束手无策的痛苦，罗伯特却从此迷恋上了对人类长生不死的想象。母亲去世后没有多久，父亲再婚，继母对罗伯特很好，但罗伯特无法忘记自己的生母。父子之间的感情，渐渐趋于平淡。直到后来，他成了一名物理学家，父子关系开始变得亲密。现在，他的父亲年近九十，已经走到了人生最后的时光。罗伯特接受中国文化的滋养，也接受了中国文化中孝道的观念，只要他在这座城市，无论有多忙，都会每周一次去看望父亲和继母，并亲手为他们做上美食，陪他们共进午餐，散步。他的父亲很乐观，经常这样开玩笑，嘿，你的长生不死的研究进行得怎么样了，我可快要死了，你得抓紧，让我这老头子成为不死鸟。罗伯特拉过父亲肿胀而长满了老人斑的手，他亲吻着父亲的手，说，您只要按我的方法做，就能成为不死鸟。他教父亲练习吐纳和静坐冥想，他父亲练了一次就不练了。父亲快九十岁了，罗伯特可不想父亲死去。想到父亲将要死去，罗伯特会无限感伤。觉得自己这一生的努力与研究，终究没有做出实质的成果，是一件很羞愧的事情。每次见到父亲，他都能感受到父亲在迅速苍老，但每次他都会做出很开心的样子，对父亲说，您的气色真好，看上去又年轻了十岁，这都是凯茜的功劳。凯茜是他继母，比他父亲小不了几岁，也已到了风烛残年。听他这样说，父亲会亲吻凯茜的额头，轻轻吟诵叶芝的诗句："当汝老去，黯然神伤；唯吾一人，情意绵长。跪伴炉火，私语细量。爱已飞翔，越过高岗；爱已飞翔，遁入星光。"罗伯特带AI一起来看父母，后来，薇拉也来过。父亲给继母朗读诗歌，是每次家庭会餐的经典节目。每当这时，看着父母秀恩爱，罗伯特会想起自己的亲生母亲，也会更加珍惜身边的人，无论是前妻AI，还是薇拉。他对薇拉说，多么想一直这样陪伴着你，直到永远。

爱已飞翔，越过高岗；爱已飞翔，遁入星光。罗伯特最喜欢的是这两句。薇拉！他在心里默念着这个名字。想象着此刻她该已经到了酒店。想象他一会儿办完事回到薇拉身边，他要和她疯狂做爱，抚摸她每一寸肌肤。

车停了。依然是地下车库。下车。电梯。进入一栋很普通的建筑，这建筑和罗伯特所在时代城市大多数建筑的内部差不多。罗伯特被带进一个小房间。陌生人请他就座，出去将门从外扣上。罗伯特开始打量他身处的房间。房间没有特别之处，不过二十来平方米的小房，一桌，桌上无物，桌边面对面金属椅各一。显然，这是为谈话准备的。罗伯特知道这房子有古怪，他感觉到正在被人观察，只是不知道观察者来自何方。他又想到量子物理对世界的解释。他现在被人观察，所以他存在。他索性拉过椅子坐下，静静等候着即将面临的一切。这等待多少让他有些不安。刚才在车上，他想起了前妻，父亲，继母，薇拉，这差不多是他在这世界上最为亲密的几个人。当然，还有不多的几个朋友。他人生中最快乐的时光，是和这些人一起。他希望这样的快乐能持续得越久越好。有那么一瞬间，罗伯特强烈地感受到这一幕他曾经经历过，也是这样的房间，也是这样的一桌二椅，也是这样的封闭，他被无数看不见的眼在监视。他确信，这一幕真实发生过。也许，那是他在平行宇宙的另一层空间的记忆。分属两重不同宇宙的量子纠缠，传递了这样的信息。这让他感到不安，不安像野草一样疯长，他预感到快乐可能从此一去不复返了。他的预感从来很敏锐。这一次他的预感依旧没错，这样的时光一去不复返了，只是，他猜对了结局，却猜不透过程。他决心让自己安静下来。眼观鼻，鼻观心，心观丹田。这是神秘的中国道家功法，他在中国湖北西部的武当山跟一位道长学习过，有一个月时间，他每天天没亮就随着道长坐在一座峭拔的山峰顶端面对苍茫云海静坐吐纳。他很快让自己平静了下来，以至于忘记了时间。他不知道等候了多久，也许是三分钟，也许是三小时，也许是三个月，或者是三年。

门开了，进来一位个子不高但干练冷峻的男子。男子满头花发，面色红润，罗伯特看不透他的真实年龄。可以认为他已经八十岁，也可能认为他才二十岁。男子朝罗伯特伸出了手，说尊敬的罗伯特，您好。

罗伯特结束了吐纳，站起身来，也伸出了手。

库切。眼前这个看不出真切年龄的男人自我介绍。

库切，和一位著名的南非小说家同名。罗伯特想到了这位小说家和他的作品，想到库切作品中有关孤独的主题，有关无政府主义。后来，罗伯特在他漫长而孤独的人生中，在永无休止的监禁生涯，无数次想起这一切的开端，想起他遇到的这个名叫库切的男人和他喜欢的那个名叫库切的南非作家，认为这一切似乎是上天注定。那时他会安慰自己，人类科技再怎么发达，在人类之上，在宇宙之上，依然还有一个更大的主宰。当然，这是很久以后的事情。现在，他面对的是一个看不出真实年龄，面无表情的库切。

欢迎您来到永生人俱乐部。库切这样说。

永生人俱乐部？！

罗伯特突然想笑。这些人太会表演，差点把他给骗过了。他明白了这是一场恶作剧，是他的粉丝们为他制造的惊喜。这些年，因为他不停地宣扬人类可以通过自我的修习达到永生，拥有了大量的追随者。他的追随者们组成了一个拥趸团，就叫永生人俱乐部。他们为他举行过各种各样的聚会。他喜欢永生人俱乐部这个美妙的构想。

这不是恶作剧。库切打断了罗伯特。好吧，不是恶作剧。虽然影响了和薇拉的约会，罗伯特还是显得很欢快。他喜欢和他的拥趸们在一起，他享受拥趸们给他制造的各种惊喜。然而，库切的表情，让罗伯特终于笑不出来，他意识到，这不是拥趸的表演，也意识到，永生人俱乐部和他的拥趸团没有任何关系。

果然，库切说，永生人俱乐部名义上隶属于国家安全委员会，实际上，是超越了委员会，超越了国界的一个组织，甚至可以这样说，永生人俱乐部居于这个世界权力金字塔的最顶端，世界大多数国家的元首是俱乐部成员，他们在俱乐部的统一指挥和规划下管理各自的国家。俱乐部的总负责人，他们称之为CORE，在CORE

领导下，有一个七人组成的长老议事团。各长老负责几个方面的工作。这样的结构和一般的政府组织也差不多。CORE相当于总统，长老相当于各部部长。当然，还有信息中枢，有秘密警察机关。接下来的时间，库切给罗伯特看了一些视频资料。资料介绍了罗伯特不敢相信的事实，事实上，早在十年前，人类就已突破永生技术的奇点。科学家们通过改造人类已经过时的生命软件"基因编码"，重新编程人类基因，并且将纳米机器人无害注入到人体的毛细血管内，这些机器人如同最勤劳的清道夫，全面接管了人类的免疫系统，它们以最精准快捷的方式摧毁人体的一切病原体，清除杂物、血栓、肿瘤，纠正DNA的错误，让人的肉体永久保持最为健康的状态，甚至扭转了人类衰老的过程。资料显示，人类现在虽不敢说已经突破了死亡的限制达到永生，但可以预见，人类寿命达到一万年甚至一万个一万年，甚至更为长久，已经没有任何技术问题。

　　库切所展示的成果与资料，让罗伯特感到震惊。他确信这一切不再是玩笑，也不是恶作剧，更不是他的拥趸所为。他的拥趸不会颠覆他的理论。这一切，让罗伯特感到无比欣喜，又感到无限悲伤。他想到东方一位高僧临终前的遗言：悲欣交集。现在，他就是这样悲欣交集。他欣喜，他一直鼓吹的人类永生，居然在他有生之年就已实现，他可从来没有这样乐观过。他悲伤，人类实现永生的办法，居然不是从他醉心研究的东方神秘经典中得来，而是借助于时下最为先进的纳米技术和基因技术。当然，他最为震惊的是，就在去年，谷歌公司的工程总监库兹韦尔还在大胆预言人类将要在2045年超过生死的奇点，从而实现永生。人类事实上在十年前就已突破了这个奇点。难道连库兹韦尔也不知道这个秘密？或者他早就知道，他发表的那些言论只是一种障眼法？罗伯特抛出了他的问题。

　　我无法回答您，也无权回答。这是人类的最高机密。库切先生如是说。我能告诉您的是，现在的人类中，已经有很多永生人，永生人与人类不是一种人类，永生人是人类进化后的高级状态。永生人看自然人，就如现代人看类人猿一样。我们是更高级的物种。库切说，这一切目前处于秘密状态，永生人和自然人生活在一起，并领导着我们这个世界。

　　那么，有多少永生人，现在。罗伯特问。

不能确切地告诉你，这个数字是多少，更不能告诉你谁是永生人，谁不是。

你一定是。罗伯特说，但是，带我进来的那位先生，是否也是？

库切耸耸肩，表示无可奉告。罗伯特感到一阵寒意从后背升起，汗毛竖起如枯草在寒风中萧瑟，寒冷从后背直抵每一个细胞。他之前只是醉心于人类永生的研究，从未想过，人类若真实现永生后，将如何管理这个世界。现有的秩序将受到怎样的挑战。人类的所有思维，道德伦理，行为准则，法律，都是建立在人会死这个大前提下的，当人类实现永生后，这一切的意义将要重估。他在这一瞬间居然又想到了薇拉，想到了爱情，想到了永恒和叶芝的诗句。他之前认为自己会爱薇拉一生，可是如果人类能永生，他能爱薇拉一万年，能爱她两万年吗？

库切说，一个巨大的事实是，在国家、种族、宗教信仰之上，现在的世界，还有一个最大的分别，世界是由永生人和自然人组成的。永生人和自然人不是利益共同体。

当然，不用库切解释，罗伯特就能理解，这个世界上所有先进的技术，从来就不是人人所共享的。正如这世上有人拥有私人飞机，而有些人还在为拥有一辆自行车而努力。有些国家大部分人在使用苹果智能手机，有些国家，人们连最落后的模拟手机都用不上。如果人人皆可以永生，地球上的资源有限，谁可以生育，谁不能生育，又成了另一个问题。

库切说，无论何种政体，无论何种意识形态，一个切实的现实是，当人类从技术上永生之后，并不是每个人都可以享受的。否则，我们这个世界将要陷入巨大的混乱，人类实现永生之日，就是末日来临之时。况且以人类现时的技术而言，在可以想见的未来几百年间，人类尚不能完全离开地球实现星际移民。

罗伯特说，这个不用你解释，政客、富豪，自然是最先享受永生的群体。问题是，罗伯特说，为什么要告诉我这一切？

库切说，祝贺您，在人类突破永生技术的这十年来，永生人俱乐部的人数一直控制在极小的范围。但近年来，基于永生人的利益需要，保障永生人的利益形成了越来越复杂的成本，俱乐部要求不断吸纳各方面的人才，单靠政客和富商无法让永生人俱乐部有效运转，于是我们一直在扩容。我们有最为专业的大数据库，世界上每个人的资料都会纳入数据库，计算机会根据永生人的利益优先法则，对每个人进行评估，达到一定分数线的人，会纳入永生人俱乐部的扩充备选大名单，然后由专门的调查机构对大名单上的人进行全方位调查，由专家组投票决定，谁可以进入到永生人的面试阶段，也就是，您现在面临的阶段。要知道，为了我们这一比人类高级的物种人生存发展，我们不仅需要这个世上最有权势的政治家，最富有的金融寡头和商业奇才，还需要最为聪明伟大的头脑。各行各业里做到了最为顶尖的人才，顶尖的科学家、医生、作家、画家、哲学家，进入这个俱乐部的人类，将要长久地统治那些将要自然死亡的人类。

也就是说，我已经通过了永生人俱乐部的调查？罗伯特说。

库切说，您现在正在接受俱乐部面试。

那么，你在这个俱乐部中，处于什么地位？

库切说，这是机密，您无权打听，我也无权告知。事实上，我自己也不知道。不妨告诉您，现在，我们谈话时，我们的画面，您脸上的每一个细微的情绪变化，包括您的生理数据，呼吸，血压，血糖，各项指标，都在接受计算机的实时分析。

库切说，现在，我要问您一些问题，请您如实回答。

罗伯特如在梦中。他表示愿意回答问题。

第一个问题，您是否愿意加入永生人俱乐部，接受我们为您提供的纳米机器人植入手术？

罗伯特说，如果我同意会怎样？不同意又会怎样？

库切说，如果同意，接下来您将要了解永生人的生存原则，并签署同意合约。合约多达五千条，只要您违反了其中任何一条，将会被处以相应惩罚，甚至终身监禁。库切提醒罗伯特，终身监禁不同于普通人意义上的终身监禁。因为这个终身的时间，是比一万个一万年还要长久的，是永远。永远在孤独中失去自由。这可是比死要难一万个一万倍的事情。

罗伯特发现，库切喜欢用一万个一万来形容事物，这让他显得多少不那么古板无趣。

如果我不同意呢？罗伯特说。

您会同意的，库切说得很肯定，谁不愿意永生呢？您知道，多少富豪为跻身永生人俱乐部，愿意将名下所有财产作为俱乐部的公有财产，多少国家首脑为了跻身俱乐部，表面上服务于他的国家，而实际上是服务于我们，然后代表我们永生人管理着他的国家。

可是，我还是想知道，如果我不同意，会是什么结果。罗伯特有些固执。

库切脸上结了一层冰霜。您已经了解到这世界上最为核心的机密，知道这个机密的，只有两种人，一种是永生人，一种是，死人。当然，不仅他们自己是死人，我是说，了解了这一机密而拒绝加入，他们的子女、爱人，他所有在意的人，我们这里有详尽的名单，他们，一切，所有，库切比画着，都将成为死人，从这个世界上抹去。库切做了一个抹去的动作。清零。他又说。按下DELETE。就是这样的结果。

罗伯特在看到库切做出抹去清零的动作时，背后再次起了一层森然寒意，他那虚张声势的笑最后凝固成怪异的表情。

我没有选择。罗伯特说，我为能成为永生人而感到荣幸。他的态度发生了变化。他知道，自己面临作为人类个体最大的机遇和最为强大的力量。

库切脸上的霜明显化去了一层。想来，他外表冷漠，内心尚有温度。他也不想将任何一个活生生的人清零抹去。

您已经同意了，很好，接下来您要做的，是学习永生人的行为准则，这是永生人世界的最高律法。库切交给了罗伯特一个阅读器。

所有的条款都在这里，五千条，您可以慢慢熟悉，一条一条看仔细。不妨告诉您，您阅读每一条时，心理的微妙变化会通过生理数据反映出来，这些反应会被计算机适时分析，得出您的评估分。您只有拿到了及格的分数，才有资格接受下面的谈话。当然，在我们选中的人中，曾经有一些因为评估分不及格，我们只能很遗憾地，库切说着手臂扬起，先是缓缓抹动，然后做了一个加速抹去的动作。仿佛抹去一个人，并不是那么容易，要经过艰难的决定，然后痛下决心快刀斩乱麻。代表上帝收走他的灵魂，库切先生说，祝您好运。

库切离开房间，将罗伯特反锁在房间里。接下来的时间，罗伯特要认真阅读五千条条款，他阅读时的心理活动引起的生理数据，将决定他的命运，永生或者就死。罗伯特在看这些条款前深吸了一口气。现在，他要让自己平静下来，开始一条一条阅读多达五千条的永生人律法。第一条，我自愿加入永生人俱乐部，绝对服从俱乐部的指挥，永不背叛俱乐部。罗伯特想，我是自愿加入永生人俱乐部的吗？

是，也不是。是，因为自己珍惜成为永生人的机会；不是，因为他并没有选择的自由。他告诉自己，他是自愿加入的。但是他的这个心理变化，让他在这个选择得分上，只得了一分，如果他没有这样的心理变化，真心是自愿加入的，他将得到两分，而如果他心里是反感的，则他会得到负一分。罗伯特继续往下看。这些条款都是对永生人行为的约束，大到对永生人俱乐部的绝对服从，不做出有损永生人利益的事情，永远站在永生人的利益而不是站在自然人的利益思考问题。小到各项保密条款，不得对任何人（在任何人的下面打了重点符号），透露永生人存在并已统治地球的信息，除非是接收到永生人俱乐部的指令。不得打听身边的人是永生人还是自然人。罗伯特教授看得心惊肉跳，其中几条，永远不许打听有关永生人俱乐部的组成，不许主动联系俱乐部，在没有接收到俱乐部发出的指令前，要如自然人一样生活，而一旦俱乐部发出指令，要无条件不问原因地执行指令。五千条行为须知的最后一条，是一则技术说明，自然人一旦被永生人俱乐部接纳，接受了基因编码修正和纳米机器人的注入手术，俱乐部的最高权力机关将拥有对纳米机器人的控制权。也就是说，永生人将失去众多人类已经拥有的自由。

这是一个交换。

用自由换来永生。

要自由，还是要永生？

这是选择题。在这个选择题上，罗伯特和所有进入到面试阶段的人一样，他的生理数据出现了剧烈反应。罗伯特感觉到了自己的呼吸加快，空气突然变得稀薄，他大口吸气，但吸到的氧还是不够。同时他的血压开始升高，血糖迅速降低，他很快出现虚脱症状，浑身发抖，先是胳膊发软，迅即蔓延到全身，他知道自己的低血糖症犯了。这是老毛病，他曾经去医院检查过，医生怀疑他的胰腺长了肿瘤。伟大如乔布斯，最终也是被胰腺上的肿瘤夺去了生命。然而检查的结果，他的胰腺并没有长肿瘤，只是胰岛素分泌不正常，致病原因不详。当紧张、饥饿，或受到外部过于强烈的刺激时，胰岛素的分泌会突然成倍增加而导致血糖迅速降低，如果不补充糖分，用不了几分钟，上帝将把他的灵魂收走。现在，罗伯特的胰腺迅速分泌胰岛素，血糖直线降低，全身冷汗如雨，虚脱得没有一丝力气。他缓缓地侧卧在地上，一开始还将身体抱成一团，但很快他连将身体抱团的力量都没有了，意识开始模糊，他知道他将死。一切都结束了。他的研究，他的纠结，他的爱人，他的自由，这一切的一切，在生命失去时，都将变得没有任何意义。终于解脱了，再也不纠结了。在他的意识快要模糊时，他这样想。他再一次感到无限悲伤，人类已经突破了死亡的限制，而他却倒在了黎明之前。他的手指已经触摸到了永生之门的开关，可是他却与永生失之交臂。这样的悲伤，比普通人临死之前的悲伤来得更加深沉。生命不会再来第二次了。他最后的一个模糊意识，是关于生命与自由的。活着多好。活着。他只有这样一个念头。自由，他从小接受的教育，在他的脑子里形成的坚固理想在这一瞬间坍塌。自由与生命相比，五毛钱都不值。罗伯特这样想。五毛。去他们的五毛。罗伯特想。

我要活，不要死。罗伯特最后的这个强烈的念头救了他。他在面对五千道规则的最后一道，事实上也是最后一道考题，是永生还是自由时，心理与生理的剧烈反应，一度使他在这个数据分析上被判失分。而这一道考题的分数，是五千条准则中分数最高的一条，只要这条不过关，他将失去成为永生人的资格，就算他不因为血糖降低而死，也会被永生人俱乐部拒之门外的，结果当然是他们代表上帝将他的灵魂收走。永生人俱乐部不欢迎把自由看得高过生命的人。最后关头，他这个强烈的求生念头，使得他通过了这一关，拿到了关键分。他们，那些在后台适时观察罗伯特的生理数据的人，他们为罗伯特补充了糖分。

他从死亡边缘缓过来，身体依然处于虚脱状态。当他有力量睁开眼，确认自己还活着时，他看到了库切脸上露出了一丝笑容。他相信，这笑容是真诚的。

祝贺您，成功通过了所有审查。库切说。

那么，我是否可以回去了。罗伯特问。现在，他已经接受现实，成为永生人，同时，也成了永生俱乐部的奴隶。他这样为自己定位。

您现在不能回去。接下来，您要接受永生手术，修改基因编程，植入纳米机器人。手术后还要接受系统学习，前后大约要经过三个月时间，三个月后，您再回到自然人的生活中去，如果俱乐部有指令，会有人通知您。如果没有，您只需要和从前一样生活即可。在这三个月之内，您不能和外界有任何联系。库切这样警告罗伯特。不过，您也无法联系。

接下来，罗伯特接受了永生手术，他在手术后整整昏睡了一个月，这一个月，纳米机器人在他的体内分秒不停地运作，摧毁他血液中的所有病原体，血栓，肿瘤，纠正DNA的错误，纳米机器人全面接管了他的免疫系统，并修复那些已经老化的器官。一个月后，当罗伯特教授从漫长的沉睡中醒来时，惊异地发现身体有了神奇的变化，脸上的肌肉不再松弛，浮肿的眼袋消失不见，眼角平滑没有一条皱纹；本已稀疏微微谢顶的头发变得浓密，如二十岁时一样泛着黄金的光泽；本已凸起的腹部居然变得平坦坚实，他明显感觉到身体里充盈着青春的力量，连长期困扰他的鼻炎也不复存在，肺部的不适不复存在；他的视力恢复到了最佳状态，不戴眼镜，他居然看到了久违的清晰的甚至是超清晰的世界。整个人身轻如燕，他在医生的指挥下，一口气完成一百个俯卧撑、二百个下蹲起立。依然没有一丝疲劳感。身体的舒畅感，比多年前在中国武当山修习吐纳之术的体验要强烈一万个一万倍。他发现自己也使用了这样的描述。东方神秘经文中所说的羽化升仙，大约就是这样。罗伯特这样想。他庆幸自己的选择，为自己的幸运而兴奋。当今世上七十多亿人，有资格永生的，应该不会超过一个亿，罗伯特想，一个亿太多，或许五千万，或许三千万，甚至更少，而他是多么幸运，居然被选中并获得永生。罗伯特换了一种心态，他变得主动积极，以永生人的立场来看待自己。接受一系列检查后，他被告知，纳米机器人在他的体内运行完美。他以年轻人的心态，接受了两个月的相关训练，他被要求将外表装扮成和他本来年纪相近的状态，比如将头发染成花白，说话行动要符合六十岁人的状态。现在他拥有一个比二十岁时还要优秀的身体，完美无缺的身体。他有些迫不及待，又有些紧张，不知道回到正常的生活中去是否会适应。

罗伯特回到了他本来的生活之中。现在，他有许多人要见。前妻，父亲和继母，当然，他最想见到的是薇拉。凭空失踪三个月，他得给薇拉一个合理的解释。他不知道该如何解释，他无法想出一个合理的谎言让薇拉相信，在他生命的前五十九年，他从童年起就被告知要做一个诚实的人，他也一直这样在做，他忠实于自己的内心活了五十九年，现在，他拥有了巨大的秘密，他要学会说谎前生活在谎言之中。罗伯特对即将要面对的生

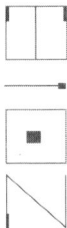

活多少有一些忐忑。

您不用解释。在罗伯特准备离开永生人俱乐部时，库切这样安慰他。一切都帮您安排好了，您只要告诉您的亲朋，这三个月您受国家安全委员会邀请，参加了一项秘密工作。至于工作的具体内容涉密，无须任何解释。

罗伯特觉得这是一个很好的借口。以国家安全与事涉机密为由，他可以不用回答任何问题。只是身体的变化，薇拉一定会发现。他不知道该如何解释。他想，只能走一步看一步。回到自然人中间的罗伯特，突然感觉自己成了阴谋家。从此拥有了不能与任何人分享的秘密。他必须这样，否则，他的亲人，朋友，所有他在意的人都将不测。他这样安慰自己，我这是为了他们好。是的，我是为了他们好。多么高尚的借口。罗伯特突然想到，这世上的很多事情，不都是打着这样的借口吗？何况，他现在接受并认可了这样的事实，包括人类永生在内的这个时代所有最伟大最尖端的技术，从来就不为所有人服务，而只是服务于少数人。越是尖端的技术受益人越少。罗伯特同时也接受了永生人的理论，他有幸遇上了人类进化的拐点，就像人类的祖先在两百万年前开发使用前额叶皮质，从而让人类成为这个星球上最为智慧的生物，跃居食物链的最顶端一样，只有他这样的拥有超常智慧大脑的人才配得上享受永生。他想起了为他手术的医生称那些自然人，哈哈，那些自然人，他为自己在心里对人类的称谓的变化而吃惊，但是，的确，就是这样的，那些自然人，医生称他们为muggle。在罗琳的小说中，那些不拥有魔法的普通人，就被称为麻瓜。看来，那医生是罗琳的拥趸。这样的称谓有意思。自然人是麻瓜，而他，罗伯特，物理学家，科普作家，永生人的研究者，现在是——永生人。多么让人自豪的事。

依然是辆黑色的车，依然拉上了车帘，依然戴上了眼罩，这一切皆是多余，按照五千条规则中的一条，他不许试图寻找永生人俱乐部，不能主动联系，否则都将面临最为严苛的惩罚。罗伯特被送回到他办公室的地下车库。送他的还是当初带他到永生人俱乐部的陌生人，到此时，罗伯特依然不知道他们的名字，也不知道他们是永生人还是麻瓜。陌生人还回了罗伯特的手机，也没有说一声再见就走了。再见。罗伯特说。看着他的消失，罗伯特这才想起应该打开手机。他已经和这个世界中断联系太久。罗伯特教授以为会收到很多薇拉发来的信息，或者无数个薇拉打来的未接电话。结果他多少有些失望，居然没有一条薇拉发来的信息，也没有一条有关她的来电提醒。罗伯特心里涌起深深的失望。那一瞬间他想，也许于薇拉而言，他并没有那么重要。罗伯特很快明白了，是他们，永生人俱乐部，他们删除了薇拉发给他的信息。他可以这样断定。罗伯特拨打了薇拉的电话，薇拉的电话处于关机状态。他给薇拉留语音，告诉薇拉接到留言一定要回复他。他表达了对薇拉炽热的思念和无限的歉意。他看到了前妻AI给他的留言，留言一共有十五条之多，都是让他开机后回复她的。他还看到了父亲发来的信息。父亲让他回电话。他给AI打电话，他想着怎么解释这三个月来他的去向。AI居然没问他。她不问，罗伯特也就不用解释。AI告诉罗伯特，请他马上去看望他的父亲。罗伯特问AI他父亲怎么了。AI说，状态不好，非常不好。

凯茜去世了。AI说。

没有想到，成为永生人，回到麻瓜们的世界，他接到的第一个消息，居然是有关死亡的。罗伯特沉默了许久。他意识到，成为永生人，不仅仅是要学会说谎，不仅仅是要失去自由，他还要面对许多情感上的折磨。听到继母凯茜去世的消息，罗伯特很难过。不，他的心情，不能用难过来简单形容。当然有难过，也有……庆幸，他小心选择着内心的词汇，还有，他也说不清道不明的，复杂。用中国人的话说，叫五味杂陈。他甚至又想到了麻瓜这个词。他知道这样想很不恰当，是对逝者的不尊。虽然凯茜不是他的生母，老太太却视他如己出。一个和他这样亲近的人就这样离去了。他想到了父亲为凯茜读诗的情形。父亲是那样爱她，失去凯茜，父亲现在一定很难过。他拨通了父亲的电话。和AI一样，老罗伯特并没有责怪他这段时间关机消失不见。罗伯特告诉父亲，他现在就去看望他。一小时后，罗伯特见到了他的父亲老罗伯特。意外的是，他不仅见到了父亲，还见到了薇拉。罗伯特开门进入父亲的家时，老罗伯特坐在他时常坐的圈椅上，闭着眼，像睡着了一样。薇拉坐在靠窗的地方，一束光从窗外透过玻璃照进略显昏暗的房间，侧光打在薇拉的脸上，受光面晶莹如玉，像一尊圣女雕像。见到罗伯特进来，薇拉没有起身，她伸出食指放在嘴边，轻轻朝罗伯特嘘了一下，提示罗伯特别打扰他的父亲。罗伯特轻轻走到薇拉身后，就在之前一个小时，联系不上薇拉时，他想了许多坏的念头，甚至在心里恨过薇拉，以为薇拉已离他而去。他在心里忏悔了，为自己错怪了薇拉。成为永生人，他变了。他轻轻从后面双手环抱着薇拉，心里涌起的居然是无限感伤。他轻吻了薇拉的头发和耳垂，眼圈有些湿。他活了快六十岁，经历了这么多的世事，已经过了控制不住感情的年龄，可是现在，他的身体年轻了，内心似乎也回到了二十岁的状态。他从后面不停轻吻着薇拉。薇拉一手回抚着罗伯特的头，轻轻搓揉着他的头发，一手执书，是凯茜最喜爱的那本诗集，轻声为老罗伯特读诗：

> 舍下我，走吧。可是我觉得，从此
>
> 我就一直徘徊在你的身影里。
>
> 在那孤独的生命的边缘，从今再不能
>
> 掌握自己的心灵，或是坦然地
>
> 把这手伸向日光，像从前那样，
>
> 而能约束自己不感到你的指尖
>
> 碰上我的掌心。劫运让天悬地殊
>
> 隔离了我们，却留下了你那颗心，
>
> 在我的心房里搏动着双重声响。
>
> 正像是酒，总尝得出原来的葡萄，
>
> 我的起居和梦寐里，都有你的份。
>
> 当我向上帝祈祷，为着我自个儿
>
> 他却听到了一个名字，那是你的；
>
> 又在我眼里，看见有两个人的眼泪。

薇拉读完这首诗。老罗伯特缓缓睁开眼，他并未睡着，知道儿子进来了。他的儿子，他生命的延续，人类以此来达到不死，他熟悉他的气息。

你来了。父亲说。

三个月不见，父亲迅速衰老。罗伯特想到了一个中国词汇，油尽灯枯。父亲现在的状况差不多就是油尽灯枯。他的生命犹如风中之烛，随时可能会熄灭。熄灭之后将永远不复再燃。在那一刻，罗伯特心里涌起的是无限酸楚，他走向父亲，单膝跪地，他觉得只有跪下才能表达出他内心的那份酸楚。他拥抱了窝在圈椅里的父亲。父亲矮小了许多，瘦得只余一把骨头。罗伯特亲吻父亲花白的乱发和满是老人斑的额头。然后他握着父亲的手。父亲的手干枯得如同一把枯叶，抚摸上去沙沙作响。他又吻了父亲的手背。他觉得这一切都是自己的过失。在父亲最需要他的时候，他不在身边。在父亲生命之灯将要熄灭的时候，他只能用这样的方式来掩饰内心的愧疚，这让他益发觉得自己虚伪可鄙。

没事的，孩子。老罗伯特缓缓抬起手，抚摸着儿子的头。

对不起。在您最需要我的时候，我不在您身边。罗伯特这样对父亲说。

老罗伯特显得很平静。他知道自己的时间不多了，他在平静地等候这一刻的到来。你在我身边，也代替不了，我的痛苦，没事的，孩子。凯茜死了，死在我前面，这是她的心愿，她生前，一直希望，死在，我的前面，她不想经历，失去我，的痛苦。她，那么残忍，把这痛苦扔给我，她自己倒走了。你站起来吧，孩子。

老罗伯特是个幽默的人，他不愿意让大家陪着他悲伤，开玩笑地提到了罗伯特的研究，说，孩子，你没能，在凯茜死去之前，找到长生不死的办法，真是遗憾啊。世上哪有长生不死，的办法呢。每个人，都要死，你的研究，没有意义。人要是不死，地球哪里，养得活这么多人。我也要死，凯茜活着时，我可不想死，我多么幸福啊，可是现在，我一点也不恐惧死亡。生老病死，这是万物的规律，没有谁，能逃离这规律。没有谁。没有谁。没有。

老罗伯特说得很缓慢。说完这些话，仿佛耗尽了他最后的心力。

当父亲反复地说"没有谁"时，罗伯特不敢直视父亲，也不敢看薇拉。他低下了头，内心慌乱不安。他甚至不知该如何掩饰这慌乱不安。他应该回答，父亲，您错了，人类已经战胜死亡了，人类永生了，您的儿子，就是一个永生人。可是他的嘴抖动了半天，比父亲说话还要艰难地说出，是的，父亲，没有谁。

老罗伯特将颤抖的手伸向桌子。桌上有镶着凯茜年轻时候照片的相框。薇拉明白了老罗伯特的心，帮他拿过了相框。老罗伯特双手接过相框，颤抖地亲吻了照片上凯茜的额头。五十年。我很幸福。孩子。老罗伯特从相框上抬起头，说，薇拉是个不错的姑娘，你应该，和她结婚，像我和凯茜一样。父亲又亲吻了凯茜的照片。然后，他似乎忘记了罗伯特和薇拉的存在，就这样抱着凯茜的照片，一会儿就睡着了。

　　罗伯特看着迅速老去的父亲，惭愧地低下了头。他是告诉父亲，人类十年前就已经做到长生不死，还是告诉父亲，您错了，人类可以长生不死了，可是，您，还是得死，因为您没有进入永生人俱乐部的门票。这是多么残酷而自私的事。罗伯特想，如果可能，如果他拥有这样的权力，他一定要给父亲做永生手术，让父亲重新年轻。这一刻，他对永生人俱乐部生出了不满。谁永生？谁死去？这一切谁说了算？真的是计算机大数据给出的结果吗？是否足够富有，花足够多的钱就能买到永生？是否俱乐部高层的父母、亲人们就可以永生？俱乐部对永生人拥有绝对的权力，那么，谁去监督他们？绝对的权力产生绝对的腐败与不公，那么，当人类已经探索出一整套保证公正自由的制度的今天，永生人俱乐部这代表了人类科技进步与进化的群体，是否开倒车回到了专制时代，把权力关进制度的笼子里？这句话落地有声，但是笼子何在？谁来决定将谁的权力关进笼子、谁的不关进笼子？就算一切都是公正无私的，是计算机基于大数据评估出的结果，那么，这一看似公正的制度是否违背了人道主义精神？他又想到了麻瓜。人类。是的，永生人和麻瓜们，已经不是一种人类，或者说，是不完全相同的生物了。现在，我，罗伯特，我的身体是人类与机器的混合体，是人机结合的全新的物种。罗伯特想，就在他眼看着父亲油尽灯枯的时候，他的体内，纳米机器人在迅速修复着老化的细胞，他将永远年轻。这样想时，罗伯特再看父亲，突然觉得父亲在他的眼里陌生起来，五千条禁令，一条条如此清晰，如同刻在他的脑海里一样，在提醒着罗伯特。什么都不能说，什么都不能做。他只能看着父亲一步步走向死亡。如果父亲知道这一切的真相，罗伯特想，如果父亲知道真相，他会怎么看他这个儿子。罗伯特不知道这样的永生还有什么意义。他甚至觉得，从某种意义上，他等同于谋杀父亲的凶手。或者说，是他和他们永生人，合伙谋杀了他的父亲。

　　薇拉合上诗集，缓缓站起来。

　　罗伯特拉着她的手，两人轻轻出了父亲的房间。一出房门，罗伯特就急切地拥抱了薇拉。人类就是这样奇妙。前一分钟，他的心里还是深沉的自责和形而上的思考，一分钟之后，他的本能，他的欲望，形而下的诱惑，秒杀了形而上的思考。罗伯特疯狂地吻着薇拉，吻她的唇，她的耳朵，她的脖子，她高挺的乳房。他抱起薇拉，想要去父亲家为他留的房间。这一刻，他什么都不去想，去他妈的生死，去他妈的永生人。他的体内汹涌澎湃的全是荷尔蒙，他的大脑如同宇宙大爆炸一样喷发着多巴胺。薇拉回应着他的吻，她知道罗伯特想干什么，她从罗伯特的怀抱里挣脱了出来。罗伯特说，怎么啦，你生我的气，我这么久没有联系你，那天下午，我，国家安全委员会。罗伯特想解释，手上却没有停止动作，他一手伸进了薇拉领口去抚摸着她高耸的乳房，一手从裙子下方顽强攻击着薇拉。薇拉说，我知道，你不用解释的罗伯特，我爱你，可是现在不行，在这里不行。薇拉说，罗伯特，不要这样，再这样，我真的生气了。伯父，薇拉说，伯父的时日不多了。这句话，终于让罗伯特冷静了下来。他为自己刚才的不顾一切而脸红。这是怎么啦，我是六十岁的老人了，刚才这兴奋，比二十岁时来得可要猛烈。罗伯特努力平静下来。是的，就在这间屋子里，继母离世不久，父亲生命垂危，儿子见死不救，在这里任由性欲泛滥。薇拉脸上浮起了红晕，她将罗伯特的手缓缓牵引至她的腹部。她的眼里流动着调皮与自豪，那波光，罗伯特是那样熟悉，七年前，她这样对他说，只有画家和农夫，才会欣赏她的美，她那样说时眼里流动着的，正是这样的波光。

你摸摸，在这里，我们的孩子。薇拉说，我们有孩子了。三个月了。薇拉说，我要做母亲了，你要做父亲了。我们应该结婚。你父亲说得对，我们要像他和凯茜一样。

孩子？父亲？

罗伯特有些恍惚。是的，之前，他曾经想过要孩子。他喜欢孩子。AI不能为他生孩子，他多少有些遗憾。后来他也曾经对薇拉说过，希望能有个孩子。薇拉总是说，她还没有想好要不要嫁给他。在她决定嫁给他之前，她不能怀上他的孩子。而现在，她怀上了他的孩子，罗伯特教授却一点也高兴不起来。他整个人如奔腾的钢液突然泄入了北极的冰水。那些荷尔蒙那些多巴胺突然间停止了分泌。

怎么啦，亲爱的，你不开心？

我很开心，亲爱的。罗伯特象征性地亲吻了一下薇拉。心里涌起的想法却是，他的孩子是永生人还是麻瓜。他确定他的孩子是麻瓜。这个想法让他的心情没办法好起来。生下来，就注定了要死去。他强作欢笑，说，亲爱的薇拉，从现在你，你好好休息，我去做晚餐。罗伯特做好的晚餐，薇拉吃了许多，可他父亲老罗伯特只是象征性地吃了一口，以示对儿子劳动的肯定。老罗伯特几乎再没有说话。过去那个幸福地读诗的父亲一去不复返了，他累了，吃完饭后就躺在床上睡着了。罗伯特坐在父亲的床边，看着这个油尽灯枯的老人，他不知道能做什么。找到永生人俱乐部？请求他们给父亲一次生命？让父亲获得永生？他知道这是不可能的，五千条禁令有不下二十条禁止他这样做。他知道这样做的后果，不仅救不了父亲，还会给他爱的人带来灾难。他现在所能做的，就是眼睁睁看着父亲迅速耗尽生命。而薇拉，还有薇拉肚子里的孩子。罗伯特突然感到无限恐惧，仿佛被吸入了一个无尽的黑洞。终有一天，父亲要死去，薇拉要死去，他的孩子要死去，而他，他要眼睁睁看着这一切发生，然后留下他，独自面对无限漫长孤独的人生，一千年，一万年，一万个一万年，一万个一万个一万年，及至永远，至无限。他突然觉得，永生未必是件多么值得幸运的事情。罗伯特拥抱了父亲，并再次吻了父亲花白的乱发，他从父亲身上闻到了死亡的气息。他知道父亲的日子不多了。他还是转身走了。和将死的父亲待在一起，每一分，每一秒，于他而言都是痛苦与难堪。

耻辱。他想到了库切。和他喜欢的那名叫库切的南非作家，那本名叫《耻》的小说。他不知道为什么会突然想起这些，只是没来由地想起。成为永生人的兴奋现在已悄然消退，回到自然人的生活中，他明显感觉到自己的变化。这变化是巨大的，支撑他之前理想与信念的那些珍贵的东西，现在似乎都面临被摧毁的危险，而一种新的价值观尚未能在他的心里发芽。当他在大街上看到那些忙碌的人群时，他有身为上帝一样的自豪与悲悯，如同在俯视一群忙碌的蚂蚁，觉得他们是可怜的、卑微的，作为永生人的优越感油然而生；而当他面对即将要死去的父亲和即将要出生的孩子时，他感受到的是无力，悲伤，失去自由与成为说谎者的耻辱。这时他宁愿自己不知道人类已经突破了生死的边界，宁愿自己和父亲一样拥有有限的生命。因为有限，才显珍贵。而现在，他拥有无限的时间与生命，就如同一个长期贫困的人，突然中彩成了亿万富豪，拥有花不完的金钱一样，时间，生命，金钱，这些东西，突然变得无足轻重。

一切都已改变。而他又无力改变更多。他只能劝说自己，慢慢适应这巨大的变化。

开车回自己家的路上，罗伯特心事重重。薇拉说，怎么啦，罗伯特，你在为你的父亲担忧吗？他已经九十岁了，生老病死是自然规律，您真的以为人可以不死吗？罗伯特不说话。薇拉说，那么，您是不开心我怀上了孩子吗？罗伯特说，亲爱的薇拉，别胡思乱想，我很开心，只是，我感到累，很累很累。回到家，罗伯特依然心事重重。他拥抱着薇拉，轻轻抚摸着薇拉的肚子，这里面有他生命的延续。他不知道这是好事，还是坏事。他和薇拉相拥而睡。他控制着自己的情欲。但他现在拥有的不是六十岁的老人的身体，而是比二十岁时还要健壮的身体。一点点刺激，荷尔蒙与多巴胺就开始爆炸，理智对汹涌的情欲没有一丝抵抗力，他身体里的力量摧枯拉朽。他和薇拉做爱了。他努力控制自己，但他的变化还是让薇拉感到吃惊。他让薇拉一次又一次达到了未有的高峰。事后，薇拉幸福地躺在他的怀里，抚摸着他坚实的腹部和胸肌。薇拉说真的很神奇，罗伯特，你的大肚腩不见了，你的肌肉结实，你的皮肤光滑，你像小伙子一样健壮，这三个月，你的身上发生了什么。罗伯特再次撒谎了，他说这三个月来，他受国家安全委员会的征召工作，每天进行着军事化训练。高强度的训练，他这样强调，他拥有了现在这样的体格与体能。薇拉没有再深究，她尚处在眩晕之中。多么幸福，这个将要六十岁的男人，他比二十岁的小伙还要棒。罗伯特的情欲很快又勃发了，他去冲了个冷水澡，也没能让自己平静下来。他们如同七年前的初遇一样疯狂。只是那次，薇拉如初次发情的母马，而罗伯特最终感到力不从心，这次完全不一样，他仿佛有着源源不断的体能，以至于后来薇拉不断提醒罗伯特她肚子里有孩子，后来，薇拉决定和罗伯特分房睡。

　　第二天，罗伯特接到AI打来的电话。AI告诉他，他的几本书都卖得很好。现在，一家来自中国的出版机构有意购买版权。这曾是罗伯特最大的心愿。他是那么热爱中国，深受中国文化影响，如果没有中国，就没有他的研究，也没有他的学说的灵感来源。他的书一直未能翻译到中国，这是他的遗憾。他书中那些关于长生不死的说法，被认为是歪理邪说，不符合对出版物的审核。但现在关于人工智能与不死的讨论成了世界性的话题，他的书也显得没那么离奇。AI以为罗伯特一定会很高兴。她告诉罗伯特，中国的出版机构会请最好的译者，并且有意请他到中国做宣传，到中国的大学做讲座，他会在他喜欢的东方拥有大量读者。罗伯特觉得这真是个巨大的讽刺。他想告诉AI，所谓的基于量子物理与中国经典得出的长生不死的猜想是荒谬错误的，人类现在已经有了更加切实可行的办法，十年前就突破了生死。可是他不能说。

罗伯特教授有些心灰意冷。未来还有无限漫长的人生，他将要彻底告别过去的研究。他想做点别的有意义的事情。但他还没有想好做什么。也许可以当个画家。罗伯特对AI说，他对自己的书翻译到中国不感兴趣。不是不感兴趣，他决定，收回所有已经出版发行的书。AI问他为什么。罗伯特说他错了，他的研究方向是错误的，之前他不明白，现在他明白了，就不能再让这样的书印行，否则就是欺诈。AI在电话那端沉默了许久，说，你怎么突然认为自己错了？这可不是你。罗伯特说，人都有错的时候，我们固执地认为坚持的是真理，可有一天你会突然发现，你的坚持很可笑。AI说，你变了，罗伯特，你到底经历了什么？罗伯特想到了那五千条禁令。他又撒了个谎，他说凯茜的死，父亲时日无多，可他无能为力，他帮不了他们，这让他开始警醒自己的所谓学说是误人误己。AI说，人终有一死，这不是你的错，亲爱的，你应该好好放松一下。和AI通话结束后不到半小时，罗伯特意外地在家门口遇到了当初接他到永生人俱乐部的陌生人。罗伯特冷冷地对陌生人说，你怎么会在这里？陌生人说，不打算请我进家里坐坐？罗伯特回头看了一眼，薇拉此刻正在做早餐。罗伯特说，就在这里说吧。陌生人沉默了一会儿，说，有人让我告诉你，不能销毁你的著作，不能拒绝将著作翻译到中国，不能改变你的生活状态。罗伯特突然失态了，你们监听我。陌生人说，不要冲动，罗伯特先生。

罗伯特愤怒了，你们爱监听就监听吧，我自己的著作，怎么处理是我的自由。

陌生人冷冷地说，我只是负责当面告知您这些，罗伯特先生，同时，提醒您注意自己的身份。

我的身份？我的什么身份？物理学家，科普作家？

陌生人说，我也不知道，我只负责传话。您怎么做，是您自己的事。

陌生人说完头也不回地走了。罗伯特当然明白，这个身份，自然不是指他作为物理学家和科普作家的身份，而是指他作为永生人的身份。

亲爱的，你和谁在说话。薇拉现在是个幸福的小妇人。

罗伯特说，一个邻居。

吃完早餐，罗伯特打电话向父亲问安，电话一直没人接。不祥掠过罗伯特心头，阴影如巨大的黑鸟。他对薇拉说他父亲可能出事了，电话没人接。他和薇拉匆匆赶到父亲的家时，他的父亲，老罗伯特，已经平静地离开了这个世界。他的神色安详，如同睡着了一样，双手交叉在胸前，抱着凯茜青春秀美的照片。而他的枕边，放着凯茜生前喜欢的《勃朗宁夫人十四行诗集》。罗伯特抱着父亲，压抑着哭声，任泪水汹涌，到后来，他放任了自己，孩子一样痛苦，他哭得很委屈。他痛哭的不是父亲的死，而是作为儿子，明知人类可以永生了，自己成了永生人，却只能如此冷酷地任由父亲死去。他是哭自己成为永生人后，渐渐失去了为人的基本美德。他在哭自己，肉体虽然获得了永生，那个真实的罗伯特，却已经死去。

薇拉平静地看着罗伯特痛哭。她没哭。一个善良的老人走了。她也感到悲伤。可是她不能悲伤，罗伯特现在的悲伤，让她觉得她需要冷静，何况，她的肚子里还有孩子。她感到了饿，刚刚吃完早餐的她又感到了饥饿。她没有劝罗伯特节哀，而是去到厨房，找到两块面包，狼吞虎咽地吃完面包，她觉得好多了，这才回到房间，打电话联系该联系的人，处理老罗伯特的后事。

罗伯特哭够了，见薇拉打电话处理父亲的身后事，他才止住哭泣。

老罗伯特的葬礼是薇拉一手操办。安葬完父亲，罗伯特没有在墓地多待一刻。他不敢面对自己，不愿意面对所有与死亡有关的情境。次日，他去就职的学校办理了退休手续。他还年轻，他的身体比二十岁的人还年轻，他还可以工作一万个一万年甚至更为长久，可是，他退休了。他到了退休的年龄。办完退休手续，他和薇拉结了婚。父亲刚刚过世，婚礼办得很简洁。注册，找个牧师主婚。如此而已。罗伯特没有邀请任何亲人和朋友，他也没有亲人。薇拉也没有邀请她的亲人，只是把这个消息告诉了AI。她希望得到AI的祝福。于是他们的婚礼，只有AI一个来宾。牧师为他们祷告说，主啊，我们来到你的面前，目睹祝福这对进入神圣婚姻殿堂的男女。照主旨意，二人合为一体，恭行婚礼终身偕老，地久天长：互爱，互助，互教，互信，天父赐福盈门，使夫妇均沾洪恩，圣灵感化，敬爱救主，一生一世主前颂扬。那一刻，薇拉是幸福的，而罗伯特却显得有些心神不宁。因为接下来，牧师的质问，他不知该如何回答。牧师说，薇拉，你是否愿意这个男子成为你的丈夫，与他缔结婚约？无论疾病还是健康，或任何其他理由，都爱他，照顾他，尊重他，接纳他，永远对他忠贞不渝直至生命尽头？薇拉轻声说，我愿意。牧师问罗伯特，是否愿意这个女人成为你的妻子，与她缔结婚约？无论疾病还是健康，或任何其他理由，都爱她，照顾她，尊重她，接纳她，永远对她忠贞不渝直至生命尽头？罗伯特沉默了。他知道，他无法做到。他可以爱她，照顾她，尊重她，接纳她，但他的生命没有尽头，薇拉的生命有尽头。他对她有所隐瞒，有欺骗。他无法确信自己能做到对她永远忠贞不渝。牧师把同样的话又问了一遍，罗伯特这才如梦初醒，回答说愿意。仪式结束后，AI 过来拥抱了薇拉，也拥抱了罗伯特教授，送上了真诚的祝福。AI 看出了罗伯特心不在焉，她悄悄地提醒罗伯特，好好待他的新婚妻子。

薇拉的肚子一天天大了起来。她不再画画，说绘画颜料对胎儿健康不利。她要生下健康的孩子。薇拉这样说时，罗伯特就在想，只要给孩子做纳米机器人植入手术，孩子就会永远健康。罗伯特内心的阴影面积越来越大。薇拉以为罗伯特还沉浸在失去父亲的痛苦之中，她试图宽慰他，可是没有办法。生活中的点点滴滴都在提醒罗伯特教授，他内心的道德感如同蝎子，用毒针扎着他的心脏。别人怎么样他管不了，他希望，薇拉，他的孩子，AI，这些他在意的人，能够如他一样幸运被计算机选中，成为永生人。他不知道他能为此做什么，也许，他能做的只有祈祷和等待。

转眼过了炎热的夏天，第一缕秋天的风吹到这座城市。秋天是伤感的季节。中国人就有悲秋一说。进入秋天之后，罗伯特的心情却略有好转，他现在尽量减少了作为科普作家和读者交流的次数。他的讲座，因为背负着沉重的罪恶感，明白自己的每句话都是谎言而变得枯燥无味。他觉得，在做讲座时，他是个骗子。但他不得不讲。这是永生人俱乐部对他的指示。他需要用他的所谓永生理论，来欺骗麻瓜们。几次讲座的失败，让他的粉丝数大幅减少。罗伯特为此略感安慰。AI 问罗伯特教授，到底怎么了。罗伯特说，这样很好。他现在更乐意陪着薇拉，做个退休的老人和准父亲。秋风吹起后，天一日日凉爽，天空每天都会有大雁南飞。大雁的叫声悠远而自由。罗伯特便会想，活上一万个一万年而失去自由的永生人，并不比只有十年生命的大雁来得幸福。如果现在让他选择，他宁愿选择有限但自由的人生。薇拉的肚子已经很夸张地隆起。她很享受这等待孩子降生的时刻。她喜欢一手托着肚子，一手撑着腰肢，在美丽的云河边散步。入秋的云河水泛着蓝色的波光，绿色的波光。阳光变得温和起来，一早一晚，已经有了深深的凉意。河对岸的远山上，枫树已经变成了红黄绿相杂的斑驳的色彩，天空显得愈发高远和幽蓝。陪着薇拉散步时，罗伯特胳膊弯里会搭着薇拉的风衣，温度降下来时，他会为薇拉披上。他们看上去很恩爱。但只有罗伯特自己知道，他的内心，没有一刻安宁。孩子会死的，会死在他前面。这个念头顽固地盘踞在罗伯特的心头，如同一株阴绿色的藤蔓，在潮湿的季节疯长。他仿佛看到了儿子，他这样认为，薇拉会生下一个男孩，他会看到那个男孩慢慢长大并老去，然后死在他的面前，而他永远年轻。罗伯特努力控制内心的阴郁，让自己接受事实，同时也安慰自己，薇拉还年轻，也许十年，二十年，或者三十年，五十年后，科技迅猛发展，人类找到了离开地球去到遥远星球的办法，永生人俱乐部的规则会随之更改，他们会容许更多的人成为永生人，或者到那时，每个人都是永生人。罗伯特相信这一天会到来。他只是希望这一天能早点来到。这样的想法如一剂毒品，麻醉着罗伯特的痛苦，也给了他不去想这些问题的理由。但他还是会止不住想，永生人俱乐部控制永生技术，难道真的只是因为害怕地球无法养活那么多的人类吗？还是基于独裁的需要？永生人俱乐部除了让他继续作为一名科普作家普及他的那些不可能的永生理论之外，也没有对他提出什么别的要求。他相信，正是他的这所谓的永生理论，可以对人们的正常思维造成干扰，从而有效地为人类真正的永生科技更长久地保密形成掩护，才让计算机选定他成为永生人。也就是说，因为他是骗子和同谋，才获得永生资格的，而不是因为他的智慧可以为人类或永生人类造福。这样的想法，也让他时时感到耻辱。他努力让自己不去想这些他无力改变的事情。刚成为永生人的那段时间，看到普通人，他都会去想，他或者她是自然人还是永生人？他甚至这样幻想过，也许薇拉也是永生人。但是观察告诉他，薇拉的身体没有发生变化，她和他，不是一种人类。

　　秋天让世界变得干爽而明亮。薇拉说想去灵都度假。她喜欢那个地方，她想在灵都生下他们的孩子。罗伯特陪着薇拉到了灵都。他们住在酒店里，他每天会陪着薇拉在外面散步。现在薇拉不能如过去一样，和他一起大吃各国美食了。但当他们经过中国人开的餐馆、韩国人开的餐馆、法国人开的餐馆时，他们会回忆起过去的幸福时光，会说起某一味美食。比如经过中餐馆时，薇拉会说到左宗棠鸡。作为中国通的罗伯特，会对薇拉讲起左宗棠这个中国人。薇拉慢慢侧过身，一手托着她的腹部，一手撑着腰肢，她的长发现在已经扎起，脖子显得更加修长，双乳愈发坚挺。她的眼里依然流动着他们初识时的波光，只是这波光中不再是初识时的惊奇与兴奋，而是安宁与满足。她就这样看着罗伯特说，亲爱的，你对我讲过的，左宗棠。罗伯特说，噢，你看我，忘记了。薇拉说，我愿意再听一次。经过一家韩国餐馆时，薇拉提到了那部前些年风靡世界的电视剧，说到里面那个活了四百年的漂亮的教授和那个调皮的女主角千颂伊。薇拉在怀孕之前的性格，恰如千颂伊的大大咧咧。现在，她变得稳重了。薇拉问罗伯特，如果他能活四百岁，还会爱她四百年吗？罗伯特沉默了。他何止能活四百岁，他的生命是无限，是永远，是末日无期。罗伯特教授会止不住在脑海里回忆他那天被带到永生人俱乐部的路线。他坚信俱乐部在灵都。灵都的每栋建筑都是那样可疑。罗伯特知道，他不能试图寻找俱乐部所在，他现在什么也不愿去多想。他只想陪着薇拉，生下孩子。然后给孩子很好的教育，成为这个世界最为智慧的那一类人，从而获得加入永生人俱乐部的资格。当然，罗伯特说，我会爱你四百年。可是他心里却在问自己，四千年呢？四万年呢？

罗伯特把自己变成一只将头埋进沙子里的鸵鸟，享受着这所谓的现世安稳。命运却给他开了更加残酷的玩笑。薇拉在生孩子时产后大出血。孩子保住了，如罗伯特所愿，是个男孩。我们称这个孩子为小罗伯特。薇拉没能看一眼她的孩子小罗伯特，她昏迷了过去，送进ICU抢救，生死未卜。罗伯特知道，以现有的技术，抢救薇拉根本不是难题。只要给她植入纳米机器人，纳米机器人会迅速修复她的身体。她会安然无恙，而且她会和他一样，获得永生。罗伯特冲着主治医生吼叫，让他们给薇拉植入纳米机器人。主治医生和他的助手、护士们，看着罗伯特，眼里满是同情与悲悯。主治医生说，罗伯特先生，我们充分理解您的痛苦，我们会尽全力。可是，您所说的纳米机器人，只是您的幻想。人类目前尚没有掌握这样的技术。医生又对他助手说，这可怜的先生，他疯了。

他们认为罗伯特失去了理智，他所说的话，没有引起他们的重视。他们爱莫能助。罗伯特眼看着薇拉被送进了重症病房，他甚至都没有来得及对薇拉说出他的愧疚。薇拉在昏迷前对罗伯特说的最后一句话是，我爱你，罗伯特。罗伯特拉着薇拉的手，说，我爱你，四百年，四千年，四万年，四万个四万年。你等等我薇拉，你等等我。罗伯特想，去他妈的永生人俱乐部，去他妈的五千条禁令。他满大街疯跑，他冲进每栋形迹可疑的大楼，他在那些楼里大喊大叫，出来，我知道你们就在这里，出来，你们这些独裁者、自私狂，你们这些骗子，你们凭什么隐瞒人类永生的技术。

人类把他当成了疯子，直到后来，他被警察制服。

罗伯特没能和薇拉作最后的告别。从警察局出来时，薇拉已经永远离开了他。他没能救得了薇拉。他的行为触犯了五千条禁令中的很多条，他接到了警告和处罚，他被告知终身不能进入永生人俱乐部的决策层，并降格为永生人俱乐部的三等公民，不能享受科技的及时更新换代。而且，他们告诉他，因为他违反了禁令，他的孩子小罗伯特自然失去了成为永生人的资格。这是最终的判决，他没有申诉的权利。如果他再不能克制自己，他和他刚出生的孩子将被抹去，被清零，被DELETE。

罗伯特愤怒过，但最终他后悔了。他不后悔自己被降格为三等永生人，而是因为他的过失，儿子失去了成为永生人的资格。这人类古老而愚蠢的连坐制。永生人的科技进入到了21世纪的最前沿，而律法却回到了古老的公元前。罗伯特对永生人俱乐部的专制充满了愤怒，他的过错是他的过错，凭什么他的过错要影响小罗伯特的命运。然而他无权申诉，申诉只会换来更为严厉的处罚。薇拉走了。面对着刚出生的孩子，罗伯特束手无策，他六十岁了，但他并没有做好成为父亲的准备。好在有AI，AI说她一直想要孩子，那么，就让她担起母亲的职责吧。

失去薇拉后，罗伯特用了将近两年时间，渐渐从痛苦、悲伤、愤怒中走出。时间是最好的良药。他依旧是科普作家，他的书依旧能卖，他得挣钱养活自己和小罗伯特。他甚至再次打起精神，到中国进行了一系列讲座，他在中国的讲座并不成功。这个国度的人们关心鸡毛和蒜皮，没有房子的关心自己什么时候能买上房子，房子多的关心房子什么时候再翻倍。谈论永生和终极问题，显得有些可笑。也不是说罗伯特的书在中国受到了冷遇，不，事情恰恰相反，这个国家盛产仁波切，那些小富起来的中产，流行穿棉麻，流行鸡汤文化，流行将头埋进沙堆里，流行躲进小楼成一统。罗伯特感到悲哀是在于，他的读者们将他归为灵修导师，将他的著作当成了心灵鸡汤。没有人关心他著作背后的量子物理与中国宗教，这让他的中国之行极不愉快。他试图和人们谈论人工智能，谈论谷歌公司的人工智能棋手，它几个月前战胜了这个国家十九岁的天才围棋少年柯洁。但这一切并未引起人们的重视。显然，还有更多迫切的问题摆在这个国家的国民生活中。有个中国作家写了一本关于人类永生的小说，道出了人类已经永生的真相，但作家的小说被当成了科幻小说，没有人在意他的忧患。罗伯特再次去了武当，他没能找到当年教他引导术的老师。罗伯特已经许久不做引导术了。回到他的国家之后，罗伯特决定当个好父亲。他欠这孩子的，是他让小罗伯特失去了成为永生人的资格。他能做的，只有陪伴。他希望孩子有限的生命能够快乐。

时间过得很快也很慢。对于永生人来说，时间已经是无关紧要的概念。如果不是小罗伯特的成长留下了时间的印痕，罗伯特将感受不到时光的流逝。小罗伯特会坐了，会爬行了，会站立了，他迈出人生第一步，第一次喊爸爸，能听懂罗伯特给他讲的故事，开始问罗伯特关于妈妈的事情。时间在小罗伯特的身上是成长，在AI的身上却是飞逝。随着小罗伯特一天天长大，AI在一天天苍老。她不再做编辑，在做完了罗伯特的中国之行后，她就退休了。事实上，她又和罗伯特生活在了一起，只是他们不再是夫妻，他们像兄妹，他们是一家人。AI让小罗伯特叫她姑姑。时光真是无情。小罗伯特在长高，AI在变矮。没过几年，小罗伯特已经比AI高了。她的头发已经花白，脸上的皱纹一年比一年多，她曾经明亮的眼睛开始变得混浊，走路不再轻快。转眼，真是转眼间啊，她已经是个十足的老人，而罗伯特，他的身体依旧年轻，他每天都要用一定的时间将自己化装成老人的样子。每每对镜化妆时，罗伯特会想起多年前的那个下午，想起他第一次迈进永生人俱乐部的那个下午，当他听说人类可以永生时的怀疑，惊喜。而事实上，他这一生的幸福与快乐，也从那个下午失去了。时间将他变成了一个资深的骗子。居然没有人发现他的秘密。他的身体是年轻的，他时时被强烈分泌的荷尔蒙所困扰。他的心里已经不那么想念薇拉了。他渴望着再一次的爱情。但是他控制住了自己的冲动。他自我解决生理的问题。他努力用老人的心态生活。如果是正常的人生，他现在已经老了，转眼之间，在小罗伯特十六岁时，罗伯特已经是七十六岁的老人。他要努力像七十六岁的老人那样生活。永生人俱乐部已经告知他，在他八十岁时，他将要"死去"。当然，这个死是做给麻瓜们看的。他将死去，然后，获得另外的身份，以二十岁的形象，在另外一个地方，重新开始他的人生，工作，从事不同职业。否则，这世上有太多人活到一百岁甚至更长而没死，迟早会引起人们的怀疑和不安。按照永生人的法则，他"死"之后，将不允许和之前认识的人接触。他知道，自己和小罗伯特，和AI在一起的时光越来越少了。他珍惜这仅有的四年时光。

然而，罗伯特害怕这一天到来。小罗伯特在一岁时查出患有先天性心脏病。五岁时，他显露出了作为一名天才画家的特质。他对色彩充满好奇。十岁时，小罗伯特已经能像成熟的印象派大师那样绘画。他的色彩透亮而忧伤，他继承了母亲的基因，绘画天赋比母亲还高。小罗伯特的身体一直弱。从小到大，几乎很少有不生病的时候。他经常感冒，不能像其他孩子那样自由无拘去疯去野。他跑上几步就会出虚汗，出完汗会咳嗽，一旦咳起来就没完没了。医生诊断他还患有支气管炎。他的性格内向而沉默，从小似乎就不快乐。这与罗伯特的愿望正好相反。小罗伯特不怎么说话，小小年纪，眼里总是飘浮着忧虑的色彩。罗伯特知道，儿子随时可能早夭。医生认为小罗伯特很难活过十八岁，他喜欢黑夜，白天蒙头大睡，到了晚上，他的时间才开始。儿子的绘画天赋，和他病弱的身体，让罗伯特心里的愧疚与罪恶感疯狂滋长。他不顾违反禁令，再次开始主动寻找永生人俱乐部，他相信，永生人俱乐部是能说理的地方，他愿意用自己的死来换得儿子的永生。显然，他的愿望落空了。他根本找不到那个所谓的永生人俱乐部。那个名叫库切的男人，罗伯特再也未见到过。

罗伯特能做的，是像个麻瓜一样生活。把更多的时间用在和AI和孩子在一起。属于AI的时间也不多了，他要用自己的关心，来尽量弥补对AI的愧疚。罗伯特的选择是正确的，就在这一年，AI走完了她作为自然人的一生。她的灵魂离开了她的肉身。AI在死之前，似乎预感到了她的死亡。这一天，她将自己打扮得整整齐齐，穿上了她最喜欢的黑色缎面绣有一团牡丹的旗袍，将头发梳理得一丝不乱。她拿出了一个镶有珍珠的如王冠样的饰品，那是罗伯特送给她的第一件礼品。她甚至叫来了罗伯特，让他为她戴上。她端坐在镜前，腰板努力挺得笔直。亲爱的，你能帮我戴上它吗？AI说。罗伯特说，当然。罗伯特还记得这项镶了珍珠的王冠。他仔细地帮AI戴上，想起了许多年前，他为AI戴上王冠时的情形。那时的AI多么年轻，乌黑的长发，深黑的眸子，皮肤光洁而白皙。那天她也穿着旗袍。他曾经是那样迷恋她身上的中国韵味。老了。AI说。她这样说时，并没有悲叹，只是在平静地陈述这样的事实。你不老，你还很漂亮。罗伯特亲吻了一下AI花白的头发。说，对不起，这辈子，我没能对你忠贞不渝。这天，AI摔了一跤，就再没有醒过来。一切是那样突然。罗伯特似乎已经习惯了亲人的离去。他显得很平静。小罗伯特对姑姑的感情要远胜于对罗伯特。事实上，他把AI当成了母亲。AI去世后，小罗伯特的情绪越发低沉，他把自己关在画室里，没日没夜地画画。他的画风大变，不再是印象派的纯净。他画的全部是死亡主题。他的画布上出现了母亲薇拉，出现了AI，出现了无边的黑暗。画面狰狞而恐怖。他又生病了，没完没了地咳嗽，这让罗伯特很揪心。直到有一天，罗伯特进入儿子的画室，他看见儿子坐在画椅上，双手抱着头。罗伯特从儿子一耸一耸的肩部动作，知道儿子在哭。他想安慰儿子，目光却被儿子的画吸引。罗伯特在画布上看到了自己，那是他健康年轻没有化妆时的样子。而他的身边，是苍老的AI，还有灵魂已经离开了肉体的薇拉。让罗伯特感到触目惊心的不只是这些，在画布上，儿子写了一行字：当你独享永生。那一瞬间，罗伯特如释重负。他知道，儿子洞悉了他的秘密。也许，是儿子看见了他化妆时的样子，罗伯特觉得自己做得很隐秘，儿子不可能看见他没有化妆的样子。罗伯特想起，在儿子三岁之前，他经常抱着儿子一起洗澡。父子俩光着身子，他给儿子的身上打满泡泡，那是他们父子有限的欢乐时光。儿子稍大一些，罗伯特就注意在儿子面前保密了。也许，三岁前的记忆，在小罗伯特的心中被唤醒，由此有了许多的猜测和疑惑。罗伯特想，这一天终于来了。他反而坦然了。他以为儿子已经完全洞悉了他的秘密，却没有想到，儿子只是画出了他隐约中已经模糊的童年记忆。他哭泣，是哭泣父亲也已老去。正是这样的理解错位，使得一切出现了戏剧性的转变。罗伯特抱着儿子的头，向儿子坦白了他的秘密，把这些年来压得他喘不过气来的罪恶吐露。小罗伯特并没有责怪父亲。他似乎以无限的宽容原谅了他的父亲，这让罗伯特更加痛苦。他渴望儿子骂他，恨他，不原谅他。然而儿子接受了这一切，很坦然。后来，小罗伯特一直画关于永人生的主题。罗伯特决定，他要为儿子办个画展。这是他能为儿子做的，也是他最想为儿子做的。然而，他的这个小小的愿望也落空了。他被警告不许办这样的画展。永生人俱乐部害怕这样的画展会泄露机密。最为重要的是，罗伯特已经泄密。

在小罗伯特十八岁那年，也就是医生认为的小罗伯特生命限期那年，罗伯特被永生人俱乐部判处了终身监禁。

监禁罗伯特的监狱，是一栋深入地底十九层的建筑。在这里，听不到外面的声音，看不到自然的光线，他不知道时间的变化，也不清楚外面世界发生了什么。他每天得到一次食物，食物由自动设备送到他独处的监仓。他不知道儿子怎样了。一开始，他焦躁不安。他担心儿子生病。出于人道主义，永生人俱乐部的狱卒隔一段时间，会带来他关心的儿子的消息。他的儿子小罗伯特在父亲突然消失之后，变得坚强了起来。他活了下来，有了自己的工作，能卖画了，还遇上了他喜欢的姑娘。他的儿子结了婚。他的儿子成了著名的画家。他的儿子一幅画拍出了天价。罗伯特看着这些视频资料深感欣慰。这样的消息，有时一个月会传来一次，有时一年会传来一次，有时数年传来一次。罗伯特慢慢也不这么关心这些消息了。看到这样的视频，仿佛看别人的故事。人类的科技日新月异。其间，他们为罗伯特升级了纳米机器人。当然，他的升级换代，是落后于没有失去自由的永生人的。他们告诉罗伯特，现在的纳米机器人能从宇宙中获取能量，他们预计这样的机器人的使用年限可以达到一万年甚至更久。当他们为罗伯特更新体内第五代纳米机器人的时候，人类已经不仅仅实现了永生，而且拥有了不坏之躯。哪怕用机枪将他的肉身打成筛子，纳米机器人也能在瞬间修复他。罗伯特有时也会打听，现在人类是否还是分成永生人和自然人。但是他的这些问题，没有人回答他。

漫长而枯燥的监禁时光，他不被允许阅读，没有放风，整天除了枯坐就是枯坐。他的自由空间只有不到十平方米。开始的一两年，他以回忆打发时光。他回忆生命中最幸福的那些时光片断，回忆与薇拉的相遇，回忆他们一起度过的每一分每一秒，回忆AI，回忆父亲和母亲，回忆儿子，回忆完生命中所有的幸福，然后回忆那些悲伤，那些死里逃生。每当回忆起他成了永生人后，他开始说谎时，罗伯特的内心就会涌起刺痛。他试图不去回忆这些。但是他也知道，这是他必须面对的。于是，他用了一段不知道有多长的时间，专门来回忆这些对于他来说是耻辱的往事。他并不试图原谅自己，也不谴责自己。他要的只是坦然地面对，面对自己灵魂中的那些崇高与卑微，光荣与耻辱。他慢慢想明白了，这才是人。人就是这样一个复杂的组合体，每一分每一秒，可能是善的也可能是恶的。如同量子物理对世界的描述一样，事实上，从人性的角度描述，人也是处于善恶之间的，确定人是善是恶的，是这个复杂的世界。他明白了佛家所说的，一善念是一菩提。慢慢地，他回忆起这些时，如同在回忆别人的故事。无喜无悲。他超脱了区别心。自己和别人，原来就是一体的。可是他的这一生可供回忆的事情终究是有限的，他活了八十年，最多用上八十年的时间，他就可以把一生回忆一遍，再用上八十年，回忆第二遍。八十年于有限的人生来说，自然是漫长的，可相对于他无限的人生，八十年不过一瞬间。他要找点事来做，让自己的内心不至于枯寂。于是他试着将时间分解来回忆。一开始，他能将时间回忆分解到小时，遇见薇拉的第一天的第一个小时，他做了些什么，说了些什么。他用一天的时间来回忆这一个小时。后来，他有能力将回忆分解到分钟，每一分钟他说了什么，心里想了什么，薇拉做了什么动作。他能用一天的时间来回忆这一分钟。后来，他将回忆分解到秒。他能用二十四小时来回忆一秒，用三十天来回忆一秒，用一年来回忆一秒。那一秒钟的每一点微小的变化，在他的回忆里都纤毫毕现。这样的回忆，让他的时间比自然的时间变得缓慢。用一年的时间回忆一秒，在他看来，他只是度过了一秒钟的时光。他用这样的速度，把他一生中所有能回忆起来的事情都回忆了一遍，等再也没有什么可供回忆的时候，他已经不知道人类的时间过去了多少年。他已许久没有进食。时间在他身上出现了神奇的停止。那个狱卒再也没有出现过。他身处的监仓没有光，没有声音，地下湿漉漉的。有一天，他站起来，去推曾经紧锁的铁门，铁门一触即溃如粉末，在空中扬起灰尘。他试着走出去，用了漫长的时间，想尽了能用的办法，终于从第十九层地下监狱走了出来。强烈的阳光刺得他睁不开眼，仿佛太阳就在他的面前。他闭上眼，等到天黑，才敢慢慢睁开眼。

他开始打量眼前的世界。

这是黑暗的世界。黑暗中，隐约可见许多高大的建筑直耸入云。这是罗伯特之前所未曾得见的奇景。这城市那高耸的最高峰，在这些建筑面前显得如此低矮。让罗伯特感到不解的是，这些巨大的建筑里没有一丝光亮，世界也没有一丝声音。他所置身的世界是一个死寂的世界。罗伯特疑心是自己的耳朵出了问题，于是他小心地发出了一声咳，他清晰地听到了咳嗽声。罗伯特小心翼翼地在这些建筑的脚下行走。地面的尘灰足足有半尺厚。借着微弱的星光，罗伯特可以做出判断，这是一座死城。没有人类的踪迹，让人疑心随时会有凶猛的野兽出没。他走得很慢，眼前的街道已经没有一星半点他记忆中城市的样子。他走了许久，城市没完没了。街道上，横七竖八的是一些类似交通工具的东西。从这些迹象来推理，可以想见，这座城市在百年前，或者更久远前，发生过意外，人们撤离了这座城市。看得出，撤得有些混乱无序。罗伯特走了一整夜，走到天亮时，依然没有走出城市。从已经干涸的河流和对面的山形来看，他知道自己现在身处的是过去的灵都。河流干涸了，山上没有一株活的植物，到处都是尘灰。罗伯特意识到，他这是来到了世界末日。他从未想过的末日景象，如今就横亘在他的眼前。天亮后，他才得以看清，在他被关进监狱之后的漫长时光，人类进行了多么伟大的创造。眼前那些高楼密密麻麻直插云端之上，仿佛直接穿过大气层进入了太空。这样的高度，是他曾经熟悉的时代所不能想象的。罗伯特不停行走，他渴望能遇见一个人类，不，哪怕是一个有生命的，一只猫或者狗。然而什么都没有。罗伯特无法想象人类经历了什么。他走进一座座高楼，试图从中寻找蛛丝马迹。然而什么都没有找到。别说是找到活人，连人类的尸骨都没有。人类就这样消失了。他们曾经如此辉煌。永生人，自然人，罗伯特想，在末日面前，这一切，都失去了意义。专制，民主，等级，不过是梦幻泡影。

人类去了哪里？是灭绝了，还是移民去了别的星球？他们耗尽了地球上的资源还是发生了什么事情？一切毫无头绪。罗伯特走累了，在一栋大楼前坐下。他想起了不知是多少年前，他第一次听说人类永生的日子，想起他的亲人，他的儿子。这一切，在漫长的时间面前，变得那样虚幻而又真实。罗伯特发现了一个残酷的现实，他走出了深入地底的第十九层监狱，获得了自由，却步入了一个更大的监狱，荒芜的地球。这让他感到了绝望，虽然他已经不抱希望。但他决定要活下去。事实上，他只能活下去。已经没有办法能消灭他的肉身。他自己也不能。除非启动那控制着他身体里的纳米机器人的程序，将他的肉身消除。但是现在，显然这一切是不可能的。活下去，也许，还能幸运地找到和他一样的人。他决定，活下去，只要能活下去，就有可能遇到第二个人类。他在行走过的地方，用石头在石头上留下记号。他希望有和他一样活着的人，能看到他留下的这些记号，能顺着记号来寻找他，和他会合。他的幻想落空了。这世界上，他是唯一能呼吸的生物。走出他生活的城市，又走了不知多远，眼前的世界是一样的荒凉，没有水，没有树，连蚊虫都没有一只。他每行走到一处，会在山洞的岩石上留下人类活动生活的印迹。他画薇拉，画AI，画永生人，画他记忆中的一切事物。他试图把他曾经熟知的世界，重新建立在石头之上。他相信，也许几万几十万年之后，人类生活的一切印迹都从这个星球上消失了，到那时，会有新的智慧物种诞生。他要尽可能把祖先们的智慧告诉未来的人类。这让他找到了继续活下去的意义。这个星球，成了他最大的画布。他想到许多许多年前，自己也曾经有过成为画家的梦想。他就这样画了下去。

然而，意外再一次发生。也不知是多少年后，罗伯特发现，时光开始在他的身体上留下印记了。他感到了自己开始衰老，衰老在迅速到来。他开始有累的感觉。夜晚他感到寒冷，白天他感到饥饿。他明白，纳米机器人并没有如人类之前预想的那样，能无限时地运作。这一发现让他感到很开心，也有一些遗憾。开心的是，他终于可以死去了。他和父亲一样，和薇拉一样，和AI一样，和儿子一样，他并不是永生人，只不过活得更为长久一点。他也遗憾，还有许多人类曾经的文明符号没能刻完。他想起，在他年轻时候学习的吐纳引导之术，也想到量子力学关于世界的描述。世界并不是真实存在的，世界处于存在与不存在之间。只是因为被观察了，世界才会存在。那么，现在这个星球之所以存在，是因为还有他这个活着的生物在观察，他死了，这个世界，事实上也就处于在与不在之间了。那么，如果他能做到摒弃自己的意识，真正物我相忘，是否，他可以获得另一个意义上的永生，或者说获得真正的自由。他又一次盘起腿，打坐。眼观鼻，鼻观心，心观丹田。他突然想明白了一件事，为什么那么多人和他一样打坐，努力让自己的意识守住一点，依然没法羽化。眼观鼻，鼻观心，事实上还是有观的存在，有了观，就有了有，有了有，这个世界也就真实存在了。他在监狱里心守一处，尽了最大可能，也只是做到让时间速度变缓，将一秒钟变得比一年长久，但相对于永远，那依然是有限的，人类想突破时间与空间的限制，真正要做到的是空，是无。人类只要想长生不死，就不可能真正获得永生。罗伯特想，如他这样活了不知几千年还是几万年，依然无法真正做到空与无。那么，好吧，死神，快来吧。我死了，这个世界就不存在了。罗伯特感觉得到他在慢慢死去。他享受这死亡的过程，他想，薇拉，AI，父亲，儿子，我来和你们会合了，我爱你们。他为自己活了不知几万年，依然能拥有作为人类最伟大的品质——爱——而深感欣慰。

原载《花城》2018年第2期

点评

  作者将这篇作品归为未来现实主义。顾名思义，既然是"未来"的"现实"，那么叙述的当下自然可以事不关己，作者也兀自潇洒地板起一张冷若冰霜的脸。然而，冷若冰霜终究只是一种近似浮夸的叙述风格，作者在叙述过程中情不自禁地质疑、声讨、愤怒和批判，已充分暴露了他的火热内心对这个世界的深深关切：他很爱这个他假装嫌弃的世界，他不忍心看到世界继续坏下去，他要说出一些什么，他要创作一些文字来给麻木的人们敲响警钟。

  鸡毛蒜皮与现世安稳。作者直言不讳，"这个国度（中国）的人们关心鸡毛和蒜皮，没有房子的关心自己什么时候能买上房子，房子多的关心房子什么时候再翻倍"。直到今天，多数人依然只关心衣食住行；换个角度来看，就是多数人依然要为"丰衣、足食、安居"而努力，又怎能要求他们关心形而上呢？那些对他们来讲，太遥远，进而显得荒唐可笑。当然，作者更多的是在批判国人即便可以不只为生计而操劳了，也不会去关心形而上的问题，而依旧固执地停留在物质层面，对于财富永远贪婪。这便是我们的国民性。大概国人真的穷困了太久太久，以至于骨子里好像真的不存在纯正的贵族血统。因此，国人特别喜欢"现世"安稳，毕竟"现世"都足够让人筋疲力竭，又怎会像罗伯特教授那样一心研究"永生"问题呢？

  自欺欺人与犬儒主义。罗伯特教授在成为永生人以后，便不再相

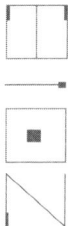

信自己之前研究了多半生的"永生"理论，他明确地知道那些都是骗人的。但他受永生人上层指示，他必须继续像以前一样致力于永生理论的研究与传播，尽管这实际上带给他无尽的痛苦和煎熬。他无力拒绝，他别无选择，他必须继续这样自欺欺人；他也曾试图反抗，但在屡屡碰壁之后他一度只好做个犬儒。

人性复杂与唯爱至上。面对父亲离世、爱人难产而死、儿子从小体弱，罗伯特教授明知解救之道，却无力挽回。后来他因泄密而被判处终身监禁。在监狱里过了足够久的时间以后，他终于明白了他应该做的只是要坦然地面对灵魂、面对人性、面对内心、面对自我。他不需要原谅自己，也不需要谴责自己。从监狱逃出来以后，他看到的是荒芜的地球，毫无生息。人心荒芜、爱的缺失，让地球变成了一个更大的监狱；旷野恐惧的支配下，走投无路的他越发渴望死亡。好在永生只是一梦，他只是比其他人活得更久了一些；他需要死亡，需要有限，因为他更恐惧没有爱的世界和人生。

愿这一天，永远不会到来。

但或许这一天，已经到来。

（侯建魁）

我的双胞胎女儿

荆　歌

　　我的女儿谈优说，她打算开春以后去洛杉矶参加世界矮人大会。我们都不知道有什么矮人大会，闻所未闻，倒是听说过有世界妇女大会，某一届还在北京隆重举行。世界各国，日本啦，韩国啦，罗马尼亚啦，还有泰国，都派妇女代表前来参加。我们全家都对谈优的想法表示不理解。她这是怎么啦？是不是这几天感冒，高烧上来了，正说胡话？我的妻子，也就是谈优的母亲，还伸出手去，在谈优的额头上摸了一下，以确定这荒唐的念头是不是高烧搞的鬼。但妻子的手被谈优重重地挡开了。谈优说，世界矮人大会每两年在美国召开一次，你们从没听说，只说明你们孤陋寡闻。两年一次，来自全世界各地的成千上万的矮人都聚集到了一起，那是矮人们的狂欢节。在那短短的一周里，没有歧视，没有同情，有的只是相互的尊重和无边的欢乐。除了召开各种会议，还有舞会、音乐会、时装秀，以及五花八门的体育比赛。当然，这黄金般的一周，也是矮人们谈情说爱的大好时机。说到这里，谈优的脸上露出了羞怯的神情。我看她其实是不知羞，想恋爱都想疯了的样子。难道说不远万里飞到美国，就是为了去跟某个外国矮人谈情说爱吗？我对中国女孩子嫁给外国男人，历来都有意见——除非是外籍华人——何况还是外国矮人！何况还是我的女儿要嫁出去！我想，如果真有什么矮人大会的话，矮人中的花花公子和水性杨花的女子，在这一周里倒是能够大显一番身手。

　　说起谈优的身高，我真是禁不住要长吁短叹。唉，天知道她怎么会长得这么矮！你看看我，看看我妻子，我们虽然算不上颀长苗条，但也绝对不是矮子呀！怎么就生下这么矮的女儿呢？而且还是一双！要是早知道会生这么一对双胞胎小矮人下来，还不如不生呢！或者只生一个——如果两个人的高度合在一个人的身上，那简直就可以去当时装模特儿了！但是生儿育女的事情，真是由不得我们自己。那由谁掌握着呢？我也不知道。谁也不知道。糊里糊涂地结婚，糊里糊涂地就要生孩子了。妻子的肚子，当时也看不出跟别的孕妇有什么两样，倒是她的臀部比原先翘得高了。可她居然一生就是两个！当初两个女儿生下来，她们是多么可爱啊，简直是人见人爱。圆圆的脑袋圆圆的脸，圆圆的眼睛圆圆的嘴，两个小姑娘别提有多讨人喜欢了。一时间，我真的认为我是这世界上最幸运的父亲，是世界上最幸福的人。可是，等她们长得有点大了，问题就来了。两个孩子怎么不长个儿呢？她们直到上了高中，还像两个幼儿园的孩子。这问题就大了。我们夫妇曾带着一双女儿，到许多大医院去，想知道症结所在，想能够有一种药，吃下去个子就呼地长高了。我作为一名医生，竟然心存如此反科学的幻想，显然不太应该。世上当然没有这种药。奇怪的是，所有的医院都说不出原因来。"遗传呗！"他们只是说。可你们看看，我个头不矮呀，我妻子的个头也不矮呀，这是明摆着的嘛，只要有眼睛，就能明白无误地看到这个事实。通常经我这么一说，医生就不说话了。但也有的医生，会狡辩说："也许是隔代遗传。"这一说显然也缺乏根据。据我所知，我的家族中可绝对没有矮人史。而我的妻子也曾对天发誓，她们家哪怕上溯十八代，也绝不会有一个矮子。我相信她的话，因为我不仅见过她的父母，还见过她的祖父母和外祖父母，以及她除此之外的其他种种亲戚，他们无一例外都是长身玉立。那么问题究竟出在什么地方呢？有一天深夜，一个念头水泡一样冒上来，令我猛然感到一阵恐惧：难道说，问题会出在妻子的身上？难道说这两个小矮人，或许并非我的骨肉？我在深夜里沉沦，感到痛苦，不可自拔。

谈优说，她是在某个安静的下午，从电视中收看到关于世界矮人大会的节目的。她的心一下子就被打动了。我们都无法想象，在这短短半个小时的节目中，她究竟流了多少泪。她几次在电视机前失声痛哭。不过这并没有引起我们的注意。因为，这个孩子，躲在自己的房间（当然同时也是她妹妹谈秀的房间）里哭哭啼啼的情况，是经常出现的，我们不以为怪。当然，她也曾哑然失笑，电视中那个热情乐观而又滑稽可笑的亚美尼亚矮人，他怪异的表情，他对自己身世妙趣横生的表达，让她不禁含泪大笑。她当即就萌生了要亲自参加世界矮人大会的想法。"可是，你哪来那么多钱去美国？"我们提醒她，她的父母既不是当官的，又不是做生意的老板，那点微薄的薪水，只够维持日常的生活开支，要我们供她去美国参加什么世界矮人大会，除非让我们从今天起开始卖血。我只是一名中医，中医在医院里可不是什么令人羡慕的行当。最吃香的是那些开刀的，开一个阑尾炎都能拿几千元的红包。好像从病人肚子里挖出来的不是发炎溃烂的阑尾，不是被石子撑破的胆囊，不是肉芽般的肿瘤，而是黄金和钻石似的。谈优低头不语。后来她清点了自己参加工作以来的积蓄，认为购买一张到洛杉矶的往返机票，应该不成问题。"可是吃呢？住呢？还有其他花销呢？"妻子扯高了嗓门问。她从来都是说话大声，这与她小学教师的身份有关。可是谈优相信，在世界矮人大会期间，一切都将是免费的。她说："世界矮人大会，又不是商品交易会！"她真是天真过了头，她以为美国人都是慈善家，就不赚矮人的钱吗？说不定洛杉矶市的地方财政，就仰仗这两年一度的矮人大会呢！可谈优不信我们的，她主意已定，驷马难追。她决定以一个中华矮人的身份，去公安局申请护照。结果是，她在公安局遭到了意料之中的嘲笑。众警察指着一名警察的酒糟鼻，调笑他说："哪天你也到美国，参加世界红鼻子大会去吧！"

谈优的请求被无情地拒绝了。她从公安局出来，还没有跨上她的小自行车，就遇上了一个人。这个人个子很高，长相也不错。他驾驶着一辆踏板助力车（由于身材高大，他仿佛是蹲在街头供孩子们玩乐的卡通电瓶车上）靠近谈优。他在谈优身边停下车来，问谈优道："你今天不是上日班吗？"谈优早就认出了他，她当然认得他，这个人到我们家里来过两次，看样子他正在跟我的二女儿谈秀谈恋爱。他居然会看上谈秀，真是不可思议。虽然常言道癞痢头儿子自家的好，在我的眼里，一双女儿，两个小矮人，应该始终都是可爱的，但是，人不可能永远生活在感性中。用理性的眼光来分析，我的女儿谈秀，是无论如何也配不上小万这样的小伙子的。是的，他姓万，我们都叫他小万。小万虽然只到我们家来过两次，但从谈秀的态度上，我们就看出，她是爱上这小伙子了。因此我们不得不对小万心存戒备。万一他是个爱情骗子呢！虽然谈秀是个矮人，但她作为一个人，其尊严跟常人没有什么不同。她作为女人，最宝贵的贞操也跟别的女人同样宝贵。然而我妻子对小万的态度，看了都叫人生气！她的一张老脸，对这个小万堆起厚厚的巴结的笑，她不仅给他泡了咖啡，还给他递烟。好像是她看上了小万似的。她的烟从哪里来？还不是从我抽屉里偷来的！我的抽屉，有一只是常年上锁的，那就是放烟的那只。我的烟都是别人敬我的。上班的时候，总有人在我面前掏出烟来。这时我就要庄严地对他们说："这里不能抽烟！"或者说："你都病成这样了，还抽？"他们于是赶紧解释说："我不抽烟，这烟是敬您的，请抽烟！"我一边说："医院是不能抽烟的，除了上厕所的时候。"一边就把病人递上来的烟接了过来，扔进抽屉里去了。你别看我这烟盒是飞马牌，里面可是什么烟都有。有云烟、红塔山、南京、上海，还有中华和飞马。你可别以为我是个烟鬼，其实我不抽烟，我至少是不太抽烟，我没瘾，我一点瘾都没有。我只是十分珍视这些烟，我觉得这烟的形状非常可爱，一支支修长玲珑，小巧迷人，颇具收藏价值。有时候我下班回家，什么都不想干，就是坐在写字台前，把一根根牌子各异的香烟看来看去，从这只烟盒里抽出来，凑近鼻子闻了闻，再放到另一只烟盒里去。你们看，我有这么多烟！我感到了难言其妙的心理满足。是啊，一名普通的中医，人老珠黄，在医院确实是捞不到更多的油水，甚至还不如一名牙医呢！只有这些烟，才让我有受尊重的感受，它们给我以尊严！可是，为了巴结这个小万，我的妻子，居然把我的烟偷出来给他抽。她能够轻易地拿到我的香烟，这说明她掌握着另外一把抽屉钥匙。她真是个卑鄙小人！而那个小万，显得更加可恶，他接过我妻子递给他的烟，理所当然地抽了起来。他甚至还仰起头吐了几个烟圈，你瞧他有多得意！

谈优知道小万是认错人了。上日班的不是她，而是她的妹妹谈秀。我的两个女儿，在同一家丝织厂工作。这份工作可是来之不易。当初，两姐妹高中毕业后，一直找不到工作。几乎所有的单位，都商量好了似的，以个子太矮为由，将我可怜的两个小矮人拒之门外。"我们可不招童工！"一个可恶的厂长竟然还这么说。那段日子真是不堪回首，我们家整日笼罩在阴云之下。后来一个偶然的机会，我治好了一位丝织厂厂长久治不愈的便秘。厂长当然感激万分，他亲自将一面"华佗再世"的锦旗送到医院，并且邀我在过年的时候随他一同前往泰国旅游。我乘机对他说，游泰国并不是我最大的心愿，我希望他看在大便就此畅通的份上，能接收我的两个女儿进他单位工作。"没问题，没问题！"他当时一口答应。可是，当谈优谈秀姐妹站在他面前的时候，他惊诧得嘴都半天没有合拢。"我这不是用童工了吗？"他居然也说出了这样的话，"你几岁了？你们究竟几岁了？"他反复问了几次，最后看了她们的身份证，才相信她们确实已经成年。"要不是你医好了我的便秘，说什么我都不能要她们！"厂长最后在电话里对我这么说。

丝织厂是三班倒，姐姐上班的时候，妹妹就在家里睡觉。一个日班，一个就是夜班。因此在她们的房间里，干脆只安排了一张床。两张床基本上是没有必要的。她们反正是轮流睡觉。谈优要不是去公安局申请护照，她此刻一定是在家里睡觉。她知道小万认错了人，便白了他一眼。我知道她对小万，这个也许会成为她妹夫的人，一点儿好感都没有。小万第一次来，待在她们的房间里不出来。正是一天中日班和夜班交替的那一段时间，两闺女都在家中。谈优便不高兴了，觉得自己的窝被妹妹独占了。她在起居室里收拾餐具，把碗碟弄得乒乒乓乓地响。她几乎把一只盘子都甩碎了。第二天我洗碗的时候发现，这只盘子上有了一条碎纹，一定就是这丫头甩的。谈优这么做，我的妻子着起急来。小万对她来说，好像是天上掉下来的一个金元宝。她生怕谈优这么甩甩掼掼的，把小万给得罪了，人家就不愿意再跟谈秀交往下去了。她这样子，虽然有点贱相，但我还是能够理解的。第二天她对我哭哭啼啼地说了半天，虽然并没有令我有多少感动，但我至少是能够理解她的一番苦心的。她说："你想想，谈优谈秀年龄也老大不小了，可她们这样的身材，嫁给谁去？谁愿意娶这么一个小矮人做妻子？人家宁肯娶一个哑巴，漂漂亮亮的不会说话，也没有什么关系嘛！带出去不还是风风光光的？或者娶一个瞎子，个子高高挑挑的，也比小矮人强。人家小万不知是哪根筋搭错了，会看上我们家谈秀？"我说："你怎么知道他看上了谈秀？""不看上？不看上他怎么上我家来，还跟她关在房间里半天不出来？又没有人把他绑架来！你看这小万吧，长得多好，要身材有身材，要长相有长相，我看着比谢霆锋还顺眼些呢。这可是一个机会，一个不可多得的机会。如果我们不抓住机遇，把它给错过了，那可真是要抱憾终生的！我看小万这身材，起码也有一米八吧。这样的人娶了我们家谈秀，真是再好不过了。我们已经生下了两个小矮人，这种情况是再也不能继续下去了。你不想你的小外孙，或者小外孙女也是小矮人吧？好，有了小万这样的女婿，相信谈秀的孩子就再也不会是小矮人了。即使没有小万这么高，至少也不会像谈秀这么矮了吧？这可是百年大计，你可不要一副满不在乎的样子！"不可否认，妻子说得有理。但是，我还是提醒她说："对这小子，我们可得注意一点，免得到时候被他白占了便宜，那谈秀不是太惨了吗？"妻子却说："惨什么惨？你是什么脑子？猪脑呀？你的意思是说，万一他们有了那种关系，谈秀就吃亏了？我才不这么认为呢。我巴不得谈秀尽早怀上他的孩子呢！谈秀要是真的怀上了他的孩子，我相信他就是插上翅膀，也飞不掉了！"

妻子于是把谈优拖到我们的大房间里，对她说："老大啊，我求求你了，你不要再乒乒乓乓地甩东西了，这样多不好！人家小万要是听到了，不再来了，这不是要了谈秀的命吗？也是要了我的命啊！老大啊，你是要妈妈跪下来求你吗？"谈优说："这是我的家，我要轻就轻，要响就响，关别人什么事啊？"她说话的声音提得那么高，简直都盖过她当教师的妈妈了。我估计，小房间里的谈秀和小万，应该都听到了。我觉得谈优这孩子实在是太过分了，她这样做，真的是很过分了。她从小就任性，跟她妹妹谈秀比，她一点都不温顺，不像一个女孩子。我记得，有次她妈妈给她们姐妹俩一人买了一双红皮鞋，都是那种后跟特别高的，在我看来都赶得上高跷了，她们应该感到满意。但是，这谈优竟然去厨房取了菜刀，当着我们的面，把她的一双劈了。她当时的神情，就像一个疯狂的杀人犯。她发了疯似的砍那鞋，仿佛那鞋是她仇人的头颅似的。"干什么？干什么？"妻子上去想把她的刀抢掉，结果手臂上挨了她一刀，缝了八针呢。幸亏是缝八针，多少还给了妻子一点点可怜的安慰，八，发嘛！谈优说："这么低的后跟，我砍了它！砍了它！"流血的妻子说："这后跟还低吗？你要是嫌低，我可以去换嘛！"谈优的疯劲并没有因为母亲的流血而消失，直到把两只鞋砍烂了，她才住手。她一边砍，一边说："死了好！死了好！生下我这种丑八怪，死了倒比活着好！"她真是个不讲理的家伙。矮人怎么啦？矮就不是人啦？谈秀不也矮吗？她怎么没有砍鞋？她怎么不像你那样说"死了倒比活着好"？不就是个头矮一点吗？人家说，矮子的智商就是比高个子高呢。矮人还长寿呢。科学研究表明，未来人一定会想方设法使自己变得更矮。矮人除了更健康，还节省能源呢。科学家相信，如果真有外星人到地球上来，他们的个子一定比我们要小得多。但他们聪明呀，文明比我们发达几千倍呢。矮人有什么不好？有什么值得你寻死觅活的？白雪公主要是没有七个小矮人，她早就没命了，还怎么去跟白马王子谈恋爱？要我是白雪公主，我就在七个小矮人中挑一个，只有这样，才会过上真正幸福的生活。

小万第二次到我们家来，他就不再跟谈秀窝在房间里了。我知道，一定是聪明善良的谈秀做了工作。他们两个，坐在厨房里聊天。妻子这就不安心了，她不住地在我面前唠叨，说厨房的光线不好，那只电灯泡上满是油腻灰尘。她这可就是多虑了，谈恋爱要光线好干什么？谈恋爱巴不得暗一些才好呢。花前月下，不就是图个光线暗淡吗？人家舞厅和KTV包房如果都开着大灯，那就不会有客人光临。可是，妻子又担心，厨房里的味道太不好了，一股抹布的气味，那有什么诗情画意？显然这又是她的多虑。她是没有注意到，谈秀的身上，搽了好多香水。如果他们靠得很近，他更多闻到的，应该是香水的香，而不是厨房的异味。这个唠唠叨叨的女教师，又说厨房离卫生间太远，他喝多了水，多不方便呀！你真是想得太周到了，周到得有点过头了吧？活人还能被尿憋死？尿急了，再远的路也会赶着去解决的，你担什么心呀！要是实在不愿意上卫生间，那就少喝点。少喝点不就行了吗？我倒是觉得，他们完全可以不在厨房里谈，他们可以到外面去呀。外面玩的地方多的是呢！有酒吧，有茶馆，有迪厅，还可以到网吧去上上网。如果实在怕花钱，到马路上逛逛总可以吧？看看我们城市的夜景，市政府伟大的"亮化工程"，总比窝在昏暗的厨房里强呀！是啊是啊，妻子说，我怎么没想到呢？我怎么就没有想到呢？为什么不出去逛逛呢？外头好啊，外头不比家里好吗？瞧她的样子，好像正在谈恋爱的是她，好像她巴不得跟这个小子到外面灯红酒绿的马路上去擦亮爱情火花似的。为什么为什么？道理不是很简单吗？让我来告诉你吧！这小子呀，还是嫌谈秀矮，他觉得跟谈秀在一起丢人呢！他才不愿意带着她一起到外头去呢，他怕被熟人看见呀。就是没有熟人看见，陌生人对他们这高矮悬殊的一对指指戳戳，他也会觉得受不了的。现在你明白了吧？他宁肯跟她窝在气味不佳的厨房里，也不愿意到什么酒吧茶馆迪厅去，更不愿意到马路上去。

谈优白了小万一眼，打算跨上自行车走人。小万却上前一把拖住她的手臂，他确实是认错人了，他把谈优认作了她的妹妹谈秀，他对她说："你想我么？"谈优于是哭了起来。她在公安局的门口大哭。也许她的哭，更因为是没能在公安局申请到去美国的护照。她原本就窝着一肚子的火，现在正好被小万一激，就发了出来。这时候大概小万也突然明白，他是认错人了。他蹬上他的助力车，放出一阵青烟，就开走了。

正是发生了这件事，再加上几乎是同时发生的"电视剧事件"（该事件下文将会详述），导致了小万与谈秀的恋爱告吹。小万再也不到我们家来了。而谈秀呢，为此而整天哭丧着脸。她不仅伤心，而且委屈。与姐姐比起来，她的嘴笨，她想说什么，常常并不说出来；她即使想说出来，也说不好。她只是苦着脸。后来谈优对她说："这件事，你不要怪我，不是我的错。是他在大街上不知羞耻地抓住我的手臂，我怎么办？我难道应该让他抓着吗？我要是让他抓着我的手臂，你反倒要怪我了！"谈秀呢，听姐姐这么说，她也不吭声，只是哭。在我的印象中，她好像哭了整整一个星期。我们都没有想到，她原来这么会哭。她从前可不是这样的，她从小到大，都不是这样的。倒是谈优，像只蚌壳精（碰哭精）似的，动不动就哭，非常烦人。看来，谈秀这一回是真的伤了心。她生而为人二十多年了，还没有好好哭过呢，这一次却哭得这么惊天动地。我当时就非常担心，担心这孩子会出什么事情。因此我一直出面制止妻子埋怨这埋怨那。她那样子，要不是我不断提醒她，她真不知道会啰嗦成什么样呢。她唠唠叨叨的，说得嘴角满是白沫，看上去就像是一只螃蟹。好像失恋的不是别人，而是她似的。我对她说，这个家里已经够烦的了，你就不要再唠叨了，你再唠叨，谁都活不成了！结果呢，结果被我不幸而言中。看来我的担心不是多余的，我就是预感到谈秀这孩子会出什么事。果然，那天夜里，她在房间里大叫了一声"救命"。这声喊，真是凄惨啊，我相信所有听到的人，都会毛骨悚然。我清楚地听到，这声音是从女儿的房间里传出来的。而这时候，谈优正在上夜班，只有谈秀一个人在房间里。"是老二出事了！"我听到自己的腔调，在夜里是那样恐怖。我跳起来，冲向女儿的房间。可是房门锁着。我推了几下，都没有推开。在推门的时候，我又听到里面的谈秀喊了一声"救命"。"老二，开门！老二，开开门！"我一边撞门，一边喊。后来妻子也来和我一起撞门，但她并没有把门撞开，倒是踩着了我的脚，疼得我也差一点喊救命了。"爸爸！爸爸！"我听到谈秀在屋子里喊我。我就说："老二，别怕，爸爸来了，你快开门！"谈秀说："我不能开门，我不能开门，救命啊！"换了谁，都会以为屋子里有一个歹徒，他正用刀子抵着谈秀的喉咙。或者就是，歹徒已经逃走，而谈秀则被死死地绑在一张椅子上。这回我决定把门撞开。为了防止里面有歹徒，我让妻子去厨房把菜刀取了来，我决定一撞开门就与他进行殊死的搏斗。结果是门撞开了，而我的手臂也差一点儿被撞断。我看到我的女儿谈秀，右手紧紧地握住自己的左手，脸色惨白。而她的身上，以及被褥上，则是刺目的鲜血。

你为什么要想不开？你年纪轻轻，怎么就想到了要自寻短见？这世界上最宝贵的，就是人的生命。而生命对每个人来说，都只有一次，你怎么能这么对待自己？年轻人，一定要树立正确的人生观，正确对待生活中的失败和挫折。要把国家的前途和人民的利益放在首位，要立志为祖国为人民奉献青春。要有使命感、责任感，要肩负起建设祖国开创未来的重任。在谈秀住院的这几天，许多人都来看她，她的朋友，她厂里的领导和同事，大家以各种各样的语言开导她，安慰她。失恋一次算什么？就像是被蚊子叮了一口，有点痛，有点痒，有一个红疹子，如此而已。过几天不就好了吗，犯得着搭上自己的命吗？还有人遭受离婚的打击而照样勇敢地面对生活呢。当问到她为什么用刀片割了自己的手腕又要大喊救命时，谈秀说："那么多的血出来，我就害怕了，我就突然不想死了。"

后来谈秀就跟一个配钥匙的好上了。我们都认识那个人，他配钥匙的铁皮棚子，就搭在我们小区外的街口。他的面孔长得蛮好看的，但他是一个瘸子。要不是亲眼看见他一瘸一拐地到我家来，我们谁都不会相信他是一个瘸子。他坐在他的铁皮棚子里，谁也想不到他会是一个瘸子。他皮肤白净，眉清目秀，还戴了副眼镜，看上去是那么斯文。有时候我看到他，没有活干的时候，坐在铁皮棚子里看一本杂志，有点像是一个读书人。谈秀说，他的钥匙配得好。女儿房间的门锁，被我撞坏之后，谈秀就到铁皮棚子里去修锁。谈秀中午下班的时候，锁就修好了。他还在钥匙上挂了一个十分好看的钥匙圈，送给谈秀。谈秀说："这个小猪钥匙圈，真的是非常好看，我一直都是喜欢猪的，我觉得猪最讨人喜欢了。总有一天，我要买一只猪回来当宠物养。我都恨自己不是出生在猪年，这辈子都不能属猪，真的非常感谢你送我这个小猪钥匙圈，你怎么会知道我特别喜欢小猪呢？只是你白白地把它送给我，我觉得不好意思的。你帮我修了锁，还不要钱，这怎么行呢？"铁皮棚子主人对谈秀说："没什么不好意思的，是一点点小意思。你不认得我，我是认得你的，你们家就住在这个小区里面，是不是？"谈秀说："你认得我，就因为我是个小矮人，是不是？你觉得我样子非常滑稽，是不是？你觉得我很可笑，是不是？"铁皮棚子主人赶紧说："你不要这么说，我可没这么想。只是你每天都出出进进，我就认得你了。你好像昨天晚上还上的夜班，怎么今天白天又要上班？你一天工作几小时？你可不要累着了啊！"谈秀说："昨晚上夜班的是我的姐姐，我们是双胞胎。哪有一个人夜班日班连着上的，不要把命送掉啊！"配钥匙的笑了起来，说："怪不得呢！"后来他提出来要跟谈秀交个朋友，他自我介绍说："我叫刘球，足球的球。我原来叫刘少鸣，跟刘少奇只差一个字。因为我特别喜欢足球，所以前年自己改了名字，我现在就叫刘球。"谈秀当时还不知道他是个瘸子，她对他说："那你一定踢球踢得很好啰？"刘球坦率地说："我不会踢球，我的脚有毛病，小时候得了小儿麻痹症。但我喜欢看球。电视里只要有球赛，我都要看的。德国的联赛，意大利的联赛，西班牙的联赛，还有我们国内的，我都要看。我还经常到上海去看球呢。你要也是一个球迷，你就会知道我刘球的名字的。"

谈秀就这样跟刘球认识了。不久就把他带到家里来。这下妻子不乐意了。她认为，老二谈秀找一个瘸子，显然是不合适的。"瘸子比矮人还不如呢！"她说："如果矮人能打60分的话，那么瘸子只能打30分，最多也只有40分。而且他的瘸呀，瘸得不好看。"天晓得她这是什么歪理，她这个评委究竟是凭什么规则在给矮人和瘸子打分！再说，哪有瘸子瘸得好看的？是瘸子当然就是不好看了。但你要注意，他的脸长得很英俊呢，这就是优点。看人嘛，总要多看到人的优点。"要是他们以后生下一个小瘸子来怎么办？"这倒是个问题。不过据我所知，小儿麻痹症并非先天性疾病，一般来说是不会遗传的。"你能保证吗？要是生下小瘸子怎么办？"

我完全可以这么说，刘球这样的男人，也许是世界上最会讨丈母娘喜欢的男人了。他三次两次一来，妻子就完全接纳他了，也不管以后是不是会生下小瘸子。他每次来都不空着手，给妻子带这样带那样的。在我看来，这也都不是一些什么值钱的东西，比如处理价的真丝围巾啦，什么人到俄国海兰泡去一日游带回来的廉价法国香水啦，却把她哄得乐颠颠的。他还有一双巧手，有时候会帮这位咋咋呼呼的小学教师把浸在脚盆里的衣服洗了。他还帮她熨衣服，他的手艺不错。他甚至还替她把衣服上掉了的纽扣钉上去。这样的女婿真是踏破铁鞋都难找啊！她很快就不在乎刘球的腿了。她甚至时常在不经意中流露出对瘸腿特别的偏爱。她讴歌瘸腿。她说身有残疾的人，常常就是心灵手巧的。她买来台湾歌手郑智化的CD片，一遍遍地听，像个发烧友。我知道，其实她并不喜欢听什么歌，她就是个五音不全的人。她之所以要听郑智化，完全是"政治化"了，就因为他们都是下肢残疾者。残疾人奥运会召开的那阵，她从学校一回来，就坐在电视机前收看比赛。她还以少有的诗意口吻说，她在这种特殊的奥运会中，看出了一种美，得到了美的享受，精神也受到了鼓舞。她说她因此变得更加热爱生命了。

刘球似乎很快就成了我们家庭的一员了。他自作主张地配了一套我们家的钥匙，还堂而皇之地将其挂在他的裤腰上。由于他走路幅度过大，因此钥匙发出丁零当啷的声响，仿佛是在演奏一件古怪的乐器。他其实应该知道，他这样做是违法的，谁允许他持有我们家的全部钥匙了？谁给了他这样的权利？我怀疑，我那只装香烟的抽屉钥匙，他也私自配了一把。好在他并不抽烟，也就随他去吧。

我们全家都熟悉了刘球上楼的声音。丁零当啷，丁零当啷，是刘球来了！他给我们家带来了欢乐，这么说一点也不过分。他可不像从前那个小万，一张脸一天到晚板着，不知道他是在扮酷呢，还是天生就不会笑。而刘球则不同了，他的脸上始终挂着微笑。给人的感觉是，他从来都没有什么烦恼，他就是欢乐的化身。仿佛瘸腿是一种天大的乐趣，偏巧让他给轮上了，真是三生有幸。他的欢乐鼓舞了我们全家，我们家庭的每一个成员，都因为刘球的到来而笑逐颜开。刘球真是个人才，他有足够的本事取悦于我们家的每一个人。有时候，他就像是一个高明的魔术师，他的上衣口袋里会变化出无穷无尽的小玩意。一打火就会出现美人图案的打火机，当然是送给我的。还有精美的古巴雪茄，它的香气令人着迷。他显然是个十分时尚的青年，在他的口袋里，永远不会取出老土的东西。一切都是水果一样新鲜的。他除了给我们这两位尊长赠送各种各样的礼物，还费尽心机地讨得他女朋友姐姐的喜欢。是的，我们的老大，可怜的谈优，对刘球的印象好得不得了，只要一提起刘球，她就会竭尽赞美之能事。不像以前，小万来了，谈优的脸马上冷若冰霜。有时候，我真是十分羡慕刘球，这个腿脚不灵的小伙子，怎么年纪轻轻，就有这么大的本事呢？他的本事是那些四肢健全的青年都望尘莫及的。他给他的女朋友谈秀送什么样的礼物，必定同时也送一份给谈优。他还这样风趣地说："反正不用动脑筋，一式两份就行了。"他对她们两姐妹，真有点一视同仁的意味。甚至有时候，在我看来，他对谈优还更迁就些。但这也没什么好奇怪的，因为谈优从小就刁蛮任性，不像老二谈秀那么好伺候。我想这也正是刘球的聪明之处，高明之处，光知道"一式两份"，是远远不够的，做人的艺术在刘球的身上，体现得真可谓淋漓尽致。

有时候，刘球还带她们两姐妹一起去逛街。三个人在商场里走来走去，自然吸引了不少眼光。大家都像打量怪物一样看着他们。这怪不得人家。他们这三人"青春组合"，确实在我们的城市里并不多见，换了我，也会忍不住驻足观望的。因为刘球，因为他的乐观和智慧，因为他良好的心理素质，两姐妹也不再为人们的围观而感到烦恼。她们也变得落落大方起来。她们在人们目光的交织下，显得自然、活泼。她们似乎已经走出过去"电视剧事件"的阴影了。这令我们做家长的，感到前所未有的宽慰。我的小学教师妻子，似乎也因为这种可喜的家庭变化而变得温柔一点了，她居然破天荒地提出来，要进卫生间帮我擦背。朦胧的雾气之中，我们赤诚相待。我们虽然默然无语，但我们的内心却感到了一丝久违的甜蜜。

我们全家，还在刘球的影响下都成为了球迷。而在此之前，我们都不看球。妻子甚至认为，为这么一个皮球而迷得神魂颠倒，多少有些脑子不正常。可是现在，我们家所有的人，都成了铁杆球迷。只要有球赛，我们就聚集在电视机前，一起看球，一起为好球而喝彩，一起为中国队的臭脚而懊恼，而恨铁不成钢。原来看球竟是这么一种紧张刺激而富于艺术激情的事儿啊！因为看球，我的血压开始出现了问题。因此妻子不得不在每次看球之前提醒我不要忘了服用降压片。对于足球，我们从不喜欢到喜欢，从不懂到懂，这都是因为刘球。每次重要的球赛，我们这家子球迷中间，必定有刘球。他坐在三人沙发的中间，一条残腿安放在一只小板凳上，而我们夫妇和两个小矮人女儿，则对称地围坐在他身旁。他看起来就像个皇帝。他对足球的理解，以及他精辟而恰到好处的解说，比起电视里的那些个乌鸦嘴来，不知道要好多少倍。谈优和谈秀都认为，要是刘球的普通话再好一点，那么他到电视台去当一位体育播音员，就会让许多"臭嘴"下岗。刘球还曾租了一辆面的，带我们全家到上海虹口区体育场，去观看过一场上海申花对江苏舜天的比赛。刘球进入体育场，竟然受到了无数球迷的起立欢迎。他们齐声喊着刘球的名字："刘球！刘球！"这令我们全家惊诧不已。刘球原来是个名人，在华东地区，许多球迷都知道刘球的名字。我们跟随着刘球，真是感到风光无限。我看到幸福的红晕浮上了女儿谈秀的脸，她真是一个幸运的小矮人。我同时看到，幸福的红晕也浮上了女儿谈优的脸，她也是一个幸运的小矮人吗？那天看完球赛，刘球带我们到上海著名的红房子吃了一顿西餐。是他教会了我们，将叉子和刀子左右呈八字放好，仿佛一个人叉开双腿。是他让我们知道了什么是开胃酒，什么是甜点，什么是鱼子酱。我们全家都成了乡巴佬，而刘球，则俨然是一个归国华侨。他让我们酒足饭饱，最后潇洒地买了单。那天他花了五千多块钱。他出手真是大方，同时也令人纳闷：他哪来这么多钱？就靠他锉钥匙锉出来吗？我不由得偷偷打量了他几眼，想看出他是不是一个手持万能钥匙，专干撬门入室偷盗钱财勾当的梁上君子。想起自己一名堂堂的医生，生活却是那样的寒酸，内心不禁对这个满面春风的瘸子暗生了几分嫉妒。

刘球一向身体很好，他一年四季都不间断游泳。他的上半身，肌肉的确非常发达。每次我们家出现拧不开瓶盖的情况，都是刘球一到便迎刃而解。那只扬州酱菜瓶盖，我们全家都使出吃奶力气拧过了，盖子还是纹丝不动。我采取了各种办法，在火上烘烤，然后包一块毛巾，拧得龇牙咧嘴，盖子还是无法打开。但刘球一来，他只是轻轻地一旋，就打开了。哇噻——我的两个可爱的小矮人，一齐欢呼起来。看样子，她们是恨不得冲上去抱住刘球，要在他的脸颊上留下一个香吻。彼时彼刻，真的令人恍惚：她们两个，到底谁才是刘球的女朋友啊？

可是刘球却突然病了。他配钥匙的铁皮棚子，紧腾腾地关了起来，就像一只铁皮盒子。铁皮盒子上挂了一块牌子，上面写着"因店主不幸生病住院，暂停营业，请大家原谅"十八个大字。泌尿医生说刘球的肾脏出现了问题。"肯定有问题！"泌尿医生说，"要是没有问题，绝对不会有血尿的！"刘球说，他的身体一向很好，他根本不相信自己小便里会有血："只是有一点点红，那是因为水喝少了。"他甚至还怀疑，抽水马桶里的红，其实是谈秀或谈优留下的。但化验结果表明，他的尿里确实有血。我们全家，真是比他的亲人还要着急，我替他安排了最好的床位，朝南向阳，是两人一室的小病房。作为一名本院医生，虽然只是个人老珠黄的中医，这点特权还是应该享受的。谁要是连这点特权都不给我，我就跟谁急！为了这个病床，我一改平日里好好先生的形象，突然变得青面獠牙，一直闹到院长室。也许当时我的脸都有些歪斜，激动得嗓音都变了，以至于院长一时都想不起来我到底是何方神圣。我相信院长被我这头突如其来的怪兽吓着了，他反过来狠狠地批评了泌尿主任，说他对同事漠不关心，事不关己高高挂起，完全是自由主义的表现。他让泌尿主任无论如何也要把床位给我安排好，他说："谈医生的需要，就是我们的需要！"

刘球的病，牵动了我一双女儿的心。她们几乎放弃了工作，她们把她们可怜的假期，全都用到了刘球的身上。她们为刘球端水送汤，甚至还争着为他处理大小便。刘球病床边的床头柜上，摆放着芳香的水果和鲜艳的花朵。这些都是两姐妹的杰作。她们平日里省吃俭用，连深受蛊惑的"增高药"都舍不得买来吃。现在为了刘球，却毫不吝啬地花钱买这么好的鲜花和进口水果。谈优啊，她不是还要省下钱来去参加什么世界矮人大会吗？届时到了洛杉矶，想吃了，想玩了，口袋里却没有美金，那该多惨啊！也有损于我发展中国家的国际形象。而谈秀呢，她一直想要买一套魅可化妆笔，却每次都以舍不得掏钱而告吹。医院里的人，包括一些病人和病人家属，以及全体医务工作者，都为这两姐妹的事迹所感动。有人甚至提议，要请电视台来拍一拍这对不怕累不怕脏的小矮人。但这一想法还刚刚萌芽，就被扼杀在摇篮里了。老大谈优立即提出抗议。她说，如果谁去把电视台叫来，并且电视台也果然来拍她们的话，她就要以侵犯肖像权把谁告上法庭。请不要责怪这孩子吧，不要责怪她狗咬吕洞宾不识好人心，她实在对上电视有着非常的恐惧。一朝被蛇咬，十年怕井绳。当初，那还是老二谈秀跟小万谈朋友的时候，一个偶然的机会，老大谈优被一帮拍电视剧的找了去，扮演一个青楼女子。谈优涉世未深，作为一个普通的女孩子，希望能够成为明星，这一点，是与天下所有的女孩子没什么两样的。她是个小矮人，但并不妨碍她同样有理想，有幻想。当机会突然降临时，她自然喜不自胜，决定要将它牢牢把握住。这个电视剧里有一场戏，是说有个土匪，在江湖上令人闻风丧胆，也就是说，他是个杀人不眨眼的魔王。但他个头奇矮，且非常好色，每到一处，都要去洗头房按摩厅之类的色情场所。一次他来到某地，居然提出

要召一个个头比他还矮的小姐。这可难为死了妈咪。妈咪当然不敢对矮魔
王说不，但是，又到哪里去找这样的小姐呢？最终他们踏破铁鞋，终于弄
来了一个可爱的女性小矮人，赏以重金，让她跟矮魔王行鱼水之欢。"这
个角色就由你来演。"导演对谈优说。导演希望谈优放开来演，不要有什
么顾虑。导演说："演戏这个行当，你越怕丢人，就越丢人；你要想不丢
人，就要不怕丢人！"谈优演得很好，博得了演职人员的一致好评。剧中
的男女主演甚至建议谈优去考北京电影学院，或者中戏、上戏，相信她通
过正规系统的专业训练，日后能够成为一名演技派明星也未可知，甚至还
能进军好莱坞，成为享誉世界的侏儒明星呢。后来电视剧播出了，引起了
多大的轰动啊！简直是满城风雨。人们对剧中的青楼矮小姐，普遍发生了
兴趣。报纸的娱记，通过各种渠道，打听到了我们家的住址。他们不舍昼
夜地前来骚扰我们。那真是一段昏暗无助的日子。谈优和谈秀那一阵身心
俱伤，差不多就要垮掉了。她们厂子里，谁见了她们都要指指戳戳。以至
于后来厂领导都亲自找她们谈话了。找到老二谈秀的时候，谈秀明确表
示，参加拍电视的不是她，这事儿跟她一点儿关系都没有，不管发生了什
么事，都不要来找她。于是厂领导就找谈优谈话，领导说，这件事，影响
实在太不好，对工厂，对工厂的全体职工，都有一定的不利影响。谈优当
然不买账，她说："这是演戏，又不是真的。如果我真的去做了一次鸡，
那你们就处分我好了！我是演戏，既然是演戏，就是假的。现在都什么年
代了？人们还这么点水平！这不跟当年土改时演《白毛女》一样了吗？演
黄世仁的演员，差一点吃了苦大仇深的战士一颗子弹。这对头吗？这样的
悲剧难道要在我们光荣的新时代重演吗？"分管政治思想工作的党委书记
兼副厂长是个和蔼可亲的女同志，她劝谈优不要发火，她说："道理是这
样的，但是，你演得可真像啊！就像你有过亲身经历似的。你演得是不是
太像了一点？太投入了一点？我们都收看了这个电视，你跟那个矮魔王，
调情调的，真是，哎哟哟，我们都为你捏一把汗，担心你犯错误。我们是
真心地爱护你啊！"在这困难的时候，小万非但没有站在我们这一边，他
还十分恶劣地埋怨谈秀。这很不公平。谈秀再三向他解释，演电视的不是
她，这事儿跟她一点儿关系都没有。谈秀要他相信："如果你不相信，

你可以去问我爸妈！"可是小万蛮不讲理，他对谈秀这个可怜的小矮人说："我可不管是谁，反正是你们家的人，这人可丢大了！去演一个妓女，还演得那么栩栩如生，像真的一样，比真的还真，可见是些什么货色！"也许正是这件事，导致了谈秀的自杀。唉，往事不堪回首啊！上电视，对我们一家来说，实在不是一件好玩的事儿，简直就是一个噩梦。即使我的女儿们愿意，我也决不会答应她们再到电视上去露脸了，这差点儿要了我们的命。

不知是谁得到的消息，说刘球的两枚肾脏可能都有了问题。而我们知道，如果双肾都失去了，那么这个人也就无法再活下去了。在事情还没有得到泌尿医生证实的情况下，我可怜的女儿们，这一对小矮人，就争着吵着要把自己的肾脏献给刘球。如果刘球确实是双肾都有了问题，那么肾移植将是他唯一的活路。谈秀首先提出来，要割下她的一只肾来，安进刘球的身体里去。她这样想比较正常，因为她是患者的女朋友。可是谈优却不甘示弱，表示她也愿意把肾捐给刘球。她甚至说，她的身体比妹妹强，由她来捐肾，似乎更为合适。从小到大，什么事都是老二让着老大，每当我们批评老大谈优的时候，她都要搬出这套理论来回敬我们："什么我比妹妹大，就要让着妹妹？你们不是说，双胞胎里边先出生的那一个，其实才是真正的妹妹吗？我虽然比谈秀先出娘肚皮，但我事实上比她小，我才是妹妹，凭什么要我让着她？"我说过，老二谈秀是个老实人，她从来不跟姐姐争，她什么事都让着姐姐，好像她总是理亏似的。可是这一次，她却非常倔强，她坚决不同意用谈优的肾。最后谈优耍赖，表示要给刘球换两个肾："一人一只，这样公平了吧？"

作为父亲，我不希望她们在事情还没有搞清楚之前就这么吵吵嚷嚷。我对她们说："刘球是不是要换肾，这还是个问题！即使要换，你们的肾是不是适合给他换，这又是个问题！"

我的内心忽然变得十分焦虑。我觉得在我的孩子们和刘球之间，确实是出现什么麻烦了。我有一个不好的预感，这件麻烦事，也许会损害到我们家庭中某个人的生命。我忽然感到害怕，心怦怦地一阵乱跳。头也忽然晕了，就像有几次看球一样。我知道我的血压又上来了。我看了看身边的妻子，她显然一点都没有意识到事情的严重性。她似乎还在为女儿们的高尚行为而感到骄傲呢。你瞧她喜上眉梢的样子，好像家里中了福利彩票头奖似的。她不知道，灾难已经悄悄地逼近我们家了。灾难就像远处的乌云，在风的推动下，正向我们的天空飘过来，压过来。

我决定找老大单独谈谈。我希望我能够耐心些，希望我的表达能够精确些。总之我希望我能跟这孩子有很好的沟通，以便将可能出现的灾难驱散。至少也该把损失降低到最小。

"老大啊，这件事你要想清楚啊，你可不要越位啊！"你看，我用了一个足球的术语，不可谓不当。我希望谈优认清自己所处的位置，做她自己该做的事。我知道她不是个愚笨的姑娘，跟她谈话，真的要十分注意，知女莫若父，她太敏感，太容易受到伤害了，我绝对不能直截了当地对她说："刘球是谈秀的男朋友，你掺和什么？"这样的话是绝对不能说的。谈优低下了头。她低了一阵头，突然抬起来对我说："爸爸，你今天就是要跟我说这些吗？"我肯定地点了点头。这一次我有点意外，我没想到她会直接把话说到这个分上。她说："可是爸爸，我爱刘球，那怎么办呢？我知道他是妹妹的男朋友，但是我爱他，爱得发疯。如果没有他，我真的愿意去死，真的。爸爸你说我该怎么办呢？"问题正如我所预料的那样，十分严重。我可以大言不惭地说，我还算是一个比较开明的父亲。如果在她们中间，不是发生了这样严重的事，我是根本不会去过问的。但是作为父亲，已经看到了事情的严重性，如果再不及时出马，恐怕后果不堪设想。我伸出我宽大的手掌，轻轻抚摸着女儿谈优的头发。她的头发光滑如丝，黑亮如漆。真是一头好发啊！可是一头好发也无法改变她作为小矮人的不幸。应该说，对这双女儿，我的爱比山高比海深。我相信世界上没有一个父亲对儿女的爱会超过我。对她们的关心和爱护，以及深深的同情和祝福，充满了我的内心。我的世界里除了这双小矮人女儿，就不再有别的了。因此我在单位不是一个好医生，我学中医出身，但却常常忘了药名。开错方也是常有的事。好在中药马马虎虎，只要不是错下了毒，一般也不会有什么问题。治好丝织厂厂长的便秘，也许是我此生唯一的辉煌成果。我的脑子里，装的都是我这一双女儿，她们的泪与笑，她们的歌与哭，她们的过去与未来。对于她们为什么会是小矮人，这个疑问一直毒蛇一样在我心中徘徊不去。我已经说过，我们夫妇双方的家族，都没有一例矮人。因此而怀疑妻子对我不忠，这也是顺理成章的事。只要我带她们其中一个，去做一个亲子鉴定，那么真相就会大白，心中的疑团也会随之解开。但是我不能这样做，我知道一旦我这样做了，无疑就是让这个家庭彻底毁灭。我不能让这个家毁灭。这个家虽然寒酸简陋，但它毕竟能给这双可怜的女儿遮风挡雨，毕竟能够在她们受到嘲笑和感到委屈的时候给她们以安慰和逃避。我并非要在此标榜我的崇高。我说过，对她们的爱，难以用世间之物来比喻。从某种意义上说，我简直就是因为她们而活着的。我爱她们，我爱这一对可爱的小矮人，不管她们是不是我的亲生骨肉。我希望她们健康、幸福，永远都快乐。抚摸着谈优如缎的秀发，我的泪都差一点儿淌下来了。此时此刻，我能对她说什么呢？"老大，我的好孩子，你爱刘球，这我知道，这我已经看出来了。但我要对你说的是，你不该爱他。因为他是你妹妹的男朋友啊！"谈优说："其实我才是妹妹，她为什么不能让让我？"我说："老大啊，这可不是让不让的问题。爱情这种事情，虽然说谁都是自私的，不存在让不让的问题。但是，它却有个先来后到的问题。如果完全无视这个原则，那么这个世界就乱了套了！就像我是爸爸，你是女儿，为什么呢？就是因为我先到这个世界上来，而你呢，来得晚了，就只能做女儿。你总不能说，你想做我的妈妈，让我做你的儿子，这不可能吧？你要真想做我的妈妈，那你当初就得早点儿出生。"本以为这么说，能让她心情轻松一些，能让她笑起来。可她却哭了。她把我的手从她的头上抹掉，以很不友善的口吻说："什么先来后到，那要看谁更爱刘球，谁爱他更深！""老大啊，你怎么知道老二爱得不如你深呢？"这个孩子，她听了我的这句话，居然将一把鼻涕甩到了我的身上，她说："你总是袒护老二，你偏心！我这样的人，还是不生出来的好！你们为什么要生我出来？你们要生我，就该把我生得正常一些。生出这种丑八怪来，还不如不生呢！你们干脆让我去死！"谈话基本上算是失败了。我最后这么对谈优说："老大啊，说话不能太主观，要客观一些。你说爸爸偏心，那是你的印象。而爸爸可以负责任地告诉你，爸爸对你们两个的爱是一样的，你们两个，谁都是我的宝贝心肝。"可她居然又向我甩了一把鼻涕。

其实刘球并不需要换肾，检查下来，他的肾脏，甚至比我们所有的人都要健康。出血只是因为尿路感染。用了几天抗生素，他就完全康复了。出院的时候，他手持一束鲜花，从泌尿科病房的楼梯上走下来，仿佛凯旋的我国奥运健儿走下飞机的舷梯。两个可爱的小矮人一左一右陪伴着他，一同登上了一辆破烂的面的。那一刻，我忽然内心对这个瘸子产生了一丝厌恶。你瞧他美的，大摇大摆地走着，有点妻妾成群的样子。这个精通锁道的年轻人，他究竟是用一把什么样的钥匙，同时打开了我一双女儿的心门？面的吵吵嚷嚷地开走了，我站在医院门口，身体不由得在眩目的阳光下晃了几晃，差点儿跌倒。感谢我的妻子，在这个时候及时地扶住了我。她做出要拉我返回病房的样子，说："反正刘球刚走，床位还空着，你去躺一会儿吧！"

后来听说，载着刘球他们的面的，在刘球的再三要求下，直驶他的铁皮棚子而去。铁皮棚子关闭了数日，要打开门上已经生锈的大挂锁，看上去有点困难。但这显然难不倒刘球。他对着锁眼吐了几口唾沫，锁就打开了。刘球在他的铁皮棚子里深情地躺了下来，他说看到这些琳琅满目的钥匙，他的心里就特别踏实。他说，如果这儿是一片树林，那么一把把钥匙就是一片片树叶。他呼吸着这些金属的气味，感到生命是那样美好。谈优和谈秀因此也掀动她们的鼻翼，像闻花香一样将铁皮棚子里金属的气息吸入肺部。谈秀后来谈及她当时的印象时说，她闻到了血腥。

当老大谈优独自前往距铁皮棚子五十米远的公共厕所，在十分钟之后返回时，铁皮棚子的门紧腾腾地关上了。无论她怎样推门、拍门、打门、踢门，门都不开。"可我知道他们在里边！"谈优肯定地说。她说，她清楚地听到，里面成串的钥匙因晃动而发出的响声。风吹动着这些金属的树叶。当然它们的声音，比树叶要响几十倍。这暴雨般的金属的响动，仿佛摇滚乐，使铁皮棚子的体积，有节奏地忽大忽小着。铁皮棚子仿佛一叶金属的肺，它在急剧地呼吸。铁皮棚外的谈优，傻傻地站着，她知道里面发生了什么事，但她不知道自己应该怎么做。这个可怜的小矮人，就这样站着，眼看着这叶金属的肺，呼哧呼哧地呼吸着，众钥匙急风暴雨般的声响，一直滚向天边，又从天边滚滚而来。后来天空被乌云所遮蔽，电闪雷鸣，暴雨随之倾盆而下。雨点打在铁皮棚子的顶上，谈优就再也分不清哪是雨声，哪是钥匙们的乱响了。

既然发生了这样的事，我们夫妇经过严肃认真的研究，最后决定，把刘球找来，大家好好坐下来谈谈。这是一次气氛庄重的家庭会议。所有的人都表情严肃地坐着，这在我们家还是前所未有。我觉得这并非小题大做，因为这确实是一件关系到我们家前途和命运的大事，决不能等闲视之。我首先指出，刘球这样做，无疑是非常错误的。人是感性的，同时也应该是理性的，人不能做感情的奴隶。作为一名男子汉，尽管身有残疾，但精神总应该是健全的吧？人不能首先在精神被打垮，不能被自己打垮。既是男子汉，就要对自己的行为负责。"现在出了这样的事，你看怎么办？"我们大家都把目光投向了刘球，我们希望他作出合乎情理的解释。刘球沉默了很久，仿佛他的嘴巴是一把特别难修的锁。后来他终于开口说话了，我们的沉默成了一把有力的钥匙。他再三强调了他只是一时冲动。而且他的弦外之音，似乎是想说，主要的责任不在他身上，这件事其实是谈秀主动的。我们因此把目光都转向谈秀。这时候的老二，头几乎埋到了自己的胸口。她确实应该感到羞愧，她这么做，多少辱没了我们的家风。但我知道，在这样的时刻，把批评的矛头转而针对自己的女儿，显然是不明智的。这将陷我们于不利的境地。我于是有点咄咄逼人地看着刘球，我说："刘球，这件事已经没有任何退路了。如果你不敢承担责任，想拍拍屁股溜走的话，我会跟你拼命的，你一定不会怀疑我的话吧？"我第一次看到，刘球那条瘦弱不堪的腿，居然在暗暗地打着战。我是从他腿管的振动发现这一点的。乘其虚弱之机，我及时地提出，希望他和谈秀，能尽快结婚。"要是在老二怀孕之后再讨论这事，就为时已晚了！"

谈秀这时候把她的头抬起来了，我知道，为什么她的眼里含着泪水，因为她对这刘球爱得深沉。她颊上浮起的红晕，几乎把整个屋子都照亮了。这个可怜的小矮人，她小小的可爱的脸庞，葵花一样朝着刘球那张架着眼镜的脸，她是那么脉脉含情，她几乎要像湖泊里的柔波一样轻轻地荡漾起来。她的模样，看了真是叫人心碎。

然而坐在另一个角落里的老大谈优，却哇的一声哭了起来。她一会儿就哭成了个泪人儿。她的全身都被泪水所打湿。她从湿漉漉的泪水里浮起来，以坚定的口吻表示，她也要嫁给刘球。她说她一点都不在乎刘球已经跟老二有了那种事。她说她不是一个封建时代的女性，对于男女婚前同居，或者有过各种各样的性经历，她完全不会在乎。她虽然是一个小矮人，但也同样是新时代的女性，完全可以划入"新新人类"的范畴。而作为"新新人类"的一员，还为专一啦，贞操啦这些陈腐的问题所困，那就根本不配是什么"新新人类"。就是混居，就是杂交，就是同性恋，她也都觉得没什么大不了的。她的这番言论，在我听来真是惊世骇俗。想当年，我也一直自以为是一个叛逆的青年，始终保持着前卫和先锋的姿态，总是对传统和保守的观念不屑一顾。谁料想，在我这个小矮人女儿面前，我显得就像一块朽木。现在轮到我的妻子哭了，她抽抽搭搭，不时地用袖口擦泪和鼻涕。她确实有理由感到伤心，作为母亲，谁愿意听到自己的女儿发表如此宏论呢？而谈优的话还在滔滔不绝，她说，刘球既然爱谈秀，那就表明也爱她，因为她们两个长得完全一样，就像一个模子里浇铸出来的。"是不是，刘球？"她还不时地把话甩向刘球，"刘球，你爱我吗？"而这时候的刘球，已经完全失却了平时自信、从容的风度，而显得畏畏缩缩，吞吞吐吐。要是他一向就是这副样子，我想我和我的妻子是断不会允许他上门的。矮人又怎么啦？在我们的眼里，这双女儿就是没有翅膀的天使，就是微型的白雪公主，她们活泼可爱，聪明美丽，世间所有的女人都比不上她们，世间所有的男人都配不上她们——虽然理智告诉我，在她们的择偶问题上，一定要务实务实再务实。

"刘球，你说，你说说看，到底应该怎么办？"

刘球清了清嗓子，好像要开口唱一首歌似的。他一定是故意把嗓子弄得更沙哑一些，以显示出他的为难，以博得众人的同情。他动了动他那条坏腿，最后吐出了这么一句话："我随便。"

他的话不明白，但他的意思非常清楚，他是想说："既然两个都要嫁给我，那我就听你们的！"

你做梦吧，刘球！现在是什么时代啊，刘球？你虽然是个瘸子，你的心可不小啊，你的贪心比天还要大啊！你竟然想一个人娶两个老婆？你想把我两个女儿一齐霸占了？瞧你想得有多美啊？你以为你是谁啊？你是皇帝啊？你是地主老财啊？你是阿拉伯的大酋长啊？娶两个老婆，你怎么不想三个呢？你怎么不想三宫六院呢？你不想想，谈秀会答应吗？就是谈秀答应，我们会答应吗？再退一步，即使我们答应你，我们是疯子，我们是傻子，我们是地地道道的神经病，答应你把两个女儿都娶了去，但法律也不会允许你这样做啊！法律是神圣的，也是无情的。你要是真的这样做了，你就触犯了法律，你就是犯了重婚的罪，你将会受到法律的严惩！你不仅娶不到两个老婆，就是一个也没有。你也就不用再修什么锁配什么钥匙了，你也不用整天坐在你的铁皮棚子里了，你就去坐牢吧！你以为瘸子就不用坐牢吗？法律是公正的，对谁都一视同仁。天网恢恢疏而不漏，你以为你是一个瘸子就能逃脱法律的制裁吗？你就去劳动改造吧，干你一个瘸子力所能及的劳动吧！

刘球被我说得不安起来，他的全身都颤抖了起来。他解释说："我，我不是这个意思。"

你是什么意思？我知道你就是这个意思！你可不要人心不足蛇吞象，我的女儿，你能娶上一个，就是你的福分了。你看看我的女儿，长得不赖吧？她们的眼睛有多大？又是双眼皮，是天然的双眼皮，可是不是割出来的那种假冒伪劣品。她们的头发，可以去做洗发水广告呢！你看看满大街的女孩子，有几个有这么大的眼睛，有这么好的头发的？即使眼睛有这么大，比如那个"小燕子"，眼睛也许比老大老二还大一点，但头发有她们这么好吗？人也没有她们灵气呀！不就是个头矮一点吗？个头矮又怎么啦？她们矮得小巧，矮得匀称，看着就是顺眼。倒是我看着那些时装模特儿不顺眼。女人长那么高，长脚鹭鸶似的，又有什么好看呢？除了打排球打篮球占点儿便宜，其他就没什么好的！要是长得好看，不管高还是矮，都好看；要是长得难看，高的比矮的还要难看。你知道为什么？矮的因为矮小，缺点就不会像高的那么暴露得明显。这就是矮的好处。再说你的个子也不高，你就是腿不瘸，也不过一米六几。而你因为腿瘸，看上去就矮了好几公分。你去找个高个子女人，人家要你吗？即使人家要你，你一个矮男人，傍着人家高女人，也没有多少美感呀！你能娶到我们家谈秀，就是你的福分。你别不知足！你别以为娶了谈秀，会再生下个小矮人。我们还担心生下个小瘸子呢！要不是你已经野蛮地夺去了谈秀的贞操，我们还考虑不让她嫁给你呢！你是先吃滋味后还钞，这是很恶劣的做法！你这是碰上我们这样的人家，我们好歹是书香门第，我们是讲文明的，通情达理的，不会让你太难堪，原则上要给你出路，给你改过自新的机会。你要是遇上不讲理的人家，你这样做，早就被人家打耳光了。人家也许会把你的另一条腿也打坏，那你就得在轮椅上过下半辈子了。说不定还会把你送上法庭，告你一个强奸罪，那你可就吃不了兜着走了！

刘球听了我这一番教训之后，显然态度端正了。他明确表示，那他就娶一个，并保证永远要忠贞不二。

不是只娶一个，而是要明确下来，就娶老二！你已经跟她有了那种事儿了，你当然就应该娶她。你难道还想娶老大不成？谈优是你什么人？她只能是你的小姨子。她还是个处女，难道你又想打她的主意？即使她答应嫁给你，不计较你的作风问题，那是她风格高，可你不能顺着竿子往上爬呀！你要是娶了老大，你怎么向谈秀交代？你夺了她的贞操，又不娶她，你让她怎么办？这种事其实很简单，想都不用想的，就像一加一就是等于二，答案是脱口而出的。你应该娶谈秀，你也只能跟谈秀结婚。事情就这样定了，希望你不要食言，能像你说的那样，一辈子都对谈秀好，要爱护她，保护她，不要伤害她。

这次家庭会议之后，老大谈优也不上班，一个人在屋子里睡了整整一个礼拜。因为她们屋里只有一张床，因此谈秀的睡觉问题就显得非常突出。最后大家商议，干脆谈秀就住到刘球那儿去吧，反正他们已经有过那种事了，而且他们很快就要成为正式的夫妻了。小房间就让给老大吧，她心里苦闷，一时想不开，就让她安安静静地睡。时间是治疗痛苦的良药，相信大睡几天之后，一切都会好起来的。

从表面上看，事情似乎已经摆平了。但是，我的眼皮却还是跳个不停。不仅眼皮跳，连身上的肉也跟着跳。腰里的肉，手臂上的肉，甚至屁股上的肉，也说跳就跳了起来。这儿跳一下，那儿跳一下，令我心神不宁。结果真的出事了。谈优一个人在她的房间里，一礼拜吃光了我们送进去的一箱方便面，最后她把方便面的空纸箱点着了。那可是午夜，人们睡得最死的时刻。我们夫妇经过了一周的担惊受怕，身心疲惫，因此这一晚睡得特别死。直到滚滚浓烟从我们家的窗子里涌向黑暗的天空，我们还是浑然不觉。要不是邻居后来大喊救火，并且拨打了119，我们也许就葬身火海了。

火终于在凌晨三时半扑灭了。一名英勇的消防队员还因此负了伤。我们家的房子，以及我们无辜的邻居家的房子，受损严重。除了门窗这些建筑物上的木质材料被烧坏之外，两家的部分家具也在大火中沦为废物。为此，肇事的谈优被刑事拘留。她哭着喊着，不愿被警察带走。她将全身的重量，都放在她的臀部，并且紧紧地压着地面，企图让警察无法将她带走。可她真是天真啊，她这么丁点儿的一个小矮人，她能有多少重量呢？不要说两名警察，就是一个警察，就是一个警察的一只手，也会轻而易举地把她提到半空中。结果她在半空中双脚乱蹬，但这也同样无济于事。结果她把警察的手臂抓破了。她就像一只发疯的小猫，伸出她的利爪，只是挥舞几下，警察略有几根黑毛的手臂上，就出现了几道血印。仿佛她的手指，是红色的笔似的。如果警察发怒，有可能突然松手，从而使她从半空中跌落下来，那就会把她摔痛。说不定还会摔成骨折。但这是一位有爱心的警察，他一定有这样的心理，那就是，他始终把谈优看成是一个孩子，一个幼儿园，最多只是上小学的女孩子，他不会把她当成一般的犯人看待。他只是不顾自己手臂的疼痛，举着谈优，硬把她塞进了警车。面对此情此景，我的心情你也许可以想见。我只觉得我的头一阵阵晕眩，血压一定是嘭嘭嘭嘭地上去了。果然我眼前的天地飞也似的旋转起来，然后就什么也不知道了。我只依稀听到，我的妻子发出一种类似猪的尖叫，仿佛杀猪的尖刀即将刺进她的喉咙。发出如此大声，对她来说并不困难。她是一位小学老师，她每天的工作就是大声训斥那些孩子们，可谓训练有素。只是我不太清楚，她的尖叫，是因为我的突然晕倒呢，还是因女儿谈优被警察带走所起。

谈优纵火的事件，很快就成为当天报纸的新闻。她将面临着什么，我们都非常清楚。据说邻居已经把她告上法庭，不仅要让她吃几年官司，还提出要我们赔偿包括精神损失费在内的380万元人民币。躺在已经没有了门窗的家里，我心痛欲裂，忧心如焚。我茫然不知所措，觉得就这样躺着，才是我唯一可做的事。我真是想不到，谈优这个孩子竟会做出这种事来。她真是与我们一点情义都没有了。不像谈秀以前割脉自杀，她最多是牺牲她自己呀。可是老大，却想一把火让我们大家都同归于尽。想不到，真是想不到，她小小的脑袋里，会有这么毒的念头。我的心一阵阵战栗，觉得自己这样躺着，也许再也起不来了。

可是我的妻子不依不饶，她显得比平时更精神了。不知她的力量从哪里来。她在我的床前不停地走来走去，在我的印象中，她就是绕着我转圈子，她转啊转啊，一边转，一边让我想想办法，以便尽快将老大营救出来。"他们会不会打她？她会不会吓得生病？她会一时想不开而自寻短见吗？快想想办法呀！从小到大，她可从来没吃过这种苦，可从来没受过这样的委屈啊！"

我能有什么办法？我又不是神，我只是一个人，一个普普通通的人。甚至在人里面，我也不是一个成功人士，算不得一个有能耐的人，我只是一个人老珠黄门前冷落车马稀的中医，我有什么办法？我把眼睛一闭，让一直吵嚷的妻子立即从眼前消失。但图像消失了，她的声音并不消失。她提高了一倍嗓音，几乎是咆哮起来。她声称，如果我再这样无动于衷，她就要一头撞死在我的面前。我从她的嗓音里，听出了血的意味。我忽然内心一动，对妻子产生了深刻的同情。那时候，她与我谈恋爱的时候，并不是如今这种样子的呀。她也年轻过，也纯情过。那时候的她，是那样的温柔活泼。还记得我们的初夜吗？她始终小猫一样盘在我的怀里吃吃地笑着，她那样子真是让人陶醉！转眼之间，她就变成了这么一副样子。她哭着，咆哮着，但她不哭不咆哮又能怎么样呢？她是一个胸怀宽广心地善良的母亲呀！女儿出了这种事情，你作为丈夫，竟然不吭一声，四脚朝天睡大觉，她是多么孤独无援啊！她说不定真的要一头撞在被烟熏黑的墙上了。她确实是走投无路了。如果她就这么死了，那么你就是害死她的凶手。而失去这样一位与你相濡以沫的妻子，你以后的日子又怎么过？你会像一个孤魂野鬼，一具行尸走肉，最终也将在绝对的孤独中凄惨地死去！我一个鲤鱼打挺，从床上坐起来。我把妻子一把抱在我的怀里。她可真瘦！对于她的身体，我已经感到陌生了。她怎么会这么瘦呢？啊，生活，是生活的担子将她的血肉消耗，使她衰老憔悴。这么多年来，她为这双小矮人所操的心，比起普通的母亲来，不知要多多少倍！有谁想过她的内心有多少痛苦？有谁了解她受过多少委屈？她几乎被生活晒成了一条鱼干。如果把她的衣裤全部除去，她的裸体，一定比罗丹斧凿下的老妓女更加触目惊心。如果这样的身体，在平时抱进我的怀里，一定会让我大吃一惊，并因此而在夜间大做噩梦。但是此刻，我只是感到愧疚，心在流泪，心在流血。这么多年来，我有没有对她付出一点儿我所应该付出的爱？我一直把她看作是一条讨厌的母狗，一直以厌恶的目光看她。现在我把她抱紧，虽然就像抱着一捆干柴，但我内心还是涌上了久违的温情。我决定从此以后要善待这个已经头发花白的妇人，找回一个理想婚姻所应该具备的感觉。如果我这时候不是因为激动而说不出话来，我一定会对她说许多请求原谅的话，说许多甜言蜜语，山盟海誓，让她笑出来，让她所有的皱纹都淹没在笑容之中，让她的脸变成一朵干瘪的花！

我这样做确实有些异常。妻子使劲把我推开了，她大声说："你干什么？你要把我勒死了！"接着她认真地打量我，看着我的眼睛，她确实有理由认为我的脑子出了问题。为了免得她过于担心，我及时对她说："我没有发疯，我很正常。我只是突然觉得很对不起你。多少年来，你为这个家操碎了心，你燃烧了自己，温暖了别人，你毫不利己专门利人，你是世界上最好的妻子，是世界上最伟大的母亲！"妻子听我这么说，有点放下心来，但她还是说了一句"神经病"。

接下来要认真研究的是，如何尽快地将老大营救出来。花钱当然常常是最有效的，即使是找熟人，也免不了要花钱。但是，花再多的钱，也终究不能立即让谈优无罪释放呀！尽管目前我国的法制还不够健全，但总还是一个大力提倡法制的社会，并且一天天正在朝着健康有序的目标挺进。如果花点钱就能让谈优没事人似的出来，那么法真是一钱不值了。消息都上了各种报纸，广大市民们都在密切关注着事态的发展，谁也不敢冒天下之大不韪将谈优放出来啊。尽管她是一个矮人，但矮人也是人，同样受到法律的约束。如果因为矮就可以为所欲为逍遥法外的话，那么中国将成为矮人的乐园、矮人的豁免地了。那是完全不可能的。即使谈优是一个真正的孩子，她做了这样的事，也照样会被抓起来。而且，说了这么一大通废话之后，要向你交交底，我们家哪有钱去贿赂警方呢？相信银行也不会有犯罪方面的贷款。即使银行愿意贷款，我们也别无长物去作抵押。唯一值钱的房屋，也已经在大火中失去了抵押的可能。况且，我们还面临着380万元的赔偿，其中还不包括诉讼等费用。

在几近绝望的时候，我们的老二谈秀挺身而出了。她提出，唯一的办法，就是由她来替换老大。也就是说，想办法让老大出来，而她谈秀去承担一切！我们全体都被她的大义凛然震住了。大家很久都说不出一句话来。而这样英勇的壮举，在老二的嘴里说出来，是那么轻描淡写，好像她只是要代替老大去打一瓶酱油似的。她说得那样淡然，其真实性就受到了大家的怀疑。"真的吗？""真的吗？""真的吗？"我们，我、妻子，以及提前沉醉在新婚甜蜜中的刘球，每人都问了她一句。我们在谈秀面前，此刻都显得那么矮小，而她绝对高大，是江姐，是刘胡兰。她的高大，使我们变得渺小；而我们的渺小，更衬托出她的高大。

"不！这可不行！房子又不是谈秀烧的，凭什么要她去顶缸？这不公平！这样做太不公平了！"刘球嚷嚷。

"有什么不可以的？"谈秀笑了笑，轻声细语地说，"这有什么不可以的？在我看来，这很正常。从小到大，其实这样的事也发生得多了。我早就认了，也早就已经习惯了。不是吗？"谈秀说："小时候，上学的时候，凡是轮到老大做值日生，她总是书包一背就逃走了。而我呢，只得留下来替老大做。谁都没有发现，一次次，一年年，其实一直都是我替她做值日生的。我一个人每周要做两次值日生。我一个人干两个人的活。不仅如此，我还经常帮她做作业。我还顶替她到办公室去挨老师的骂呢！虽然每次都不是我的错。可是每次谈优犯了过错，都是我到办公室去接受老师的教训。老师可没有那个本事，他们当然分辨不出我们俩谁是谁。就是你们，爸爸妈妈，不也经常把我们认错吗？有一次，我还打了两针防疫针呢！老大怕痛，不肯打，就让我再去打一针。那次我发了两天高烧，你们不记得了吗？我认了，早就习惯了，谁让我是谈优的妹妹呢？谁让我们俩长得一模一样呢？现在我替她去蹲拘留所，去替她吃官司，又有什么可奇怪的呢？"

刘球找到一个拘留所的熟人，据说是他们球迷协会的人（刘球说，球迷的心是相通的），通过他，顺利地把谈优和谈秀对调了一下。神不知鬼不觉，就是神鬼知觉了，也无法分清谁是谁了。在进拘留所之前，谈秀对刘球说了一番话。她让他不要难过。她要他相信，她很快就会出来的。她虽然没有特异功能，不会飞檐走壁，也不能破墙而出，但她一定会很快就出来的。她的理由是，她已经怀上了刘球的孩子，而法律对一位孕妇，却是绝对网开一面的。孕妇就是犯了死罪，也要放出来的，这是人道主义，全世界都一样的，因为不管是什么人，肚子里的孩子是没有罪的，他可没有义务钻在母亲的肚子里跟着一起坐牢。"你怎么知道得那么多？"刘球感到诧异。谈秀说，刚巧她前几天在报上看到这样一个案例。报道说，那个外国女犯肚子里的孩子，是不正宗的，她不是通过那种事而怀上的，她是进牢房的时候，偷偷带了些精子进去，然后用手指自己塞进去的。但即便是这样，她最终还是被放出来了。因为不管怎么样，她总是怀上了孩子。如果关押一个孕妇，那是要受到全世界一致谴责的。说不定还会就此遭到国际社会严厉的制裁呢！

事情果然不出谈秀所料，没过几天，她就出来跟刘球以及我们全家人团聚了。化验结果表明，她确实怀上了孩子，甚至还有双胞胎的嫌疑。为此我们不得不抓紧时间，为谈秀和刘球准备婚事。我们可不希望谈秀届时是个腆着大肚子的新娘，当然更不愿意她抱着孩子在自己的婚礼上出现。

婚礼的排场算不得太大，也不算太小。接新娘的小汽车后头是一辆面包车，一架摄像机伸出面包车的窗子，一步不落地进行跟踪拍摄。这情况让我想起电视里的动物世界。在那些片子里，对狮虎鹿豹，以及羚羊、野马等野生动物紧追不舍地拍摄，与此情此景真是何等相似！在摄像车的后头，则是一溜五六辆钢蓝色的面的。我的女婿对这类车子真是情有独钟。面的里坐着刘球的各式朋友，他们基本上都是本市的球迷。他们在面的上不说别的，只是为了一个球，或者某个球星而争论得面红耳赤。其中两个朋友，还差一点打了起来。他们完全忘了他们今天到底是来干什么的。从谈秀的婚礼可以看出，刘球是一个广结人缘的人。那些哥们儿都很仗义，他们虽然也不能免俗地变着法儿折腾新娘，比如没完没了地让她点烟，要求她爬到椅子上给大家跳舞（有一个貌若黑旋风李逵的，居然提出，要新娘在他的手掌上跳一段舞）之类，但到了关键时刻，他们的善良就凸现出来了。比方说，当有人硬逼着谈秀喝下一杯白酒的时候，许多人都勇敢地站了出来，抢过她手中的酒杯，将酒一饮而尽。谈秀穿着洁白的婚纱（是去一家童装商店精心挑选的），后来又换上了大红的套装裙，她看上去是那样的幸福。老大谈优的心情看来也不错，这出乎我的意料。她穿着一套鹅黄色的运动装，显得玲珑可爱。在妹妹的婚礼上，她一刻也不安分，在酒桌之间，在人群中，在人们的腋下往来穿梭，跟熟识的人打闹调笑，像一个快乐的小精灵。我的心情，自然比较复杂，可以用"百感交集"来形容。在这热气腾腾的环境中，我居然喝醉了酒。事后妻子告诉我，我竟然一反老实巴交的常态，引吭高歌，当着那么多来宾一气唱了十来曲京剧选段，唱的都是"文革"中的样板戏。据说我的嗓门奇大，我挡开了司仪递上来的话筒，照样声震如雷。妻子说："你可真是出尽了洋相！"原因是，我不仅唱相不好，龇牙咧嘴青筋暴突，而且严重走调。

婚礼过后，谈秀的肚子日渐鼓胀起来。令人惊诧不已的是，她的姐姐谈优的肚子，竟也不甘示弱地鼓起了。好像就是为了要维持她们一贯的"一模一样"似的。她们尽管长得是那么相像，但她们毕竟不是同一个人，她们毕竟不是"一个"与镜子里的"另一个"的关系。她们是两个完全独立的个体，是两个互不关联的生命。即使是连体儿，其中一位受孕之后，也断不会出现两个都大肚子的情况。我最初的判断是，会不会谈优的腹腔里有了一个肿瘤？在我们的生活中，这样的肿瘤常常会给未婚姑娘造成名誉上的损害。十年前我们医院就救治过一位服毒的少女，她留下"人言可畏"的四字遗书，就将一斤装的农药一气喝下。她当然不治身亡。解剖她的尸体时，结果取出一个六斤重的卵巢肿瘤。难道说这样的悲剧竟要在我们家里重演？我们于是决定立即带谈优去医院检查，确定手术方案。可是谈优却对我说："什么肿瘤？你怎么就知道它是一个肿瘤？告诉你吧，不是肿瘤，而是一个孩子！我要把他生下来，我就和他相依为命。我相信他一定会是个虎头虎脑的男孩子。我名字都给他起好了，就叫他'谈天'，因为我喜欢谈天说地。"

我把谈优赶出了家门。这是一个绝对极端的决定。就是她纵火，也没有令我对她如此绝望和愤恨。尽管妻子不同意我这么做，她甚至以死相胁，都没有改变我的决定。我不要谈优这样的女儿了，有她这样的女儿，是我一生的不幸，是我最大的耻辱。我宁肯家破人亡，也要与她彻底断绝父女关系。妻子最后一次劝我不要把谈优赶出家门的时候，她的手上提着一根绳子。此绳是我们家里专门用来晾晒被子的，是一根比小指头略细的尼龙绳。全家对它都很爱惜，只在晒被子时才把它系到阳台上去。现在妻子把它取出来，表示如果我不听从她的劝告，她就要用它来结束自己的生命。而那一刻的我，已经是吃了秤砣铁了心了。她于是将绳子在吊扇上挂起来。除了吊扇，家中确实也没有其他地方可以用来挂一根绳了。正当她要把脑袋钻进绳圈里去的时候，我们单位来了一帮人。这伙以副院长、工会主席、团委书记、门诊部主任、中药房会计，以及我的两名同事组成的医院特别小组，及时地赶到我家。他们不知从何种渠道得知我们家出了事，专门前来进行调解。他们首先把吊扇上的绳子解下来，并且严肃地批评了我的妻子。他们认为，作为一名人民教师，理应有着比一般人更积极的人生观和世界观。而轻生的念头，只能是软弱的表示，与"人类灵魂工程师"的光荣称号相去甚远。接着他们问长问短，要把事情搞个水落石出。我这才知道，其实对这件事情，我都不晓得来龙去脉。比方说，谈优的肚子里，到底是孩子还是肿瘤？光凭她说可不行。如果是孩子，那孩子又是谁的？在这些问题还都没有搞清楚之前，就贸然将女儿扫地出门，这样做是不是过于草率了？也是对谈优极不负责的做法——他们这样批评我，他们说得有理。虽然我心里明白，他们如此浩浩荡荡的队伍开进我家，其主要目的，还是为了满足他们强烈的好奇心。但是，客观上，他们总是在关心我，帮助我。而且，旁观者清，你看，经他们这么一提醒，我觉得自己确实有点被气昏了头，行事确实是太鲁莽了。

我去丝织厂的女工宿舍，要把谈优请回来。我对她说："爸爸确实有点意气用事了。什么事情，都应该先做认真仔细的调查研究，然后再下结论。"谈优坐在双人床的下铺，可她的脚还是离地一尺，她双脚晃晃悠悠地嚷嚷道："调查研究什么，结论不是早已经有了吗！"她从口袋里掏出医院的化验单，扔给我。我觉得在宿舍里，当着这么多女工的面，说话实在是不方便。我于是让谈优到外面谈。她却不肯出来，她说："我喜欢光明正大，不喜欢鬼鬼祟祟！"我真是拿她一点儿办法都没有。我只好拿起她的化验单看。她确实怀孕了，这已经是不争的事实。

事情终于弄清楚了。谈优怀上的，也是刘球的孩子。刘球表示，这件事他也实在是出于无奈。就在谈秀去看守所把谈优替出来之后，谈优跑到刘球那儿去，对刘球说，她希望能怀上一个他的孩子。刘球表示，当时他是坚决不答应的。但是，谈优对他说，她是那么爱他，她肯定她的爱一定超过她妹妹。但是，由于各种各样的原因，她谈优今生是不再可能成为刘球的妻子了。她认了，这就是命！谁让自己有这么一条苦命呢？她希望自己能怀上一个刘球的孩子，然后把他生下来，今生也就有个寄托和依靠了，她们母子将相依为命，她将把她全部的爱，把她全部的全部，都倾注到这个孩子的身上。她希望刘球能够满足她这点可怜的要求。她说，如果他不答应，那么她就将彻底毁灭。她相信这个她所深爱着的人，是不会忍心看着她毁灭的。刘球说："我也是个人，我不是铁石心肠。何况，她长得与谈秀几乎没有两样，因此可以说，面对谈优，要我说对她一点儿爱都没有，那不是真话。她是那么伤心，那么可怜，说得那么真诚感人，我真的没有办法拒绝她。你们要相信我，我绝对不是因为好色，才跟她做了那事的。我是怀着一种行善积德的神圣感情来完成这件事的。我觉得我别无选择，我只有这样做了，才对得起可怜的谈优，才对得起我自己的良心。我想不光是我，要是换了别人，遇到了这样的事，也一定会这样做的。"

现在看起来，老大谈优的肚子，显得比谈秀的还要略大一些。她口口声声说她会生出一个儿子来，看来也不是没有道理的。那么这个孩子到底要不要让他生下来呢？其实想这样的问题，完全是没有意义的。因为不管我们认为是生还是不生，那都由不得我们。谈优已经明确表示，她死也要把他生下来。即使用她的死来换这个小生命的诞生，也是毫无怨心的。

"生吧！生吧！就让她生吧！"最后我们只能这么说。连谈秀也这么说。她说，既然事情已经发生了，大家都必须正视它。作为一名妻子，刘球的行为，当然深深地伤害了她。"我总不见得感到高兴吧？"她说。可是，谈秀到底是个通情达理的善良姑娘。在许多时候，她都会站到别人的立场上去想问题。她能够嫁给刘球这样的人为妻，她总觉得是一种幸运，是上苍给她的一份恩赐。她因此而觉得对不起姐姐。当然她嫁给刘球，这不是她的错。她并不是从谈优手里把刘球抢走的。是她先认识了刘球，并且跟他产生感情的。道理是这样，但在感情上，谈秀还是对姐姐有所抱愧。那么刘球让老大也怀上一个孩子，这件事，可以看作是谈秀对姐姐作出的一种补偿。这样一来，谈秀也就心安了。她至少为姐姐作出了一次重大的牺牲，而且这牺牲能够给谈优换来一份实实在在的安慰。这几乎是一件双赢的事情。而刘球，虽然他这样做，使谈秀感到没有尊严，伤害了谈秀，但她还是给予他足够的理解。她相信他做这件事，并非通常意义上的背叛和通奸。说消极些，他是迫于无奈；说积极些，他简直就是在行善。如果他不愿意这么做，也许谈秀还会反过来鼓励他这么做呢！

因为谈秀原谅了姐姐，因此我们大家也都原谅了谈优。于是我们都希望谈优不要再固执己见，希望她尽快从厂里搬回来住。但是谈优并不原谅我们。她说，人家是小时候缺钙长大了缺爱，而她，是不是缺钙不得而知，可以肯定的是，小时候缺爱，长大了还是缺爱。她认为，她的父母一向是偏心眼的，一向是什么事情都护着老二。她说："跟我断绝父女关系？我巴不得这样呢！我早就想像一只自由的小鸟，飞出家庭的牢笼，到自由的天空中翱翔了！"为此，我们动员了许多人，调动了一切可以调动的力量，去谈优那儿做工作，希望她能够理解父母的苦心，希望她不要偏执，要多感念父母的养育之恩，多看到自己的不足，回到温暖的家里，回到亲人们的身边来。大家要她相信，天下只有忤逆的子女，而狠心的父母毕竟是极少数。你的父母将你一把屎一把尿，抚养成如今这么一个可爱的小矮人，那多不容易呀？可千万不要耍小孩子脾气。在这个世界上，最关心你，最疼爱你的人是谁？对你最宽容的人是谁？你没有吃了，他们给你吃；你没有穿了，他们给你穿。你犯了错误，甚至干出了纵火这样为国法所不容的事，他们还是一次次原谅你。反过来想想，你又为他们带去了什么呢？给他们带去的是烦恼、劳累、操心、担忧，甚至打击和伤害。你怎么就不能站到他们那一边，为他们想一想呢？滴水之恩，当涌泉以报。悠悠寸草心，报得三春晖。人生的价值，不在索取，而在于奉献。我们做子女的，能够有三成孝心来回报父母的七成恩典，就是不错了。怕只怕，在父母面前，我们永远扮演着索取者的角色。而父母呢，永远是吃进草去挤出奶来的孺子牛！人们还指出，何况，你怀着身孕呢。怀胎十月，一朝分娩，在外边多不方便？而在家里，你的父母，就会无微不至地照顾你，关怀你。让你坐一个文明卫生安全幸福的月子，同时也能让你的宝宝得到更多的呵护，茁壮成长！

非常不幸的是，谈优浪子回头到家后不久，就小产了。这回她没有呼天抢地地哭，甚至一滴眼泪都没有淌。她只是脸色惨白，神情木然。她能一整天呆呆地坐着，像是一个没有生命的小木偶。而谈秀的肚子，却以正常的速度膨胀，最终瓜熟蒂落，生下一个三斤三两重的小小男婴。大家格外仔细地研究，最终欣喜地确定，小宝宝虽然小得像一只老鼠，但他既不是瘸子，也不是矮人。确定他的腿脚健康，应该说比较方便。而如何判定他长大后是不是矮人，却令产科医生都颇费踌躇。最后有人从网上得到一条信息，问题便迎刃而解。这条来自于美国俄亥俄州的信息说，鉴别的方法颇为简单，只要让婴儿双手合十，如果中指和无名指无法合拢，那么他长大后必定是矮人无疑。反之，则属正常。

小家伙虽小，但胖得叫人看了都觉得高兴，大家因此都叫他小胖。小胖吃奶的样子十分特别，并且一边吸奶，一边嘴里还会发出吱吱的声音，就像一只老鼠在叫。由于他吸一口奶就发出吱的一声，因此一饱奶吃完，肚子里也吸进了很多的空气。空气吸进去多了，就要冒出来。而随空气一同冒出的，还有白色的乳汁。他在吃奶上头可谓进两步退一步，所以他总是吃不饱。当他的姨妈，也就是谈优把他抱进怀里的时候，小家伙竟会用他的小手，扒开谈优的衣襟，将她的乳房掏出来。我曾亲眼看到，谈优把她的乳头，轻轻地塞进小胖的嘴里。小胖于是吱吱地吸开了。

当然他什么都吸不到。但他还是那么执着地吸着，吱，吱，吱，仿佛在吸一颗颗螺蛳。而这时候的谈优，则咯咯咯地笑着，她是感到开心，还是觉得痒痒？大家都注意到了，只要谈优一有空，就把小胖抱在怀里。而显然小家伙也很喜欢她，他在她怀里十分安静，不仅从不哭闹，而且常常很快就甜甜地睡着了。起初我们的理解是，小家伙一定是把谈优认作是他的母亲了，他并不知道这个世界上另有一个与他母亲长得完全一样的人。可是后来，我们知道，我们的想法是错误的。小胖在谈优的怀里，是那么安逸，而到了他母亲谈秀的怀抱中，却显得烦躁不安。他的小腿乱蹬，小手乱舞，甚至还把他妈妈谈秀的乳房都抓破了。在小胖周岁之前，他似乎只喜欢一个人，那就是他的阿姨谈优。只要谈优在场，他就不要其他任何人碰他。他在很快地长大，谈优抱着他，粗一望去，倒像是两个身体差不多大小的人在拥抱。

刘球的父母提出来，要在双休日将小胖接过去。一周之中，和自己的孙子一起过上两天，这样的要求应该说是合理的，并不过分。看得出来，谈秀对于把孩子交给两位老人，有点不太放心。因为据说刘球的父母，不太注意卫生，他们家十天半月不扫地可是常有的事。一个冬天都不洗一次澡，恐怕也是事实。但是，谈秀是个通情达理的媳妇，她还是爽快地同意了。只不过她委婉地叮嘱她的公婆，不能用大人的洗脚水洗孩子的尿布，奶瓶餐具一定要用沸水烫一分钟以上再用，食物不可在大人嘴里嚼烂了再送进孩子口中；尿布不能裹得太紧，以免日后成为罗圈腿；夜里一定要让孩子睡在小床上，而不可与大人同睡，以免大人睡得太死，一翻身把孩子压坏了——即便没有如此严重，在两个大人之间的混浊空气中睡，也会出现缺氧；不能让孩子靠近电视机，电磁波虽然肉眼不能看见，但它对人有很大伤害——报纸上说，一至七岁的孩子得白血病的，大多与近距离看电视有关；不要给孩子吃果冻，不是经常有这样的报道嘛：某地某小孩子被果冻噎死；不要亲孩子的嘴唇，那样很不卫生……刘球的父母是一对善良的老人，他们对谈秀的嘱咐一连声地允诺。他们表示，他们将像爱护自己的眼睛和心脏一样看护好小胖，他们星期六早上把小胖接去，一定在星期天太阳落山之前把他送回来，毫发都不会少一根，分量也不会少一点点。

他去的时候有多胖，回来的时候只会更胖；他去的时候有多干净，回来的时候只会更干净。他们让谈秀放心，他们说，他们对小胖的喜爱，远远超过对儿子刘球的感情。在他们眼里，如果刘球是根草，那么小胖绝对是一个宝。两位老人为了把小胖接回去两天，就差给媳妇写保证书了，就差给谈秀磕头了。但是，可怜的刘球父母，即使这样，他们可怜的要求最终还是没能得到满足。原因是，谈优杀了出来，她坚决不同意。她说，只要她一天见不到小胖，她就会吃不下饭，睡不好觉。同时她也相信，要是一天见不到她，小胖也会寝食难安的，他一定会吵闹不休，一定会瘦掉几两肉。我们可怜的亲家只得悻悻而归，他们的背影是那么苍凉无助。我还注意到，刘球的母亲，一路上不住地用手掌擦泪。谈优这样做，无疑是很不恰当的。她无权干涉这件事。即使小胖是她的儿子，她这样做也显得过于霸道了。可她根本听不进我们的意见，她居然说，小胖就是她的儿子，谁也别想把他从她身边夺走！"你是不是太不讲理了？"我实在有点忍不住了，站起身来大声责问她。"好了，好了，算了算了！"刘球谈秀都过来劝我。但我真的光火了，他们劝不住我。要不是小胖吓哭了，我也许会上去打谈优两个嘴巴呢。小胖哇哇地哭了起来，嘴里的食物因为口腔打开而纷纷落下来。这时候谈优赶紧上去，把小胖抱在怀里。看样子她确实心疼小胖，确实把他看作自己的亲生儿子了。奇怪的是小胖一到谈优怀里，他就不哭了。他破涕为笑，鼻子里吹出一个大泡泡。

值得一提的是，谈秀和刘球结婚以后恩爱有加。他们在红梅小区购买了三室一厅的房子，室内装修也搞得非常雅观。房间里挂着他们的结婚照片，照片上当然一点都看不出刘球有腿疾，也看不出谈秀是个小矮人。他们的表情像天下所有的新人一样幸福。与其他家庭略有不同的是，他们的安乐窝里，多了一架梯子和一副拐杖，这是他们生活的必需品。对谈秀来说，居家生活经常要用到梯子，这并不奇怪。他们一日两餐都吃在娘家（早餐自理），晚上则抱着他们的宝贝儿子回到自己的家里。他们夫妻相亲相爱，从未有过龃龉。每逢谈秀的生日，或者重要的节假日，刘球都会带回来一份礼物，给她一份欣喜。谈秀生日的那天，她得到的是一枚"谢瑞麟"白金戒指。情人节得到玫瑰，三八节则是精美的比利时巧克力。而谈秀也是个懂爱会爱的女人，她也从不会忘记，在恰当的时候，挑选合适的礼物赠送给亲爱的丈夫。去年春节，她为刘球亲手编织了一只绒线帽子。从此，那只豆沙色的贝雷帽，就一直戴在刘球的头上。直到春夏之交，他也不肯脱掉。还是我的妻子，也就是他的丈母娘，力劝他把帽子脱下来，她对他说："你要是还戴着它，别人就会以为你是个癞痢头呢！"我的老妻，替她的好女婿把帽子洗了，晒得香喷喷的交还给他。她嘱咐他回去放在樟木箱里，那样就可以不被虫蛀，来年入冬后就能再戴。这对不平凡的小夫妇，他们是那么地爱着对方，时时处处替对方着想，关心对方比关心自己为重。他们真是过着童话一般美好的生活。由此可见，衡量生活质量的高低，并不是看物质有多丰富，地位有多显赫。他们的一切，比之常人，并没有什么优越之处。恰恰相反，他们的身体都存在着残疾和缺陷。但他们的生活质量却是那么的高，活得那么快乐，那么充实，那么纯粹。不止于此的是，他们觉得光是自己生活得幸福，还是远远不够的。一花独放不是春，万紫千红春满园。他们在幸福生活的同时，一刻都没有忘记，在这个世界上，在我们的生活中，还有人生活得并不幸福。他们同样渴望爱，渴望幸福美满的生活。比方说近在眼前的他们的姐姐谈优，至今还过着没有爱情的生活。他们深深理解，她作为一个正常的女孩（只是个头矮小，难道就应该算是不正常吗？），一定对爱有着无比的向往。而这一点，也许刘球的体会更深。老大谈优的内心，一定时常被孤独的毒虫啃噬。他们因此做梦都想能有一只男人有力的臂膀，将他们可怜的姐姐拉出寂寞的深渊。他们觉得责无旁贷。他们觉得，如果光顾了自己的幸福，而对他人漠不关心，不关心其痛痒，不仅渺小，简直是可耻的。刘球煞费苦心，在他的众多球迷朋友中为谈优物色了一个对象。这个人虽然离过婚，但没有孩子，其实也就跟没有婚史一样。如果硬要计较他的从前，那么谈优也应该想一想自己，她不也有过婚前性行为吗？她甚至还怀过孕呢！而且这个人的离婚，错并不在他，是他不忠诚的妻子抛弃了他。他单身已有三年，对成立家庭也有足够的热情。刘球对谈优说："如果你愿意，我找机会去跟他说说。"谈优说："要是他不肯呢？我不是太没面子了吗？你以为矮人就不要面子吗？"她这么想，应该是有道理的。谈秀对她的丈夫刘球说："你不该先跟谈优说的嘛！你先跟那个人说，他若同意了，再跟谈优说。"对刘球来说，妻子的话总是有理的。他于是对谈优说："算了算了，这事以后再说吧！"而事实上，他第二天就去找那个球迷朋友了。朋友听说刘球要介绍一个袖珍姑娘给他做老婆，把头摇得差一点儿颈部脱臼。他说："刘球，你开什么玩笑？你知道我有多重吗？你让我跟一个这么丁点儿的小女人成亲，我一百七十斤的体重，不把她压扁了才怪呢！"刘球于是只得去问另一个朋友，是不是愿意娶他小姨子为妻。他几乎问遍了所有的球迷朋友，最后终于在一个五十岁的男人那里看到了希望。这个男子三十岁就丧妻，用他自己的话来说，想老婆都想了二十年了。

"你就是牵一头母猪来，我也肯跟它成亲。"他说。他的话惹得刘球很不高兴。他对这个不嫌弃母猪的人说："你这样说，对我是极大的侮辱。难道我的小姨子是母猪吗？如果我的小姨子是母猪的话，我的妻子也是母猪。如果我妻子是母猪的话，我是什么？我不就成了一头公猪了？"老男人于是向刘球道歉，他扇了自己一个嘴巴，怪自己不会说话。他说："我不是这个意思，我的意思是，我太想有一个老婆了。你愿意把你老婆一样的女人给我，我当然是高兴得不得了！"

　　谈优竟然答应跟这个老男人见见面，很出乎我们的意料。刘球更是兴奋得脸泛红光，仿佛就要做成一宗大买卖似的。为了安排谈优跟老男人见面，刘球他们着实费了不少脑子。方案一个个确定，又一个个推翻。最后大家商定，还是安排他们到电影院里去看一场电影。这种见面方式虽然陈旧了一点，缺少创意和时代精神，但比较安全，比较可靠，比较隐蔽，也比较经济实惠。至于看一场什么样的电影，那是根本不重要的。当然最好是言情片。乒乒乓乓的枪战片，或者武打片，显然是不合适的。以我的观察，老大对这次约会应该说是重视的。她吃过晚饭，就进卫生间里去了，而且很长时间才出来。她洗了脸，刷了牙，梳了头（她梳起了一个高髻，至少又使自己看上去高了几公分），还精心化了点淡妆。看到她面目一新地从卫生间里出来，我们大家都觉得她长得真是挺可爱的。用"精致"两字来形容她，应该说是比较恰当的。她见我们大家都在注意她，显得有点生气。她走进她的房间，把门很响地关上了。她在房间里又待了很长时间。我猜想她一定是在一件件地试衣，她一定会挑选一件效果最好的衣服去赴那个老男人的约会。电影开映的时间近了，我们隔着紧闭的房门，提醒谈优可以出发了。但她却一点反应都没有。后来终于门开了，谈优出来了。她身穿一身鹅黄色运动装，背了一只长及臀部的小包包，脚穿一双鞋底足有十公分高的"松糕鞋"。她跟谁都招呼也不打一个，就球一样滚出门去了。等她下了楼，我们才想起，她的电影票忘记带了吗？我三步并作两步冲下楼，直到小区值班室那儿才追上她。我气喘吁吁地问她："老大，老大，你的电影票带了吗？"她像个陌生人似的看了我一眼，也不答话，就坐上一辆出租车走了。

老妻怪我太土，她说："现在还要什么电影票，手机一刷就是了！"

后来我们从刘球那儿了解到谈优这次约会的详情。"失败了，失败了，没有成功啊！"刘球遗憾地说。刘球告诉我们，那晚他们电影看到一半，老贾（老男人姓贾）就提出来，不看这电影了，还是到街上去走走吧。谈优非常赞同。但她不无顾虑地问老贾："去逛马路，你不嫌我个头太矮，你不怕别人笑话你吗？"老贾慷慨激昂地说："怕？我还怕你嫌我太高呢？"这话让谈优听了很受用。她高高兴兴地跟着他走出了电影院。可是到了街上，天下起了毛毛雨。虽然只是毛毛雨，但两人的头发和衣裳一会儿就湿了。老贾于是提议，干脆去他家，他家离这不远，可以坐下来吃杯茶，可以听听音乐。如果有兴趣的话，还可以看一张影碟。老贾说，他有很多很好的影碟。到了老贾家里，老贾也没有征得谈优的同意，自作主张地放影碟给谈优看。"这个老东西，放一张黄碟！"刘球说。起初谈优还一动不动地坐着看，她还表示，她从未看过这样的东西。她还向老贾提出这样的疑问："那女的怎么会愿意去拍这样的片子？"后来老贾就不老实了，他将谈优洋娃娃一样提起来，把她放到桌子上。接着就扒她的衣裤。"我有责任，我确实有责任，我不知道老贾竟是这样的人！"刘球检讨说。后来的情形，当然我们大家都知道了。谈优跑到老贾家楼下的电话亭，拨打了110报警电话。她告老贾强奸，为此老贾被判了七年徒刑。法院认为，老贾强奸了一个小矮人，性质几乎就跟强奸幼女一样，理应从重处罚。

我终于要向你讲述最近发生的事了。最近发生在我们家的事，再一次成为本市各媒体的重要社会新闻，成了市民们普遍关注的焦点。现在距离我的外孙小胖的出生，已经是第五个年头了。也就是说，小家伙已经虚龄五岁了。这个五岁的胖胖的孩子，已经会唱包括《菊花台》在内的十七首歌曲，能够背诵三十来首古诗了。他几乎是一个人见人爱的小家伙。他已经连续两年，被幼儿园评为"健康宝宝"，他的照片，陈列在幼儿园大门口的画廊里，引得无数路人驻足观看。他早已成为我们三户人家的中心。这些天，我只要一闭上眼睛，面前浮现的，就是他圆圆的可爱面容，他漆黑的眼珠，他糯米一样细滑的皮肤。每天下午，去幼儿园接他回家的任务，对我们两亲家而言，已经不再是什么任务，而是一种待遇。我们在轮到接他的日子里感到无比充实，而在不轮到接他的时候黯然神伤。如果说生活还有什么乐趣的话，那么这乐趣就是一眼不眨地看着小家伙。如果说生命真的有什么意义的话，那么其意义就在于发现自己卑微的生命竟然有如此美好的延续。小家伙对谈秀来说，同样也是掌上明珠。自从有了儿子之后，她不再像从前那样注重打扮自己了。用刘球的话来说，她已经有好几年没穿像样的新衣服了。事实上她的衣柜里，挂着不少好看的新衣服，大多是刘球替她精心挑选的。但她总是不穿。她认为，好衣服穿在身上，就不能很好地照顾小胖。她总是穿着旧衣裳，这样才能无所顾忌，才能一心扑在儿子的身上。她每天晚上，都要教儿子学习很多本领，教他算术啦，教他朗诵啦，给他讲许多好听的童话故事，还教会了他一些简单的英文单词。清晨，则带上他去街心公园，让他呼吸新鲜空气，领着他在红花绿树间晨跑。小家伙看上去个子比他母亲都高了，他总是跑在谈秀的前面。跟在儿子的身后，谈秀为小家伙强健的腿力和奔跑的速度感到惊奇，预测他长大后也许会成为一名优秀的短跑运动员，说不定还能冲击奥运金牌，洗刷我田径运动薄弱之国耻呢。他们母子俩矫健的身影，已经成为那一社区一道独特的景观。一位摄影爱好者所拍的题为《春晨》的作品，就是取材于他们的晨跑。这幅照片在庆祝中华人民共和国成立65周年书画作品展上，还获得了银奖。然而就在一个同样的早晨，厄运却降临到这对晨跑母子的头上。它突如其来，令人至今还怀疑其真实性。它令所有的人都觉得无法接受这一残酷的现实。

那时刻，老大谈优也来到了街心公园。是小胖首先发现了她。他老远就看见了她。为此他兴奋无比地向她跑去，他一边奔跑着，一边用甜甜的嗓音喊着"阿姨"。他一定是做好了这样的打算，他小鸟一样飞过去，是要扑进阿姨的怀抱里去的。他习惯在阿姨的怀里撒娇，他的小脑袋埋在她小小的，却非常柔软的胸前，这样的感觉令他感到非常舒服。他绕过几棵树，绕过一些花花草草，他终于飞到了阿姨的面前。可是，阿姨这回却并没有向他张开怀抱，她只是甩动她手中的玻璃瓶子，向他一扬。他惨叫一声，立即摔倒了。"小胖！怎么啦？小胖，你怎么啦？"他的母亲谈秀及时听到了这一声惨叫，她一边怪声叫着儿子的名字，一边疯似的向他这儿飞奔过来。她不知道究竟发生了什么，但她知道一定是发生了什么！当她赶到儿子跟前时，她的孪生姐姐谈优又甩动了一下手中的瓶子。一阵深入骨髓的灼烫，立即让谈秀明白发生了什么。她也像她儿子一样，发出了一声惨叫。她的叫声，把一辆途经此地的自行车惊翻在地。

案件的每一个细节都被公开。报纸、电视台都苍蝇一样紧盯着做追踪报道。如此骇人听闻的硫酸毁容案，又是发生在一对孪生姐妹之间，而且是两个小矮人。这空前绝后的事件，比特大腐败案件和爆炸性明星绯闻更强烈地刺激了报纸的发行量，和电视的收视率。整个城市都一改以往慵懒没落的面貌，而突然变得亢奋起来，仿佛毒品被刚刚注入城市的肌体。各行各业，每一个角落，人们都在为此而喧哗。他们牛一样反刍着与此有关的种种细枝末节，像给赛马赛狗下赌注一样预测着两个小矮人未来的命运。许多人因为观点不一而发生了争吵，使安睦的家庭陷入危机，令几十年的牢固友谊毁于一旦。而庭审的日子，更是万人空巷，人们放弃了一切应该去做的事情，坐到电视机前，来旁听开庭，整个城市于是变成了一个大法庭。"球迷们也不看球了。"刘球哀伤地说。

而我们，我和我的妻子，则排除了一切杂念，全身心地投入到拯救谈优生命的事业中去了。亲爱的读者，请原谅我们的糊涂，请不要责怪我们不尊重法律、没有良知，甚至没有起码的是非观念。按理说，善良而无辜的谈秀，我们的二女儿，以及同样无辜，并且可爱得像天使一样的小胖，我们比生命更宝贵的外孙，他们的脸部，被硫酸灼伤的程度分别是百分之八十和百分之四十五，这一切都是由我们的大女儿谈优一手造成，她简直就是一个恶魔，她理应受到法律的严惩。但是，我们竟然鬼使神差地坚决站到了谈优这一边。我们拼命地要为她开脱。亲爱的读者，可怜天下父母心，当同样是我们亲生骨肉的大女儿谈优面临被问斩的命运时，我们表现出来的这种不理智，这种不公正，也许你们可以给予一定的理解。我们发了疯似的要证明，谈优的精神不太正常，她绝对是在精神失常的情况下做出这种丧心病狂的事情的。因此我们请求法庭不要以"有行为责任能力"这样的标准来衡量犯罪嫌疑人，希望能对谈优死刑的一审判决进行改判。

我们这样做，无疑更深地伤害了谈秀，以及谈秀的全家。当我们的宝贝外孙长大以后，了解到他的外公外婆当年在这一不幸事件中采取了这样的立场时，他一定不会原谅我们。我们这样做，甚至算得上是一种犯罪的行为，这对谈秀一家实在是太不公平了。谈秀因此拒绝再把我们看作是她的父母，她在法庭上，对我们直呼其名。她孩童一样的声音，在法庭的墙壁上产生了怪怪的回声，听来是那样的陌生。看得出来，她对我们有了刻骨的仇恨，她与我们之间的骨肉之情，真的已经是荡然无存了。为此我心如刀绞，不时感到一阵恍惚，觉得整个世界都已经失去重量，一切都鬼魅一样浮游着。刘球的眼里，也流露出了凶光。而从前，在我的印象中，他的眼光始终是和善的，温柔得像女人一样的。现在他投向我们的目光，就像刀子一样尖锐，闪着令人心惊胆战的寒光。而我们的心肝宝贝，我们的小外孙，也变得像是一个地府的小鬼，他的脸被毁成什么样子了啊！他的脸转向我的时候，我分明听到他在说："阎王爷吩咐，快快取过你的命来！"

尽管如此，我们还是别无选择。我要努力，我一刻都不能放弃努力，我不能让谈优死。如果终审判决还是死刑，我们就要向最高人民法院提起上诉。我和我的妻子，都相信谈优一定是在精神失常的情况下才做出这种伤天害理的事情来的。我们绝对无法接受医疗部门作出的鉴定。他们说谈优精神正常，实在无法令人信服。你们看看，看看这个身高不到正常人一半的成年人，看看她古怪的四肢，你能说她是一个正常人吗？如果她真的没有什么不正常，她又怎么会放火烧自家的房子？又怎么会对自己的亲妹妹，对自己心爱的外甥下如此毒手？现在在法庭上，我的血压又上来了，我的耳朵里响起了嗡嗡的怪声。我的眼前一片模糊，法官、陪审员、我的分别坐在原告席和被告席上的一双女儿和她们的律师，以及所有的旁听者，他们这是在干什么？他们为什么手拉手儿跳起了华尔兹舞？法庭可是一个严肃的地方，怎么就跳起舞来了呢？他们绕着我旋转，旋转，他们欢快地跳着，嘴里还唱起了儿歌：我们的祖国是花园，花园里花朵真鲜艳，温暖的阳光照耀着我们，每个人脸上都笑开颜。娃哈哈，娃哈哈……

原载《钟山》2018年第5期

点评

这篇小说弥漫着浓浓的悲观主义气息。

某种根深蒂固的宿命论思想。双胞胎女儿是侏儒，作为医生的"我"将一切可能的原因通通想了一遍，却终究无法确定原因为何。双胞胎姐姐谈优和妹妹谈秀仿佛真是心有灵犀好恶相同，竟"命中注定"般爱上了同一个男人瘸子刘球；从后来的一系列变故来看，这段三角恋简直就是彻头彻尾的"孽缘"。刘球和谈秀结婚，却被迫答应也跟谈优生个孩子。谈优如愿怀孕，后却不幸流产。谈秀生下儿子，却跟谈优最亲，仿佛谈优才是其生身之母。如上，侏儒、孽缘、流产和亲疏，仿佛都是由某种人类完全无法理解和控制的神秘力量所预先安排好的，作为普通人就只能接受，没有丝毫讨价还价的余地。

面对困境的无望以及反抗的徒劳。"我"想过一切可能造成双胞胎女儿侏儒的原因，最后怀疑是妻子"可能的出轨"所致；"我"想带女儿去做亲子鉴定，却担心因此毁了这个家，遂只好作罢。作为一名知识分子、一位救死扶伤的医生，"我"生活得十分窘迫，甚至远不如一个配钥匙的瘸子过得潇洒滋润。面对双胞胎女儿与刘球的三角恋所引发的一系列矛盾冲突甚至毁灭性的灾难，作为父母的"我们"只能被动"应战"，尽自己的全部心力却只能做出一点微不足道的修补，直到最后谈优犯下重罪而再无挽回的可能。对"我"来说，生活仿佛处处有困境，"我们"也曾尽力去反抗，然而最后还是证明一切努力都只是徒劳。

悲剧爱情与爱情悲剧。谈秀的初恋对象是高大帅气的"小万"。小万和谈秀的恋爱方式很奇怪，他从不带谈秀出去压马路，而只是来"我"家找谈秀然后说悄悄话。最后因小万在大街上将谈优错认成了谈秀和几乎同时发生的"电视剧事件"中小万对谈秀的落井下石，导致这段恋情告吹，谈秀还因此割腕自杀，幸好未遂。妹妹的第二次恋爱对象就是配钥匙的瘸子刘球。刘球尽管残疾，却魅力无限，姐妹俩同时疯狂地爱上了他。可是，在他与谈秀发生关系以后，其懦弱和贪婪却瞬间暴露无遗。最后在"我"和妻子的威逼下，他答应娶谈秀。但谈优却因此心怀不满而一把大火烧了家。怀有身孕的谈秀以自己换回了因纵火罪被带走的谈优，谈优却在谈秀坐牢的这段时间内与刘球发生了关系。"我"一怒之下将谈优赶出家门。而后，谈秀再一次原谅了谈优，"我"便将谈优劝回了家。但没多久，谈优竟流产了；刘球和谈秀婚后却生了个健康的儿子。谈优一直将妹妹的儿子视如己出。后来刘球给谈优介绍了一个对象老贾，谁料老贾竟强奸了谈优。至此，谈优内心完全崩溃，她恨命运的不公，不仅让她是个侏儒，还夺走了她的爱情、她的孩子、她的贞操；而在她看来，直接造成这一切的便是谈秀和刘球。于是，在嫉妒和仇恨的联合怂恿下，她用硫酸先后将妹妹的儿子和妹妹毁容。至此，这一悲剧爱情所引发的爱情悲剧达到了顶点。

国人的"围观"心理与人情冷漠、人性凉薄。双胞胎女儿因身高缺陷，受尽了周围人的冷眼与嘲笑。姐姐谈优因饰演一个妓女的角色而遭众人恶意揣测她的品性有问题。姐妹俩与刘球一起逛街时，周围人都将他们三个当作"奇葩的青春组合"。"借种"事件发生后，"我"将谈优赶出家门，领导们前来假装好心慰问，实则是看笑话、瞧热闹。国人的"围观"行为将人情的冷漠和人性的凉薄体现得淋漓尽致。此外，"我"曾将妻子一度只看成"一条讨厌的母狗"，常常看不起她、讽刺她，这体现出"我"自己同样冷漠和凉薄。这个"我"虽非作家本人，但仍能在一定程度上看出作家在创作中一直有着谨慎而清醒的自省意识。

（侯建魁）

白 岛/

/罗伟章

　　不久以前，这里住着一个女人。但现在没有了，她死了。她是我的女人，名叫白素贞。你听出来了，这是白蛇娘娘的名字。记得刚结婚那阵，老熟人见面就朝我跷大拇指，喊一声：好福气呀！意思是我娶了白蛇娘娘。我自己竟也这样想，如果白素贞在身边，我还故意当着人的面，问她青蛇在哪里，有白蛇就该有青蛇的，"在临安收青儿主仆同走"，戏曲里就这么唱。现在想来，那真是年少轻狂，尽管当时我就早已不再年少。娶了白蛇娘娘有什么值得显摆的？白蛇娘娘是传说，娶了一个传说，我并不因此就成为传说。如果我也成为传说，我就是许仙了。许仙不是我喜欢的人，他长得太白了，比白蛇娘娘还白，以至于我感觉到，白蛇娘娘是嫁给了一个女人。她却要为这个女人丈夫，冒死去盗仙丹，还跟法海斗。她是斗不过法海的，因为法海是真正的男人。小时候看《白蛇传》，我恨过法海，但恨他的唯一理由，是他用雷峰塔镇住的，不是许仙，而是白蛇。他应该把许仙镇住才好。

　　正如此刻，如果死的是我，不是我的女人白素贞，才好。

　　但这只是假设。世间有万般无聊，假设是最无聊的一种。

　　我的女人白素贞，死了。我要把这事实再陈述一遍。

　　按事实去生活，才是我应该做的。昨天晚上我就在想，我应该离开这座小岛。小岛上没有别人，只有我和白素贞，那是以前；现在，只有我和白素贞的坟冢。

　　其实没有坟冢，也没有墓碑。她的墓碑就是一棵树。

　　我和她认识不满一个月的时候，两人就经常以各种语气说到死亡。

那是我们最富激情的话题，一说，她就软了，我呢，就想着对付软的办法。她说，未必还需要想吗？的确，不需要想。在对死亡的言说中，办法早就有了。但我真的像许仙，文弱得像根棉签。她明显不满意了，说，你讲讲你的前世吧。这证明她也想到了许仙。这让我羞愧。我不愿意讲。她说，来世呢？我差点儿就说法海。虽没说出口，她却从我嘴唇颤动的纹路，认出了法海两个字。那是我的仇人，她说。说话间亢奋起来，像一首歌唱到高音，运足了气，浑身抖。幸亏我早有准备，不然就被颠下了床。有时候，仇人真是个好东西。我说，你的仇人也是我的仇人。言不由衷吧？她刮一下我的鼻子，突然间有了厌倦，把我推开，说，不说别人了，我是白素贞，不是白蛇，你是朱家田，不是许仙，法海嘛……她停下来，像陷入了沉思。在远远近近的时光里，白蛇和许仙都是偶然，法海却是必然的，我懂，她也懂。但我们并不畏惧。我们连死都不畏惧。她从沉思里回过神，又缠住我，问我死后想怎么处理。我说随便你，反正我比你死得早，我看过你的手相，我死过后，你还要活三十年。她把手举起来，问哪只手？我说两只手都看，高手除看手掌，还看手背。她把手藏进被窝，说如果真是那样，我就把手剁了，让你看不见，然后逼着我承认她比我先死。她说我死过后，你把我埋在一棵树下，那棵树要好看，不，树都好看，但也不是随便哪棵树，那棵树下要干净，你听见了吗？

那时候我们住在城市。

我至今说不清是不是要为她找一棵干净的树，才来这座小岛的。小岛没有名字，我为它取了名：清溪岛。是因为岛外的河流叫清溪河。这是一条荒河，上下几十里没有人家，我跟白素贞，是从县城包了快艇来的，带着弯刀、斧头、锄头、木锯和种子，还有可供半年的食物以及一切生活所需。本以为还要自己动手砌房子，结果不必，野藤、杂树和乱草的深处，有间木屋，木屋低矮，却很结实，就像一个人躺着比站着更不容易倒下一样。白素贞大声喊：有人吗？先朝屋里喊，然后朝四面八方喊。我说别喊了，你没见那屋里都长了树？门开着，屋子正中长了棵杏树，贴地生了铁线草。毕竟缺少阳光和雨水，草长得像上了年纪人的头发，稀稀拉拉，还泛白，杏树虽有半人高，叶片却比指甲盖还小。两人进屋。两人都是先出左脚，再出右脚，步调一致，连步幅也一致。而今回忆起来，那真是意味深长。我们不怕死，却怕在陌生的地界里活着。共同的恐惧，把两个人变成了一个人。

除了小树和杂草，只在傍东墙的地方横了两块不足尺高的条石，条石上铺着木板，算是床。床上空空荡荡，但我们还是来回转了好几圈，把每个角落都看仔细。万一主人就躲在那里呢？确认之后，才出门去，拿来锄头锄草。草皮底下是黑泥，足以说明旧主人曾在这屋子里生活了许多个年头。铲罢草，再挖树，但白素贞不让挖。她说那年我去云南，在怒江边见到一户人家，院子紧傍山崖，就是说，山崖是院子的一部分，而山崖上是挂瀑布，几十米高，他们能在家里养瀑布，我们养棵树也不行？她两只手把树梢虚虚地握住，眼神迷离，是一种会飞却不知道飞向何方的眼神。那时候我就该看出些什么，但我太兴奋了，草一除，别人的房间就变成了我们的房间。听了她的话，我只是哈哈笑，说随便你，只要你不怕它可怜。可怜这个词把她打动了，但她并没改变主意。她对树说，我们会想办法的。然后跟我一道，去抬了块扁平的石头进来，将锄松的泥土夯实。

然后我们就在那里住下了，一住三年半。

三年半过后她死了，我也要离开了。

离开的意思，是得有个去处。我的去处就是我的来路，是那座远方的城。白素贞死在冬末，现在已是暮春，春水发过两次，清溪河成了哺乳期的河，胀鼓鼓的，在河上跑的快艇，犁出哗哗的白浪。这条河连接两座县城，但那都不是我的城。我的城在更远的地方。这天早上，我收拾停当，就去河边等着。为了让人注意到我，我抱着白素贞的红色羽绒服，听到山弯那边有响声，就举着羽绒服挥舞，还高声吼叫。我在那里坐了一天，吼了一天，手也挥了一天，如果手臂上长着果子，早就摇得一干二净了。但没有人理我。快艇大都是包船，就像三年半以前我和白素贞来这座小岛时一样，即使没人包，也要等人坐满了才开，总之中途是不会停的。以前有竹筏、木筏、独木舟、乌篷船，后来有了汽划子，现在连汽划子也不见了踪影，更别说竹木筏子。它们把自己让给了速度。我似乎没有离开的机会了。

一个人在这里生活，我从来没有想过。我是跟白素贞来的，也是因为白素贞来的，可是白素贞死了。踏着走一步暗一层的暮色，从河畔回到小屋时，我突然觉得，白素贞是故意死的。她似乎早就感觉到我想离开小岛，而她不愿离开，就干脆死在这里。

她死的前一天，我们还没起床，阳光就落进了屋子。冬天的阳光，是另一种质地的雪花，比雪花还冷。她说，冷。我就抱住她。可许多时候，两个人的温暖比不上独自的温暖。她磕着牙，说，反正没事，我们去爬山吧。半岛背后是山，是它跟大陆唯一的连接。山很高，抬了头望，望到了天，却望不到山峰。我们煞有介事地穿了运动鞋出门。山野木叶尽脱，光秃秃的树身，画出迷宫似的路。她在褐色的树干间绕来绕去，真像迷住了的样子，其实是想表明，天底下的迷宫，都只为目标设置，把目标抛开，迷宫也就自动解体。我们是来爬山的，可山峰并不成为我们的目标，因此我们是轻松的，也是自由的。青冈树叶铺了厚厚一层，踩上去，哗！溜出老远。败叶是行进在山野间的船。她说，河里可以逆水行舟，山里为什么不能？说罢踩住败叶，往山上滑，可怎么也滑不动，那模样看上去很傻。可我比她更傻，我说，逆水行舟需要动力，没有机器动力的时候就靠人拉，我外公住在瞿塘峡，我小时候到外公家去，经常看到那些光着屁股的纤夫；我外公年轻时候，也做过好几年纤夫，拉纤时也是那样光着屁股。她弯腰抓起一把叶子，夯着手往山上跑，说自己是个纤夫，可惜太冷了，不能光着屁股。我说，试一试，说不定没那么冷。这句玩笑话，她却当了真。她站在高处，扶住一棵遍身鳞甲的老松说，你先脱。我知道自己说错话了，但收不回来。我是不能违拗她的，这是我们关系的模式，也是我们婚姻的秘密。

穿着衣服的时候，没感觉到一丝风，衣服一脱，风就来了，像闻到香气的蜜蜂。这比喻把我自己美化了。我已不再年轻，虽不老，但也不年轻。她年轻，而且美。那比喻是属于她的，但暂时还不属于她。我对她说，别脱，冷死了。确实冷，风和阳光都成了在身上甩打的鞭子，带着芒刺。她说，你跑吧，跑起来就暖和了。也只能这样。当我气喘吁吁地越过她，跑上一块黑石头，回头见她跟了上来。她比我脱得更彻底，我穿着鞋袜，她啥都没穿。光脚更滑，她只能四肢着地，像个动物。一只美丽的动物。黑黝黝的头发跑在她的前面，挡住了她的脸。我去接她，确切地说，我是想回去穿上衣服，她却不让。你站着别动！她这样命令。我对着冰片似的太阳，不知羞耻地蹦跳。河似乎比太阳更遥远，偶有一艘快艇呼啸而过，快艇激起的冷气和水花，却子弹般朝我射来。

回去的路上她很沮丧，因为我没有满足她。她想站在那块黑石头上做爱，我实在不能满足她。血液想离太阳更近一点，都跑到我头上，我只有头是热的，别处都麻木得失去了知觉。朱家田，你对我不好，她说。听了这话，我承认我很愤怒。承认之后，才发现自己一直很愤怒。玩得太过火了，玩得把自己身体都丢了。这是要付出代价的。

我付出的代价过于沉重，白素贞死了。我说过，那是在第二天。其实当天还不怎么看得出来。她沮丧过后，说我对她不好过后，很快释然，回到屋子，暖气一扑，她就打喷嚏，接着喊冷。火是生上的，添一笼干枝进去，打瞌睡的火苗便炸开，毕剥乱响。我们并排站着，弓着腰，几乎架到火上。这姿势跟裸身于冬天的山野一样可笑。于是她笑了，嘴微微翕开，舌头顶住牙齿。

谁知道她第二天会永远地离开我呢。

她离开了，半岛上只剩我一个人了。

一个人的日子我过了整整一个季度。如果这个季度是夏天，或者秋天，甚至冬天，大概都会好受些，可偏偏是春天。春天是让人愁的季节。我是要离开的，却找不到离开的办法。连续四天，我去河边拦快艇，快艇却把我当成了半岛上的一块泥土。快艇是水上的生物，不喜欢泥土，我也不喜欢泥土。不喜欢泥土的人怎么可以跟荒野打交道。如果不是白素贞，我怎么可能走出城市，到这与世隔绝的地界上来。我是在责怪她了。阳光落得像雪花的那天，也就是她死的前一天，我的愤怒已经苏醒。如果给愤怒做个注释，应该是这样的：颜色，深黑；气味，辛辣；性质，剧毒。如此说来，白素贞是我害死的。我没有理由去责怪一个被我害死的人。

每次责怪她时，我都觉得自己没有理由。这不是好事情，她的任性就是这样惯出来的。

她以前不是这样。

不过她以前究竟是怎样，我也说不清。

我碰见她时，是在北极村——北极村的黑夜。当时我是山城一家地理杂志的记者，接到一个任务，采写从漠河直至广州的秋天。九月下旬，我从山城出发，飞往哈尔滨。那天山城是三十六摄氏度，到哈尔滨就十五摄氏度了，但我并不打算添置衣物。反正是从南往北走，且不会在一个地方久待。第二天到了漠河，下车吃了顿饭，立即租车前往北极村。大雪在两天前下过，茫茫雪尘里，大兴安岭很有节制地起伏着。乌鸦蹲在树梢，像是长在上面样。它是在炮制冲突。冲突就是互动，黑与白的互动，美与丑的互动。这是天地间显而易见却又守口如瓶的秘密。这秘密是在提醒我，我也将有一场互动。但我没意识到，轻率地放过了。到北极村天就黑透了，而且停电。我冒着风寒摸到一户农家，这家人做着旅游生意，门前挂着"鹿祥园农家乐"的牌子。这是我第二天才知道的，当天夜间我看不见牌子，只担心不收留我。我快冻僵了。冻还是其次，主要是对广大无边的黑和荒漠似的静，非常恐惧。主人鹿祥园听见有客人上门，划根火柴，把黑暗灼出一个窟窿，接着点上蜡烛，叫他儿子生火烧炕。他儿子是个快进入中年的侏儒，抱来柴块，却怎么也点不燃。他手里拿着明子，很容易就能点燃的，可就是不行。过了一会儿，鹿祥园从黑暗的深处端出一钵挂面，热气腾腾地放在桌上，说，只能将就了。我想他咋这么好呢，原来只要住在这里，就包吃，吃好吃坏，全凭主人的良心。他拿来两副碗筷，喊一声：吃了。一个女子便走出来，披散着长发，鲜红的羽绒服把蜡烛的光焰染成了粉色。她坐下就往自己碗里挑面。我初以为是鹿祥园的家人，是让我跟他家人同吃，可鹿祥园和他那个侏儒儿子都隐到了暗处。于是我决定等一等。她低着头只管吃，发丝帘子一样把她和我隔开。你不吃啊？她突然这样问，头发后面的眼睛闪闪发光。

我们就这样认识了。

我叫白素贞，她说。

这名字听上去很耳熟，但我当时并没想到白蛇娘娘，更没想到我们会成为夫妻。看样子，她不过二十二三岁，而我，再过几天就满三十九了。她说她是来旅游的，没有同伴，就一个人。这让我感到亲切。在这个陌生的地界里，我孤独，她也是。我们两个陌生的人，有了一条共同的通道，那条通道里散发出同样的气味儿。我们谈了很久，直到那支烛光在残蜡里蹦一下，又蹦一下，警告说它马上就要熄灭了。

第二天，我一大早起床，到黑龙江边，照了几张雾锁江流的照片，便往田野里去。当地人把田野叫大地，哪怕只是一小块田，也叫大地。这是东北辽阔的疆土赋予了他们修辞的辽阔。大地空了，蓝莓已经下树，大豆早已收割，只有一些像害着病的山丁子，蔫蔫地挂在枝条上，供雀鸟们吃。我是南方人，一个南方人对季节慢条斯理地应对，就这样轻易错过了北方的秋天。没有庄稼的秋天，便少了姿态，显得单薄。从完成任务的角度讲，我是白跑了。但既然来了，我该去最北点看看。没走几步，是一尊雕像，底座上文字漫漶，大意是说，某年某月某日黑龙江发大水，淹了北极村，一俄罗斯上尉为救中国百姓，牺牲在波涛里。正准备离开，雕像后转出来一个人。是她，白素贞。依然是那件红色羽绒服，脖子上缠了白围巾。早啊！我说。她不回我的问候，只扶住雕像的鼻子感叹：好帅！之后望着对岸的俄罗斯。江雾低垂，视线稍稍爬一点坡，就能爬到俄罗斯的土地，那边有积木似的村庄，有缓缓移动的物体，是羊，或者是人，或者是人赶着羊。我沿着马路朝前走。马路上晒着燕麦，昨夜下过雨雪，燕麦上搭了层薄膜。有辆车停在路边，我刚靠近，车门猛然推开：要进屋看看纪念品吗？是个女人，她的屋就在马路里侧。我摇摇手，车门又砰的一声关上了。我向右拐上栈道。栈道两旁，狭叶荨麻和蚊子草扫着裤腿。我只穿着单裤，晨霜仿佛将我的单裤剥去，只剩了两条光腿，草叶每扫一下，我的腿上就被寒气割一刀。

你昨天不是说要去看庄稼吗？白素贞的声音从背后追来。

说不清为什么，我知道她会追来。我站下等她，说，你没看见那边？那边的大地上，有个辨不出年龄的男人在往一匹马背上放东西，有铺盖、沙发、脸盆，还有拆下的帐篷。他是庄稼看守人，现在庄稼收了，他该回家去了。白素贞走到我身边，撇撇嘴：庄稼根本不能成为季节的标志，树才是，庄稼播种有早有迟，而树一直长在那里。

那时候她就提到了树。

她是一个没有目的的人，这一点我很快就发现了。我走，她也走，我停，她也停，于是我们一同走，一同停。只有一次例外，当我停在一块立着的石头前，她把石头扫了一眼，直直地往前去了。那石头上用油彩写着几个字："我找到北了！"我为这石头照了张相，跟她去了更远处。远处的土塄下，有个回水凼，回水凼里生着杂木，杂木半个身子没于寒水，露出的部分，枝条细瘦，面容苍老，我想它们是被冻老的。树跟人一样，最怕的有两样东西，一是饿，二是冷，所以才用饥寒交迫这样的词语，来形容极致的困境。它们长到那里去，不知道是主动地选择，还是被动地接受，可仔细想想，世间万物，又有多少主动呢？这么一想，我就怜悯那些树了，以至于不愿再多看两眼，就撤身回转。她跟着我回转。走到那块站立的石头前，她问：你需要在这里照张相吗？我帮你照。我说我不需要，我只为石头照一张就好了，这样可以帮助我记忆，便于回去写文章，还可以拿它向领导交差，表明我确实到过这些地方。她古怪地笑了一下。我说你站过去，我为你照一张。她脸一沉：我才不照！那样子像是我得罪了她。随后她又鄙夷地说，留给那些自以为找到北的人来照吧。

幸好我没让她给我照。

可是我为什么不可以照呢？为什么要以她的标准为标准呢？

对自己的不满，破坏了我的心情。然而我怎么也没想到，这种不满将一直持续。

隐隐地，我想摆脱她。

但我走，她也走，我停，她也停。午饭后，当我租车出北极村，已坐上副驾，她背着双肩包飞跑过来，敲着窗子。我把窗子摇下二指宽，她歪着头说，如果你不嫌挤。

后排是空的，本来就不挤。

她兴致勃勃地，上车就讲趣闻，说大兴安岭的豆荚，出苗后一个晚上就牵藤，牵了藤立即就得搭架子，否则第二天就到处乱窜；搭架子的同时，花就开了。它清楚自己的时间不多，不抓紧来不及，植物比人更知道自己的天命。因这缘故，外地种子不能进东北，它们懒洋洋的，还没长成，就被突降的霜期斩了头。我不喜欢那种急急慌慌，她说，我喜欢石头，也喜欢树，石头和树都是缓慢的生命。

车行至一条黑土隆起的大沟旁，她问我要不要下去看看，说这里叫胭脂沟，并给我讲胭脂沟的来历。司机也跟着鼓动我。这一带是他家乡，他热爱他的家乡。司机把车停了，我跟她去往林木深处，她弯腰把野草刨开，竟刨出矮林似的墓碑。这是妓女坟，她说，百多年前，大批淘金者来到胭脂沟，那时候还不叫胭脂沟，叫老金沟，从老金沟淘出的金子，拿去孝敬老佛爷，为老佛爷买上等胭脂，老佛爷感动于那么苦寒之地的人也还想着她，就把老金沟赐名胭脂沟。淘金者都是青壮男人，他们到了胭脂沟，妓女便尾随而至，有中国的，也有俄罗斯的。她在碑上找名字：

叶卡捷琳娜，二十一岁；李珍，十八岁；施粉菊，十九岁；任天英，十六岁。还找了许多。碑上的年龄，像一个个感叹号。她们用二十一岁、十九岁、十八岁、十六岁甚至十四岁，来撩动这个世界的悲伤，又用悲伤向世界挑战。她跑开几步，摘来几朵顽强的野花，献在一个连姓氏也没有、只叫了丫丫的墓碑前，自语似的说：做一个妓女，其实蛮好的。妓女太神圣了。她们用污点来诠释神圣。没有污点的神圣不是神圣。又说：妓女大多人生短暂，是因为妓女的命被男人领走了。男人领走了她们的命，可男人并不知道，妓女也不让男人知道，这是妓女的佛性。

这样的话，比如林的墓碑还让我震惊。

我要去海拉尔，须从漠河至加格达奇，再在加格达奇转车。我说我，就是说我们。在加格达奇下车时，是凌晨三点半，去海拉尔的车要早上六点过才开。只能等。冷啊，每一丝风都是杀人风，都能把我肢解。南方的风，与阳光和潮湿为伴，北方的风却是单独存在的，世界上的南方和北方，也不是以纬度划定，而是以风为界。我后悔没多带些衣服，也没去铺子里买，现在想买也没地方。候车厅里不到十个人，其中四个是工作人员。有个背着旅行包的男子，串脸胡乱哄哄的，断了一条腿，大部分时间躲在厕所里抽烟。其实候车厅里也有人抽烟，并没人管，但他偏要躲进厕所去抽，有时笃笃地敲着拐杖，出来接半杯开水。另一个五十多岁的男人，老是对着工作人员笑，不管工作人员在交谈中说没说他，不管说的话值不值得笑，他都笑。这是一个卑微的人，混迹在车站里，打发他的一生。一个女安检员把吃剩一半的苹果给他，他点头哈腰地接过，用门牙轻轻刮，好长时间舍不得吃下去，之后躺在长椅上睡觉，也把苹果放在胸口。

白素贞一直盯住那个人，见他睡了，她说：做一个乞丐，其实蛮好的，乞丐是四方游走的散佛。她说她喜欢从桥底下穿过，桥下两侧，往往打着地铺，聚着乞丐。散佛们惯以桥底为家，这表明他们随时准备上路，同时又是对路的拒绝。有次她看见一个半老乞丐，背靠墩，龇牙咧嘴地在那里撸管。那真是惊心动魄，她说，我想不到乞丐也会撸管，我还以为乞丐的全部使命，就是要吃要喝。可见人的许多使命是被树枝一样剔掉的，比如你——她伸出右手的食指，指着我困倦的眼睛，你以为你的使命是采写从南到北奔跑的秋天，而你心目中的秋天只是田野和庄稼，是庄稼的收割方式，最多再加一点菜蔬啊果子啊湖光山色啊什么的，不知道有一种秋天是用二十一岁写的，是用十六岁甚至十四岁写的。说罢嘻嘻笑。

我和她在北极村认识，但故事的开始，是在莫日格勒河。这我后面会说到。有开始就有结束，正如每一次拥抱注定要松开。我们开始于一条河流，结束于一条河流。

然而，快艇在清溪河上劈波斩浪，驶向我后来命名的清溪岛时，我从没想过那是我们结束的地方。我只把它当成一个驿站，睡上一晚，再换马前行。当然，也可能是后退。可见到那间空无一人的房子，我为什么会来那么大的激情，急迫地要将它变成"我们"的房子，而今已很难说清。我只记得，白素贞喊话，问是否有人，问第一声，我多么希望听到应答，那样，清溪岛就不是我们的，房子也不是我们的，我们就是岛上的客人，客人总不可能住十天半月还不走，更不可能一住三年多——如果白素贞活着，谁知道会不会住上三十年？这让我心里发紧。踏上荒岛的第一步，我就渴望离开了。可是，她问了第二声、第三声，依然无人应答，我又突然感觉获得了巨大的解放。我身上原本挂着沉甸甸的人事，现在都可以扔掉了。不是扔掉，是根本就不存在了。天地刚刚从混沌中分离，世界还是崭新的，我和白素贞，是世上最初的居民，没有同类，没有伤害，没有竞争，而同类、伤害和竞争，正是烦恼的根源，所以，我们也没有烦恼。我们将成为创造者，从此刻起，我们做的每一件事，都具有为野蛮和文明立定边界的意义。正因如此，我把除去杂草也当成伟业。

白素贞的话使我清醒过来，她说怒江边有户人家养着一挂瀑布，她把纷繁的人世又打捞出来。好在我没去过怒江，加上屋中央的杏树转移了话题，我的心思又回到了现场。

白素贞对杏树说，我们会想办法的。她为它想的办法，就是在屋顶开个洞，让它承接阳光和雨水。屋顶铺着石片瓦。这种瓦只在少数山区才有，其实就是像瓦一样的石片，也做了瓦的用途。我砍来两根枯死的桤木树，用藤条绑成楼梯，爬上屋顶，将两片瓦移开。瓦比油漆还黑，并以沉实来宣示自己是石头，不是泥土或别的什么。黑瓦与同样发黑的栗木椽子，粘得很紧，要用了力才能掰开，可几只草鞋虫，竟在我掰开的同时，就在虚虚的阳光里四散奔逃。它们像是不需要空间，只需要黑暗。白素贞在下面喊，亮了！她看见的是天亮了，而我看见的是地亮了，是地上的她亮了。我在天上看着地上的她，有了一种顿悟：古往今来，天上的神仙总是偷偷下凡，可见地上比天上更美。

地上美就美在有白素贞这样的女人。

她是我的女人，我不能让天上的神仙把她带走。

可她还是被带走了，仅仅在三年半过后。遗憾的是，我蹲在屋顶上时，并不知道这个结局。我当时还在想，相对于她，我现在就在天上，如果要把她带走，也是我，而不是别的任何人，包括神仙。这想法太不吉利了。对她不吉利，对我本人也不吉利。最不吉利的地方，是我把自己当成了神仙。我不愿做神仙，只愿做人，哪怕像许仙那样的人。

那天夜里，白素贞比我先睡，等我闭上眼睛，整个世界就往下沉。河水的吼声像是来自另外的星球，半岛上的鬼怪和神灵，在属于他们的时间里悄然忙碌。我感觉自己也在往下沉，沉入无底的深渊。深渊是帮人了断和忘却的，可事实上，我与深渊的联系，从来也没像此刻这样紧密。我踏入了山城灯火辉煌的街道，街道直通滨江路，滨江路外是长江，阔大的江面，映照出另一座城，我同时置身于两座城市。走过一段滨江路，便进入巷子，锣锅巷，巷子两旁，是凸起的高楼，我住在右边这幢的六楼，上到三楼时，萨克斯的声音从对面楼里浮荡过来。那该是一首欢快的曲子，可听起来却有站在新坟前的忧伤。我知道是谁在吹，我认识他，他叫王林，前不久才跟妻子撒了手。他跟妻子很相爱，但还是撒了手。是因为他父亲。他父亲已经七十岁。六年前，他母亲去世后，父亲不知从什么地方带回一个二十多岁的女人，一口气生了两个儿子。无论在哪种场合聚会，父亲都当众搂着小妻子，后来还搂着两个小儿子，玩自拍。小妻子喜欢唱歌，父亲陪她唱，而偏偏小妻子唱的都是高音，父亲也跟着飙高音。父亲飙出的高音里，带着腥味儿，腥味儿来自腹腔，是被他使劲儿挣出来的；除了腥味儿，好像还有肉渣。太可怜了，王林的妻子说。她觉得自己没那么坚强，能天天背负着同情心生活，就跟丈夫离了，搬到了城市的另一边，从此与王家彻底断绝了关系。王林十三岁就吹萨克斯，吹到现在，已是炉火纯青。能把一首曲子从水吹成冰，从阳光吹成月色，在这座城市里并不多见。我继续上楼，听见四楼的一对夫妻在厉声争吵，看见五楼九号门前，站着个已经秃顶、穿着正装提着礼品等待开门的人。到六楼，我的门关着，邻居的门开着，男人站在屋当中，情绪激动地跟人通电话，他妻子比他还激动，站在他面前，为他竖大拇指。而我的门始终关着，我打不开我的门。时光在楼道里流逝，我在楼道里变老。

白昼降临。

当我睁开眼睛，真的以为是白昼降临。那不过是闪电。我只见过城市的闪电，城市的闪电快捷、迅猛，带着刺探、惊惧和方向不明的厌倦，而荒野的闪电如史前生物，深知未来史书对它们的记载，都源于人类贫乏的想象，因而肆无忌惮，随心所欲地只是玩儿，唰！起了；唰！又收了。起和收，几乎就在同时。在它收去之后，黑暗更深。它那么照一下，就是让你看见黑暗的深度。你在亮与黑的两极游走，没有中间地带。可当你慢慢适应，它便接连不断，唰唰唰，形成光的河，从九天垂注。

杏树身着白衣，瑟缩着，像个正给父母送葬的孤儿。可它父母还在呢。至少，它母亲还在呢。我在屋顶开了天眼后，白素贞从三十米外的一口潭边，端来一盆水，清洗杏树的叶子，边洗边说，妈妈为你洗脸。白素贞是它的母亲，它母亲活着，这时候却穿了孝服。它或许呼喊过，没听到回应，就以为妈妈死了，跟着妈妈的那个人也死了。我推白素贞，说，杏树叫你呢。她潜伏在睡眠底层，出不来。我使劲推她，说，要下雨了！她伸了一下腿，翻过身又睡。她的光屁股顶在我的肚子上，有一种不真实的温暖。我想，必须赶在下雨之前，去把揭开的瓦还原，可杏树不正需要雨水吗？

我总是遭遇两难的处境。取舍都是在一念之间，我还是应该爬到屋顶上去。雨神看见了我的想法，抢在我之前，炸雷声起，天空粉碎，盛在天空里的水，瀑布似的往下砸。

后半夜再没能睡觉，白素贞举着我们从旧货市场淘来的马灯，我举着锄头，在卧榻和杏树之间掏沟。沟一直掏到门外。门外的斜坡，呈扇面形与河流相接。早上，雨小了片刻，可那只是技法拙劣的引诱。有引诱，就有上当，不管是多么拙劣的引诱。我正准备对白素贞说，这地方住不得，赶紧离开吧。但话没出口，天又垮了，垮了一层又垮一层。我站到屋外去，望见河水近了，对岸远了。那时候，我就预感到出不去。

如果我是一滴雨，就能从汪洋中逃离。我站在雨里，也真像一滴雨。可当我意识到这一点，立即退回了屋子。如果没入汪洋，我该逃向哪里？我有远方的城，有城里的事业，但那是过去的事情了。要确认那时候的朱家田就是现在的朱家田，我没有信心。

信心被摧毁，是在信心被确立的那一刻。

那一刻就发生在海拉尔的莫日格勒河。

去海拉尔是段艰难的里程。还没在加格达奇上车，我就知道自己感冒了。对有些人而言，感冒无非就是擤擤鼻涕，对我却是大病。咳，不是用嗓子，是用整个身体。上车就饿得慌。我得重感冒的显著病象，还不是咳，是饿。坚持两个多钟头，不见卖早点的，便去餐车买。白素贞坐在我旁边，打着瞌睡，我想是不是应该叫上她？当然，应该叫上。她却不去，说给我带些来。餐车里除了方便面，啥也没有。师傅说到海拉尔要交班，所以没吃的。是他要交班，可他分明说的是：到海拉尔你要交班。他加了个你字，这让我觉得晦气。我向谁交班？为什么交班？心里堵，方便面也懒得吃了。回到座位，白素贞睁了一下眼睛，见我两手空空，又把眼睛闭上了。我头晕目眩，想睡又睡不着，便望着窗外。

近处是平畴，远处是起伏的丘陵。平畴和丘陵都有个共同的名字，叫寂寞。没完没了的寂寞。如果没有歪在身边的这个人，我不会这样寂寞的。有一种寂寞是不光彩的，比如我此刻的寂寞。我就不想自己，只看窗外单调得让人发狂的景致。我相信，到某一个时候，平畴和丘陵要么调换位置，要么都变成汪洋，可那个时候是多么遥远，它们要忍受多么漫长的寂寞。白素贞说，石头和树木是缓慢的生命，那么天空和大地呢？人等不起这样的缓慢，许多时候，人只能成为大兴安岭的豆荚。我想着这些，就如半年后到清溪岛的第一夜，在沉重的天宇间听见了忧伤的萨克斯。但在车上的忧伤是安宁的，我甚至要说，是华丽的。这是真正的忧伤，安宁而华丽。真正的忧伤是人一生的奢侈。

在我们对面，坐着三个摄影人，都是年过六旬的老人，坚持用胶卷拍照，这次外出，各照了五十多个胶卷，只是过安检麻烦，要解释半天，才允许那些宝贝不去照X光，也就是不让它们在瞬间就化为空白和废物。三人大谈真正的摄影，必须用胶卷，接着鄙薄他们共同的熟人，说那些人用数码相机，甚至用手机，也梦想出作品，说别人的坏话能刺激荷尔蒙，有个头发花白的老头子，自然而然把话题过渡到房事，说他现在还像二三十年前，可他老婆上四十九岁过后，就对那玩意儿彻底厌倦了，他要跟她做，她不做，他就把手一摊，老婆问，啥呀？他说，钱。老婆说啥钱呀？他说，嫖娼费！他把嫖娼费几个字，说得格外大声，且每个字都拖得很长，像是在对一个切齿痛恨的人宣判。老婆惜钱，答应跟他做。但对她而言，那实在是件苦累活，怕苦怕累的时候，只好把钱给他。

老头子说到这里，白素贞醒来，很有兴趣地盯住他。忌妒，我猛然间就感觉到了。这种情绪可笑至极。对面的人说得更加起劲，说的是物价，说以前嫖一次，只要十块，后来涨到二十、三十、一百，现在竟要三四百，这还是普通价。他的同伴呵呵笑，说你别去高档地方嘛，你就在公园里找，公园里的妓女，坐在木椅上，跷着二郎腿，把鞋底亮出来，鞋底上就用粉笔标着价，最高也超不过四十块。她们自己有住处，虽是暗了些，窄了些，脏了些，可你要的又不是干净宽敞，你要的只是阴暗潮湿，你甚至也不要人长得漂亮，到了我们这年纪，凡是年轻的，都是漂亮的。接着又说：其实她们在公园里就能帮你解决，有的摆个擦鞋摊在那里，你坐在她面前的椅子上，她一只手拿着鞋刷装样子，另一只手就帮你解决了；如果在背角的地方，还可以用嘴帮你解决，只是价钱相对高些，但也高不过五十块。那老头子，瞪圆双眼，像突然开窍，点着头说：像我这么密集，怕只有想这办法了。我玩相机花钱，玩女人又花钱，钱都被我花了，我老婆跟我过了一辈子苦日子。话虽如此，却是骄傲的口气。白素贞往我身边偎了一下，花瓣似的嘴凑到我耳边：他在吹牛。我敢担保，对面并没听见她说什么，但都静了下来，直到我们在海拉尔下车，对面一直很安静。

凭烙印识别骏马，我对白素贞的怀疑更深了。

到海拉尔天已黑。一路上，每到一个目的地，差不多都是黑夜。海拉尔是我调查的重点之一，因此得住下来。我对白素贞有了疏远，尽管跟她一同下了火车，一同上了出租，一同进了市区，但我并不关心她住哪里。或许，她这么从北到南地跟着我，只是偶然的同路，她是要去某个城市做她的生意。很可能，她去北极村也是为了做生意。

感冒持续加重，在出租车上，我就支持不住了。我对司机说，直接把我送到医院。然后对白素贞说，你要在哪里下，给师傅讲。司机却很通人情：你们是住宾馆吧？我先把你们送到宾馆，再送你去医院，你放了行李，去医院也方便些。于是他把我们拉到了"星期天宾馆"。我从房间下来时，见大堂经理在给司机数钱，二十块。送了客人来，每开一个房间，司机得十块回扣。他把钱迅速揣进裤兜，过来说，去蒙医院，那是海拉尔最好的医院，你烧得起火，眼珠都烧成炭了。他送我去的是呼伦贝尔市人民医院，不知道为什么要叫成蒙医院。病人到了医院，就想立即用药，可当时正流行一种传染病，若携带那种病菌，需隔离治疗；医生慢条斯理地抽血，慢条斯理地拿去化验。结果只是感冒。病人不多，躺在床上输液，护士给我盖了被子，我说，冷，护士再给我盖一床，我说，冷，护士又给我盖一床。输完液快十点了，打车回到宾馆，白素贞等在大堂里。她说，我进房间上趟厕所下来，你就走了，又不知你去的哪里，给你短信你不回，打你电话又不接。我们留过电话吗？我都忘了。我说，没人怪你。说得气冲冲的。这分明就是怪了，这为我们的以后埋下了伏笔。

真想喝碗绿豆稀饭，想得心痛。

如果是在家里——我是说以前的家里，不需我出声，妻子就会把绿豆稀饭端到我的床前。但我早就没有妻子了，我的妻子成了我的前妻，就跟王林一样。我和我前妻的故事，我不想多说，反正网络上才能见到的八卦，在我们身上变成了事实：为了女儿，我们想去一所好学校旁边再买套房子，办了假离婚，房子买好，住进新房的，却是她和另一个男人。那个男人我是多么陌生啊，而她却是那样熟悉，她不仅知道他的名字，还当着众人为他拍肩膀、系纽扣……我不说了，这故事太卑微了，从某种角度讲，比加格达奇火车站的那个乞丐还卑微，那乞丐卑微得实诚，而我们，却是用了心计去卑微。不去说那些事了。我现在只想喝碗绿豆稀饭。我不知道对绿豆稀饭的想念，是不是因为想念前妻的缘故。在我清醒的时候，我会迅速把这想念掐断，还骂自己没出息，可问题是我现在不清醒。

　　白素贞把我送到房间门口，我开了门，没跟她道别，就把门闭了。我往床上一扑，艰难地从裤兜里抠出手机，给前妻打电话。我说，我要死了，我住在海拉尔星期天宾馆，我死了你要晓得到哪里收尸。而今想来，我除了没出息，还很无耻，为什么打这个电话？她有什么义务为你收尸？她在那边哇啦哇啦的，是在说，你又出去采访吗？你赶紧去医院，自己去不了医院就赶紧拨打120，诸如此类。但我把手机挂了，而且关了。

　　房间里的一切，被我呼出的气流烧成深紫色，且飞速旋转。我想起火车上的餐车师傅说，你到海拉尔要交班，看来果真要"交班"了。人在这时候，是不是都要回顾自己失败的人生？我马上就上四十岁，还这般碌碌无为。在我十多岁的时候，看到二十多岁的人，心想，他们那么老了，啥事没做出来，还在那里高高兴兴的，太可悲了，我二十多岁的时候，又这样鄙薄三十多岁的人，到如今，才明白了自己也是他们中的一员，甚至比他们还不如，他们至少还可以高兴，而我，连家都没有了。我只有住处，没有家。至于事业，我无非是个安分守己的记者，我对杂志社的全部贡献，恐怕也就只剩下安分守己。至于采写的那些稿件，我去和别人去，并没啥区别，说真的，也没有人关心。尽管包括我在内的采编人员，都相信人活世间，不是流血，就是流汗，总之得流一点儿什么，因而工作起来都很认真，把标点符号也很当一回事，但读者就如关了龙头的残水，一滴，一滴，眼看就断了，或者说已经断了。这成了我人生的写照。我在想，等我到了六七十岁的时候，难道也只能像那个红头花色的老头子，向一帮同样老和更老的老头子，虚构自己房事的英勇？悲凉如草，那些草长在我的周围，一根一根地摇动。我蹬掉鞋子，和衣钻进被窝，钻进悲凉的草丛。

　　是昨晚送我们来的出租车司机把我叫醒的。昨晚我跟他约好，今明两天包他的车，去呼伦贝尔草原。不过我把这事完全忘了。他打不通电话，就直接上房间敲门。白素贞站在他身后，看样子，她早就起来了，很可能也敲过门，只是不像司机敲得这般理直气壮。

　　我让他们去楼下等着。

　　洗脸漱口之前，我就打开了手机。我是在等前妻的电话。但是没有电话。她是我妻子的时候，如果遇到昨晚那种事，她会急死的，跟我联系不上，她肯定要查询到海拉尔星期天宾馆的总台号码，让服务员送我去医院；不仅如此，她还会通夜不眠，电话不离手，一遍接一遍地给我拨，只要我开机，第一时间就会响铃。但她不是我的妻子了，这铁一样的事实，我该承认。她有了自己的新丈夫，有了另外关心的男人，我又算什么？而且从情形判断，我们还是夫妻的时候，她就跟那个左脸上长颗黑痣的男人有了不浅的瓜葛。老天怜惜我，不愿让我一直被蒙骗，才鼓动我为了买套房，主动提出跟她离婚。当时正打击假离婚，我的前后左右都是眼睛，为躲避那些眼睛，我和她长达七个月不见面。在这两百多天里，我憧憬着跟她的未来，而她的未来里却没有我。她成了别人的女人。昨天夜里，她能够哇啦哇啦地叫我去医院，已经难为她了。

但我还不死心，从卫生间出来，又查看短信。只有白素贞昨晚留的三条，第一条：你在哪儿？第二条：老天，请告诉我医院的名字。第三条：你的心真硬。

或许是的。昨晚，我不该不跟她道一声别，就把门关了。

旅途让人孤单，生病更让人孤单，而有她在身边，我不应该这样孤单。

收拾完毕，我下楼去。饿得快要虚脱，不如说已经虚脱。我的躯体还留在宾馆的床上，跟他们走的是我的魂。司机姓冯，也没吃早饭，我请他们吃。饿成那样，两个水饺下去，喝半碗热汤，却又撑得不行。坐上车，出了被伊敏河分割、正大兴土木的城市，一路向北，往金帐汗方向走。我又是坐在副驾，白素贞坐后排。她一言不发。包括吃饭的时候，她也一言不发。她像在承担某种罪愆，比如分明知道我病了，却没照顾我；尽管既发过短信，也打过电话，但不管怎样，没照顾我却是事实。其实这不关她什么事。我们只是萍水相逢的两个人，一同走了这么远的路，也并不证明她就对我负有责任。

天气晴朗，阳光耀眼，风在阳光里吹，把阳光和风自己，都吹成树的形状。路两旁站满杨树，叶子被风翻卷过来，现出满树的白，像叶子正面是树的衣服，背面是它的肉。她也是这样白。我是说白素贞。这从她的脸和手就能看出来。冯师傅不仅尽着一个司机的职责，还当起了导游，详尽介绍海拉尔的民风民俗，可我听不清他说什么。我的脑子像团糨糊，在糨糊里搅动的，只有她。我已经不去想她为什么跟着我，我生怕她不跟着我。如果到了海拉尔，她真如我想象的那样，猫到一个地方做生意去了，而她的客人，却是那个红头花色的老头子……不过，这些与我有什么相干？我把心思收回来，像专注地在听冯师傅说话的样子，还牛头不对马嘴地插言。出城不久，一条蛇行曲水横躺在草原上，看不见河床，水和草原一样低平。冯师傅说，这是天下第一曲水，叫莫日格勒河，下车看看吧。

刚下车，白素贞就弯了腰，在地上寻。她寻到的是块小石片，她手一挥，把石片投进了曲水。水花与水分离，在阳光里浸一下，又合二为一。冯师傅把我们领到一排水柳底下，讲莫日格勒河拐了多少道弯，每一道弯上有些什么传说。白素贞和我并肩而立。冯师傅讲累了，便在风里躲来躲去，费力地点烟，直躲到十米开外，也没点着。这时候，白素贞细声问我，你知道我为什么扔片石头到水里吗？我盯住她，摇摇头。因为我爱你，她说。

这就是她的逻辑。

不要逻辑，或者打破逻辑，是最强大的逻辑。

所有的逻辑都有着共同的目标，就是说服人。但白素贞的话并没有说服我，反而让我难过。前妻是我妻子那几年，她说爱我的时候还少吗？我出差在外，她每天打数次电话，多数时候啥事没有，就是说爱我。再说王林的妻子，跟他办了离婚手续，两人去餐厅吃最后一顿散伙饭，还是泪眼婆娑地说爱他。但白素贞除了嘴，还有眼神，她的嘴没说服我，眼神把我说服了。她的眼神比她的语言更可靠。那是比莫日格勒河更加曲折的眼神。她用石片在河里激起的浪花，现在停留在她的眼睛里，当她把那句话说出口，那朵浪花才带着被阳光浸热的温度，融入她的水中。我的烧退了，感冒好了。真的，好了。我感觉自己像脱了头套，卸了盔甲，浑身通泰。而往常，即使远不及这次严重，都是无论怎样吃药，怎样输液，不满一个星期，就不会好。可是，怎么讲呢，吃过亏的人疑心重，我依然觉得，她那样说，包括她的眼神，都只是一种补偿。至于感冒好得快，只是因为我没了依赖。以前有妻子依赖，就赖着不好，现在没有依赖了，完全靠自己，即使没好也当成好了。

我不愿对白素贞有太多回应。

幸亏冯师傅是个话痨，见啥说啥。他说海拉尔牧区之外也有农区，农区主产大麦、小麦、油菜和土豆，偶尔也种玉米，但气温低，不能成熟，都是青收，用来喂奶牛，用青收的玉米喂奶牛，下的奶稠得能当饭吃，而且特别香，只是太奢侈了。海拉尔田地少，玩不起这样的奢侈。今年七八月，遭过两场冰雹，好多庄稼包括茄子和白菜，都打成了泥；前些日子的一场霜冻，再加一场雪，又把向日葵冻死了。在这样的地方，本来就不该种向日葵，可还是种，向日葵喜庆，还知道围着太阳扭脖子，让人感觉它不是植物，是动物，人们种它，就是养一只动物。说了农区又说牧区。冯师傅连声感叹草场的衰退，说过度放牧并非罪魁祸首，机器打草才是，机器伤根。分明知道，可现在的人喜欢多和快，因此离不了机器，人被机器控制了。草原那边采矿挖煤，掘泥刨土，改天换地，大风一吹，满天焦黄。焦黄的东西混在雨里，雨落下来，草喝了，很快被毒死，就像一盆汤里加了各种腐蚀剂。草场退化，贵了牛羊，现在不到想吃肉想得流口水，都不敢随便买肉吃。

冯师傅正说到这里，前方来了一个庞大车队，一辆接一辆的大车，拉了满车草捆，隆隆地驶向远方。那个远方是韩国。有的拉着芥菜，腌泡菜用的，目的地也是韩国。

离马路不甚远的草甸里，停着辆白色大篷车。冯师傅把车开过去。大篷车里住着个烂了眼睛的男人，是从鄂尔多斯来的羊倌，春夏秋冬，只要不是暴风天气，只要雪没把草盖得羊用蹄子踢不出来，他都得把羊赶出去放牧。干草太少了。好一点儿的干草都送到国外卖钱去了，连那些结了草籽的也送走了，送去低价出售。以前的羊倌是骑马放牧，现在有骑马的，也有骑摩托的。大篷车里的羊倌，眼睛就是被马背和摩托上的风咬烂的。我们下车跟他搭话，他不理。在他看来，我们太柔弱，承受不起他那些生活的硬度。

白素贞却走到大篷车旁，攀住悬梯，似乎想爬上去。车厢两旁，堆放着杂物和锅碗瓢盆，当中横着床铺，垫的盖的，都辨不出颜色。羊倌坐在铺盖上吸烟，烂眼睛里射出恶狠狠的光芒。是攫取的光芒。他离开家乡，离开女人，孤身来到异地，成天跟羊打交道，跟雨雪、烈风、星空和旷野打交道，这样一个鲜活、年轻、美丽的女人突然出现在面前，连想象一下

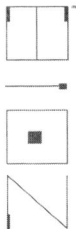

也来不及，只有攫取。我感觉到那眼神里匕首般的寒意，白素贞却坦然承迎，就像流水面对一把刀子。流水等待切割，仿佛就是为了验证切割的无效。可她不知道，每一次切割，水里都会留下刀子的投影。刀子的投影在我心里形成实实在在的伤口。为什么会这样？就因为她说她爱我吗？几十年来，除了曾经的妻子说爱我，别的好些女人也说过这话，她们这样说，并不是表白，而是润滑剂，让寻不出意义的日子变得勉强可以应付。甚至更离谱，更过分。我曾看过一部韩国电影，一个恶棍在街上强吻一个女学生，被女学生扇了耳光，他便把女学生抢到红灯区，迫使她在他自己开的妓院里卖淫。他在房间墙上钻了个洞，偷看嫖客强奸她。她的身体是条瘦弱的鱼，这条鱼没有河流，他的目光成为她的河流。他嗜血，并以嗜血的方式爱她。她等着男朋友来解救她，可等来的是一个接一个的夜晚，一个接一个的嫖客。她要活下去，只能接受不习惯的河流。接受了，就慢慢习惯了。习惯了，就觉得是好的。那恶棍如愿以偿。他带着她，以大篷车为家，四处流浪，衣食无着的时候，就揽一个饥渴着的男人，让那男人去车上，跟她做生意，他则蹲在车下抽烟，然后收钱。她做生意感到委屈时，他就跟她做爱，疯狂到暴虐。他们就这样，以堕落为食，活了一辈子，爱了一辈子。

爱有一万种方式，而我只知道一种，且只承认我知道的那种。

我说：走吧！

是的，我又想到了那种互动。美与丑的互动。美丽的女人往往钟情于恶男和丑男，就是受那种互动的蛊惑。我说过，那是天地间严守的秘密，所以很难被理解。白素贞不仅美，还以自己的美，去触动生活里最严酷的伤疤。她似乎隐约期盼着在严酷中撕裂。这是艳丽着就在凋谢的美，嗜血的美，废墟的美。我不是她互动的对象。

冯师傅就和那个带我们出北极村的司机一样，对自己的家乡，即使说不上热爱，也有天然的自尊，他先给我们说了那么多家乡的不好，现在想挽回来。离开大篷车后，他说，呼伦贝尔草原虽然遭到破坏，但毕竟还是中国保存最完好的草原，这草原上的白蘑菇，是天下最好的蘑菇，要是没吃过，就不知道什么是山珍野味；说春夏时节，地上百花开，天上百鸟唱，唱得最好听的，是百灵鸟和娜娜儿；说他们海拉尔人，从不拿别人东西，把东西放在外面，就跟放在家里一样。说着这些的同时，他带我们参观了建在野外的反法西斯纪念馆，去敖包山上看了白塔，接着又去一户牧民家。这家主人叫巴特尔，巴特尔养了一百多匹马、五十多头牛和两千多只羊，是大户，他独自坐在白房子里，首如飞蓬，也没洗脸；可能洗过，只是看起来像没洗。白房子旁边，是用木栅栏围起来的羊圈，羊圈里没有羊，只有羊粪，那是他的燃料。羊在附近放牧。巴特尔给我们烧了奶茶喝过，出来指着最近的羊群，说那是群公羊，他们叫爬子，爬子要跟母羊分开放，不然那些家伙想东想西，就要掉膘，到春天的某个时候，才将它们一起赶进母羊群。那种场面，让人联想到一座城市被占领。爬子们悬垂的睾丸，每动一步，都沉沉地晃荡，相隔老远，也能用眼睛掂出睾丸的沉。它在眼睛里的重量比羊还重。膻味儿扑鼻而来。巴特尔呵呵笑，说母羊产崽那些天，他接羊羔就像接天上的雨水。

冯师傅要上厕所，巴特尔领他去。这时候，白素贞背对着我，看太阳底下白浪般移动的羊群。而我，心思又回到大篷车旁。我说了那声"走吧"，冯师傅便钻进了驾驶室，可白素贞依然攀住悬梯，很留恋的样子。我应该像冯师傅那样，钻进车里去。但我没有。我等着她。其实是等一种危险。羊倌，白素贞，我，形成一个三角，他们形成钝角，跟我形成锐角。我要保护白素贞，而事实上，她可能并不需要我的保护，还可能，她已成为羊倌的同盟。羊倌寒光四射的目光，沿三角形的一条边，嗖嗖嗖地朝我射来。我怯了一下，但立即意识到不应该怯，便向那目光迎过去，谁知它已到了另一条边，那条边连着白素贞。我已经不存在了，只有他俩的互动。白素贞成了那部电影里渴望河流的鱼，而我不是她的河流。我朝冯师傅的车走去。但我的背后长着眼睛。我想的是，如果我上了车，白素贞还不动，我就断然地让冯师傅开走。好在她动了，我刚拉开车门，她就过来了，走得慢腾腾的，走几步还停下来，撅着屁股看地上，像是地上有非常值得一看的东西，其实就是被雪咬过被羊踢过被人踏过的黄草，再就是羊粪，以及冻成固体的羊粪的气息。车子启动的瞬间，我望了一眼大篷车里的人。他的腰塌下去了，目光里的寒气收了，而且突然间长出了许多皱纹，每一根皱纹都很悲伤。他就是一个被野风吹烂了眼睛的羊倌，他将独自留在这里，承受辛劳、风寒和孤独。

白素贞伤害了我，也伤害了他。我当时就是这样想的，现在还是这样想。

我甚至想，白素贞假装看羊群，其实是在挂念那辆大篷车，可同时又觉得对不起我。

我不知道我想得对不对。很可能是对的。否则，下面的事情就不会发生：当冯师傅和巴特尔隐到房屋背后，白素贞猛然转过身，近乎哀伤地恳求，你打我一巴掌好吗？

我承认，这完全暗合了我的欲望。

但我只是哼了一声，说，莫名其妙，我又不是恶棍。

求你了，打我，打我哪里都行！

我的欲望在退潮，她发现了，抓起我的手，重重地拍在她的脸上。

这构成了我们的仪式：打她，然后拥抱她，亲吻她，再然后，在对死亡的言说中做爱。做爱的过程中，还可能应她的哀求，不停地打她，手越下越重。打起来不过瘾，就掐她脖子。掐脖子还不过瘾，就用指甲或牙齿，恶毒地欺负她的乳头。她害怕养育，开始就怕，婚后照样怕。有一次，她以严肃到冷酷的口气对我说，朱家田你要是让我怀上了，哼！说这话的时候，我们已经是夫妻了。其实她应该知道，我也不需要她生孩子。我是个平凡的人，且知道自己的平凡，因此没有繁衍的渴望；即使有，也无非是本能，从没上升到意识。

何况我已经有一个女儿了，我的女儿十三岁了。我是说，白素贞死在半岛上时，我的女儿就满十三岁了。十三岁的女儿已是个姑娘，情窦初开，她对她的男同学或者男老师，也会有朦胧的抑或是清晰的冲动，甚至有了爱情。平凡的爱情。她父亲是平凡的，她多半也只能拥有一个平凡的人生，包括爱情。

当然，她母亲不平凡，她母亲开了家小超市，这不重要，重要的是她能删繁就简，遵从自己的意愿生活，单凭这一点，就非同一般。我们离婚的时候，因为说好了是假离婚，就没谈女儿归谁抚养，但由她带着，当假的变成真的，还是由她带着。这是她主动要求的，她说家田，就让我带吧，你经常出差，照管不了她，再说女儿慢慢长大，你一个男人家，带她也不方便。说到这里她停了一会儿，是在等我表态。我没表态。于是她又说：你将来也是要结婚的，说真的，我怕她后妈对她不好。我记得很清楚，那次约见，是个星期天，浓雾从江面升起，弥漫开，把整座城市潮乎乎地罩住，我在锣锅巷那套房子里等她时，一再告诫自己，无论谈到什么话题，都要冷静、大度，像个君子和绅士那样跟她了结。事实证明我完全装不下去。当她说到"她后妈"这句话时，我再也装不下去。我说周琴——这是我前妻的名字，我本来不该说出她的名字，但回忆起那天的情景，我又忍不住愤怒了——我说周琴，你的话说完没有？说完了你就滚吧。她坐在那里不动，抿着嘴。当那嘴唇启开，话又出来了，声音比开始时响：家田，你是男人，我是女人，我知道男人，你知道女人，我们都知道男人和女人，都承认男人的心胸比女人的宽，天底下的继母，大多数确实比不上继父……昭国你是见过的，他怎样待我们女儿的，你也是见过的。说到这里她又停下了。

是的，我见过。当时我们在长江边的露天茶园，她的新丈夫黎昭国抽着烟，怕熏了孩子，就站起来抽，嘴巴噘到天上，不厌其烦地吐烟圈给我们女儿看。要说，那家伙真有本事，能把烟圈吐成兔子、雀鸟、鸡鸭、小狗，还能一次吐两只小狗，相互追逐打闹。女儿乐不可支，嗓子都笑哑了。然而，就算他能吐成一座黄金宫殿，也只有连血带骨的亲情，才知道什么是好。我不需要周琴来提醒，我朝她挥了挥手，说，你走。

她跟后来的白素贞一样，把我吃得牢牢的，关于女儿的抚养权，只听我口气，就知道我是答应了她。其实早就答应了。她提出让我跟她新丈夫见面，且带着女儿，我就明白她的意思，是让我实地考察一下。我同意见面，表明已顺从了她的意思。但我们约见的那个星期天，她走得让我憋屈。我以为她还不会走。她至少要给我一个解释才会走。我要的解释是：和我离婚，是不是她的预谋。离婚是我提出来的，这没错，但回想一下那天的经过，就发现这证明不了什么：她听了我假离婚的话，没答言，反身进了厨房；她正准备炒花生米，油已下锅，是我在客厅喊她，她才出来的，我说了想法，油已烧辣，她不答言就进厨房去，在情理之中。她关了厨房的门，接着打开了抽油烟机，呼噜呼噜地在里面闹腾了好一阵，才又回到客厅，跟我并排坐在沙发上。事有凑巧，电视里正播报山城新闻，说的就是分片入学的事，我们默默地看了大约半分钟，她说，你真那样想？我说又是限房令又是分片入学，有啥办法呢，锣锅巷周边的学校……她说，嗯。我说，我去写个协议？她说，嗯。我把协议写好，让她看。离婚的理由，我说的是感情不和。这是最虚妄又最本质的理由，因此是放之四海而皆准的理由。她盯住那句话，似乎想说什么。她说了，说的是：嗯。就把字签了。那天接下来的时间，她很兴奋。我当时把她的兴奋理解为可以让我们女儿进个好学校，不至于输在起跑线上，过后想起这事，我就脸红，就为自己心痛。她的兴奋是顺水推舟的兴奋。

当然，究竟是不是这样，我也没有十足的把握。

我需要她一个解释。她没有解释，我叫她走，她果然就走了。

她连愤怒的权利也不给我。

她只把一个事实扔给我。

既然是事实，为什么还要她的解释？

不说这些了。我说过不说的，结果又说了这么多。

我是在说白素贞怕我让她怀孕，而我没有那种渴望。我有一个女儿已经足够。女儿刚进新学校那段时间，我每天跑很远的路，去学校门口，躲到一棵黄楝树背后看她——看他们把她接走。每次去接她，都是周琴和她丈夫一同去，女儿走中间，他们走两边，一人牵住女儿的一只手。我就看着他们这样把女儿接走。我至今不清楚那个名叫黎昭国的人是干啥的，包括他之前是否有过婚姻，是否也有孩子，我都不清楚，但看得出来，他是真心实意喜欢我们的女儿。知道了这一点，以后我就去得少了，以至于干脆不去了。

儿女是要养的，养才能出感情，我没养她，没伴随她的成长，又少于见面，感情就会被大片大片的空白稀释掉。开始，女儿还经常给我打电话，我自然也经常给她打，后来她的电话少了，我的电话也少了。我并不需要再给她抚养费，买新房的钱，远远多于买我住的那套旧房的，将我应该支付的抚养费除掉，周琴还应该补我一笔，我以怒气冲天的坚持没要那笔钱，是因为我觉得，在我们做夫妻的时候，她挣的本来就比我多，多很多，尽管我动不动就出差很辛苦，但她日复一日在超市里经营、打理，只要不是忙得起火，三顿饭期间她都把事务交给请来的小妹儿，回家为我做吃的，她比我更辛苦，我要那笔钱于心不安。因为不给女儿抚养费，我和女儿在经济上的联系也断了。她忘掉我，只把黎昭国叫爸爸，不把我叫爸爸，甚至渐渐不知道有我这个爸爸，我也不该有任何怨言。

但毕竟，女儿不是一件东西，说给别人就给别人，我做不到。我能够做到的，是尽量不去想她。她不会单独存在，我一想她，就想到了她是怎样生出来的。这是在我伤口上撒辣椒面。我不去想她，更不和她联系。到半岛以后，我跟白素贞把手机都扔了，想联系也没法子了。我和我的女儿，只剩下遥远的生理上的联系，但这已经足够。每当她像流星一样从我脑海里划过，我就知道，自己身体的一部分，是在半岛之外的，是在我祖祖辈辈生活的那座城市里，于是我就觉得，自己不应该再奢望什么。

我现在把半岛和半岛上的白素贞，当成自己最大的奢望。

我们在半岛上开荒。对此，白素贞表现出极大的热情，仿佛我们真是世界的创造者。野草长在那里，长了多少年？不知道。在我们的想象里，野草跟河水一样长久，都是这世上最古老的居民，然而，当扒开薄薄的一层土，却发现土里有木屑，有铁钉，有瓦片，不是石片瓦，是窑烧出来的，隐隐泛红。这是人类加工的痕迹。在不算久远的过去，这里很可能是一个村庄。野草先于村庄，然后村庄除灭了野草，再然后，村庄消失，野草又来。

我参加工作不久正当意气风发的时候，曾被派到清溪河采访，从源头走到它与嘉陵江的汇合处，一路上都听说，河岸有个秘密的村子，住进那村子里的，都是麻风病人。谁也说不清村子的具体位置。会不会就是这里？我这样猜想，但没对白素贞说。我应该学会隐藏一些东西了，我对她说得太多了。最不该说的，就是这座半岛的存在。当年，我坐着小木船，逆流而上，发现了这座半岛。那时候它就是荒芜的，茅草深密，荆棘丛生，林木蔽天，有几棵高树片叶不存，已经枯死。我向船夫打听它的名字，船夫说没名字。我又问这么好一个地方，为什么不开发？那时候，开发这个词正热得发烫。我说，在上面修几幢客舍，开农家乐，绝对能在节假日把河上两座县城的人吸引过来。这些话并不表明我有经济头脑，只表明我比荒河人家更能追赶时髦。我的平庸也是这样来的。船夫没回我。那是个沉默的人，数十年的水上生涯，使他不惯于开言。沉默如刀，在他脸上刻下深长的沟壑。他是觉得我异想天开因而懒得回话也未可知，但我把这座半岛记下了，并在跟白素贞结婚半年后讲给她听。

我至今无法说清，在那个黄昏如雨的日子，我想起半岛，提起半岛，是不是因为自己对它有了想法？直到白素贞缠住我，说我们为什么要在人群里混？为什么不去那荒岛上找些意思？哪怕饿死呢！我才知道自己失言了。如果认她的理由，她的理由就很强大，不认，就啥也不是。我在认与不认之间。这种状态最糟糕。这意味着挣扎。当一个人在沼泽里挣扎得累了，犹豫着是不是还要继续挣扎的时候，沼泽自会帮你做出裁决。

她在荒岛上找到的"意思"，首先是它的荒凉，接着是那间木屋，那棵杏树，随后就是被草根缠裹的木屑、铁钉和残瓦。去的第二天午后，她提起一笼巴根草，费劲地把瓦碴掰掉，问我，你认为世上最大的神秘是什么？我说是你。她跺跺脚，我是认真问你。我说我也是认真答你。还是研究生呢，她歪着鼻子说，还当那么多年记者呢，结果肚子里就只有那么点儿油腔滑调。她是说到点子上了。安分守己和油腔滑调，成为我的A面和B面，A面是我，B面也是我。她只有一面，若说是有两面，A面是神秘，B面也是神秘，从这个意义上讲，我并不是在敷衍她。但她不认，她说，世上最大的神秘，不是未知，而是出现过又被遮蔽的事物，是低处而不是高处，立在高处的房屋，永远没有埋在土里的残瓦神秘。

我心里服她，但嘴上不服，我说，再这么挖下去，说不定还会挖出人骨头呢。

话是不能随便讲的，有些话讲了就跟着来。我话音刚落，她果然挖出一根骨头，足有一尺长，草根包不住，露出头尾，草像是狗，把骨头含住。草根白得触目惊心，比骨头还白，而且胖，感觉是虫子，不是草根。白素贞如获至宝，用竹签小心翼翼地把泥土挑去，再将交缠卷曲的草根，很有耐心地理伸展。她双手握住解放出来的骨头，说：人活着时被人事先捆绑，死去后被草根捆绑，可见人就这么个命。她把骨头拿去水边——离我们住处不远的地方，有好几口水潭，一潭水里有鱼，另几潭水里没有鱼，我们就把有鱼的那潭水做了饮水，并给它取了个名字，叫人鱼潭——白素贞正是走向人鱼潭。她要去把那根骨头洗干净。我一下子想到了麻风病。但我不能说，我发现，她对排除在人群之外的，不管是人还是物，有种特别的痴迷，如果我说了，她会把那根骨头视为至亲，因此我忍住了没说。我说的是：那水是我们喝的，不能让死者喝，死者为大，你要洗，就拿到河里去。

她觉得有道理，就向河边去了。

当她许久之后出现在我面前时，睫毛湿润，似乎哭过。这是个阴沉沉的天气，风凌乱地吹，她披散至腹的头发，一忽儿把脸遮住，一忽儿又露出来。我说，你为它哭啦？她两手抱在胸前，骨头插在双乳之间，一端顶住下巴，像她拾回的一截藕。她不回答。我说，那还不一定是根人骨头呢。她这才说：难道这有什么区别吗？

我没想到她会把骨头带到床上去。当天晚上，两人刚钻进被窝，她就在里面拱来拱去，不停地在我身上比画。我感觉到一种凉，那种凉在我躯体上一截一截地丈量，每丈量一处，那地方就生出电流，麻，还有皮肤灼烧的痛。凉和热，就这样殊途同归。我以为她又在试验她的新花样，她总是想尽办法，用她身上的任何一处来贴我，遇到她之前，我不知道用身体的不同部位去贴一个人，会产生完全不同的感觉。白天太过劳累，我没精力管她，只沉浸在那种感觉里。有时候，麻和痛，竟是这样地让人享受。直到她把我的手臂拉出被子，借着烧在屋外的火光（刚去半岛时，怕有狼，我们夜里在屋外烧火），我才看见她是用那节骨头在量我。火光从壁缝漏进来，随风摇曳，如漂浮的水草，可火光往骨头上一碰，就吐出幽绿幽绿的气泡，像吞吐自如的眼珠。我涌起一阵战栗，坐起身，把她和它打开。这是啥呀？她万分不解地说，我只是看看它属于身上的哪一部分。那你为啥不在自己身上弄？她愣了一下，然后笑了，几分愧疚几分撒娇地说，我怕在自己身上看不清楚。我懒得理她，躺下去睡了。她果然就在自己身上比来比去。我很快进入梦境，她忙到什么时候才睡的，我不知道。

你太爱嫌弃了，她说。

这样的话她早就说过，我们在从北到南的旅途中她就说过。

那次在呼伦贝尔草原，我们在牧民家住了一夜。这家牧民的主人，叫宝音巴特尔。巴特尔是英雄的意思，草原人忘不了他们祖先的神勇，取名巴特尔，一为祭奠，一为期许。我猜想，如果谁有那么大的嗓子，站在草原的中心喊一声巴特尔，会有一万个巴特尔答应，会有一万个英雄迎风而立。宝音巴特尔跟前面那个巴特尔一样，修了定居的白房子，宽敞得足以住下五十个人，但他知道我们来自城市，定想体验帐篷生活，就在屋外相挨着搭了两顶帐篷。地上满是牛羊粪，气味绵密。睡之前，我们坐在外面望天。星星把天挤得装不下，只好拼命延伸，延伸到无穷无尽。白素贞抱着膝盖，跟我坐得很近，可我感觉她离得很远，跟天上的星星一样远。她似乎完全忘记了在莫日格勒河边说过的话。冯师傅抽着烟，说，看那颗流星，呵。又说，那颗星是红的呢，呵。他这么有一句没一句的，呵呵呵的。我知道，他是对我和白素贞的关系有了疑惑。如果我们是夫妻，或情侣，昨天夜里我去医院，她怎么不跟着？为什么住宾馆又要开两间房？他拉我们去星期天宾馆时，根本没想到自己会得二十块回扣。如果我们只是普通的同事——在敖包山上，我对他说过我跟白素贞是同事，单位又怎么会派一男一女到这么远的地方出差？他或许在想，我们昨天可能是闹了别扭，今天在高天之下，厚土之上，正是情侣的好时光，于是悄悄地溜进了帐篷，且把拉链拉上。这让我不自在起来。并非因为与白素贞单独相处，而是被人觉得我们应该单独相处。我对白素贞说，睡吧，外面冷。她只看天，不看我，说，你想睡就去睡，我再坐会儿。我没动，说，夜深了，看豺狗子来了。宝音巴特尔交代过，草原上有豺狗子，上个月，他家的一头牛犊就被豺狗子掏空了肚肠，嘱咐我们一定把帐篷拉严实，还在白房子外墙接了百瓦的电灯，通夜照明。白素贞依然不看我，说，豺狗子又不欺负女人。这话听起来怪怪的，像我在欺负她一样，像我比豺狗子都不如一样。又干坐一会儿，我起身，钻进了冯师傅的帐篷。冯师傅分明没睡着，可装出熟睡的样子。装得再像，我也能感觉到他骤然升起的安详。没过多久，我听见了白素贞进帐篷的声音，还有锁拉链的声音。除了这两种声音，她几乎是无声无息的。

第二天起来，她问我，你怎么一夜没睡着？

气味太冲人了，我说。

她阴着眼睛：你太爱嫌弃了。

我很想反问她，你不是也没睡着吗？不然怎么知道我没睡着？

从草原回到海拉尔城，我们又住在星期天宾馆。我的房间打不开，到大堂重新刷卡，结果她也在那里，她的门也打不开。我对她说：我下一站去齐齐哈尔，你呢？这是我第一次主动问她的行程。她冷冷地说，你要是让我去，我就去。从这时候起，她就吃定我了。她知道我对她有了依赖。的确是的。多年的外出采访，让我尝够了孤独的滋味儿。这次，我从漠河到广州，纵跨30个纬度，有一年，我去川西甘孜州采访，虽然空间上没这次遥远，时间上却更遥远，花了将近两个月，满一个月后，我简直要疯了，但我不跟谁说一句话，我是出来采访的，本应该多问多听，但就是不想说。孤独的意义，不是让人话多，而是让人沉默。我只跟我的拉杆箱说话，它是我唯一的伴侣，即便在荒郊野外，只有鹰飞，不见人影，更不会有窃贼和抢匪，我坐下歇息时，也把拉杆箱搂在怀里。这次有她，幸亏有她，否则我的感冒不会好得那样快，而且就气温而言，我是从冬天走到秋天，再从秋天走到夏天，也就是说，我要跨越三个季节，尽管事实并不如此，但在感觉上，那是多么漫长的时日。

然而，一个小我十多岁的女人，一个表面熟悉实则完全陌生的女人，怎么可以这样吃定我。我说，齐齐哈尔又不是我的，去不去是你的事。她说，你什么时候走？我说明天。我也是，她挑衅地扬一下头，发丝从鼻尖上分流开，露出白亮的脸。我吃下一颗定心丸，却做出淡然的口气，请她一同去吃饭。这些天来，如果不是我包了车，请司机吃饭的时候搭着把她叫上，我是不叫她吃饭的，她也不叫我，我们各吃各的。这是我第一次单独请她。

对我的邀请，她很高兴。是不加掩饰的高兴。她就这样，时时比照见我的小来。说不清从哪天起，我的生活中充满了掩饰，本来是东边的话，却非要拿到西边去说。她问我请她吃啥，我说由你点。她两手握住，举在噘起的嘴唇底下，说，人家不知道吃啥嘛。我说，就吃冯师傅说的白蘑菇，现在虽然没有新鲜的，可晾晒后的蘑菇更香。她嘻嘻笑着，耸了耸肩，说现在太早了，我们转转路好不好？还不到下午五点，吃夜饭的确早了点儿。

俩人去房间放了行李，出了宾馆，右转至胜利市场方向。是路人指点的，那个热情和善的老人大概没听懂我的话，那条大街没什么吃的，胜利市场就是个卖衣物杂货的地方。走到市场门口，她说，你不买件外套？这也是她第一次关心我穿得太少。我说不了，我的感冒已经好了，相对于北极村，这里又是南方，暖和得我都有点儿发热。然后左拐，走上另一条大街，这条街上有一家接一家的酒楼，我朝酒楼里张望，她却拉我走，说还早呢，你饿了吗？我说不饿。走到中段，见前方房屋低矮，全不是这边的气象，我说好啦，再走就吃不到白蘑菇啦。她说怎么会呢，白蘑菇是他们的土产品哪。又是差不多半小时后，到了一个大众饭馆门前，她按着肚子叫：唉哟，饿得不行了，吃吧。这种地方，我们那里叫"苍蝇饭馆"，临近暮秋的海拉尔，倒是没见苍蝇，但人的气味盖过了饭菜的气味，墙壁黑不溜秋，地板和桌面流汤滴水，用过的脏纸扔得到处是。我是请她，怎能这样不讲究？可她已经进去了。

油腻腻的墙角有个空位，她去那里坐下，且开始点菜。自然，没有白蘑菇。即使有，太贵的话，她也不会点。她点的全是家常菜。点完菜，回头看我。我想起她说我爱嫌弃的话，便装得笑眯眯的，只是说，是你自己选的地方啊。紧挨着她的，是个满脸雀斑的妇人，妇人扭过脖子瞄我一眼，将半碗米饭倒进萝卜汤，几口刨下去，走了，我便坐了。

还没开吃，门口响起一个昂然的声音：两块钱的米饭！是个乱发脏脸的中年男人，拿着顶铁灰色的圆帽。跑堂的漠然地瞅瞅，舀来一大碗，递给他，把他装在帽子里的两元钱取走了。没有位置，他就站着。他说，把萝卜汤给我舀点儿。跑堂的说，我们这里只有萝卜加汤，没有萝卜汤，你要萝卜加汤，就是五块钱一份。那人说，我只有两块。跑堂的说，那还要什么萝卜汤？那人杵在那里，然后分辩说，你不给我汤，一碗干饭，怎么吃？跑堂的说，要吃就吃，不吃就算了。他说，加点儿汤。跑堂的不理他。他说，加点儿汤。就这么干巴巴的一句，不停地重复，本是求情，听上去却像命令。跑堂的恼了，快步走过来，将两元钱扔进他的帽子，夺过他的碗，回身，啪，倒进了蒸锅。那人脸上有了一层红，红从黑肉里透出来，变成黑红，接着一串鼻涕挂下来。他用袖子擦着鼻涕，驼着肩，步态不稳地朝门外走，同时，将圆帽里的钱捏在手里，用帽子断断续续地拍打着弯曲的腿部。

白素贞看着我。我摸出十块钱，叫她去给他。她没拿，出去了。

透过攒动的人头，我看见她拦在那人面前，跟他说着什么。几分钟后她回来了。她说：我给他钱，他不要，叫他来一同吃，他不干，还骂我。我知道这种人，骂我，是自尊心提醒他起码应该做的事，但要是你真心对他好，强拉他来吃，他立刻就会感觉到温暖，立刻就会谦卑到坑里去。但是我又不能那样做，有你在这里……你太爱嫌弃了。

然后她轻声说：你这么爱嫌弃，我都不敢给你讲我自己了。

就这么轻轻一句，在我心里投下一枚炮弹。

也正是对炮弹的感觉：期待它爆炸，又害怕它爆炸。它迟迟没有爆炸。我要去排爆吗？不，最好别去碰。就这样，我们去了齐齐哈尔。我是带着任务的，每到一个地方，走哪儿，不走哪儿，都以完成任务为准。她无所谓，在她心目中，似乎没有一个地方不值得走，因而走哪里都是好的。我们去了小民镇，接着去大民镇，这两地是齐齐哈尔大棚经济示范区。大棚之外也种玉米，正在收获，一个农妇将玉米秆砍倒，席地而坐，把棒子扳下来，用根三角形竹签将头子一挑，三两下，棒子的衣服就剥掉了。剥出后放进垄沟，用拖拉机运回家。若要运往外地，便用统一规格的绿袋子装了，码在马路边，等候车队一齐南发。这让我想起一件事，是听父亲讲的：20世纪70年代初，四川遭遇特大旱灾，庄稼绝收，便靠东北的玉米接济，拆开每个包装袋，里面都有张字条：送给四川懒汉。有的不会写懒字，或者是故意，少了竖心旁，懒汉变成了赖汉。四川饥民拿着这字条，朝东北方向鞠个躬，再把字条张贴在显眼处，一时间，乡村里的人舍猪圈，城市里的道旁树、电线杆和公交车，都贴满了那样的字条，先是激励自己，后来激励的意味少了，变成了自嘲，招呼对方，叫一声：懒汉（或者赖汉）！这成了他们统一的名字，也成了血脉里的记忆。我把这事讲给白素贞听，白素贞笑，笑得很欢乐。我们站在地边，风吹过来，伏在地上的玉米叶，也抬起半个身子，哗啦哗啦地笑。笑过后，白素贞说：其实懒汉是可敬的，懒汉从不觉得时间不够用，他们在一个地方待半天、一天，也绝不认为是在浪费时间，因此时间在他们那里没有权威。时间对皇帝都有权威，但对懒汉没有。她伸出右手的食指，点一下我的下唇说：你不配称为懒汉。

我的胡楂把我自己扎痛了。

而今回忆起来，那应该是我们第一次肌肤相触，结果却是我自己扎痛了自己。

你有那么多焦虑，她接着说，怎么能叫懒汉。

她能看出我的焦虑？我觉得自己已经很放松了。快四十岁的人，再蠢笨，再执着，也大概知道了从早到晚地忙，并不一定能忙出个气象，倒不如敛了翅膀，让心回到身体。何况这是在异地，还不是在异地的城里，是在乡野；城市催人追逐功名利禄，并因此焦虑，乡野却给你宽博，叫你放下。或许，焦虑已深入我的骨髓，成了无药可治的病？

但我并不赞同她。她说的懒和我说的懒，不是一回事。

而且，她是否又知道我的另一种焦虑？我把一个身份不明的女人带来带去，带到何时才是终了？难道要一直把她带到广州，然后从广州带回山城？

她说我在宝音巴特尔的帐篷里一夜没睡，其实我是睡过一会儿的，我还做了个梦，在梦里，前妻跟我通电话，说女儿做了个梦，把自己哭醒了，女儿梦见，我，也就是她生理上的爸爸，变成了一只猫，被人用胶水粘了，贴在墙上，她想把爸爸救下来，可贴得太高，够不着，她站到凳子上去，墙也跟凳子一起升高。我在梦里想这个电话，越想越阴沉。那个把我贴到墙上去的人，会不会就睡在另一顶帐篷里？梦和现实，就像两杯倒在一起的牛奶。我醒来后，就跟在梦里一样，直到伸手碰到冯师傅毛茸茸的腿，才清醒了些。我只有在做梦的时候，才会在女儿的梦里出现。前妻也不会给我电话了。我一直开着手机，一直等她的电话，可等来的，是头儿问我的进展，然后说刊物经费如何紧张，再说家田你辛苦了，在外面要注意安全。后面的都是套话，要我知道刊物的难处，节约开支才是重点。理解了头儿的意思，我有些难过，我在那家杂志社干了十几年，它的绿肥红瘦不仅与我息息相关，还跟我完全是一体的。不管多远的路，我都是买硬座；不管是我单独吃饭，还是请司机和白素贞同吃，基本上是进小馆子，便宜不说，还拿不到发票。头儿更让我难过的是：他的电话不是我盼望的。当你扯心扯肺盼一个人的消息，除了你盼的那个人，别的任何人都让你烦。不过，烦过了，我又感念着头儿。在那座城市里，到底还有人想到我，不管是出于什么原因。当然，父母会想我，但那是理所当然的想念。我要的是另一种想念。另一种想念已经不会给我了。

白素贞又在说话，她说，你不高兴哪？

我说没有啊。

她用肩头轻轻撞了我一下，弯腰摘下一片半青半黄的玉米叶，问我，喜欢《聊斋》吗？我点点头。她说那里面有个故事，一个狐狸想娶人家的女儿，人家不愿意，狐狸生了气，带兵杀来，却被人打败，狐狸遗下大刀，亮如霜雪，捡起来一看，却是玉米叶子。我说不是玉米叶子，是高粱叶子。她说讨厌，能用高粱叶做大刀，还不能用玉米叶做大刀吗？说着，把玉米叶撕成条条，编成辫子。我心里一动。九天之下，有那么多人，只有这个人离我最近。可这个人是我的什么人呢？我不知她的来历，也不知她的去向。

我再一次问自己：要不要去排爆？

排爆的意思，就是让炮弹爆炸。她爆炸了，就没有她了。

没有她……我不敢去想。人的心跟胃是一样的，空了就要东西填。是她填了我的空。

随她去吧，我想，她愿意这么跟着我，就让她跟着好了。

我发誓不再焦虑，至少不再因为她焦虑。我领着她，行走在齐齐哈尔的大地上。齐齐哈尔是达斡尔语，边疆的意思，这个命名，让人对一个民族和它昔日的故事浮想联翩。但那已经过去了，迁徙也好，征战也好，都过去了。过去的事，不管有意无意，都会被遮蔽，或多或少。白素贞说，出现过又被遮蔽的事物是最神秘的，未知并不神秘。即使我变成猫，且被粘到墙上，也属于未知，属于算不上神秘的那部分，我实在不该去多想。

到了齐齐哈尔，当然要去扎龙。那片乌裕尔河下游的湿地，奔涌着浩大秋声。我要采写的，无非也就是秋景、秋意、秋收和秋声。至于白素贞说的二十一岁的秋天，十八岁、十六岁抑或十四岁的秋天，那是另一种地理，是埋在记忆底层、最好彻底忘却的地理。从高大的白杨和低矮的葡萄园穿过，不久就听到溪水潺潺，接着是河吼。那不是溪水，也不是河，是芦苇尖儿秋声的合唱。紧跟着，便望见白花花的芦苇的海，叶子已变黄，再经几朝风，叶便掉光，只剩了秆，待湿地结冰，便将秆割下，用于盖房、造纸、制装饰挂件，或打成帘子、扎成捆，出口日本，听说日本人做寿司要用到它。芦苇如同动物界的牛。上午十点过，放飞丹顶鹤。丹顶鹤头上的红，像枚印章。它们听从哨音飞行几圈，就被引到水边草地，一管理员提着铁皮桶，桶里装了蠕动的小鱼，管理员用漏瓢舀了，唤一声："嗬儿——"然后撒出去，丹顶鹤便去啄食。小鱼蹦跳着，不让啄，它的生命，就在三两下蹦跳中短暂延续。人也如那些小鱼，在生活里蹦跶，但最终要被吃掉，不被丹顶鹤吃掉，也被光阴吃掉。其中似乎没什么悲哀，连惆怅也说不上。但白素贞不这样看，她说鱼怎么会不悲哀呢？对生命没有思考的生命，一定觉得生命重要，每分每秒都重要，只有对生命思考过，才会把生命看轻。

头上淋下一串水滴，是管理员用长长的竹竿挑了水草，撂到干坡上，让丹顶鹤吃。它们吃了鱼，还要吃水草，就像人吃了荤还要吃素。吃饱了，它们就跟游人混在一起，其中一只火气特别大，谁有招惹它的举动，甚至意向，它就叼谁，迈着长腿追，还扇着翅膀追。不过它追的都是年轻女人。看来，那家伙要么对年轻女人特别恨，要么是个色鬼。被追的女人岔开手跑，夸张地尖叫着，可要是它不追自己去追了别人，又站在那里失望着。

白素贞静静地盯住它和她们。她的情绪似乎很低落。

回城的时候，她说：万物都跟人学坏了，都有了戏剧型人格，都在表演。表演很坏，比坏本身还坏。如果是表演善良，比恶毒还坏；如果是表演温情，比残忍还坏。这时候她望着路边墙上的一则广告，是出售银狐的广告。你知道银狐吗？她问我，却不要我回答，说，银狐就是北极狐，养在这里，它们要受罪了，气候不适宜嘛。接着又问：人为什么养银狐？依然不要我回答，自个儿断然地下了结论：为了扒它们的皮。

我悚然一惊。

可你为什么把一根骨头放进被窝？

为了长久，她说。

当我体会到"长久"的意思，就想到了齐齐哈尔的银狐。这种联想是没有逻辑的。我跟她一样，学会了不要逻辑。尽管人都是要死的，但死亡并不能成为生命的目的。对此，她不置可否，只是我行我素，把那根骨头放在枕头边，睡下了，就放进被窝。她像是爱上了它。但她不承认。她说，是你不爱我了，就觉得我爱上了别人。说着"别人"的时候，她把骨头举在眼前。白沙沙的月光从天眼泼下来，把杏树叶子打得啪啪响，月光便从叶片上溅开，溅得满屋都是。我们有多久没做爱了？她幽怨地说，眼睛依然看的是那根骨头。你去跟它做爱好了！我翻过身躺下，闭上眼睛。眼睛一闭，月光就溅不到我了。

好一阵过去，她一动不动。

半岛上的鬼魂，半岛背后的山魁，半岛前方的河流，还有河流的吼声，都一动不动。万物变成了固体。正是这时候，我的焦虑和小肚鸡肠，显得是多么渺小和可怜。我曾看一部片子，讲人类消失后的地球，说几小时后，全世界的灯就会熄灭；三天后，大多数地铁会被水淹；十天后，关在家里的宠物将因饥饿和缺水死去；一个月后，核电站的冷却水蒸发殆尽，从而导致核爆，数以百万计的动物会患上癌症；一年后，天空将有绚烂流星，那是人类发射的卫星纷纷坠落；二十五年后，植被将覆盖马路和广场，侥幸逃生的大型犬将与狼交配，但有一些城市会变成沙漠；三百年后，钢制建筑将崩塌，沼泽蔓延，海洋里的哺乳动物会无比开心；五百年后，所有现代人造建筑会成为废墟；一万年后，人类存在的证据只剩美国总统山、中国长城和埃及金字塔；五千万年后，塑料瓶和玻璃碎片成为人类文明的最后守护者；一亿年后，塑料和玻璃也不复存在；三亿年后，地球可能出现新的智慧生物，但他们并不知道曾经有一种生物叫人。此外我还看过一部片子，讲生命消失后的景象，那将使一切发生改变，包括地球；地球上将布满干尸，然后植被褪去，衣衫除尽，变成现在金星的模样，"看上去从来没有过生命"……当我周围的一切静寂下来，我就想到了那两部片子。

我不知道自己还有什么放不下的。

我说，还不睡？

声音响如雷鸣，把我自己吓了一跳。我使劲揉耳朵，揉得切割似的痛，才又听到了月光泼溅的声音，河吼也从远处传来。河啊，你为什么要日夜奔流，你的远方是江海，但江海不一定是你的家，更不一定是你的归宿。十多年的游走，每见到一条河流，我都这样问，但没有一条河回答我。这时候我问夜里的清溪河，清溪河也不回答我。她同样不回答我。她依然一动不动，且没有任何声息。我翻过身，摸她。我首先摸到的是那根骨头，然后才是她。她跟骨头是一样的温度。她体质并不弱，但特别怕冷，在别人那里是夏天，在她那里就是秋天。她总是跑到季节的前面，或者后面。分明怕冷，可她睡觉时喜欢一丝不挂。这时候，她胸脯以上裸露着，我把被子拉上去，为她盖了。她掀掉，说，我不值得你珍惜。这样的赌气，在我们结婚之前就开始了。今天夜里还能说出个理由，而许多时候是说不出理由的，本来兴高采烈，脸色突然就变了，变脸之前，说话的声音已经变了。我们之间，仿佛横亘着坚硬之物，我们相互靠近，却被它碰了额头。都很清楚那坚硬之物与对方无关，却要怪罪到对方身上，于是赌气，于是吵。每次吵架都是重复，连程序也一样：自怜、攻击、和好。自怜是退，可对于相爱着的人，那却是最凶猛的攻击，因此真正攻击对方的时候，已经走在和好的路上了。但此时此刻，她的退才刚刚开始。她说我算什么呢，我无非是你从路上捡来的，就像捡个垃圾，捡起来是为了扔掉。她说你本来就爱嫌弃，品德又很高尚，我自己作为垃圾掉在地上，你嫌我碍眼，怕脏了你的脚，也怕脏了别人的脚，就把我捡起来扔进垃圾桶。她说你把我扔进垃圾桶，好像是让我归位，给了我一个家，我该感谢你才对，可你的意图你自己清楚，你就是不想让我去到处脏。她在退的时候，已经开始了攻击。

我希望她继续说下去，可她不说了。

她不说，我就得说，否则事情会变得严重起来。对此，凡谈过恋爱或有过婚姻的人，相信都有刻骨铭心的教训。我说你这不要良心的！说着抱住她的腿，把她往被窝里一扯。做爱，是我们和好的方式——唯一的方式。做爱让世界只剩下一张床，别的都不存在，包括回忆、憧憬和想象。她立即变得那样温柔，饥渴的、攫取的、全身心奉献的温柔。她说，你，才，不，要，良。心字没吐出来，吞下去了。心字的主笔"乚"，是一把刀，这把刀把她刺伤了。她流出了眼泪。她的眼泪是混浊的。或许是月光太白，让她的眼泪看起来混浊。她体内存水很少，包括眼泪。我为她擦泪时，她伸手去抓那根骨头。骨头在她的腰弯处，我把她手臂括起来，她抓不着，几番努力，终于放弃。放弃后说：我说个事，你别生气。我说你说。她说这事说出来，不符合你的原则，你的原则是可以想，可以做，但不能说，或者可以说，却不想，更不做。我说，你说。她就说了。她跟她外婆感情最好，她外婆去世的时候，她正在念书，外婆已下葬，父亲才打电话告诉她，她没哭，只是心里空，当天晚上，她去校外参加一个party，玩得很疯，把外婆去世的事全忘了；一个四十岁左右的男人勾引她，跟她跳舞时脸贴得很紧，接着又把身子贴得很紧，他把她顶住了，但她没回避，聚会没结束，就跟他走了。她跟他玩得很疯，尽管那是她的第一次。直到和那个连姓氏都不知道的男人分开，她的整个身体才变成泥石流，才知道外婆去世对自己的打击有多深重。最爱的人死了，她说，你最渴望的事就是做爱，而且想一直做一直做，永远不要停下来，朱家田你不要怪我，这绝对不是我一个人的经验。我说，哦。啪的一声扇在她脸上。月光吓坏了，忙往一边躲，她的脸呈一团阴影。你打人，她带着哭腔说，然后十根指头钢筋似的抠住我的肩胛，打我！快打我！她哀求着。月光躲得远远的，但我能觉察她的眼神和鼻息一样灼热。

人的倾向分为两种，无论从哪种角度。比如不是施虐就是受虐。我似乎属于后者。她也是。后者占多数。后者在承受的过程中，把自己偷偷地放到了道德的高地，可见道德有多么重要，连宣称自己不讲道德的人，道德在他们那里也很重要。正因如此，我暂时的施虐在她的受虐面前，迅速地一败涂地。不过我也乐于享受背叛自己的快感，骑在她身上，左右开弓。结果发现，打人比挖地更累，所以打人不值得提倡。我趴下去，接着打，手拐几次碰到那根骨头。她借那根骨头，让我跟她一样疯，一样充满攫取的欲望。

后来，挖出的骨头越来越多，并且还挖出一个骷髅。骷髅的嘴里长着一窝兰草，将兰草拔去，就见那嘴大张着，像在呼喊。白素贞问我，你猜他在喊什么？我说是他还是她，我分辨不出来。她说不管是他还是她。我说是在叫活着的人好好活吗。她说，你真是个好人。这话从她嘴里出来，并不是褒扬，她对好人不信任，还说好人手上没污点，但也没东西。

那你说他在喊什么？我问她。

她沉下眼帘，叹息了一声，没回答。

老实说，我怕她回答。在许多方面，她的想法与我背道而驰。其实是与我所代表的平庸背道而驰。平庸，有时比虚伪更可怕。

我把挖出来的骨头拢到一块儿。它们都带着泥土。包括白素贞放在床上的那根，虽去大河里认真清洗过，骨缝里依然带着泥土，掏不出，也刷不掉。我就此问她，你外婆死后，是放在家里的吗？当然这是故意问，她告诉过我，每次回到故乡，她都要去外婆坟前坐几个时辰；他们那里的坟有寝门，分内外两层，内层埋棺，是要闭的，外层不闭，大概是方便雨雪天气也能祭奠，她就坐在外层的寝门前，跟里面的外婆默默地说话。她没看出我是故意问，说，怎么可能放在家里？死者入土为安。话刚出口，她瞅我一眼，脸即刻红了，像犯了错误的小学生，然后去我们规划的菜园百米之外，紧靠山根的地方，刨坑。坑刨好，她把骨头堆往那边搬运，搬运完毕，进了小屋，将床上的那根也送过去，一起埋了。

他们或许是仇人呢，却让他们住一间屋。做完那件事，她怅然地说。说不清为啥，我立马想到了法海和白蛇。我说没关系，仇人身上不光是仇恨，仇人提醒你的爱在哪里，还帮你挖掘身上的潜力。她没言声，不知道是不是认可了我的话，但此后再没为此纠缠。

我们每开出一块荒地，就撒上菜籽，埋了骨头的次日清早，菜籽便发了芽，像那两者间有什么联系。然后，我们迎来半岛的第一个春天。在一口潭边，我们挖了个半亩见方的水田，尽管没犁，也能存水，将谷种撒进去，秧苗很快就生起来了，青幽幽地长到两拃深。白素贞挽起裤腿下田，将秧苗拔出，再一行行栽插。田水由浑变清，倒映着蓝天和细细的苗影，苗影在天地之间，见风就长，把水里的天盖了。自从来到半岛，我们从没见过青蛙，但水田里有了白胰子，从白胰子里钻出蝌蚪，当蝌蚪掉了尾巴，蛙鸣声就从稻秧升起，白天稀疏，夜晚生动，我们真的成了世界的创造者，成了这座半岛上重新孕育出生命的智慧生物。

不多，多的是鞋店，满街都是。人言，喜欢囤积鞋子的人，前生定受过腿伤，这里一马平川，又不像我住的山城，腿受伤比不受伤还难，怎么也喜欢鞋子？或许，他们的前生在山城，而我的前生在这里。这么一想，当我看到栖霞城外的白洋河里，污水推动垃圾艰涩流动，就不再只是厌恶了。一座城市的品质，就看它是否对得住植物、动物与河流，人们对不住白洋河，这个"人们"，也包含我在其中了。

我得承认，这是白素贞教给我的。

她说我爱嫌弃。嫌弃意味着置身事外。

但我们已经很久没说过一句话。两个相跟着的人，半个钟头没说话，就可以称为很久，而我和她至少有几个钟头没说话。意识到这一点，我感觉到，她已洞察了我简化行程的意图，便主动与我拉开距离。她总是主动的。她要离开我了。要去补救吗？可我心里装得满满的，盛不下她。把我装满的，是前妻，还有女儿。前妻与我早已相互分离，怎么没有离开我们一起去过的地方？别的地方可以离开，那个家却没法离开，我不应该住在那里，我失算了。我正想着这次回去后立即把锣锅巷的那套房子卖掉，耳边却响起她的声音——白素贞的声音。我饿了，她说。好，我们吃饭去。我的语气是从没有过的柔和，声音却来自远处，我自己都能听出来。从河边走到街上，她说，回烟台吃算了。要坐一个多小时车呢，你不是饿了吗？她斜脸望着别处。如果我态度肯定，不管是在栖霞还是回烟台吃饭，都能做一个决断，我们的未来恐怕是另一个样子。许多人的未来，都由一个微不足道的细节造就，我知道这一点，但我还是把决定权给了她，问她到底是怎么想的。回烟台，她说。车站在白洋河的那一边，过桥的时候，我就后悔了。其实是我的腿在后悔。我想歇一歇，若在栖霞吃饭，就能歇上一会儿了。但我的腿成了我的心，我的腿在跟着她走，她控制了我的腿。

在烟台火车站附近，俩人吃了一大盘水饺，还要了份油炸带鱼。我去结账的时候，却被告知已经付过账。我过来问她，你怎么……她在整理双肩包绞起来的背带，细声说：对自己爱的男人，我不喜欢花他的钱，我花你的钱花得太多了。

这是她第二次表白。

然而，她这表白一点儿也没给我安慰和快乐。除了我心里堵，没法把自己腾空之外，还因为，从另外一角度去理解她的话，就是：对自己不爱的男人，她是要钱的。

一个中年农民背着手，在夕阳下看青葱葱的玉米地。

一个年轻女人在河汊畔割红苕藤。

——这是烟台留给我的最后印象。

一个妇人包着白头巾，在晨光里走。

一个老人拉着一只羊，在墙根下走。

收割过而且打理过的庄稼地，白晃晃地袒露在天空底下。

——这是安徽留给我的最初印象。

但我们并没下车，我的计划是从郑州转车去合肥。俩人的车票都是她出钱买的，她坚决这样。而且买的是卧铺。她似乎要把花过我的钱加倍还回来。莫非郑州是她的最后一站？这样也好，我对自己说，这样也好。暗自说了几声好，就把自己说饿了。是心饿。我不再想我的前妻。前妻、前夫这样的词语，本身就很荒诞，妻就是妻，夫就是夫，没什么前妻前夫。我不想前妻，连女儿也不想了。只想她。她睡中铺，我睡下铺。我对面是一对四十多岁的男女，一看就不是夫妻，因为彼此都有很强的身体上的渴求。男人躺着，把腿架在女人怀里，女人搂着那条腿。男人时不时捏女人的肩背，并且把手从腋下伸过来，摸女人的胸。四十多岁的夫妻不会这样的，尤其是在公共场合。那男人生得漂亮，女人也漂亮，不过，毕竟上了些岁数，只能从女人脸上打捞漂亮的旧影。男人刮着铮亮的光头，裸着上身，脖子上戴一圈粗大的银项链，说话声音带劲儿，吃东西很能吃，吃后满身发红。

铁轨的声音在夜色里流淌，使夜色变得无限深远。那是从梦里穿越的声音，把梦分割，驱赶着梦的碎片，飘向更远的远方。我害怕自己的梦被驱赶，便醒着。躺在我头上的人醒着吗？我起了身看她，她脸朝里，头发微微抖动，有一绺掉在床栏外，我将上去，让它躺在她身边。许多个日子过去了，我还经常想起握住那绺头发时的感觉。女人的头发是女人的另一副身体，我握住她的另一副身体，让自己清凉，也让自己战栗。

窗外墨黑，偶有一盏路灯，照一下就还给荒野，像亮一下就炸裂的灯泡，比亮之前黑得更稠，更有压迫感。我离开床铺，走到车厢接头处，那里有灯一直照着。刚站定，就有个小个子男人过来抽烟，并且给我一支。我本来不抽烟，但也接过来点上了。他像黎昭国那样，把嘴噘到天上吐烟圈，只是吐不成兔子雀鸟鸡鸭小狗，但七八个烟圈环环相扣，也算他的本事。这么表演了一番，他突然说：我都四十七岁了。是吗？倒看不出来。这是实话。他理着寸头，不仔细看他的脸，简直像个中学生。我这一辈子，他说，举个简单的例子，干过记者、行政干部、IT、商人，现在嘛，说白了，我是游走江湖的医生。"举个简单的例子""说白了"，都是他的口头禅。他说话时挺着牙帮，像在嚼骨头，且把日常道理说得像是自己的发现。医生是干啥的？治病救人的；我为啥当医生？说白了，因为我良心未泯。又一个不要逻辑的家伙。中国我全走过，他说，举个简单的例子，我走哪里都是给人治病，我给中央首长——具体是谁，兄弟，我只能保密，你别怪我不耿直——治过病，给李连杰、张曼玉、谢霆锋治过病，去年钟南山把我请去，让我帮他配制治疗心血管病的药方。我行医，病人有钱就给，没钱拉倒。我这是从东北回来，去东北是给人治病，下一站到洛阳，说白了，还是给人治病。举个简单的例子，我游走四方的路费，都是病人给的，车票也是他们买的。说到这里，他望着我，目光炯炯有神，可我知道，这是一个孤独的人。我问他鼻炎怎么治，我女儿有鼻炎。鼻炎这东西，他说，中医西医都治不好，说白了，只有我治得好！你花两块钱就能治好：辛夷二十克，苍耳三十克，和在一起捣碎，天天闻，闻十二天半就好了。两味药的确用于治鼻炎，但这只是普通的方子，想把鼻炎治住，远不是他说的那样简单。可也只有在说到药物时，他才显出平和与稳沉。我本想再问几句鼻炎的事，但他已经转移话题，说他从小习武，是武林中人。我有些头疼，身体像悬浮着，就说我过去睡了，他猛然噤了声，眼神暗淡下去。我刚起步，他逮住我的衣袖，说兄弟，我姓姚。我点点头，走了。

我没睡，坐在床铺旁边廊道的小凳上，望着窗外块状的黑和偶然的亮。

很久很久，也不见他过来，只不断响起他用打火机点烟的声音。

我不知道一个人是什么原因，变成了他这个样子。

也不知道是什么原因，变成了我这个样子。

在郑州下车，我的全部心思，都用在白素贞的步态上。人的步态就是人的心情。跟往天也没什么特别的。我都已经做好她离开我的准备了。出站后，我说，我有个朋友在这里，我要去看他。需多少时间？她问。一两个钟头肯定要的。我等你。我愣住了。我都已经做好她离开我的准备了。何必呢，一起去不好吗？此言一出，那些准备就土崩瓦解。她不言声。我给朋友打电话，说我到了郑州，朋友很高兴，要来车站接我，我不要他接，他便指点我坐8路公交，到群英路站下。挂了电话，我对她说，走。她却走到广场边，坐到一块圆石头上。我又劝她，她干脆坐到地上，靠住石头。我再劝，她冒火了，说你咋这么讨厌？脸色凶狠。去他娘的！我在心里这样说。不是骂她，是骂我自己。我不该对一个萍水相逢脾气怪异的女人负责任，我没那么坚强。吹萨克斯的王林，他前妻（又是前妻）因为公公跟小妻子玩自拍飙高音，就觉得自己没有那份坚强去忍耐，而我并不比她更坚强。

郑州的这位朋友已有六年不见，六年前见他时，他精力充沛，爱说笑话，现在头发全白了，尽管戴着帽子，还是遮不住发尖上奔流的岁月。见面第一句话，他说：家田，我老了。虽不伤感，却让听者惊心。他比我年长九岁，而九岁是眨几下眼睛就过了的，我也快老了。我们在他家附近的餐馆喝酒。一路上，我没喝过酒，闻到酒香，接连打了几个喷嚏。打喷嚏是有人想你。谁会想我呢？……她独自坐在火车站，让我心神不宁。

朋友跟这座城市同姓，是个颇有成就的作家，先前见面，最主要的话题就是听他谈创作，这次也不例外。他说生活是作家的命，也只有跟作家的命运联系起来的生活，才对写作有效。他反感某些作家吆喝着去体验别人的生活，却心安理得地丢下自己的生活。我很有兴致地听他说，但一个孤单的身影总是从头脑里闪过。我不应该这样。我和她没有关系。照昨夜那个江湖医生的口气是：说白了，没有关系。真正与我有关系的，是面前这位郑大哥。我强迫自己不去想她，跟郑大哥碰杯。几杯下肚，我也说开了。我说的是自己失败的婚姻。郑大哥是第一次听我说，非常惊讶，因为他有年去山城，见过周琴，说周琴是他眼里最贤淑的女人。而今，贤淑女人是稀有物种，何况山城那地界，女人跟男人很难分清，说话很冲，因此周琴的贤淑显得尤其另类和珍贵。他还说周琴是从古代过来的女子。唉，听了我的话，他叹息着说，或许，人只有时代，没有古代，既然如此，你就得认。他就这样安慰着我。我愿意他安慰。每个人都只愿意接受朋友的安慰。我正是从中发现，在那座生活了将近四十年的城市里，我没有一个朋友。我的朋友都在远方，包括郑大哥。

他没有一句责备周琴的话，但口气上是责备的，这让我难过。不管是谁，责备周琴都让我难过。我说不怪周琴，离婚是我提出的，是我的卑微让我有了今天的下场。郑大哥听后，眼睛湿润。他的眼睛很大，大得如果有风吹，他身上首先感觉到风的肯定是眼睛。他说家田，有首歌你是知道的，叫《心太软》。你就是心太软。要说卑微，世间有几个人不卑微？我们稍不小心就被骗了，这是不是卑微？不跟陌生人说话，是不是卑微？连小孩子在上下学的路上，怕遇见坏人，也有人教他们要侧着身子走，走三步就回一下头，是不是卑微？想想吧，我们的子孙就用那种姿势走路，用那种姿势面对世界，该是何等惊心动魄的卑微。

两个大男人，或者说两个老男人，泪流满面。流出的液体要补回来，酒就越喝越猛，脑腔里燃着酒精灯，烧得缺氧。他偏偏倒站起来，结了账，又请我去他家。我们肩膀搭着肩膀，出了餐馆。我完全回忆不起他家的样子，也想不起在他家遇见过什么人，又是怎样离开他家，回了火车站。我只记得，当我走上车站广场，白素贞横在我面前时，我猛吃一惊，酒也跟着醒了大半。我看了看表，已经过去四个多钟头。我还没吃饭，她�’着嘴，委屈地说，你不要良心，把人家丢这么长时间。情不自禁地，我搂住了她的腰。

这一搂，就像一个犹豫着是不是要下水的人，终于跳了下去。从此，你的方向就是河流的方向，一种很自然的方向。男人和女人，最自然的方向就是从相识到结婚。然而，带她回山城之前，我从没告诉过她我的过去，我只对她说过我现在是单身。直到在山城下了火车，坐在出租车上，沿南岸滨江路拐进锣锅巷，爬上六楼，进了那间屋子，她看到放在客厅电视柜上的照片，我的过去才在她心里丰富起来。那是一家三口的合影，五寸黑白照，装在镜框里。她拿在手上，笑眯眯地左看右看，然后说，蛮漂亮的嘛。

我知道她夸的并不是我女儿，照片上的女儿只有四个月大，无所谓漂亮不漂亮。即使女儿真是个漂亮姑娘，她也不是夸她。我把镜框从她手上拿走，本想放到某个角落里去，但那样做可能弄巧成拙，就放回原位了。你先洗？我问。你的家我还没看清呢，她说，我坐都不敢坐，哪敢洗？家里有三间卧室，一个饭厅，一个书房，我去把卧室、书房、饭厅、厨房和两个卫生间的灯都打开，让她看。她却站在电视机前，迟迟不动。而我，下意识里竟也担心她看。我觉得周琴就在卧室里。不只在卧室，还在每一个房间里，甚至在书架、橱柜、衣柜、抽屉、笔筒……里。家里的每寸空间，都充满了周琴，她正盯住这个新来的女人，这个女人跟她一样漂亮，但比她年轻，比她时髦，比她有活力——在她眼里，或许是邪恶的活力。而这个新来的女人，也正以同样的目光注视着她，作为后来者，谦卑、拘谨和怯懦，都一览无余地写在脸上。这是不公平的。我是说对白素贞不公平。我又把镜框拿上手，指着我左边的女人说，这个，早成了别人的女人；又指着女人怀里的孩子说，这个，从伦理上说是我的女儿，但一直跟着她妈妈。白素贞伸出一根指头，点在孩子脸上，往右边拖拉，如同鼠标把一个字往右边拖拉。她在想象中把那个“字”拉到我的腿上，停下不动。我不知道她在干什么。可她保持那种姿势长达半分钟，才说：孩子还是婴儿的时候，夫妻合影，只能由母亲抱着，如果父亲抱着，就怪模怪样，你说这是为什么？我不想回答她这古怪的问题，只说，我跟她早就不是夫妻了。

五天后，我和白素贞成了夫妻。要形容这种感觉，我只能说是满含悲哀的新奇。上天造出一男一女，让他们繁衍人类，已暗示了男女的对应关系；上天和人类订立了诸多盟约，一男配一女，是盟约之一。我跟周琴结婚，就从没想过要分开，更没想过与她分开后，还会和另一个女人结为夫妻。但这一切都变成了事实。

我说过，依照事实生活，才是我的本分。初婚那些天，我有空就领着白素贞逛街，熟人朝我跷大拇指，喊一声"好福气"，是我需要的肯定。我装模作样问白素贞青蛇在哪里，其实并非张狂，而是一种自我肯定。所谓生活，是在肯定下生活，否则生活就成了苦役。然而，当生活需要不断肯定的时候，已经显示了它的脆弱。我怎么也没想到毛病首先出在白素贞的口音。她说的是普通话。在我和她从北到南的途中，我也说普通话，和我交流的外地人，都是说普通话，因而白素贞的普通话就跟鸟会飞一样自然。但到了山城就不一样了。山城火锅飘出的牛油味儿里，也浸透了四川方音。在作为抗战大后方的年代，山城接纳着各地流亡者，抗战胜利后，有的离开了，有的留了下来，但几代人过去，流亡者的后辈早把四川话融进血液，他们知道，一个说普通话或外地方言的人，在本地方言的汪洋大海里，不融入，就很容易被蒸发。白素贞与我那些熟人见面，她的普通话与所有人都隔着一层。这个人，是跟我们不一样的人，朱家田和她在一起，怎么习惯？单位上的几个同事，中午闲聊时，甚至猜想我和白素贞做爱时的对话：白素贞用普通话说，我还要！朱家田用四川话说，够了噻，你咋吃饱了还不晓得放碗啰！连头儿也参与其中。

但头儿终于严肃起来。这天他把我叫进办公室，隔着宽大的写字台，问我：你老婆是哪里人？我说山东。这是胡诌。我不愿意别人知道她的来历。头儿意味深长地盯我一眼，像是看出了我在胡诌，说：这个不重要……我听到一些反映，说她是你从采访途中带回来的？这话我从没对人讲过，白素贞更不可能讲，头儿是听谁反映？可见世间事，要让人不知，除非己莫为。我只好承认。头儿满意地点着头，像是某件要紧的工作有了重大突破。他再没别的话要问，让我过去了。当天，财务就来找我，说我出差的发票超支。她指出的超支项目，是我从郑州以下坐的是卧铺。确实是，白素贞请我坐了卧铺，我也请她坐。按规定，我们出差是可以坐硬卧的，我请白素贞是私人掏钱，又没报双份，怎么就超支了？何况我到过的许多地方都没有餐饮发票。

但我没有分辩，只说把超支的部分扣除就是。我知道自己犯了一个错误，带回了一个不说四川方言而说普通话的女人。这个女人不仅说普通话，还年轻漂亮。

我以为这事就这样过了，不知道超支还是其次，更严重的在于工作期间谈情说爱。他们没用谈情说爱这个词，说的是乱搞男女关系。很显然，是朱家田勾引了白素贞，否则一个花朵似的女人不会跟着他走。那段时间，迷奸这个词很流行，是因为某男星迷奸了众多女星的消息在网上流布，词语造就事实，而不是事实造就词语，所以朱家田很可能是迷奸了白素贞，把生米煮成熟饭，而且连锅端，是快吃还是慢咽，都由他说了算。果真如此，就越出职业操守，牵涉到法律了。法律是道德的底线，朱家田连底线也没有了。

当然，没有谁去报案，只是大家都跟我有了距离。

这些事，我都没给白素贞说，但她时时处处能感觉到。如果在街上遇到我的同事，这个同事曾经也当着她的面夸过我"好福气"，现在却招呼也不怎么打了；即使打声招呼，也是淡淡的，且不正眼看她，像是看不起她，又像是怕她，怕她是毒蛇。白蛇娘娘不是毒蛇，只有法海认为她是毒蛇，以致让许仙身上也沾了妖气。但白蛇娘娘毕竟是蛇，"端阳节错饮了那雄黄美酒"，终于现了原形。可是白素贞不是蛇。

我曾对她讲，我会随时出差，她高兴得很，说你出差，我就跟着你。这也正是我的想法。她不仅能消除我旅途的寂寞，还能拓展我的思路，比如这次，我在写到大兴安岭的豆荚时，用了她的语言；我还特别写到胭脂沟的妓女坟，那些二十一岁、十八岁乃至十四岁的秋天，是她指示给我的。记得在有段板桥道上，两边是衰草，道上是死蝉，走几步就躺着一只，我捡起几只来，对它们说：秋天来了，你们就死了。白素贞接言，说，自然界的秋天可以预知，人世的秋天不可预知，这是人的幸，也是人的不幸。或许正因为知道这幸的轻和不幸的重，她避重就轻，把我们未来的生活想象得很浪漫。她说我以后跟你走，住宾馆时就可以夜夜同床了。

还说，我也要像他们那样。她说的"他们"，指的是去郑州的火车上遇见的那对漂亮男女，看来，她当时也注意到两人的一举一动。我说，那明显不是夫妻。她很诧异，问我凭什么说人家不是夫妻。我说了理由，她越发诧异：难道我上四十岁后，你就不跟我那样吗？我说你上四十岁，我就五十多了。她眼里掠过惶恐的暗影，不是嫌我老，是害怕我自以为老：你五十岁过后就不跟我那样吗？我要你八十岁都跟我那样！她一直盼着我出差，出差到八十岁，甚至一百岁，让我们当着人的面，在飞驰的铁床上，我把腿伸进她怀里，从背后捏她肩背，还把手从她腋下伸过去。但我还没满四十岁，就没有谁安排我出差了。那段时间，能出差的都派出去了，计划中还有去新疆阿尔泰地区采访，我想应该派我吧，照样没有。我去问头儿，头儿说，请当地一位作家帮忙采写，今后要尽量请当地人写，这样，即使除掉给人家的稿费，也能节约一大笔开支。头儿的话我懂了。在杂志社，我成了多余的人。

但我还是每天去上班。作为记者，每天坐在办公室里，就相当于本该坐办公室的人每天出去乱跑一样。却又不一样。后者是主动的，而我，是从头到脚的被动。

整个白天，白素贞就待在家里。她想象的路上的生活，在秋天里枯萎、凋零，如那些死蝉。而在家待的时间越长，她越是感觉到，我以前跟周琴过的日子，早就像白布浸入染缸。周琴的名字，她已从我母亲口中得知。父母离我有两站路，自从周琴再嫁，我是不大去看父母了，他们老是安慰我，不知道过多的安慰是一种伤害。跟白素贞回山城的次日，我带她去了父母家，父母除了惊异，看不出别的态度。我说了白素贞的家世，以及我怎样跟她认识，还有我马上就要跟她结婚（除了马上跟她结婚是真的，别的都是胡编乱造），照样看不出父母有什么态度。吃饭的时候，母亲殷勤地劝白素贞夹菜，小白，吃，母亲说。但有好几次，她都把小白叫成了周琴。白素贞猛然间就明白了周琴是谁，朝我挤眼睛，而她自己的眼神却黯淡下去，也不像刚进屋时那样嘴巴甜甜地跟父母说话。趁母亲进厨房拿醋，我跟进去，悄声说：妈，你咋把她叫成周琴？母亲怔怔地望着我。母亲的神情让我一下子懂了：是她舍不下先前的儿媳。她不仅像喜欢自己女儿一样喜欢先前的儿媳，先前的儿媳还带着她的孙女，因此与她血肉相连。孙女以前还经常来看她，现在来得非常少了。母亲在安慰我的时候，也是在安慰她自己。回到饭厅，母亲不敢叫白素贞夹菜了。可她是母亲，在餐桌上照顾家人吃喝，既是她的快乐，也是她的责任，她终于又把筷子在盛了糖醋鱼的碟子上磕，说：你咋不吃呀周琴？白素贞彻底沉默了。母亲也彻底沉默了。

这天以后，白素贞再不愿到父母家去，我们结婚，我也只是告诉了姐姐；告诉一声而已，并没叫她来吃饭。我只请了几个同事。同事们那时候还在夸我"好福气"，除了说我娶了个白蛇娘娘，还说：人的艳福也是上天注定的，你看家田长得啥样？泡泡眼，圆鼻头，可人家结两个婆娘都是美人坯子！他们把"两个"两个字，说得很重。有人还问白素贞，你的前任叫周琴，你知道吗？白素贞愣了一下（是为"前任"这称呼愣的），说不知道。这么说来，你也没见过她啰？白素贞强装笑脸，说，人家是美人坯子，我又不是，我哪有福分见啊。问的人脸一垮，做出严肃到骨的样子，指着我说：这就是你家田的不对了，你应该让她姐妹俩认识，还要经常见面！我大老表你是认得的吧？结过四个婆娘，每个周末，都把前三个请到家里，进屋就各发一千块钱，让四个婆娘凑一桌打麻将。满桌大笑。笑声当中，挨个回忆以前单位上带家属过年的时候，他们跟周琴和周琴跟他们开的玩笑。白素贞故意吃了块辣椒，把眼泪遮掩住。

我理解她的感觉。往后的日子里，跟她说话就格外小心地避开一些词，比如我不说周一周二之类，而是说成星期一星期二。这种回避简直成了我的强迫症。对楼的王林吹萨克斯，我以前听到的就是萨克斯的声音，现在却要产生联想，由萨克斯想到小提琴，想到钢琴，想到胡琴，总之离不了一个"琴"字，因此连萨克斯这个词我也要回避。

有天刚吃过晚饭，王林吹出的乐声，像迷了路似的闯进我们的屋子，白素贞说，是谁在吹萨克斯？天天吹，怪忧伤的。我装着没听见她的话，扯一张餐巾纸，把鱼骨头往垃圾桶里赶，她却轻轻哼起了歌词："那段快乐的时光，不能长久，我是多么想知道它们去了哪儿……"那首曲子叫《昨日重现》。她唱几句就停了，看着我。我没看她，但我知道她在看我。我感受到了目光的重量。这让我越发心虚，她收碗筷的时候，我到底把电视柜上那张合影藏了起来。她没有过问。一直没过问，但明显也没忘掉它。我希望她忘掉，忘掉那张合影，也忘掉我的全部过去，于是又接连换了许多家具，甚至把天然气灶也换了。但没有用。我发现她在一天天憔悴，一点点被抽空，而我自己同样如此，便又想到早就想过的事：换房子。

我以为她会高兴的，结果她说，我不习惯跟满城四川话生活在一起。

尽管意外，但她也点醒了我。既然在单位上成了多余人，为什么非要在那棵树上吊死？既然与山城有千丝万缕的联系，而那些联系又总是给你伤害，为什么不可以去别的城市？

我跟她商量，没想到她还是摇头。

我以为她是担心我牵挂父母，对她说，爸妈有姐姐一家人照顾，我完全可以放心。这是实话，姐姐姐夫都是孝子，我经常出差，少于照顾父母，父母家的劳力活儿，包括通下水道，都是姐夫包了，他比我更像他们的儿子。但白素贞想的不是这个。要说挂念父母，她就不挂念吗？她并不是石头缝里蹦出来的。她摇过了头，说：人是时间的动物，不是空间的动物。这意思是，不要说去别的城市，就是去国外，也没有意义。

我说不出什么来了，转脸望着窗外的黄昏。

在城市里很难看到黄昏，可是这天我看到了，我看着黄昏细雨似的飘落，使满世界水汽淋漓，我的脑子里，便清晰无比地浮现出清溪河上的那座半岛。

当白素贞缠住我，说要去那荒岛，而且连饿死也在所不惜，我才越发明白了，她要逃避的，不是四川话，而是人，普天下的人，包括父母和所有亲人。某种撕裂能给人快意，但得准备好去承受。我没有那种准备。我说，既然人是时间的动物，去荒岛不也一样吗？她说不一样，亲爱的不一样，到那荒岛上，我们可以重新创造时间！

我给单位上写了辞职信，并不需要批准，批不批都是那么回事，然后我偷偷给姐姐打了个电话——按白素贞的意思，谁也不要告诉，这样才走得干净——我对姐姐说，我跟白素贞要去国外发展，如果发展得顺利，就一直待在那里，不顺，很快就回来。姐姐说，国外是啥子意思？我说就是国外啊，具体哪个国家还没定。姐姐说，为啥子突然想起了？我说我一直就有这想法。姐姐说，跟爸妈商量没有？我说就是怕他们不同意，才要叫你转告，你别忙转告，过两天再给他们说。姐姐说，这么快？证明签证已拿到手了，为啥子不告诉我是哪个国家？我说哎呀姐姐，你放心嘛，只是我离开后，爸妈就全部扔给你和姐夫了。姐姐沉默了一会儿，问，周琴晓得不？为啥要让她晓得？你女儿在她手里呀！我心烦意乱，又是哎呀哎呀几声，推说自己现在忙得很，把电话挂了。

但姐姐又打过来了，这回她带着哭腔，说弟弟，我知道你心里不好过，自从出了周琴那事，我就知道你心里不好过。这不是多事嘛，我现在有了年轻漂亮的白素贞，我有什么不好过的！我说姐姐，哎呀姐姐……就这样吧，过两天我走之前再跟你联系。

事实上我们当天就走了，歇在清溪河下游的县城里。

次日早上，就包快艇去了半岛。

白素贞说，我们可以重新创造时间，但要创造时间，首先得毁灭时间。当我们在半岛登岸，站在青草茸茸的岸上，她要我做的第一件事，是扔掉手表。以往为出差看时间方便，我一直戴手表。我把表摘下来，她说我帮你扔，接过去，手臂抡了几圈，投进了烟波。仿佛是滑进了烟波里，连一点水花也没激起；它与水面相触的瞬间，便是我和白素贞与时间的告别。她要做的第二件事，是俩人都扔掉手机。手机应该属于空间，不属于时间，手机和网络让世界变小，让人群拥挤，但并不因为手机的出现，一天就变成了四十八小时，或者变成了十二小时。我说，这个也要扔？我确实是舍不得。对父母、姐姐和女儿的挂念，在这一刻锥心刺骨。白素贞上齿咬着下唇，来我裤兜里掏，掏出来，在手上颠了三下，颠第四下的时候，她没有接，手机就没入脚下的水里去了。我们站的地方是个齐塄坎，水深与河心差不了多少。她把我的手机淹死了。在我的手机里，装载着我的亲人，她把我的亲人淹死了；装载着我远方的朋友，她把我的朋友淹死了；装载着数百个（或许有上千个）因工作和各种机缘联系过的人，那是我活动的世界，她把我的世界淹死了。而今想来，我对白素贞的愤怒，那时候就埋下了种子。扔掉我的手机，她把自己的手机掏出来，没有颠，直接抛入了水中。

一切都如此了……

我们本来是有机会成为创造者的，我们种的粮食，不仅够吃，还能喂半岛和后山上的动物。她打理土地很有一套，知道时令，知道种子和土地的脾气，她把半岛的春天和夏天，侍弄得花红果绿，秋天将尽，粮食归仓。小屋里没有粮仓，我将枯树锯开，做成几个大箱子，盛土豆、红薯、玉米和稻谷；我们用最古老的方法，将稻谷在石窝里舂成米，半岛上有好几个石窝，大部分是天然的，只有一个留着錾子的纹路，也留着先民生活过的痕迹。每收一种粮食和蔬菜，我们都不收尽，留些给雀鸟、松鼠、老鼠、野兔、果子狸……半岛上的所有动物，都是我们的邻居。第二年冬天，下了很大的雪，雪从山顶盖下来，把半岛也盖了，雪花飘进小屋，屋里一直生着火，雪花还没落到杏树枝上就化了，小沟里蠕动着细细的水流。在这样的时候，鸟找不到吃的，饿得喳喳哭。我撮了几大盅米，倒在小屋外面紧靠板壁的地方，那里没有积雪。鸟们开始不敢来吃，但饥饿胜过一切，终于有一只落在米堆旁边，接着是两只、三只、上百只，啄米的声音如雨打河塬。一个星期后，鸟不再有任何畏惧，刚把米撮出去，它们就呼儿唤女地飞来了。也是那年冬天，门前来了只猴子，满身雪尘地蹲在那里，连眼皮上也是雪，眼睛眨巴着，似乎想把雪抖掉，但雪长着牙齿。白素贞首先看见了它。啊，一个乞讨的老人！她这样说着，起身向它招手，让它进来烤火，它不进来，白素贞去墙角打开箱子，捧出玉米棒子，还没递到面前，它就一把抓过，嘴里含一个，腋下夹两个，一拐一拐地飞奔而去。但它只来了这一次，之后再没有出现，白素贞朝着山野呼唤，但回应她的只有她自己的呼唤声，她伤心得很，以致吃不下饭。我安慰她说：你在加格达奇说，乞讨者是四方游走的散佛，它怎么会固定来一个地方？她想想也是，慢慢释然了。

当又一个春天来临，我们发现飞鸟和走兽多了起来，清晨和黄昏，雀鸟闹林，盖过河吼。只要不在田土里劳作，我们就手拉手去河沿，看那些载着人世的快艇来来去去，快艇跑过山弯，水浪才荡过来，啪！打在岸边。岸边的草特别青，长得也特别快，这景象使我恍然明白：河水奔流，是为了哺育生命；河水弯弯曲曲地奔流，是为了哺育更多的生命。

这是我们的美好时代。我们本来是有机会成为创造者的。

但我们都准备不足——不仅是我，还有她。在人世里，有些人令我们喜欢，有些人令我们厌烦，但我们知道，喜欢也好，厌烦也罢，再长也长不过一世，而到了这荒岛，前面是河，后面是山，风吹不走，日晒不干，朱家田和白素贞，在山河面前譬如朝露，完全不能与之形成互动。我们失败于开始之前。于是，那些装在手机里被淹死的人，又一个个从心里复活。但那是我们的禁忌，不能说，一旦说出口，往日时光将重返荒岛，我们的全部努力将化为乌有。

但总得说点儿什么。白素贞就说了。她说的是小屋的建造者。谁建的？为什么建？他在里面住了多长时间？后来为什么不在了？是死了还是离开了？我们最先挖出的那根白骨，是不是他的？……她把那个人想象成一个男人。不是满身力气又心灵手巧的男人，是建不成这样的屋子的。她说那个男人是个黑瘦大汉，长了乱草似的胡须，仿佛她见过他一样。那段时间，她天天念叨他，如同曾经对那根骨头的迷恋。有天下午，她走向半岛深处，林木和杂草，让她消失于我的视线之外，我锄完一畦菜地，她也没回来。她是踏着星光回来的。我问她干啥去了。找他，她说。嫉妒。这种糟糕的情绪，再一次控制了我。找到了吗？她不言声，只从她曾在旅途中背过的双肩包里，摸出一把紫色珠子，用根黑毛线在那里一颗一颗地穿。为什么不说话？串了十来颗，她这样问我，然后说：小时候，我没什么玩的，就穿珠子，穿好了，拎着一头提起，珠子啪啪啪掉到地上，捡起来再穿；我还是个孩子的时候，就成了寂寞的寡妇。我心头一阵凛冽。你丈夫死了吗？问这句话时，我心里想的"丈夫"不是我，而是她在岛上寻找的人。珠子从她手上滑脱，掉到泥地上。掉得无声无息。

她一屁股坐到我身边，托起我的下巴：我说过我要比你先死，你也同意了的，你要为你的不负责任道歉！说罢来解我的纽扣。做爱，是她让我道歉的方式，最重要的方式。

那天夜里，我们做了三次，每一次她都让我打她。天亮后，她去水潭边照，回来的时候一脸苦相，说：你把人家打得太狠了，比在武夷山那次打得还狠。

我说过，那一年，我们离开郑州就去了合肥。我在郑州搂了白素贞的腰，彻底酒醒后，心绪却很黯淡。到合肥的时间是凌晨四点左右，得在车上抓紧睡一会儿，我说我头痛，她说那睡吧。晚上九点多钟，我就爬到上铺躺下了。为什么去搂人家的腰呢？这是什么意思呢？男不摸头女不摸腰，女人的心是长在腰上的，怎么能随便摸呢？我想着这件事，好不容易才迷糊过去。刚睡着，一名警察将我的床板敲得砰砰响，是要检查证件。我知道他是例行公事，本不该朝他发火，但就是控制不住，坚决不给他。他也火了，说我一直在等你啊。我说，你凭啥要查我？凭啥要把我的身份证弄到你们那个机器上去扫？他说：我按规定办事，为了你的安全，也为了大家的安全，我就凭这个！他像是在背书。他五十多岁年纪，已经秃顶，从上铺望下去，只见泛红的头皮。他尽职尽责地做了一辈子小警察，怪不容易的。但让我发火的不止这件事：还有将近两个钟头才到合肥，乘务员就把我叫醒，说换票。这弄得我再不敢睡。我猜想乘务员那时候正百无聊赖，想多几个醒着的人陪她。不敢睡，躺在床上又难受，想坐又直不起腰，只好下来。白素贞睡在下铺，换票后依然躺着，我坐在她床上，她蜷了一下身子，脸贴住我的背，手伸过来，抱住我。女人的这种姿势，已说明了男女互动的实质。我只能让她抱。有什么办法呢，你都搂了人家的腰了。我说，你再睡会儿，到时候我叫你。她说你也躺下来。我没躺。她使劲扳我，我还是没躺。我说床太硬了，坐着舒服一点儿。她没过分坚持，贴住我睡。几分钟后，中铺一个女子起来上厕所，回来时走错了地方，爬到别人的铺上去了。我看到她走错了，但又拿不准她是不是故意的。她爬上去后，把别人弄醒，才连声道歉，然后下来，上了自己的铺。她的铺上已躺着一个男的，看来是她相好，趁她上厕所时溜到她的铺位上了。两人便睡在了一起。白素贞看到这一幕了吗？……

　　出站后，离天亮已经不远，我们在广场上坐着吹风。从郑州往南，身上就像裹了层薄膜。晨光把夜灯挤走，我们就去找吃的，向一个环卫工人打听早餐店，她不辞辛劳地把我们带到一条又脏又乱的巷道里，估计是她亲戚或熟人开的，稀粥入口那味儿，老是提醒你："兄弟，这是多日的剩饭！"小笼包子的肉馅，酸不拉叽，不知道是什么做的。只能不去想，瞎着心往肚里吞。然后带着行李，去完成我的任务。我不要看城市，要看田野，但乘22路车去郊外，走了很远的路，也看不到田野。一直坐到终点，才见马路外有零星的土地，显然已被征用，还没来得及修楼或干别的，农人便偷空种了棉花，红的白的棉桃，提心吊胆地挂着。棉田外的乱草丛中，牵着瓜藤，一个头搭白毛巾的老妇，用棒子将乱草分开，竟露出一个长条形的海南瓜，妇人惊异欢悦的神情，不是因为找到了个南瓜，而是找到了她作为农人和庄稼永生的联系。

　　接着去六安，去武汉，去长沙。湘江恢宏浩大，流水泛着光芒。我们在湘江边站了一会儿，就赶回车站，买去南平的票。队伍一直排到门外。但滚动的电子显示屏说：因水害影响，去南平的铁路暂时停运。所有人都不信，包括我。电子显示屏可以告诉我们今天是星期二，但不可以告诉我们去南平的火车停运了，因为我们要去的正是南平。去别处的可以停运，去南平的不可以，正如去别处的人觉得去南平的可以停运，去他们要去的地方不可以停。队列里有了骚动，但没有人撤离。两个多钟头后，终于排到窗口。这时候才不得不信了。问售票员"暂时"是多久，她说她也不知道，她要听上面的通知，可能是一天，也可能是三五天。她说着这些话时，眼睛已望着我身后的人。我身后的人把我往一边挤，好像我要去的地方停运，就低人一等，就没资格在那里问这问那，他就有理由把我挤开。但我没让他得逞，我决定转车：从长沙到鹰潭，再从鹰潭到武夷山。我去南平，也主要是看南平的武夷山。

去鹰潭的车上无座，去武夷山的车上也无座，都是挤在过道里。过道里黑黝黝的，是人的阴影；当人与人之间没有缝隙，人就不存在，只有人的阴影。人的阴影把厕所门堵住，完全打不开。地上不时有水流动，也不知是什么水。一高个子的圆头男子，艰难地举着本书看，《国民党12名将被俘之谜》，汗水从脸上流下来，他用书刮掉，刮得噗的一声，又接着看。两个挤在门边的女子，热烈地讨论着日本人，门上布满水汽，她们便用指尖在门上画，画的是某个中文字日文该怎么写。一个买了锄头的男人，锄刃用报纸裹着，紧紧地搂在怀里。人们彼此在攀老乡。丧失了距离感，使每个人都很紧张，都想从心理上为自己找个靠山。突然传来大声呼喊：让一下！让一下！两个小伙子抬着一个昏迷过去的人，像碾倒一片蒿草似的冲撞过来，被抬的人二十余岁，脸色惨白，闭着眼睛，是发痧了。那个漂漂亮亮的女乘务员倒是很负责任，挤来挤去地提醒乘客注意安全，她明显刚刚参加工作，还有着职业的光荣感，也觉得自己的一举一动都被人注意，被人欣赏。

就这样，早上六点过，我们到了武夷山。

是转转就走还是休息一天？出站到了小小的广场上，白素贞问。

问话里已表达了她的愿望。我说，休息一天。

坐出租到市区，住进了悦宏宾馆。

往后的日子里，我经常想，如果不在武夷山住下，会有后来的事情吗？悦宏宾馆是我们一路上住得最好的宾馆，干净，舒适，如果它没那么干净舒适，会有后来的事情吗？

我洗了澡，想去街上逛逛，就出门来。这宾馆像是个戏园，我们住在二楼，廊道宽敞，可直视下面的大厅，有些旧时旅店的感觉，加上武夷山空气清新，让我心旷神怡。是的，就是心旷神怡。我去敲隔壁的门，敲好几下都没动静，心想她是不是出去了？刚走到楼梯口，她却跑出来叫我。她的头发滴着水珠，前胸湿了一片。她说人家在洗澡嘛。我说你慢慢收拾，我出去走走。等我！她说完回房间去了。我看见她的后背也湿了一片。她再次出来时，换了身白色连衣裙；刚才是粉红T恤，亚麻嘻哈裤，显然是临时穿出来应答我的。头发并没吹，只是用浴巾绞干了，微微弯曲地散在她的身体上。武夷山的街道宁静安详，棕榈树下，不是竹器就是茶叶，不是茶叶就是孝母糕。我后来多次想，如果武夷山不是那样宁静呢？如果武夷山人经营的店子，也像别处一样张扬呢？我是在近乎无赖地找借口了。但也难说，事物之间，确实存在着无法估量的联系。而且偏偏就在那天夜里，在悦宏宾馆前面的广场上，有场歌舞表演，闹腾到十一点才散。从七点半到十一点这段时间里，发生了许许多多的事情。

我跟白素贞也是出去看表演的，但对一切表演，白素贞都没兴趣，甚至反感。她说，别傻乎乎的了，回房间吧。她嘴上强调的是傻乎乎，眼神强调的是回房间。那时候，我就感觉到今晚会有事情发生。这个跟我多日的女人，我不知道她的来路。我的脑子里，浮现出"白蛇"和"聊斋"，这两样东西都让我害怕。我在那里飞速地默念：白素贞是蛇、狐仙或鬼，哪一样更让我怕？结论是都怕，不过狐仙要好一点儿。然而，要是她既不是蛇，也不是狐仙和鬼，而是人呢？——似乎更让我怕。我从没忘记对她的疑惑，这疑惑从胭脂沟的妓女坟就开始了。我带着拒绝的渴望，跟她进了宾馆，上了二楼。

她住205，我住206，回我的房间，需从她门前过。她下楼时就把房卡捏在手里，就那么一直捏着，走到门口，比画一下就打开了。她望了我一眼，进去了。门敞着，像敞着的嘴，需要食物，而我就是那食物，要是我离开，就是没尽到食物的职责。于是我也进去了。她拿着水壶，到傍门的盥洗间接水，顺手把门关了。坐，她过来说。为显示自己并不是那样拘束，我偏不坐，做出很随意的样子。中午她在床上躺过的，这看得出来，恰恰因为躺过，才越发显出房间的整洁。女人似的整洁。水壶里哇啦哇啦地吵着架，吵一会儿就停了，是因为每一滴水都沸腾了。这多么像男女，吵啊闹的，可等到两人沸腾起来，一切问题就都解决了。这时候冒出这种比喻，是相当不洁也相当危险的。她倒了两杯开水，放在傍窗的茶几上，茶几两侧各有把椅子，我坐下了，她也坐下了。如果知道后面发生的事情，这样的开始是多么笨拙，但我们就是这样开始的。她屈着腰，低着头，抠指甲。我转过头看她，看到的是她的头，头发从中间分开，黑里露出隐隐的白线。一个声音对我说：你不可以抱她一下吗？你都搂过人家的腰了。另一个声音说：对你而言，这还是个陌生女人，你搂了一个陌生女人的腰就错了，再去抱她，而且是在房间里抱她，就错上加错！

我知道你在想什么，她突然抬起头说。

我笑了笑。那笑更像是吓出来的。

如果我是你，她说，我也会那样想。

她用这种以退为进的方式，断然下了结论。

其实我并没告诉她我的想法。

接着她开始讲自己。起句却不是说自己，而是说他——她丈夫，确切地说是前夫。他是为我才杀人的，她说。我屁股底下的椅子摇晃了一下。结果并没杀人，只把人不致命的地方捅了个窟窿。新婚不久的一天夜里，她和丈夫去吃大排档，三个醉汉挤到他们桌上来，傍她在长凳上坐了，请她喝酒。她说对不起，我不喝酒。而她面前放着一杯啤酒。其中一个端着那杯酒，往她乳房上淋，还把她往怀里抱。她挣扎着，看对面的丈夫。丈夫咬着牙，脸色铁青。她的乳房上有了一只手，接着是两只手，三只手。她尖叫着，引来众多目光。那些目光里有刚产生就在融化的愤怒，更多的却是怀着某种期待，用脆弱的良心包裹起来的期待。三个醉汉深谙这类目光，因此在他们眼里，除了她，根本就没有人，当然也没有她丈夫。她丈夫的牙帮松开了，嘴向两边咧，是一副快要哭出来的样子。他们捏着她湿漉漉的乳房，说些流里流气的荒唐话。正这时，坐在最边上的那位手机响了，他接听前挤眉弄眼的样子，就知道是个女人打来的。那女人叫他们去某个地方喝酒。他说我们正在喝呢，你来不来啊？江娃子又弄到个妹子，奶子爆大，比你的大三倍！说罢抽泣似的笑。那边定是在骂，他谄笑着，说好好好，马上来，你坏了江娃子的好事，你要亲自给他补上哦。收了电话，两人起身，抱住她的"江娃子"，很怜惜似的在她身上又摸了几把，说对不起啊，下回啊，下回我让你……说了半句，伸出舌头，舔了舔她的耳朵，才将她放下，跟随那两人出门走了。她脑子里空空荡荡，直到门外喊杀人，才发现丈夫不在。丈夫拖了把尖刀，追出去捅了那个江娃子。丈夫被抓。他连正当防卫或者说防卫过当也算不上，因为他拿刀子捅人的时候，江娃子等人已停止了侵害。关在看守所里的丈夫，若移交检方，将提起公诉，面临判刑。但有人给她递信出来，说可以赎的，只要拿10万块钱。她跟丈夫都才大学毕业，都还没找到工作，双方父母也是只能过日子的人，少少的一点儿积蓄，都为他们筹办婚礼花掉了，哪能一下子找这么多钱？但她的想法很明确，而且只有这一个想法：绝不能让丈夫去坐牢。便四处求告，磨破嘴皮，终于借到八万。还差两万，却怎么也想不到办法了。她去看守所找领导，领导不松口，领导说你以为这是做生意呀？这是国法！别说差两万，差两块也不行！留给她的只有一条路，这条路就是犯罪。她犯的罪是当妓女。第一次，就接待了个醉汉，这让她心如刀割，还是把生了锈的钝刀子。但她这知道，这个醉汉不是她的仇人，而是她的客人。她不辞劳苦，夜以继日，快速凑够十万块，把丈夫赎了出来。然而，当丈夫知道钱的来路后，一脚就把她蹬了。她的事情已经传出去，父母也不愿认她，亲戚朋友更是离她远远的……

我拿不准她说的是不是真的。

我总觉得这是她听来的故事。一个并不高明的故事。

假的，我想。这想法刚产生，另一个声音又说：天底下的故事本来就大同小异。

如果我相信她，我的怀疑就被证实了。

不过纠结这些有什么意义呢，在此之前，我早已陷入了深渊。

且必须承认陷入深渊的事实。

沉默许久，我问她：你为什么要给我讲这些？

她撇开我的问话，自顾自地说：我本来是出来寻死的。我想办法还了别人的钱，就出来寻死。我跟他很相爱。虽然他不要我了，但我相信他还是爱我。我们是大学同学，大三就谈上了。可是，我突然之间发现他变了，我认识的那个他已经死了。

去他妈的"很相爱"。又一个自欺欺人的人。

我说，他死了，你就为他殉葬？

她默然，然后说：死之前，我想多走些地方。我也不知道走到哪里才是终点。

我很想问她，遇到我之前，你出来多久了？你凭什么为自己挣路费和生活费？

但我不想问了。这时候我才想起，住在北极村鹿祥园农家乐那天晚上，鹿祥园让他的侏儒儿子来为我烧炕，老是点不燃，看来是故意点不燃，故意不把炕烧热，让我去白素贞的炕上，这样既节约了柴火，又能抽头。我没去和白素贞睡，就睡了冷炕，并且一觉睡到天亮。鹿祥园比我先起床，那样子很不乐意，莫名其妙地朝家人发火。白素贞跑出来蹭我的出租车时，鹿祥园在后面大声挽留她。我还听见他在往这边追，如果车子启动慢一点儿，多半就追上了。我不欠他的钱，看来她也不欠他的钱，为什么要追？难道仅仅是舍不得一个客人？

我用不着再问她什么了。

而她却完全改变了模样和口吻，灿灿地笑着说：在北极村见到你，我突然就不想死了。

谎言。这是我唯一能想到的两个字。

我，朱家田，一个快满四十岁的男人，一个被女人抛弃的男人，没那么大的魅力。

下一站你就到广州了，是吗？

我说是的。

你到广州就结束你的旅程，是吗？

我说是的。

所以我把那些事情告诉你，免得你胡乱猜疑我。

停顿片刻，她又说：我没你想的那样坏……我想给你留个好印象。

霎时间，别的似乎都不重要了，我只揪住了"好印象"几个字。这是什么意思？是要跟我分开吗？我的心拧得干巴巴的，发痛。由此我忠告天下男人，如果你爱上了某个女人，同时又无法确定是否能跟她继续下去，就千万别让她看出来，否则你就被她控制了。你嫌控制你的事情还少吗？非要再加一个女人吗？我当时就是这样对自己说的，我说朱家田，你该站起来了，你可以友好地和她道别，然后走出去，下楼看表演也行，回房整理资料也行，总之你应该马上走出这个房间，明天一早，你就独自离开，像你无数次出差一样，自来自去，满身孤单，也满身轻快。然而，我的双腿被捆住了，或者说我没有双腿了。我就骂自己：你龟儿子究竟想怎样呢？她亲口承认做过妓女，而她却说她没有你想的那么坏，可见坏与不坏，她与你是完全不同的标准。你认的是事实，她认的是动机，她以为你不知道动机大多是骗人的把戏。她身上自带堕落。就像那部韩国电影里的女学生，自带堕落，那个恶棍的错误，只是发掘出了她的堕落。你不是恶棍，你承受不起嗜血的爱，也承受不起她的堕落。

可是我被绳索捆住了。被绳索捆住的人，越挣扎捆得越紧。外面的歌唱我全听不见，只听见屋子里的空气嗖嗖流动。那是流动的时光，提醒着我的失去。我要失去她了。是我自己让我失去她的。我对她的堕落感到恐惧，是因为对我自己感到恐惧。每个人都可能成为那部韩国电影里的女学生，包括我。然而，她真的堕落吗？如果她是堕落的，没必要这么长时间跟着我，跟着我的这些日子，她从没堕落过，她对大篷车里的那个男人，或许只是透析了他的孤独，是对孤独的感同身受，也是对孤独者的怜惜。我的嫉妒心曲解了她的同情心。她确实说过做一个妓女蛮好的，但谁知道那是不是无奈？她跟着我，即使不是因为爱我，也是从我身上嗅到了同类的气息，并因此对生命有了温暖和留恋，想找一个留恋的理由……

我想着这些事，站了起来。

但伸出去的却不是腿，而是手。我抓住她的肩，向上一拎。

嘴唇燃烧。身体燃烧。我们像两团交缠的火，因为痛苦翻滚到沙发上，又翻滚到床上。两个身体互相埋怨，互相倾诉，都说这是早就该发生的事情了，为什么等到今天才发生。两个身体上长满了嘴，但还嫌不够，还需要指尖，需要舌头。她说，吻我，吻我。她说，接吻才是亲密，做爱不是。至少，她的嘴唇是纯洁的。她的纯洁让我深深感动。我说，我要把你带回去，我要你成为我的老婆。说到这里我哭了，从里到外地哭。她舔着我的泪水，说打我，亲爱的你打我。这辈子，我从没打过人，可是今天我想打，她叫我打，我就打了。

啪啪啪。啪啪啪。这是属于我们两个人的歌舞。

这天夜里，我打肿了她的脸。同样是这天夜里，我们说到死亡，说到谁先死谁后死，说到她死在我前面，我要想办法把她埋到一个干净地方。

开始我就说，我怀疑白素贞是故意死的。这怀疑并非没有根据。那天夜里，长时间地吹着风，风从屋顶的天眼路过，不小心摔下来，碎了一地。杏树早掉光了叶子，风粉碎的声音，打得枝条嗖嗖而鸣。早上空气清澈，从壁缝进来的每一丝光芒，都像是空气本身的光芒，我们呼吸着空气，也呼吸着光芒。我们的身体内部，便在呼吸间一明一灭。正在我感觉"灭"下去的时候，她问我，你还想不想你的周琴？突然得就像头顶砸下一个花盆。那不是我的周琴！何必这么气冲冲的？管她是不是你的，我只问你还想不想她？那是我的伤口，她不该去戳的。然而我明白她也有伤口，我应该以其人之道还治其人之身。我问她想不想他，她装傻："他"是谁？我说你心里清楚。她说我真不知道。我哼了一声：除非你的"他"太多。她的四肢绳子一样把我缠住，说朱家田你太小气了，我早告诉过你，我是纯洁的。她依然在装傻。两人暂时无话。一旦沉默下来，周琴就在我伤口上拱，把伤口扩展开。栖息在那伤口上的，不仅有周琴，还有我的父母、女儿、同事以及我的整个人世。我想她也一样，即使不再想"他"，也不可能不想与"他"有关和无关的人世。我们在各自的怀想里彼此怨恨。

可以想象，两人又以做爱来和解。怨恨有多深，做爱就有多疯。在这过程中，我想起父亲给我讲过的另一个故事，是我外公和他伙计们的故事。我外公讲给我母亲，我母亲讲给我父亲，我父亲讲给我。外公做纤夫那些年，苦得慌，为人拉水糖（他们把红糖叫水糖），水糖拍成很厚的方块，每块有上百斤，伙计们想偷吃，又不能砸，哪怕砸小小一只角，货主也能看出来，便想了个办法：用根竹筒，头子削尖，从水糖中间插进去，竹筒抽出来，将戳开的窟窿敷上，然后剖开竹筒，里面就全是糖。他们吃到了糖，但糖的伤口却不露痕迹。

我和白素贞，就以这样的方式处理伤口。

这种方式给我们带来极致的快乐，就像外公和他伙计们当年的快乐。

偷来的快乐。

第二天早上，半岛全是白的，并没下雪，是被风吹白了。我由此知道了风也有颜色，风的颜色就是白，它走到哪里，就把哪里染上它的白。我披衣起床，去门外望了一眼，又回到被窝里，说，半岛跟你一个姓了。她没睁眼，说，叫白清溪岛了？我说太麻烦，就叫白岛好了。她咧嘴笑笑，说这名字好听。又说：它姓了白，就是我的亲人了，在这里，我有亲人，你没有，这对你不公平。听了这话，我才铭心刻骨地体味到了她的孤独。我说你就是我的亲人，我不再需要别的亲人。她把脸埋在我的胸膛上，静静的。屋外万物的声音，先是窸窸窣窣传进来，之后越来越响。她说，有快艇跑过了。其实这里听不见快艇，是她心里有了快艇。我说，要不，我们今天去赶县城？她这才把眼睛睁开。我没看见她睁眼睛，是裸露的胸膛感觉到有她的睫毛划过。没钱啦！她说。我说以前带来的钱，还放在皮箱里，足够我们在县城里住几天；即使不够，驮一袋粮食去卖了，不就是钱吗？上游的县城叫川梁，下游的县城叫东轩，我们是从东轩坐快艇来的，这回我们去川梁。去川梁干什么？这倒把我问住了。见我不言，她说，我哪里也不去，我就这样躺在亲人的怀里。

这句意味深长的话，又被我轻轻地放过了。

阳光跟昨天一样明亮，也跟昨天一样冰凉，吃过早饭，我去锄地。冬天很快就会过去，我希望土地苏醒过来时，不至于觉得身体太沉重。她去了后山，捡干柴。我们从没砍过活着的树木，后山的枯枝足够我们做饭和取暖。我锄地的地方，离小屋大约六十米远，当我感觉身上发热，脱掉外套往地边桉树上挂的时候，看见她拖着一捆柴火回了屋子。紧接着，屋顶冒出炊烟。炊烟让我安详，是一无所想又被浑身充满的那种安详。是呀，真没必要去县城，人群只会让我们觉出自身的渺小，并因此焦虑、恐慌，生怕失去什么，而在这里，我们没什么可失去的，因此也就拥有一切。现在，又拥有了半岛新的命名：白岛。这名字不仅好听，还带着醇厚的暖意。白岛是白素贞的同宗，自然也就是我的同宗了。我用越来越灵巧的锄头，梳理着我同宗的亲人。曾经在这半岛上生活过的，包括那些麻风病患者，都是我的亲人。不远处的白骨冢，是我亲人的坟冢。自从来到这里，我从来就没有孤单过。

太阳当顶，她也没叫吃饭，而炊烟已经散淡下去。看来饭已经做熟，我可以收工了。我的身后，是一大片翻过的土地；怕它们受冻，我没锄得很细，块状泥土均匀地排列着，像是栽在地里的。将泥土栽进泥土，难道不是一种发明吗？难道不能证明我们是世界和时间的创造者吗？我满意地拍了拍手，将锄头往地上一挖，去桉树底下取衣服。这时候，一艘快艇被上游的山弯吐出来，尽管看不清船上的情景，但我分明感觉到有人在朝这边指指点点，他们会说什么呢？我自己替他们回答：看啦，半岛上有个男人，还有一个女人，那个男人和女人，是这条河上的神仙。但我说过我不想做神仙，我只想做人，做白素贞的男人。

可是，当我回到小屋，白素贞已经死了。

是吃蘑菇死的。

秋天里，我们捡了许多蘑菇，白素贞细心挑拣，将有毒的扔掉。她认识哪些蘑菇能吃，哪些不能吃。吃不过来，就将大部分晾干。湿的干的，我们都吃了很多，都没有任何问题。但是这天，她趁一个人在家，煮了一碗，吃掉了其中的大半。我有理由相信，这是她有意藏好的剧毒蘑菇，随时准备利用它来了结自己。她就像潜伏的特工。先是潜伏在人群里，然后潜伏在我的世界里，看来，两者都给了她伤害——一个特工也无法忍受的伤害。

我把她埋在杏树底下，将她的所有衣物都埋了，只留下了那件红色羽绒服，那是我们初次见面时她穿过的。

埋下她不久，春天来了，杏树开出艳丽的花朵。

这是它第一次开花。

原载《十月》2018年第1期

点评

这是一篇关注现代人精神荒芜的"新伤痕"小说。

现代人的孤独、失语、矛盾、虚无。"我"一个人的时候，反倒不会像跟"她"在一起时这样倍感寂寞；"我"明明有着十分强烈的摆脱寂寞的欲望，却因深感自我欲望的不纯粹不光明而不敢对"她"言说。如此，孤独便会罪恶般地越发深刻：渴望陪伴，却充满顾虑；想要亲近，却心存芥蒂。现代人内心的复杂和矛盾由此可见一斑。寻找物质层面或精神层面的新的寄托，便成为人们想要填补内心空缺的自然而然又急不可耐的本能反应。就像"她"在听我说过清溪河的半岛之后便一直缠着"我"要去那里生活一样，在"她"看来，那里尽管荒凉，却处处有着新的寄托，"我们"甚至可以在那里重新创造时间、创造空间、规定秩序、规定界限。其实，这又何尝不是现代人精神虚无的表象。虚无，便是绝望诞生于希望诞生的那一刻，便是信心被摧毁于它被确立的那一刻。绝望和希望、摧毁与确立，就这样转瞬生死、即生即灭。人生虚无，所以渴望寄托，却又始终无法将心灵安放。加之底层生存的艰难，让人反复怀疑人的意义、生命的意义、生存的意义。千万个像"我"一样的小职员每天做着简单重复、可有可无的工作，看起来毫无意义。这样的生存境遇让人逐渐平庸进而麻木；当人们习惯了平庸，便开始无聊地赶时髦。既然是"赶"时髦，那么必定火急火燎；于是，焦虑成为现代人普遍的一种病症，和"自以为老"的"失能"症一样深入现代人的骨髓。

渴望逃离人群，向往世外桃源。旅途中，几个上了年纪的老头高谈阔论，炫耀般虚构自己在房事上的英勇。"我"的同事们看到我带回了一个漂亮女人，便心生妒意而四处散播谣言，致使"我"成为了公司里多余的人；他们还当着"她"的面故意反复提及"我"前妻的事，"她"只好默默吞下悲伤。这些足以看出人性的丑陋、无耻、晦暗和浅薄。于是，"我们"要逃离人群。尤其对"她"来说，只是换个城市生活其实并无意义，因为给"她"带来伤害的是所有人群，而不只是某个城市的那些人或者操着某种方言的那群人。"我们"甚至要逃离父母、亲人和朋友，扔掉手表手机，彻底与人群断绝联系。这种断绝有一种撕裂的快感。这是空间和时间的撕裂，是人际交往乃至亲情的撕裂，这种撕裂已然足够悲壮和彻底。即便为此付出难以承受的代价，"我们"也孤注一掷。"我们"如愿逃到了"白岛"这个世外桃源，过着简单原始、自给自足的生活。"她"确在一段不算短的时间内摆脱了来自人群的伤害，但时日见长，"我们"以前埋下的祸根便破土出芽，她绝望地发现与她相依为命的

"我"成为了对"她"来说最大的伤害。"我们"早已割断了回归尘世的退路，于是这种伤害便无可避免。面对来自"我"的伤害和"我们"给彼此的伤害，"我们"一直默契而无奈地选择用做爱这种唯一的方式来给彼此以发泄的渠道和安慰，即便这是一种明知伤害依旧在却故意掩盖的费尽心机的"偷来的快乐"。然而，这样的快乐终究不会长久。于是，当这唯一的办法都不再有效的时候，"她"决定从"有我的世界"里逃离，"她"自杀了；"我"遵照"她"的遗愿将"她"埋在了最干净的杏树下，出于报答，这株杏树生平第一次开出了花。

人人皆有伤痕，每个时代有每个时代的伤痕。作者对现代人"新伤痕"的关注体现出作者厚重而深沉的人文情怀和作为一名知识分子的纯粹真诚的温热良知。

（侯建魁）

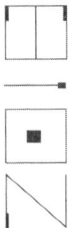

"杭州鲁迅"先生二三事/

/房 伟

春天来了，上海的风还透着湿冷。某日下午，章谦来和我讨论鲁迅的话题。他四十出头，师从著名鲁迅研究专家金教授，近些年致力于鲁迅交往史。我们都是大学教师。在上海这座热闹的现代化都市，他独自蛰居在我楼上，像安静的蜗牛，不问世事，整天研究学问。

章谦坐在我那张发霉的床垫上，摆弄着床边凌乱的书籍。他瘦高，忧郁，头发有些花白。言辞木讷，却有双细长灵动的手。那个下午，章谦的手神经质地抖动着，翻翻书，又插回口袋，好像兜里藏着什么东西。看他兴奋样子，应该是有好事。

老章，有什么好玩的？我问。

杭州鲁迅事件，知道吗？章谦说。

我晓得，没啥大惊小怪。

我用这个素材写了一个小说。章谦又说。

想混点润笔？我笑着说，还是骗骗女学生？

就是好玩，章谦涨红了脸。

我劝他不要不务正业，评上副教授才好过活。他没房，没车，没女人，连朋友也没几个，虽然勤奋钻研学问，但文章发表得少，人到中年，职称还无法解决。

这样的男人不会有了，这个世界上。章谦喃喃自语。

简直穷酸让人倒牙。有这工夫，不如帮出版社编资料，或者上几节函授课，都能搞些快钱。这么多年，我还真没看出，章谦有啥"创作才能"，这纯属于瞎耽误工夫。

室内陡然黯淡，我寒碜的教师宿舍仿佛深穴幽墓。我揉揉酸涩的眼，仰起头。

一束莫名的光，从铁锈斑斑的窗棂猛地咬进，落在章谦纤长灵活的手上。那双手抖动着，掏出一叠写好的稿纸。

匆忙间，我只看到"鲁迅"两个字。

章谦的手按在稿纸上，继续抖动，好似跳到烈日滩头的鲑鱼……

一

我姓周，绍兴人。我写作。民国十六年冬，我就在杭州孤山，家里人都称呼我大先生，但这里，没人认识我。

初级师范毕业，我在绍兴本地教书，勉强度日。绍兴的学校解散，我又冒着初春潮冷，来孤山附近的小学谋食。我时常倦怠，懒得上课，懒得吃饭，也懒得说话。不知何时，我开始咳血。我自小瘦弱，家贫无力调养。父病逝后，母亲艰难养大我们兄妹，后来妹妹远嫁苏北。我把血咳在手绢里，不敢让别人看到。手绢沾染暗红的血，被我攥在手心，好像破碎的心脏。

学校有一百多个孩子，十名教师。校长总忘记我的名字，叮嘱我干杂活，才挠着头，含糊地说，那个周什么先生，辛苦跑一趟。我应着，下次他找我，还是记不住我的名字。

校长不爱读书。他原本是洋布贩子，趁着国家动荡，赚了几个钱，又要附庸风雅，这才活动当了校长。他还在上海小纱厂投了点股份，格外关注时局，什么上海工人罢工失利，红党被清除后在南昌暴动，蒋司令大婚，都是他在校务会讲的。只是学校太小，没什么左倾分子，让他拿来做进身阶梯。我和同事也少有言语，只和梅先生谈几句。梅先生很年轻，和我一样穷。他只读过中学，黑矮，肥胖，是个大大咧咧的山东男子，似乎有点义气。他总拍着胸脯说要帮我。我曾听他在校长那里告我的小状，说我上课经常走神。当然，那也许的确是事实。

女同事中只有一个未婚的姜小姐，也和我一样教国文。她也是初级师范毕业，自小发蒙上过"女学"，不欣赏白话文，喜欢班马史笔，韩柳古文。我和她说不到一起。她圆胖的脸上落满雀斑。我不喜欢她，她也没正眼看过我。学生也愚笨怯懦。他们大多出身小市民家庭，有的来自附近乡下，对大多数人来说，读到小学就可以了。即便如我这般，多读了点书，出路也有限。

我悄悄读鲁迅的作品，对这个有名的同乡非常羡慕。有消息说，鲁迅离开厦门，又出走广州，将来杭州隐居。我期待着，如有可能，要当面向他请教困惑。我已不是青年，不过比他小几岁，但也急盼他指点一二。像我这样，既无财产，也无能力的小知识者，如何才能找到活路？想要从文，写的东西浅陋，投稿石沉大海；即便闹革命，像我这般衰老，革命党也不愿顾看我。年轻时我便无胆气。有当革命党的同学，也曾劝我入伙，我不敢应承。还有同学跟着秋瑾起事，被贵福知府砍了头，我当时还庆幸命大。死的革命党同学成了烈士，受香火供奉；活着的大都当了官，飞黄腾达。我是活着，但卑贱谨慎，默默无闻。如今共党又闹工农起事，我衰弱老病，连"壮烈"的机会也没有了，不过挣扎着"不死"罢了。

我秘密地热爱文艺。冬天黄昏，最后一节课，我给高年级学生讲解嵇康的诗，不知为何，就扯到白话文，不知不觉讲起了鲁迅。学生们当然是不通，懵懵懂懂地被我严肃悲哀的样子骇得不敢说话。我低声朗诵《呐喊·自序》："我在年青时候也曾经做过许多梦，后来大半忘却了，但自己也并不以为可惜。所谓回忆者，虽说可以使人欢欣，有时也不免使人寂寞，使精神的丝缕还牵着已逝的寂寞的时光，又有什么意味呢。"

我的童年比鲁迅先生更不堪吧。先生出入当铺，好歹是大户人家，我的父母不过是开小商铺的普通人。这生意不好的小铺，也因洋货冲击倒了灶。父亲欠下高利贷，吐血而死，只剩下母亲带着我和妹妹。可怜母亲凭着几分姿色，周旋于本家几位富有叔伯，才给我争来学习机会。我年幼就知道，觉得丢人，只想早些挣钱，不让她太辛苦。革命的事我断不敢参与。我年青时候的梦，是做文学家，写出让人赞叹欢喜的小说。这个可怜的梦，我现在也大半忘却。

我又向孩子们讲起小说《在酒楼上》。破落的小教师吕纬甫，简直是在说我！我甚至怀疑鲁迅先生早知道我。我是山阴县人，离会稽不远，先生祖父介孚公是翰林，大家都晓得。我的同学也有和先生相识的，只不过我们不认识。鲁迅怎知道我说过类似的话呢？"我在少年时，看见蜂子或蝇子停在一个地方，给什么来一吓，即刻飞去了，但是飞了一个小圈子，便又回来停在原地点，便以为这实在很可笑，也可怜。可不料现在我自己也飞回来了，不过绕了一点小圈子。"

天色愈发昏暗。我背对黑板，黄昏的光流过，仿佛在我身上涂上一层暗金。那行白粉笔痕迹也模糊了。我剧烈地咳嗽，嘴角有点腥甜的东西钻出。我使劲抑制住胸口剧痛，抿着嘴，许久才平抑住了。我缓缓转过身，教室很静。学生仰着小脸，呆呆地看着我，鼻子和眼睛慢慢融化了。他们的表情也在我眼中渐渐模糊了，飞散了，好似荒野漂流的白蒲公英。

先生！一个瘦高个子男学生站起，兀自喊道。

我被唬了一跳，难道校长来了？我慌乱地看向四周，没有校长的身影。也许这正是我想要的。我厌倦了这里的一切，学校的薪水不固定，时断时续，我早想离开这里，去别处谋生，不过没有一刀两断的勇气罢了。

您是周先生，男生的脸上迸发出极大光彩，嘴角抽搐着说，您一定是周先生……

我是周先生呀，我不解。

不！男生摇头，营养不良的脸竟充血到了红润，您是鲁迅先生，我在报上看过您的照片。

我哑然失笑。这个男生是班里天分最高的学生，喜欢阅读思考，家境贫寒，经常饿肚子，我有时接济他，也借给他书看。

您是鲁迅先生，男生激动地跑上讲台，揪着我的衣衫，我看过您用毛笔写的小说草稿。您和照片上的鲁迅就是一个人！

我明白他的意思。因为都是绍兴人，我也个子不高，清瘦，蓄须，浓眉。如果穿上鲁迅先生的大褂，留起先生式的短硬直发，还真有八分相似。从前也有同乡开过这方面的玩笑。我的那个同学，和鲁迅兄弟都认识，就惊讶地说，预才，你长得真像鲁迅，如果刻意模仿一番，能乱真了。

我没想冒充鲁迅。我将男学生劝回座位，宣布下课，自顾自地踱回宿舍。不知怎的，我的步履分外轻盈，连咳嗽也几乎忘记了。回到房间，我平复了心情，拿出《狂人日记》，想抄写一遍，再去吃饭。小学有包饭。我们几个单身教师都在门房凑合，每月交伙食费。正在这时，梅先生冲进来，看到我，一下子停顿住，有些拘谨紧迫。我问他什么事。

梅先生悄声说，大先生不赌钱，也不叫局，安安静静地写东西，您是有大志之人。

我怀疑地看了他一眼。我写东西的事比较隐秘，还有我的私人称呼，他如何得知？因为我在家中是老大，家人朋友通信，都称我为周家大先生。我给母亲写信，也是这样题头："母亲大人膝下敬禀者"，落款是"大男预才恭请金安"。

梅先生黑黝黝的脸泛起酱红色。他讷讷地说，我，我偶然发现先生抽屉没上锁，就学习了大作，都是顶好的文章。看来先生准备在这里蛰伏休养，再拿出去发表吧。

您是不是……梅先生激动得结巴了，他指着我，好半天才说，是鲁迅先生？

我又好气又好笑。孩子们无知也就罢了，梅先生好歹是教员，怎能犯这样常识错误？我正色对他说，我不是鲁迅，我是周预才。

对呀，梅先生抓住我，怕我溜走似的，鲁迅就是周豫才，大家都知道。

梅先生，我挣脱他，又郑重地说，我真不是鲁迅。我怎能和鲁迅先生比？我不过崇拜鲁迅。我这个预才是预备的预，不是"豫才"！

不会错，梅先生的头摇得像拨浪鼓，只不撒手，大文豪都喜欢化名。您是绍兴人，我在报上看过照片……

我冷笑几声，奋力挣扎而去。梅先生的品性，我了解一点。我不想和他有什么瓜葛。谁料，梅先生奔出，扯着喉咙喊"鲁迅在咱们学校！……"

小院涌出很多人，老师和学生把我紧紧围住，好奇地打量着，连校长都被惊动了。梅先生热烈地说，校长，鲁迅先生在咱学校哇。

谁？校长没反应过来。就是周豫才先生呀，梅先生仿佛要做我的代言，急忙说，校长大人，您不是看过周先生的家信署名吗？

周预才？校长想了下。

绍兴的周豫才先生！梅先生愤怒于校长的迟钝怠慢，就是闻名全国的文豪鲁迅先生，鲁迅是笔名，周豫才是真名。

这位周先生是……校长嘴唇乱抖，脸上不断冒出油汗，分明有几分窘迫。我知道他误会了，但也不急于点破，我喜欢看这个傲慢的家伙吃瘪的样子。

真是鲁迅先生！校长高兴起来，端详我的脸，说，文曲星下凡，您怎么跑到我这个小地方？我刚想回答，又是梅先生抢着答道，先生隐居在此，寻找创作灵感，创造不朽之作……

是"隐士"？校长想出这个词。

有什么奇怪？梅先生不耐烦地说，这是孤山！唐宋以来，就有很多隐士隐居。苏曼殊也在庙里居住了两年，"梅妻鹤子"的大诗人林和靖，不就在此终老？

校长恍然大悟，重重地攥了我的手说："真是蓬荜生辉……"

我想开口反驳，又有些不好意思。梅先生面孔好似炸裂的黑糖，嘴里喷溅着阿谀之词。我甚至看到他凸显的肉色牙龈，闻到他焦黄的牙齿冒出的腥臭气。我厌恶地扭转头。还有无数张大大小小、胖胖瘦瘦的脸，都好似洪水退却的河床散露出的鹅卵石，彼此拥挤着，闪烁着危险的光，暴露出岁月冲刷的牙印。

我看到姜小姐也挤身在人群。她的眼中闪烁着崇拜的神色。或许，还有别的东西。我的目光停留在姜小姐鼓鼓的胸部。我渴望有一个这样的女人，慰藉我饥渴的肉身与灵魂。那两块胸部犹如两只硕大、湿漉漉的白水母，漂浮在人群的喧嚣之上。姜小姐奋力拨开人群，捉住我的手，狠狠地捏了一下，又无意地用胸蹭了下我，才被人们挤走。这是女性的身体接触呀。

我四十多岁的人生，这是如此荣耀的时刻！

二

多年后，我时常想起那一幕。那个寒冬下午，我不是周预才，而是周豫才，是鲁迅先生了。确切地说，是鲁迅先生的"影子"了。我仿佛被鬼魂占据肉体，只剩下没有灵魂的躯壳。下午的阳光很快过去，校长有点犹豫，和梅先生小声地说，鲁迅先生谈俄国，不会惹麻烦吧。梅先生鄙夷地说，党部也没说通缉他。先生是名人，和高层也能说上话。他在这里是我们的荣幸。

院子的人走光了，空气骤然冷下，似乎又有空虚寂寞袭来。这便是名人的感觉吧。我这才想起，没有吃晚饭。我摇晃着想去门房，又感到不妥。黏稠潮湿的气息缠绕着我。院内那株黑褐色老槐树，树叶摇落，几只小虫飘下，落在脸上，毛茸茸的。树身也似浮肿病人颤抖着，在我的掌心留下湿滑的苔藓，死亡的树皮，还有诅咒般的吻痕。

我再也不能回到从前了。

事情有些失控。访客络绎不绝，各类邀请信和公函也非常多。我的课也没法继续上，课堂挤满了慕名而来的人。我的咳嗽病又犯了，只能暂且休课。姜小姐自告奋勇照顾我。开始我对她并不领情。姜小姐流着眼泪说，她也喜欢白话文，只因父母逼迫读古文，时间久了，受到很多毒害。自从读了我的文章，也知道反封建古文了。

我不明她是真是假。姜小姐细心，饭菜烧得可口。我也就随她在身边了。梅先生以"鲁迅发现者"自居，暂且充当我的办公秘书，替我与外界联系。我对他的品行十分厌恶，但实在不擅长应酬，又不敢过多讲话，就由着他安排。校长慷慨地让出一处幽静小院给我，梅先生和姜小姐也跟过来。小院环境不错，家具和器物，都是校长和当地乡绅凑的。

几个教员跑来哭诉，让我帮助讨要拖欠薪水。我踌躇了一下，让梅先生请校长说明情况。我的工钱也许久没发放了。校长痛快地答应，提出让我给当地乡绅好友题字，并帮一个富绅去世的母亲写碑文，说有丰厚报酬。我想到校长借给我院子，还送来不少肉蛋和日常用品，硬着头皮应了。反正都让梅先生帮我写。梅先生拍着胸脯说，会帮我和校长谈个好价钱。

先生来休养，写世界名著，怎能浪费笔墨于什么老太太的墓志铭？梅先生义愤填膺，校长不断作揖，两人又在门外嘀嘀咕咕，终于谈妥。借鲁迅先生的名，干这样的事，我内心不安。但我也无法想更多，至于被人识破，或是灰溜溜走掉，也只能等过些日子再说了。

梅先生挡住很多求办事的人，还是有些人不屈不挠地挤来。穷苦人家的孩子，上不起学来哭诉。他们的父母也来下跪。我对他们说些鼓励的话，支援几块钱。还有几个小贩。他们是西湖旁讨生活的小摊贩，剃头匠，因为有碍市容，住处简陋失火，被政府勒令迁走，不走就要拆房子。

他们满满地跪了一地。我照例将政府骂了一通，答应为他们呼吁。我想鲁迅先生这样品德高尚的人，一定也会挺身而出。可惜的是，我是冒牌货，只能说大话，无法真正行动。他们对我也并未抱特别大的希望。他们只希望有一个有权威的名人，倾听他们的苦难，同情他们，为他们鼓吹，就满意感激了。

也有比较危险的事。一天晚上，几个学生模样的青年翻墙进了院子。我在夜里惊醒，点起灯，看到几个略显稚气，紧张兴奋的青年的脸。他们都是附近的学生，慕名而来，问我哪有红党，要投奔布尔什维克革命军。见到这些热血青年，我的内心涌动着激情，也担心惹麻烦，只能应付过去。如果我真认识那些英雄豪侠，该有多好，如果我是鲁迅先生，那有多好！我一定带这些青年，从荆棘之中踏出一条路。

姜小姐和我的关系比较微妙。她在我隔壁厢房住下。她经常痴痴地看着我问，你真是鲁迅先生吗？我沉默不语，或者说，我不是，你弄错了。我越这样说，她越殷勤体贴，有一次，伊掉下眼泪。她摸着我的脸说，你的身体是为中国累病的，我一定给你养好。她为调养我的身体，变着花样做饭、熬汤，我的气色明显好起来了。

她也期期艾艾地问家里情况，看来她多少知道些先生的事。她说，晓得我在绍兴老家有原配，她不介意做小，只要一心一意喜欢她，不要和从前的女学生联系便好。我大声斥责她，不要痴心妄想。她开始惊惧，怕我赶她走，看到我只是说说，就笑嘻嘻地转移话题，说，母亲小时给她算过命，说她会嫁给天上下凡的文曲星。

我们也有点身体接触，我躺在床上读书，闭目养神。她凑过来说话。她丰满的胸部蹭着我的胳膊，我几次涌起冲动，又按捺住了。有个声音在脑海指责我，你不过是冒牌货！真正的鲁迅先生绝不会喜欢这样庸俗不堪的女人，也绝不会利用声望占有女性，你是卑鄙小人！

我僵硬的手臂，触到姜小姐软鼓鼓的胸部，滑腻腻的。羞愧的心情占据上风。我缩回手，流下热汗来。看到我如此表情，姜小姐还以为我发热，赶紧给我拿药。我的欲望之心也就慢慢平复了，赶紧将她撵回隔壁房间。

昏昏乱乱过了几天，我的病居然慢慢好了。我不再咳血，讲话也有了威严气度。我这个"杭州鲁迅"当得有模有样。西历耶诞节后的一天，我想去孤山转转。梅先生强烈反对，说对我的健康无益，但姜小姐同意，说走走恢复得更快。更何况，春天来了，她希望与我同游。梅先生见如此，勉强应承了。校长听说，也要跟着去，被梅先生严词拒绝了。

我们一行三人去孤山。姜小姐紧紧地依偎着我，一阵阵女性体香传过来，我舒畅无比。梅先生更像忠心耿耿的保镖。他前后吆喝，胖大身躯在我身前身后跳来跳去。油黑的胖脸，汗珠子滴滴答答地掉下。初春天气还透着湿冷，梅先生反而热气腾腾的。我和姜小姐打趣他，他也不生气。孤山附近游人不多，那一刻，我的内心恍惚，仿佛我真是鲁迅先生，仿佛这样温暖幸福的时光永远伴随着我。我从没有这么被重视过，关心过。我甚至为这种虚假的幸福感动。我贪婪地呼吸着冷冽的空气，步伐渐渐加快。春天的泥地也像被酒灌了浆，起起伏伏带了弹性。

一座孤坟赫然出现在面前。坟前数点梅花，已露出红意。梅先生抢先跑来，说，大先生，这是苏曼殊的墓。我点头。我有一个同乡留学日本，认识苏曼殊和鲁迅先生。据他说，鲁迅和曼殊是认识的，虽说一个在仙台，一个在横滨，他们后来在东京相识，起因是鲁迅的弟弟，也就是周启明君。周启明在南京水师学堂读书，苏曼殊在南京陆军小学当教员，俩人热爱文学而熟悉。鲁迅弃医从文，滞留东京，和弟弟弄文学，搞过杂志《新生》，苏曼殊也曾参与。鲁迅不喜欢苏的颓废冲动，俩人的关系也不冷不淡。

民国七年，苏曼殊辞世。如今也已过了十年，墓地有了衰草，字迹也模糊了不少。我怔怔地望着孤坟，心中涌动起复杂感情。曼殊虽短命，还有后人凭吊，我空活这些年，不过是一个虚伪骗子罢了。鬼使神差地，我向梅先生要了笔，在墓碑旁写下这样的文字：

我来君寂居，唤醒谁氏魂？飘萍山林迹，待到它年随公去。

鲁迅游杭 吊老友曼殊句一，一〇，十七年。

梅先生与姜小姐连声夸好。旁边凑过来两个穿蓝色棉袍，围白色围巾的女子。她们好奇地看着我，又看看墓碑。一个女生尖叫着说，您是鲁迅先生？您真的……近来我对于崇拜，已渐渐习以为常，不复从前的慌乱紧张。抓住我的女孩，皮肤白皙，身材苗条，梳着齐耳发，明亮的双眼笔直地盯着我。她比姜小姐漂亮很多，从衣服布料和气质来看，出身也明显很好。

这引起了姜小姐的不安。她赶紧插过来，略显尖酸地说，先生很忙，不便打扰。女生歪歪头，不回答，只自顾自地和我对话。她又问，先生离了厦门，暂居于此？先生是否打算一直隐居在这小地方，还是去大上海看看？那里文坛很热闹呢。

我应付着说，暂居于此吧。我终究要走。女生见我答话，脸上更显娇羞，说，先生，我是上海法政大学的女学生李珍，您到上海就好了，方便的话，我会常去请教您。

美丽女性容易让男人生出遐想，让女人产生敌意。姜小姐脸色惨白，好像有些自惭形秽，低着头不敢讲话。我不忍心，就辞谢了两个女生。女生们不依不饶，又请教我短诗来历。我不愿多讲，只把眼神暗示梅先生。梅先生早就不耐烦了，迅速地将女生隔离开。两个女生叽叽喳喳地讲了阵话，才不舍地与我告别。

没走出多远，那个叫李珍的女学生，又飞速折回，将一张纸按在我的掌心，笑着说，这是我家的地址，我就是上海人，鲁迅先生是中国青年的导师，可不是某些人的呦。

说完，她努起鲜红的嘴唇，斜着眼看了看小姐和梅先生，又笑着跑开，只留下那小小的纸片和可爱的背影。回去路上，姜小姐和梅先生都有些沮丧。我劝慰他们说，暂时还不走的。姜小姐的眼圈红了，听了这话，又展颜笑了。她又紧紧地依偎过来，让我不能移动分毫。

姜小姐不停问我要那有地址的小纸片，我没有给她。

三

每天早上醒来，我都感觉自己死去了一点。我变得越来越像鲁迅了。我的四肢逐渐僵硬，好似提线木偶。我感到死去的部分，在晚上化身为灵巧黑蝴蝶，悄悄飞走了。姜小姐和梅先生对我愈发恭敬。梅先生忙着替我应酬，应了很多事，整天忙得不照面，只是晚上有时过来问安，大体向我汇报情况。姜小姐多了一项工作，就是安排我的服装打扮。她带着我梳理了短直发，每天为我清理胡须。她还为我置办了深蓝色大褂，黑色布鞋，还给我买了一管象牙黄的外国牌子烟斗，以及一面精致小圆镜。

她举起镜子，让我看自己。我简直惊呆了，这还是我吗？我的脸更加瘦削了，刀砍斧刻般。我的目光少了原有的自卑与怯懦，而是充满了严肃悲哀，蕴含着人间的大悲苦和大痛恨，仿佛喜悦和陶醉会让这张脸变得肤浅。我的头发愤怒地挺立，胡须浓黑而紧凑。我缓缓地点燃烟斗，深深地吸了口，烟斗里塞着姜小姐给我买的漠河烟叶，味道很冲。烟雾升腾，我便隐身在其中，镜子也慢慢模糊了，只剩下那黑硬的轮廓，还残存在空气中。

"文章巨公，百代文宗……"姜小姐软软地跪倒在地上，嘴里喃喃地说着，手却不自觉地抱着了我的腿。伊的目光中满是崇拜和期冀，还噙着泪，令我不能直视。

你不要这样，我挣脱她，怜惜地说，我又不是韩昌黎，不要这死人封号。

有什么分别呢？姜小姐破涕为笑，韩愈是古文的文宗，大先生您是新文学泰斗，能和您亲近，是我的福气。

看到姜小姐迷离的眼神，我赶紧走避，但伊扯着我不放。伊是太热爱文豪了，但不是爱我。不知为何，姜小姐圆胖的脸，单眼皮的小眼睛，连带那点点的雀斑，都变得不那么讨厌了，在我的内心深处，甚至有可爱的意思了。

梅先生突然闯进来，看到我和姜小姐脸上的红潮，戏谑地哈哈笑着，也不知是嘲弄我，还是对姜小姐。伊白了梅先生一眼，自顾自地离去。梅先生意味深长地说，大先生看样子要常驻孤山喽。我脸色慌乱，支支吾吾地问他何事。梅先生说，替我写了墓志铭，已给了那乡绅。梅先生悄悄塞给我10块大洋。我依稀记得，当时校长开价是30块大洋。我也懒得和他计较了。

不久之后，事情还是败露了。还要怪那次出游。我来到校长办公室，看到校长愤怒的脸，就明白了，我这个做了两周鲁迅的家伙，好运到头了。果不其然，校长"啪"地将一本杂志拍在桌上。我仔细看，是《语丝》四卷十四期。《语丝》我也常看，上面有不少先生的文章。

校长朝我嫌恶地努努嘴。我翻开杂志，目录有一行标题，赫然写着《在上海的鲁迅的启事》。我震惊，羞愧，又有些好奇，还有点激动。我这个冒牌货，早晚会被戳穿，这是理所当然。鲁迅先生会怎样看我？

先生笔锋冷硬，这也是我崇拜的风格。我还是感觉内心被狠狠地插上了一把刀。先生写道：那首诗不高明，不必说了，而硬要替人向苏曼殊说"待到它年随公去"，也未免太专制。"去"呢，自然总有一天要"去"的，然而去"随"曼殊，却连我自己也梦里都没想过。

我的心里有声音狂喊，先生，你误会我了！我不过是生活太苦，徒生幻觉，聊以自慰罢了。我也爱着曼殊先生，觉得你俩是中国顶好的文学家。说是要随曼殊而去，不过是自怨自艾，绝不是造谣污蔑您。

鲁迅先生最后写道："要声明的是：我之外，今年至少另外还有一个叫'鲁迅'的存在，但那些个'鲁迅'的言动，和我也曾印过一本《彷徨》而没有销售到八万本的鲁迅无干。"我的脸皮简直要滴下血。我从没有说这样的话。这都是梅先生替我宣传的。

校长的身躯摇晃。他咂着嘴，光线遮住了表情，想必又羞怒又蔑视，只听到他冷冷地说，杭州鲁迅大先生，敝校浅陋窄小，不能容您这样的大文豪，请退出院子，明天勿要再来。

他又沮丧地嘟哝着说，原以为是上等洋布，原来不过是本地土布。真是吃亏了。

我气愤地说，我根本没承认是鲁迅，是你们这些人自己想的。校长盯着我看了会儿，突然伸出手摸了摸我的头，叹了口气说，真他妈像，和报纸上太像了，难怪我们会看错。

我将他的手拨开，踉跄着走出去，校长又对我说，还是快些离开吧，我看你也是老实人，听说梅先生弄了不少钱。

我浑身冒冷汗。梅先生到底背着我做了多少事？我急匆匆地赶回小院，家里已是一片狼藉，姜小姐和几个商人模样的人正在争执。说是鲁迅让梅先生向他们借钱云云。我恰被这些人抓了个正着。混乱中，我的胡子被扯断，头发被薅去不少，蓝色大褂被割破了几个洞，简直像乞丐服。我的眼睛也被人打成青紫。我索性蹲坐地上不再起来。

我闭着眼，朦朦胧胧地听到杂乱的脚步声，家具搬动的声音，还有嘈杂的争吵，姜小姐无助的尖叫。我摇摇头，微微睁开眼，透过一丝缝隙，看到院子外影绰绰还有不少人，他们的影子重重叠叠，在初春的下午，变成一层层雾气。

听说那个鲁迅是假货呦！

一个小贩模样的黑瘦男人喊。我认出，他是那位学生家长，在早市卖糕点，被市政驱逐，跪在我面前求情。因为我这个"假鲁迅"的帮助，他留在了城里，巡警还赔偿了砸坏的财物。他怎么来闹？我有些糊涂。小贩带着一个大大的粗布口袋，怒视着我，说，早看这贼不顺眼！头发那么硬，胡子也黑硬，牛皮哄哄的，肯定是假货，哈哈。

小贩揪着我的头发，冲着我的脸狠狠地吐了口浓痰。青绿的痰，还带着丝菜叶梗，就挂在了我的半截胡子上。我那狼狈的样子，肯定像极了涂着糨糊的寺院泥胎。我听到姜小姐愤怒地喊着，他帮过你！你怎能这样对待他？

小贩愣了愣神，理直气壮地说，那是鲁迅先生帮的俺，和这假货有啥关系？

众人快意地哄笑，又加快搬走东西。小贩也鄙夷地丢下我，匆忙地夺走一件红木椅子，也因为众人笑声褒奖，满脸都是得胜的神气。

我的心一阵绞痛，不是为梦的幻灭，而是为梦的醒来。我不是鲁迅先生，我不是登高一呼，应者云集的英雄。这人心又怎能看透？我咳嗽起来，大团殷红的血鼓出来。

周先生，你好些吗……听到有人唤我，我抬头，是姜小姐。她的脸被人抓伤了几处。她怜悯地看着我，欲言又止。我咧嘴想笑，却笑不出。她大约也知道了我的真实身份，不再喊我鲁迅先生。倒也难为她了，到如今还在护持着我。

她趁着众人忙乱，悄悄地扶我走出院子，默默地拿出一个包袱，里面有衣物，几块大洋，那面被踩踏出裂痕的圆镜，沾着泥水的象牙烟斗——想必都是她奋力保下的。她脸色惨白地对我说，我对不起你，周先生，真的。我们不该这样对你。

我没有力气说话，挥挥手，表示不介意。伊又踌躇着，最终拿出张皱巴巴的纸片，原是写有李珍地址的那张纸。从孤山回来后，那张纸片就神秘地丢失了，想必是姜小姐藏了，但现在给我这些，还有什么意义？李珍还会搭理一个假冒鲁迅的骗子吗？

我终于走远了。姜小姐的留恋不舍，让我非常感动。我活了四十多岁，异性的温柔，我才得到，又很快就要失去。我分明听到她喃喃地说，你怎么会不是鲁迅先生呢……

我坐了去上海的火车。我想见见真正的鲁迅先生。我仔细将前因后果梳理了，也明白了大概。梅先生可能最早真以为我是鲁迅，等他看出破绽，转而利用我这假身份敛财。他和校长肯定有什么见不得人的默契，否则，校长也不会容我轻松离去。可能只有姜小姐对我有点真情。她最晚知道我的身份，但还是帮我拿出包袱，让我不至于光着屁股去外地漂泊。但是，这一切对我已没有意义了。我不再是鲁迅了，我只是周预才，潦倒的小学教书匠。我的确冒充了他的名字。开始是误会，后来就是我心甘情愿地被人当成鲁迅。

《战线》周刊也登出一个叫潘汉年的上海文人的讽刺文章，嘲骂鲁迅和我："那位先生，看中鲁迅先生名字有些魔力，所以在苏曼殊和尚坟墓旁M女士面前，题下'鲁迅游杭州吊老友'的玩意儿，现在上海的鲁迅偏偏来一个启事，不过是叫来访的女士们，认清本店老牌，只此一家，并无分出了吗？这至少让另一个鲁迅显着原形哆嗦而发抖！"

鲁迅先生因为我被无聊文人中伤，我多想写篇文章，辩解一番。我不禁又埋怨鲁迅。我不过无意冒用您的名字，您却写下如此嘲讽的文字。我丢了饭碗，也丢了对文学的梦想。你不过是因在北京，靠着同乡蔡鹤卿的提拔，北京大学仲甫先生的奖掖，才有了如今地位。如果我当年也是乡绅官宦背景，有钱去留东洋，有种种机缘，我不会比你差！我这个"周预才"大先生，如今也应名满天下。鲁迅的名字不过是代号，任何人都可以叫鲁迅。

我在上海宝山路附近找到一处地方。所幸，咳血病虽然也会犯，但好了不少，因为有些文化，我应聘印刷厂当检字工。工作辛苦，每天看大量文字，头昏眼花，还好可睡在印刷厂杂货间，省下几个钱。我没成家，大城市热闹，活路多，我业余写点东西，居然糊口之外小有盈余。我发表了一些小游记散文，记载家乡趣事的小品。我还尝试写小说，可惜无从发表。一个编辑惋惜地说，旧家庭故事，现在不受读者欢迎了。日本占着东四省，还成立满洲国，读者喜爱看打日本的故事。沪上还流行革命加恋爱小说，要写工人的惨状，青年的抗争，恐怖的革命手段，再加上罗曼蒂克，肯定受欢迎。这类故事我不会写。我想见鲁迅的心情更加迫切了。

就这样，几年过去了。我也会想起李珍，大多是在梦里。我这样一个四十多岁的孤老头子，卑贱的骗子，是不应奢望这样一个青春女性的。我的梦常常回到青年时代，那时我也算清俊，读书饮酒，与几个文友相交甚好。我们在春日相约登山，激昂意气，也看踏青的女人。那间潮冷的杂货间，我梦到春日的山中飘满树叶清新的气息，李珍在一株红叶李树下对我盈盈笑着，向我伸出热情的手。我欣喜若狂，急忙奔过去，李珍化为一片雾气消散……我哭着从梦中醒来。每次如此，我异常羞愧。我这样的年纪，在乡下要做爷爷了，还谈什么爱情，当真可笑至极。

世界上的事就是这么奇怪，你想寻的人找不到，你躲着的人却偏偏能遇到。那天印刷厂机器出了故障。据说老板经常帮助刊印抗日书报，受到党部和书报检查委员会的点名批评，没过几天，机器就坏了。工友说，看到日本人在厂房附近出现。老板急忙找人修理机器，又多方疏通。印刷厂难得放假半天，我正好在大上海好好欣赏一番。那天，我换了干净衣衫，悠闲地在法租界贝当路游逛，手里还特意提了包蟹壳黄酥饼。大上海的繁华自不是杭州可比，我正走着，看到迎面走来了一个时髦女性。她足蹬红色高跟鞋，身着月白色长马甲，外罩一件淡绿色镶金边的披肩。我疑惑此女在哪里见过，谁料她竟也停下了脚步，是一个烫着头发的女人，她身上的香水气直冲我的鼻子，我仔细看去，依稀就是李珍，又不敢相认，倒是她目不转睛地盯着我，迟疑地说，鲁……先生，怎么称呼？在哪里高就？

我见躲不过，只好低声说，我姓周，在印刷厂检字，小姐有事？

李珍看着我，许久才说，先生很像我认识的一个朋友。先生在杭州孤山待过吗？

我摇头。李珍失望地说，也许是我认错了，我叫李珍，原在法政大学读书，现在点金银行做职员。如果先生见到我这位朋友，就告诉他，知错能改善莫大焉。

瞬间，我一切都明白了。她认出我来了，但不能相认，难得她没有出言讽刺。说完，她自顾自地走了，眼圈竟然有些红。看李珍的情况，也不是几年前清纯的学生了，也许早已嫁为人妇。就当是人生的一场梦，终生或不会再见到了吧。想到这里，我掏出了那张当年李珍写给我的小纸片，缓缓地点燃了。这张写有她地址的纸片，我一直保留着，如今该是说再见的时候了。我看着燃尽的纸片，仿佛我那可怜的爱情春梦。我笑着吃光了那一大包酥饼。

说也奇怪，自从那次见面，我的梦中再没出现过李珍。

我常去街角一家叫"雅集"的小书店。雅集书店坐落在报馆东北角，主要卖新书，也捎带替客人寻珍贵古籍。它门头不大，灯光昏暗，除了老板，只有一个伙计。毕竟是大上海的书店，门口挂了铜铃，店里有留声机放西洋音乐，也有南洋咖啡，日本茶食，俄罗斯各式面包，不过数量品质不高。书店也卖时髦杂志。《每周评论》有卖，附带左翼杂志《莽原》。伙计很殷勤，待我拿杂志，就低低地说，虽然贵，物有所值，有神秘奉送哟，一般书店拿不到。

他紧张地看看四周，小眼珠滴溜乱转，又压低声音，竖着肥肥的手指，说，《莽原》哟，共匪左翼牌子，刺激货，勿要外传。我看先生是老主顾，又本分谨慎，这才推荐给先生。

我又好气，又好笑。《莽原》是违禁杂志，书店要弄钱才搞来，又不敢明着销售，就想出搭售诡计，看着两本杂志都便宜了，其实趁机提高价格，又不承担贩卖共产书籍报纸的罪名。这些伎俩我是知道的，他们卖《良友》杂志，也搭售美女月份牌。我如果本分谨慎，自不看这些东西。我如果是激进的人，自然默默搞革命暗杀，不会看招人碍眼的杂志。这种拙劣劝诱，对涉世未深的青年学生，连带我这样不得志的小知识阶级，还是非常管用的。我犹豫了一下，还是买下了两本杂志。《每周评论》我大体翻着看，并不喜欢。《莽原》我读得非常认真。特别是有鲁迅先生的文章或编者按。

伙计看我读得入神，撇着嘴说，您是读鲁迅的文章吧。我愕然，伙计略带些卖弄地说，您第一次来，把我吓了一跳，长得真像鲁迅！但仔细看，又不像，鲁迅不会像您这样穿工装，他的眼睛也比您的大。您没有鲁迅黑硬的胡子。您还戴着帽子，有深度眼镜。如果没猜错，您八成是附近印刷厂的文字工，我闻着您身上有油墨味呢。

我不由赞叹，看似平庸的伙计，竟也是个精细的家伙。为了在上海不招惹麻烦，我刻意与鲁迅区分，但还是被他看出来了。我半开玩笑地对他说，你见过鲁迅？

那是自然，伙计骄傲地说，我跑很多书店，替老板看同行的新书，鲁迅先生我仔细看过。

内山书店，伙计摊开手，日本的地方。鲁迅和内山是朋友，常去那里。

这个消息，我也早知道。我一直没勇气去见他，说什么好呢？讲讲我这个冒牌鲁迅的经历？还是让他看我的文章，指点一下？先生即便肯原谅我，想必也不愿与我多言。我想方设法，打听到他的住处，原在宝山路的景云里，后来搬到北四川路的拉摩斯公寓。

我永远无法忘记，细雨飘飞的春天傍晚，我站在了先生家的楼下。上海里弄是热闹的，尽管拉摩斯公寓对面不远，是日本海军陆战队司令部，但上海小市民生活，还是不紧不慢地过着。公寓高大洋气，出入的大多是外国人。公寓后面却都是幽暗弄堂，时不时冒出玩耍的孩子，拉客的暗娼，挑着担子卖酒酿、云吞的小贩，匆匆赶着回家的职员，还有"莫名其妙"的行人。他们穿行在窄窄弄堂，仿佛只是风景必不可少的一部分。从弄堂底下望向天空，人会变瘦。或者说，感觉这世界瘦了。巷子铺着白色鹅卵石的青石板是瘦的。背阴处湿滑青苔和漫卷的虎耳草是瘦的，带着铜锈味道的路灯是瘦的，黄昏将尽时从阁楼挤出来的微弱光是瘦的，连那一面面红墙，也都是窄窄瘦瘦的，甚至这上海的弄堂男女，也少有胖子，仿佛存心刻进风景，老死也不能变成痴肥的样子。只有那些挂在铁丝上晒着的衣裤，花花绿绿，忘了收，无人问，鼓鼓扬扬地飞着，却始终无法摆脱夹子的束缚，变成那长条块瘦天空上倏然飞过的白鸽，及悠长悠长的鸽哨。

我隐身在公寓后弄堂的某处阴暗角落，远远地看着三楼，像孤独的影子。据说鲁迅先生就住在这里。我这样一个矮瘦男人，悄无声息地站立此处，也与环境相宜。巷子已冒出晚饭香味，街上的人少了，一切静谧祥和。只有我是多余的。我不属于这里。我也不应该出现在这里，但我还是来了。我听到楼里有孩子咯咯的笑声，也有妇人的声音，不久就慢慢归于沉寂。我看到一个影子映衬在窗前。影子也是瘦削的，严肃的，头发短短的，嘴里似乎叼着烟斗。它有时定格不动，有时也在窗前走来走去。

人影立住，窗子打开，一个威严的老年男人的声音传出，居然是老家绍兴话：夜头式阿泽人在此？我终于听到鲁迅真实的声音！我不敢抬头，飞也似的逃开了。我不能面对鲁迅先生，这是我的悲哀，也是我最后的骄傲。

我终于有了一次机会，和鲁迅先生面对面地接触。

四

耶诞节过后，再过些日子，就是旧历春节，上海却没有一点喜庆之意。要打仗了，到处人心惶惶。我在报社印刷厂，自然消息多些，日本僧人和无赖浪人，冲击上海租界马玉山路的三友实业，殴打操练的华人义勇队。日本人在租界游行，又和中国人冲突，死伤无数。日本军方不断增兵，十九路军虽然忍让，也不断准备，街垒也慢慢修起来，学生在街头演讲，市民也开始捐款，有不少人大包小包地逃难，说不相信中国人能守住上海，也有市民说日本不怕中国人，但忌惮租界鬼佬，没理由担心。

炮弹还是飞了起来，一声声划破夜空，仿佛地狱逃出的厉鬼的狞笑。我看到黛青色天空游动着无数"吱吱叫"的红鼠，屁股冒着臭臭毒焰。无数喊杀声，哭泣声，惊叫声，连带无数莫名声响，从天边掩杀过界，吞噬了一切敢于在阳世行走的生命。我没见到兵，就被工友拽了进屋。大家躲在床底，瑟瑟发抖。我不害怕，相反，还有点跃跃欲试。

我担心先生的安危。他是中国的指路明灯，不能出危险。高塔路内山书店总店，紧挨着日本海军陆战队司令部，离拉摩斯公寓也不远，如今兵荒马乱，想来门口也戒备森严。听说内山书店隔壁鸿德堂，住着蒋牧师一家人。因为收留逃难中国人，蒋牧师被日本人残忍地杀害了。炮连续打了几天，有天清晨，突然停了。

我冲出屋门，大街两侧都是逃难人群。所有人都急急地逃命，但人挤人，人挨人，拥堵碰撞，发出低声咒骂，丢下无数物品。我浑浑噩噩地跑到拉摩斯公寓，上面伤痕累累。一楼门窗也被拆去，不复当日光鲜样子。大楼空荡荡的，想必太靠近战场，人们逃出去避难了。我仰头看看三楼，窗户开着，左面阳台窗下，赫然有个大大枪眼，不知什么枪打出来的。我悄悄地喊了几声"鲁迅先生"，一片死寂，只有呼啸的冷风在大门口徘徊。

我急匆匆地离开，心里一团乱麻，先生提前躲避了，还是遭到连累？我辗转不宁。我突然想起，福州路附近，内山书店有家中央支店，离战斗地点远，可以去看看。眼看天色暗下来，上海却没什么烟火气。大批难民涌出，剩下的人都缩在家，街面愈发冷清。我慢慢走着，心下有些茫然。我也不明白，就算见到鲁迅，又有什么意义？我永远不能走入他的生活。我脚步踉跄，泪几乎流了下来，我想扭头回去，不知为何，有一种魔力牵引着我，继续向前走。

内山书店的门半掩着。我推门，匆匆跑出一个伙计，说上海打仗，不营业。我支吾着，伸头向里面看，影影绰绰，似乎有不少人。伙计不耐烦地推我说，老板内山先生的朋友一家人，避战乱暂住这里。黄昏时分，店面光线暗，点着几盏油灯，也不甚明亮，想是战时管制，电力供应不上。灯光摇曳，店内桌椅都挪开了，书也都摆在一边，木地板铺着简易被褥，十几个男女老少各自散在那里。我辨出坐在南首的是一个瘦瘦的，五十上下的中国人，穿一件牙黄长衫，外面套一件青石湖的夹心短袄。他直竖着寸把长的头发，脸上有隶体"一"字似的胡须。他的嘴里咬着一支烟斗，跟着那火光一亮一亮，腾起一阵一阵烟雾。他那张黄里带白的脸，瘦得教人担心。

是他！我的心里悲鸣着，有要向前相认的冲动，这就是我在梦中见过无数次的先生。有个男人迎出来，问我何事。我无法回避，硬着头皮说，在《申报》印刷厂做排字工，平时喜欢集古书，特别是酒牌类东西，听闻内山支店有陈老莲的东西，就来问问。我晓得鲁迅先生喜欢收集酒牌，果然说到这里，先生的目光转移过来。那男人失笑说，你这人年纪也不小，也藏书成癖，兵荒马乱，你倒心系"叶子"？

众人都笑，鲁迅先生也笑了。男人又说，先生有几分绍兴口音，不知桑梓何处？我羞赧地说，山阴县人。鲁迅先生听闻，站起身，踱步过来，未和我搭话，只是静静地听我们讨论酒牌。我原有这爱好，当下也不怵，举了陈老莲的《博古叶子》、任熊的《列仙酒牌》和万历无名氏的《酣酣斋酒牌》。鲁迅先生也点头，看来也颇为认可我是行家，才能如此识货。

我正犹豫是否告知鲁迅先生我的来历，忽听到尖利警报声响起。瞬间房屋剧烈摇晃，有人惊呼，耳边爆炸声似要鼓破耳膜。我也卧倒在地，店伙计赶紧关门，火光和爆炸持续不断，不断有窸窸窣窣的木屑、土屑从头顶落下。屋里再无一人讲话，连孩子也被妇人抱在怀里，惊恐得不敢出声。先生不害怕，微笑向我示意。我趴在地上，和先生面对面地相对，好像看到另一个自己，心里前所未有地感到平静。如果能和先生一起葬于日本炮火，也算得偿所愿，不枉此生。高塔路北侧听闻一片急促脚步声，侧耳听去，还有刺刀碰撞声音，不断传来的日语军令。借着腾起腾灭的橙色火光，先生慢慢爬起，面色严峻地踞坐地上，深沉的目光投向窗外，久久不动，只有那烟斗的火光，忽明忽灭，映衬着先生青白脸色，仿佛古代庄严的宝相佛座……

趁着炮火间歇，我悄悄离开内山书店。我回头看，屋内的人已入睡，先生也靠在桌旁，微微闭上了眼。我是先生的"影子"，不能走到阳光下。我必须默默地消失，像战争的硝烟和烈日下的水汽。我朦朦胧胧地想，几十年后，如果有学者研究先生的生平，是否知晓我这个"假鲁迅"和"真鲁迅"曾相对无言，共处一室呢？

上海战事打了一阵子，又达成协议，十九路军也撤出来整顿。国事如此，新年也凄惨，多少人破了家，街上乞讨的人也越来越多。好在局面慢慢稳定了。我的年龄也不小了，不过是老"毕单"罢了。绍兴老家，母亲去世后，还留给我一间祖屋和几亩薄田，我找人帮着打点。原来还想，通过写作在十里洋场打出名气，时间长了，年龄越来越大，这份心也淡了。我甘心当业余文学爱好者。可对鲁迅先生的敬仰之情，却一点也没有减少。闲下来，我就到鲁迅先生住处，默默地关注他。先生通常是深夜写作，白天也出去会客，买书，带着夫人和孩子去吃饭。他喜欢去宝泰酒店吃饭，去青莲阁喝茶，去大光明电影院看电影，他还喜欢在各大书店买古书，有次，我见到他一口气买了《王子安集注》《温飞卿集笺注》《商周金文拾遗》《九州释名》《矢彝考释质疑》《四洪年谱》《梅花梦》《古籀余论》等十几本古书。

几年后，我突然在报上看到，杨杏佛被暗杀，有传言鲁迅先生也遭到通缉。我非常着急，就跑到先生住处。那是一个阴雨天，鲁迅先生撑着伞走出家门。他穿着藏青色长衫，瘦削的身躯笔直挺拔，像一管铁铸的笔，只是脸色越发青白忧郁了。看他出门的方向，估计要参加杨先生的葬礼。我跟随后面，感觉先生的身体摇晃，仿佛兀自支撑并努力反抗着。杨君是鲁迅先生的好友，先生是愤怒绝望的，他用肩膀扛起黑暗闸门，让中国人逃出铁屋子，孰料竟是加倍的黑暗涌现。

天空翻滚着乌云，好似褶皱的巨大枯叶，不时有酸酸的小雨点射出，击中我和先生。先生身体单薄，我也是单薄的，先生的长衫下夹着黑雨伞，我携带着一把褐色的伞。我同情地望着先生，我多想分担他的痛苦。许是我跟得太紧，先生猛地转头，发现了我。他稳稳地站定，脸上显现出愕然神色，继而是疑惑，怀疑，愤怒，异常冷峻。他盯着我，眉毛仿佛拧成两道黑剑，额头的雨滴闪着光，他用绍兴家乡话问我，我们认识吗？

我窘住了，怎么回答？上次我没有吐露真实身份，这次告诉他？我犹豫着，嘴角抽搐，始终未能说出话。先生冷冷地说，请远离我，暗探要在暗处，我不怕你们。

先生将我当成蓝衣社暗探了。我无法争辩，只得深深地鞠躬。先生昂然从我身边走过。我非常沮丧。都怪我太冲动。影子要有影子的觉悟。我应该默默地隐藏在阴暗之地。

我怅然若失地望着鲁迅先生，腰部突然感到有什么硬硬的东西顶住了。回头看去，是三个戴墨镜的家伙，把我挟持住了。他们把我拖到巷子口盘问了半天。我说不认识鲁迅先生，他们搜查了我，纪录了我的工作地点和住址，痛打了我一顿，将我丢在垃圾堆旁。我明白，这些人肯定是真正暗探，他们也将我当成某方势力了。我的鼻骨被打裂，鲜血涂满脸颊。国难当头，日本人步步紧逼，他们却盯住先生。我也冷冷地盯着他们说，请远离我，暗探就要在暗处，我不怕你们。

那几人嘻嘻地笑了，其中一个胖大的家伙，用皮鞋踢我的肋骨，摸着胡子说，好笑，这老小子的语气真有点像鲁迅。另一个穿西装的男人，盯着我看了会儿，说，没错，这小子如果化妆，就像那个摇笔的鲁迅了！

几个人又哄笑。胖子揪起我的头发，凑到我的脸前，狰狞地说，老头，你真以为自己是鲁迅？还敢教训我们？

胖子摔倒我，将我的头按在街边的一堆狗屎上。我挣扎着，其他几个暗探也冲上来打我，大声要我骂鲁迅先生。我咬紧牙关，最终支持不住。如果他们拔出枪打死我，我是不怕的，但他们只是打，太疼了，打断了我的肋骨，踢断了我的牙，他们还不收手，仿佛要打死我，就当是"打死鲁迅"解气了。

雨停了，肮脏的街口充满着快活气息。他们自顾自地散去，只有我躺着，身上涂满了狗屎。这残酷的世界！黑暗如死水一潭！我擦干血迹，心中涌起绝望。我向暗探求饶，我没法子像先生一样勇敢。我就是天下最大的懦夫。我一步步地挪到鲁迅先生刚才站立的地方。先生的力量真大，他站立的地方，还留有两个深深的脚印。雨水积在脚印里，仿佛两只青玉色小船。我踏在这两只小船上，感到浑身有无穷力量。我触着鲁迅先生的气息了。我踩在他的脚印上，就和他融为一体了。我仰起头，哈哈大笑……

五

时局时好时坏。先生加入左联，成为领袖。先生和正人君子笔战，先生面临诸多困境危险，我都感同身受。我总是梦到那个炮火纷飞的晚上，我和先生无言而对。这就是我的宿命了。我也老了，守着先生老去。

民国二十五年秋天，我等的那个"最后的日子"出现了。

上海的秋天还热着，我刚从印刷厂下班，浑身油污和铅味。我又忍不住咳血。经理看我做得年头久，还算兢兢业业，也有文化，就让我到门房听差。按理说，这差事比厂房轻松，可我还是愿意在厂房，那里工资高。母亲去世后，妹妹生活不顺遂。妹夫早逝，她一个人拉扯几个孩子，无奈回到绍兴老家，艰难度日。我是妹妹和几个孩子的指望，只能咬牙坚持。等到妹妹最小的儿子能自立了，我就回绍兴去。

那几夜，我都梦到了先生。先生还是瘦，青白的脸冒冷汗，但他的眼神依然锐利，他立在我的床前，看着我，对我的呼唤不理不睬。后来，我才明白，这是先生找我这个影子来告别了。先生在《影的告别》写道："我不过一个影，要别你而沉没在黑暗里了。然而黑暗又会吞并我，然而光明又会使我消失。然而我不愿彷徨于明暗之间，我不如在黑暗里沉没。"我这个鲁迅先生的影子，能真正告别先生，开始自己的孤独远行吗？我不能回答自己。

我刚下班，手里拎着宿舍钥匙，就听到有人议论，说文豪鲁迅病重不治，今天凌晨故去了。我的脑袋"轰"的一声，钥匙也掉落在地上，我猛烈地咳嗽起来。

我冲到先生住处，发现那里已高挂白色挽幛。据说追思游行和下葬仪式定于三天后举行。

先生走了，我的魂也走了，我也将不久于人世。谁听说过，人走了，影子还能存活于世界？

我最后一次为自己化妆。我拿下帽子，剪了鲁迅先生的发式，我修剪了胡须，我还摘掉眼镜，换上先生常穿的月黄色长衫。我还找出了当年姜小姐送我的镜子和象牙外国烟斗，再围上蓝色围巾。肮脏的工区宿房，在那块裂纹的圆镜前，我打扮起来。远处厂房机器的轰鸣声还在耳边，铅板"咔咔"作响，那些我熟悉到要呕吐的油墨味，工装散发出的汗臭味，此时都变得不重要了。我将最后做一次"鲁迅"。

我跨出厂区，门房老张首先发现了我，热情地打招呼说，老周哇，收拾得这么利整，是要去相亲？老张没读过书，他不知道鲁迅先生。我不屑和他争辩。我离开印刷厂，跨过一道水洼，走过两道弄堂，迎面走过几个玩滚铁环的孩子，一对亲密的情侣。我注视他们，他们的目光不那么自然，没有人将我和鲁迅联系起来，甚至根本没人回应我的关注。我稍微有点慌乱，但还是安慰自己，这些人都是普通市民，没在意今天的新闻，各大报都登出了鲁迅先生巨幅照片。

到了治丧会场，已是人山人海。人们拥挤在一起，真诚地悼念鲁迅先生。每人胸前都佩戴小白花，点点白色连接，就是一片白色的星星之海。前行开道的几辆黑车，也都佩着白色挽幛。人们缓缓移动，面色凝重，连维持秩序的警察，也都眼圈红红的。

还是没人注意我。我的惶惑渐渐地变成愤怒。这些庸人需要的只是先生的死，而不是先生。他们需要一种氛围，来释放崇拜英雄的感情。就是鲁迅先生复活，亲自和我走在这祭奠他自己的游行，也未必会被大家认可。我抓住了一个学生模样的男青年，严肃地说，你读过鲁迅先生的文章？青年戴着黑色学生帽，脸很白净，冒着几个红肿粉刺。他扫了我一眼，点头说，唔，那是当然，鲁迅先生是我们的人生导师。

你看我像谁？我启发他，心里咚咚直跳。

他皱着眉，看了会儿，仿佛恍然大悟，你长得像鲁迅先生！穿得也像！

几个打着标语的女生也围过来，叽叽喳喳地议论。我挺着胸脯，正准备讲一通。谁料，有个女生，不以为然地说，准是辅仁大学爱美剧社请来的，大家都想排演鲁迅先生的街头剧，没想到被他们占了先机。

喂！另一个女生毫不客气地说，你这老头子，辅仁那边给你多少钱？你是不是也想在我们学校演出？如果你代表我们学校，工钱加倍，我还多介绍几个学校给你赚钱！

什么？我目瞪口呆，半晌，才结结巴巴地说，我不是为赚钱。

学生浮现出不相信的神色。一个男生不耐烦地说，这个鲁迅先生一点也不好玩，不会讲笑话，笨手笨脚，也不会骂蒋光头和国民党，我们还是到北四川路的内山书店门口吧，那边据说也有人也在装扮成先生演讲，口才很好。

学生呼啸而去，只留下我剩在了原地。还有人装扮鲁迅？游行的人很多，果不其然，我又发现几个扮成鲁迅模样的人，大家围观着，发出阵阵掌声。那些鲁迅，有的高，有的低，有的太胖，有的太瘦，全不像先生，不过是粘了胡子，梳了直发，叼上了烟嘴，居然就胆敢声称自己是鲁迅？

我浑身发抖，恨不得冲过去和他们厮打，又怕被人误解是抢生意，只能默默前行。当我跟随游行队伍走到内山书店门口，发现那里围着很多人。一个人站在桌子上，正在演讲。他也是模仿鲁迅先生，不过此人黑胖，显得几分猥琐，可他的口才真好，一会儿流着泪悼念鲁迅，一会儿悲痛欲绝地念纪念文章，大家都泪流满面；他还模仿蒋介石的丑态，骂日本侵略者，大家也哈哈大笑。那人还放了一个铜盘，说是要募捐，为鲁迅先生建纪念小学。人们纷纷慷慨解囊。我仔细地揉揉眼，认真地看看，那人我居然认识。

他是孤山小学的同事梅先生。

他怎能扮演鲁迅？我想起他利用我诈骗的恶劣行为，不禁冲上前去揪住他。他看到我，竟也不吃惊害怕，笑嘻嘻地对大伙说，这是我的同行，他扮鲁迅可在行呢。说着，他不由分说地鼓起了掌，其他人不明所以，也跟着鼓掌。

我的手松开了。我也不过是鲁迅的模仿者罢了，有什么资格揭穿他？我颓然地坐在地上。梅先生收了摊子，拉着我到了一个馄饨摊前，点了两碗小馄饨。他嘱咐摊主多放辣椒，又看看四周无人注意，压低声音说，我晓得，你今天肯定会出现。

为什么？我冷冷地说。

你喜欢鲁迅先生嘛，他的眼中露出狡诈戏谑神色，你还当过鲁迅。

我脸红了，怒气也消散了不少，当年的事，我的错也不少，只是我比较愚笨罢了。

我平复了下心情，淡淡地说，一时糊涂。这些年，我从没冒充过先生。

梅先生盯着我看，叹口气说，你呀，还是老实人。

梅先生的鬓发也已花白，不如从前那么胖了，有些颓唐之意，脚边还放着鲁迅宣传画册。他用指甲轻轻地在馄饨碗里剔出一片香菜叶，长长的指甲缝都是污泥。

我们慢慢谈起来。梅先生当年发了点小财，逃离孤山小学。由于投资黄金，亏得血本无归，只能搞点小生意糊口。他笑着说，我老婆一会儿就来，你们还是老相识呢。

我有些好奇，那是谁呢？我心中也有一个模模糊糊的答案，只不过不能确定。但当那个身影转过来，果然是姜小姐，不，应该是梅太太了。

姜小姐看到是我，先是吃惊，继而脸色浮现出羞赧、哀怨又期冀的神色。她在馄饨摊前立住，说，真是周先生，老梅说你一定会来。没想到这么快就见到了。

姜小姐也老了，腰身变粗，脸也变得黑紫，堆积了很多皱纹，曾经丰满的胸部，如今干瘪下去，向下扯着，露出脖子上一片片松弛的皮肤，仿佛冬天里裂开的树干。

姜小姐注意到了我的目光。她将衣服向前襟扯了扯。兀地，她看到了我的象牙烟斗，身体竟有些颤抖。她努力微笑着说，这些年了，烟斗你还带在身上。

梅先生看到如此情形，目光有些冷，扭过头去。

我说，平时不拿的，也不知忘记在何处，今天要祭奠鲁迅先生，偶然发现，顺手带了过来。

姜小姐情绪缓和了一下。她走过去，轻轻地抚摸着梅先生的头，自嘲地说，造化弄人，咱们居然又凑在了一起。

我和他们互相看着，不禁哑然失笑。梅先生喝光了馄饨，站起来，沉声说，老周，当年不该利用你。我遭了报应，这些年到处漂泊，连个孩子也没有。

馄饨摊前的人很多，他脖子的青筋仿佛都要挣出来，蚯蚓似的蠕动着。

我轻轻地拍了拍他，又看了看姜小姐。我只能摸了摸他的头发说，梅先生，你的头发用了太多发胶，都硬成了纸板，可不太像鲁迅先生。

我们躲在避风处，又聊了一会儿。梅先生说，鲁迅看得深，看得远，人们不能忍受讲缺点的人太严肃。鲁迅不能改变什么。他不过是犟脾气的文人罢了，和你我没什么根本不同。

对这点我不能苟同。梅先生又说，现在中国是乱世，日本的压迫一天天地厉害，蒋司令还在讲攘外安内，新生活运动。就算日本人不来，中国人也难有希望，只要日子好过些，中国人就开始折腾自己。历朝历代都是这样。鲁迅是没有用的，不如多积点真金白银。中国打烂了，去美利坚，美国投降了，就去东京。

所以，你就在这里装扮成鲁迅喽。我忍不住讽刺他。梅先生也不生气，笑嘻嘻地说，老周，我希望你也能同我们演出，这世上再也没有人比你更像鲁迅先生了。

我的心一动，我明白梅先生想利用我挣钱，但这倒是我最好的纪念方式。也许这也是我今生最后一次装扮成鲁迅先生了。演出后，我就回绍兴老家去，从此终老残生。

我们来到极司菲尔公园，上海最热闹的公园，旁边就是圣约翰大学。我认真化了妆，梅先生扮成《祝福》的鲁四爷。他穿了黑长袍，戴着小圆帽，那骄横愚蠢的样子，还真像。姜小姐散了头发，在脸上抹了黄蜡，捏住一管长长的，上端开裂的竹竿，披上几片破衣，让我猜测人物造型。不用说，就是祥林嫂了。我这个"假鲁迅"，就扮演小说中的"我"，手里拿着小说集《彷徨》，参与故事，也用旁白方式介绍剧情。

天气闷热，腥湿，天空积着淡墨色的云，一层层地铺排过去，有明有暗，遮蔽了大部分阳光，又无心似的漏下点点滴滴，好似河滩濒死的鱼独有的光泽。我们站在公园一处高台，身旁是成片绿黄色法国梧桐，低矮的青灌木，还有红叶李和即将衰败的白玉兰树。下面挤满好奇的观众，我们置身于花与树之间，成功地掩盖了拙劣演技。我们举手投足的姿势动作，都被这个悲伤的下午赋予了神奇光芒。那是鲁迅先生的光芒，不是我们的。我们永远只是暗处的影。

梅先生横眉立目，叉着腿，站在中央；我举着小说集，叼着烟斗，站在台子侧面；姜小姐衣衫褴褛，蹲坐在地上。那一刻，仿佛无数七彩光线映射过来，我们三人瞬间定格成三角状，仿佛万年冰川深处被冻毙的三条小鱼。那一刻，我看到台下无数观众也都被定格住了，那里仿佛有李珍、校长，还有无数我们认识的和不认识的人。他们都无言地张大嘴，等待着演出。就让我们这三个骗子，以这最后的戏剧祭奠鲁迅先生吧。

姜小姐太投入角色了。她哀哀地坐在地上，一手捏着竹竿，一手扯着我的衣服，用沧桑的语气说："你是识字的，又是出门的人，见识得多。我正要问你一件事——一个人死了之后，究竟有没有魂灵的？"

姜小姐哽咽了。我浑身一震，姜小姐长满皱纹的眼睑，泪水不断涌出。我无言地扶住她的胳膊，也流下眼泪。观众静默着，几个学生模样的女孩，也被感染了，低低地哭出声。突然，人群爆发出暴风雨般喝彩声。姜小姐枯槁蜡黄的脸，迸发出了焕然神采。

她悄悄地说，我就知道，烟斗你不会丢掉的。为什么不带我一起走？那天我把你的包裹拿来，也带了自己的，难道你没看见？只要你开口……我晓得你不是真鲁迅，就是假的，我也认了。总算没白活一回，白白地做了一回女人……

暴雨般的掌声依然没有停歇，仿佛天边卷积的乌云，全都裂开，化作了黑紫碎光，砸落在这熙熙攘攘，茫然无边的世界。到处都是闪着乌光的叶子，掌声，尖叫，哭泣，还有持续飞腾的尘埃，装点着这个残忍的秋天。梅先生忙着在捡拾雨点般落下的零钱，乐得眉开眼笑，全然没注意姜小姐对我说的这番话。我也假装没听见。我猛地蹿起，站在高处演讲。

世上再也没有鲁迅先生这样的男人了。人死了，有无灵魂，祥林嫂的困惑，也是我们所有人内心的困惑，其实并无意义。无论灵魂有无，我们都逃不掉卑微人生的命运锁链。死亡对鲁迅先生来说，不过是生命的另一种辉煌延续。我们大多数人的死亡都是丑陋的，无意义的。时代揪住了我们的命，揉捏了我们的命，然后用恐吓与欲望，让我们彼此毫无关联。它把我们变成无数"不知已死"的鬼魂。传说，死后的人变成中阴身，很长一段时间，不知道自己死了。他们会游荡在熟悉或眷恋的地方。难道我已变成了鬼魂？

我站在繁华魔都高处。我获得千万掌声和欢呼。我挥手，高歌，长久地静默，含着泪水望着人群。我带着血色滚烫温度的声音，将穿透魔都的呻吟声，化成无数招展的红旗和丛林般的刺刀。我站在高处，挥舞着小说集《彷徨》，仿佛是件伟大的武器。不知何处而来的风，吹得书页沙沙作响，里面的插图随之立起。木刻画的黑太阳，浮雕般抽象线条小人儿，都被书页释放，化为一群群燕子和云雀，浸润在极司菲尔公园闷热的乌光里。我的意识渐渐模糊。我掐住书脊，使劲抖动，我看到巨大的玫瑰在书中奔跑而出，层层叠叠的玫瑰花瓣，变成无数蓝色的眼。它们围绕我不断纷飞，亲吻着我的长衫、烟斗、围巾。我瘦小的身体，慢慢也变成一页页白底墨色的纸，一串串字符，盘旋着飞奔而出……

我的呐喊回荡在极司菲尔公园上空：

"黄金世界我预约给了你们，我拿什么留给自己？"……

六

半年后，章谦吊死在单身教师公寓。我平时和他关系尚可，被学校委派整理他的遗物。

章谦的电脑密码已被公安破解。按照他的遗嘱要求，我将那个六成新的苹果电脑，卖给了旧货市场，把换来的钱寄给他远在安徽乡下的老母亲。

我进入电脑，看还能不能找到小说遗稿。说不准，这家伙和卡夫卡似的，也能成为死后成名的作家。非常遗憾，电脑里没有小说，只有几个不成型的论文，还有多部黄色小电影。我非常惊讶，木讷的章博士居然有此雅兴。公安叮嘱我删除这些"精神污染"。如今网络管得严，黄片资源可不好弄，多半是章谦多年的存货。这些小电影大部分我没有，特别是小泽玛利亚"东京热"系列后几集。我终于收集全了。

桌上还有半瓶喝剩下的牛栏山二锅头。据法医检验，及他临终的微博留言，我了解到，他走之前喝了酒。

"我要喝点酒，上路就不害怕了。"他这样写道。

学校宿管处很愤怒。章谦的死，让这间青年教师公寓，只能变成杂货间。没人敢再住在这里。这在寸土寸金的上海，无疑是很大损失。

我无处搬走。章谦走的那段时间，我彻夜难眠。风声在窗外呼啸，大门铁插销发出奇异声响。我点亮灯，微弱的灯光下，一只巨大的灰蜗牛，顺着玻璃爬过，留下一行亮晶晶的涎迹。

我在床脚找到那本小说手稿，附着一张退稿信。现在是网络时代，投稿都用邮箱了。可能编辑被章谦虔诚的手写态度打动，才寄给他一封不多见的退稿信。信也是打印的：

章谦同志：

您好！大作收悉。经编辑部讨论，有几点意见。第一，这部小说知识丰富，有一定氛围带入感。第二，想象怪异奇特，但毫无意义，相当无聊。第三，小说有历史虚无主义嫌疑。鲁迅是伟大文学家与思想家，任何对他的拙劣模仿，都应被禁止。第四，鲁迅去世至今，极少有以他为原型的小说问世。先生太伟大了，不是凡人能虚构的，更何况是假鲁迅？小说人物呆板苍白，故事结构松散，缺乏精彩情节和吸引力，未能塑造鲁迅的光辉形象。

遗憾地通知您，大作未采用。希望继续支持我们！

编辑部

年　月　日

原载《收获》2018年第3期

点评

这篇小说有一个核心的原型事件，即1920年代的"杭州鲁迅"事件。1926年，人在上海的鲁迅在《语丝》杂志发表一篇名为《在上海的鲁迅启事》的文章，鲁迅做这篇文章的起因是在杭州出现了一个同样名为"鲁迅"的人，此人假借鲁迅的名头行事。故鲁迅做此启事一则，告知公众。

小说即以此事件为核心展开想象和叙述，假鲁迅——周预才成为小说的核心人物之一。但房伟笔下的假鲁迅显然不是那个以笑柄形象示人的可笑人物，在遵循固有历史叙述的前提下，他赋予了这个人物全新的内涵及意义。比如，在如何成为欺世盗名的"假鲁迅"的过程这一根本性问题上，他就全然推翻了人们的惯常想象和心理预设。在小说中，周预才虽然的确穷困落魄，却并非有意模仿冒充鲁迅，他虽然做了冒犯先生的事体，但这种冒犯却建立在无限尊敬和崇拜的基础之上，在被人们误认为鲁迅之后，他诚惶诚恐却又百口莫辩。及至假鲁迅形象被戳穿后，他离开杭州到上海讨生活，从常理来讲，上海应该是他最逃避的地方，因为真正的鲁迅即生活在上海，但他却反其道而行之，到上海谋生，其中冥冥之中牵引他的或许还是对鲁迅先生崇拜之力的感召。而在炮火攻城的危急夜晚，他不顾个人安危毅然奔赴内山书店去看望鲁迅的行动，更能体现出鲁迅在其心中的重要性和崇高地位。小说中，真假鲁迅在生死时刻相遇，却全然没有闹剧式的难堪与尴尬，而是灵魂的静默与倾听，这些情节设置从根本上颠覆了人们对于历史上"杭州鲁迅"事件的想象和推测，打开了固有叙述之外的另一种可能。可以说，通过对假鲁迅这一人物形象的重构，作者从历史出发，又逸出了历史框架，他似在提醒我们，要时刻警惕固有叙述的可疑性和欺骗性。

小说有强烈的戏谑诙谐味道。比如小说结尾的退稿信，信中对章谦所作小说的评价是："想象怪异奇特，但毫无意义，相当无聊。""有历史虚无主义嫌疑。""鲁迅是伟大文学家与思想家，任何对他的拙劣模仿，都应被禁止。""先生太伟大了，不是凡人能虚构的，更何况是假鲁迅？小说人物呆板苍白，故事结构松散，缺乏精彩情节和吸引力，未能塑造鲁迅的光辉形象。"这封信以编辑部给章谦的名义写出，却更似是作者的一种自嘲式自我评价。看上去作者以自嘲的方式消解了小说的意义，而实际上小说的价值在消解中反而得以更加凸显和明确。这种自嘲式的收尾让小说的戏谑性达到高潮。作为王小波的推崇者，房伟的小说语言具有与王小波相近的幽默诙谐风格，这一点在其长篇小说《英雄时代》中有着更鲜明的体现，机智的反讽，俏皮的自嘲，常让人会心一笑。这篇小说的语言依然如此，在"我"与章谦的对话，以及周预才与梅先生的对话中，常有精彩的语言交锋，碰撞出欢乐的火花。小说从一个戏谑性十足的原型事件衍生，又在作者机智灵动的想象和俏皮诙谐的语言中飞扬，通篇充满幽默诙谐的味道。

尽管戏谑性十足，但需要指出的是这并不是一个轻松的作品，相反，充足的诙谐戏谑后隐藏着浓重的批判和反思，而戏谑性又以其特殊的修辞作用进一步强化了批判的锋利性和反思的深刻性。

在小说中，除了"杭州鲁迅"这一核心故事之外，值得注意的是在开头和结尾还有前后呼应的另一条线索：有关章谦的故事。历史上的"杭州鲁迅"事件中，帮助鲁迅弄清事实真相的是一位叫章廷谦的作家，这位作家解放后曾在北大长期任教，著有《和鲁迅相处的日子》。小说中作为大学教师的章谦与历史上作为作家的章廷谦显然有着内在关联，这也进一步加固了小说与历史上"杭州鲁迅"事件的紧密度。小说中的章谦之死显然是个极富象征意味的事件，这个毕生

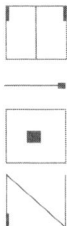

致力于文学事业的大学教授最终吊死在了自己的寓所内，悄然无声地走了，像他在世时的沉默一样。他的落魄一生与假鲁迅周预才的落魄有着精神上的一致性，他们都以鲁迅为偶像，却在生活和现实的四处围剿中落荒而逃。两人相隔一个世纪，命运却殊途同归，这是两代知识分子的共同悲哀。

小说的批判性在假鲁迅事件发展过程中也有更进一步的体现，在周预才一步步变成"鲁迅"的过程中，外界的推波助澜固然起了主要作用，他自己在幻觉中的自我欺骗也是很重要的原因，假作真时真亦假，在真相揭开之前，他有时竟真觉得自己就是鲁迅。其中，虚荣享受的欲望起到了重要的支配作用，面对物质和美色的诱惑，他动摇并沉沦了，放弃了对于人性底线的坚持和抵抗，投入到虚名的怀抱中去了，在这个过程中，知识分子的软弱和虚伪主导了他的意识和行为。而在制造假鲁迅的过程中，周围的"看客"们无疑是最重要的帮凶，尽管有些人是有意为之如梅先生，有些人是无意为之如姜小姐，但在客观上，他们都成为这一事件的主要凶手之一，他们不仅围观这一件事，而且作为事件发展的行动元之一推波助澜，成为合谋者，他们在事件发展过程中不断变幻的面目活化出一幅人性的丑恶图来。可以说，在作者对"杭州鲁迅"事件的重述和虚构中，再次引出了一百年前鲁迅对于国民劣根性批判的话题，从中我们可以清晰地看到，现代知识分子的精神困境与其自身的劣根性复杂地缠绕在一起，交织成了一张牢不可破的网，但犹如春蚕吐丝，作茧自缚，结网之力恰源自自身。

因此，整体来看，尽管小说充满调侃和戏谑，但却有着锐利的批判性，作者在对历史的想象和重述中，直指现实和人性的疼痛。虽然可以将之归入历史小说的范畴，但小说的批判性并不因隔着历史而力有不逮，相反，在历史的镜鉴中，现实的丑陋与人性的疼痛更加原形毕露，无处逃遁。

（崔庆蕾）

楼顶上的下士

王　凯

一

　　基地缩编是在秋天，司令部警卫连和通信连合并成了一个警通连。刚上任的连长和指导员彼此都挺客气，仅是新连队第一次晚点名由谁来组织这件事就相互谦让了好半天，让来让去，最终还是资历相对老些的指导员一拍大腿，带着点儿勉为其难的意思接下了这事。

　　指导员很重视自己在全连官兵面前这第一次亮相，特地理了发、刮了脸、擦了皮鞋、熨了军装，又在军容镜前照过几个来回，镜子诚实地默认他确是一位年轻又帅气的空军上尉。在笔记本上详尽列出晚点名将要讲到的工作条目之后，指导员再次拿起新连队的花名册，并轻声读出每个人的名字。这很重要。刚上军校时，同宿舍一个广西的覃姓同学被他念成了"谭"。按说这算不上个事，除了字典，谁也没法认识所有的字，何况这字本来就是两音。但指导员是个追求完美的人，不容忍军装上的一个线头和饭碗里的一粒剩饭，于是那个念错的字便成了个小溃疡，时不时就发作一下，至今未能痊愈。其实他有些苛责自己。他现在已经是一个非常成熟的连队主官了，即便花名册里真的蹦出个把生僻字，他也可以跳过去不点。三年警卫连指导员当下来，他很清楚这类小花招。他只要径直点完剩下的名字，接着漫不经心地问一句"还有谁没点到吗"，没点到的兵自然会打报告。这时他再问一句"你叫什么名字"，问题便消弭于无形。问题是他不想这么做。他不喜欢这种小聪明。他不打无准备之仗。他才二十七岁，眼睛闪闪发亮，略有些突出的下巴线条清晰硬朗，明显拥有坚定的意志和远大的理想。

值班排长整队报告完毕，指导员大步走到队列指挥位置，开始照着手里的花名册清点人员。被点到的人会立刻响亮地答一声"到"，这种在命令一服从关系中生成的唱和或者呼应类似枪起靶落，很快就让指导员沉浸在快速准确的节奏中并受到感动。这种毛茸茸的感触无法示人却真实存在：刀削斧劈般的被子、朝阳里齐整的队列、被手掌磨亮的单杠、枪库里新上了油的一整排步枪……连队里的这类事物总是能够令他感动，而他也常常会在这种感动中体会到生活的意义。

遗憾的是，今天这种感觉没能正常地持续下去——他遇上了一个哑弹般突然失去回应的名字。通常情况下，不参加晚点名的执勤人员会有班排长替代回答"上哨"或者"值班"，可这个名字点过后，换来的却是一片沉默。

也许这个兵走神了，指导员想。于是又点了一次，却依然无人应答。

姜仆射！指导员点了第三次，却仍像扔进无底洞的石头，毫无声息。他脸上现出一丝疑惑，接着听到队列里传来窸窸窣窣的低笑声。指导员来自警卫连，而警卫连向来以管理严、纪律好、作风硬著称，敢在队列里发笑的肯定是通信连过来的那帮老兵。他们为什么笑？肯定因为他们知道点儿什么而自己却不知道，信息的不对等造成的压力迫使指导员抬高了嗓门。

姜仆射去哪里了？请假了没有？

报告！队列后方竖起一条胳膊，指导员，我叫姜仆射，不叫姜仆射，那个字不念发射的射，念树叶的叶。

年轻的指导员听见涌上头的血像热油一样吱吱作响。他立刻意识到，又一个神仙出现了。说起来，"神仙"只是一个定义模糊的称谓，在基地的话语系统中，它的近义词还有二球、瓷锤、苕头、愣尻、癫仔之类，此外还有更多的叫法过于粗俗不便列举。无论如何，对在连队待过的人来说有一点十分确定，那就是任何一个连队至少拥有一个神仙，没有神仙的连队就像没有缺点的人类一样是不存在的。以此类推，当两个连队合并时，意味着新连队起码会拥有两个神仙。基于普遍的观念，判定神仙的主要标准都是脑袋有问题，而军队往往习惯把有关脑袋的问题都归咎于思想问题，最要命的在于思想问题恰好属于政治主官的职责范围，这不能不让指导员感到警惕。他想起了李金贵。原警卫连炊事班的李金贵曾在相当长的一段时间内令他寝食难安，好在经过三年的不懈努力，头大如斗、食量如牛、嘴暴黄牙、目露凶光、走路总是先迈右脚的李金贵早已走下神坛，不太像从前那样为害人间了。

但对于这个斜刺里杀出来的姜仆射，指导员却知之甚少。花名册显示姜仆射生于一九七七年，一九九五年底入伍，今年二十一岁，第三年兵，空军下士军衔，共青团员。不过这说明不了什么，这一切信息都是自然的、外在的，无法用来评估一个可能存在问题的脑袋。指导员站在队列前飞快地思索了一下。姜仆射的沉默和辩白跟扔向主席台的鞋子和鸡蛋一样缺乏最起码的教养，在严肃正规又等级森严的军营当中，这一点尤其不可容忍。好在指导员是个经验丰富、心胸开阔的连队主官，他觉得神仙的出现并非有弊无利。戏剧性的事件往往令人印象深刻，而他必须要担当起剧中的主角。眼下姜仆射给他出了难题，但何尝不是提供了一个展示自己的契机呢？他清楚连队的规则和秘密。他已经平静下来了。

为什么不能念发射的射呢？指导员把质问隐藏在商榷的口吻中，多音字好像只在特定的词汇里才使用特定的读音吧？像报仇的仇只有作为姓氏的时候才念"球"，绿色的绿只有说到鸭绿江、说到绿林好汉才念"录"，对不对？

是。但是仆射也是特定的词汇。那个声音犹豫了一下说，这是古代的一种官职，相当于宰相。

好了好了不要笑了。指导员摆摆手，等待涟漪般的笑声过去，我好歹也读过四年本科，对仆射是个什么东西略有所知，这个就不用你费心教我了。我想告诉你的是，这个词加上你的姓，它就不再是专有名词了。说到北京，大家都知道那是祖国的首都，但如果一个人叫李北京，那它就只代表这个人而不代表首都了，我的意思说清楚了吧？

话说回来，指导员停顿几秒，确定没再听到异议后又说，这是你自己的名字，你想怎么叫都行，这点我尊重你。姜仆射，树叶的叶，没错吧？不过呢，也请你尊重我，遵守队列纪律。加强纪律性，革命无不胜。咱们是新组建的连队，更要强调这一点。这一点我不针对哪个人，而是对全体同志的要求，大家听明白了没有？

明白了！队列里爆发出响亮的回答，这么大的音量足以说明大家已经看到并认可了自己化解危机的能力，指导员对此感到满意。即使他不确定其中是否有姜仆射的声音，但他确定自己是个无神论者。所以点完名，他让文书叫来了姜仆射。

小姜，你有什么心事吗？指导员很和气，还是对我个人有什么意见？

没有呀，怎么会？姜仆射的两只眼睛透过泛着绿光的镜片挺惊讶地看过来，我就是想着我的名字不是那样读的，所以就说了一下。

嗯，我想也是。指导员说，有问题就提出来，这很好。不过有时候还是要区分一下场合。比方说，基地首长正在给我们开会讲话，不小心说错了一个字，我能马上站起来说，首长，您念得不对！这样显然不合适，对不对？但如果我散会以后单独给首长提醒一下，那效果可就大不一样了，你说呢？

理论上是这样。姜仆射想了想又说，不过我认为散会以后也不会有人去提醒首长的，所以首长下次肯定还得念错。

你很聪明，我看出来了。指导员愣了一下，面前这个额头窄小颧骨凸出嘴唇起皮戴一副银色金属框眼镜的小个子下士让他略感不适，仿佛看到洗漱间置物架上一个没有摆放整齐的脸盆。但他还是微笑起来，我房间的门永远都向每个同志敞开，有什么想法随时都可以找我谈，好不好？

二

指导员清楚地记得基地政委找他和连长谈话时的情形。政委亲自找一个新组建连队的主官谈话，而且还谈了一个多钟头，这在指导员的印象里绝无仅有。他猜想这跟政委多年前也曾在警卫连当过指导员有关。政委说，合编容易合心难，只有真正做到合心，连队才能合力向前。政委的话尽管是对着他和连长一起说的，但指导员却认定这番话本质上是说给自己听的。毕竟合并前几个月，连长才从通信科参谋改任通信连连长，而他却已是全基地排得上号的优秀指导员了。谈话结束时政委笑着说，工作要干，对象也要找，他希望基地的年轻同志都能事业爱情双丰收。政委才四十三岁，正师职大校都干了快两年，指导员一直视他为偶像。偶像的接见让指导员十分感动。他代表连长表态时浑身发热，他说请首长放心，就是不吃饭不睡觉，他和连长也要把新连队带出个样子来，绝不辜负首长的关怀和期望。政委微笑着点头，亲自起身把他们送到了办公室门口，并与他们亲切握手告别。

政委说得没错，人搬到一栋营房里容易，真要把心拢到一块儿就难了。通信排玩的是技术，台站分散，人也懒散，而且老兵居多，根本瞧不起警卫排那帮理着小平头只会站哨的生瓜蛋子。警卫排的兵自然也看不惯通信排那帮一天到晚吊儿郎当没个正形的兵油子样儿。一口锅里吃了好久的饭，两边还是老死不相往来的架势。连长搞专业没得说，可带兵这方面还得靠指导员撑着。指导员在支委会上反复强调要加强团结。他说，团结就是水泥，不团结就是稀泥，而稀泥是糊不上墙的。他要求饭前一支歌只唱《团结就是力量》，哪怕听得他自己都两耳冒风也还是要唱。接着又在全连范围内开展"一帮一、一对红"活动，要求原先分属两个连队的战士互相结对子。没料到一对一的名单还没宣布呢，李金贵在食堂分菜时跟通信排领菜的兵一句话没说对，挥起大铁勺，电话班一个四川兵的耳朵便划出一条口子。警卫排的兵都知道李金贵学过武，练过铁头罗汉功，当初新兵下连队时有老兵想欺负他，他跑到垃圾堆捡回个啤酒瓶子，在众人面前大叫一声，闭上眼往自个儿脑袋上狠命一磕，瓶子立马碎了一地。老兵们见状，纷纷转头找别的新兵欺负去了。不过通信排的老兵们对李金贵身怀绝技的情况不太了解，见自己人被打出了血，二话不说一拥而上，将李金贵摁倒在饭堂油腻腻的水泥地上，又找来内裹四根细钢丝的电话被覆线捆个结实，抬上三轮车拉到猪圈，喊着"一、二，走"的号子把他扔了进去。李金贵糊了一身猪屎不说，还差点被刚生下八个猪仔的老母猪咬上一口。警卫排的兵都认为身怀绝技的李金贵绝不会善罢甘休，接下来通信排那边肯定得血流成河，这样一想，大家都像看了周润发的电影似的兴奋异常。这下连长都有点紧张了，跑来找指导员让他赶紧想办法制止事态进一步恶化。好在指导员十分沉稳，把李金贵和其他当事人叫去谈了一次话，等他们从连部出来，一个个都笑嘻嘻的，李金贵和那个四川兵还互相发了一根烟，这一幕不免让大家有点失望，可同时又不得不佩服指导员的确是一把带兵的好手。

为了缓和气氛增进感情，两个主官碰了碰头，又组织了一次趣味运动会。这个倒好玩。托乒乓球跑呀，三人四足呀，自行车慢骑呀，跳山羊呀，抢板凳呀，扔飞镖呀，诸如此类，跟玩游戏差不多，傻子上来也能比画两下。指导员还专门派司务长去县城批发了一纸箱洗发水、香皂和牙膏当奖品，可是大家闹哄一番领走奖品，又开始井水不犯河水了。

工作局面打不开，弄得指导员很焦虑。他其实也可以不焦虑。连队主官任期四年，他已经干了三年，坚持到明年底就可以提升走人。更重要的是他干得出色，在全基地几十个指导员里头非常显眼，政治部的几个科长都琢磨着要把他弄到自己手下，据说有的科长已经提前找到政治部主任把他给预订了。指导员心里比较倾向于去干部科。干部科出干部，须知基地政委早年就当过干部科长。但就算去组织科或者宣传科，他肯定也会好好干。他相信事在人为。毕业分到基地这几年，他干过技术员、排长、副连长和指导员，每个岗位都表现出色。相比之下，很多连队主官就差多了。像通信连原来的指导员，不带脏字儿就不会说话，战士探个家入个党都得送礼，天天让司务长往家送鸡送鱼，名声坏得要命，所以这次合并就没纳编，目前正在家待着等转业呢。指导员绝对不会拿自己去和这种人比。他希望自己在最后一年任期内把新连队带出模样，他希望临走时全体官兵都依依不舍，他希望给政委交出一份满意的答卷。他给自己定下了那么多美好的目标，所以他没法不焦虑。

趣味运动会结束没几天，机关通知各单位上报家庭困难官兵名单，要根据情况发放一定的困难补助，少则一百元，特殊困难甚至能达到五百元，而指导员每月工资也才六百八十元。名单还没统计好，李金贵跑来了。他告诉指导员，前段时间老家遭了水灾，十二亩麦子颗粒无收，家里快揭不开锅了。还说他四年义务兵马上当满，年底就得复员回家，恳请指导员给他申报五百元的特困补助，好让他愉快地踏上返乡的列车。

不愉快你也得给我踏上返乡的列车，这可由不了你。指导员对李金贵没什么好气，你家不是在邯郸吗？属于风调雨顺的华北平原，报纸和电视上没说过你们那里受灾啊。哪条河发洪水把你家地给淹了？指导员抬头看着墙上的中国地图，来，你过来给我指指。

我也说不清楚。李金贵眨眨眼不动弹，反正我爸信里说水淹得厉害。

那行，叫你们村党支部开个证明，把受灾面积、经济损失之类写清楚，盖上公章寄过来，我拿着证明再上报。

这怕不行。支书兜里一天到晚别着两根钢笔，硬说我家院墙占了人家宅基地，我爸把他大牙都打掉两个，你说支书咋肯给开这证明？李金贵想了想，指导员你就给我申请一下呗，这不就是你一句话的事吗？

就是因为一句话的事，我才不能随便说。指导员说，你在基地不还有老乡吗？我先找你们同村的老乡了解一下情况再说。

不用这么麻烦了吧，指导员。那给我申请个两百总行吧，实在不行就一百。李金贵挠挠耳朵，一百块总能申请到吧。上回我痔疮犯了都是我自己买的药，也没人给报。下次再犯了我也不自己花钱了，我请病假躺着去。

一天到晚把个痔疮挂在嘴上，你不嫌埋汰啊？指导员瞪一眼李金贵，行了行了，我给你试试吧。不过能不能批下来我可说了不算。指导员在本子上记了一笔又说，还有，复员前这段时间都要好好工作，别忘了你才入党没几天，少给我稀里马哈的，听到没有？

李金贵晃着能碎酒瓶的大脑袋高高兴兴地走了。指导员摇摇头，想到李金贵马上就要复员回家，心情又好了些，便开始看各班报上来的申请补助名单。这名单平常人看不出多少名堂，指导员看就不一样了。看完一遍，他马上发现了有价值的线索。

电台班副班长王军：父母务农，体弱多病，弟弟辍学打工，妹妹刚刚考上大学无钱交学费，特申请困难补助二百元。

指导员把王军这条情况抄在工作笔记上，然后去了连长宿舍。连长眨巴着眼睛，好一会儿才听明白指导员在说什么，显然，他对王军的情况一无所知。

其实炊事班的李金贵家里受灾也很严重，但我考虑了，几亩麦子肯定不能跟一个农村孩子的前途相比。指导员说，再说咱们现在是一个连队，是一家人，哪怕全连只有一个特困补助名额，那也应该是王军的。

那是那是。连长放下手里的程控交换机教程，你是书记，我听你的。

但补助也还只是杯水车薪，我想在全连范围内开展一个爱心捐款活动，大家自愿参加，数额不限。指导员说，一方面能帮王军解决一点困难，更重要的是能让大家在献爱心的过程中增进感情，你觉得怎么样？

连长一脑袋绝缘的通信线缆，闪不出这样的火花，当然说好。晚点名时，指导员就把这事讲了一下。可能是大家从未给身边的战友捐过款，队列里一对对眼睛睁得很大，听得都很认真。指导员又有点感动了。他心里涌动着热情。他相信事物蕴含的意义。他感到异常充实。

为了更好地发动积极性，指导员带头捐款，干部们跟进，各班接着也行动起来。指导员本打算捐一百，又担心给连长和其他干部带来负担（毕竟好几个干部家属都没工作，经济也不宽裕），最后决定捐五十。中间王军来找过指导员一次，脸红扑扑地说自己只是抱着试试看的态度申请补助，申请不到也没关系，但万没想到连队会为他捐款，这让他觉得很有压力。

这个你不用想太多。连队里我就是你们的兄长，你们有困难，做兄长的不操心谁操心？指导员拍拍王军的肩膀，个人的事交给组织来解决，你踏实干工作就对了，好不好？

一席话说得王军眼泪直打转转。他后退一步立正，向指导员认真敬了个礼，抹着泪出了连部。指导员自己也没想到王军反应会这么强烈，有点出乎他的意料了。然而感动终归是好事，不是吗？

三

指导员拿着连部文书用铅笔和直尺画好的捐款表格，对文书手写的阿拉伯数字赞不绝口。他现在对通信排的专业特点了解得越来越多了，知道只有受过严格的无线电报务训练，才能写出如此统一又美观的数字。他也知道了两百门人工总机的工作原理，知道了机台塞绳和扳键的使用方法，知道了无线电报务员用电键发出嘀嗒声的长短，知道了什么叫压码抄报，知道了什么叫单边带电台，并对卫星数据小站的286计算机终端和五笔字型输入法产生了兴趣。但作为专做人的工作的政治指导员，他最关心最敏感的依然是人。所以文书画的表格他头一眼看完十分满意，再看一眼又不满意了。

你看你看，还是粗心了吧？指导员瞅一眼文书，姜仆射呢？全连的人都写上了，你就给我漏掉一个姜仆射。

我是想把他写上，问题是他没捐钱呀。文书是通信连过来的老兵，向来嬉皮笑脸没个正形，但脑瓜子很灵光，连里有什么风吹草动没他不知道的，我问过他了，他说不捐。我问为啥，他说反正不捐。话说到这个份儿上，我也就不好说啥了。

他跟王军难道不是一个车皮拉来的老乡吗？指导员想了想，他俩是不是有过啥矛盾?

这个应该没有。文书说，老姜人家那是准备得道成仙的，天天窝在机房，没事就给杂志边边上印的那些笔友写信，要不就是拿本书在楼顶上晃悠来晃悠去。他都不和别人来往，就是想跟他有矛盾也矛不上啊。

指导员拿起捐款名单又看了一阵，戴上帽子去了办公楼。连里的通信台站都设在"凸"字形的办公楼内，总机在一楼西头，电台在四楼中间，四楼顶上的突出部分严格意义上并不能算作一层楼，当初只是一个用来放置水箱的大房间，中间用一堵墙隔出了卫星数据小站的机房。指导员上任以来，每天都会不定时去警卫哨位和通信台站转一圈，已经非常熟悉了。他从生锈的水箱旁边走过，推开了机房的门。

指导员请坐，我这接个电报。坐在电脑终端前的姜仆射转头打个招呼，又飞快地敲打起键盘。蓝色的终端屏幕上吐出一串串绿字，最后啪一个回车，旁边的针式打印机咕叽一声，开始在带孔打印纸上打出四个一组的一行行阿拉伯数字。

刺啦刺啦的打印噪音绵延刺耳，构不成一个良好的谈话环境。指导员只好站在姜仆射身后，做出饶有兴趣的样子看了一会儿。九针打印机速度实在太慢，让人很不耐烦，他只好坐在墙边的值班床上，看着保密机上一闪一闪的绿色指示灯发愣。终于等到安静下来，姜仆射开始沿着打印纸折线小心翼翼地往下撕电报。

搞好了?

好了。

嗯，知道我为什么上来找你吗?

不知道。姜仆射摇头，指导员，我得先把电报送下去，机要科等着译呢。

一会儿再送也不影响吧。指导员愣了一下，不差这几分钟。

不行的，这是特急报，要求即收即送即译即传。姜仆射把手里的电报冲指导员晃晃，一分钟也不能耽误。

什么一分钟也不能耽误，我就让你晚送十分钟又怎么样? 指导员心里噗地冒出一个小火苗。这不对。他赶紧把它撤灭了。他不能这么说。他是来找战士谈心而非训话的。他要讲究方式方法。特别是对姜仆射这样的兵。更何况送电报并没错。

他尽力抚平内心的不快，像用装着开水的大茶缸熨平军装的褶皱。即便是李金贵，也不敢这样同自己说话。但他还是摆摆手放走了姜仆射，因为他相信一个心胸开阔的军官才会前途远大。他看着窗外巨大的光亮，感觉机房未免过于狭小，忍不住拉开窗边的小铁门走了出去。宽大的楼顶平台大概有几百平方米，覆盖一层黑色的沥青，平台中央是白色的锅状卫星接收天线，除此之外就没别的什么了。指导员站在楼顶上眺望了一会儿远处的雪峰，觉得好些了。

姜仆射不知什么时候回来的，还给指导员沏了一杯茶。指导员坐下来准备和他拉拉家常。对指导员而言，拉家常绝不是随意的行为，他总会提前做些功课。这段时间他确实没再找过姜仆射，但并不代表他不关注姜仆射。他每次上数据站检查时，姜仆射都在看书，指导员留心观察了一下，大多是历史书，还有一些花花绿绿的杂志。指导员专门找到宣保科于事，查了姜仆射在基地图书馆的借阅记录。记录显示姜仆射从两年前开始，几乎每周都会借书，一次三四本，算下来起码借过三四百本。这么多书，指导员不可能都看一遍，他认为姜仆射也不可能全都看过。不过他发现范文澜的一套《中国通史简编》姜仆射先后借过两次，时间间隔一年。指导员便把这书借了回来。书页发黄，又是繁体竖排，总会看错行，十分别扭，即使这样，他也硬是把这套书翻了一遍。姜仆射的确不讨人喜欢，他想，但自己跟其他连队主官的不同就在于他不会知难而退。他要像改变或者挽救李金贵那样改变或者挽救姜仆射。他要对连里的战士们负责。他决不放弃任何一个人。他是为了战士们好，他始终坚信这一点。

一旦聊起来，指导员就发现辛苦白费了。他想谈谈脉络分明天下一统的秦汉或者唐宋，可姜仆射显然对四分五裂乱七八糟的黑暗时代更感兴趣。看着姜仆射两眼放光地说起魏晋南北朝，指导员知道该换个话题了。

我发现你不太喜欢集体活动，对吧？指导员说，上次搞趣味运动会搞了三天，你就没报名参加。

我不太会玩，也不怎么喜欢，硬掺和没啥意思。姜仆射说，其实值班更适合我。一个人待着，感觉内心比较平静。

人总归是要在群体里生活的，一个人待一阵可以，但你不可能永远一个人待着。指导员说，你还是要和大家多接触，接触多了就会看到别人的长处，就会找到与人交往的乐趣了。

我也接触啊。姜仆射拉开抽屉。指导员一瞅，满当当的都是信，还用皮筋一沓沓地捆着，码放得很整齐，我有很多笔友，平时写信交流，也很有意思。

我是说连里的战友，他们就在你身边，随时可以交流，为什么要舍近求远呢？指导员说，再说了，社会上的人可比连里的战友复杂多了，你未必真正了解他们。

也许吧。不过连队的战友并不是由我选择的，它只是一种随机的安排。姜仆射关上抽屉，当然了，笔友有好多也谈不来，谈不来那就不联系好了，反正现在我联系的都是比较有共同语言的。

都是女孩子吧？指导员盯着姜仆射。

也不全是。姜仆射脸红了一下，而且我们交流的都是读书体会。

我知道。我在军校里也交过笔友，不过后来觉得没什么意思，就都不联系了。指导员笑笑，老写信也会烦的。

也不会天天写，有时候很久才写。姜仆射说，其实我最喜欢的就是每次跟上面台站联络完以后，在楼顶上看看书，走一走。

我刚才上去看了看，楼顶上也没啥。

我倒觉得很有意思。姜仆射看看窗外，这个角度挺独特的，基地大院再找不出第二个这样的地方了。远处的风景一年四季都很美，像夏天的时候，院子里树是绿的，那边的龙头山顶还有雪，特别好。而且阳光灿烂，视野开阔，我在上面走的时候就老有种奇特的感觉，好像自己站在山顶上，机房就成了竹林里的茅草屋，然后自己的心就放空了，就没有局限了，特别轻盈，特别自由。姜仆射说着挺直了身子，好像马上又要起身跑到平台上去似的，反正我特别喜欢这种感觉。

指导员也向窗外看了几秒，天线是金属的，楼顶是水泥的。他明白了，姜仆射是个比李金贵更神的神仙。他心里沉一下。他准备进入正题了。

对了，正好想起件事。指导员转回头，你跟王军是一个村的老乡吧？

是呀。姜仆射像个正在看动画片却突然被大人关掉了电视的小孩，呆了一阵才说，指导员，你是想问我为啥没捐款吧？

也倒不是专门问，就是忽然想起来了。指导员端起杯子喝口水，捐不捐倒没关系，反正我说过是自愿，我就是觉得有点奇怪，按说你最该捐的啊，全连近百号人，不就你们两个老乡吗？

是，他家和我家前后就隔一条路。姜仆射说，其实他爸很能干的，在村里开个小卖部，经营得也好，平时再倒腾点药材，在我们那里算是小康之家了。主要是他弟弟不成器，初中没念完就在社会上浪荡，后来吸上了毒品，戒毒所去过好几回，把家都败完了，还是照吸不误，最后一次出来就不知道跑哪去了，到现在好像也没下落。

所以他妹妹才上不起大学吧。指导员提醒说，他弟弟的错误，不应该让他妹妹来承担。

问题是王军他妹子并没有考上大学呀。姜仆射说，他妹子和我弟是同学，我弟今年考上西南政法了，他妹报了地区师专没考上，他爸妈让他妹子复读，他妹子不肯，非要自费去西安上一个民办学校，他爸妈不想给出这个钱，我弟来信说当时闹得还挺厉害，村支书都去他家做工作了。商量到最后，还是让他妹子再复读一年。要是她真考上大学，我再怎么也会捐一点。像现在这样，我就感觉没必要捐了。

越是这样，你才越应该捐啊！指导员无法理解姜仆射的逻辑，你知道全连就你一个没捐吗？

是吗？我还以为不止我一个呢。姜仆射发一下呆，噢，不过也对，可能只有我比较知道他家的情况。

好吧。不想捐也不勉强，不过这事就不要往外说了。指导员一时间不知说什么好，停了半晌才开口，不管怎么说，这次捐款大家积极性很高，确实也增进了战友之间的感情，你说呢？

大家捐款是挺好，姜仆射停了停说，不过我觉得也不见得每个人都要捐，有的人捐，有的人不捐，其实也挺正常的。

我觉得这并不正常。指导员盯着姜仆射，大家一起捐款，不正好体现了全连同志共同的情感和意志吗？心往一处想，劲往一处使，这样的状态难道不好吗？

好，挺好的。姜仆射小声说完，便不再吱声了。指导员本想就此话题再说下去，可突然觉得索然无味，便起身离开了数据站机房。

四

老兵复员前几天，困难补助批下来了。指导员把王军叫到连部狠批了一顿，硬是把王军给批哭了。等他哭完，指导员又把装着五百元特困补助金的信封递给他。王军红着眼睛不敢伸手，直到指导员再次板起脸，他才赶紧接了过去。

我找你们村支书了解过了，所有的情况我都一清二楚。把自己的领导当蠢人，这就是你最蠢的地方。指导员倒不是虚张声势，他真的跑到县城邮局给王军老家村支书挂了个长途电话。不会再有哪个指导员像自己这么认真了，话说回来，过而能改，善莫大焉，你能认识到错误，我还是很欣慰。而且支书也说了，你家里确实有困难，所以这补助还是要发给你。钱你尽快寄回家去，回头把邮局的汇款存根拿来我检查，明白没有？

明白了，谢谢指导员！王军哽咽着，指导员，我向您保证，我一定好好工作好好表现，绝不辜负您的教导！

王军的话和指导员设想的比较一致，这让指导员心里多少舒服了些。他本来已经跟宣传科的新闻干事说好了，要把这事弄篇报道在报纸上发一下。政委找他谈话时专门讲过，工作这东西，要么不干，要干就要干到极致。但跟姜仆射聊过以后，他决定不搞了。他不是沽名钓誉之人。他向来只信奉真抓实干。他有自己的底线和原则。再说，捐款的事不用他专门去说，基地首长也会知道，对他来说，也足够了。

接下来，指导员开始准备老兵复退前的一大堆工作。有三年指导员经验垫底，这个对他来说是轻车熟路。不过有的事依然挺让人挠头。比如李金贵，也不知他哪根筋又短路了，拿到一百元困难补助还不满意，那天晚上熄灯前，突然跑来找指导员要求留队。要不是指导员正坐在床沿泡脚，真有可能一脚把李金贵踹出门去。

你晚上吃多了吧？指导员瞪着他，全连就一个超期服役的名额，已经定了电话班的牛小林，民主测评早搞完了，留队名单都定了，我开会都宣布过了，你不知道啊？

我知道。李金贵小眼睛一闪一闪，问题是我爸不叫我回家，非叫我在部队转个志愿兵接着干。

你爸不叫你回家？你爸是司令员还是政委啊？指导员拼命压着火，人家牛小林第二年就入党当班长，全基地的电话线路都是人家负责维修保障，收放线比赛军区空军第一名，年年优秀士兵还立过三等功，这才超期留队。就算这样，明年底能不能转成志愿兵还两说呢！你呢？你干啥了？你说来我听听？

我也没少干呀。烧火切菜揉馒头我啥没干过？李金贵不服气，要不是我，牛小林头几年就饿死个球了，哪轮得到他在这里牛×。

别闹了好吧，赶紧回去睡觉！

我不闹，你让我留队我肯定不闹。李金贵说，我一直跟着你干，连里我就听你一个人的，人家都知道我是你的人。

你说话给我注意点！指导员一拍床头柜，什么你的人我的人，我在连里没有任何私人关系！你别给我搞那些乱七八糟的江湖习气！

我就是那么一说嘛，反正我知道指导员你关心我，这总没错吧？李金贵赔着笑，留队的事你帮我找找关系，肯定能行的。

好啊，你等着吧。指导员从盆里拿出水淋淋的脚丫子开始擦，擦完了又开始剪趾甲，剪完了趾甲才抬头看看站在桌边的李金贵，你等着我当上基地政委再说吧。

指导员知道李金贵该走了，李金贵果然就走了。睡一觉起来，地球还在正常运转，指导员放心了。接下来几天，连队门前搭起了大红的充气彩门，老兵们每人拿到了一本精美的军旅相册，门外路边每棵树上都贴满了欢送老兵的标语，全是爱好书法的指导员亲笔在彩纸上一条条写好的。来连队检查老兵复退工作的基地政委很是夸赞了一番指导员的书法，又说警通连的欢送老兵氛围是全基地最热烈最浓厚的，要求基地机关直属连队的主官都要来警通连学习取经。

政委的表扬让指导员很受鼓舞。复员会餐前，指导员发表了热情洋溢又略带伤感的讲话，赢得了热烈的掌声，好几个老兵都听得泪光闪闪。饭堂宽敞高大，掌声显得异常响亮，气氛一下就上来了。指导员菜还没吃上两口，敬酒的老兵已经一拨接一拨地拥来。指导员来者不拒，碗里的啤酒都是一饮而尽。看着一个个自己带过的老兵，指导员的鼻子也不免发酸。

会餐接近尾声，指导员也有点头晕了，好在脑子还很清醒。他忽然想起来敬酒的老兵里少了一个人，紧接着目光便扫到了呆坐桌前满脸通红的李金贵。指导员立刻预感到有事将要发生，急忙把值班排长叫过来交代了两句。

请大家安静，安静！都回到自己的座位上！排长在桌椅摩擦磕碰的凌乱声响中高喊，请大家马上坐好，把杯中酒倒好，连首长要宣布集体敬老兵了！

等一下！我还没敬指导员呢！李金贵大叫一声站起来，端着碗晃晃悠悠地朝连部餐桌走来。

连长你也没敬呢，来，咱们一起吧。指导员笑着端起碗，连长也赶紧端起碗站了起来。

连长你坐，没你的事。我这碗单敬指导员。李金贵的脸红得像个番茄，两个瓜子般的小眼睛迷瞪瞪地看着指导员，谢谢你啊指导员！

谢什么谢。指导员警惕地笑笑，大家都是兄弟，都是战友啊！

都是兄弟，那你为啥蒙了我三年？

李金贵！指导员低喝一声，你喝多了，回去休息！

我才没喝多！我今天要不是问了军务科参谋，我都不知道我这个炊事班班副是假的！炊事班根本就没有副班长的编制！炊事班编制只有一个班长、一个给养员和一个炊事员！李金贵的大嗓门在饭堂四壁回荡，我就奇了怪了，你为啥给我安排个炊事班副班长？你这不是玩我呢吗？我就奇了怪了，压根就没这个副班长，为啥我每月还领十块钱的岗位津贴？指导员你给我说说行不行？你给我说说呀！

指导员的胸膛剧烈地起伏着。他回想起大家都以为李金贵脑袋能碎酒瓶，铁定是块搞警卫的好材料，唯独他看出该同志连简单的单杠二练习（卷身上）都完成不了，绝不可能是什么练家子。回想起李金贵一去炊事班烧火，连队就天天误饭，他几次想把他弄走却没一个连队肯要。回想起为了让李金贵不再打架闹事，不得不满足他的要求，把他列入党员发展对象，宁愿忍辱负重，面对全体支委的一致反对而一意孤行。回想起为了让李金贵入党，他找了全连所有党员做了工作，好让他们在支部党员大会上举手同意。回想起李金贵想当"骨干"，他只好宣布让李金贵担任炊事班副班长，并每月从自己工资里支出十块钱作为李金贵的岗位津贴。自己为什么要这么做？自己可曾得到什么好处了吗？没有。丝毫没有。他只是想把这个连队带好。他不愿让别人看自己和自己连队的笑话。他只是想让大家在四年服役期里都尽可能各得其所。这他妈的有什么错吗？

指导员定定地看着李金贵，整个饭堂似乎只剩下心跳声。为什么没人出来说句公道话呢？或者来几个老兵把李金贵拉走也好。指导员心情坏透了。在他三年连队主官生涯中，还是头一次跟一个兵如此正面地冲突。当然，现在就定论为冲突为时尚早，因为他还没有回应。是否构成冲突，主动权依然掌握在他手里。他当然想指着李金贵的鼻子大骂一顿，或者一巴掌把他扇到墙角的泔水桶里去。他相信不论动口还是动手，李金贵都不可能是他的对手。李金贵曾在一次酒后告诉过他，自己并没有什么罗汉铁头功，他之所以肯把酒瓶敲在自己脑袋上，完全归功于他爸。李金贵他爸告诉他，只有来这么一下子，才能镇住所有人。所以李金贵才能横下一条心，抓起那个脏兮兮的啤酒瓶朝自己脑袋上磕。酒瓶子倒真是碎了，可要不是李金贵自己承认，谁也不会想到他头皮里还扎进了玻璃碴子，害得卫生队的小陈护士拿镊子给他处理了好半天（这事他后来亲自找小陈护士问过，基本属实），而脑袋上敲起的那个大包好多天才消了肿。用李金贵自己的话说，那几天，他看什么东西都是重影的。

但指导员不能对任何人提起这些。那样的话，他几年的努力就将付之东流。他无力否定自己曾经认为正确的一切。他不能放任这种后果发生。如果传到基地首长耳朵里（这是肯定的），他将永远不再是曾经优秀的那个他了。

李金贵同志，首先我郑重地告诉你，不存在什么假的副班长。指导员开口了，声音仍像从前一样沉稳，连队党支部任命你是，你就是！基地编制只有一名副政委，为什么现在有两位？司令部编制两名副参谋长，为什么现在有三位？军务科、干部科和财务科编制都没有副科长，为什么现在都有？既然这样，连队党支部决定给炊事班超配一个副班长，这奇怪吗？

李金贵嘴唇哆嗦着不吱声。

奇怪吗？指导员抬高嗓门，说话！

……不奇怪。李金贵低下脑袋，蚊子似的回答。

我还要问你，你是不是党员？你要认为自己是，现在我们就把酒干了，当什么事都没发生过。你要认为不是，那好，会餐之后，我们马上召开支部党员大会，取消你的预备党员资格。指导员说，你想好了没有？

我干，我干。李金贵慌慌张张地端起碗往嘴里灌，酒洒得胸口湿淋淋一片。

哪位老兵还有没想通的事，现在都可以放开了说！指导员厉声高喝，有没有？

饭堂里变得安静极了。

好！指导员端着碗雄视四周，每个人都仰头望着他，他觉得自己又找回了状态，现在我宣布，全体起立，为我们警通连历史上第一批光荣复员的老兵们敬最后一杯！

五

每年老兵走后，指导员心情都会低落一段时间，仿佛自己养大的孩子离开了家。虽然指导员眼下连个对象都还没有，但心情可以想见。他会想起一张张熟悉的面孔。他承认这些面孔中有的他喜欢有的他讨厌，但这种判断只在心里，表面上他不排斥任何一个战士，包括大脑袋的李金贵。即便李金贵早在他心里被凌迟了一万多遍，但此刻跟连队干部聊起来时，他更愿意回忆李金贵临走时在车站月台上抱着他大哭又向他认错的情形。理论上讲，李金贵的副班长确实是假的，但眼泪却是真的。他不太敢去想李金贵临走时如果不哭会是什么样。那样就太可怕了。好在四年义务兵役不是白服的，他们懂得了做人的道理，他们都变得成熟了，他们知道应该在何种场合做出何种表现。在他需要李金贵的眼泪时，李金贵提供了眼泪，从这点上说，这小子还算是有点良心。

让他低落的原因还不止于此。基地编制缩减，现有人员一时消化不完，上级机关决定缩编的第二年不再给基地补入新兵，而往年怎么也得接回百十来个新兵的。时间短了还能凑合，几个月下来，兵力不足的问题越来越严重，机关已经有人提出警卫战士在哨位打瞌睡的问题，更不要说安排休假的事了。指导员和连长去军务科反映情况，答复是"立足现有兵员，科学调剂使用"，说白了就是让他们自己想办法。其他连队的主官天天骂娘，指导员不骂。他记得政委说过，难题都是给有本事的人出的。

首长就是首长，永远都那么精辟。指导员琢磨了很久，甚至在笔记本上做过各种计算，最后决定让通信排的战士也每天站一班岗，这样排下来，警卫力量基本能够得到保证。

那台站值班咋办？通信排这边人手也不够呀。连长嘴张得老大，现在值夜班的第二天早上补觉都补不成，一个个都成熊猫眼了，病号也比以前多。

两头都缺人，我们总得先补一头对不对？要是两头都露着不是更难看吗？指导员显然早有考虑，我反复思考过，目前只能补警卫排这头。站岗简单培训一下就行，通信排的人培训两天就能顶上。但是台站值班专业性太强，警卫排的人肯定没法顶。再一个呢，警卫岗哨是基地的脸面，首长每天上下班都看在眼里，稍微出点状况就是大事，不像台站值班都在机房里，门一关谁也看不到，所以我感觉还是先补警卫这头比较现实，你说呢？

嗯。连长点着头，我个人倒没意见，主要是担心通信排这边闹情绪，毕竟他们值班也够辛苦的。

这没关系，咱们是连队主官，只要咱俩思想统一，事情就好办。而且我仔细算过了，虽然人手紧巴点，但肯定不会耽误通信值班。指导员提起暖瓶给连长续水，你放心，有我在，肯定不耽误你谈恋爱。

连长正在跟卫生队的小陈护士谈恋爱，跟女人打交道，那可比连队建设麻烦得多。指导员对此十分理解，每次连长要出去约会，他都主动替连长值班。有一天连长无意间说起小陈护士喜欢看电影，想攒钱买个VCD，指导员立马跑到宣传科借回一台超强纠错的VCD影碟机送到连长手里。这些事总让连长十分感动，何况他清楚，指导员也是站在连队建设的角度考虑问题，这些事他没指导员想得多，听指导员的肯定没错。

支委会上指导员把这方案一讲，通信排长意见挺大，但连长和指导员站在一起，排长只能闭嘴。指导员清楚，嘴是闭上了，心里肯定不服。为把一碗水端平，必须安抚通信排出现的不满情绪。他先是把通信排原先负责的水房、走廊和俱乐部等处的公共卫生区全部交给了警卫排，又让司务长给各通信台站定期供应速溶咖啡、茶叶和方便面，最后还专门召集通信排全体同志开了一个会。会上指导员推心置腹地把目前的困难摆了摆，让通信排的老兵们明白，承担一部分警卫执勤任务实属迫不得已，同时又表示每个同志都不会白辛苦，年底评功评奖时，党支部会优先考虑参加警卫执勤的同志。

大家还有什么想法尽管说，有什么困难连里会尽量解决。讲完以后指导员微笑地看着大家。讲道理固然重要，更重要的是要战士们自己把这道理讲出来，这样才能让人服气。指导员先点了电话班的牛小林，牛小林马上表示服从组织安排。他接着又点电台班的王军。

报告指导员，我没意见！王军嚯地站起来，现在警卫排和我们排都是一个连队了，互相帮助是应该的。再说革命军人一块砖，哪里需要哪里搬。军人以服从命令为天职，叫我站岗一分钟，我保证眼睛瞪大六十秒！

好！非常好！指导员一拍手，这叫什么，这就叫觉悟！王军你坐吧，其他同志呢？小姜，仆射大人，你有什么想法？

指导员一开姜仆射的玩笑，大家都笑起来，气氛明显热烈起来。

我？我没啥。一直低着头的姜仆射在笑声中很意外地抬起头，左右看看才站起来，挺好的。

怎么个挺好法，说来大家听听嘛。

既然新兵干老兵的活是天经地义，那老兵干新兵的活为什么就不行呢？入伍是有先后，但这跟人与人的平等不矛盾。从这个意义上讲，老兵帮新兵分担点工作再正常不过了，我觉得这根本没必要说，其实这个会不开都行。

指导员有点尴尬地笑笑。姜仆射的回答和他想象的总是不一样，仿佛一个没按剧本对戏的演员。他倒不畏惧这种挑战，但也并不喜欢。换了别的兵，他们绝不会这样。他们会对指导员的关怀表示出真诚的感激，而不是姜仆射这样摆不正位置，不着四六地点评自己。不过话说回来，姜仆射的总体意思倒没错。看来神仙也是分类别的，至少姜仆射不会像李金贵那样没完没了地给自己找麻烦。想到这儿，指导员也就不再计较了。

六

转眼到了五月份，有天副连长半夜去查哨，把姜仆射给查住了。按规定，零点到六点是坐岗，那时基地营门关闭，卫兵都坐在营门东侧的警卫室内，透过窗户观察外界动静。姜仆射当天排的是深夜两点到四点的岗，这班岗前后都睡不好，属于最烂的一班，所以警卫排长出身的副连长最喜欢查这班岗。副连长到了警卫室门前，里面毫无动静，推门进去，姜仆射怀里抱一支五六式半自动步枪，歪坐在椅子上大张着嘴，睡得正香呢。副连长脑海中立刻闪现出一伙武装分子拿走姜仆射的枪，一刀将他抹了脖子，然后趁着夜色潜入办公大楼，或者首长宿舍区，或者弹药库，或者兵器阵地，或者别的什么地方，总之鲜血四溅火光冲天是少不了的。副连长走过去从姜仆射怀里抽出枪，又用力拉了两下枪栓，姜仆射居然全无反应。这下副连长火大了，很想当胸一脚把姜仆射踹个四脚朝天，不过想想几天前刚学过严禁打骂体罚士兵的红头文件，只好退而求其次，一把揪住姜仆射的子弹袋，把他从椅子上扯了起来。

睡睡睡，就知道睡，跟他妈猪一样！副连长比姜仆射高出一头，气呼呼地俯视着，你他妈这叫站哨吗？我他妈放条狗在这儿也比你强！

我睡岗不对，你可以批评我。姜仆射扶扶眼镜，但请你不要骂人。

我他妈就骂你怎么了？傻×玩意儿！你看啥看，睡岗你还有理了你？副连长激动地挥舞着手里的步枪，枪叫人拿走了都不知道，你还说你不是猪？

姜仆射读了许多书，这会儿却派不上半点用场，只会用两枚白眼珠子瞪着副连长。副连长等了一会儿，见公然睡岗的姜仆射无屁可放，便一把将步枪塞回姜仆射怀里，他并不怕姜仆射会怒火攻心冲他开枪，反正是空枪，子弹都在对面总值班室的机关干部手里呢。

再叫我发现你睡岗，非他妈收拾死你不可！副连长气呼呼地说完，摔上门走了。

凌晨四点十分左右，指导员听到走廊里有动静，他披上军装出来，看见姜仆射正在敲连长的房门。

别敲了，连长不在。指导员想想竹竿似的小陈护士，想不出连长究竟喜欢她哪里。他打着哈欠，大半夜的，有事吗？

听姜仆射说完，指导员悬起的心又放下了。他最初以为副连长动手打了姜仆射，这样的话就比较棘手。但如果只是骂两句，事情的性质就简单多了。指导员还从没见过谁会像姜仆射那样，原原本本地复述出副连长骂人的话，这差点让他笑出来。

副连长骂人肯定不对，我早说过他，让他多读书多学习多注意工作方法，他就是听不进去。指导员想了想，不过实事求是地讲，他骂人也是情有可原，毕竟你睡岗也有错。这事回头我会批评他，你呢，下次站哨也要注意，不要再出现睡岗的情况了，好不好？

我不认为好。姜仆射看着指导员，我要求他公开给我道歉。

问题是你睡岗在先呀！指导员愣了一下，你让副连长公开道歉，那你是不是也要公开做检查呢？

我愿意公开做检查。姜仆射说，副连长也必须公开道歉。

没这个必要吧？指导员和姜仆射对视一眼，又把目光挪开了。谁都知道告状是件令人讨厌并且显得软弱的事，即便真有人为这种小事告状，听了指导员刚才那番话，肯定也不会有任何意见。不过对于姜仆射，指导员还是储备了相当多的耐心。他手指轻敲了一会儿桌面，那这样吧，明天我让副连长私下里给你赔个不是，你呢，也向他认个错。然后你们握手言和，保证双方不再犯同样的错误，这不就好了吗？再说了，他也没当着别人面骂你嘛！

私下里杀了人也得公开审判呢。姜仆射站在那儿一动不动，私下道歉没意义，他不骂我，还会去骂别人。

你扯得太远了吧？指导员站起来，背着手在屋里踱了几个来回，停在了姜仆射面前，非得把事情闹大，这样做对你有什么好处吗？

没有。不过我不需要什么好处，我只需要他当众道歉。

你呀，真是一下子就钻到牛角尖去了。指导员沉吟一下，又微笑起来，对了，我一直想问你，年底就复员了，你入党的事考虑过没有啊？申请书写过没有？

我没申请过。姜仆射像是反应不过来，停了一会儿才说，不是说先进分子才能入党吗？原来的指导员谁给他送礼他就让谁入，我觉得我没法先进到那个地步，想想还是算了。

这确实不像话。我在警卫连发展党员的时候，从来只看工作表现。指导员说，不过人和人是不一样的，你也不要一叶障目。

也许我是一叶知秋呢。姜仆射的眼珠子转转，指导员，我现在不关心入党的事，我只关心副连长能不能向我公开道歉。

这事不是你说怎样就怎样的，这事还要组织研究。指导员觉得自己的耐心消耗得很快，便重新坐回到办公桌前，好了，情况我知道了，你先回去休息吧。

那明天能给我答复吗？姜仆射不动，直勾勾地盯着指导员。

不是说了吗，这事还要找副连长了解，还要跟连长商量，还要开支委会研究，有必要的话还要征求战士们的意见。指导员不想再搭理他了，先这样吧，我还要休息，你也回去睡吧。

好的，我明白了。姜仆射咬咬嘴唇。指导员还没来得及问他明白了什么，姜仆射已经敬完礼走了。指导员没来由地又想起了李金贵。神仙的套路都是一样的。李金贵的全部价值就在于他提供了一个教训。指导员决定明天不给姜仆射任何答复。他不能再重蹈覆辙。他不能再被索求无已的兵弄得步步后退。接下来的整个白天，指导员都等着姜仆射来讨要说法，可直到熄灯也没见他来，这才松了口气。

第二天上午，文书慌慌张张地跑来，一迭声地喊指导员接电话。一听是基地政委，指导员也毛了，拔腿就往值班室跑。

你们连是不是有个叫姜仆射的战士？电话里的政委听上去很和蔼，却仍让指导员出了一头汗。

报告首长，是有一个。指导员拼命保持冷静，是我们通信排的战士，首长您有什么指示吗？

噢，今天早上我上班，这个兵在门口站哨，忽然跑到我跟前说有事要向我反映。正好我急着开会，就答应回头再找他谈。答应战士的事，我要求你们要落实，我自己也要落实，对不对？我现在回办公室了，你让他过来吧，看看这小伙子有什么问题要给我反映的。

指导员攥着挂断的听筒，脑子出现了短暂的空白。不过他很快就清醒过来了，赶紧让文书去把姜仆射找来。他得马上做出决断。不过他不打算示弱。他可以接受首长的任何批评和指责。但他不能接受手下一个兵的羞辱和威胁。去他妈的蛋吧！他在心里呐喊着。他真的已经受够了。

到处找了，找不到他人！文书气喘吁吁地跑回来报告，按说他在楼上值班呢，可打了电话没人接！

行了，我知道了。指导员戴上帽子，抬腿就往办公楼走。数据小站机房没人，他径直拉开小门上了楼顶平台，远远看见姜仆射正坐在电台天线的水泥基座上，看着膝头上的一本书。指导员朝着他走过去，一直走过了卫星天线，姜仆射才听到动静，赶紧站了起来。

你行啊，一竿子捅上天了。指导员哼了一声，政委让你去他办公室，你赶紧去吧。

我不想去了。姜仆射摇摇头，其实我不想找首长。

问题是你已经找了。指导员表情淡淡的，不是想告我的状吗？快去吧。

我没想告你状。姜仆射说，这跟告状是两回事。

对我来说没什么区别。告不告是你的事，你想说什么也是你的事。不过我也请你记住，不要以为抬出首长就能来要挟我，我不吃你这套，我也不怕任何下三烂的手段。大不了我这个指导员不干了，那也没什么，对于这个连队，对连队的全体同志，我问心无愧！指导员抬手看看表，时间不早了，你去吧！

我还是不去算了。

你想去就去，想不去就不去？不去你找首长干啥？指导员大叫起来，找了你就给我去，现在就去，马上就去！

姜仆射低头绕开指导员走了，抓着书的手指节发白。指导员在楼顶停留了几分钟。他简单回顾了一下自己被玷污的真诚努力。他从未感到如此难过。

七

连长不太明白指导员想干什么。事实上他认为指导员有点小题大做，于是他解释说，数据站的卫星天线就在楼顶，值班员经常要上去维护天线、调校信号，要是把门锁起来会很不方便。指导员却说，值班员本来就应该老老实实待在机房，而不是到处乱跑。特别是楼顶平台没有护栏，是个很大的安全隐患，万一有人在上面乱走，失足掉下去谁也负不起责任。何况天线并不需要天天维护，上了锁以后让排长和班长各拿一把钥匙，需要维护时去开锁，丝毫不会影响工作。

指导员如此坚决，道理也充分，连长没理由反对。事情落实起来很快。营房科的战士用了半个来钟头，就给数据站通往楼顶平台的小铁门焊上了锁扣。指导员亲自用一把黑色挂锁锁上门，又用力拉了几下，铁门咣咣地叫唤着，再也挣脱不开了。

他不会赌气放弃姜仆射不管的。指导员想。他只不过是换种方式。从前总是给李金贵吃糖丸，结果他上了瘾总想吃。苦口的往往才是良药。他很清楚自己年底任期就满了，完全不必这么认真。有一回在路上遇到干部科长，科长开玩笑说，科里正准备给他准备办公桌呢。那他为什么还要这么干？他归结于自己肩负的职责与使命。军中俗语有云：一年主官站着干，两年主官坐着干，三年主官躺着干，四年主官不用干。但他做不到。他依然保持着对连队的热情和责任心，哪怕当中掺杂着灰心和挫败感，他也将其视为掺入钢里的碳。只要这一切都是正确的，那么这一切就是值得的。

上上下下对你的反映都很好，越是这样，越要谦虚谨慎。一个战士直接找我反映连队管理的问题，事情不大，但背后还是反映出你们工作上存在短板，还是没有达到最高的标准。指导员在心里反复回忆政委的批评和教诲，话说回来，人一上百，形形色色。像你们连队的那个小战士，有个性，但也有他的毛病，首先他自己承认睡岗不对，另外一点问题就越级反映，甚至直接来找基地领导，这也是缺乏组织观念的表现。不过我们不要去责怪战士，要多从我们自身找原因。作为一级主官，我们就是要努力把这些同志的思想和行动统一到部队建设的整体要求上来。现在的兵和过去不一样了，这就要求我们在带兵艺术上与时俱进。你要把我这个意思告诉你们的干部，严格要求没错，但一定要讲究方式方法。这件事上，我没有给你们那个小战士承诺什么，因为我相信你能把这些问题处理好，你说呢？

指导员为牵扯了首长精力而感到异常惭愧，他很希望政委把他痛批一顿，那样他反而会好受些，可政委那么宽厚，让他心底里涌起一种士为知己者死的激情。军人大会上，他先是严肃批评了姜仆射玩忽职守的错误。如果在战时，这可能会给部队带来无法估量的巨大损失，后果怎么设想都不为过，是不可容忍的。接着他又指出副连长工作方法简单粗暴的问题，这种看似随意的小事会影响连队建设的大局，也是非常错误的。他最后要求全体同志恪尽职守，加强团结，努力把连队全面建设水平提到一个新高度，不负警通连第一代奠基者的光荣使命。

之后有几天，指导员担心姜仆射会再去找政委，好在事实说明这种担心是多余的。他像从前一样，每天都去哨位和台站检查工作，遇到姜仆射值班时，他也照样会去。跟以往不同的是，姜仆射定然会待在小小的机房里，眼帘低垂着，而背也似乎驼了起来。指导员并不跟他说什么，该说的他都说过了，他也不欠姜仆射什么。眼下他更关心小门上的铁锁是否完好无损。这时候机房很安静，计算机终端的机箱风扇在小心翼翼地旋转。

八

这样的平静维持了差不多半个月，有天通信排长来汇报说姜仆射生病了，烧得很厉害。指导员的第一个念头就是姜仆射在装病。泡病号压床板这种事在连队很常见，比如李金贵以前就总拿他的痔疮说事，直到让他当了炊事班副班长才略有好转。但一个主官成熟与否的标志就在于他不会想什么就说什么，于是他交代排长带着姜仆射去卫生队看看。

不一会儿排长回来说，他亲眼看见体温计的水银柱上到了四十度，军医开了柴胡注射液，又用酒精物理降温，可体温一直下不去。军医找不出原因，建议送到市里的驻军医院检查一下。市区离基地有七十公里，指导员专门申请了车，跟着一起去了。驻军医院给姜仆射抽血化验，又做了各项检查，除了鼻孔喷着热气，身体有些发软之外，姜仆射并没有特别严重的症状。考虑到体温太高，医生要求先住院观察，指导员便自己带车回了基地。

指导员回来的第三天上午，姜仆射也回来了。他拿着出院证明找排长销假，说他住院当天烧就退了，以后体温都很正常，胃口也好，医生便把他放走了。

这样能值班吗？指导员听排长汇报完，要不再叫他休息两天？

他说他能值班。排长想了想，他还说，人手本来就不够，他要再不值班的话，会把全班的人都拖垮了。

他真这么说？指导员心里动了动。他像哈勃望远镜那样忠实地观测着幽暗宇宙中那些遥远星体微弱的光亮。他关心手下的战士们，即便是他所不喜欢的。他拉开抽屉，取出连长送他的一盒进口复合维生素片（这应该是小陈护士给连长的），让排长转交给姜仆射。估计他是免疫力差点。指导员说，你让他坚持吃一段时间看看，没准会起点作用。

晚点名时，指导员特地表扬了姜仆射，说他带病坚持工作，精神可嘉，希望全体同志都向姜仆射学习。姜仆射就在队列里，虽然还是站在后排，还是看不到他的脸。也许这是个契机呢。指导员想，在与姜仆射的关系当中，自己不存在任何私利。如果姜仆射那些书都没白读的话，那他就应该理解自己的一片苦心。

指导员不知道姜仆射是否领会到了他传递的善意，只知道姜仆射没值几天班又开始发烧了。还和上次一样，他又要车把姜仆射送到了驻军医院，而这家伙过了两天又回来了。这样的事情接下来连着发生了几次，指导员坐不住了。他甚至怀疑姜仆射得了艾滋病。这个念头像瓶子里钻出来的魔鬼，吓得他不轻。两个晚上没睡好觉，指导员终于在一个上午悄悄跑到汽车站，坐着班车又去了一趟驻军医院。

这个不存在。艾滋病毒不是你想的那么容易就能感染的。看上去经验丰富的中年军医很肯定地说，我们会诊过，这个小伙子没什么器质性的病变，目前倾向于是精神性发热。文献上有过一些这种病例，不过大多是女患者，而且以低热为主，像他这种高热的还真比较少见。你印象里，他最近受过什么刺激吗？还是他有什么事情导致精神压力过大呢？

指导员又坐着班车回来了。他不太相信医生的话。要按这种理论，监狱里的罪犯们应该都在发烧了。何况姜仆射的待遇和连队所有人并无二致，他也没理由要求自己与众不同。军队的特色就是整齐划一，士兵的天职就是令行禁止，不这样就没法集中统一，就不可能执行任务履行使命。他不打算把今天的事情告诉任何人。他在心里再次确定，自己所做的一切只是想让姜仆射成为一个合格的军人。

事后指导员庆幸自己的坚持。因为这次私下的探访之后，姜仆射居然神奇般地痊愈了。气色明显好转，镜片后面的眼神也活泛了许多，正在积极训练，准备参加九月份的空军通信专业比武。起初指导员不太想让姜仆射作为选手参加。他向来认为比武选手首先应该是一个全面素质过硬而非单项冒尖的人。但连长反复强调，姜仆射的五笔字型录入速度比其他人要快出百分之四十，这是卫星数据小站的联络业务基本功，他要不去，拿名次肯定就没戏了。为了连队的荣誉，同时考虑到备战比武可以让姜仆射集中精力，不再去胡思乱想发什么"精神性"高烧，指导员最终还是点了头。

八月底，通信科长带队去参加军区空军组织的预赛，牛小林再次获得有线专业第一，王军拿了报务专业第六，而姜仆射居然也拿了数据站专业的第二名。三个专业有两个进入决赛，一个通信排的成绩比原来一个通信连还好，这个成绩得到了基地首长批示表扬，连长和指导员也兴奋得不行。参赛队伍回来当天，连里安排晚餐加了两个硬菜，另奖励每人一瓶啤酒。给选手们敬酒时，连长和指导员都一饮而尽，唯独姜仆射只喝了小半碗。

这怎么行！指导员说，都干了！

我晚上还要值班呢。姜仆射说，再说我也喝不了多少酒。

你喝你的，喝醉了我们找人代班！指导员十分豪气，都是参加比武的高手，高手就要有个高手的样子！

姜仆射犹豫了一下，端起搪瓷碗咕嘟嘟一口气喝了下去。

这就对了嘛！指导员高兴地拍拍姜仆射的肩膀，我要的就是这个精气神儿！

整个晚上指导员心情都很愉快。连队的荣誉也是他的荣誉，这毋庸置疑。而且姜仆射今天很配合，要是他硬是不肯喝酒的话，自己无疑会有些尴尬。这微小却正确的变化给姜仆射的形象打上了一圈柔光，看上去让他不再那么粗糙生硬了。

回房间休息了一会儿，指导员还是有点兴奋，便信步出来溜达。轻微的酒劲让人闲适而放松，是个适合谈心的状态。指导员走到办公楼前，给门口的卫兵还个礼，沿着安静的楼梯一路向上，在楼顶水箱边搓了搓热乎乎的脸，然后推开了门。

同往常一样，机台上放着茶水和摊开的书，电脑终端和保密机的指示灯无声闪动，可姜仆射不在。第一秒时指导员以为他去上厕所了，但第二秒时指导员便看到小铁门上的挂锁不在原处，而是连同钥匙一起躺在旁边的窗台上。指导员脑袋嗡一声，他几乎被这强烈的羞辱击倒了。他快步上前拉开门，冲上平台，对着黑暗中的楼顶大呼起姜仆射的名字。

谁让你把门打开的？谁让你出去的？谁给你的钥匙？指导员感觉自己的吼声都在发抖，说话！

姜仆射不说。他眼帘又低垂下去，背又开始驼起来，还有他结实又隐形的鳞甲，让指导员想起了电视里的美洲犰狳。

指导员用愤怒到颤抖的手锁上门，拿着钥匙离开了。他觉得自己像不久前电视剧里的雍正皇帝一样痛苦。没有人能理解他的苦心。没有。包括最该理解他的连长。不然他怎么会悄悄把钥匙交给姜仆射？你这不是帮他，你这是害他！他对连长说，就算他拿了第一名又怎么样？他照样不是一个合格的军人！

我就是想着天线维护也是一项比赛内容，不上楼顶就没办法训练不是？连长尴尬地坐在指导员对面，我想着这也不是什么大事，也就没和你商量。

什么叫大事？战士的成长进步才是大事好吗？指导员怒视着连长，你这样纵容他，他能变好吗？能进步吗？能真正融入集体成为一个合格的兵吗？

那你说咋办？连长回答不了这么一串宏大的问题，再把他锁上？

我没有锁他！我是在规范他，警醒他，改变他！指导员怒吼起来，像是用尽了全身的力气，紧接着又疲惫地长叹一声，好了，随便你怎么办吧。我不想管了。他指指胸口，你知道吗？我累了，我真的累了。

九

那两天指导员房间里人满为患。兵就是这样，你对他们的一点好，他们往往会记上好多年。好比你只是轻轻按下了小小的发射按钮，发射架上的导弹便会轰隆隆地腾空而起。指导员被战士们簇拥着，听他们回忆在自己手下几年的点滴过往。节假日替战士站岗，帮他们在扭伤的脚踝上擦红花油，给他们家人写信沟通，或者是菜地里的一个玩笑，球场上的一次碰撞。这些事他做得太多，自己都记不清了，战士们说起来却像早上才发生过一样。他知道自己会长久地记住这些面孔，包括此刻正在楼上值班的姜仆射。

连长几次过来想和他单独聊聊都找不到时间，直到熄灯后才坐到了指导员的对面。连长先是对指导员的提升表示祝贺和不舍，又从口袋里取出一个信封放在指导员面前。

我们几个干部本来商量着要给你买个纪念品，后来实在想不出你喜欢啥，就合在一起打了个红包，算是我们的一片心意吧。连长有点不好意思地说，你千万别嫌弃。

你这是干什么？你知道我不喜欢搞这种名堂。指导员愣一下，咱们是搭档，是兄弟，你这不是打我脸吗？

我知道你为了工作没少自己垫钱，光是周末给战士们租影碟的钱，加起来起码四五百块，这没错吧？咱俩共事快一年了，你从来没在连里报过一张发票，这我心里清楚得很。连长很诚恳地望着指导员，说真的指导员，你这样的人，我还是头一次见，我不是吹捧你，我真是服气你。所以这点心意你要不收下，我们心里也过意不去呀！

你们要这么干，那以后别再跟我打交道了！指导员沉下脸，我没跟你客气，我是说真的。

唉，我现在最担心的就是你走了以后连队怎么办。再换谁来当指导员，也不可能和你比了。连长无奈地吧嗒几下嘴，把钱收了起来，这一年，我在你这儿真是学了不少东西，但有的东西真的学不来。

你说得也太玄乎了，其实只要认真负责一点，只要多关心关心战士，带好连队没问题。指导员说，连队还是很锻炼人的，好好干的话，后面发展的基础也牢实。本来我自己也以为要到年底才能动呢，没想到三季度就研究了，说明首长确实很关注基层。我到了干部科以后，有什么事我能帮上忙的随时都可以找我，咱俩是警通连的首任主官，这缘分可不一般，我还等着吃你的喜糖呢！

你也该找了，你比我还大两岁呢。连长真诚地注视着指导员，你是我唯一见过的，真正能说得上是以连为家的人。

在这个位置上，你不好好干对得起谁呢？指导员轻轻叹口气，我真想一直干到年底，把这批老兵送完了再走。可惜这也由不得我。

那你给我留点锦囊妙计吧。连长把脸向前凑凑，下一步抓工作还要注意点啥，你给我讲讲，你这一走，我真是有点发慌呢！

也没什么，说起来不过就是完成好任务，稳定好队伍，保证好安全，都是些老生常谈。指导员停了停，还有，快到年底了，谁走谁留你心里也应该有个数。都说明年兵役制度就要改革了，义务兵服役期可能要缩短到两年，这样的话，年底留队的名额肯定比较多，你得提前筹划一下。这事你考虑过没有？

考虑过，还真考虑过。连长一个劲儿点头，而且我这次是努力按着你的思路认真琢磨的，比如王军这样的，肯定得留下，而姜仆射呢，我还没想好。

为什么没想好？指导员显得有点意外，这还用想吗？

是是，你看我这人，总是优柔寡断。连长不好意思地笑一下，我也看出来了，这小子确实太独，很难融到集体里面来，更别说还惹你生那么多的气。嗯，我想好了，还是让他退伍比较合适，这样对大家都好。

不不不，这可不是我的思路。指导员呆一下，惹我生气那不算什么，其实我也没怎么生气。姜仆射这个兵是有这样那样的毛病，但这正是我们要努力改变他的地方，不是吗？再者说了，下一步他还要参加空军的比武，要是成绩好，年底又有名额的话，干吗不把他留下，再给部队做做贡献呢？我相信他是会改变的，也许套改了士官再干上几年，他会彻底认识到自己的问题，真正变成一个懂事听话的好兵，我觉得这是可以实现的，肯定能实现的。

连长张着嘴，显然是没想到指导员会这么说，一时不知道如何接话了。

当然，这事还得你和新来的指导员商量着定了。理论上我现在已经是干部科干事，不再是咱警通连的政治指导员了。指导员笑笑，按说我不应该给你讲这些的，不过还是忍不住，我老觉得自己就应该以连队为己任，老以为自己负有不可推卸的责任，老想着自己的连队就应该是最优秀的，自己连里的兵就应该是我想象中的模样，该说啥话的时候就说啥话，该做啥事的时候就做啥事，我就是这么想的，因为我觉得这是正确的，你感觉呢？

十

几场雪过后，又一批老兵要走了。头天下午指导员已请了假，说第二天早上去火车站送一下，不想原定后天才到的上级工作组提前来了，他便被科长摁在电脑前准备材料。干部科办公室窗户对着营门，敲锣打鼓的声音和高音喇叭里送战友的歌声交织着，同阳光一起透过窗玻璃，弄得指导员心神不宁。

往年这时候，指导员会和老兵们一同前往火车站，挨个同他们紧紧拥抱，眼含热泪，无语凝噎。他会沉浸在这真挚的情感之中，体味普照一切角落的光亮和美好。然而此刻他无法再履行这最终的仪式了，仿佛一场被迫中途离去的欢宴，令他若有所失。

他没法再在桌前坐着了，他起身出了办公室，本想下楼，犹豫一下又转身上了楼。穿过熟悉的楼顶水房,他推开数据站机房的门,一个新兵慌忙起来向他敬礼。他点点头,上前几步推开那扇小铁门,信步走上了覆着积雪的楼顶平台。积雪如此洁白又如此平整,完好得连一个脚印都没有。指导员咯吱咯吱踩着积雪走到卫星天线下面,又拐个直角走到了平台边沿。他俯视着营区,运送老兵的一队军车正沿着主干道向营门缓缓驶去。姜仆射就在其中的某辆车上,他没有留队套改士官,因为他主动上交了退伍申请,这是指导员没想到的。听到连长说这事时,他差点就准备再去找姜仆射谈谈了,可考虑到他已经不再是警通连指导员,只好作罢。说真的,他很想看到姜仆射变成一个他理想中的好兵,所以他觉得有些遗憾。

车队和锣鼓声渐渐远去了,指导员站在楼顶,忽然想起有一次,姜仆射曾两眼放光地对他描述过楼顶带给他的诗意,不知道为什么,指导员总是会回想起那一幕。此刻,他对着阳光下的雪野和山峦极目远眺,可看来看去,依然感觉枯燥,于是他自嘲地笑一下,转身走了回去。

原载《人民文学》2018年第8期

点评

小说中两位主角的几次"交锋"意味深长。

指导员强烈希望每个士兵都能成为"合格"的、"理想"的军人,他希望连队整齐划一、不要有人个性突出。在他看来,不论领导的决策是否正确、科学、民主,下级都应无条件服从,而没有丝毫辩解的权力。他对上级政委就是如此,他无比崇拜政委;即便政委的某些指示让他深感为难,他也觉得"领导就是领导,说话永远那么精辟"。这便是他与下士姜仆射几番矛盾的根因。

第一回合。姜仆射一亮相就迅速成为了指导员眼中的"神仙",也就是太有个性、不好管教的兵。指导员点到他的名字,他当众指出"仆射"的"射"应该念yè,这让指导员感到尴尬。指导员认为,当众指出领导的错误是对领导极大的不尊重;即便要指出领导错误,也应私底下单独跟领导说明。但姜仆射却认为,如果不当众指出,那么私底下是不会有人单独跟领导提及的。

第二回合。姜仆射值班的时候瞌睡，被前来巡查的副连长用一大段脏话狠狠地教训了一番。他找指导员反映情况，他认为自己瞌睡确是失职，他愿意当众检讨，但副连长不该用脏话骂他，因此要求副连长当众向他道歉。在"不允许打骂士兵的红头文件"的震慑下，副连长依然像旧社会军阀那样粗鲁对待士兵，自然是十分严重的错误，这确有当众检讨之必要。但是，一心希望整个连队看上去无比和谐、其乐融融的指导员自然不会答应姜仆射的"大胆"要求，尽管这要求于理并没有错。最后，在姜仆射越级上报的"威吓"下，指导员先是近乎撒泼无赖地对他进行了狠狠的批评，然后在全连会议上用他最擅长的和稀泥手段将这一性质严重的事件轻松带过。

第三回合。姜仆射执意走上楼顶与指导员坚持将其赶下楼顶。姜仆射有着独特而热诚的审美：在他看来，楼顶是一个格外美好的世界；在楼顶，他可以看书，可以眺望，可以思考，可以很自由，可以很自我，可以很放松。但指导员却不这样认为：在他看来，一个士兵独自在楼顶，就只能意味着危险，意味着可能会有事件发生，进而会给连队造成困扰、给作为领导的他带来麻烦。所以，他完全不顾姜仆射正常的审美需求，而以一个领导的威严强迫姜仆射永远不能私自走上楼顶。如果说前些回合的交锋，最多是让姜仆射感受到一些压力，那么将其赶下楼顶——他最后可以寻求安慰、释放一点个性的宝地——这一行为便彻底将他对于连队的热情和希望扑灭了。于是，他心灰意冷地"主动"递交了退伍申请，决意离开这个只允许整齐划一、不容忍丝毫个性的地方。

这样的结局，让人们深感无奈、惋惜和惆怅。

然而，这类现象又岂是只存在于军队里呢？

（侯建魁）

阿基米德定律/

/张学东

一

隔着软乎乎被窝，马娜用一根细手指轻轻捅了捅朱安身。

那阵子已过了凌晨一点钟，朱安身如梦呓般哼了两声，他让另一床被子缠裹得如木乃伊，一动也不动。马娜鼻孔似笑非笑地挤出唑唑声，仿佛一条蛰伏在黑暗中的母蛇，终于瞅准了一只活生生的猎物要大显身手。……别装蒜了，你根本就没睡着，当人家不知道呢。她幽幽地说着，空气中弥漫着女性特有的湿热香气。又慎了数秒，一条雪白的手臂就蔓爬而来，那些玫红色的指甲，像极了一簇火焰，还是她前天在街角的美甲店，花了六十元精心修饰过的，现在她就用它们猫爪样地，沙啦沙啦，抠抓朱安身的被面，说出的话越发柔缓暧昧了。我就知道，你肯定在被窝里想坏事呢吧。

朱安身始终保持静默，如此露骨挑逗的话头，他当然无法应接。半晌，他也没把头脸转向这个颇有几分姿色的女人，只是任由黑暗这只宽大的麻袋，将自己包围得严严实实。

马娜让自己侧卧在朱安身旁边，嘴里不无幽怨地继续嘟哝着，要不，你就进来嘛，听你哼哼得怪难受的，弄得人家老也睡不踏实呀。听她这样一味混说，朱安身顿觉浑身都不自在了，终于闷着头，回了一句，瞎说啥呢，谁哼哼了，谁哼谁是猪！他的言语明显带有一种厌嫌和恼怒。都困死了，快睡！

马娜不傻，当然听得出。可马娜没有生气，她从来不生这种没头没脑的闲气，要知她碰到过的男人船载车拉，要是在乎那些臭男人嘴里的混话屁话，她早就该抹脖子上吊了。那你承认自己是猪喽，我可听得真真的，你一直哼唧呢。马娜娇滴滴地说着，尽量将卷着棉被的身子，往那边靠拢，她一寸一寸地挪移，犹如一条惊蛰过后，刚刚苏醒的肥白的虫子，当两床被子在床中央约莫三分之二处黏合在一处时，这条丰腴而芳香的母虫就刺溜一下，热乎乎地钻进朱安身的被卷里了。

起初，朱安身确实是在执拗地抵制着。他顽固地弓起后脊梁，像一头受了惊吓的乌龟，总是示人以坚固的硬壳，整个脑袋完全逃避到枕头的外侧去，感觉他就是一个正在闹别扭的、小心眼的丈夫。别……别闹了……好不……咱们可是有……有君子协定的！但是，当那浑圆而滚烫的母虫一样柔软的肢体，一旦亲密无间地黏上这个男人的时候，几乎所有的抗议与抵触，瞬间就化为乌有，毫无意义了。好比是，朱安身仅仅用一片轻薄的羽毛，妄想拨开一块炽烈燃烧的火炭，自身立刻就焚烧殆尽了。

于是，朱安身的喉咙跟劈柴似的脆响一记，紧跟着，他如饿虎样反转了身体，迅猛而霸道地，将那美艳的猎物压制在自己的胸膛下面了。这样一来，四目就相对了，马娜闪闪烁烁母狐般的骚情目光，完全罩在了男人那张脸上。但也就是刹那之间，女人的身体又莫名地绷紧了，心里忽然疙疙瘩瘩的。她觉得他的模样实在是有点儿可怖，甚至让人犯恶心，她的双手下意识地开始抗拒对方——如果说是男人的蛮干和重压让她喘不上气来，倒不如说是，对方那异常丑陋的面貌，让她快要窒息了。

这张脸委实丑得离谱，可以毫不夸张地说，在她见过的男人当中，似乎没有谁的脸面，比他更埋汰更龌龊了。事实上，丑男人她自然是见过不少，五大三粗的，肥头大耳的，贼眉鼠眼的，兔嘴龅牙的，天生一对招风猴耳，蒜头鼻子罗圈腿的，还有那种背上扣个罗锅子的……总之是形形色色，可似乎哪一个，也比不上这个朱安身的相貌。

怎么说呢，这男人丑得有点儿叫人喘不上气来，他的丑不是某种单纯的丑，不是某个具体的器官没有生好，倒更像是，把她这辈子所见过的各种丑人的特点，统统集中到了一起，就跟一盘大杂烩似的，不论眼睛鼻子牙齿眉毛，还是头发和肤色，都让她吃惊得要命，即便打着灯笼，恐怕也找不到比他更难看的男人了。若不是觉得他这人还算老实，出手也够大方，关键是，那天她掐指一算，大姨妈这两天就要光顾她了，要知道那玩意一来，一周多的生意就全泡汤了。而恰好这时，这个丑男人羞羞惶惶畏畏缩缩找上门来，一副腼腆而又无奈的可怜相，后来他吞吞吐吐提出来，只要肯扮他的对象，跟随他回趟老家，来回也就三两天，就能轻轻松松挣到一千块。

一开始，马娜很是犹豫过。这样的要求听起来既荒唐又恐怖，扮演一个陌生男人的对象，而且，还是那么丑的一个家伙，假如是一个大帅哥，也许那感觉会稍好一点儿。她心里未免会生出些许狐疑，万一这货是个心理变态，或杀人狂什么的，到时候自己的小命怕是都保不住了。可马娜好歹也算阅人无数，对于出门寻乐子的男人，她基本上是有把握的，这类人通常直截了当，速战速决，进门直奔主题，只顾宽衣解带，办事走人，有时甚至连一句多余的话也不跟她讲。但这个相貌丑陋的男人，一见她面眼中就含着难言和乞求意味，语气近乎低三下四，他甚至给她出示了身份证，告诉她自己是做什么工作的，具体住在城里哪个地方。通常，来洗头店里图欢乐的男人，绝对没有这么蠢的，满嘴没有一句真话，结过婚的，说自己刚刚离异，有老婆的偏说老婆是性冷淡。

那天傍晚，这个丑男人一面说，一面就从皮夹子里取出五张毛爷爷像来，说先预付她一半，完事后再给五百。马娜当时抿着嘴，看看那钱，又拧住眉头问了一句，你不会是诚心耍老娘吧？丑男人的表情突然变得十分严肃，严肃到马上要跟她翻脸了，好像她的质疑，刺痛了一个男人的尊严。爱信不信，反正，我是不会碰你一手指头的，我保证！正是在最后一刻，她从对方的语气和目光中，找到了某种可以信赖的理由，做她们这种生意的女人，早练就了一双火眼金睛，只要男人在眼前一晃悠，准能掂量个八九不离十的。或者，只是单凭直觉，她多少动了个恻隐之心，想想看吧，这么丑一个男人，哪个女的愿意给他当老婆呢？除非他是百万富翁挥金如土，再不就是个手握实权的大官子弟。因此，可以说正是对方的丑陋相貌最终说服了她，后来她毅然接过了那一叠钱，嘴里还故作镇定地嘟哝了这么一句：谁跟钱也没仇，放着亮光光的票子不拿，脑瓜子灌屎了。

我不喜欢让人死死盯着，心里怪毛的，再说，你这样压得人家骨头好疼。马娜总算是连撒娇带用力地掀开了朱安身，她能听见黑暗中的男人急不可耐地喘着粗气，犹如一头正在狂奔咆哮的公牛，被谁猛然绊住了四蹄，喉咙里不时发出含混痛苦的哼嗷声，由于太过亢奋，脸色憋得像块猪肝子，这越发加深了这张脸丑陋不堪令人生畏的印象。所以，她干脆忙别过脸去，就蛰伏在枕头上，双腿自然分开跪在棉被上，她觉得这样也许最好，所谓眼不见为净。按理说，这种时候，她是不该挑肥拣瘦的，像她这样的女人，有什么资格要求客人这样那样呢，可这张脸着实叫她不敢恭维，尤其是在这种时候。然而，她趴在那里干等了一会儿，却再无下文了，男人已在身旁瓮声瓮气塌下腰去，继而，如同一头突然中了弹的猎物，一味地平板板地躺倒，长长地往外面吹气。

咋了？你这是……马娜好奇地侧过半拉脸，但依旧保持着等待的姿势。不会是有那种病吧，你们男人呀，就是嘴劲大，一轮到实战，就没球事了，嘻嘻……说着，她忍不住发出一串轻浮的嬉笑。这种夸张的笑声，在孤男寡女形成的夜色中，显得十分突兀，明显带有一种瞧不起人的傲慢与偏见。此时，朱安身已默默地拉过旁边那床被子，照旧裹婴儿一般，再次将自己裹得严严实实。

马娜一阵懊恼。这人不但生得丑，性格也够古怪的，刚才还好端端的嘛，怎么突然就变成这副德行了？难怪他讨不到老婆，活该！或许，他还真就是个阳痿，一定是她刚才很无心的一句话，刺准了他那根最脆弱的神经，男人都好个面子，特别是在这种事上。这样想着，她多少又有些不好意思起来，她向来是口无遮拦地跟客人打情骂俏的。接下来，她像是要刻意讨好男人似的，又一次轻轻柔柔地爬到他的被卷边，哪知手指头刚一碰到柔软的被面，对方就跟被针戳着似的，一个打挺，诈尸般翻坐起来，同时，不忘把被子哗地披在身上。

喂，你最好离我远点！朱安身的口气不容置疑，咱俩井水不犯河水！

说罢，复又倒身睡去，只把后背坚硬地对着她，一种拒人于千里之外的架势。

有病！马娜心里再次恨恨地嘀咕道，真是个丑怪物！不过，她多少有些后悔了，自己一定是吃错了药，才答应跟这个相貌丑陋的家伙一起回家的。

他俩本打算只在家住一宿，天一亮就速速返城的，可是家里人死活不依，说好不容易回来一趟，怎么也得住上个三两日再说。朱安身在家排行老幺，他前面有三个姐姐，早都嫁人了，当她们得知小弟回家来了，而且还从城里领回一个漂亮的对象，都想来见见这个盼望已久的准兄弟媳妇，从昨晚到今早，姐姐姐夫们就陆陆续续赶回娘家来了。老母亲乐得跟要过年似的，屋里屋外地跟女儿们张罗起来，谁负责去镇上采购酒水糖果，谁负责在院里杀鸡煺毛，谁负责去和面炸油饼，谁负责邀请亲朋好友。按照老家的风俗，未来的媳妇头一回上门，家里怎么也得热闹热闹，而且，亲戚们还要给女方个凑个见面礼什么的。所以，整个晚上，朱安身心里自然是忐忑难安的，早知如此，打死他也不会带这么一个不着调的女人跑回来。

事先，朱安身确实没考虑得那么周全。这次他之所以急匆匆赶回老家，主要是因为，老父亲卧病在床多年，近来情况越发不妙，母亲才命姐姐给他去了电话，叫他务必赶回来看看，怕万一归来迟了，见不上老人最后一面。姐姐在电话里说着说着，竟呜呜地哭出声来。姐姐还语重心长地跟他唠叨，安子，你也三十好几的人了，咱爸咱妈做梦都想抱个小孙孙呢，你就不能抓紧时间，好歹搞个对象，赶紧成家立业啊，别一个人在城里老那么漂着，不然老爸人就是走了，也闭不上眼啊……那一刻，朱安身觉得，自己的心被什么硬物钝钝地戳了一下，一种从未有过的痛感突然袭来，泪珠就噗噗地落下两双，浑身一阵战栗。他觉得自己真是不孝，过去那些年，父母和姐姐们为了供养他一个人念书考学，吃过多少苦，受过多少罪，后来好不容易把他送进了省城的一所农学院，虽说是专科，学的又是个畜牧管理，毕业后又毫无悬念地，被招进畜牧站当了一名小技术员。而他的那些同班同学，但凡有些门路和人脉关系的，多数都改弦更张另谋高就了，唯独像他这种没有任何背景的，又天生相貌比较雷人，也只能听天由命了。

畜牧站的工作，成天价跟那些牛啊羊啊的牲畜打交道，干的活似乎并没有完全脱离农村，可那毕竟让他捧上了老家多少人眼红心跳的铁饭碗啊。朱安身还记得，当初刚参加工作，头一次跟着实习师傅，牵着几头母牛去配种的情景。想想看，一个二十刚出头的愣头青，这辈子还从未真正摸过女孩子的手呢，头回见识那种野性十足的场面，情况可想而知。那头长势跟牛魔王相仿的大种牛，一见陌生母牛，便一副兽性大发的样子，哞地发一声吼，便直冲母牛扑来，趾高气扬地高高举起两只前蹄，下身那阳物好似烧火棍子，一个劲在母牛屁股上乱戳，那头小母牛吓得惊慌失措，在原地来来回回踢踏着四蹄，要不是让师傅和他拦着，几乎随时会夺路而逃。关键时刻，带领朱安身实习的师傅，居然命他过去帮把手，就是用手掀起母牛的尻尾，好把那个敏感部位露出来，以便种牛能够顺畅进入完成交配。那天，朱安身目睹了公牛和母牛之间的情事，除了感到一阵血脉偾张之外，更多的还是恶心，尤其是大种牛发出粗野的哞叫声，以及那挂满了牛嘴和脖颈上的，跟肥皂泡一样喧腾的白沫子，他就差当场把胆汁吐了出来。师傅嘴角始终叼着烟卷，眯缝着两条肉虫子眼瞅他，一副不以为然的样子，后来见他蹲在牛栅旁边，像个小孕妇似的哇哇干呕，师傅便撇着嘴角嘲笑道，你真格是个学生蛋子，连这个也没见识过，我就不信，你在大学里没搞过对象？

不提这个还好。对象自然是要搞的，校园里有那么多的课余饭后和月下花前，不过那好像都是别人的勾当，这种时候，朱安身只能默默地靠边站了，他总是一个人躲进阅览室，或教室的某个旮旯，尽量装出两耳不闻窗外事，一心埋头苦读的好学生样子。由于相貌难看，四年的大学生活，对于朱安身来说，有时简直就是场噩梦。过去在老家念书，因为那时年纪毕竟小，对于男女方面的事也知之甚少，平时虽说难免会被某些调皮的学生嘲弄一下，但那时他自己并不太在意，因为那阵他的学习成绩突出，老师还算器重他的。可进入大学以后，这种局面立刻发生了改变：一者，他自己好像一夜之间成熟了，被一种很浓的羞耻感所包围，对于个人形象问题开始在意了；再者，班里一到周末和假日，不是组织大伙去郊游爬山，就是在教室里举办交谊舞会，男女生亲密接触的机会变得频繁起来。更要命的是，那阵子不知是心理负担太大，还是刚换了新环境水土不服，他的内分泌系统突然就失调得一塌糊涂，青春痘就像三月含苞待放的花蕾，那张原本就丑陋不堪的脸庞上，又暴增了这些疙疙瘩瘩的东西，乍一看去，简直跟公园里老猴子腚差不多，他当然没脸更没勇气去参加班里的任何集体活动。

他不得不悄悄上校医务室去做检查。大夫是个五大三粗的中年妇女，据说她还是某校领导的家属，手里整天抓着两根竹签子，在一堆花花绿绿的毛线团里兴致盎然地挑来挑去，活像一只正在愉快玩耍的老猫。学生进去半天了，她总是带搭不理的，充其量，腾出一只织毛衣的大手，浮皮潦草地捏捏学生的脖颈，或者，拿压舌板压压舌苔，然后来一句，没啥大不了的，回去多喝水，注意个人卫生，就完事了。好像，水是这里唯一能开出的灵丹妙药。轮到朱安身来看脸，女校医手里的竹签子始终没停，只那么歪斜着眼扫了他一下，女人脸上的表情就突然凝固，嘴巴莫名地张开，像是要打一个超级哈欠，却又因条件不成熟搁浅了，显然是被眼前这个年轻患者的相貌给震惊了。但是，女校医毕竟什么样的学生都见识过，马上就摆出一副职业性很强的敷衍神情说，这没啥大不了的，青春期吗，平时少吃辛辣的东西，没事别老拿手去抠它，还得注意个人卫生，过一阵子自然就好了。后来，经不住他的软磨硬泡，女校医总算是破例给他开了两小纸包维生素C、E之类的口服药。这个一贯以不给学生开药而著名的吝啬女人，也算破了一次天荒。也许，女校医只是不想长时间盯着那张丑脸吧，所以才速速打发他走人。

就是这张遍布粉刺的丑脸，还是引起了班上一名女生的格外关注。有一天，他们在去教室上晚自习的路上，一个名叫肖晓虹的女生，突然从后面赶上来，轻声地叫住了朱安身。当时，天色基本上暗下来，旁人并没有太在意，叫住朱安身的女生，跟电影里的女特务似的，以快得惊人的速度，将一个小塑料袋递给他，并且，以同样快的速度叮嘱道，擦脸药，我弟以前用过，很管用的，你按说明书每天坚持擦擦吧。在朱安身几乎没有完全看清女生的脸面时，肖晓虹已经快人快语地转身离去了，整个过程快得像眨了一下眼皮，等再睁开眼时，就像什么也没发生过。但正是这次飞快的传递和关怀，一下子就激活了那颗原本死气沉沉的年轻的心。

当天晚上，朱安身一回到宿舍里，就迫不及待地取出了那只小塑料瓶，白色的瓶身上贴有标签：炉甘石洗剂，外用药液，辅助治疗皮肤过敏、痤疮、湿疹等瘙痒症等。这应该是朱安身自小到大，近二十年来，头一次收到的女生主动送给他的物品，而且，是绝对的雪中送炭，急他所急，想他所想，那张脸再不好好治疗的话，他眼看就要崩溃了。他的心在莫名地狂跳，十根手指始终在颤抖，小小的塑料瓶，被他死死攥在手心里，潮湿的汗液漫漶起来，他像是攥着姑娘那颗火烫的红心。上床之前，他悄悄躲在卫生间的某个角落里，借着一抹昏暗的灯光，像头一次尝试化妆的爱美女生，手持药棉，将那种凉丝丝的如圣水般的药液，仔仔细细地在脸上涂抹了一层。尽管炉甘石的味道有些刺鼻子，而且，涂在那些红兮兮的粉刺疙瘩上，会产生一种隐秘的灼痛感，但他的心情从来没有那么舒畅过，他甚至透过那白石灰一样难闻的药液，清晰地嗅出一个女生最恬静

最生动的香气。后来，他躺在自己的床上，翻来覆去久久不能入眠，那个叫肖晓虹的女生，一会儿变得异常清晰，楚楚动人，一会儿又显得模模糊糊如隔云雾。他把肖晓虹在路上跟他说过的话，一个字一个字地，回想了若干遍，就像人们在睡不着的时候，不停地数绵羊那样，而几乎每一遍，他都觉得，自己一定遗漏了某个至关重要的细节或词语。他一直固执地认为，她一定跟他说了很多很多，只是一切来得太突然了，当时他简直紧张得快要休克了。

那段时间对于朱安身来说，一定有着非比寻常的意义。在连续擦抹了两周左右的炉甘石洗剂后，脸部的病情大为改观，那些恼人的层出不穷的红疙瘩，被明显压制住了，一种类似于久病康复后的自信和感念，让这个年轻小伙忽然跟换了一个人似的。他上课不再像往常那样，总是蔫头耷脑一言不发；课间，偶尔也能跟别的同学说说笑笑了；体育课上，他甚至主动报名，加入到男生的篮球比赛中，从而发挥出一个乡下小伙应有的耐力和体魄，让大伙对他多少有点儿刮目相看。

每天下午五点四十分左右，学生们由宿舍楼下来就餐时，都会顺手拎一两只空的暖水瓶，这些外表红红绿绿的玩意，通常先被大片大片地扔在开水房门口，等到去食堂吃过晚饭以后，大伙再顺路去开水房，灌满各自的暖瓶，然后成双结对地拎回各自的宿舍里去，这是大学生每天必做的功课。朱安身虽说其貌不扬，但身上有的是力气，毕竟打小就生活在乡下，农忙时节，他也得帮家里干两把地里的活计。朱安身总是尽可能快地吃完晚饭，然后迅速离开学生食堂，健步如飞地奔向开水房，在那一大堆花丛样鲜艳的暖水瓶里，准确无误地找到属于肖晓虹的那两只（上面用即时贴注明了年级姓名），当然他也会顺带再多拿两只，那是跟肖晓虹很要好的同宿舍的另一个女生的，他很小心地替她们灌满开水，一只手拎两三个暖水瓶，走起来路来脚步腾腾直响，好像浑身有使不完的力气。女生宿舍楼在男生的对过，那里每天都花枝招展的，引得无数男生望眼欲穿，又想入非非。一旦爬上陡峭的楼梯，走进幽暗狭窄的楼道，一股说不清道不明的香气，就会扑鼻而来，那时的朱安身活像一名训练有素的运水工，他通常不怎么敢抬头看人，只顾大步流星一路向前，即便遇到班里某个女生，他也视而不见，在把手里的暖水瓶款款放在主人的宿舍门口之前，他甚至连大气也不出一下。一旦手里的重物卸下，他立刻如释重负，转身一溜烟跑开去，又像是调皮的男孩敲响了别人的房门，却又溜之大吉，嘴里倒是发出类似口哨的嘘嘘声，仿佛完成了多么重大的使命。

但是，这份送暖水瓶的工作并未持续太久，因为那些喜欢叽叽喳喳的女生们，很快就把这桩趣事，添油加醋地传遍了全班的角角落落。最开始，还是比较积极正面的，她们说咱班可出了个活雷锋，号召全班男生要向朱安身同学学习；但接下来，事情就变了味了，说什么癞蛤蟆想吃天鹅肉，简直是痴心妄想……几个平素对肖晓虹颇具好感的男生，也仿佛原本属于自己的某项福利，突然遭到了一个相貌丑陋者的拦路抢劫，于是他们就依照雨果小说《巴黎圣母院》里的经典形象卡西莫多，也阴阳怪气地给朱安身头上安了一个雅号"朱西莫多"。他们私下里总吵吵说，快看快看，朱西莫多屁颠颠地要去学雷锋了……朱西莫多又献殷勤去了……朱西莫多爱上咱们的班花肖晓虹了。

有一晚正上自习课，一个男生故作娇滴之态，将自己的嗓音憋成女生才有的那种尖细的频道，对身边的另一个男生说，卡西莫多，我美吗？对方马上会意地加以应和和演绎，你太美了，艾丝美拉达！大伙稍一愣怔，整个教室突然就爆发出一阵哄堂大笑……在那喧哗的笑闹落幕之际，大家忽然听见另一个声音愤愤然地从某个角落陡然升起：喂，你们——真是——太过分了！此语正出自肖晓虹之口。她当时的脸色难看极了，好像是，刚被外面凛冽的寒风冻透了似的，青一块，紫一块，总之要多难看有多难看，一班同学从未见她这样过。打那之后，大伙就发现，肖晓虹再也不把暖水瓶随便放在开水房前，或别的什么地方了，她总是宝贝似的随身携带，不给对方创造任何可乘之机。

那张四周蒙了蚊帐的单身床铺，简直成了朱安身当时唯一有效的避难所，没课的时候，他总是把自己窝在里面，同寝室的人只能从外面看到一个模模糊糊的影子，好似一个虔诚的僧侣正在面壁打坐。他不主动跟任何人说话，有时别人向他打问一件什么事，他老半天也不吱一声，活脱脱成了一个哑巴。他一味地将自己囚禁在那个由发黄的旧蚊帐围拢起来的小小空间里，看书、听半导体小广播，或者长时间发呆，他几乎不再参加任何一项集体活动，时间久了，别人甚至都快忘了班里还有这样一个成员。那时，他唯一喜欢的活动，就是在熄灯以前，一个人去学校的操场上快速奔跑，跑完一圈又一圈，他尽量跑得像狂风一样快，让浑身上下热汗横流，不给任何一个熟人上前跟他搭讪的机会。也只有在这寂静昏黑的煤渣跑道上，他才感觉到自己不再那么孤单了，因为这里有呼吸不完的自由空气，头顶还有跟家乡一样深邃湛蓝的天空。有时，月亮也会恰到好处地照亮他阴郁愁烦的面部轮廓，他就轻轻闭上眼睛，完全凭着感觉摸黑奔跑。这种时候，他才可能忽略白天的种种遭遇，忽略别人险恶的冷眼，和无处不在的嘲讽。他唯一困惑难解的是，老天爷为何会让他以这样的容貌活在世上，或者，那个被称作同学的群体中，那些来自五湖四海的男生女生组合起来，竟是那么的强大而不可一世，除了那个充满善意的肖晓虹之外，他们每一张面孔都那么的狰狞可憎。

朱安身的第一场恋爱，不，更确切点说，是他大学时代唯一的暗恋或单相思，就这么短暂地夭折了。

二

醒来后，身边的男人已不知去向，被卷空成个狗窝样。

马娜一边喔喔地打着哈欠，一边懒懒地往自己身上套衣裙。她上身穿了件鹅黄色的开司米衫，尽管桃心领口开得不是很低，可那一对饱满的球形胸廓还是傲然凸现着；下面是条及膝的藕荷色条纹筒裙，里面配了肉粉色半透明的长筒袜，腰间还系了条装饰性很强的带金属扣的黑色细皮带，让她身材看上去很苗条。其实，这套装束比她平时要保守得多，因为朱安身在付给她钱的时候，顺带提了唯一的附加条件：记住，到时候可别打扮得太那个了。因此，出门前她尽量把自己收拾得像一个良家妇女，她几乎没敢怎么化妆，除了指甲的颜色艳了些。说心里话，她讨厌这种称呼，"良家妇女"直接对应了她们这种堕落的女人，就像好和坏、美和丑、真和假一样。

有时候，恐怕是极少极少数的时候，她也想过要当一个良家妇女的，清清白白，过正经日子，莫让旁人指指点点，可生活对于她来说，就像一个烂泥坑，她一朝不慎就栽了进去，结果从头到脚污染得没一处干净的地方。那时在老家，她听从父母之命，尚不足二十岁，就草草嫁给邻村的一个男人，婚后才知那人嗜酒如命，每天离开二两猫尿，简直咽不下饭菜，可一旦喝醉了，又肆意动手动脚，她的脸上身上，隔三岔五就会青紫起来，肿痛难忍，她终究受不了丈夫的家暴，几次三番跑回娘家避难，结果还是给男人软磨硬泡弄了回去，接着又是毒打，又是囚禁，甚至还锁在黑屋里，一连两天不给她饭吃。她后来到底想法子逃了出去，远远地去了外地，投靠一个老乡。哪知遇人不淑，这个女老乡在外面混世界呢，专门和男友哄骗和召集有些姿色的妇女，在城乡接合部做皮肉生意。她一开始当然蒙在鼓里，稀里糊涂就落入对方设好的圈套，先是被老乡的男友下药迷奸了，再后来人家又软硬兼施，说她条子展容貌受看，只要听他们的话，舒舒服服就把票子挣下了，干吗还回老家受那号罪呢。人就是这样，一旦跌入污泥浊水中，就算再多跌几跤，跌得再狠些，也都无所谓了。现在，这个丑男人肯花钱雇她扮演两天良家妇女，她既能轻轻松松拿到一份应得的酬劳，又可以在某种程度上，满足了做一下良家妇女的愿望，她又何乐而不为呢？

早饭一过，家里就出现了某种混乱。

先是唰拉唰拉清扫院子的声音，接着是丁零咚隆搬箱挪柜的声音，再接着又是唧唧咕咕母鸡拍打翅膀满院奔逃的声音，当然，这中间少不了大人孩子说说笑笑的声音，总而言之，混乱的局面里透着一股难以压制的洋洋喜气——尽管，在这家堂屋里间的床上，还躺着一个病入膏肓的老爷子。这个情况马娜早就知晓了，她来此的目的，很大程度上就是为了这个老人。昨天，乍一见到朱安身的老父老母，她的眼眶莫名地湿热了一下，怎么说呢，这对年迈的乡下老人，几乎跟她在老家的父母没有多少区别，一样的眉眼，一样的清瘦，一样的忧愁，一样的少言寡语。她人已经很久很久没有回过家了，只是逢年节寄些钞票或衣物吃食回去，一来怕那个醉鬼男人上娘家纠缠不休，二来自己干了龌龊的事，实在是没脸回去见人。她想，等将来自己存够了花销，或许可以在城里买套小房子，到那时候，再把一双老人接来享几天清福也不迟，百善孝为先，她懂这个理。

屋里屋外转了一大圈，始终没见到朱安身人影。

马娜不清楚一大早他上哪去了。想到夜间床上那一幕，她的脸皮微微有些发热，倒不是说她有多么矜持和害臊，这种事她经历得不计其数了，可这个朱安身给她的感觉太出乎意料，她简直就是拿热脸贴了人家的冷屁股，由此，她又觉得在这个丑丑的男人身上，似乎有种独特的东西，具体是什么，她一时还归纳不出来。与朱安身对她的态度完全不同，这家里几乎每个人，都对她笑眯眯的，他们都以热情待客的语调，轻声细语地跟她打招呼：小马起来了，夜里睡得好不好，饭还吃得惯吧……她觉得自己真的成了顶重要的一个客人。

客人，这个称呼她其实非常反感，在她昏天黑地应付男人的那个世界里，所有的男人都被称作客人，老板经常会打来电话交代，某个客人点名要你陪，马上过来！或者，你的那个老熟客又来缠你了，等等。一时半会儿她还适应不了，这家人带着讨好意味的亲近与问候，但她尽量装得一本正经，尽量让自己的举手和投足，都像个头回上门来的好女人，反正不能让他们瞧出什么破绽。她来这里就是装模作样演戏的，所有的戏都是假的，可假戏也得真唱，再说拿人钱财，替人消灾嘛！所以，她不能总在人家忙乱无序的院子里晃来晃去，那样肯定有失礼数，她得礼貌性地去做点什么，比如帮他们随便干点家务活儿。她想去搭手拔拔鸡毛的，可刚在那只冒着腾腾热气的水盆前蹲下身子，朱安身的大姐就好心好意地说，用不着你插手的，当心溅脏了新衣裳；之后，她又想去伙房里试试，正在那里吭哧吭哧揉面团的，是朱安身的二姐，这个胖乎乎的矮个子女人，扭过脸对她说，小马，你还是去堂屋歇着吧，咱家伙房实在太憋屈了。朱家的厨房确实又矮又小，简直像个小煤房，她觉得自己要是待在里面，那个胖女人一定会喘不上气来的。这样一连几次，她都没能帮上啥忙，最后，只好一个人低头走进堂屋。

堂屋是那种里小外大的套间，昨天她已经在里间屋里正式见过朱父了。听朱安身说，老人几年前患了脑溢血，从此便中风瘫床不起，连屎尿都不能自理，到后来竟话也说不成了，只是心里明白，这个家就苦了朱母。现在，她百无聊赖，一个人坐在堂屋的一只很破旧的沙发上，沙发的扶手早被人摸得油黑放光，乍看上去，很像两块硬邦邦的生铁，屁股下面的灰布垫子也坑坑洼洼，有一处破了鸡蛋大的洞，黑黢黢的弹簧钢丝，脏兮兮的棉絮团，都如开了膛的动物内脏，清晰可见。她不无嫌弃地将自己的屁股稍微挨那么一点儿座位，生怕弄脏了自己的新裙子，或被弹簧扎着。空气中始终弥漫着浓浓的草药气和尿臊味，她的鼻子不时地一抽一抽，很快，她就爆发了两个响亮的喷嚏。

外间屋除了有一台十几寸很老式的电视机外，再也找不到任何一样家用电器了。她实在是闷得慌，就起身去摁下了电视开关，一串刺耳的噪声直戳耳膜，她的目光就在茶几和桌子上搜寻起来，想找到电视遥控器，可半天什么也没发现，她只好随便用手指去摁屏幕右下角几个同样黑得出奇的按钮，总算是把那惊人的音量调小了，后来屏幕也终于浮现出人脸，仅有的一个地方台，正在播放电视购物节目，推销员夸张的语气和矫揉造作的表情，让她觉得很搞笑，那几位起初还是平胸的女人，因为试穿了同一款婷美内衣，胸部立刻产生了不可思议的丰满效果，于是，她们便傲傲然地挺胸抬头，众口一词地讲述着早就设计好的台词：从此可以做自信女人，让男人整天跟屁虫似的黏着你……她觉得，这些女人真够贱的，大庭广众，多不要脸啊，两只手就那么在胸罩上摸来摸去，丢先人呢！于是，她近乎气急败坏地关掉了电视。与其说是电视上的模特让她感到很不舒服，倒不如说是这样的画面，让她不由得联想到自己有时为了讨好某个客人时的所作所为。

就在这时，她听到哐啷一记巨响，类似瓶罐之类的东西突然坠地的声音。她愣了一下，忙侧耳细听，一串含含糊糊的呜呜声，从里间屋缓缓传来。

那间屋子没有安门，只是挂了一条用零七碎八的布头缝制成的帘子，她就循着声音走上前，轻轻掀起那道布门帘，整个人再次怔住了。靠里挨着窗户下面，有张木头板拼凑起来的简易床，朱父正面朝她的方向侧躺着，青灰色的瘦脸小得像只山核桃，由于半拉脸是陷在枕头里的，好像那只核桃被谁敲开后拿走了一半。老人的一只手弯曲着，垂悬在床沿外，似要竭力伸开，又像是想抓住什么的样子。顺着那张同样苍青枯瘦的老手的方向，她的目光旋即落在地上的一摊液体上，倒扣在那液体上的，还有一只浅蓝色塑料尿壶。不用猜，朱父一定是自己摸索着想要小解。今天，包括朱母在内的所有家人，都忙得不可开交，朱父就被人们暂时忽略了，没有谁还顾得上他，病人大概只能自己想办法解决了。那个蓝塑料尿壶，原先是放在紧挨着床头边的一只小方凳上，老人卧床多年了，几根手指犹如痉挛的鸟爪，均扭曲着往内蜷缩，想要准确地拿起那只尿壶，对他来说太不容易了。

马娜的鼻孔急速抽动了几下，那股子顽固的尿臊味，几乎快让她窒息了。她一时有些进退两难。她想，自己应该立即转身出去喊人帮忙，但一只脚刚跨出里间屋门槛，耳边就冒出一个奇怪的声音，喂，你难道不是人吗，这种事你还好意思去叫别人？你是没长手，还是没长脚呢……于是，她就被这个有些庄重的声音重新拉回到里屋，她绕开那片亮晃晃的尿液，谨小慎微地往里走着，她在手指能够到塑料尿壶的地方弯下腰身，她尽量屏住呼吸，但越是这样，那难闻的臊臭味越让她心烦意乱。

这时，马娜闪烁的目光，就跟躺在那里的朱父不期而遇了。

昨天，她已经被朱安身很隆重地介绍给了朱父，所以，此刻对方的眼光里就流淌着长辈特有的那种羞赧和无奈，她觉得他的样子好可怜，是那种既需要别人帮助，又羞于启齿的窘迫。况且，他要面对的还是他儿子的对象，未过门的儿媳，尽管她知道自己狗屁也不是，充其量只是个女骗子。这样胡乱思忖时，她已用右手三根手指，从地上艰难地捡起了尿壶。那一瞬间，喇叭状的壶口，还在滴滴答答往下流淌着什么。她的肠胃一阵翻涌，恶心，想吐，最好一走了之，但最终都让她强抑住了。她表现得很像一名训练有素的演员，该哭的时候哭，该笑的时候笑，任何困难都能坦然面对。她伸过另一只手，从朱父枕头边上抓起几片手纸。那些手纸，一看就知是由廉价劣质的大包卫生纸剪出的小方块，厚厚地摞在一起，方便病人平时使用。她拿起纸片去擦尿壶的外壳，她尽量让自己擦得仔细一点儿，因为她发现，此时朱父的目光老半天都没有离开过那个尿壶，像是在严格审查她这个未过门的儿媳如何做事，以便在关键时刻拿出他自己的意见。

擦完尿壶后，她才重新抓着这个塑料玩意，身体尽量往床边靠了靠，然后探过头去问，叔，你还要用吗？她的口气带着一种关切，她尽量不让内心的那种厌嫌和恶心表露出来。老人像是没听清，或者，听到了，只是不好意思表达。她觉得自己应该再多说点什么，以打破眼下的尴尬局面，她想了想才说，没事的，叔，你跟我老家的父亲差不了多少，他有一年摔伤了腿，在家整整躺了三个月，都是我跟我妈服侍他的。她这样说，是为了打消了朱父此刻的顾虑和羞赧，当然，这同样也能打消她内心的种种不适感。对方又沉默了片刻，下巴颏终于抵在枕面上，微微动了几动，干瘪的嘴唇使劲往里抿着，牙床顶得高高的，晶亮的涎水如缓慢的溪流，正顺着嘴角漫延到枕巾上。这应该是表示，他需要继续小解吧。

她稍一犹豫，便自作主张地掀开了对方的被角，当她手指哆嗦着，将尿壶口对准老人下身，递过去的一刻，她的心还是莫名地狂跳了起来。朱父的私密处似乎也是病态的，萎缩的，甚至丑陋不堪，她都有点儿怀疑，对方还有没有小便的能力。

为了不打搅病人方便，她迅速转过身去，背对着朱父。她让目光落在墙上挂着的一只小相框上，那里应该是一张多年前的全家福，她靠近相片，细细端详，她很快就从很小的一堆头像里，找到了朱安身。相片上的他，似乎比现实中更丑一点儿，也许是那张脸太过严肃的缘故吧。她又挨个把上面的每张脸都打量了一番，她发现，朱安身的几个姐姐好像也没那么丑，朱父朱母也没那么难看，可唯独这个朱安身，好像基因突变后的一个怪胎，丑到了惊世骇俗的程度。

马娜拎着尿壶一走出堂屋，就跟迎面匆匆赶来的朱母碰上了。

啊呀呀，小马，咋让你拿这个啊……都把人忙糊涂了，快快给我吧……小心弄脏了你的手。

朱母一连声说着十分过意不去的话，一面慌里慌张从马娜手里抢过塑料尿壶，然后勾着头，见不得人似的，急冲冲朝院墙根下的茅房碎步而去。

很快，朱母就回来了，脸上的笑容多少显得有些不自然，但依旧带着道歉式的讨好，仿佛无端地让儿子对象拿这种脏东西，做老人的脸面无光似的。朱母利索地回屋端了脸盆，进伙房打来了半盆清水，又拿出一块新鲜的香皂，和颜悦色地招呼她说，小马，你快过来，好好洗一洗。

马娜觉得朱母的表情始终带着羞赧，就给她宽心道，阿姨，这没关系的，谁家还没个老人呢。

朱母就垂手站在一旁，像个本分的老用人，伺候着小姐洗净了手，又取来一条粉嫩粉嫩的毛巾，这东西正散发着一股乡野味很浓的商品气息，一看就知是才新买的。

马娜用那条毛巾擦手的工夫，朱母才又叨咕起来。

我寻思着，姑娘大老远来一趟，怎么也得去外面，买个新胰子新手巾，给你使，我知道你们在城里，都卫生惯了的。

朱母顿了片刻，又啰嗦道，刚刚真是多亏了你呀，要不他准又弄得一裤子一床单，害得我又得大洗一场。唉！人活成这样，真是家里的负担啊。

马娜忙接过话头，说，家家都有本难念的经，再说上年纪的人嘛，谁没个病啊灾的。

朱母微微点点头。谁说不是，咱这个家，姑娘你全都看到了，安子他爸一躺就是好些年，可把一家老小拖累苦了，安子好歹也算是个大学生，可到现在都没成个家，愁得我和他爸夜夜睡不着……这回好了，小马你不嫌弃咱安子，不嫌弃咱这个烂杆家，他爸就是哪天真走掉了，也瞑了目……

忽然，竟无言以对。

马娜发现，朱母说这话时的眼神，充满了渴望和欣慰——那渴望几乎是望眼欲穿的，那欣慰更是苦尽甘来的。所以，她再也不敢正视对方的眼睛了。她觉得自己有罪，且罪不可赦。

三

朱安身总算是把自己跑得汗流浃背双腿绵软了。

这是他一贯的伎俩，每当在生活中遇到过不去的坎，他都会找个没人的地方疯跑那么一通。可一旦停下来，大口大口喘气的间隙，那些漫漶如潮的思绪，又将他扯进一种无法摆脱的烦扰之中。他使劲抽了自己两个嘴巴，脸颊的痛感并不明显，倒是沾了一手的湿汗，汗液带着秋天早晨特有的清凉，他就拿手背来回抹着自己的额头，一股凉风当头吹来，他禁不住打了个响亮的喷嚏。现在正是秋高气爽的时节，天空蓝得有些忧郁了，偶尔掠过一群灰头土脸的麻雀，它们的翅膀几乎一动不动，只是发出那种很闹的聒噪声，他下意识地朝家的方向望着，一时间竟不知该不该回去。

他发现自己犯了一个天大的错误，而且，这错误看来已经无法弥补了。他亲手把自己拴在了那该死的套上，他成了一头盲目拉磨的青驴，只能顺着昏暗的磨道，一圈一圈愚蠢地往下走了。这荒唐透顶的点子，到底是怎么从脑壳里蹦出来的，他现在一点儿也记不清了，反正昨天下午，他确确实实把那个跟自己八竿子都打不着的野女人领回家来，而且，还装模作样地把她介绍给父母，说是他在城里找的对象。现在，一家老小都忙得不亦乐乎，他们并没看出什么破绽，相反一个个都好像很喜欢那个叫马娜的女人，他对这种莫名的操办自然是极力反对的，可母亲却板起脸跟他说，这事可不能再由着你的性子，咱们该走的程序一定要走，再说，你爸那病也不是一天两天了，兴许趁着这回家里热闹热闹，还能给他冲冲喜呢。姐姐们也都站在母亲的立场上，轮着番儿，好说歹劝，意思是他确实老大不小了，该尽早把婚事定下来，省得家里人着急。她们还一个劲质疑他，安子，你到底犹豫个啥呢，人家姑娘长得那么俊，哪点配不上你，你说啊，你说啊？他一下子就被堵到南墙上，没有退身步可走，他自然是没勇气揭穿自己编造的谎言，那样就等于是往爹娘亲人心口上捅刀子，他们含辛茹苦省吃俭用把他供养成一个大学生，一个有固定工作的城里人，他至今也没有什么可以报答的老人的，他原以为用这个善良的谎言，至少可以让弥留之际的老父亲不那么遗憾，不想却弄巧成拙，让自己骑虎难下了。

可以说，长了这么大，他从来也没有像此刻这样，深深地怀恨过一个女人。如果说大学同学肖晓虹只是让他贫瘠的青春湖面泛起一丝小涟漪，而后又迅速归于平静的一粒小石子的话，那么，几年后单位里新来的同事丁茉玲，才是使他情感的池水真正荡漾起来的一块巨石。照老规矩，新来畜牧站的小年轻都要由师傅带一带，领导考虑朱安身为人老实，工作也拿得起来，又是个铁杆单身，且个人问题一直未能解决，或是有意要成全他，就让他做了小丁的实习师傅。起初，他多少有些畏难情绪，自己屁股后面整天跟着一个女徒弟，在牛栏羊圈和科室之间转来转去，监测那些牲畜吃喝拉撒，帮它们完成一次次交配，或人工提取动物精液，为科学合理育种探索新路……想想都觉得臊得慌。可领导拿话刺打他说，狗日的朱安身，别不识抬举了，把全站最美的差事派给你，是组织对你的信任！朱安身迟钝地抠抠后脑壳，没等他张嘴辩解，领导突然长叹一口气说，唉，咱这鸟不拉屎的破单位，这些年就没留住一个年轻女的，都走马灯似的晃上一圈，就颠了，这个小丁也不例外，你就当她是个学生娃娃，来这里新鲜两天了事。就这样，新来乍到的小丁，整天师傅长师傅短地，跟在他后面开始毕业实习了。

要说，小丁这姑娘长得实在一般，个头不足一米六，皮肤是那种标准的小麦色，唯独有一双会说话的黑眼睛，看人时目光总是闪闪烁烁的，好像两摊碎玻璃碴子，阳光一照，到处都熠熠闪亮。这姑娘倒也嘴勤，叫起师傅来，比唐僧的仨徒弟都叫得亲热。畜牧站的职工宿舍，是一排砖瓦平房，还是八十年代的老房子，小丁一来，就被站里安排在这住下了，其实

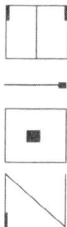

跟朱安身的宿舍仅隔着一面墙。事实上，除了他们这两间房真正住着单身，其他的房子，都让那些成了家尚未买房搬走的职工占用了。所以，每当午饭和晚饭时间，宿舍门前就热闹起来，好几对小两口在屋檐下面的小炉子上煎炸烹炒，弄得油花子刺刺啦啦四处飞溅，间或听到男女叽叽呱呱在说笑，还有几个小屁孩在院子里追逐嬉闹。

小丁只在职工食堂混了一个礼拜，就再也不肯去打饭吃了，她在饭桌上跟朱安身嘀咕过两次。师傅，你天天吃灶上的破饭，不觉得难受啊！当时，朱安身不置可否只顾低头扒饭，他向来不跟同事磨叽什么，甚至连头也不怎么抬起。等到下一个礼拜，小丁神不知鬼不觉地，就从外面买回了煤油炉，以及锅碗瓢盆之类。那天临近吃晚饭时辰，朱安身像往常一样，刚拿着饭盆从那间黑乎乎的宿舍钻出来，就被小丁给拦住了。只见她手里拎着一只雪亮的菜铲，腰间系着有碎喇叭花图案的新围裙，鼻尖上亮亮地爬了一层细汗，样子像个大师傅。原来，这姑娘正在门台前的小煤油炉上翻炒蔬菜呢，小黑铁锅热气喧腾，香味扑鼻。师傅，晚饭别去食堂吃了，也让你尝尝徒弟的手艺嘛。朱安身稍一迟疑，摇摇头继续往前走。小丁却从后面一把拽住了他的胳膊，师傅，师傅，人家都给你做上了，你要是不吃，撑死我一个人也吃不完啊。朱安身就盯着挥动锅铲的姑娘，心里忽然有种异样的波动，他觉得一个忙于锅灶的女人，身上实在是种叫人难以抗拒的魅力。

打那之后，师徒二人便越走越近乎了。吃饭这种事也被二一添作五，通常是朱安身提前溜出单位，去外面巷子里小摊贩那边，买点菜啊肉啊蛋啊，小丁则负责在宿舍门口拉开架势深加工，然后两个人头对头，围在小丁宿舍里的一张小条桌边吃起来。小丁会做西红柿炒鸡蛋、麻婆豆腐、蒜薹烧肉片和酸辣土豆丝，尤其是土豆丝，总是把朱安身吃得不亦乐乎。每每，小丁在煤油炉前忙乎起来，朱安身就不远不近地捧着一张过期的报纸，看似在浏览上面的新闻，实则是站在一旁偷眼观瞧，眼神里透出几分欣赏和赞许；有时，他也会身先士卒地打打下手，像拣个葱剥个蒜之类的小活儿，反正这种时刻，他的眼里鼻里嘴里心里，都弥漫着菜蔬浓热的香气，这气息自然也包含了一个年轻女性独有的芳香，他是愿意沉湎于其中的。

他本来是个极少照镜子的人。宿舍里仅有的一面巴掌大的圆镜子，也是偶尔刮胡须时才照一照的，等吃到了小丁亲手做的饭菜后，他再回到房间里，就平添了一项爱好，他会情不自禁地抓起窗台上落满灰尘的小圆镜子，用衣袖抹一抹，再很认真地照那么几下。这种时候，他多么希望镜中的面孔能对得起观众，能对得起人家做的可口的饭菜。可是，现实总是残酷的，那张脸好像故意跟他作对，肤色麻黑不说，上面尽是坑坑洼洼和疙疙瘩瘩的，早些年汹涌而来的青春痘，给他留下了难以磨灭的印痕，而近期由于荷尔蒙分泌过甚，那些玩意又开始此起彼伏雪上加霜了，甚至连粗短的脖颈上，也捣乱似的爬上了好些个痘痘，那些红兮兮的痘尖，都泛着阴险的奶白色光。于是，他郑重地对着镜子照，恶狠狠地用两根手指去挤掐那些玩意儿，他依稀听到砰的一声，乳液般的粉刺头破茧而出，继而，有股股的红色从豆口涌出，他用手指头蘸了那血滴，吸血鬼样凑在舌尖上吮吸，血腥味十足。他恨透了它们。

时间稍长，左邻右舍便都瞧在眼里，大家再见了朱安身，脸上就露出那种不同以往的怪笑，或者轻浮地啧啧舌头，或者阴阳怪气地挤眉弄眼，言外之意是：嘿，这丑八怪也有时来运转的时候！

在大学里，朱安身就不太容易跟人打成一片，等到了单位，依旧是孤家寡人一个。所以，对于旁人的态度，他是极其敏感的，他就像一只落魄而乖戾的狗，因为总是铭记着过去的伤痛，他更善于远远地蹲在人群之外，这样一来，人们的每次举手投足，他都可以清晰地觉察到，并迅速作出有效反应。既然觉察到了，他就不能不在乎。在乎的办法只一个，那就是，继续埋头去吃他的食堂，远远地避开小丁，还有她那只热火朝天的小煤油炉。

哪里知晓，这天小丁竟大大咧咧撺到职工食堂里，他明明都排好队正准备打饭，硬是让这姑娘死拽着胳膊，从队伍里拖了回宿舍。

小丁一直佯阴着一张瓜子脸，咬住红红的下嘴唇，给他端上热乎乎的饭菜，又递来一双筷子。想吃食堂，也不早说呀，害得人家等了这老半天，菜热了两回，都馊了。女人的抱怨从来都带着一股撒娇意味的，他立刻惭愧得闷口吃起来，我……我临时忙……忙手头的活……时时间太太晚了，就就……小丁拿鼻子轻哼了一声，就什么就，还不快吃，待会儿可要罚你刷锅的。有时候，连女人的惩罚似乎都带着那么一丝甜蜜。吃过饭，他积极主动要去刷锅，却让她一把挡住，说哪好意思让师傅干这个，你歇着吧，还是我来。女人他自然是搞不懂的，因为他实在缺乏这方面的经验，他只知道，自己不该对女人抱有什么幻想，这是他的宿命。

看着小丁利索地干完了活，他觉得有些不自在，一个劲说着抱歉的话。小丁擦净双手，要摘自己身上的围裙，双手在背后摸索了一会儿，未能弄开，就对他说，师傅，你帮个小忙呗，刚不小心，挽成死结了。说着，转过身把后背支给他，他没多想，笨手笨脚去解那围裙带子，折腾了好几下，都未能解开。小丁就埋怨说，你们男人真够笨的，怎么连这个也弄不开。女人的这种嗔怪，听了会叫人心猿意马，他昨天刚好剪了指甲，系带又太细了，近来，他的指甲和头发都修理得好勤快。他一面笨笨地嘟哝着，一面低头继续摸索，好像遇到了一道棘手的物理难题，额头几乎毫无意识地触到了她的后背上。姑娘头发好长，垂柳细枝样纷纷披散下来，就在他的脸庞和鼻梁上来回划拉，那发丝携带着饭菜气息和洗发香波味儿，痒酥酥的，把他撩拨得终于打了个喷嚏。女人就应声发出一次尖叫，好像被他的声响惊到，忽而一转身，两个人就满怀满面地撞在一处。

小丁傻呵呵乐着，然后像脱毛衫一样，自下而上去褪除那件该死的围裙。当她双臂高高举过头顶时，他一下子就看到了，那裸露出的好大一截细的腰肢，以及潜藏在薄衫下面黑色球形的文胸边廓，兴许是黑白相衬的缘故，那腰身和腹部就跟鲤鱼肚般雪白光滑，这该是他平生头一回，如此近距离，又如此清晰地看到女人姣好的身体，他的心跳骤然加速，血液如同滔天洪水倒灌进了大脑。他依稀听到，喉咙脆骨嘎巴巴响起来，像被拧动的发条，整个人就跟短路似的，痴也乜呆住，两眼死死抠住对方，一眨不眨，像极了饿死鬼，看到了一桌子丰盛的美食。旋即，他的双臂老鹰样忽地张开，再一用力，就将姑娘的腰身箍住了，他把脸紧紧贴近姑娘胸口，拼命嗅闻着那迷人的芳香。

那一刻，他满脑子都是日常见到的情形，大大小小的牲畜恣意交配，那种野性的气息和辣眼的画面，瞬间就将他体内的荷尔蒙全部点燃了，他觉得自己忽然变成一头哞哞吼叫的发情期的公牛，不顾一切地冲出栅栏，扑向眼前这头温顺可人的小母牛，以至于完全忽略了对方惊愕的表情，还有那愤怒的眼神……女人毕竟不是母牛，女人有自己的头脑和思想，有自己的判断和选择，只有母牛才会逆来顺受，女人不会，非但不会，面对男人的强迫，她会奋起反抗。几乎同时，小丁裂帛般尖叫着，她那几根锋利的指甲，毫不留情地，如闪电般划过那张因亢奋而更加丑陋的面颊：混蛋！流氓！丑八怪！你真让人恶心……

喂——是朱安身吧？

随着吱嘎一记刹车声在耳边响起，一只油光光的秃脑袋，就从捷达轿车的窗口探伸出来。

哈哈，车还老远呢，我就瞅着像你嘛！刚才我去找商店买包烟，正好碰上你老娘了，我听她说，你趁十一过节，领着对象回家探亲。

朱安身迷乱恍惚的情绪，暂时被那刺耳的刹车声喝住了，一股呛人的尘土早裹挟着油烟味将他笼罩起来。他只好皱着眉眼，去瞅那只油亮的大脑袋，一时竟有些茫然，对方似曾相识的样子。

光脑袋已经推开车门，径自站在他面前了。怎么？连哥们也不认识了？对方高声大嗓地说话时，一只同样油腻腻的大手掌，用力拍到他的肩膀头上，像是要强力帮他唤醒某段沉睡的记忆。

操，我是你中学同学方寅虎啊，妈的，当了几年城里人，就把老同学忘光了！

直到这时，朱安身才强迫自己想起了这光脑袋男人。如果没有记错的话，念书那阵子，这家伙头上隔三岔五就生些顽固的癞疮，弄得一坨有发一坨没发，跟野狗啃过似的，后来他索性全剃秃了省事；他上课不是跟同座说话，就是搞些小动作，最擅长的是给女生投纸蛋，有时还传些莫名其妙的字条，惹得别人都讨厌他。兴许是有一颗癞疮头，常常遭同学们白眼，时间久了，他倒是很愿意跟朱安身搭讪，一个天生相貌埋汰，一个癞头秃脑，他俩在一起倒也般配，多少有点儿惺惺惜惺惺的味道。当然，更主要的原因是，那时朱安身成绩一直名列前茅，方寅虎就总想套近乎，抄了他的标准答案应付老师检查。眼下，方寅虎的脑袋越发油光可鉴，像是打过一层精致的蜡油，后脑勺上的肉褶子，跟爬虫样一条一条乱颤。露在外面的右手臂上，有只青蓝色的虎头文身，那老虎龇牙咧嘴，虎口喷着寒气，要咬人似的，根根须毛更是逼真可见。加上紧身的圆领黑T恤，深灰色牛仔裤，使这个光头男人看上去十分生猛，仿佛黑社会影片里的大哥大。

走走走，快上车，好让老同学也载你一程！

方寅虎不容分说，几乎形同绑架，硬拿那只刺了虎头的手臂，将朱安身扭扯进银灰色轿车里。汽车呜啊呜地驶出一段距离了，朱安身才无话找话问了句，那你也是回来看看的？方寅虎白了他一眼，狗屁！家有啥好回的，要不是两个老的想孙子了，非让我趁着过节送回来瞅上一眼，我才懒得跑回来呢，这烂杆地方，一辈子不回来也不想。顿了一下，话锋一转，你小子总算搞上对象了，人长得咋样，漂不漂亮？还行吧，朱安身心虚地嗫嚅着，声音小得像秋后的蚊子，同时，尽量回避对方探询的眼光。哼，我原先以为，你真打算做一辈光棍汉呢，到底还是憋不住了吧！方寅虎的语气里，或多或少带着一种揶揄和讥笑的成分。要说呢，做光棍也不赖，一人吃饱，全家不饿嘛！哪像我，要在城里做生意挣钱养家，成天忙得贼死，都快把老子烦球死了！

朱安身实在不知道再说什么好了，这种不期而遇，让他一时半会儿无法适应，先前的那一通马拉松式的长跑，确实让他四肢绵软无力，此刻任由捷达车载着他空茫的大脑和疲惫的身体，一味地在乡间的土路上颠簸。倒是方寅虎的话匣子拉开了，天上地下，东拉西扯，说他这些年怎么在城里辛苦打拼，说他为了承包绿化工程，没日没夜地在酒楼和歌厅应酬，说他老婆一下子就给他生了一对双胞胎儿子，最后又讲到房子车子还有乱七八糟的女人……他虚虚实实听着，脑海中却不时地浮现出早已远去的画面，往事隔着一层薄薄的水雾，时而朦胧，时而又清晰。

兴许是见到这位老同学的缘故，追忆的触角最大限度地伸展开来，一下子就够到了往事的最深处。朱安身竟破天荒地记起来，那时自己在物理课学过的一个定律：浸在静止流体中的物体，受到流体作用的合力大小，正好等于物体排开流体的重力，这个合力又被称作浮力。此刻，他甚至还能背出那个著名的阿基米德定律的计算公式：$F浮 = G排 = \rho 液 \cdot g \cdot V 排液$。而在当年，他确实是班上为数不多，能够熟练掌握这种运算法则的好学生之一，像方寅虎这样的笨蛋，一遇到阿基米德这外国老头，就彻底傻眼了，用物理老师的话讲，你们的脑子完全短路了，难道你们都是旱鸭子没游过泳吗，这么简单的道理怎么就想不通？那天，物理老师在震怒之余，忽然将那种赞许的目光，投向了腰板挺得笔直的朱安身，还当众表扬他是今天唯一作对题目的好同学。之后，老师又声情并茂地阐述道，同学们，阿基米德定律不光是一个物理学概念，它其实对我们的人生也有很重要的启示，物体在流体中的状态不外乎三种：漂浮、悬浮、沉浮，而我们有的人，可能一辈子都浮在生活的水面上，时漂时悬，起起落落，还有的人几乎一直沉浮下去，永无出头之日……

时间过去那么久了，现在突然想起老师当年在课堂上的谆谆教导，他的内心不由得为之一振。现实中像方寅虎这样的人，学习一窍不通，成天游手好闲，就靠抄别人的作业打发日子，可如今也在城里混得人模狗样，要风得风要雨得雨；再看看自己，从中考到高考再到后来参加工作，一路可谓过关斩将，可到头来又能怎么样呢，不过是守在一个半死不活的破单位混口饭吃而已，三十大几的男人，要房无房，要车无车，就因为长得太丑，连个女人也讨不到，到头来居然昧着良心，领一个野女人回来糊弄家人。

俗话说得好，货比货得扔，人比人得死。朱安身从未如此强烈地意识到，自己这辈子竟惨败至此。

四

汽车到底是汽车，朱安身花了半上午时间，拼了老命跑出去的那段路程，眨眼间就让人家四个轮子给转了回来。

朱安身原本打算早点下车的，他说，寅虎你忙你的吧，可别耽误了你的行程，我自己慢慢走回去。可方寅虎的兴致似乎还很高，一个劲说，咱俩还客气个球，不就是一脚油门的事。捷达轿车轰地一下子，就把家门前的小土路堵得死死的，银光闪亮的车壳，跟朱家破败萎靡的院门，还有低矮的土院墙形成了巨大的反差，好似贫民窟里，猛不丁冒出一个穿金戴银大腹便便的暴发户。

汽车的戛然而至，立刻将正在院里忙乎的人都吸引出来，当然还有一直无所事事的马娜。马娜见朱安身从小轿车里钻出来，就忍不住嚷嚷起来，这半天你去哪躲清闲了，害得人家到处好找呢。她的口气天生带着一丝淡淡的幽怨，给人的感觉是，他俩正如胶似漆，她是一时半刻也离不开他的。当然，她只是在演戏，在尽自己的本分，这两天她不能让任何人挑了理。朱家三姊妹则一面艳羡地踅摸小轿车，一面窃窃连声说着什么；朱安身的几个小外甥早飞奔到车边，小手不停地去摸摸车鼻子拍拍车脸，嘴里发出嗷嗷的欢叫，孩子们在这种时刻，都变成活蹦乱跳的小雀儿。况且，这辆车还是他们的舅舅坐来的，孩子们也由此对这个一直待在城里的长辈肃然起来。朱安身正要挥手跟车里的人告别，驾驶室的门又一次打开了，随即砰的一声用力合上。

方寅虎摇头晃脑地朝大伙走来。他的步子迈得有些夸张，尤其那颗肥硕的大脑袋，在阳光的映射下，愈发地耀眼夺目光彩照人，好像太阳的光芒，全部集中到他的头上去了。

朱安身欲跟老同学作别的话未及脱口，这阵子，朱母偏又颠着细碎的脚步，挤进儿女们中间，她身材矮小，挂在皱巴巴的脸上的笑，总显得那么卑微，她几乎有些低声下气地对方寅虎说，哟，你可是稀客呀，好久也不见回来一趟，今儿赶得巧，要是不嫌弃，就请来家里吃个便饭吧……

方寅虎习惯性地用手抹抹光脑门，好像那里有很厚的一层油水，需要他不停地揩抹。要说啊，过去念书的时候，我可没少来蹭大妈家的饭，你比我妈做的好吃多了。朱母闻听更加喜悦，忙扯扯朱安身的胳膊肘，安子，你还愣着做啥，还不快把你同学让进屋去。虽然朱安身露出左右为难的神色，但母亲已经发了话，他就不能撵人家走吧，便随声附和道，好，好，快，快进去坐。

好在此刻方寅虎并没留意他，那两只圆鼓鼓的蛤蟆眼只顾盯着马娜上下打量。大伙一起往院里走的时候，方寅虎突然扭过头，问旁边的马娜，你就是安身的那个对象喽？马娜很端庄地微笑着，并轻嗯了一声。朱母忙接过话头，你可不知道，这姑娘又懂事又勤快，这不，头回上咱门上，就知道给安子他爸端尿罐呢，我们老朱家可真是烧高香了……

母亲言语间流露出的那份心满意足，着实让朱安身内心一阵翻涌，仿佛谁不慎碰倒了他腹内的五味瓶，横竖不是个滋味啊！他把头低到了不能再低的位置，眼睛直愣愣瞅着自己的鞋尖。那双黑皮鞋上沾满了乡下的尘土，都看不出鞋帮的颜色了，龌龊得叫人鄙视。

接下来的时间，堂屋里充满了欢声和笑语。午饭足足准备了一大桌子，什么鸡鸭鱼猪牛羊肉，芹菜蒜薹茄子荷兰豆，甚至还有一盘刚炸出来的鲜虾，男人频频干着白酒，女人和孩子们则甜滋滋喝着饮料，大瓶的雪碧往出倒的时候，总是奔涌着欢腾雪白的气泡儿，惹得小孩子老是唏唏嘘嘘地叫。

朱父也被破天荒地从病床上架了起来，活像一个直不愣瞪的大号木偶，被女儿女婿安放在那只有扶手的旧轮椅上，身体两侧各用一只大枕头强撑起来。这辆轮椅，还是几年前朱安身从城里的旧货市场上淘来的，当时花了不到五百块，旧是旧了点儿，收拾一下也能凑合着用。之前，他去药店和医院打问过，新轮椅都死贵死贵的，尤其是那种带什么功能的，动辄要好几千块，后来考虑再三，他还是给父亲买了辆旧的。轮椅被送回家后，朱母见那人造革屁股垫磨破了，蜡黄色的海绵露出拳头大的两团，看着很像怪物的眼睛。朱母就用一块半新不旧的蓝涤卡布包住了垫子，又把左右扶手用积攒下来的花布条缠了一遍，这样人手扶着，就不感到金属的冰冷了。他们今天还给病人换了身干净点的衣服，头上还捂了一顶卡其色的鸭舌帽，简直跟过最隆重的节日一样。又生怕吃东西给污染了，就跟通常对待孩娃那样，绕着老人的脖颈，围了条半新不旧的蓝道道毛巾，这样涎水淌下来，就能拦截得住了。

朱母始终就坐在轮椅边，欢快的表情多少有些呆板。她偶尔才挑选一筷子极软和的小东西，慢慢塞进病人的嘴里，并顺手掀起毛巾的一角，机械地沾沾那只向一侧严重歪斜的嘴角。其实，吃对于朱父而言，仅仅是象征性的，食物含在他干瘪空洞的口腔里，半天也不见动一下，反倒引发了口水肆虐，朱母就不得不惦记着老去擦拭，而每次，她都会皱着眉头自言自语什么。

朱安身当然要跟马娜相邻而坐了。在他俩左右，还有临时请来捧场的姑妈姑父叔伯之类，人们一味地沉浸在吃喝与谈笑中。唯独朱安身，吃得相当沉默，沉默得像块黑铁，他始终不怎么说话，也不抬头跟任何人交流眼神。即便是大伙共同祝酒碰杯，他也是应付性地匆匆起身浅尝辄止，一家人最欢乐的时刻，于他却如坐针毡痛苦万分。倒是一旁的马娜，不时地替他夹菜斟酒，表现得既温存又得体，多少有点儿喧宾夺主的意思，好像朱安身倒变成一个新上门的女婿了。

朱安身也是在众人起身碰杯时，突然觉察到的，他的那位老同学表情变得古怪起来，简直有点儿荒诞了，那油亮放光的额头下的一双蛤蟆眼，正诡异而叵测地来回扫视着马娜，还有那对厚而黑的嘴唇，始终隐藏着某种似笑非笑的轻薄和冒犯。朱安身一下子慌张起来，他几乎再也坐不住了，这一发现对于他来说，绝不亚于一次毫无征兆的地震突然来袭。他正欲起身开溜，方寅虎却端了酒杯，径自摇晃到他跟马娜中间。

来，老同学，我可借花献佛了。

那只有虎头刺青的右手臂，大大咧咧冲他俩伸来，青蓝色的虎头狰狞而恣睢，酒斟得又太满，就滴滴答答往下溢着，有几滴落在朱安身的衬衣上，那里的皮肤就有种灼痛感，酒水好像是被那老虎生猛的气息所撼动出来的。方寅虎已喝得红头涨脸，说起话来明显带有几分醉意，或者，他只是在佯醉，他的酒量应该不会太差。他的身体不受控制地前后栽晃了两下，光脑门几乎触到了马娜的胸口，马娜就下意识地往后仰身躲闪着。

我祝你俩早得贵子，大妈大叔也好早抱孙子！

朱安身的心再次被抽紧，脊梁骨仿佛抖透出一股寒气，面对老同学所谓的祝福，他简直无地自容了，他掩饰什么似的，赶紧扬起脖子，喝干了杯中酒。由于灌得太猛，酒水直接呛进气管里，导致他一阵狂咳，憋得脸通红，脖子发紫，他正好逮住这个有利时机，拿手捂住嘴巴，转身跑出了堂屋。

马娜本欲跟出去瞧瞧的，却让方寅虎一摁肩头，又款款坐回了原位。方寅虎也就势在朱安身原先的座位上坐了，他坐下去的时候，几乎是贴着马娜的身体，他还趁低头拉椅子的工夫，很小声，却又很清晰地在马娜耳边嘀咕，你他妈的，不是叫李雪吗，啥时候改名换姓的？！马娜霎时愣住，接着，她不得不侧目盯视这颗油亮油亮的大脑袋，难怪她刚才也觉得有点儿眼熟，一准是她以前陪过的客人吧，不然，他怎么会叫出李雪这个化名呢？——她在店里一直用这个名字。说实话，去她们店里的男人，不可能挨个都记清楚，但对这光头男人多少有一些印象。他好像有个癖好，就是在做那种事的时候，他会把自己的秃脑门在她胸脯上蹭来蹭去，活像一头肥猪在玩命地拱门，嘴里还发出呜嗷呜嗷地怪叫。难怪你脑袋这么光呢，都是在女人身上蹭的吧，她当时还用这种话揶揄过对方。

马娜忐忑地思忖着，今天这种场合千万不敢露馅，否则，朱安身和他一家人的脸面全得丢光了。逢场作戏的事她经历得多了，她的脸上并不表露出过分的惊讶，也仅仅是一迟疑，马上就低声回了句，老同学，你怕是喝多了吧，怎么说开醉话了。说完，她立即起身，快步跑到院里去寻朱安身，她觉得得把这个情况跟他说说，好让他也有个心理上的准备。

院里院外寻了一遍，包括昨晚两人睡觉的耳房，甚至还有院墙根下的茅厕，始终都没有找到朱安身。马娜多少有些泄气，她越来越觉得，这个丑男人实在是有些怪诞，这种场合他居然能扔下她，一个人一走了之，就算是场戏，他俩合演一出双簧，那也得两个人配合默契才对。可转念又合计，八成是那个狗屁同学，让他哪里不舒服了，或者是，他的诡计已经让老同学给识破了，他才不得不在酒席中途匆匆撤退。按理说，这事本来就不关她的事，朱安身爱上哪上哪去，反正熬过了今天，她拿到该得的另一半钱，两个人就可以分道扬镳，从此老死不相往来。

马娜心里这样七上八下盘算时，朱母却急匆匆跑到她面前，说，小马，你咋还不快点进来，亲戚们都等着你敬酒呢，他们还要给你见面礼呢。朱母不容分说，挽起她的一只胳膊，径直把她拽进了堂屋。马娜本想说安身也不知上哪了，话到嘴边又吞咽掉，她觉得自己也许有些小题大做了。

朱母把一只空酒杯递给马娜，让她站在身边，双手擎好。朱母又亲自拎起一只白瓷小酒壶，慢慢地往杯里斟酒，然后依次给她引荐，说这是安子的姑父姑母，那是安子的叔伯婶娘，这是大姐大姐夫，那是二姐二姐夫……

马娜嘴里就亲切地唤着这些称呼，挨着个儿给他们敬了一圈酒。亲戚们都爽快地干了，少不了唠叨两句祝福她和朱安身的话，同时，他们也将早就预备好的见面钱，款款地塞到她手里，有给一百的，也有两百的。女人们还借机摸摸她的腰身和脸蛋，像在自由市场里挑选一件稀罕的商品，嘴里啧啧有声，一个劲夸她长得受看。她平时在店里收钱收惯了的，也都是一百二百的小费，可像今天手里一下子抓这么多干净钱，忽然就让她有种很沉重很负罪的感觉，她实在有些勉为其难地领受了。

这个仪式对于她来说，其实也并不算十分陌生。当初，她还是个黄花闺女的时节，头一次上未婚夫那边去看家，好像也走过类似的程序。此情此景，倒让她忽然伤感起来，面对朱家这些憨厚朴实的长辈，她仿佛又一次重温了自己过去的某段光阴。也正是在这样一场重要的仪式之后，她的人生从此滑入了万劫不复的深渊，而当时的她还懵懵懂懂，对未来一无所知，只是在内心深处，似懂非懂地憧憬着生活该有的面貌和爱情的甜蜜，可婚姻最终变成一副冷冰冰的枷锁，将她年轻的身体和前程美梦牢牢锁住——那个嗜酒而野蛮的坏男人，很快就成为她这一生的噩梦，一步步逼她走向了绝路。她后来毅然决然地远走他乡，直至误入歧途无法自拔。想到伤心处，眼泪就止不住了，早已滑下两行。在场的亲戚们也许并未注意，或者，即便看到了，他们也会单纯地理解为，这姑娘很是多情善感，因为收了见面礼，就感动得流眼泪了。总之，有情有义的女人，是值得大家信任和托付的。

当酒最终敬到朱安身的那个老同学时，对方却挑了理，一个劲嚷嚷着，安身溜到哪去了，喜酒当然要成双成对喝嘛。朱母又慌忙上前打圆场，说，你又不是不知道，咱安子打小喝不得个酒，喝一点儿头就晕得不行，八成是又去耳房趴着了。马娜明明知道实情，朱安身根本就不在耳房里，可她为了佐证朱母的话，也插言道，我刚去看过，他说头晕得很厉害，估计躺一会儿，就没事了。

酒席之后，家中又是一阵小混乱。

女人们都忙乎着收拾碗碟杯筷，整理桌椅，然后挤进狭小的伙房里，说着笑着洗锅刷碗；男人们则倒在堂屋的大床上，横七竖八地歇晌了。朱安身的那个同学，已经摇摇晃晃钻进汽车，一溜烟颠了。这让马娜揪着的心才不那么悬着了。说心里话，刚才敬酒的时候，她一直有种不祥的预感，总觉得事情会坏在这个光头的身上。后来，方寅虎接连喝了两杯她敬的酒，然后从牛仔裤屁股兜里摸了半天，总算摸出两百块钱，那钱压得皱巴巴的，像泡过水的一团卫生纸，他把钱塞给她的时候，还直着舌根在她耳边嘀咕道，这可是老哥给你的见面礼哟，记住，我们做生意的人，付出是要讲回报的。说着，忽然发出一串既隐晦又张扬的笑声。她当时心里一阵打鼓，真担心这个家伙口无遮拦再胡说什么。

马娜也想去伙房搭把手的，一来打发打发无聊的时间，二来她也是从心里觉得有些不安，朱家上下确实都待她不薄。朱安身的姐姐婉转地说，哎呀，小马，不用你操心的，快回耳房好好歇会儿吧，你们城里人都有午休的习惯，也顺便照顾一下咱安子。马娜就有些无着无落的，于是她只好走回耳房去，主要是急于将那些礼金放下，因为穿着裙子，身上几乎没有装钱的兜儿，再说，她知道这些钱本来就不属于她，等见了朱安身，她要当面如数奉还。可朱安身依旧没有回来的迹象，鬼晓得这家伙到哪里躲清静去了。她实在是觉得无聊，又从耳房里踱了出来，一眼就瞧见朱父了。先前朱母说过，难得天气这么好，想让老人好好晒晒太阳，平日里病人几乎没怎么离开过床，今天借着家里人手多，就让几个女婿七手八脚地把老人和轮椅一起抬到了院里。

这会儿，朱父正静悄悄地坐在轮椅上。下午两三点钟的阳光，照得轮椅的金属构件闪闪发亮，病人就让那一圈圈刺眼的光线团团包裹着，如同城市广场上的一座什么青铜雕塑，老人的头颅神经质地偏向一侧，刻意朝某个固定的方向长时间凝望，又似在等什么人从外面归来。

不知怎地，阳光下的这个病快快的老人，让马娜心里有种说不出的滋味。许多次，她也那么依偎在自己的老父亲身边，而老人始终沉默地坐在屋檐下的小凳上，也像此刻的朱父这样偏着个脑袋，一个劲地朝院外张望着，嘴里不时地吧嗒一下旱烟锅子，那烟雾就袅袅地在眼前散开，似真似幻……她在深夜醒来，发现枕巾湿了好大一片，阴暗的出租房空荡荡的，唯一的一扇上了钢筋护栏的小窗，正静静地透着城里的月光。近来，她总是在睡梦中想家。

五

马娜想都没想，就把停在屋檐下的轮椅慢慢地推出了小院。

朱母说得对，应该让病人享受一下这秋天午后的大好阳光。这里的村庄和道路，跟她老家甘肃那边很像，她打小生活在偏僻的乡下，对这种秋高气爽的北方景致，有着与生俱来的好感。她在异乡的城市里一待就是好几年，简直快要把故乡的土地和村庄忘光了，城里的马路宽宽的，车子多得像蚂蚁，楼房也盖得密密麻麻的，唯独她租住的那种城乡接合部的楼房又破又旧，像一块块巨大的牛皮癣，城里人是根本瞧不上眼的，只有像她这样无根又无靠的漂泊者才稀罕住。现在，一旦推起这辆轮椅，漫步在曲曲弯弯的土路村街上，看见左一排右一排的老式平房和农家小院，还有一两只趴在院门口的大黄狗，或一群叽叽咕咕四处觅食的老母鸡，她真的就有一种回到老家的感觉了。

轮椅下方，有两只可以自由伸缩的脚踏板。半身不遂的朱父硬得像块木头，起初，他两只脚还能凑凑合合搭在脚踏板上，可轮椅一旦往前滚动起来，路面稍有坑洼不平，或遇到石子瓦砾，老人的腿脚就被颠落下来，直僵僵杵在地上，活像个绊脚石，使得那轮椅突然趴窝了，再也无法前行。

马娜并没有这方面的经验，她还是头一回推这种东西，她只顾边欣赏周围的景色，边往前推车。朱父的脚刚颠落在地时，她依旧在后面不得要领地用力推搡，直到病人嘴里发出痛苦得跟委屈的老狗一样的呜呜声时，她才意识到情况不妙。她急忙停住轮椅，绕到老人的腿脚跟前，蹲下身去查看，这一看不要紧，吓得她尖叫起来。原来，朱父一只脚上的鞋不知何时已被蹭掉了，光的脚板反方向扭转到轮椅之下，几乎将整条腿都拖了进去，看上去就如同一截倒栽的树桩，刚才若是继续使蛮力，那只脚脖子八成是会被折断的。马娜感到一阵后怕，慌忙跪爬在地上，将自己的上身从朱父腿弯处伸进轮椅的座位底下，再用两只手抱着，一点一点往过顺那只扭曲变形的脚板，每动一下，老人的呜呜声就会加剧，她更是心惊肉跳得厉害。她从来没有想过，伺候一个偏瘫老人如此费神费力。

好不容易才把两条僵硬的腿脚重新安放到踏板上。与此同时，她也留意到，朱父的额头和鬓角都在冒虚汗，整个人显出某种虚脱的迹象，一定是她刚才冒冒失失把他弄疼了，她不由得一阵自责和内疚，万一真的出点儿啥事，该如何向朱母他们交代呢？她尽量稳住心神，将那条围在朱父脖颈上的蓝道道毛巾取下来，然后，轻轻地帮老人擦拭脸上的汗液，手到之处，她能清楚地感受到那种暖烘烘的体温，午后的阳光正在加速汗水的流动，老年人皮肤特有的那种薄脆感，使她摸着像在摸一片颤颤巍巍的黄表纸，她的手就一点一点移动，生怕会擦破了似的，从额头到两鬓再到脸面和脖颈，很快，就把一面毛巾擦湿了。她刚想换过另一个面，却发现朱父正在一眨不眨地凝视着她。

没错，从昨天下午到现在，朱父还是头一回这么悉心而真切地打量自己。那双几近枯萎了的老眼，被一层灰茫茫的薄膜所蒙蔽，估计患有白内障吧，看不清楚什么，所以，他才要集中所有的精力，直勾勾盯住她的脸，这种看姿就很接近一个年轻小伙，对自己心仪的女性特有的那份执著了，但毕竟病魔缠身多年了，这样的凝望注定不能持久。当朱父盯着她看了十几秒后，眼珠突然就滑向同一侧，眼皮忽闪两下，一颗大大的浊泪就从眶体里挤了出来，那泪继续扑闪着，并顺着一侧的鼻梁滚落下去。马娜暗自吃惊，她不清楚老人这时为何会流眼泪，是因为疼痛、委屈、难过、无奈……还是因为他长年卧病在床，今天终于有机会出门透透气了？而且，还是由他未过门的儿媳推着的。但很快，那双老眼又乜斜着歪向另一边了，刚才还很执著的目光，突然间散漫开去，同时，干瘪的嘴角也跟着抽搐起来，一串晶亮的涎水霎时溢出，在老人的下颌和胸口间，扯出一道长长的亮线。马娜稍一愣神，赶忙用手里的那条毛巾去擦，她的眼圈已莫名地红了。

轮椅后来让马娜停在一条黄汤汤的水渠的坝边上。从这里放眼望去，是大片大片即将收割的玉米，一阵秋风贴着地皮从西北方向呼猎猎地旋来，田野里顿时发出哗哗啦啦的欢响，像极了一群牲畜在地里东奔西跑。马娜有些激动地对朱父说，快看，快看，好大的玉米地啊……跟我老家的一模一样，小时候一到中秋，我就跟着爹娘去地里收玉米，玉米棒子又粗又大，我手劲还小，老是要掰好几下，才能弄下来一个，他们就说我是小姐的身子丫鬟的命……这样喃喃地说着，说着，她的眼泪就悄悄滑下来了。

也许是为了掩饰自己的情感，马娜信步离开了轮椅和朱父，一个人低着头走到距离他们很近的一座小木桥上。桥面很窄，木头栏杆有些摇晃，黄褐色的渠水在桥下汩汩流淌，水中偶尔会现出一只旋涡，像一只野兽的嘴巴，呜咽着，嘶吼着，又似精心酝酿着什么阴谋。水面上不时地漂来一些杨树柳树的叶子，微微发黄的柴草，还有几片鸟雀洁白漂亮的羽毛，它们早就习惯了这样随波逐流，可当经过那旋涡附近时，可怕的灾难就来了，突然被一股暗中的力量席卷而去，它们聚集起来快速旋转着，挣扎着，几乎眨眼间，就沉没在那深不可测的旋涡中心了。

马娜静静地凝望着那只湍急凶猛的大旋涡，忽然觉得，这混浊的渠水就跟生活一样残酷，在吞噬它们时毫不留情，仿佛有什么深仇大恨似的。

六

朱安身哪都没去。

头先从酒席上溜出来，他就躲进了院子最东头的一间小库房里，半天再也没露面。这间低矮而阴暗的小土房，是家里用来存放那些农具和生活杂物的，到处都是灰尘和蜘蛛网，一般很少有人进出。现在，这场由他亲手策划的闹剧，总算快告一段落了，他一个人待在这里，依旧心事重重的。他心里或多或少有些感激马娜，不管怎么说，这个女人很顺利地一个人演完了刚才的那场独角戏，从洋溢在院子里的欢快的空气来看，一切都按部就班趋于圆满了，谁也没有看出什么破绽来。

有一个人始终让他放心不下。朱安身对自己的老同学，突然产生了一种深深的厌恶，除了对方的夸夸其谈和飞也似的小轿车外，他觉得那家伙的眼神最让人受不了，头先就在酒席上，当着一桌子亲戚和长辈，他竟旁若无人地，那么邪恶又那么无耻地盯着马娜看，这一下子就触犯了他作为一个男人最起码的尊严，尽管马娜什么都不是，一个他花钱雇来的风尘女人，可她毕竟是以自己对象的身份出现的，狗日的方寅虎，居然当着他的面，毫无顾忌地在她脸上身上胡乱趔摸。他实在觉得恶心，尤其是那双贼溜溜的蛤蟆眼，真应该立刻瞎掉才好。直到后来，那秃头身子栽晃着出了院子，他才多多少少舒了口气。再后来，他通过小库房的门缝，清楚地看见，马娜推着父亲出门去了，他当时真想把她叫住，他觉得这个女人简直是在画蛇添足，干吗又要手长地把轮椅推出去呢，要知道父亲现在的状况已是岌岌可危，他的心肺肾脏日渐衰竭，用母亲的话说，你爸可是有今儿没明儿的人了。所以，马娜前脚一走，他赶忙从库房里钻出来。他可不想再节外生枝了，事不宜迟，他打算尽快带上这个女人返回城里去。

前脚刚要跨出院门，朱母忽然从身后叫住了儿子。

朱母身上有种永远不肯懈怠的韧性和干练，她迈着碎步向儿子走来时，山核桃一样皱巴巴的小脸上，照旧挂着那种压抑不住的喜悦。朱母仰着头看自己的儿子，也不看看今儿是啥日子，这老半天躲着不出来，客人都挑理了，亏得人家闺女懂事啊，才没让妈坐蜡！尽管是在埋怨，但做母亲的丝毫没有生儿子气的意思，相反，说话间脸上的笑意又浓了几分。

自从父亲卧病以来，这个家里里外外，就靠母亲一手操持着。朱安身每次回来，都揣着一份深深的愧疚和不安，母亲似乎变得越来越屡弱瘦小，本来就不高的身体，这两年竟矮得不成样子了，他真担心老人有一天会吃不消的。

母亲接着对他说，刚才，小马推你爸出去转了，妈看这闺女真是贤惠啊，就算是咱自家的儿女，又能咋样呢？安子，往后可要好好待人家呢……妈就盼着你俩好啊……

这话无异于一支利箭，砰地一下，直中他的心头，他内脏在无声地滴血，他连一个字也说不出来。他宁愿这两天的事情都没有发生过，他根本就没带一个女人回来过，甚至，世上从来没有一个叫朱安身的人，一切都只是场梦，连同母亲刚刚说过的每一个字。他实在是没勇气再听母亲这样絮叨下去。他忽然掉转身去，头也不回地朝外面走了。

日头炙得整个村庄昏昏欲睡，街巷里鸦雀无闻，即便是在国庆节期间，那些在外头做工找钱的人也很少回来，因此，家家户户都显得空荡而寂寥。唯独空气变得沉郁起来，秋天成熟的果子、谷物、菜蔬，还有日渐枯萎的花朵野草和树叶，正散发出某种懒洋洋的气息，越发地让人觉得晕晕沉沉了。

朱安身顺着街巷，漫无目的地走着。

这条土路十多年里几乎都没有一丝变化，他记得自己念书那会儿，最怕雨天出门，路面湿泞不堪，一不小心就会滑个大跟头，弄得满身满脸都是脏泥，像只泥猪，好不容易挨到学校，整个人早就湿透了，裤脚边滴滴答答流水，鞋子脏得叫人恶心，那阵子他最痛恨下雨天。如今成天待在城里，进出走的都是沥青路和水泥道，下雨天再也不会把鞋子弄脏了。最重要的是，在城里住惯了，他越来越不想回老家，每次回来都有诸多不便，没有卫生间没有抽水马桶没有坐便器，他蹲旱厕好长时间屙不出来，真是苦不堪言。有时，他觉得自己完蛋了，土不土，洋不洋，其实城里只有一间可怜巴巴的宿舍，并没有一个真正属于他的家，他就像一只空瓶子，悬浮在城市的河面上，总有一天，那瓶子灌满了脏水，会彻底沉浮下去。

有一个周末，他独自上市区的繁华商业街闲逛。其实，这种热闹地方最不适宜一个单身男人去溜达，因为摩肩接踵而来的，都是些卿卿我我的年轻情侣，他们搂肩搭背当众亲吻，满嘴说的都是甜腻腻的情话。他一个人买了票，捧着人家赠送的爆米花，观看最新引进的美国大片《人猿泰山》，当片中那个巨无霸般的黑猩猩，为了保护金发碧眼的美国妞，不惜舍生取义时，他被感动得热泪盈眶，这种事情于他来说非常罕见，兴许是多年来遭遇过种种白眼和冷嘲热讽，他的心理承受力日益增强，心在变硬，不会轻易被什么东西打动，尤其是一部很煽情的商业电影。但那天他

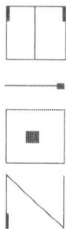

确实动了情，以至于从放映厅出来，他都有些失魂落魄，美女和野兽的故事，仿佛影射了自己多年前那两次失败透顶的恋情，如果那也可以称作恋情的话。当他一个人走到大街上时，外面正在下雨，雨点敲打在身旁高楼大厦的玻璃幕墙或琳琅满目的橱窗上，发出枪炮般砰砰砰砰的轰响，街上的行人断魂样奔跑躲避，出租车滴滴叫嚣忙着拉客，唯独他像一个痴人，或行尸走肉，根本不在乎大雨倾盆，他沿着雨水漫漶的马路一直往前走。那一刻，他感觉雨才是这世上最好的东西，他甚至慷慨地扬起了脸，让密集的雨点不断地拍打着自己，他眼前仿佛又浮现出那张丑陋而狰狞的大黑猿脸，还有那个叫人魂牵梦绕的妞儿，他朦朦胧胧觉得，自己变成了一只丛林中的黑猩猩，正在枪林弹雨般的现代城市中穿行……

日头略微偏西，但热度未减，街巷的尽头有火焰般的热浪在起伏跳跃。再往前走，就是大片大片的玉米地了，宽大的叶子已变成赭黄色，在天地间静默低垂无声无息。朱安身的目光由玉米地一点一点收回，然后停留在渠坝上闪着熠熠光线的物件上，父亲的轮椅就停靠在那里，孤零零的，好像被谁不小心遗弃了似的。从他这个方向，确实看不到半个人影儿。于是，他大步流星朝轮椅的方向走去。他心里多少有些疑惑，推轮椅的女人跑哪去了？她怎么敢把老人扔在这危险的渠水边不管呢。

朱安身三步并作两步冲到渠坝上。

眼前的景象完全出乎他的想象。原来，马娜正低着头席地而坐，她的上半身就紧紧依偎在父亲的轮椅边上，她的脑袋几乎是偏垂在父亲的腿面上的，长长的头发像上好的黑色锦缎，盖住了老人的裤面。父亲也是酣睡不醒的样子，太阳把老人的脸晒成绛紫色，那些星星点点的老年斑，也像是快要烤焦了，被鸭舌帽檐遮着的额头和鼻梁上汗涔涔的。

朱安身眼眶倏地一热，他急忙扭过头去。

焦黄色的渠水就在眼前滚滚流逝，也把一个男人的目光拉得很长，很长。

七

朱父屙了一裤子。等大伙费了老劲把他抬放到床铺上，仍然淅淅沥沥没有消停过。

朱母连声叹气说，唉，都怪我，不该给他吃那些荤腥东西，稍微着点儿凉，就闹肚子。

马娜也跟着说，怪我不好，我不该把叔叔推出去那么久。

朱母忙抓着马娜的手，一迭声地宽慰道，闺女千万别这么说，咋能怪你呢，你可都是好心啊。

朱安身就给马娜递了个眼色，随后，两个人悄悄退出了堂屋，又双双走进那间耳房。关好了屋门，朱安身刚从身上掏出黑皮钱夹，马娜就从枕头下面取出一叠百元钞票。这是我酒席上收的礼金，全都在这里了，你数数。说着，就递到朱安身面前。朱安身显然没考虑过这个问题，他犹豫着，并没有伸手去接，嘴里说，这是你该得的。

马娜摇摇头，不，一码是一码，这钱是大伙给你未来媳妇的，我可没这个福气，再说我要是拿了，不真就……下面的话她没有再往下说，只是把那叠钱款款放在旁边的桌子上，脸上露出一种很复杂的表情。

朱安身还是低下头，从钱夹里数出五百块，刚要递过去，想想，又多夹出两张，凑在一起，都交给了马娜。

咱俩这就要散伙啦？

这回，马娜爽快地接过钱去。

不瞒你说，我今天还真觉得自己像个新娘子，这滋味可真好啊，我好久没觉得，自己像个好女人了。

朱安身静静听着，不知道该说什么好，两个人就这样沉默了下来。

大约过了四五分钟，马娜默默地将身体移到朱安身跟前。

这样一来，她就正对着他了。她想，这张脸若不是天生那么难看，他还真是个不错的男人，反正要比她原先的男人强上百倍千倍。心里如此潦草地想着，她就不由自主地，将自己的嘴唇凑到了他的额前，她先闭上眼睛，跟外国电影里那样，礼节性地在上面轻吻了两下。做完这个动作，她忽然感到疲累了似的，便把自己的下颌轻搭在他的一只肩窝里，又柔柔地展开双臂，再慢慢地将这个男人的双肩圈住了，她搂得很轻很轻，生怕吓着了对方似的，整个过程充满了某种仪式感。

半晌，他听见她在自言自语，又似魇在梦境中了。要是咱俩真的有缘，那就下辈子做回夫妻，我一定干干净净等着你……

话未说完，她的泪水却早已弄湿了他的肩膀头。

他的心在扑扑乱跳。

他的双手近乎木讷地低垂着。

他很想躲闪，却欲罢不能。

他索性紧闭了双眼，近乎贪婪地，大口大口呼吸着异性身上散发出的温柔气息。

兴许是下午在太阳地里晒得久了，此刻这女人身上弥漫出太阳、树叶、花草、玉米和土地的味道，甜滋滋的，暖融融的，还夹带一丝草叶的苦涩，让人觉得很安心，再也不是他最初见到她时那股刺鼻子的香味了。像在投桃报李，他也笨拙地从后面搂定了她，起初只是象征性的，当他真实地接触到女人凹凸有致的身体时，他才近乎痴狂地收紧了自己有些僵硬的双臂，让两个身体毫无保留地紧贴在一起……

她就那么由着他去紧紧拥抱。这种时候，她的耳畔依稀仿佛飘来一首老歌，那是一个同样长相丑陋的男人在声嘶力竭地唱着：我很丑，可是我很温柔，白天暗淡，夜晚不休，那就是我……我很丑，可是我很温柔……

外面传来一串乱糟糟的脚步声，哐哐哐，耳房的门板也被骤然拍响了。

朱安身和马娜猛然间从意乱情迷中回过神来。

安子，安子！快点出来一下啊，咱爸他，他恐怕不行了……是二姐站在门外喊话。

朱安身闻听，急忙推开了马娜，不顾一切地冲出耳房，径直朝堂屋奔去。

亲戚们已陆续走光了，现在就剩下几个姐姐姐夫还守在父亲床前。朱安身进去的时候，大姐扭过头看着他，眼圈母牛样红湿，安子，咱爸的心愿终于了了，这回他能安心地走了。朱安身多少还有些木木瞪瞪，事情来得很突然，简直是急转直下，他一点儿心理准备都没有。他尽量让自己俯下身子靠近床头，父亲就平躺在那里，脸面阴灰，两腮很奇怪地往里瘪进去，嘴巴空出一个圆而黑的洞，看不到舌头在哪里，只是呼喘呼喘地出着气，眼皮已微微合拢，偶尔有一丝波动，跟睡梦中的人相似。

母亲平静地从父亲身下卷出一团旧的褥单子，那东西看上去浸得湿乎乎的，大姐忙接了过去，低着头拿到外屋去。母亲又从床角扯过一片干净的褥单子，摸索着塞到父亲身下，整个过程，就像是在给熟睡中的孩子换尿布一样自然。母亲终于艰难地抬起疲倦的身子，挨个看看朱安身他们几个，又爬过去翻翻父亲的眼皮，再把两根手指搭到病人鼻孔下方，停了一小会儿，这才非常沮丧地摇了摇头，老泪就吧嗒吧嗒淌下来了。

朱安身不由得激灵起来，他如梦方醒般地喊叫着，叫大夫啊，你们都愣着干什么，怎么还不去叫大夫啊！

朱母拿手背沾沾眼角，哀痛却镇定地说，安子，快别嚷，好让你爸静静地走，他在阳世的罪就该受完了。随即又抹了抹眼圈，喃喃地补充道，人临了的时候，都要把身上的脏东西排尽，人是干干净净来的，也要干干净净地走啊。

姐姐们听母亲这样说，顿时大放悲声，爸啊爸啊叫个不休；朱安身再也忍不住了，也跟着号啕起来。

朱母并没有像儿女们那样情绪失控，而是一个人默默地走到外屋去，在一只旧式的五斗柜里翻腾了一阵，就将一只用大红布裹着的包袱拿进来，里屋就多出一种樟脑丸沉郁刺鼻的气味。

该给他换老衣的时候了，她皱着鼻子说，你爸一直在等今天这个好日子呢，现在他可以撒手了。

一家人前前后后忙乎了大半个钟头，才把朱父的穿穿戴戴以及办后事所需的物件都拾掇齐了。老人现在安详地躺在那里，唯有出气没有进气了，下身的秽物业已止住。

朱母忽然想到了一个很重要的问题，她就把朱安身拉到一旁，压低声音说，小马可是客人，金贵着呢，她没有正式过门，万万不能让人家闺女受啥撞客，你最好趁这工夫，赶紧把人送走吧。

当地的这种风俗和讲究，朱安身依稀懂得一点儿，主要就是怕亡人对未来的新媳妇造成什么不利的影响，显然是有迷信色彩的。这种时候，他只得遵照母命，就转身去耳房见马娜。

可是，屋里根本没有人，马娜不知上哪去了。他又站在院里，叫了几声她的名字，半天也没人应答。他觉得有些蹊跷，难道刚才一听说老人病危的消息，就把她给吓跑了？毕竟是她把老人推到外面去的，她一定觉得自己是罪魁祸首。于是，他又慌忙跑到外面去找，街巷里空落落的，此时正当晚饭时间，空气中流淌着各家饭菜的气息，酸的辣的煳的什么都有。他沿着土路寻寻觅觅往前走，谁家的狗汪汪着冲他叫了两声，谁家的孩子捧着饭碗，鼓起腮帮子朝他不停张望，谁家的母鸡刚在墙根的柴草堆里下了蛋，那鸡就咕咕哒哒叫得好欢实，这一切他都没有放在心上。

志志忑忑一路小跑，很快，他又来到先前轮椅停放过的地点。这时候，朱安身的眼光又被路旁一大块发光物所吸引，那玩意反射着夕阳最后一抹暧昧的红光，好像一片欲火在燃烧。他不由得止住脚步，或者，想就地转身往回走了，却猛地听见砰地一声汽车门摔响，他下意识地循着声音扭头望去，只见马娜从车里钻出来，嘴里正叫着他的名字。他再次狐疑地盯视汽车，正是上午方寅虎开的那辆。

这时，马娜已经跑到他面前了，她多少有些喘吁吁的，呼吸中夹着热乎乎的香气，一股一股吹送到他的脸上。你咋跑过来了？家里情况怎样？马娜用一只手抚住胸口，领口下方的两个圆球起伏得很厉害。你在那车上做什么呢？！朱安身的口气变得有些生硬，问话时，他的目光又一次瞥向路边的小轿车。怎么，你还吃醋啦？还不是你那个好同学，他非叫我出来聊两句。马娜说得倒也自然，只是面颊绯红得有些离谱。哼，这狗东西肯定是趁着刚才家里最忙乱的时候，开车过去把她叫走的。朱安身几乎咬着牙根暗想，同时，他又盯着这张漂亮的鹅蛋脸看了几秒钟，他觉得她也许跟他隐瞒了什么。不过，事情都已经结束了，他来找她，只是为了尽快打发她走人的，家里都要乱套了，他可不想为这种破事多费口舌。

哪知方寅虎也从车里钻出来了，摇头晃脑地径直走到他们跟前。方寅虎撇了撇黑而厚的下嘴唇，对朱安身说，你小子真有种，我都差点让你给骗了。说着，突然就伸出手来，在朱安身的胸口捣了一拳。马娜是旁观者，看得很清楚，好像朱安身不是被拳头击中的，而是让那只凶猛的刺青虎头给狠狠地咬了一口。朱安身不由得倒退两步，想咳嗽却没咳出来，脸色就憋得相当难看。马娜嗤地乐了一下，双手叠摞在开司米衫领口下。别闹了，赶紧回吧，我真担心老爷子有啥事。方寅虎笑嘻嘻地晃晃秃脑壳，呵呵，够孝顺的呀，他娘的可真会演戏！马娜没心思理他，径自转身往回走了，转眼把他俩落在了身后。

方寅虎不无鬼祟地往朱安身跟前凑了凑，挤眉弄眼地说，行了，别再跟老同学装了，我今儿一见到你们，就觉得哪不对头，不瞒你说，我在城里找过她，嘿嘿，这娘们床上有两下子。朱安身完全没料到，对方竟厚颜无耻到这种程度，跑来跟他胡呲这些。在他几乎无语沉默的时候，方寅虎始终嬉皮笑脸看着他，跟你商个量，反正好戏也演完了，就把她让给我吧，我会负责把她拉回城里去的，咋样老同学？不知怎地，这些该死的屁话，一下子就让他想起了《杜十娘怒沉百宝箱》，那里面有个为富不仁的孙富，问题是他可不是那个狗屎秀才李甲。朱安身的脸皮一阵火燎火烧，仿佛那些皮下的毛细血管都要跟着崩裂开来。

那咱就这么说定了，你让她赶紧收拾一下，一会儿黑了，我去接人。方寅虎一副发号施令的样子，之后，嘴里流里流气哼着一支什么歌子，得意洋洋地钻回车里，好像刚谈成了一桩不错的买卖。很快，那车轰隆一声蹿了出去，把朱安身一个人丢在呛鼻眯眼的烟团中。

太阳眼看西沉了，朱安身的影子突然被拉得又黑又长，连他自己也没意识到，在那长长的阴影里都隐藏了些什么。

八

天终于黑尽了。黑下来的屋子更添了几分悲凉。

朱母抬起头，缓缓看了一眼躺在床上气息微弱的朱父，然后回头，对围在床边的儿女们说，你们快去伙房弄点饭吃，妈一个人守着就行了。姐姐们还想坚持让母亲先去吃，可朱母很固执地摇头。于是，大伙才默默地退了出来。厨台和案板上摆放着午间剩下的几碟饭菜，随便在锅里热了热，几个人就围在伙房里，十分沉默地吃了起来。跟中午相同的饭菜，此时吃得每个人直想掉眼泪。

朱安身是陪着马娜在耳房里吃的。因为时间确实太晚了，去镇上搭班车肯定是来不及的，他跟马娜商量了一下，打算明天一早就送她走。朱母仍有些隐隐的担心，可还是勉强点头了。马娜又提出来，想去堂屋最后再看一眼老人，朱母出于迷信的考虑，就没有答应她的要求。现在，这两个人谁也不说话，只是听着彼此扒饭和咀嚼的声音，感觉有点儿像在同一屋檐下过了多年的夫妻。

饭刚吃到一半，那该死的汽车又鬼使神差地停在院门口，车喇叭嘀嘀嘀嘀叫得心慌。朱安身警觉地侧耳去听，同时，他不露声色地瞥了一眼马娜。马娜端着白瓷饭碗的样子，和一个会过日子的良家妇女没任何区别。

朱安身试探性地问了句，要是我那个同学现在接你走，你乐意不？

马娜刚夹起一筷子油菜，又原封不动放了回去。

你开啥玩笑呢，我为啥要跟他走？他算老几！

朱安身没有要跟她抬杠的意思，只是嗫嚅道，他刚才不是叫你出去了，就没跟你提这事？

马娜迟疑了一下，他是说过，可我压根没答应。

哦——朱安身表情怪怪地吱了一声。

我知道你咋想的，我们这种烂女人，还不是谁给钱就跟谁睡，对不？马娜的口气似乎非要跟他大吵一架不可。

外面车喇叭声又夜猫子似的钻进屋来，跟招魂似的恼人。马娜突然撂下手里的碗筷，几乎恨恨地道，我出去跟他说，让他赶紧滚蛋，这人咋跟狗皮膏药一样！

朱安身急忙拿手按住了她，快吃你的饭，还是让我去吧。

朱安身手里端着个饭碗，刚一走出耳房，就见一个黑影快速闪进院内来了。他连忙迎上去，想挡住对方的去路。你快走吧，人家不想跟你去。黑影愣了一下，狐疑地偏着脑袋，朝那扇亮着灯光的窗户望了望，哼，是她不乐意，还是你又舍不得了？说着，嘿嘿地坏笑起来。喂，你最好别开这种玩笑，我可没工夫跟你扯淡，家里还一堆事呢！朱安身尽量加重了语气。黑影笑得有些邪性，好像有双看不见的手，正在不停地挠他的胳肢窝。哈哈哈，老同学，别那么一本正经好不好，你让我进去跟她说，这种贱女人，都认钱不认人的。未等朱安身再表态，黑影早已越过他，径直朝耳房走去。

朱安身就被傻傻地晾在那里，他一时不知该怎么好了。有那么一瞬间，他觉得就随他们去吧，爱谁是谁，自己犯不着为这点儿破事伤神动气。这样想时，脑海中偏又浮现出先前耳房里的那一幕：马娜分明是吻了他的额头，还亲了他的脸庞，他觉得，被一个女人这样亲吻和拥抱，简直是种莫大的享受，要知道这辈子，他从来没认认真真地，跟女人这样亲密过。还有，她那满身散发着太阳味的香气，她在他耳边说过的话，她最后的一声呢喃……这一切都是那么的美好，那么的可贵，那么来之不易。然而，这该死的王八蛋和他的小轿车一出现，就把所有美好的东西给毁了——彻底毁了！

朱安身也是忽然才意识到的，自己手里竟然很滑稽地端着一只空饭碗，活像个跑来讨饭的。于是，他径直冲进伙房，去放手里的空碗。姐姐姐夫们已匆匆吃完饭，又回堂屋守着父亲了。他一眼就瞧见案板上躺着的那把菜刀，一抹焦黄的灯光笼在刀刃上，使那玩意发出一片很古典很耀眼的亮光，类似于上好的青铜器。他出神地盯住这把刀，像盯着一件神秘而庄重的祭品，也就是一瞬间的事，或如灵光乍现，脑子里突然就冒出一个十分邪恶的念头。他妈的，你到底还是不是个男人？另外一个像他又不是他的声音，从那郁闷的胸腔深处迸发出，瞧你那蔫头耷脑的孬样，当了半辈子缩头乌龟还没当够！！他顺手抄起案板上的菜刀，想都没想，就折身返回了耳房。

那个家伙狗扯羊皮般，正跟马娜拉拉扯扯纠缠不清，女人的身体被面条样扯来拽去几乎变了形，而朱安身的贸然闯入，丝毫也没有影响到那厚颜无耻的男人，反倒使对方变本加厉，更加张狂了。马娜见朱安身进来，仿佛陡增了一股勇气，她突然一抬脚，照准方寅虎裆部就是一下，尽管踢得不是很准，可还是把对方踢得皮球样弹了一下。操，给脸不要脸，你个臭婊子！随即，朱安身看见一只粗暴的巴掌，连同那只恣睢的青黑色虎头，接连扑向了马娜，那张原本漂亮的脸蛋，顿时就被扇打得青紫难看了，女人拖着哭腔尖叫了起来。

太过分了，就算是打狗，也得看看主人吧！朱安身再也忍无可忍了。过去的经验一再证明，逆来顺受对他的生活毫无益处，一味地保持沉默，只能纵容坏人坏事一而再再而三地发生，让他一次次地陷入苦痛与挣扎。天地良心，他这辈子从来都不想得罪任何人，可身边总有些无聊的家伙，有意无意地要伤害他，并且以此为乐。就因为他天生一张丑脸，谁也瞧不起他，谁都可以随便戏谑他耍弄他侮辱他；同样因为这张难看的脸，他自己总是郁郁寡欢不善言辞甘于现状又毫无反抗意识，生活对于他和像他这样的人来说，似乎只能是一场忍气吞声饱受凌辱的灾难。眼下，就连这个所谓的老同学，一个曾经靠抄他作业混日子的无赖，也大言不惭地来挑衅他羞辱他了，这世界真他妈的操蛋！

当他最终异常愤怒地举起了菜刀，像个暴徒那样猛扑上去的时候，映在耳房墙壁上的身影，突然变得无比巨大。他觉得，自己一下子就成了电影中那个力大无穷的泰山，或者，是圣母院里那个又聋又丑的敲钟人……

九

马娜很长时间不能说话，也不能闭眼，只要眼皮稍稍合上，那个血腥可怖的场面，就在她眼前频频闪现。

真希望这一切都没发生，她从来没跟一个叫朱安身的人回什么老家，更没有答应给对方假扮什么对象。然而，覆水总是难收，就像她最初远离父母和故乡，只身来到同样是朱安身工作和生活的城市，从此踏上了一条不归路。现在，这条不归路上，因为她又搭进去一个男人，一个相貌丑陋心地良善的好人。她心里非常清楚，整件事都是因她而起，苍蝇不叮无缝的蛋，其实，那晚她完全可以答应那个混蛋，稀里糊涂跟他一走了之的。可是，她偏偏矫情起来，偏偏执拗起来，偏偏就是不买那家伙的账。她觉得自己真是犯贱，该下地狱才对！她以前可不，只要有钱赚，管他什么男人，她才不在乎呢，至少在遇到朱安身之前就是这样的。但有时，她又分明觉得，自己并没错，要知道这两天朱家老少都拿她作上宾，把她当一个多好的闺女敬着供着呢，甚至于连她自己也有种错觉，她原本就是一个好女人。她忘不了朱母跟她说话时的神情，更忘不了朱父盯着她时，悄然滑下的一行老泪，她几乎有些喜欢上这一家人了，他们又朴实又热忱，让人无可挑剔。所以，她又怎么可以，在那种特殊时刻，尤其是在人家老人垂危之际，随随便便跟另外一个男人去鬼混呢？她不能。绝不！

等到马娜后来终于能开口讲话了，她才跟负责调查的民警说，那个姓方的纯碎是个流氓，白天在酒席桌上，就想动手动脚，后来又死皮赖脸跑到家里，缠磨过两次，最后一次，就是在那间耳房里，他想抱住她非礼，她死命反抗，他居然还动手打了她耳光，恰好让朱安身进门撞上了，他一定是给惹急了，要知道兔子急了，也是会咬人的。

马娜交代这些的时候，几乎是咬牙切齿的样子。

民警低着头，沙沙地做着详细的笔录，最后又抬起头，目光威严地盯着马娜。

你知不知道，死者那只右臂上，怎么少了一块皮？

马娜怯颤颤地闭了一下眼睛，又慌忙睁开来，这个画面实在太恐怖了，她简直不敢再去回想。

老老虎，那那只胳膊上，纹纹了老虎头，有这这么大，看看着怪瘆人的……马娜说得结结巴巴，身体也不由得战栗起来。他他一准是，给给气疯了，才割割下了那个玩意……我我也想拦他，可可腿肚子转筋，动动不了……我好像听见，朱安身反反复复嘟囔这几个字，什么漂啊，沉啊，浮啊的……也不知都啥意思，兴许，是我耳朵听岔了？

原载《当代》2018年第5期

点评

　　在见到老同学方寅虎后，中篇小说《阿基米德定律》的主人公朱安身的记忆闸门一下被打开，他想起了多年以前，在课堂上学过的一个名叫阿基米德定律的物理知识，进而又回忆起了物理老师对这一定律颇有哲理的生活化解读和阐释："阿基米德定律不光是一个物理学概念，它其实对我们的人生也有很重要的启示，物体在流体中的状态不外乎三种：漂浮、悬浮、沉浮，而我们有的人，可能一辈子都浮在生活的水面上，时漂时悬，起起落落，还有的人几乎一直沉浮下去，永无出头之日……"小说所讲述的正是第三种人的命运：沉浮的主体及其精神的失意。

　　从大学时期的同学肖晓虹到工作之后的同事丁茉玲，再到租来的女友马娜，她们都在或长或短的时间里成为朱安身所倾情的对象，在一段时间或某个瞬间安放和抚慰了他躁动不安的青春和灵魂。但不幸的是，这一连串人物的出现最终都不过是他悲情人生的一个个注脚。小说因此看上去很像一部悲情戏、苦情戏。不过在我看来，这篇小说还有一个隐性的主人公，即失意者——这是小说主要人物朱安身和马娜两人的共同身份。朱安身虽有一份体面且稳定的工作，但在生活层面，他是个彻头彻尾的失意者，为了表达孝心不得不租一个妓女来冒充女友，以安慰生命临近尾声的老父亲，而马娜失败的婚姻和沦落风尘的现状则一览无余地昭示了她的失败和失意。尽管看上去，朱安身比马娜体面，马娜比朱安身富有，但实质上，他们都是无处安身的游魂，在城市中无根，在乡土上无家。因此，作者在这篇小说中所写的不是一个人，也不是两个人，而是一个时代的失意者群体。

正是这样相同的身份属性，让一个在当下社会中屡见不鲜的故事开始发生微妙的化学反应，让故事脱离了常见的轨道走向陌生，也让小说的意蕴开始不断增殖。本来只是一次简单的角色扮演的交易，马娜却主动将身体靠在了陌生男人的背上，横亘在中间的竟然不是警惕和戒备，而是相互靠近，不断地相互靠近，进而相互温暖与唤醒，其中的现实基础便是共同的身份和生活处境。

从小说整体来看，失意者的相互温暖与唤醒正是作者所要努力达成的叙事目的之一。两人因戏生情，假戏真做，信任与情感在一次次的磨合中日益加深。朱安身的朴实善良、朱家人的宽厚接纳，让习惯了逢场作戏的马娜重新找回了自我。可以说，失意者朱安身及其整个家庭唤醒了马娜这只迷途的羔羊，激起她重新开始生活的渴望。

这种唤醒其实也是双重的双向的，从一开始拒绝与马娜发生关系到最后为拯救马娜而身陷图圄，朱安身在马娜不断释放出的善意信号之下，不仅重新焕发了对爱情的渴望，也重新唤起了对尊严的信心和追求。在危急关头，朱安身挺身而出，英雄救美，对于这行为的代价他其实是清楚的，但他内心决绝，这一刻所支撑他的正是精神信心和力量的重新归来。

在这篇小说里，我们清晰地感受到了两个失意者、底层人如何一步步相互靠近，相互温暖又相互唤醒，它寄寓了作者的同情，也寄寓了作者的期待。

小说在叙事上有两个重要命题，如果说失意者如何相互温暖和唤醒是第一重命题，那么失意者如何完成自我救赎和拯救则是作者所要着力探讨的另一个更深层次的命题。朱安身之所以会在多年以后十分清晰地记起物理学上的阿基米德定律，不是因为这个知识对他有多重要，而是因为阿基米德定律所昭示的人生启示暗合了他的生活状态和生命情状。一直以来，他都是那个沉在水下的人，暗无天日，作为男人的尊严，作为生命个体的欲望，在他的生活中从未完成。这样的处境将他置身于黑暗的深渊，朱安身以毁灭式的爆发来完成自我救赎，也因救赎而陷入了另一重深渊。

文学作品中如何完成失意者或者失败者的自我救赎其实并不是一个新鲜话题。失意者的"失意"有时候并不在现实生活层面，而是在精神心理层面，比如这部作品所揭示的，朱安身有体面工作，马娜也并不穷困，两人的"失意"体现在精神高度和明亮度的缺失。作者敏锐地捕捉到了这一点并细致地呈现出来，这种精神的失意状态是我们已有文学作品较少探测到的陌生地带，也正是这篇作品的重要价值所在。

失意者的失意不在物质层面，失意者救赎的方式也与常规迥然不同。朱安身的救赎其实也是一场毁灭，他是以肉体的毁灭换取了精神的救赎。"当他最终异常愤怒地举起了菜刀，像个暴徒那样猛扑上去的时候"，"映在墙壁上的身影，突然变得无比巨大。他觉得，自己一下子就成了电影中那个力大无穷的泰山"。那个映在墙壁上的高大身影，其实是他的精神之影，他终于以这种残酷的方式站起来了，从一个精神的侏儒变成了一个精神上的猛士。他抵达了精神的天堂，也走向了生活的地狱。这样的救赎方式是惨烈的、悲壮的，但也是激动人心的。在小说中，作者不仅关注到了人物的失意，也为失意者寻到了另外一条特殊的救赎之路。

最后需要谈及的是，虽然小说描述的是个体性的心理和事件，但仍能感受到个体故事背后与整个社会和时代的隐秘联系，个体化的叙事仍是置身于历史和时代的镜子之下的，犹如镜中之书，书中亦有时代之镜。朱安身的举步维艰貌似起因于丑，马娜的沉沦堕落似乎源于失败的婚姻，但这些具体的因素只是乖蹇命运的一个起点，诸多外在因素的渗入和合谋亦是重要的帮凶。从这个意义上说，小说在一定程度上触及了当下时代的某些痛点，具有批判性的意义。同时作者对于失意者群体和底层人群的精神观照又是温暖而及时的，具有抚慰人心的力量。因此，这部小说既是滑稽的又是严肃的，既是批判的，又是抚慰的。

（崔庆蕾）

天堂向左／

／尹学芸

1

千叶第一次到我家来，买了一束花。我问这花多少钱，她说两百八十元。我说，我买花都不舍得花这么多钱。我说的是真的，前段情人节，知道不会有人给自己送花，我跑花店买了两支紫玫瑰。其实我喜欢绿玫，但因为多了几块钱的缘故，我放弃了。紫玫有点小，品种一般般吧。但放上几支银柳和满天星，也热热闹闹。给自己买花已经是进步了，要放过去，根本舍不得。

这都是我的心里话，当然不会在有限的时间里都说出来。千叶脸上一暗，我就知道我话说冒了。果然，千叶一拨棱脑袋，面带讥诮说："你别以为我们穷，连束花都买不起。"我用剪刀剪花根，把花插到了花瓶里，姹紫嫣红一大簇。我说："我是这个意思吗？"

千叶还买花，证明千叶还是我印象中的文艺女青年，这种感觉相当不错，瞬间让我觉得虽然二十几年没见面，我们相隔并不远。她给我打电话时，先问我有没有听出她是谁。我耐着性子说，我从没听过你在电话里的声音，怎么会知道？我是有这本事的，对声音的分辨能力特别强，所以一般人瞒不了我。只要我听过，就不会忘。她说她是千叶，我哦了一声。我问，你怎么知道我的电话？

千叶是跟老聂打听来的。及至见了面，我对千叶说，我从没跟老聂有过联系。只是有一次开会，我俩坐前后排。说起过去的几个同事，老聂说，什么时候我们去看看那谁那谁那谁。这一连串的名字中，没有千叶。我没以为意。于是我们留了电话。这是几年前的事了，几年中，老聂从没联系过我，当然，我也没联系过他。说去看那谁那谁的话，根本都是无心之语。过去，我会把这些话放在心里，一心一意等待。现在不了。我跟老聂一样，就像刮西北风，说过就拉倒。

留下的电话就这样派上了用场。

我在手机里翻到了老聂的电话。如果不是千叶来，聂新根的名字估计就是条深水鱼，永远也翻不到上面来，我甚至不记得我有他的联系方式。我说，中午一起坐坐吧，千叶来一次不容易，我做东。老聂说，我没空。副县长过来调研，我走不脱。否则我就请千叶了，让你作陪。

若是过去，我就信副县长去老聂的单位了。当然，也许副县长真的去老聂的单位了。老聂在一个行政管理部门任职，人不多，是一把手。所以如果真有领导驾到，他真出不来。我说，既然你没空，我就拉千叶去家里了。

老聂简单"哦"了声，就把电话挂了。

砂锅里丢了冬笋和腊鸭，咕嘟咕嘟小火炖，我和千叶坐沙发上拉家常。千叶不是美女，当然，我也不是。两个不是美女的人时隔二十几年坐到一大簇花下，这感觉真是怪怪的。

我不问千叶为啥来埙城。她到了埙城才找我，显见得不是为我来的。那么就是她来找老聂，老聂没空？看来她一直跟老聂有来往。可如果她提前知道老聂没空，为什么要选择今天来？

这些疑问在心里存了下，我没问出口。千叶是个鬼魅的人。很多年前她就鬼魅。那个时候我们在一家单位做临时工，有我的地方一定有她，有她的地方却不一定有我。有次去南大出版社校对一部书稿，千叶明明跟我住在一栋楼里，我却不知道她在哪个房间。我一个一个敲门，最终也没有找到她。

我跟老聂打听时，老聂说："你找千叶，你缺心眼啊！"

你老了。她先说。

我摩挲了一下头发，说，都老了。

我觉得，我还是比千叶说话委婉，像许多年前一样。

严先生呢？千叶问。

我说他值班，要值一天一宿。

"没想到你们还真成了。"千叶边喝水边朝我挤眼。那一瞬间，我觉得千叶还是二十几年前的千叶，除了皱纹和白发，她什么也没有变。

她那时就看不上严先生。严先生是同事刘大姐介绍的，见第一面，我觉得他的长相像我表兄，我的表兄威风凛凛，是海军。他还有一双俊逸的手，目光温和。我是属于细节定乾坤的人，所以别无多虑。千叶却说他学历低，家底薄，还是罗圈腿。她每天都在我耳边嘀咕，让我的耳朵起茧子。说真的，我和严先生能走到一起千叶有一多半的功劳，因为我总要表示对她的言行不以为意。也就是说，她如果向左，那我就一定向右。可千叶是这样的人，从不把别人的不以为意以为意。所以，她越看不上严先生，我就越跟严先生交往。我越交往，她越看不上严先生。婚礼是单位给操办的，我买了些糖，给大家唱了曲电视剧《渴望》的主题歌，这婚就算结了。千叶没参加我的婚礼，她跟老聂去拉萨了。当时我们都知道千叶去西藏行走，她一直在为此准备，却不知道有老聂随行。有一天傍晚，我们都在会议室里看报纸，老聂打来了电话，询问单位近况。因为一部书稿完成，单位要有人员变动。刘大姐刚好坐在电话旁，顺手拿起了听筒。"你是谁？聂新根啊！这么多天不见，你死哪儿去了……人员近期调整，你又不是不知道，大家都在单位等消息。组织上给了一个转正名额，云丫和千叶之间只能转一个人，主任说要她们俩抓阄……三天之内办齐所有的手续，关键时刻千叶联系不上，你说急人不急人……"

老聂慌了，这才说他跟千叶在一起，刚从布达拉宫出来。刘大姐没好气地说，人家千叶去西藏是为了梦想，你为了什么？老聂说他为了做梦。

刘大姐嘲讽说，那你就继续做春秋大梦吧！

我们都听出了刘大姐这话的弦外之音。老聂自诩与主任关系好，表面低调，骨子里却狷狂。不狷狂哪里会去什么西藏，在这个节骨眼的时候。我们彼此看一眼，谁都没说什么。

千叶从拉萨回来，好一通闹，骂单位的人都是骗子，合起伙来骗她。这幕场景我没有看见，是听刘大姐说的。其实刘大姐也没有看见，是听看见的人说的。我第一个去新单位报到，拿了介绍信，一溜烟就跑了。人员被分流完了，千叶无处可去，只能卷起铺盖回家。

很多时候，人生就是这么残酷。所谓差之毫厘，谬以千里。后来我经常想，假如真的形成抓阄的局面，千叶肯定是胜利者，她总有办法让自己立于不败之地。可命运之手不知怎么一捣鼓，方向和际遇都变了。做几年小工一直心有惴惴，到了新单位，一下就是农民翻身当家做主的感觉了。

一盆冬笋腊鸭汤端上桌，千叶看了一眼，说油太大。我默默烧了一壶水端上桌，先自己稀释了一碗。我是在给千叶作表率，既然油大，就有油大的吃法。两个炒菜都素，千叶说一个油没烧熟，一个炒得太大。我承认，千叶说得有道理。我炒菜的时候，千叶总在我身后转，我有些心猿意马，平时手顺的活计，也做得磕磕绊绊。我说，看来你饭菜做得不错，这么有道道。我平时在单位吃食堂，偶尔做一次，的确手生。千叶敏感地问，我来是不是给你添麻烦了？我反问，你说呢？千叶说，我不知道，所以问你啊。我说，你添麻烦了，很麻烦。千叶笑了下，说，我就是来添麻烦的，不给你添给谁添？

"如果当初去西藏的是你而不是我，你的一切就都是我的。"端着杯子坐到沙发上，千叶环视着房间。她果然旧话重提。不提就不是千叶了。

"不包括严先生。"我说，"你看不上。"

"当年你说陪我走西藏，后来又不去了。我傻乎乎的，一个人走了。"

"还有老聂啊，你哪里是一个人。"

"老聂给我买了火车票。"

"他如果给我买，我也去。"

我说的是实话。当年工资七十多块钱，还没有老聂的零头多。老聂经常带领我们出去玩，他买好吃的。老聂明显更喜欢千叶，他总说我太保守，在饭桌上都不敢端酒杯。

"你跟千叶学学，都是新时期的青年，你就像个老古董。"老聂的刻薄让我脸红，但我不怪他，我确实像他说的那样。

从西藏回来，人都分流完了。老聂一直想去公安局，结果，名额被别人撬走了。唯一一个下乡的名额落在了老聂的头上，这是人家挑剩下的。大家都不愿意下乡，下乡艰苦。后来我听刘大姐说，老聂走时闷闷不乐，把门帘扯去擦屁股了。

"你那时对我是什么印象？"千叶问。

"抢尖拔上，鬼机灵。"我跟她说话从来不客气。

"你是蔫人出豹子。"不等我问，千叶马上回击。

我给她的杯子倒水，问她此话怎么讲。千叶说，这话不是我说的，是老聂说的。去拉萨的火车上，闲得无聊，我们一个一个议论单位的人。提到你，老聂说，千叶你别小看王云丫，她以后会是个人物。

"我是人物吗？"我问。

"跟我比，你是。"千叶答。

"我跟谁都不比，我是我自己。"

"你就喜欢说冠冕堂皇的话。"千叶看着我，"难怪你能当干部。"

"老聂呢？"

"他跟你一样。"

我们这群人，千叶混到了底层，顶数我和老聂混得好。这是刘大姐几年前在菜市场跟我说的话。我问，你咋知道千叶混到了底层？刘大姐说，她一个农民，嫁了个农民，还能混哪儿去？

我嘴里说不至于。千叶是个聪明人，啥时都不会落潮。但心里赞同刘大姐的话。吃公家饭的人都高人一等，这是我们这个社会的福利。

我问刘大姐，咋知道千叶嫁了个农民？我们自打分手，就再没了彼此的消息。刘大姐说，他跟千叶的婆家沾亲带故，有时年节走亲戚时能碰上。"她还是像年轻的时候那样，喜欢不务正业。"

菜市场人来人往，并不适合交谈。刘大姐转身的时候一龇小虎牙，说了这句话。我那天去买了两刀豆腐，硬邦邦的那种，自己做香干。严先生在门外的廊下吸烟，等我。我问他有没有看见刘大姐，他说没看见。

我说："刘大姐说千叶喜欢不务正业。"

严先生说："一个人有一个人的活法。"

2

千叶脱了鞋，把脚收到了沙发上，放平两条腿，我便从长沙发上移驾，坐到了小沙发上。那里放了一个自动按摩椅，我把肩胛和颈椎的位置找好，任它按摩。千叶眼里有了羡慕，说我这样的生活就像地主婆，后面有看不见的四只手，相当于一边站一个小姑娘。我说，你不知道我的颈椎多痛苦。千叶说，她的腰也不好，有一次躺了十九天，连窝都动不了。我问她最后怎么好的。千叶说，熬呗。庄稼人，除了熬还有啥法。

这样示弱的话，我很少听千叶说出口，所以特别不适应。千叶的穿着依然是时尚型，打底裤，黑毛裙，上面是带假领的毛线衫。外罩脱掉了，是一件收腰的长款风衣。我因为腿不好，夏天都不敢穿裙子。衣服也多是休闲款，与千叶比，真是又传统又老土。我洗了盘草莓放到茶几上，千叶说："种草莓的都不吃草莓，你怎么还吃这种水果？"

"好吧。"我说。

"你从没想过对不起我吧？"千叶说。

我站起身，把草莓放回冰箱里。我见不得它受冷落，红艳艳的惹人怜爱。关冰箱门之前，我丢了一颗在嘴里，咕囔说，愿闻其详，我怎么对不起你了？

我过得不好。千叶手肘支在沙发扶手上，转着眼珠看我，说跟苏连祥没感情。不是也生了女儿吗？我问。她的女儿跟我女儿一般大，这些信息路上她就告诉了我。千叶说，他们的感情出问题，就是从生了女儿开始的。那时国家讲究一对夫妻一个孩，千叶响应国家号召，自行做了结扎手术。打那儿开始，苏连祥就总威胁她，要找个地方生儿子，直闹到离婚的地步。那年女儿五岁，拿了根小绳学上吊。绳子结到驴槽边的钉子上，千叶打草回来，正好看见了。千叶问她为什么要上吊，女儿说，以后又没爹又没妈，不如死了算了。打那儿起，他们再不敢提离婚的事了。

"你会去打草？"我真是有太多的疑问。

"我不打谁打？家里养着大驴呢。"千叶说。

"一个女孩就去做结扎，全县大概就你一个。难怪苏连祥对你有意见。"我故意说得轻描淡写。我没见过这个人，千叶一提起他，我就在描绘影像。先说这个名字就不咋，太普通，不像千叶的名字，透着许多想法。当年我就问过她，这样洋气的名字谁起的，她说是自己改的，上初中的时候。

她原名叫朱玉娟，后又改过朱亚红。派出所的一个哥对她好，任她把名字改来改去。

"结扎这样的大事你居然自己做主，男人不有想法才怪。"

"不结扎怎么办？我容易怀孕啊！"

千叶告诉我，女人常用的手法对她都不起作用。避孕药不行，上环也不行。有一年她坐了三次小月子，人差点就交代了。大喇叭一喊育龄妇女到大队检查她就心惊肉跳。检查床就是老光棍睡觉用的，一股汗馊味。那些人边说笑边用器械插下体，检查你的子宫。计生小分队里也有男人，就在窗外晃来晃去。一个破布帘上都是洞，外面的烟味儿直往屋里钻。你说你没怀孕也要查，你说你有例假也不行，得脱了裤子给人看，检查你有没有新鲜的血。每年春一季秋一季，查两回。人哪有尊严可言啊，躺在那里，就如同剥了皮的狗。

我打了个寒战，倾过身子，离她近了些，又关了电动按摩椅。那轻微的旋转摩擦声也让我觉出了噪，我有些想听千叶说话了。那些年的喧嚣我也记得。孩子小，寄养在父母那里。小弟妹在用笤帚扫院子，大喇叭一通狂吼，小弟妹就浑身发抖。她结婚早，才二十出头。

大喇叭里重复发出很不堪的威胁，牵牛、灌粮食、扒房，都是最终结果。你躲出去不行，跑得了和尚跑不了庙，躲得了初一躲不了十五。满街都在追剿大肚子，一经发现，手脚都给捆上，四脚朝天往车上抬。有一次，把人拉到医院才发现那只是个小姑娘，才上五年级。只是胖得走了形。医生手术刀都准备好了，上手一摸，那肚子是空的！

耳朵听着那些村干部的气势汹汹，多少次庆幸自己不是村里的媳妇啊！

我探过身去，情不自禁摸了摸千叶的手。

千叶继续说："在村里经常觉得活得不耐烦，早晨天亮得早，晚上日落得晚。啥叫度日如年，这就是。苏连祥说我在城里做了几年小工做出毛病了。咋能没有毛病呢，那时我们多幸福啊，在宾馆办公，有专门食堂。春天去郊游，夏天去游泳。还有许多文娱活动，跳舞、朗诵诗歌、演讲，看摄影或书法展览，参加读书会。我经常想，我离开了这些，王云丫却没有离开。假如我当年不去西藏，你的那种生活就可能属于我，我的这种生活就可能属于你。你别看我过得不好，你如果嫁到村里，不一定比我过得好。我没有跟你抓阄，是拱手相让了这种生活。否则真不一定谁笑到最后。"

我看着她，心里隐隐钝痛。我当然不这样想。我为什么要那样想呢？难道这不是命运的抉择吗？我相信，这就是命运在关键时刻选择了我。

她说的那种生活其实我也没有走近。也就是说，我没有拥有那种生活。跳舞、朗诵诗歌、演讲，看摄影或书法展览，参加读书会。这样热闹的场景我都不喜欢。我年轻的时候就不是活泼的人，除了看书没有多余的爱好。所以千叶是女文青，我不是。她当年有许多朋友，办公室的电话很多都是找她的。

她一跳一跳跑去接电话，后面的人就彼此递眼色。又有人送花了，又有人请饭或看电影了。千叶的嘴里都是这个总那个董，听起来都是了不起的人物。所以刘大姐给我介绍男朋友却没人给她介绍。大家都觉得，千叶不用别人介绍。

"你如果不去西藏就好了。"我多少生出了些愧疚，时过境迁，我可以站在千叶的角度考虑问题了。我是有"抢"了她的生活之嫌。"你干啥要在那个节骨眼去西藏呢，还和老聂一起去。"我想说，男男女女，这不是找是非嘛，机关本来是非就多。但关键时刻，我咽下了后半句。

主任姓崔，是山东人，有很浓的潍坊口音。我们都说他的口音像风筝一样，可以随时飞起来。他也是喜欢千叶的人，经常开一些很出格的玩笑。那些玩笑经常让我脸红，千叶却没事人一样，听得大大咧咧。那晚听说老聂和千叶一起去了西藏，他简直暴跳如雷。我从没看见他那么激动过，黑红的脸膛变得青紫，像被人盗挖了心肝一样。两只眼睛瞪得铃铛大，在会议室里"哐哐"地走，带出一溜风。他说老聂太无法无天了。人要交流了，眼里就没有领导了。这要不是念及交情，开除他都不在话下。

老聂是小学教师，是崔主任当才子从学校挖来的。谁都知道崔主任对他第一好，出门都要带在身边。

"背叛你的都是你对他最好的人，天底下再没有比他更没良心的！"主任骂得咬牙切齿。

我们埋头看报纸，其实谁也没有看下去。会议室里很紧张，连翻动书页的声响都没有。主任平时是个谨慎的人，这个时节有点像破罐破摔了。

转天一上班，崔主任就把我喊了去。他是望六十的老人了，头发花白、稀疏，却被啫喱水定型在脑后，形成了背头，像一排弯曲的小钢丝。门牙像两块陈旧的门扇，中间明显磨出了缝隙。脸上有肉的地方是眼睑，让下眼皮显得重重叠叠。可他的眼神像鹰隼，我从不敢与他对视，这又与千叶不同。千叶在他面前就像只云雀，可以又唱又跳。

"王云丫，我如果给你办成大事你怎么谢我？"他说得很严肃。

"您说怎么谢就怎么谢。"我忐忑的样子估计像个傻瓜。我从没奢望他给我办什么事，还别说大事。此刻脑细胞却活跃了一下，我硬着头皮问："什么大事？"

"你还是缺少情怀。"千叶抱着膝盖摇了摇，这样总结我。

我不知道她指的是什么，我抹了下桌子上的水渍。"你说得对。"我附和。

我和千叶下乡，遇到了一只受伤的小麻雀。千叶把麻雀放进车筐，带了回来。每天去花园捉虫给它当点心，养了好些日子。有天打开后窗，麻雀自己飞走了。千叶从此就变得神神道道。她总说麻雀有一天会飞回来，来看她。我说麻雀不会记得这件事，它来的时候还很小，羽毛还没长全。走的时候已经是一只大鸟了。即使是一只大鸟，除了捉虫它也没有别的本事。从本质上说，麻雀是一种蠢鸟。

"你没有情怀。"千叶当年就这样说我。

我给自己倒了杯水。滇红是一种酒红色，喝起来爽心爽口。这是朋友从云南寄来的，嘱咐我这是好茶，千万别送人。千叶却不喜欢，她每次喝水都如同喝中药，脸上一副苦相。我说，你还是不相信命运。千叶说，我咋不相信？我说，你还对过去的事情耿耿于怀。其实，我的生活没有什么好。在一个无职无权的部门干一份可干可不干的工作，经常遭领导训斥。我们的领导是个变态狂，经常挖坑给人跳。"也可以这样说，我的生活是你放弃的。"

千叶耸了耸鼻子，一副莫可名状的样子。她继续按照自己的思路说。

严先生，她说，是一个务实的人吧？我记得那个时候，他给你买小背心，买一打。三块五一件。我们背后都笑话他，哪有给女朋友买这个的？也就是王云丫好糊弄，买啥都是好的。当时我跟聂新根说，他若是我的男朋友，哪儿远我给他扔哪儿去。用小背心打发人，还要脸不要？

我插话说，那是严先生第一次给我买礼物。之所以买那么多，是我要求的。背心是处理的韩国产品，平时并不容易遇到。高弹、柔软、耐磨、色泽纯正。他单位的女士觉得好，每人都买了很多件。那些背心我确实穿了好几年，也确实穿得很有感觉。因为后来再想买，已经买不到了。

千叶说："你知道苏连祥是个什么人吗？好交集，喜欢说大话。大事干不好，小事看不上，还不愿意付辛苦……"我插话说："他也是文艺青年吧？"千叶说，还真让你说着了。有一段时间，他迷恋唱歌，买双喇叭的录音机，唱张帝的歌曲。你知道张帝是谁吧？就是那个公鸭嗓的……我开始不想支持他，可他走火入魔，不支持不行。后来我想，万一唱出来呢？买行头、买盒带、买麦克风，还到附近的学校拜师学艺，每天早晨去河边练声，村里人都管他叫神经。连着参加县里的好几次选拔赛，他成绩都不错。可成绩不错有啥用？上县电视台，一分钱也没有。有人请他唱堂会他还放不下身段，十块钱一首歌，他说他不卖唱。

酱紫。我说得有口无心。我不知道她这段话是什么意思。

千叶说，唱歌活不了人，干啥呢？人家都去城市打工，他一说打工就头疼。人家都盖了大房，我们还是那三间，是老人七十年代盖的。大墙垛，不是明窗，天不黑屋里先黑。年轻的时候还有这样那样的想法，现在不想了，想不动了。他过他的我过我的，我们基本井水不犯河水，已经很多年了。

我想开句玩笑，我特想开句玩笑——那个，那个事怎么办？当然，我不会说出口。我觉得，我们没有谈私密的氛围。

一个唱歌的人。我想，跟千叶是匹配的。但我不喜欢，如果一个男人嘴里总唱歌，我会觉得喧嚣。我真是不喜欢喧嚣的人。

千叶把自己放平了，身形像面条一样软。她说，我最近特别爱累，说这些话，就觉得特别累。我看了下时钟，一点半了。我说，是午休的时间了，睡个觉就好了。千叶说，好。

3

卧室在最里间。我邀千叶上床，千叶拒绝了。她说就在沙发上躺一会儿，十分钟，躺十分钟就好。我回到卧室，把房门掩上，把睡衣换了，我想好好休息下。我真是挺累的。跟千叶聊天挺累的。给千叶做饭挺累的。

刚接到她的电话时，我就觉得累。这些年她都没找过我。依她的性格，她肯定经常到埙城来。她到埙城来却不找我，这说明她不想找我。现在来找我，难道是来跟我算旧账的？我哂笑了下，真是觉得莫名其妙，能算出什么呢？

还有那一大束花，插在墙角的花瓶里。煞是好看，可就是觉得好看得可疑，像是包裹着一团不可告人的秘密。

困得哈欠连天，又流鼻涕又淌眼泪，我却睡不着。拿了本杂志，却看不下去。我隐隐有些亢奋。千叶让我亢奋，为什么呢？我自己很难解释。千叶说了那么多话，其实没什么中心议题，基本就算女人之间的闲话。这样的闲话谁都能说上一箩筐。你以为我没有？我只是不说而已。

或者，不想对千叶说。

我睁大眼睛看屋顶，脑子里乱七八糟。

当年抽调到这个临时单位我比千叶早几天。千叶来的时候我们正在开会，敲开门，千叶的脸在门口晃了下，说："哪位是崔主任？"崔主任放下手里的讲稿，马上出去了。会议没有进行下去。我们在会议室里等了半天，崔主任没有回来。于是大家看书的看书，看报纸的看报纸。快到下班时间了，聂新根跑过去问了下，崔主任说，今天的会不开了。

我和千叶同岁。千叶却像个城市姑娘。长裙，短发，小圆眼镜，头发挑一绺明黄。后来熟悉了才知道，她也是村里出来的，家在大洼深处，在一家复印社打工，偶然认识了崔主任，被招了过来。我们一起吃饭，一起开会，一起下乡，一起到外省市跑资料，我从不知道她的眼镜只是装饰，她的两只眼睛离得近，据说是利用眼镜调节一下距离。我那时还是个不懂装饰的人。渴了喝水，冷了穿衣。世界在我面前就是实用主义。千叶显然跟我不一样。她很快就跟每个人都混熟了，比我还熟。酒桌上喝酒，联欢的时候又唱歌又朗诵，这样的女孩大家都喜欢。连我都喜欢。

我自己都不喜欢我自己，茶壶煮饺子——太闷。

千叶的生活比我丰富得多，我连嫉妒都还没学会。每天下班以后我都抱着一本砖头厚的书坐在楼梯口，那里对着夕阳，有一束温暖的光。那些书都是我从图书馆借来的。我借书有一个标准，不管内容如何，都要符合砖头厚的特点。不够砖头厚，我根本不借；不够砖头厚，我看着都没意思。

千叶是我生活以外的另一个世界。比如去西藏，她说去就敢去。说起这个话题时办公室的人都在，刘大姐也信誓旦旦，说一辈子没去过西藏是人生的一大遗憾。说是一回事，做又是一回事。那部书稿历时三年多，很快进入了扫尾，十几个人，各怀心事。千叶宣布要去行走时，甚至都没引起响动。崔主任面临退休，单位是一种树倒猢狲散的颓势，每个人都让未卜的未来弄得忧心忡忡。所以，千叶就像一道明亮的光，在她心里，似乎没有什么事值得担心。

只是没想到西藏之行就像个陷阱。她紧赶慢赶跑回来，我已经去新单位报到了。

只是……如果真的形成抓阄的局面，胜者就一定是她吗？

刚好十分钟，千叶就像猫一样钻了进来。她眼睛有点惺忪，看来是睡过了。这种觉叫狗眨眼。小孩子睡得时间短，大人便会说，就睡这狗眨眼？千叶问我能不能在床头靠一会儿，我没忍心拒绝。我往一旁躲了躲，千叶上来了。千叶说，刚才我们说到哪儿了？

哦，说到了我特别累。我总是特别累。身体累，心也累。刚结婚的时候，公婆和我们住对屋。你能想象吗，他们从不刷牙。吃饭他们就坐我对面，黄板牙一闪一闪的，让我受不了。我给他们买牙膏牙刷，监督他们刷牙。婆婆牙龈出血，赖我的牙刷有毛病。他们总跟我吵。开始是一个对一个，后来是一家人对我一个。煤气罐摆在那儿，不用。到处捡柴烧大锅。天黑透了也不亮灯，夏天剩饭馊了也不舍得倒掉。更可笑的是，他们总偷偷到我屋里找零钱，他们觉得我不会过日子，钱在我手里他们不放心。我老公，就是那个苏连祥，你没见过。见过你就知道了，真是一表人才。我说话你别不爱听，如果从外表看，真是比你家严先生强不是一星半点——当然现在不行了。一个人在村里，赚不来钱，就不受尊敬。庄稼人显老，又不讲吃又不讲穿。年轻的时候还可以唱唱歌，半大老头子再唱，人家就说你疯癫了。多亏那年老聂给他找了个事做，老聂来乡里当乡长，我舍下脸去找他。我说，文化站缺人不，能不能赏他口公家饭？

我一直趴着。侧着脸。千叶说的这些我熟，都是从村里出来的，面对的问题都差不多。观念、差异，城市乡村都一样。我悠悠晃着两条腿，千叶说的这些却显得不真实。我是说，都不像发生在她身上。当年的千叶……我无法想象穿着黑毛裙的千叶蹲灶坑旁烧火，灶灰扑扑地飞。吃饭时对面坐着黄板牙的公婆。她怎么会嫁给那样的人家——且慢，千叶说的是过去，现在境遇应该改善了，瞧，千叶穿得多时尚，比我时尚多了。老聂居然帮了千叶那样大的忙，他让苏连祥吃了公家饭！

我一下坐了起来。我想到了千叶和老聂的西藏之行，苏连祥知道吗？

千叶翻了个身，把后背对准了我。我拍了一下她的屁股，问，苏连祥当了文化站长？如果干到现在，应该享受正科级待遇。

千叶说，文化站不缺人。老聂把他安排到了信用社，当信贷员，算合同工。那是我们家顺风顺水的几年。闺女刚上初中，成绩特别好。我去了乡里的毛纺厂，做技术工。我不是吹，那些个活计我眼到手到，一看就会。厂里的师傅都说，全厂几百人，数我心灵手巧。那年月毛纺厂效益好，厂长是从天津聘请的，拿年薪。师傅也是从大城市来的，一个月两千多。连乡里的干部都参与分红，发二胺、发苹果、发服装。可你知道工人拿多少吗？一个月七八十块钱，年底连奖金都没有。

有一次，工厂给日本赶一批高档毛活，工人加班加点连轴转，规定的时间运不到港口，要交成品一倍的罚款。战前搞动员，大家一边吃饭一边听厂长训话。车间门口挂横幅，质检员都成了监督员，乡政府也派人来督战，工人去厕所都一溜小跑。深夜，我们端着大碗蹲在院子里吃面条，干部们在会客室里喝酒。厂长喝得哇哇吐，臭味熏得我们都吃不下饭。这批活赶完了，很多人都病倒了。可第二批活又来了，休一天假要扣三天的工资，有个女工小产，休三天假一个月就白干了。他们真不把工人当人啊，我实在忍不住了，揭竿而起。

我看着千叶。我突然发现我有点喜欢她了。

千叶说，厂子四个车间，每个车间七八十人。我写了一份罢工宣言，号召姐妹们为自己争取权益。这些权益包括，每个月要有四天假，加班要有加班费。工酬要与普通干部同等水平。要为工人上保险。我请人写成大字，贴在车间门口。我确实做了最坏的打算。工人们都不理解我，人家该干啥干啥。厂方把我开除，我从此成为无业游民。这些我都想到了。我不怕。我天生就是天不怕地不怕的人，宁可人负我，我不负别人。只是有一点我没想到，这一天早晨，有个女工看了宣言抱着我哇哇痛哭。她在厂里干了三年了，腰都累弯了。一个人哭，所有的人都哭。偌大个院子都让哭声填满了，响声如雷。我问大家，宣言中写的要求合不合理？大家说合理！我问，大家愿不愿意跟我站在一边？大家说愿意！我很激动，那样多哭着的脸，抹净了眼泪变得群情激昂。我一挥手，众人都跟在我身后，找厂长谈判，大家一窝蜂往厂长办公室里涌。厂长吓坏了，说工资都是由乡里定的，他做不了主。我们浩浩荡荡去乡政府，三四百人的队伍，把街筒子都挤满了。厂子离乡政府有三里地，来到这里才发现，大门紧闭，门口站着警察，荷枪实弹。许多人一看见警察腿就软了，扭头就往回走。苏连祥从信用社里跑出来，一把揪住我，说我丢人现眼。我与他搏斗，就像跟敌对势力搏斗一样。

我们干了半天仗，在地上来回滚，滚了一身土。他的脸被我抓破了，我的上衣被他扯掉了袖子。警察看着我们昧昧地笑，大概谁都没看过夫妻这样打架。仗打完了，大门敞开了，警察撤了。我一回头，大门口就只剩下了我们俩。

苏连祥说，你干的好事！

我说，我没干坏事。

苏连祥骂我傻，傻逼。说天底下就没有像我这么傻逼的人。我说，你不傻？谁在大庭广众之下打老婆？我们过去感情也不怎么好，那件事又成了一个导火索，他很长时间不回家。他不回家我也不找他。后来听说他跟一个开小卖店的好上了。有人传到我耳里，我心说，他爱跟谁好跟谁好，只要不让我碰上就行。

我捏了千叶一把。我不知道想表达什么。

"这是哪年？"我问。千叶支起了身子，说那年公婆已经去世了，家里新添了一辆幸福牌摩托车。应该是2003年。

"后来呢？"我问。

千叶说："哪有后来。没有后来。工人陆陆续续回厂上工。老聂找到我，说我不该挑头闹事。我说这怎么是闹事呢，这是争取权益啊。他说争取权益应该走正规渠道，这样耽误生产，损失谁赔？"

我想了想，千叶是对的。老聂也是对的，他是一乡之长，乡长有签字权。财政都靠企业支撑着，他没有理由支持千叶。

换了我我也不支持。

但不影响我此刻用崇敬目光看千叶，一个人一生总要做件了不起的事，我觉得，千叶已经做过了。

千叶也有些得意，说当年全厂的人都听我一声号令，那场面你都想象不出来。

我想象得出来。电视和电影都看过这种镜头，那是革命者，举义旗是为了推翻三座大山。可惜现在不是那种气候了，千叶注定是悲剧。我说，那个厂，现在什么样？

千叶说，早黄了。不黄才怪。工人开始偷东西，线、机器零件、整件的毛衣、玻璃纽扣，揣袄袖里，塞裤裆里，方法五花八门，厂方防不胜防。更别说消极怠工、蓄意破坏了。有一次没按预定时间交货，被罚了不少钱。工人也像走马灯一样来来去去，四个车间变成了三个，后来又变成两个、一个。冷清得就跟小作坊差不多。当然，那时我早已不在那里干了。我被厂里开除了。我去周边的好几个厂子求职，结果哪里都不要我。腌制场、蜡烛厂、缝制厂、工艺品厂，哪里都不要我。我就知道，我名声在外了。

"你为什么不来城市？你更适合到城市来。"想起千叶长裙飘飘的样子我就惋惜。

"孩子呢？家呢？又不是单身一个人，哪能说来就来。"

我说："当初你怎么肯嫁到乡下？"

千叶说："我哪里有你那么好的命，天上就能掉馅饼。"

我说："你后悔去西藏吗？"

千叶果断摇了摇头。说做过很多后悔的事，唯有去西藏，不后悔。

我长吁一口气。转念想，不知道去西藏对她意味着什么。

我的电话响了，我起身去接电话。千叶去了洗手间，她在洗手间待了足够长的时间，我在院子里把电话讲完，她还没出来。

"老聂请我们出去喝茶，他可越来越能贫嘴了。"

千叶说："他终于有空了？"

4

我这才知道千叶一直在等老聂，她应该找老聂有事。开车出来我对千叶说，我把你送到茶楼下就走。千叶说，不行，你得陪我。我看了千叶一眼，说，你见老聂还用我陪？千叶说，我一个人见他会紧张。我噗地笑了，这话说得怪有趣。千叶说，我没跟你说笑话，我真的有点紧张。我看车窗外，这话我能认真吗？认真我就是傻子。车子停在茶楼下，老聂在楼下候着。我原本不想下车，老聂把车门拉开了。老聂说："有一家西餐厅牛排做得好，本想让你们去开开洋荤，偏不巧，县长临时跑去了。我们喝会儿茶，晚上再去那里吃。"千叶在车里捣鼓，半天也没下来，老聂点着了一支烟，眯起眼睛说，王云丫，你不吃饭啊。

我说，千叶比我还瘦。

老聂喊："朱千叶，你还有完没完？"

千叶下来了，低着头，沾身上的线毛，总怀疑衣服没有穿齐整，这里抻抻那里拽拽。老聂其实没看她，可千叶分明是紧张的，让我好生奇怪。荧光一闪，我发现她涂了唇膏。我暗自笑了下，觉得她还是有些鬼魅，像年轻的时候一样。我问，你们多久没见面了？老聂说，你们多久我多久。我说，尽瞎说。老聂说，你问千叶。千叶对老聂说，是很久了，上次我到埙城来想见您，结果您没空。

我看了老聂一眼，我起鸡皮疙瘩了。做梦也想不到千叶跟老聂说话要用敬语。做同事时可不是这样，他们一起走过西藏啊！我记得很清楚，有一天，千叶踏雪回来穿兔子皮的外套，老聂问，你没遇见猎人？千叶把两只冻红的手倏然伸进他衣领，老聂跳了起来……是老聂出问题了还是千叶出问题了？他们固然没生活在一个频道上，可这不该是理由啊！老聂率先往楼上走，倒背着手。千叶想让我先走，我把她推了上去。我故意说，都是老相识了，千叶你干吗客气。千叶说，你们都是当领导的人，看见你们我气短。我心说，在我家也没见你客气。

茶是老聂带来的。他说他只喝白芙蓉。"云丫你也尝尝，这是极品。"水斟满了，千叶显而易见地惶惑。我说，我这段爱喝小青柑，喜欢茶汤的颜色。老聂说，小青柑好是好，就是味道有些锈。我说，白芙蓉味道好，我哪里去淘换极品？

"回头我送你一饼。"

都是话赶话随口说的，说的无心，听的无意。却也让千叶眼花缭乱。谁说话她看谁，脑袋像转轴一样动。真是奇了怪了，在我家沙发上她怎么那么恣意？还挑我的饭菜咸了淡了，荤了素了。真是卤水点豆腐啊。每次端起杯子她只是稍稍一抿，唇都未见得怎样湿。她的坐姿也很有意思，拔着腰板，扭着两条腿，上下身却不在一条直线上，真是比年轻的时候还有范儿。这也让我觉得别扭。老聂是外人吗？老聂不是外人啊。尤其千叶与老聂的渊源更深，两人曾经多么亲密啊。我忽然想起老聂曾经是千叶的父母官，千叶曾经上门求过他。看来是拿人家手短了。老聂明显有些轻慢她，说话从不看千叶的脸。我逐渐如坐针毡，真正觉出自己的多余来。我想，他们这个样子可能是因为我在场的缘故。我才是外人，他们放不开。或者，他们有话需要我避一避。我又想起了千叶年轻时的鬼魅，她真的像一只得道的狐狸。虽说解放以后不许成精，可千叶骨子里就带着仙气儿。电话适时地响了，我摸出电话时顺手拿起包，却被老聂一把摁住了。老聂说，你去哪儿？我说我有事。老聂说，有事也不许走。电话持续响，老聂抢过我的包放到了自己的身后，我只得朝千叶招了下手，拿了电话一噔一噔下楼梯。这个电话真正有意思，一首韩国歌曲一直唱到尽头。

不是怎样重要的电话。当然，打电话的人重要，是我老娘，问我这周回不回家，有只大公鸡摔断了腿，准备杀了吃肉。我说，大公鸡有翅膀还能摔断腿，它是神鸡啊？老娘说，它从棚子上往下跳，让铅丝套住了，鸡头朝下，别了半天。我说，先养一段吧，看能不能把腿养好。老娘说，养好了干啥，不也得杀了吃肉？我说，别自己吃，卖了吧。老娘说，卖了让别人吃，我不舍得。我说那就等过年再说。老娘说，过年东西多，就不想吃鸡肉了。横竖我是救不活它了，我说，我这周不回去，您该杀就杀了吧。老娘说，你不回来我杀它干啥？

茶楼下面有两棵大杨树。我一直绕着这两棵树走。走"8"字，或走圆圈。许多吊死鬼落了下来，被我踩在了脚下，一地绿汪汪的，其实是杨树花……老娘一再说别费电话费了，挂了吧，挂了吧。我坚持找话题。好在有关村里的话题很多，三婶子二大娘，东街坊西街坊，真是三天三夜也说不完，我们就这样东拉西扯了不知多久，老娘反而忘了电话费的事。车轱辘话从头说，问我这周回不回去，我说不回去。老娘说，回来吧，大公鸡把腿摔断了……

我赶忙打住。一气说这么久，老娘估计都晕了。

我回到楼上，才发现只有千叶一个人，呆呆的，两只眼睛失神地看着角落，石像一般。那些个神采和灵气，似乎都被谁劫持了。我很奇怪，老聂呢？千叶说，他单位有事，你下去不久他就走了。哎呀，我说，我就在门口，怎么没看见他？心里却在想，他一定能看见我，却不打招呼。这个老聂！千叶捋了捋头发，不易察觉地叹了口气。我给她的杯子添水，被她挡了。千叶说，也许我不该来见他。我说，你的事，说了吗？我断定千叶有事，才会一再约他。千叶眼里突然含了泪，骨碌一下，那些泪珠跳出了眼眶，顺着鼻翼朝下翻滚，至唇边，形成了一道小溪。千叶说，我想说，可他不愿意听。千叶虚弱的样子让我有点不忍，我心里骂了一句，挨千刀的老聂，还说晚上请牛排，真是个吹牛不上税的。我有点后悔，在下面耽搁的时间长了，否则也许能帮帮千叶，让她不致如此尴尬。我无奈地说，我以为你有些话不愿意当着我的面说。千叶说，我是不想当着你的面说。咳咳，我假意咳嗽。世界上再没有比我蠢的人了，我领会错了。"那你干啥还让我陪你？"我没好气，是上当了的感觉。千叶咕嘟一下嘴，突兀地笑了下，说我刚一提贷款两个字，他就逃之夭夭了。

我愣住了。

千叶说，你别害怕，我不是来借钱的。

我心里说，难怪老聂跑路，这是敏感词啊。

千叶说，我原本不想告诉你。可是云丫，我总得告诉个人。否则我这么多年的血汗不是白流了？

我喊服务员添水，茶已经凉了。

屋里黑着灯。严先生揿亮电灯时吓了一跳。"我以为家里没人，你怎么摸黑待着？"我懒散地伸了个懒腰。把一条腿架到沙发背上。严先生说："没做饭？"他去厨房转了一圈，回来了。"中午来客了？"中午饭菜做得不合口味，我和千叶都没怎么吃，其实是没心绪吃。严先生追问谁来了，我说，你想不到，朱千叶。

严先生说："可是很多年没见她了。"

我说，你想知道她说了些什么吗？

"我来见老聂，是人生的一个目标。"千叶用纸巾抹了抹嘴，用力些，那些唇膏的颜色已经很浅了，她又反复擦了擦。粗鲁地擦，好不爱惜。她的唇膏不是为我抹的，所以这个时候已经没用了，我这样理解。"这个计划很早之前就有，当我还清十八万元贷款那天，我就想来找他，可他没空，他总是没空。这次来，我事先发了短信，只写了一句话：这辈子不见你一面，死不瞑目！"

我很吃惊。你这是语不惊人死不休啊。可这样说话会把他吓着，男人都不经吓，何况老聂是当领导的，心里如果再有挂碍，千叶就死定了。我对千叶说："他是聂主任，不是早先那个聂新根了。"

千叶有些颓废，说，我当然知道。可我就想开个玩笑，提醒他我要告诉他一些重要的事，他一直没有回短信，我就想，我重要的事可能对他一点都不重要。

"见了面人就矮了。"千叶说，"其实我也不喜欢那样。"

我知道那样是哪样。"不说了。"我说。

千叶感激地看着我。

我在你家说过的，我曾经找过他，给苏连祥个饭碗。他爱唱歌，寻思能去文化站就好了，可文化站不缺人，苏连祥去了信用社当信贷员，说好了，算合同工。

苏连祥对工作很满意。工资没有人家正式工多，但比那些在外自己打食吃的农民工已经好太多了。干净，体面，不累，适合他。第一年我们就买了幸福牌摩托车，他上下班骑。每天他一进村，我就能听到他的摩托车声。村里也有几家有摩托，但跟我们家的响声不一样。

苏连祥每天回家都喜气洋洋。他跟邻居说，千叶认识乡里的聂乡长，聂乡长也管着信用社，所以这个月又发奖金了。邻居问我，朱千叶，你是咋认识乡长的？让我们也认识一下啊！

苏连祥不是多有心计的人。有天邻居问他，你媳妇跟聂乡长有啥关系，人家肯帮那么大的忙？苏连祥大概愣了一下，问我。我说能有啥关系，过去的同事关系呗。

苏连祥说，邻居大概不这样想。

我一下子火了，我说，我想陪人家睡觉，人家看得上农村妇女吗？！

第二年，出了点麻烦事。苏连祥值夜班时进去了盗贼，偷走了保险柜里的十八万块钱。这天一同值班的有单位的司机，还有信用社主任。可这个晚上主任去喝酒了，只有苏连祥一个人。早晨一起来，苏连祥发现防盗窗被整个撬开了，保险柜四敞大开。他吓坏了，赶紧给主任打电话。苏连祥问，主任怎么办，派出所就在前院，赶紧报警吧！主任变颜变色说，你是不是想进监狱？想进监狱早说话！苏连祥当时就哭了。问主任咋办，主任说，先别慌，我想想办法。

苏连祥把我接来时，主任的办法已经想好了。是主任让苏连祥去接我的，他看苏连祥只会筛糠，连句话都说不出来。主任说，我不跟你说话，我跟朱千叶说话。路上我坐苏连祥的摩托车，他一个劲地抖。他抖摩托车就抖，我也跟着抖。我心说，这好日子才刚看出点眉目，就遇到了污糟事。这就是穷人的命，我们的命就是这样。主任对我说，这件事一旦让警方知道，案件也不一定破得了，两边的人都得吃挂落儿。我问，两边的人都是谁？主任拍了拍自己的胸脯，又往前院指了指。我就知道他说的是聂乡长。主任说，聂乡长给你们安排一份工作是好意，如果因为这件事毁了前程，你们就是千古罪人。我说，能毁？主任说，最次也得免职。我一寻思，就把想法坚定了。我说，主任，娄子是苏连祥捅的，我们不能连累聂乡长，也不能连累您，就是出房子卖地，我赔。主任"啪"地一拍桌子，说，聂乡长果然没看错你，他说朱千叶是女中豪杰。留得青山在，不愁没柴烧。弟妹，你有这态度，聂乡长也会感到安慰！

主任详细跟我说了办法。因为是周六，大家都不来上班，可以把事情做得天衣无缝。找工匠复原防盗窗，找锁匠恢复保险柜，他家里有三万块钱，先拿出来堵亏空。我说，这钱算我借您的，我以后准还。我问余下的钱怎么办？主任说，以弟妹的名义借贷款，就说搞家庭养殖。回头让会计做账目，利息就按中央精神说的，支援三农，按最低利率。

主任说，这件事情到此为止，天知地知。一旦走漏风声，我们就都完了。

后来我跟老聂说了贷款的事，老聂一声没吭。我觉得我还是给他找麻烦了，他心里是怪我的。

5

严先生瞪着眼睛说，千叶难道是糊涂人，怎么能这样做事情。我说，你先别急着发表意见，听我把话说完。

这样处理我们不是没疑虑，苏连祥有，我也有。不连累别人只是一个方面，还有另一个方面，苏连祥不愿意失去这份工作。所以，除了把责任扛起来，哪有更好的办法。当然，我还有私心，不愿意让聂新根为此看轻了我们。人穷但不能志短。我们紧紧张张过了一年。你知道这一年我是怎么过的吗？我养鸡养鹅养兔子，种花生种芝麻种棉花，啥来钱干啥。做饭连油都尽量少搁，大半年连个肉星都没有。闺女说，妈，我走路都打晃了，我都忘了肉是啥滋味了。我真是豁出去了。去洼里掏沙子，别人装一车我装两车。夏天去粮库晒场，跟男人一起扛起麻包走独木桥，这样可以多挣出一个人的工钱。大家都说我财迷转向了，干啥都像豁出身家性命的。可我家年复一年不盖新房不添衣服，邻居都奇怪，不知道我们挣钱干啥使。苏连祥每个月留30块钱生活费，烟戒了，酒戒了。这一年下来，我们连同过去的积蓄打扫打扫，刚好把主任的三万块还上了。主任是说不要，我说，钱先在您这里存着，啥时该用啥时用。听说信用社有转正名额，到时您想着苏连祥就行。主任说，还用说吗，单位这几个合同工，顶数苏连祥表现好。

转年，事情就出岔子了。有一天晚上，苏连祥回来饭也没吃，躺炕上不起来。我问咋了？苏连祥说，单位清理临时工，他被辞退了。我急了，说，你不是合同工吗？苏连祥说，说是合同工，可一直也没订合同。咋没订合同呢？我问，苏连祥说，我咋知道，就是没人给我订合同。憋了半天，我说，先吃饭，明天我问问是咋回事。苏连祥说，还问啥，聂乡长调走了。我激灵一下，问啥时调走的？苏连祥说，有俩星期了。

我去找了主任。主任过去对我一直挺客气，再见面，却像不认识一样，别着脸跟我说话。我问主任，为啥开除苏连祥？主任说，上面有政策，临时工一律清退。我说，苏连祥是合同工啊。他伸手跟我要合同，说，空口无凭，你手里要是有合同，明天就来上班。我说，主任，你行行好，我们还得用工资还贷款呢。主任说，你们的贷款跟我有啥关系？我当时就哭了，苏连祥有份工资，这日子就有指望。我说，主任你咋还骗我们，你不说要给苏连祥转正吗？

主任说，我要是有那么大的本事，就给全县人民都转正。朱千叶，我不是聂乡长，你就别给我戴高帽了。

我千方百计打听聂新根，原来他调到了农业局，当局长。农业局在新华大街西段，门口有棵梧桐树。我找着了门，却没敢进去。我在外面的花岗岩台阶上坐了半天，看看自己的样子，蓬头垢面，就像个叫花子。一双旧皮鞋在家里用抹布擦了半天，可还是不洁净。这里地势高，我能看到外面的行人。天气热了，女人都穿裙子了。我也是喜欢穿裙子的人，可却连穿裙子的资格都没有。你连穿裙子的资格都没有，有什么脸来找聂新根？他要是不管你，岂不是自取其辱？我衡量来衡量去，决定不找他了，回家。我刚站起身，就看见聂新根从外面回来了。旁边跟着一个女人，穿条大摆幅裙子，高跟鞋叮当作响，边走边跟聂新根说着什么。聂新根说，规划先做出来，报给政府。批不批是他们的事，报不报是我们的事。凡事要主动，别自己找不自在。女人不住地点头，说，我明白了，聂局。他们从我身边走了过去，谁也没有看我一眼。我靠在了旁边的墙上，知道女人跟聂新根不一定有关系，可还是忍不住想，他身边都是这么漂亮的女人，哪会正眼看我。

回来的路上，好歹赶上了最后一班车。我想，我不见聂新根是对的，再不能跟他张嘴了。他调走了，原来的地方也不一定买他账，我何苦给他出难题。苏连祥一个大男人，凭什么非要我管？我回家天都快黑了。下车步行一公里走到了村头，离老远就看见有个人在桥上转来转去，走近了一看，是苏连祥。我说，你不在家里做饭，跑这里来干啥？我进城散心，没告诉他去干什么。可苏连祥说，你找到聂新根了吗？我能回信用社了吧？我勃然大怒，我说，你是个老爷们儿，没有信用社莫非就没了活路？天底下怎么会有你这么废物的人，要扯别人的衣裳襟过日子！苏连祥一路没有跟我说话，进屋就把桌子掀翻了，上面的盘碗都摔在了地上，碗碴子亮得刺眼。他说，我没有信用社是不能活，我就要扯着他的衣裳襟过日子。当初你为啥让我去信用社，你以为我不知道你跟聂新根那点污糟事？我说，我跟他有啥污糟事？苏连祥勾着脑袋不说话了。我上去捶他、挠他，让他说清楚。他用力往外一推，我一下摔倒了。后脑勺在锅台的三角棱上磕了一下，我感觉那里流血了，不疼，只是觉得那里有些凉，有些麻，有些湿。我疲乏地躺了半天，想就这样流死算了。生活这样没意思，还活着干啥。

你知道我当时想到了什么？我想到了你，我真的想到了我在坝城时，做一份体面的工作。参加朗诵会和读书会，看各种展览，春天踏青夏天游泳，恍若隔世啊！我当年如果不去西藏，也会像王云丫一样有份稳定的工作，生活优越，受人尊敬。我一直没有跟你联系，但我一直在留意你的信息。有时会在电视新闻里看见你，我会对人说，瞧，我认识这个人，她在县里当领导，当年我们在一个办公室办公。听的人嘴角一撇，脸上都是嘲笑。他们不是不相信我说的话，是觉得我混到这个地步了心还不死。他们背过脸去故意说，苏连祥的媳妇心气高，就是命不好，纯粹是小姐的身子丫鬟命。要是不嫁给苏连祥，说不定能把日子过天上去。也有人鄙夷说，不嫁给苏连祥，她嫁给谁？谁要她？

严先生一直看着我，几次想打断我的话，我都用手势制止了。我累了，喝了口水，问："你想说什么？"

严先生说，千叶不该那样处理盗窃案，让她一个人承担所有的债务不公平。

我说："你不觉得千叶对形势有了误判？她也在选择利益最大化，只不过押错了宝。"

严先生没有说话。

我说："她真是可怜。"

严先生随手摁遥控器，说，也未见得。说不定人家觉得你可怜。

我奇怪地看了他一眼，问，你这话是什么意思？

严先生说："你看，你没亲手种过一粒种子，没直接创造过一分钱的财富。上班除了喝茶就是看报纸，按时下流行的观点，这种人生苍白且没有意义。"

我说："累死累活就有人生意义了？如果不认识你，我还当你是文艺青年。"

"对了，"严先生说，"她跟老聂是咋回事？按说，这件事老聂应该能够摆平，除非他不想帮她。"

我说："十八万啊，即使是十年前，也不是小数字。"

　　严先生说："十八万不是问题，是那个主任耍了滑头，他怕丢乌纱帽。"

　　我说："麻秆打狼——两头害怕，千叶怕苏连祥丢工作。"

　　严先生说："她还说了什么？"

　　苏连祥居然沉沦下去了。经常去小卖店买散装白酒。只要他不跟我要钱，我知道他手里也没多少钱，我不管他，早晚有一天他买不起。不喝酒了，哪怕去建筑工地做小工呢，也能挣一两千。这年闺女读高二，成绩越来越稀松平常。到年底，自己找个人嫁了。那人大他八岁，我管不了，也不想管了。每个月都要还本金和利息，我都要让贷款逼疯了。你们挣工资的人，拿一千两千不当什么。我们土里刨食的人，一千两千都得豁出命去赚。一分钱也不会白上你的口兜来。有一天，我去小卖店买卫生巾，门关着，里面静悄悄的。我很奇怪，做生意哪有关门的道理。我推开门，走了进去。里面也没人。可货架子后面分明有动静。我还以为是猫在啃方便面，绕过去一看，原来后面有一张钢丝床，有两个人在忙活。

　　男人背对着我，女人闭着眼，他们都没有发现我。空间狭小幽暗，我一眼就看见了男人屁股上的痣，像黄豆那么大，是褐色的。他耸动的时候那颗黄豆跳来跳去，就像抖动的默片胶片。我呆呆地看着他们，什么感觉也没有，就像看两只狗。真的，就像看两只狗。那颗黄豆我年轻时经常摸，就像他摸我的乳头。我想，我可能从来都没爱过这个男人，摸他也像摸陌生人。就因为从不爱他，我才想豁出命去为他做些什么，这种心理我就是在这一刻想清楚了。不爱他，不恨他，却想帮助他。他们终于完事了。草纸就放在旁边的小柜子上，是撕好的。一看就是提前作了准备。既是有准备，就不是第一次。男人抓了草纸擦，女人斜着身子起床，一片肚腹松软地堆积着改变了方向，像一摊沙。他们射到里面了。我想。我甚至看见了那一股混浊的液体在干涸的河床上奔涌。女人这才看见我，身上一哆嗦，我说，我买包卫生巾。说完，我往外走。男人一回头，我想起了女人比我大十多岁，我回头问了句："你绝经了吗？"

严先生原本斜倚在沙发上，突然坐了起来。

这天晚上，我破例给他炒了两个鸡蛋，把酒给他倒满了，就像对待一个功臣。鸡蛋只炒俩，多一个也不会，我不吃。边炒边想，这两个蛋，也可以是男人的，都没什么特别。小时候会看到珠子大小的鸡蛋，大人会告诉你，这是公鸡的。公鸡也下蛋，公鸡也流血，除了煮到锅里，它们跟母鸡没什么不同。他逛到很晚才回来，酒气熏天。我问他在哪儿喝的，跟谁喝的？他说，就在小卖店，跟老板娘喝的。他是有些羞愧的，那是种虚张声势的羞愧，还多少有点趾高气扬。一边羞愧，一边趾高气扬。我安静地看着他，我说，挺好的，没用你花钱吧？他挥着手说，没用。我说，她应该倒找你钱，她那么老。他在桌边坐下了，用手指敲打桌子。我听出了，那是四分之二节拍。再早，我会为他的节拍着迷，他唱歌的时候，总会掌握得恰到好处。我问你们就的啥菜？他说开了青鱼罐头和午餐肉，还开了一袋花生米。我说，没有素菜？他说，还有一袋桔梗。我点头，还行，她没有亏待你，比咱家伙食好。他说，你咋不吃饭？

我盛了一碗粥，这一天我没干重活，有一碗粥就够了。肚子丝丝拉拉疼，下面一团一团往外涌。我知道那是血块，就像小产一样。白天他们的行为刺激了我，我内心也很躁动。我不生他们的气，我生自己的气。他说，你吃炒鸡蛋。我说，我不吃，给你留着，明天早晨吃。他说，你为啥不吃？我说我舍不得。其实我想说我嫌恶，我突然不喜欢鸡蛋的那股腥气，非常硌硬。可我说我舍不得。我假装温柔说，这段咱家伙食不行，你需要营养。他神情一暗，站起身，去了屋里。我猜，他这是对我说话不满意，我很少这样和颜悦色说假话。这种说话方式比刀子都锋利，能割掉整张面皮。我分外仔细地收拾了碗筷，也进了屋里。我们都没开灯，也没开电视。就那么像两具僵尸一样卧着，中间隔着一个人。屋子像一座空间巨大的坟墓，一点声音也没有。他的呼吸越来越平稳均匀，我甚至看见有粉红色的梦像虫子一样往他的脑子里钻，落在蜘蛛网一样的脑组织上，细小的腿在那里蹬扯。我翻了个身，面对他。我说，你想听我跟老聂的事吗？

月色突然移了过来，打在他的半边脸上。他激灵了一下，没动。可呼吸突然急促了，我就知道他想听。

严先生烧了一壶水。把剩茶倒进了专用的茶渣盆里，这些茶渣要去给葡萄做肥料。他说，你又忘了洗茶吧？你总是忘记洗茶。我说，小青柑封闭得那么严，哪里有污染。他说，你以为茶是自己长进去的？

6

我和老聂，聂新根，怎么说呢，有点像一见钟情。当然这么说不准确，他有老婆有孩子。即便他是独身，我们之间仍有天然的壁垒，农业和非农业，我心里非常清楚，是一道无法逾越的鸿沟。但我们从一见面就彼此有好感，是确定的。这个好感其实也与主任有关。主任对我有好感，因为我是他招进来的。主任也对老聂有好感，我和老聂之间有好感，似乎是顺理成章的。他是从学校借调过来的，是语文老师。为了不当孩子王，托门路来到这里。门口那块埙城历史学会的牌子，就是老聂写的，他是个多才多艺的人。我不拒绝谁喜欢我，老聂、主任，或其他人，我喜欢别人喜欢我，我天生性子活泼，喜欢热闹，热爱一切文化、文艺活动。走在人群里，我能暂时忘掉身份。而不像另一个跟我身份一样的王云丫，是个比木头还闷的人。我经常看见她在楼梯口捧本砖头厚的书看。她是真看，旁边无论走过谁，她都不抬眉眼。

有一天，老聂去参加同学聚会，回来对我说，几个同学都很羡慕他。城内有房，夫妻两个都在城里。谁知道我的苦衷呢？老聂说，他之所以跟这个女人结婚就是看中了她是独生女，家在城市中心有所平房，她本人在城市的棉纺厂上班，是个初中毕业生。其实两人一点感情也没有。而他的那几个同学，两地分居的一定能团聚，城里没房的迟早会解决。没怀孕的迟早会生出孩子。关键是，人家都有感情。他结婚以后才意识到，他选择没感情的婚姻才是最大的悲剧，他管自己叫二逼。

他不愿意面对她，没事就在办公室耗着。休假都很少待在家里。女儿三岁了，跟他一点不亲。从生出来就被姥姥揣在棉裤腰里，那时冬天还没暖气，姥姥说，棉裤腰里比被子暖和。他们几乎没有性生活，他老婆有一句口头禅，孩子都有了，还忙活那个干啥？

一个男人相信你，什么都对你说，是一种奇怪的感觉。让你觉得生活充盈，隐隐觉得在这个单位有了倚仗。其实主任也对我好，但好的方式不一样。我看得清主任，却看不清老聂。比如，喝多了酒主任会在酒桌上这样说，千叶的脸红扑扑的，像个大苹果。而私下里，主任会这样问，千叶，你还是处女吗？我说，我当然是处女，主任怎么想起问这个？主任说，我老婆跟我结婚的时候也是处女。我咯咯地乐，说，您结婚还是旧社会吧，是不是要在新娘身子底下铺块白布？

我之所以想去西藏，是因为有一天在办公室里突发奇想。我其实是说给老聂听的，看他有什么反应。去西藏只是一个理由，除了满足想法，还想衡量一个人的态度——看他牵不牵挂我。单位那一段无所事事，大家都没正经上班。我知道会有一个转正名额，但不担心落到别人头上。主任不止一次答应过我，他说他喜欢我，当我是女儿。"我没有女儿，过年你可要给我买酒喝。"我笑嘻嘻地应，像女儿一样给他捶背。在我眼里，他是干木柴一样的老人了。他还喜欢聂新根，当聂新根就像儿子。"他要是没有结婚，我就撮合你和新根，这样我就称心如意了。"他的眉毛很长，笑着的样子就像只老猫。我说，我可配不上他，人家是正式的国家干部。主任说，这都不是问题，你也会成为正式的国家干部。说这话时我站在他的背后，他倒骑在椅子上，他的腰背总是酸痛，让我使劲捶。他说，千叶你离我近点，再近点。他突然伸出两只手朝后搂，把我背了起来。我笑得不行，他说，傻丫头，小点声。就在这个时候，老聂突然进来了。

我没什么。真的，我没什么。主任有些尴尬，他放下了我，说，我跟千叶闹着玩呢。老聂什么也没说，打一晃，又出去了，他脸色很不好看。主任说，这个聂新根可真是，倒像你是他老婆。就是他老婆，我背一背又怎么了？他问我去西藏的准备工作做得怎么样了？衣服、鞋子、药品、防晒霜，都准备好了吗？他还想给我500块钱，我没要。

我把这些原原本本告诉了老聂，他审我像审贼一样。问主任的手放在了哪里，有没有乱动？我意识到他有些吃醋，心里暗暗得意。我说，主任待我就像亲闺女，你想哪儿去了。我把有关转正的事情告诉了他，主任怎么说的，一字都没漏。这对于我来说是大事，老聂也很高兴。老聂问我，转正以后你去哪儿？我说，主任说了，几家行政单位由我挑，他亲自去找县长。老聂激动得在地上转圈，他说，千叶，我陪你去西藏。你是要转正的人了，路上可不能有闪失。我刚想大叫，他用嘴把我的嘴堵住了。他说，这事儿只能悄悄的，要让他知道，他会停发我俩月工资。

他朝隔壁指了指。

我们俩的关系在火车上有了实质性的进展。车到成都，他去厕所，也把我拉了进去。那天我穿的是短裙子，只是向上一撩的事。他说他早就爱上我了，他说到西藏海拔高，干这事儿有生命危险。他小心地检查用过的纸，发现有血迹，才放了心。一路我们都在研究离婚结婚方案。他说他什么也带不出来，我说，我啥也不要，就要你这个人。

他说，我要把闺女带出来呢？我说，没事儿，我就让你闺女叫妈。

事实上，我们躺在西藏的小旅馆里哪儿也没去，整天就是他在上或者我在上，我们过得气喘吁吁天昏地暗，似乎是，把一辈子的日子都过完了。

严先生点燃了一支烟。烟雾在他眼前袅袅，他噘起嘴巴吹了下，躲着烟雾看我。"千叶的话你信吗？"他问。

我说，你今天是怎么了？

严先生笑了下，说，我觉得不正常，她的话太多了。

我说，你觉得千叶没有说真话？

严先生说，她是不是想气苏连祥？

我想了下，摇了摇头。回想千叶在茶室时的样子，脸上一层寒气，每说一句话，都像是板上钉钉。

严先生说，老聂的为人咱又不是不知道……不像抛妻弃女的人啊。

我想起来了。严先生跟老聂是棋友。跟我认识以后，严先生经常过来串门，老聂追着他下棋。开始是在我的办公室，后来转到了大会议室，那里有张大桌子。我给严先生打饭，千叶给老聂打饭，然后我们一起吃，就像两家人一样。

"所以老聂最终没离婚。"我说。

"他最后是怎么跟千叶交代的？"

"没有交代，老聂什么也没说。"

千叶告诉我，从西藏回来单位的人都走净了。老聂的调令扔在会议室的一堆报纸上，老聂拿到手里一看，脸就黑了，头也不回地往外走。老聂是从乡村小学出来的，他不想再回到乡下去。千叶给主任打电话，问自己去哪里。主任说，单位解散了，你是临时工，只能哪儿来的回哪儿。

千叶问，主任，你答应我转正的事呢？

主任说，你不回来，我总不能浪费名额。王云丫已经去新单位报到了。

老聂已经走到了外面，千叶拉开窗喊他，他没有听见。也许，是假装听不见。

西藏之行就像一个梦，如果美梦成真，千叶就圆满了。

只是天不遂人愿。有一种叫命运的东西，悄悄改变了事情的走向。

千叶回家昏睡了三天，第四天有人来提亲，说歌唱得好，配得上千叶，两个人认识二十几天，嫁了。

千叶告诉我，结婚那天她连衣服都没换。

"有一个事情是明白的。"严先生说，"千叶如果不去西藏，转正的肯定是她。老聂如果不暴露他也去了西藏，就不会影响到千叶，这事儿有点阴差阳错。"

"哦？"我看着他。

严先生说："主任是真的生气了。"

我说："填表有最后期限，千叶赶不回来。"

严先生说："你天真哪……那是主任不想让她赶回来。当时的县长是主任的学生，如果主任想帮她，一定帮得到。"

我倒憋了一口气："主任……好人哪。"

从茶楼上走下来，千叶几乎摇摇欲坠。似乎所有的筋骨都被抽走了，人软到无形。我架着她从楼梯上走了下来，她哆嗦着说，喝醉了，我一定是醉茶了，我从没喝过这么好的茶。我清楚，她的心恐怕在滴血。她来找老聂不轻松，给老聂说些话不轻松，可老聂却没有给她机会，老聂以为她又是来有事相求的，让贷款两个字吓跑了。其实，她是想告诉老聂，她把所有的贷款还清了，一分不剩。一分不剩。十八万，本息加在一起二十几万，换作别人可能都吓趴下了，千叶却是使出了浑身解数。她很自豪。她想在老聂面前表现这份自豪。这样的自豪她希望有人见证。我有些羞愧，为老聂，也为我自己。与千叶比，我们都少了点什么。我开车送千叶去车站，千叶可怕地沉默着，我也不知道说什么好。千叶面孔灰白，头发凌乱，嘴唇经常无缘无故地哆嗦。过一个十字路口，千叶忽然笑了下，指了指右前方。那是埂城最大的城市公园，里面有一座石头雕塑，是燕国一位君王的女儿，手里托举着一只鸽子。当年这座雕塑曾经引发过全城大讨论，为城市的公园该不该有这样一座雕塑，为这个女孩手里该不该托只鸽子。为了找到历史依据，任务拍给了埧城历史研究会，那时研究会刚刚组建，我和千叶奉命去图书馆查找资料，资料还没公开，雕塑已经立起来了。各种传说各种段子满城横飞，有说雕塑像歌女的，有说像妓女的，有说像厨娘的，正要给腐败官员熬大补汤。如今人们早已淡忘了那场争论，如果不是千叶坐在车上，我也想不起来。每年无数次从这里过，从没觉得我与这座雕塑有什么关联。往事让她的笑容有一抹辉光，但很快就暗淡了。她的手忽然一垂，缓慢地放下了。夕阳明亮的光透过车窗打在她的额头，她的嘴角牵动了一下，我以为她想说点什么，等了又等，她到底没有说。

在车站门口停下车，千叶却没有急于下去。她眼睛望着前方，忽然问我："你有情人吗？"

我有些慌乱，不知道怎么回答她。有，或者没有，都很容易回答。可我不知道千叶想要什么样的回答。我怎样回答她才不失望。千叶又说："只要是婚外性行为都算，哪怕只有一次。"

我小心地看着千叶，问她为什么要知道这个。

千叶忽然凄冷一笑，说："跟老聂一样，你不会对我说实话。"

7

千叶买的花第二天就开始枯萎。严先生奇怪地说，你怎么没放水？

我一支一支剪根，居然没放水？事实胜于雄辩，花瓶里的确一滴水也没有。我想起鹅太太洗澡的典故，在大木盆里，里面没有水，鹅太太洗得心满意足。那是只傻鹅。女儿小时候我经常讲这个故事，把她乐得前仰后合。我有点丧气，难道我也变成了傻鹅？很显然，现在放水已经晚了。"既然早晚得蔫，那就当干花看吧。"

可它到底不能当干花，花瓣一片一片脱落，尽显丑态。那天清扫的时候我突然心里一动，这束花是不是有什么象征或寓意？

放下笤帚，我坐在了沙发扶手上，就那么呆呆地坐了半天，也没想出个所以然。千叶买它花了大价钱，即便于我，它仍等同于大价钱。我是个实用主义者，对任何虚无的东西有种本能的排斥。这束花没得到应有的尊重，她像千叶一样，是不速之客。回想那一天的点点滴滴，我忽然觉得怆然。紧挥笤帚，一片花瓣都没有留下。千叶留下的踪迹已经在我家客厅里消失殆尽，我希望她从没有出现过。

可我的心里，终日觉得不干净。

"是不是我欠了千叶什么？"我经常这样问自己。

千叶就像一个巨大的伤口创面，表面愈合了，内里却一片溃烂。什么时候想到她，便觉得心里拧得慌。

吃饭的时候，散步的时候，外出游玩的时候，我们总是会情不自禁地谈到她。实在是，有些问题悬而未决，让我们心有挂碍。比如，她跟苏连祥现在怎么样了？按照千叶的说法，他们之间的裂痕后来再没有弥合。苏连祥好吃懒做，去工地做了几天小工，就把腰累折了。后来他在家里经营几亩地，千叶到外边干传销，跑保险，甚至给人做保姆，昼夜陪伴老人。千叶说这些时语声轻飘飘的，像是在说别人的事。她甚至隔一段就这样问我："如果你是我，一定不会做这样下等的活计吧？"逢到这个时候，我便看到了千叶虚弱的一面。是的，她虚弱极了，殷殷的目光里，都是惶恐，与初到我家时判若两人。我抿紧了嘴，没再说什么。我不想再说假话，言不由衷的话，冠冕堂皇的话，比如，凭劳动吃饭，活计没有高低贵贱之分，等等。大家都知道，事实不是这样。你每天在办公室喝茶看报与给别人端屎端尿不一样。你每个月轻松地拿到她四到五倍的工资这感觉能一样吗？换成别的场合我也许会，但今天不会。当着千叶的面，不会。后来我经常宽慰地想，千叶那次来穿得时尚而又新潮，花二百八买一束花，证明过得不差，年轻时的千叶又回来了。生活虽然有这样那样的波折，总归都过去了，女人这一生，谁不得经点风雨呢，都过去了就好。那天如果不是老聂出幺蛾子，我们应该是一次愉快的相聚。千叶终于还清了贷款，是一件值得庆贺的事。晚上老聂请吃顿牛排，我们用一杯美酒祝福千叶，生活简直就像预定的那般美好。

然而，然而。

想起这一出我就气得胃疼，忍不住就会骂一句："挨千刀的老聂！"

那天我和严先生去登山，走到半山坡上，眼前是一大片潋潋湖水。严先生环顾左右，突然说，你还记得吗，当年我们走到过这里。我看了看方位，发现了崖畔的一棵野桃树，当年挂满了小毛桃。千叶要吃小桃子，老聂费尽周折给她摘。依稀记得老聂的三接头皮鞋是棕色的，被石头磕破了一块，老聂心疼得不得了，一个劲嗑牙花子。千叶穿条葱心绿的百褶裙，飘飘欲仙。后来让桃毛弄得哪儿哪儿都痒，恨不得长出三只手。那可真是快乐时光啊！远处仍是那片湖水，在天空下闪着蓝瓦瓦的光。那棵桃树似乎没有什么变化，二十几年，它还活着。当然，它也许不是原来那棵树。它原来长什么样，谁又记得呢？它仍在结小桃子，虽然很寥落。它看不出年轮，我们确实老了。我和严先生站在山巅上，青葱时的影子在天上飞。我们都没有去摘小桃子。二十几年前我们也没伸手摘，这是我们两个人共同的恪守，不拿别人的，哪怕是大自然的。

那次千叶吃了两个，非要给我两个，我没接。我说，我家的院子里也有棵桃树，也结小毛桃，所以这东西对我没有吸引。

千叶说我矫情。说，你家的桃子再好，现在能吃到吗？

顺理成章地，我又说起了千叶。当年那个盗窃案，千叶考虑欠周，她为什么要把责任都背起来？她根本没有那个能力。值班的不是苏连祥一个人，还有主任，只不过主任那晚进城去喝酒了，把责任推给了苏连祥。

严先生说，千叶仗义？

是设问句。

我说，这更像一个圈套，她掉进了别人挖好的坑里，然后，差点被埋。

严先生说，千叶要是有证据就好了。

我说，也难说没有证据。过去了这么多年，警方还能启动调查吗？

严先生说，首先要有证据。

我突然叫了一声严大律师。他当然不是大律师，他是律师事务所的普通一员。但他也是律师啊。

我说，帮帮千叶。

他摇了摇头，继续往山上走。我索性不走了，看着他一步一步走远，我开始往回走。严先生无奈，跟了过来。

我说，按照法律程序，有没有可能启动调查，如果千叶有证据的话。

严先生说，当初他们没报案，隐瞒案件也要追究责任。当然，这仍需要证据。

我说，我们去找千叶。

严先生说，事情过去了那么久……大家都该忘了。

我说，试一试，我们一定要试一试。

他说，结果呢？你有没有想到结果？

我说，就是因为想到了结果我才这样主张。千叶担起了所有的责任，被开除，被赔偿，不会有比这更坏的结果了。如果法律判决主任负主要责任，她岂不可以拿回些自己的血汗钱？哪怕拿回一部分。银行不应该亏欠她个人。

"我不说这没有可能，这基本没有可能。"

我就不愿意听这种话，仿佛律师就是法律的化身。

电话突然响了。小弟在那端焦急地说，我们都在医院呢，你们也快来吧！

因为扫五朵落在地上的木槿花，母亲在老家院子里摔伤了腿。我们赶到医院时，母亲蜡黄着一张脸躺在病床上，嘴里说，我不治，送我去火葬场。她的心情很恶劣，大概是对自己太失望了。没人让她干活，是她自己抢着干。她是个不愿意给别人添麻烦的人，可添了麻烦却是大的。所以很多天她甚至拒绝进食，人瘦得就剩下了一把骨头。手术很成功，可因为她的糖尿病，伤口久久不能愈合。那两枚硕大的钉子支到了腿骨外，所有的裤子都在右外侧凸出来一块，看上去，像一只裤管里灌满了风。

那种忙乱和焦急，相信谁都能体会得到。出院以后，母亲回了老家。我们有一点空就往家里跑，查看她的刀口是否有什么变化，反复试用各种消炎药，哪怕红肿的皮肤起一点褶皱，也能让人欣喜。骨头愈合的速度更是缓慢，照了两次相，结果都不理想。母亲的伤病把我从千叶的事情中拖了出来，我很久都想不起她了。那只花瓶以后再没插过花。那是只敞口瓶，要一大束花才能插满。如果要插满，大概需用二百八十块钱，说真的，我不舍得。可有一天，它自己从桌子上掉下来，摔碎了。花瓶本身不值钱，它摔碎了我们不心疼。可它怎么掉下来的，却让人纳闷。我说是严先生碰的。严先生说是我敲核桃震的。我试着又敲了几个核桃，哪会有那样大的震级。扫那些瓷器碎片时我又一次想到了千叶，但她没有在我的脑海里多停留。转眼就是一年过去了，母亲的伤口终于成了一个凹槽，围绕在钉子旁边，长满了细细碎碎的皱纹，像一个瘪着的嘴巴。腿骨长得天衣无缝，只是外部掉了很小的一块骨头，就像木柴被削去了一角。及至拔掉钉子，母亲已经行动自如了。

母亲站在院子里，响声大气说："这天真大呀！"

那天两个人都休假在家，严先生打了个长长哈欠问我："千叶的事情你还想问问吗？"

他一直在看手机，我边看书边做按摩。按摩椅上有四个圆球，在我的颈部和腰部揉来揉去，恰似几只温柔的小手。千叶曾经说我像地主婆，一边站一个丫鬟。我有些懒散了。时过境迁，有些感觉确实淡了。感觉淡了，意味便也淡了。不像去年这个时候，千叶几乎是我的碎碎念，我恨不得把自己变成她的一部分，为她分担些什么。有次开会跟老聂坐在一起，我们说悄悄话，交流的都是手机里的风光照片。没有提千叶。他没提我也没提，就像我们中间根本就不存在千叶这个人。生活就是这样，你一直往前走，往前走，都是错过而不是过错，最起码自己会这样认为。很多时候，你是他的风景，他却是别人的风景。这就是生活。

这个时代，比城际列车掠过的速度还快。谁又能为谁停留得长久呢？

我问严先生为什么想起了千叶。严先生说，这不是无聊嘛。工作的时候盼着休假，可真休假了，又觉得无所事事。这种荒废感能把人打到地老天荒的情境中，就想像张饼一样摊着，摊久了，都拾不起个儿了。严先生从沙发上跃了起来，像马一样甩了甩鬃毛。"要不，还去登山？"是因为昨天已经登过了。我们在山谷里迷了路，如果退回去，还需要两个小时。可天马上就要黑了，我们必须在天黑之前找到通往山外的路。关键时刻我们一致决定再登山，只有到达山顶，才能看清方向。这是一个下午第二次登一座山的顶峰，即使海拔只有一两百米，仍是挑战极限的感觉，一步一步都万分艰难。关键是没有路，荆棘和草木把山体包裹得严严实实，既防山石磕破腿脚，又防枝杈碰到眼睛，我们不时彼此提醒。松枝挑走了我的帽子我都不知道，发现时，已经走出了三十几米远。那里恰好有一道塄坎，我们四脚着地爬上来的。严先生自告奋勇要下去，被我拦住了。上山容易下山难，我们都需要保存体力。一顶帽子，由它去吧。终于在日落之际到达了山顶，薄暮中看到了我们的车停在了遥远的十字路口，像一个火柴盒。我们这才长舒一口气。望了望身后黑黝黝的深谷，严先生担心地说了两个字："好悬。"

这样的生活我们最近几年才热爱。孩子去国外读书，三人世界变成了两人世界，起初觉得特别不适应，漫长的假期更是无法打发，严先生便有了一个决定，要爬遍城市周围所有的山头。

这是千叶想要的生活啊！

既然谈到了千叶，千叶便轻易来到我们中间。说起那时候，千叶真是热爱郊游啊，每次活动都是她操持，看山、看水、看花、看雪。每次都有名目。带啤酒饮料火腿面包榨菜，还曾在废弃的一座宅院里烧烤，烟火引来了一条蛇。我那么木讷的人，也跟她跑了许多地方，看了许多风景。有次也曾迷路，千叶在前边披荆斩棘，老聂跟在后面。老聂幽幽地说，如果我们今天失踪，会不会是埙城最大的新闻？

8

车子朝西南方向走，是条乡村公路。因为年久失修，路面坑坑洼洼。人坐在车里，像坐在船里。我与别个不同，不管开车坐车，我都喜欢这样的路，那种颠簸和摇晃，比在平展展的高速公路上更舒服。高速路上的那种明晃晃，总让人有些眩晕。那个村庄很特别，叫醉八里。我曾经问过千叶，为啥叫醉八里？千叶说，与一个老头有关，他每次喝完酒，都要走出八里地，然后让别人送回来。他住在庙里，享用人间烟火。千叶小的时候还见过他，已经是一座泥胎彩塑，醉八里坐在太师椅上，手里拿着一只大海碗。至于他都有过什么事迹，没有变成口口相传。千叶说，她小时候还有人讲，现在都忘差不多了。

"文革"的时候，醉八里改成了八里庄。改革开放以后，又改了回来。村里人说，醉八里是先人，先人的名姓咋能随便改？

不出所料，是一座小村庄。远远搭一眼，就那么一小块地方，长着寥落的树木。几只母鸡在村头觅食，鸡头一耸一耸的，啄得旁若无人。有条狗临街站着，狂吠不止。"大庄的人，小庄的狗。"严先生又重复了这句话，意思是，都不好惹。大庄的人见过世面，小庄的狗护庄就像护主。严先生万分小心地把车开了过去，还是差点轧到一只鸡的脚。它张开翅膀扑棱，惶恐地大叫着跳到了路基下面，虚张声势。前边是十字路口，有个女人在树下哄孩子。我把车窗揿了下来，说，你知道朱千叶家怎么走吗？她看都不看我，摇头说不知道。我说，苏连祥呢？苏连祥总知道吧？女人索性背过身去，仍是摇头。严先生说，你下去，你没有下车，她嫌你没礼貌。会是这样吗？我推开车门下去了。女人果然板正了身子看我，先问你是谁？我说，我是从埙城来的，是苏连祥媳妇的朋友。她问，什么朋友？她眼睛钉子样地盯人，嘴里都是不屑。我说，我们曾经做过同事。她问，哪儿的同事？她的语速很快，近似抢白。我没有不愉快，我觉得我没有理由跟这个女人不愉快，我预备回答她所有的问题，看她问哪儿去。可严先生不耐烦地摁响了喇叭，我只得朝女人摇摇手，回到了车上。严先生说，这个人毫无善意，跟她啰嗦干啥。

开到一条横街，墙根下的石头上坐着五六个男人，有老的，也有不那么老的。吸取刚才的教训，我下了车。靠外站着的就是不那么老的一个人，穿一件土黄色的夹克，肥大的裤子，半截腰带头在肚子上支棱着，还是那种三股叉样的腰带。一张典型的乡村男人的脸，与周围的面孔毫无二致。我先问候了句你好，然后才说，请问苏连祥家怎么走？周围的人都笑，说这可是问对人了。男人一偏头说，跟我走。我跟在他的后面，他问我："你是从埙城来的吧？"

严先生停好车，也朝这边走来。十几米远就是一个院落，两扇铁门已经斑驳，泥墙头上长着草，泥坯里的麦余子若隐若现。院子很长，但很空旷。拉开了一扇门，男人首先进了屋。我犹豫了一下，也进去了。堂屋黑洞洞的，前门闭合，只有天窗透出一点微弱的光。男人打开帘子，屋里明亮些，一条被子摊在炕上，里面分明卧着一个人。一堆乱发铰得长短不齐，从头发缝里露出一张骷髅脸，已经没有人形了。

这一惊非同小可。我问这是谁？我说我是来找朱千叶的。

男人说，我是苏连祥。你是王云丫吧？我看过你的照片。

我一下捂住了嘴，指点着炕上说，难道，难道……

苏连祥说，她就是朱千叶。你来得还真是巧，再晚来两天，就不一定能见着了。

我问这是怎么回事？苏连祥说，宫颈癌，发现的时候已经是晚期了。

这也熬了一年多了，差不多就这两天了。

我抖着手撩开了她的头发，嘘着声音喊，千叶，千叶！生怕声音大了惊着她。苏连祥说，你白喊，她听不见。水米未进七天了，好人饿七天也该见阎王了。我怀疑活着的不是她，而是她的癌细胞。

我说，她怎么会得这种病！

苏连祥说，她不得谁得？医生都说得这种病是因为性生活过频过乱。不是我冤枉她，她稍微检点点儿，哪会得脏病。

我惊愕地问，这是脏病？

苏连祥说，医生说的。

我抽了下鼻子，我不知该说什么。这个苏连祥，太出乎我的意料。

我说，你唱过歌？

我得对对暗号，我怀疑我走错了人家。

他不好意思了，说，都是年轻时丢人现眼的事儿。

我说，你现在不唱歌了？千叶就是因为你唱歌才嫁给你吧？

苏连祥说，她嫁错了，早后悔了。

我发现苏连祥有个特点，说任何事都不带语气，就像说"你吃了吗"一样寻常。这是什么样的男人，像是石头生成的。

我撩开了千叶的被子，一股难闻的气味直冲鼻孔。我先屏住了呼吸，然后才一点一点放出风来。千叶穿一件碎花布衫，佝偻着腰身，一只手背向身后，一只手压在身下。我把两只手臂给她顺过来，那就是两根柴棒一样的骨头，十指尖尖，长着很长的指甲。

"我洗完衣服小手特别好看，十指尖尖赛竹笋。"千叶年轻的声音从空中传来。我还是没有忍住，眼泪汹涌而落。

男人送我出来，叨叨说，你别觉得我是铁石心肠，她嫁错了人，我也娶错了人。远的不说，就说去年去埠城，她居然还去找老聂，居然花两百八给你买了束花。我说你以为你是谁，富婆？

我说，这么久的事，你倒还记得。

他说，能不记得吗？回来一分钱都没剩，想打蹦的都没钱，累个臭死。

我说，她怎么什么都跟你说。

苏连祥说，能不说吗？凡是让我生气的事她都说，她就是想气死我。我就是不生气，生气早让她气死了。

想起那一束花，我说，不是你说的那样，还清了贷款，她高兴。

苏连祥从鼻子里哼了声，说，要不是她装大尾巴鹰，哪会平白无故背那么多贷款。

我说，都是千叶还的吧？

苏连祥不吭声了。

我说，你知道她跟老聂的事？

苏连祥忽然气愤了，说，醉八里谁不知道，连三岁的孩子都知道。她有一次在乡上让老聂的媳妇堵住了，他媳妇打到家来了。老聂从那儿就不理她了。要不，主任敢那样对我？

我想了一想其中的逻辑，对这个男人充满了鄙夷。

严先生不知什么时候回到了车上。他压根儿没进屋。我问他为啥不进屋，他说他猜到了那人是苏连祥，就知道事情不需要证据了。

苏连祥没有走过来，他袖着手站在了门口。我让严先生原地掉头，别往前走。我一眼也不想再看见那个人。

9

跟老聂见面的机会多了起来。酒桌上、牌局中，人顺手了就成了搭档，隔三岔五就能被提拎。说起那次不辞而别，老聂是这样解释的，县长临时找他有急事。我听着，没说什么。是不是县长找他，有没有急事，对于我来说都不重要了。说真的，我是有些私心的，这点私心有点像司马昭。我一直问自己，有关千叶的事，告不告诉他。又不是好事，何苦告诉他。当着他的面我会这样想，但转过身去，我又后悔。为什么不告诉他呢？可告诉他又不能太正式，太正式有点说不出口，我简直变得处心积虑。那天我俩到得早，外面突然大雨如注，我们凑到窗前看雨帘，老聂说，那两个人如果还没出来，多半出不来了。我说，按时间算，应该是在半路上了。这是一家会馆的二楼，有很大的落地窗。老板跟老聂是朋友，打完牌，还有茶点伺候。

我刚迈进门口，大雨就下来了。

你总是运气好。老聂说。

我说，你呢？

当年下乡反而救了老聂，乡镇提职快。老聂从组织干部到副乡长，从乡长直接进的城。这在埙城也绝无仅有，一般要干到乡镇党委书记才有这资格。盖因为他的农业设施建设走到了全县的前列，组织部门算论功行赏，他稳稳坐了大局的一把交椅，按说已经是不错的人生了。去年又提了一格，贵为副厅。千叶去找他的时候，他已经在办交接手续了。百万人口的城市，厅局级也就那么二十几个，算金字塔的上层。反观另几个当年留城的，到老也就混个正科副科，还未必是实职。

雨水顺着玻璃往下淌，我望着远方说："我昨晚梦见千叶了，也不知道千叶还在不在？"

老聂看了我一眼，掏出来一支烟，在烟盒上蹾了蹾。他没问在不在是什么意思。

我进一步说，我春天去看她的时候她已经混沌了。七天水米未进，也许我前脚走，她后脚就过世了。

老聂说，那人，就那命吧。

我说，你知道？

老聂应了一声。

老聂说，有次苏连祥来找我，问我天堂向左、人间向右是什么意思。我说你不知道我会知道？

我眼睛瞪圆了看老聂。

老聂说，你别这样看我，怪吓人的……他说千叶告诉他，这话是听我说的……千叶活着的时候有话，死了出门要向左转。关键是，他家的坟地在东边，要向右转。苏连祥哪会听她的……关键是，我不记得我说过这样的话了。

我默默。我说你也许年轻的时候说过。

老聂掐灭了烟，说，难道她还想上天堂？

我别过脸去。我说，她最后一次来埙城是想跟你说些话的，可惜你当时忙，没来得及听。

其实我特别想问，假如当年从西藏回来转正的是千叶，你还会不要她吗？只是我不敢问，我得给他留点脸。老聂是个要脸的男人。

老聂把烟点着了火，完全是下意识的。老聂说，那都是借口，她是来取检查结果的。

我说，什么！

老聂瞥了我一眼，说，你别假装大惊小怪。你们待那么长时间，就她那个脾气，会不跟你说这些？

我这回假装了一下，这些是指什么？

老聂说，她得宫颈癌嘛。她自己说得了脏病，不想治。我说宫颈癌也不一定是脏病，大夫嘴上无德。我当时还劝了她，生命只有一次，别跟自己过不去。

我傻傻地张大了嘴巴。喃喃说，千叶没告诉我，千叶没告诉我……

老聂说，你别听她说贷款什么的巴拉巴拉的事，那都是借口。她来取化验结果，顺便想借点钱。我大概给得少，她没要。

天空忽然炸了一个雷，吓了我一跳。玻璃窗在我们面前剧烈地抖，我急忙后退了两步。老聂却很淡定，他说，不谈那个人了，没意思。

我问，你相信有天堂吗？

老聂说，不相信。

我说，西藏就是天堂，千叶亲口对我说，她做过许多后悔的事，唯有去西藏，不后悔。

房门突然开了，两个搭档湿漉漉地蹿了进来。

原载《北京文学》2018年第5期

点评

这是一篇充满苦难、压抑和颓丧的小说。

无力的宿命感。曾在单位顺风顺水的女文青千叶因去了一趟西藏，回来后便"错过"了转正机会，命运就此急转直下，最后只能回到农村，嫁给一个农民艰难度日；而"我"则得到了那个似乎原本应属于千叶的机会，进而有了如今的公职身份，日子虽平淡，但一切看上去还不错。当初跟千叶一起去西藏的老聂，回来后虽别无选择地去到了乡下，但却因此意外受益，晋升很快，年纪不大便是副厅；反观那些当年分去了好单位的同事们，如今看来到老最多也不过是科级。这一切仿佛都是命运随机的玩笑，谁也不能预料以后会发生什么；这种无力的宿命感，让人只能被动接受而全无商榷之余地。

底层生存的艰难。正如千叶所说，一两千块对于城里的公职人员来说可能不算什么，但对于一个一分钱都得拿命去赚的普通农民来说，那真是血汗钱。底层的苦难还体现于底层人民的尊严被随意践踏。千叶老家的村干部打着计划生育的幌子，随意地观看、粗暴地摆弄村里育龄妇女们的下体，这一行径可谓禽兽不如，但妇女们却只能选择忍受。

人性的丑陋。老主任名义上拿千叶当女儿，实则有歪心，若非如此，他也不会在得知自己一手提拔的老聂和千叶同去西藏后罕见地暴怒，甚至将老聂的这一行为视作对自己的背叛。老聂作为公职人员，还是有妇之夫，竟明目张胆地搞婚外情，还用出轨男人最常用的"离婚娶你"的谎言负了千叶。多年以后，生活艰辛、身怀绝症的千叶多次试图向他求助，他竟都推脱不见，后来即便见了面也是不屑一顾。老聂对同为公职人员的"我"倒是越发热络，这充分表明老聂确凿是一个非常现实、极端势力的官僚。千叶的老公苏连祥靠着千叶的关系谋得了一个信贷社的公职，却由于一时大意而丢失了巨款，之后竟是千叶几乎凭着一己之力扛起了还债的重责。最后，苏连祥被辞退，便从此堕落，不仅酗酒、游手好闲，还跟一个老女人偷情。千叶因绝症即将去世之前，七天水米未进，他竟漠不关心，仿佛就只等着千叶死，而丝毫不顾念多年的夫妻情分。人性的丑恶与凉薄由此可见一斑。至此，老主任、老聂和苏连祥等卑鄙、无耻、薄情、软弱的恶男人形象便塑造完成，这一系列男性形象可以看出身为女性作家的尹学芸对某些男性细致入微的观察，进而通过她最擅长的细节描写表达出她对此的深恶痛绝和对某些苦难女性无比痛心的真诚关怀。

其中一个细节尤其值得思考。千叶生前便决意死后绝不向右入夫家祖坟，她要向左，只有远离夫家，才有望升入天堂。这一细节，读来感到彻骨的悲凉，因为千叶生时如堕地狱，她只能寄希望于死后去往天堂。然而，苏连祥并未理会她这最后的卑微念想。这等于直接断送了已然惨死的千叶的最后一点升入天堂的希望。这一细节描写足以读出作家对底层苦难人民的强烈的终极人文关怀。

小说的写作风格十分独特。它不同于现代派的形式试验的冷漠和零度，而给人以发自内心的彻头彻尾的颓丧悲凉之感。它的叙述断断续续，过程支离破碎，感觉有气无力，全篇有一种对一切都无所谓、对好坏都不在意的死心感。然而事实上我们相信，作为一名有着终极人文关怀的作家，她的内心必然是温热的，因为她始终深入真实的生活，始终密切关注着现实生活的世间百态和周围世界的人情冷暖。

（侯建魁）

奔跑的木头/

/潘 灵

一

　　春天喧嚣着往坡上爬的时候，毕摩一个人沉闷地下山了。去年，金沙江边的仲家人收获的都是干瘪的稻谷，让行将归天的彝家老土司也没能吃到他认为最上等的糌粑。老土司弥留之际留下如此严重的遗憾，这让整个土司府上层对毕摩心存了不满，认为这一切都是毕摩作法不力导致的。倍感冷落和白眼的毕摩，今年没带上吹法号的乐队，而是形单影只地赶到仲家人的寨子。一想到自己孤家寡人的落魄样，他就知道自己难免被仲家人的摩公冷嘲热讽。落草的凤凰不如鸡呀！想到这，他黑而粗粝的脸上泛起了一丝苦笑。

　　孤独地往山下走的毕摩，春风撩起了他披在身上的黑色察尔瓦，远远看去，像一只独来独往的鹞鹰。山上依旧白雪皑皑，风仍尖锐得像刀子，山下，攀枝花树梢上已泛出了热烈的红色，河风软暖而暧昧。这是金沙江畔最婀娜多姿的季节，但心情坏了的毕摩却彻底失去了感受这好景致的知觉能力。如果不是那双藏在额下鹰一样贼溜溜的眼睛，人们便会误以为山道上有一具行尸走肉。

　　但毕摩就是毕摩，作为神的儿子，他不仅有一双善于发现的尖锐之目，而且，他还有一种超乎常人的、随时捕捉机会的能力，超能力。

　　是的，机会，神赐的机会！他站在路边，看着近在咫尺的这一家仲家人劳作的场面时，他的惊呼差点就像一只受惊的鸟要扑棱翅膀飞出来。但老谋深算的他，硬生生地伸出了一只手，将那只已到喉咙的惊鸟又拽了回去。他收住脚步，左手托腮，眼睛死盯着这一家三口正忙着犁田播种的农人，脑子里却浮现出了新近接班的女土司。如花似玉的女主人，却有着一双让整个土司府上层忧心如焚的瘫痪的腿。

忙着活计的仲家农人，注意力都在黑油油的烂泥田里。他真搞不懂，这些丧家犬一样的仲家人，几十年光景，硬生生把金沙江沿岸这片贫瘠的河滩地，整治成了肥得冒油的烂泥田。但今天毕摩不关心田，他关心的是人。在他眼前，一个被太阳灼成铜人似的年轻人正在田里拉犁，掌犁的是他瘦猴一样的父亲，在犁耙好的田里撒稻谷的背微驼的妇女，是他的母亲。这个拉犁的年轻人，比牛沉默，却比一头牯牛有劲。他把犁拉得太快了，掌犁的父亲跟不上他的节奏。父亲气喘吁吁，一边掌着犁，一边谩骂着自己的儿子。

——你慌个鸡巴，忙着去托生呀？

——你这个杂种，要拖死你爹呀？

——慢点，老子让你慢点！小心老子抽死你！

……

脏话被东奔西窜的河风吹进毕摩的耳朵里，他真想冲上去抽这个掌犁人两个耳刮子。这世上有责备不出力的，哪有怪人太卖力的？毕摩想，这种刁横的人，不该掌犁，该去拉犁才对。

"我命令你下辈子变牛做马！"

毕摩的愤怒让掌犁人吓得手一松，离开了犁把。他抬起头，眯眼打量清楚这不速之客，当即腿一软，差点跪在田里。他像做了错事的孩子般把抬起的脑袋垂到肩下面了。

"我用两头牯牛换他，咋样？"毕摩从察尔瓦里伸出手，指向木头般立在田里一脸茫然的年轻人，对掌犁人说。

"要得，要得。"掌犁人看一眼儿子，头像鸡啄米一样说。

"要得你个头！"一直没说话的农妇，将一把稻种掷向掌犁人说，"那可是我儿子！"

看着怒气冲冲的农妇，毕摩笑了一下说："开个玩笑而已。"

毕摩转过身子，决定去找仲家人的摩公。在他身后，风又把农妇责备丈夫的话送进了他的耳朵——

"你的心被老鹞子叼了，两头牯牛换儿子？你想牯牛想疯了？儿子再木头，也是我身上掉下的肉！"

毕摩又笑了一下，他觉得这才像母亲该说的话。他往仲家人那个叫水寨的寨子走去，水寨里住着另一个神职人员——仲家人的摩公。

摩公不像毕摩，把自己看成神的儿子，摩公在对待自己的职业时，比毕摩现实多了，少了许多神圣感。摩公热爱自己这份神赐的职业，是看重这份职业的游手好闲。在农人们在自家水田地卖力劳作的上午，摩公在自家院子里沏了一壶茶，正怡然自得地享受着春日暖融融的阳光。毕摩的造访让他既意外又有些不快，但摩公还是将心头的不快压住了说——

"是风把你吹来的吗？"

"不，"毕摩摇了摇头说，"我无事不登三宝殿的。"

"找我？"摩公指指自己的鼻尖说，"还有你毕摩办不了的事？是不是去年因为你的傲慢得罪了雨神，让老天几月不见滴雨，我去找雨神他老人家，帮你赔不是？"

真是哪壶不开提哪壶！毕摩不太喜欢摩公这幸灾乐祸的样子，他说，"对神的虔诚，我什么时候输给你摩公过？去年我在田间作法，你在寨子里又敲锣又打鼓也作法，吵吵嚷嚷的，何意？是你得罪了雨神！我没向你兴师问罪，你该庆幸才是。"

摩公说："仲家人的稻田，用彝人的法事能让稻子饱满吗？"

毕摩不是在说，他简直是在怒吼："大胆摩公！仲家人的稻田？唉，你说什么？自己掌嘴吧，也免了我给土司汇报！"

摩公知道自己说走了嘴，他自己左右装模作样扇了两耳刮子后恭敬地对毕摩说："我可掌嘴了。见了土司别说，见了我们头人也别说。毕摩，你老人家还不坐下来喝茶。"

毕摩在草墩上坐定说："明人不做暗事，我想要你们寨子里的一个人，你去给你们的头人说去。"

摩公面有难色，摊摊手说："毕摩，过去土司跟我们头人有言在先，不抢仲家人做娃子，仲家人只管种田。"

毕摩将茶碗往石凳上一放说："不是做娃子，是做荣耀的事。"

"什么荣耀事？"

"背脚。"

"背脚？背脚还不是娃子。"

"谁说背脚是娃子？"

"反正不是什么荣耀事。"

"给土司当背脚不是荣耀事？"

毕摩的话终于让摩公哑了火。

沉默半晌，摩公问毕摩，说："土司这是相中谁啦？"

毕摩说："是我相中的。"

毕摩边说边站起身，做了个邀请的手势继续道："摩公，劳你大驾，跟我到田边一看就知道了。"

摩公跟在毕摩后面，小跑着出了门。疾走的毕摩让一身肥肉的摩公跟得有些吃力。摩公说："毕摩，什么事犯得着这么急？"

毕摩头也不回，照样疾走，他看着前方说："土司的事，有不急的吗？摩公，你该减肥了，身上背着那么多肉，我看着都累。"

摩公跟着毕摩来到水田边，当他顺着毕摩手指的方向望过去时，脸上有了讶异之色。

"毕摩，你看错人了吧，那可是一个木头，不，比木头还木头。"

毕摩故作高深地说："我要的就是木头。我还寻思他上山去后取个啥名呢？好，现在有了，就叫木头。"

摩公说："你带走了他，他家田咋办？"

毕摩伸出两个手指说："我给他家两头牛，两头牯牛！"

摩公笑了笑说："不值的，不值的。这事有了两头牯牛，就好办。毕摩，这事包在我身上了，你还是赶紧去做你的法事，招不来丰收之神，土司府里的人会怪罪你的。"

毕摩说："今年的法事你做，我绝不打扰！"

毕摩的话让摩公大感意外，他忸怩说："使不得，使不得。"

毕摩看着虚情假意推辞的摩公，脸皮上浮一丝笑说："使不得？这不是你做梦都想的事吗？别像个女人似的！说好了，三天后，你把那木头带土司府来。"

毕摩话说完，扭头就上山了。

二

毕摩满头大汗爬上山来，就直奔了威严的土司府。当他向土司府的管家说明来意，却遭了白眼。认为毕摩多管闲事的管家，不无嘲讽地说："毕摩，你好生伺候好各路神灵，管好小妖大鬼。这该土司府管的事，不劳你操心了。"

"不替土司着想，就是不忠！"毕摩说，"春天来了，按惯例，土司该巡视领地了。你就没想想她的腿？"

管家说："笑话！土司巡视领地，要自己走？土司府有良马几十匹，多宽的领地也跑得过来。"

听管家这话，毕摩脸上有了轻蔑之色。

"说外行话了不是？"毕摩说，"我吉联土司的领地，山高谷深，沟壑密布，道路崎岖。老土司在世时，也是骑一程，让人背一程。这阿喜土司，腿疾严重，咋骑马？不要人背行吗？"

管家说："找个背脚还不简单，土司府里身板子好脚板子也好的娃子有的是。"

毕摩说："我知道土司府里有的是腿杆子硬身板子好的娃子，但背一个大活人爬坡下坎，也累。"

管家说："难道你举荐的人不知道累吗？"

毕摩点点头说："正是。"

管家冷笑一声说："你就吹吧，我可不吃你装神弄鬼那一套。毕摩，我告诉你，这世上只要是人，没有不知道累的。"

毕摩说："管家大人，正因为稀罕，我才从山下急着上山来给土司禀报嘛。"

管家还是不相信毕摩的话，他想，让土司教训他去。

管家让开道，示意毕摩进土司府去。看着毕摩匆匆的背影，管家又揶揄了一句——

"欺骗土司大人的下场，你毕摩不会不晓得吧？"

毕摩心里嘀咕了一句：不长见识的家伙！

他三步并作两步来到土司府的议事厅，看见端坐在土司椅上的新任女土司吉联阿喜。毕摩轻易地从吉联阿喜美丽的脸上，看到了深重的忧虑。

没等毕摩说出来意，阿喜土司先开了口。

"毕摩，我今天请过你吗？"

"没有，主人！"毕摩毕恭毕敬地说。

"烦心事真多！"阿喜抬手，示意毕摩坐下来，她说，"我早该找你说些话了。家父生前说，这彝山上，数你最忠心。"

这话听得人耳顺，毕摩抑制住怒放的心花说："多谢主人！"

阿喜托腮，看着因受夸赞而面露红光的毕摩说："毕摩，这世上真有神灵吗？"

"当然有！"毕摩诧异地问，"主人怎么会问这样的问题？"

阿喜嫣然一笑说："但有人说没有。"

"谁？"毕摩说，"说这话的人该把他抓起来！妖言惑众！"

"你抓不了他，"阿喜说，"是一个教我的先生说的，他远在成都。"

毕摩说："那就让成都的官家把他抓了！"

阿喜又笑，笑得舒展了愁眉。她说："抓他没用，其实也不是他说的，他不过是转述了一派思想家的话而已。"

毕摩说："主人可信不得这话。"

"我当然不信！"阿喜说，"我要真信了，你就失业了。你还没说明来意呢？是看到了什么奇异天象，还是聆听到了什么神灵的旨意？"

毕摩摇摇头说："都不是。报告主人，我给您找到了个好背脚。还有，我想提醒主人，春天来了，该是巡视领地的时候了。"

阿喜说："不要你提醒，巡视领地，早上来议事的头人们说过了。我确实也想出去走走，但不想被人背着出去。那样子的话，会丢了吉联家族的面子的，我可不想让别人看我这病恹恹的样子。"

听了阿喜土司的话，毕摩把头摇得像拨浪鼓，他说："此言差矣，此言差矣！吉联家族的人，怎会因两条站不起来的腿，说如此泄气的话？主人，你有仙一样的外貌，有神一样的正义威严和慈祥，在白天，你是你领地上温暖的太阳，在夜里，你是你领地上皎洁的月亮。看到你，你的子民，会因你而自豪的。"

"毕摩，别花言巧语了！"阿喜用手捶了捶没有知觉的腿说，"谁会为自己的主人是个瘫子自豪？"

"这可不像骄傲的吉联家族的人说的话！"毕摩一脸严肃地说，"阿喜主人，你知道为什么老主人在弥留之际会选择你做他的继承人吗？难道真的是因为他没有子嗣吗？不！在土司势力江河日下的今天，他更看重您的……"

"阿爸会看重我什么呀，要不是哥哥打冤家战死，他怕早忘掉了他在成都还有一个瘫痪的女儿。自从他差人把我从乌蒙山送到成都，就像甩了包袱一样，别说来看我，连只言片语都没捎去过。"阿喜伤心地说。

"不是这样的！"毕摩摇摇头又摆摆手说，"你这是错怪了你阿爸，在你离开的这些年，你阿爸无时不想着你，他念叨你的话，听得我的耳朵都起了茧子。是的，他从未给你捎去过只言片语，这你可说到了他的痛处，他不识文断字呀。他总对我说，要治理好彝山，单靠逞武不行，还得靠这！"

毕摩用手指了指脑子。又说："老主人正是看中了你的脑子。你在成都学堂里待了这些年，见过世面，学了文化，知书达礼，温文尔雅，这都是我们这彝山上稀缺的。现在，黑彝贵族势力兴起，土司地位有架空的危险，你是受命于危难之际，懂吗？你不就缺两条好腿吗？我今天来，就是要送你两条不晓得累的好腿。"

"送我两条腿？"阿喜一脸惊讶，又拍着没有知觉的腿说，"毕摩，你以为我的腿像牛车的两个破轮子，说换就能换的？"

"当然，"毕摩停顿了一下说，"不是真送你两条腿，我是要送你一个人，一个腿脚不会累的人，让他做你的背脚。"

毕摩的话把阿喜逗笑了，她说："毕摩，你今天是成心逗我开心吗？这世上哪有不会累的人？要真有，我阿喜倒真是想见识见识。"

毕摩一脸城府地说："主人，那你就等着吧，不出三天，我就让他站在你面前！"

三

真的没出三天，被毕摩命名为"木头"的仲家小伙，就被仲家头人和摩公带上彝山来了。在土司衙门大门前，仲家头人真切地体会到权力的威严。在亮丽的阳光下，仲家头人紧张得额头上沁出了亮晶晶的汗珠。他扯了扯木头的衣角，小声提醒他在面见土司时放机灵一点。

"你这是对牛弹琴,头人——"摩公说,"他能机灵吗?"

木头真的就像木头一样立在土司衙门前,仿佛面对的不是庞大的土司府,而是一片空荡荡的旷野。

迎接他们的是土司府狐假虎威的管家。当他看见面前的三个不速之客时,抖了抖身上黑色的察尔瓦,哼了一声说:"哪里来的野人?一点规矩都没有!"

土司府管家说的规矩,摩公心里清楚,是说他们没准备见面礼。清晨从水寨出发时,摩公就提醒过头人的。但生性吝啬的头人却说,都送个大活人了,还要什么见面礼。

于是摩公就对管家说:"回管家的话,我们不是野人,是水寨的仲家人,我们给你们送人来了。"

摩公边说边推了推桩子样立着的木头。

好在这时毕摩赶来了。他对管家说:"管家,他们是土司大人请来的客人。"

管家上上下下打量了一番傻站着的木头问毕摩:"这不会就是你为土司大人请的背脚吧?"

"正是。"毕摩点点头说。

"你开什么玩笑!"管家又哼了一声说,"他呆得像木头一样!"

毕摩一脸奸笑说:"不错,他就叫木头。"

他边说边领了仲家头人一行往土司府里走,撇下管家一人站在门口。管家用手摸着下巴,不可思议地自言自语——

"玩笑,天大的玩笑!"

毕摩给土司找了个傻子来做背脚,而且还是个仲家人,这不仅让土司府的管家不可思议,还让整个土司衙门都吃惊不小。这消息比彝山上撒野的风还要跑得快,迅速惊动了土司衙门上层。管家传给了小管家,小管家传给了巡捕,巡捕又告诉了管看,管看又说给了马司,马司又透露给了教头。

管着24名土司兵的教头不干了,他去找毕摩。他对毕摩说:"你找来那仲家伙子不是能跑吗？那就让他跟我那24个兵去操场上比试比试。"

毕摩说："教头，我怕就怕你那24个兵输了失颜面。"

土司府的人都来看热闹，原本庄严肃穆的土司府，像节日般热闹了起来，有些消息灵通的邻近村社的里长也骑马跑来凑热闹。别说芝麻官里长对比赛好奇，就连阿喜土司，也在侍从二爷的服侍下，连人带椅被抬到操场上来了。

教头对毕摩说："十圈定胜负。"

毕摩摆摆手说："不，一百圈。"

教头说："一百圈就一百圈。"

比赛由土司吉联阿喜主持。管家让小管家往火药枪里填满火药后交给了二爷，二爷将火枪毕恭毕敬呈到阿喜土司面前。阿喜接过枪，看到24名土司兵已在教头组织下站成了一排，毕摩正把木头往土司兵队伍的方向推。

阿喜把枪横在麻木的腿上，对侍从二爷说："把仲家头人给我带来。"

仲家头人跟着二爷诚惶诚恐地来到土司阿喜身边。阿喜瞄一眼他，然后指了指操场上的木头说："他赢了，两头牯牛你牵下山；如果他输了，你滚下山去，今年交双倍租子，罚你从此不准上彝山！"

仲家头人觉得自己委屈死了。看着24个彪悍的土司兵，他早已泄了气小声嘟哝道："不是我要赌，是毕摩要赌。"

"你说什么？"阿喜土司大声问。

仲家头人牙齿一阵打战，他结结巴巴地说："土司大人，我啥也没说。"

阿喜说："那就愿赌服输！"

头人打战的牙缝间一字一字地挤出："愿……愿赌……服……服输！"

教头示意土司阿喜已准备好，可以开始。阿喜土司将枪举起扬手就扣动了扳机——

"砰——"

24名土司兵像离弦飞箭射了出去。

木头依旧立在那里，毕摩又急又气，飞起一脚，踢在了木头的屁股上。

"跑！跑呀！"

木头这才开始跑，跑得气定神闲，从容不迫，仿佛不知道这是场比赛似的。

教头跟马司站在一起，他看着慢悠悠的木头对教头说："跟这样的人比赛，你不害羞吗？"

教头说："这还不是被毕摩逼的。"

一会，一群人也跑了八九圈。赶鸭子的仍是木头。

马司决定离去，他自认为看这样的比赛既有辱自己的尊严又践踏自己的智商。就在他身子一闪，察尔瓦摆得像一面旌旗般欲转身而去时，人群中有人惊呼起来："看，看啊——"

木头加速了。

越来越快！

越来越快！快得24个土司兵，一下子全被甩在了身后。快得有些倦意的马司一下来了精神，他的嘴张成了一个大大的"O"状。

对于教头来说，场面实在太惨不忍睹了。

当24个土司兵累得跟狗一样趴在地上直喘粗气的时候，仲家人木头依旧轻快地奔跑着，就像一只欢乐的羚羊。

24个土司兵跑不了一百圈，而木头跑过了一百圈，依旧没停下奔跑的脚步。如果不是毕摩上前阻拦，他还会继续无休止地跑下去。

结尾没有掌声，没有喝彩，人们都惊呆了。吉联阿喜土司对原本还胆战心惊，现已是志得意满的仲家头人说——

"两头牦牛，你牵下山吧。"

四

仲家头人和摩公，各牵着一头牦牛准备下山。看着头人牵着的牦牛，比自己牵着的强壮许多，摩公心里有些不爽。摩公提议把两头牦牛赶下山后，卖给从四川凉山来的牛贩子。

"卖了这两头牦牛，钱我们平分。"摩公对头人说。

头人说："摩公，做梦？这是老黄药师家用个大活人换的牦牛，你也敢打主意？别以为老黄药师死了，我们就可以忘记他对水寨仲家人的恩德！"

头人的话把摩公说了个大红脸。头人说的老黄药师，是木头的爷爷。仲家人当年与苗家人在黔地联合起事抗租，跟官府明火执仗打了七七四十九天，最终寡不敌众，向滇地的乌蒙山中寻求庇护，其中之一支，东突西奔，像无头苍蝇一样来到了金沙江边，他们就是今天水寨人的祖辈。面对横亘在自己面前的大江，仲家人的乌合之众在满是蒿草和芦苇的河滩地上留了下来。他们在这里搭草棚为家，开垦河滩地造田，热火朝天地开拓另一个家园。但这顺着江流蛇一样蜿蜒的河滩荒地，并非无主地，它是乌蒙吉联土司家族的领地，因金沙江干热河谷气温甚高，酷暑难耐，加之河滩地肥力弱，多为沙地，当然还有一个重要原因，习惯了住在高山上的彝人不愿意搬到河边来，天长日久，这里就成了野草疯长，虫豸出没，没人待见的野地。

但对于绝地逢生的仲家人来说，这可是他们的至宝。他们冒着烈日，硬是凭一双勤劳之手在河滩上整治出了一块块像镜子一样的水田，并在上面种出了绿油油的秧苗。仲家人改天换地的决心和勇气，眼看就要变成金色收获的现实时，吉联土司兴师问罪来了。

一方要固守家园，一方要收回领地，互不相让的结果就是对峙。就在吉联土司安营扎寨，准备从各个头人部落调兵遣将，决心将这群立足未稳的仲家人第二次变为丧家之犬的时候，他却不幸中暑。连续几天的上吐下泻和头痛欲裂，吉联土司被病魔折磨得奄奄一息。没有医治中暑经验的彝医，把自己慌成了热锅上的蚂蚁，也还是无计可施。看着忧心如焚的彝医，毕摩决定在阵前做一起法事，祈求天神护佑自己的主子，祛除他的病魔。仲家人的老头人知道土司病重的消息，觉得这是一个机会，决定在夜里转守为攻，主动出击。但聪慧过人目光久远的老摩公却不同意头人乘人之危的做法。他对头人说，乘人之危，会被世人耻笑，胜了也不光彩。胜了又怎么样？跟强大的土司结下冤家，还是得卷起铺盖走人，照样无立锥之地，照样要成丧家之犬。

既然打不是办法，老摩公就在和上动起了心思。他让头人找来了乳臭未干的青年黄药师，这个在头人眼里的孱弱少年，是仲家人族群里闻名遐迩的黄氏医药世家的传人。头人看着他，就想起了少年战死在黔地的父亲。他对少年说："要是你那药到病除的父亲还在，仲家人也许还有一线生机。"头人的话让少年听出了不信任和轻视。他说："头人，你别拐弯抹角，就直说吧，你要我做什么？"

头人向少年说出了要他去医治患病的吉联土司，向土司表达仲家人足够的善良，以求寄人篱下。让头人没想到的是，少年连眉头都没皱一下就应承了下来。在吹鼓手吹吹打打的护送下，少年来到了土司的行营中。

对于水寨人来说，这一切早已成为耳熟能详的历史。少年药到病除，不仅医好了土司，还成功说服土司，让仲家人在这河滩地上扎下根来。当然，土司也开出了条件，仲家人每年必须给土司府上贡五十担糯米谷。

这个传奇少年，就是木头的爷爷。

仲家头人牵着牯牛站在山冈上说："摩公，自古英雄出少年，当年的黄老药师是这样，看来，他孙子也是这样。"

摩公不以为然说："这木头不能跟他爷爷比，就是个傻瓜。"

仲家头人摇摇头说："怪了，他怎么就不会累呢？难道就因为他傻？"

摩公说："那倒不是。听说是被他爹打的。这娃儿过去不傻，小时候天天跟着他爷爷黄老药师识草断药，鬼机灵一个。后来黄老药师死了，这娃儿就成天去老药师坟头，默默地坐，有时连家也忘了回，依着坟就睡了。他那爹，人简单粗暴，认为儿子是偷懒不想干活，有天在坟头找到他，就揪了他的头发往坟头的石头上撞，就撞成了现在的样子。"

头人听了摩公的话说："他这爹该死。汉人有句话，虎门出犬子，我看，这黄老药师就是。"

摩公说："头人，这两头牯牛，便宜那犬子了。"

头人说："摩公，怎么又想到这两头牯牛上去了。你也该学学你父亲老摩公，他心比你宽敞，目光比你高远多了。"

头人的话是说摩公不要五十步笑百步。原本就脸上挂不住的摩公，现在的脸，比彝山上空升起的火烧云还要红。

头人和摩公下山去的时候，毕摩被管家派来的人叫去了土司府。毕摩不知道管家叫他何事，狐疑着跟着唤他的人来到土司府时，看到的依旧是管家那副不好看的嘴脸。

管家总是不待见毕摩，就像前世结下了仇怨。看见管家这样子，毕摩说："哭丧着个马脸干啥？又不是我求你。"

管家不知道如何安排木头，他为此已经伤了半天脑筋。越想越觉得安排在哪里都不合适。思来想去，他决定把这个难题当作一个球，一脚踢给毕摩。毕竟木头是他招来土司府的。

管家白一眼毕摩说："这木头又不真是截木头，他是个活人，得安置嘛。你弄来的，你一定比我清楚安置在哪里合适。"

毕摩说："当然是土司府了。"

"我还不知道是土司府？"管家没好气地说，"土司府这么大，你得说个具体的地方。我总不能把他跟牛马羊的关在一起嘛？"

毕摩嘿嘿笑了一下，他摇摇头说："没想到还有事能难住神通广大的管家大人。"

管家哼一声，回敬说："那还不是因为有了个多管闲事的毕摩。"

"多管闲事？"毕摩瞅一眼管家说，"那我就再多管一回闲事，你把木头放教头那里，让他跟那24个土司兵同吃同住。"

这确实是个不错的主意。管家思忖了一下，假装为难地说："只好这么办了。我可有言在先，那24个土司兵，可是24头豹子，把你的木头吃了，我可不负责。"

毕摩对管家说："进了土司府，就是你土司府的人，今后，他不是我的木头，是你的木头。"

木头就这样被管家带到了教头那里。教头打心眼里不想接纳木头，但又不敢拒绝。管家大人的面子，他这样的小官乐意也得给，不乐意也得给的。

傍晚教头把木头带到了土司兵的住处，这让24个土司兵兴奋不已。这个在白天里让他们颜面扫地的仲家傻子，夜里够他喝一壶的了。他们相互挤眉弄眼不怀好意的样子，被教头看在了眼里，他咳嗽了一声警告说："不要太过分，谁伤了他的筋动了他的骨，我就让他伤筋动骨！"

教头嘴上这么说，但心里清楚，自己分明是把一只羊扔到了狼群里。

毕摩回到家，心情甚好。于是在自家的院子里，借着月光喝下了满满一土罐荞麦烧酒。夜里，毕摩做了一个梦，梦见一群豹子，亡命地追逐自己。他从噩梦中惊醒，拍了一下酒意未消的脑袋，就想到了木头。他现在有些后悔给管家出如此馊主意。今夜木头同24个土司兵待在一起，怕是会被碾成一张薄纸。

这样一想，毕摩心就悬起来了。背土司巡游，这可是大事，好不容易才让阿喜土司接受木头做背脚，要是被这群土司兵揍坏了身子，那可就麻烦大了。于是，天还没放亮，他就独自起身出门，匆匆忙忙赶去土司府。

赶到住土司兵院子的毕摩，看到的是不堪的一幕。场面像极了一个才经历过厮杀的战场，狼藉而混乱。二十多个土司兵，东倒西歪躺在晨曦初露的院子里，一个个直哼哼。院里，木头，只有木头，像一截木头一样立在院子中央……

五

在管家眼里，十八岁的吉联阿喜土司怎么看都像一个孩子。她的一副病体让她看上去更苍白无力。娇美如花的容貌虽然可人，却又少了威严，多了些弱不禁风。在弱肉强食的乌蒙山中，各家土司遵循的都是强者生弱者亡的丛林法则。那些虎视眈眈的土司们，早已把自己的猎物锁定为吉联家族了。如果说这是吉联土司家族外患的话，那吉联土司领地迅猛崛起的黑彝贵族势力，就是内忧了。这些黑彝贵族，已经越来越不把吉联土司家族放在眼里，现在，连土司衙门召集的议事会也不来了。

老土司去世前，虽然没在土司府举行正式的托孤仪式，但私下里是三番五次嘱咐过管家要全力辅佐阿喜的。当然，忠诚的管家把这当成义不容辞的责任。但据小道消息，同样的嘱托老土司也同样告诉过毕摩，每每想起这些，管家心中就会有稍许的不快。

当毕摩又在他面前提醒该是阿喜土司巡视领地的时间的时候，管家瞪了一眼他说："你急，我比你还急！你找来那个背脚哪是木头，他分明就是一个饭桶。我们给土司兵的口粮是定量供应的，他倒好，一人要吃四五个人的饭。带兵的教头抱怨得我耳朵里都起了老茧。照这样下去，土司府会被他吃空的。"

毕摩说："你听了教头的抱怨该高兴才对，管家大人，你不会连马无夜草不肥的谚语都不懂吧？这木头能吃，说明他身体好。身体好，才有劲。要背土司大人巡视这一大片领地，没点腿脚劲能成吗？"

"问题是，"管家说，"我怕我们那些苦荞粑粑，让他的力气长错了地方，据教头讲，这木头吃饭后，成天用根木棍在地上画来画去。"

毕摩问："他画什么呀？"

"天知道是什么！"管家说，"鬼画桃符呗！"

他们说话的时候，头人阿兹乌去他管理的辖地找黑彝贵族阿卓收上年欠土司府的租子，租子没收到，阿兹乌头人还被黑彝贵族们差人暴打了一顿。那些打手下手极狠，打断了阿兹乌头人三根肋巴骨。

毕摩对管家说："太猖狂了！土司府得赶快派兵去教训一下这些不知天高地厚的贵族才是。"

管家跺了一下脚说："毕摩，你说得轻巧。派兵，又不是你做法事招阴兵，念几句咒语的事。土司府多少兵你又不是不知道，就教头带的24个土司兵。这些贵族养的家丁加起来上百人，你咋个教训他们？这样吧，毕摩，你代表我和阿喜土司，去安慰一下阿兹乌头人。告诉他小不忍则乱大谋。"

毕摩说："我跑一趟没关系，但这大谋是什么呀？"

管家摊摊手说："我也不知道。"

毕摩转身欲走的时候，管家又唤住了他。管家说："毕摩，你安慰完阿兹乌头人，还得劳你去警告一下那些黑彝贵族们，他们这样无视土司衙门，是存心欺负我们府中无人，你用神的意志去告诫他们，干不得伤天害理的事，会遭报应的！"

得寸就进尺的管家，让毕摩哭笑不得。他想，这些无法无天的贵族，会相信神的意志？说不定，他们会差人像收拾阿兹乌头人一样，也揍自己一顿。毕摩心里咕哝道，我可不想断三根肋巴骨。

管家见毕摩犹豫不决的样子，就拍了拍毕摩的肩膀说："危难之际，为了吉联土司家族，我们都得挺身而出。"

毕摩知道，骨头虽难啃，却是不得不啃的。他说："也好。但我有个请求，我想带木头一起去。"

管家听了毕摩的话，知道了毕摩的鬼心思。不就是万一挨揍，好让木头背他跑吗？这样一想，管家差点笑出声来。但管家就是管家，他强压内心的讥笑，不露声色吐出了两个字——

"可以。"

其实，管家小看了毕摩，轻视了他对土司的忠诚。毕摩虽然生性胆小，但他毕竟是知书达礼之人，懂得士为知己者死的道理。在这彝山上，土司是世袭的，土司府是铁打的营盘，其他人员都是流水的兵，但毕摩例外。虽然没有明文规定毕摩世袭，但自从吉联家族世袭了土司，毕摩家族，毕摩一职，就没有更过姓氏。毕摩只要一想起这份信任，就会油然而生感激之情。毕摩比这彝山上的任何人都更懂得一荣俱荣一损俱损这句话的含义。

前去的路凶多吉少，毕摩只凭靠三寸巧舌，但他的族人却从来都轻视语言的力量，他们更喜欢诉之武力，用它来解决问题。在彝山上，毕摩是孤独的。但看着沉默着走在自己前面木头的背影，毕摩发现，这个愣头愣脑的仲家年轻人，比他还孤独。

他知道自己孤独吗？毕摩想。

两个孤独的人，走着同一条路，这路途就更显寂寞。

"你咋像个闷葫芦？"毕摩说，"你能不能陪我说说话？"毕摩冲走在他前面的木头问。

木头没回答，依旧自顾自走。

"真不该带你出来！"毕摩生气道。

木头停住，随即蹲了下去。

毕摩说："你这是抗议吗？"

木头将两只手往背后伸，示意毕摩，他的意思是背他走。

当毕摩明白了木头的意思，脸上顿时就有了拨云见日的笑容。

"这还差不多！"

他边说边一个身子都趴到了木头背上。

木头双手搂了毕摩的屁股，站起身来，就撒腿跑开来。

木头不断地加速，跑得越来越快。毕摩只觉得群山在不断飞速倒退，左右耳畔都是尖叫的风。他兴奋得想放声高唱，或者大喊大叫。

他想，阿兹乌头人家为啥不住得更远一些呀？

快马没招来替自己出恶气的土司兵，却招来这么个手无缚鸡之力的毕摩，而且还是被人背来的。这让阿兹乌头人很不开心。他躺在床上，发出的呻吟之声听起来更像是对土司府的抗议。

"阿兹乌头人，"毕摩说，"你小点声哼，我知道你疼，伤筋动骨嘛。"

阿兹乌头人试图挣扎着将上半个身子立起来，但他的努力因为疼痛而失败了。尽管疼痛剧烈得让他脸都扭曲了，他还是咬了牙说："毕摩，疼点无所谓，就是咽不下心中这口恶气。"

毕摩上前，用自己的袖子拭去阿兹乌头人额头上亮晶晶的汗珠子说："管家大人派我来，就是来帮你咽这口恶气的。"

阿兹乌头人并不接受毕摩献的殷勤，没好气地拨开毕摩帮他擦汗的手说："毕摩，也就是说，我为土司府断了三根肋巴骨，这都不配被土司知道？消息只配传到管家那儿就完了？毕摩，我这三根肋骨，可是为土司断的！"

毕摩说："阿兹乌头人，你多心了。土司还是孩子，管家知道，也就等于土司知道了。"

"管家？"阿兹乌头人瘪了瘪嘴，"管家是什么东西？不要拿什么土司还是个孩子这样的话搪塞我，自古英雄还出少年嘞！难道她真是一个不中用的瘫子吗？"

"难道，"毕摩盯着躺在床上的阿兹乌头人严肃地道，"难道阿兹乌头人也像那些黑彝贵族们一样，除了偏见，就是鼠目寸光吗？土司大人虽然患有腿疾，但她年轻的头脑里充满智慧，宽广的胸襟里拥有仁慈和胆略。假以时日，她会成为金沙江畔彝人地区最受人尊敬和爱戴的土司！今天我来，虽不能帮你报断三根肋巴骨的仇，但能让你免遭灭顶之灾！"

"毕摩，"阿兹乌头人翻了一下白眼仁说，"你吓唬谁呀？灭顶之灾？有那么严重吗？"

"当然！"毕摩手往上一扬说，"阿兹乌头人，凶兆像乌云已经笼罩在我们的上空，你只不过还没看到闪电罢了。目光短浅的黑彝势力觉得少主年少，软弱可欺，试图架空土司；而周遭的其他土司势力，个个又像饿狼虎视眈眈，随时会猛扑过来，把吉联家族的领地像猎物的肉一样残忍瓜分。他们在等机会，在等吉联土司辖地乱起来，好乘虚而入。他们巴望着像你这样的头人跟黑彝贵族们厮杀开来，那就是他们的机会。"

"你的意思是，我这三根肋巴骨白断了？"阿兹乌头人问说。

"谁说白断了？是君子报仇，十年不晚罢了。"毕摩说。

阿兹乌头人痛苦地想了想，伸出手拉了毕摩的手说："毕摩，请你转告阿喜土司，为了吉联家族，就算忍十年，我阿兹乌也认了！"

毕摩离开阿兹乌头人，去找黑彝阿卓。阿卓是吉联阿喜土司领地上崛起的黑彝势力的推手人物。毕摩知道，只有震慑住了阿卓，才能打压住黑彝势力的嚣张气焰。毕摩还知道，说服阿兹乌头人容易，但要用语言的力量让阿卓做到心服口服，那可是困难重重的事情。如果弄得不好，自己能否平安走出阿卓家也未可知。

毕摩没再让木头背他，而是自己走。内心忐忑的他走得犹豫不决。他甚至猜测不出老奸巨猾的阿卓，会采用何种方法收拾他。

但愿阿卓不要让自己太狼狈。毕摩想。

无论是作为土司府派出的说客还是使者，在对待阿卓的问题上，毕摩显然都是不称职的。

"木头，"毕摩唤了一声木头说，"汉人有句谚语，叫作'秀才遇到兵，有理说不清'。我去见阿卓，就这结果。"

毕摩这话，连他自己都知道，并不是说给木头听的，不过是自说自话，给惶恐的内心找点理由。木头仿佛也把他这话当了耳边风，没听到似的自个儿木讷地往前走。

毕摩想，聪明往往使人痛苦，而愚蠢却会使人幸福。他甚至觉得，自己像木头那样，该多好。

阿卓似乎早就知道毕摩要来。在院子里，阿卓领着几个弟兄杀了头肥山羊，正把杀死的黑山羊吊在院子的柿树上开膛破肚。见了毕摩，阿卓的热情大大出乎毕摩的意料。

"我一杀肥羊，你就摸上门来了，毕摩，你真是有口福的贵客，快到家里喝杯热茶。"阿卓胖胖的圆脸，盛开的笑容像朵肥硕的牡丹。那股亲切劲，像重逢了多年未见的发小。

但毕摩还是从阿卓那几个在院落里收拾肥羊的兄弟伙的谈话里，嗅到了凛冽的杀机。

手握尖刀，正准备为肥羊开膛的马脸男子往地上啐口唾沫说："这羊儿子也是活该，怪他话多，成天'咩咩'叫不停，现在好了，挨千刀的命！"

毕摩听出了马脸汉子的话含沙射影，心里禁不住打起鼓来。他跟在阿卓身后进屋吃茶的步子混乱不堪。被隔在屋外的木头，好像对收拾整理肥羊尸首产生了兴趣，凑近了又闻又看。

马脸汉子将沾满鲜血的开膛刀往木头面前一亮说："傻子，小心老子开了你的膛。"

木头好像没看见马脸汉子在他面前晃悠的刀子，他"嘿嘿"了两声，就伸手去抓刀子。马脸汉子把刀收回去说："沾了你这傻子的血，我这刀子，就不发光了。"

马脸汉子旁边那个瘦得像只猴子的小个子说："马脸哥，这土司府看来是真没人啦，连这样的傻瓜都派上用场了！"

"嗯，"马脸点点头说，"那土司衙门早就是个空架子了。"

"那阿卓大哥为何还要对装神弄鬼的毕摩客气？还用得着给他赔那么多笑脸？"瘦猴一样的小个子男人不解地问。

马脸说："阿卓大哥说了，他要学古代的汉人，给毕摩摆桌鸿门宴。"

六

阿卓家杀一只肥羊，连几十里外的贵族阿布都策马赶来吃羊肉喝酒，聪明的毕摩知道，阿布可不是为羊肉和酒来的。其实，阿卓不仅请了阿布，他把方圆几十里地有点权势的黑彝贵族都请了。这轻易地让毕摩看出了这些黑彝贵族们的居心。

土司府的一举一动，全在这些黑彝贵族的监控之下。事实也如此，当毕摩赶往阿兹乌头人家去时，知道这个消息的阿卓就预判出了毕摩定会上门来兴师问罪。

阿卓身为贵族，也是几代人努力的结果，阿卓深信自己家族的血液里，藏着比别人智慧的基因。他不会愚蠢地像对付上门催租的头人那样，派人痛打其一顿，毕竟，毕摩是土司衙门钦派来的人，是彝山上认为知书达礼又连接天地的掌握了神权的使者。

对付文化人，必须采用文化的手段，阿卓是明白这个道理的。自己家族能在短短二十来年里崛起成为贵族，他的祖辈和父辈正是相信了比拳头还要厉害的东西是脑袋。很多事情，使蛮力于事无补，动脑筋却会迎刃而解，柳暗花明。

但阿卓还没有聪明到可以跟毕摩面对面用话语来"掰手腕"的程度，于是他开动起脑筋耍起了歪心思。

这些年，阿卓一直跟在金沙江对岸的汉人做非法生意，他们暗地里勾结贩烟土和私盐。和他打交道的那个汉人外号"小诸葛"，人比猴子还精，鬼主意就像孙猴子身上的汗毛，随便就能变出一串花样来。他总能用计骗过官府，混过多如牛毛的盘查。但他同样也耍阴谋吃下过阿卓的不少钱财。过去阿卓每每想到这个"小诸葛"，都会恨得牙痒痒。而今天，当他听说毕摩赶往阿兹乌头人家后，他却派人下山去，涉江请来了"小诸葛"。

"小诸葛"上山来，迅速乔装打扮换上了一套彝家下人的衣服，冒充一名厨子，准备导演一场"鸿门宴"。阿卓说了，如果他导演的好戏成功，就送他十只又肥又壮的山羊。一想到自己很快就能赶十只山羊下山，"小诸葛"兴奋得在厨房里唱起了汉人的歌。

歌声吸引了靠在厨房外墙角打瞌睡的木头，他踮起脚伸长脖子从厨房外的窗口往里望。看见兴奋过头的"小诸葛"正在摆弄两个土罐子。

"小诸葛"把其中一个土罐子的酒塞子打开，将土罐子的酒倒在了木盆里，大麦酒的酒香迅速在厨房里弥漫开来，部分已跑出窗外，木头吸了吸鼻子，眼睛死死盯住"小诸葛"。他看见"小诸葛"正往那倒空的酒罐子里注凉水，他欢天喜地往土罐里注水的快活样，活脱脱像个把阴谋变成了现实的阴谋家。

文火煨肥羊。当火烧云将彝山之上的天空染红的时候，黄昏来临了。这迟迟没有开始的宴席，让毕摩如坐针毡。而前来赴宴的十几个贵族围坐在一起气定神闲，他们像群团聚的兄弟一样，一边品着罐罐烤茶一边交头接耳。他们轻易就忽略了毕摩的存在。煨煮肥羊汤锅散发出的香味中夹杂着一种让毕摩躁动不安的羊膻味，在这种味道里，毕摩想到了木头，于是他站起身，欲出家门去院内找木头，但阿卓看到了起身的他，以为毕摩要溜，就干咳了两声。毕摩向阿卓说明为何起身的意思，阿卓笑了笑说："怎么招待好土司府派来的贵客的随从，我们贵族是不会让贵客操心的。"

就在这时，阿卓请来的知客师在院里也吆喝开来。一切准备就绪了，客人们可以入席了。阿卓满脸堆笑，将毕摩邀到主桌的主位坐定，便大声吆喝道："上好酒——"

两个罐口用红布蒙定的土罐子被两个下人从厨房抱了出来。两个几乎一模一样的土罐子，被摆在了主桌上。之所以说是几乎，细心人还是能看出来，这两个罐子还是有细微的差别，在封罐口上，一个捆罐子的羊毛绳是红色的，另一个却是黑色的。这点差别实在太细微，连细心谨慎的毕摩也没看出来。

所谓的"鸿门宴"就要拉开序幕，作为主人的阿卓内心兴奋不已。当然，跟他一样内心兴奋不已的，还有那个冒充厨子的汉人"小诸葛"。他决定亲自动手，将刚从锅里盛到大木盆里的香喷喷的羊肉端到主桌上去。

其实，这"小诸葛"设计的"鸿门宴"，跟真正的鸿门宴相比，相去了十万八千里，不过是一个拍脑门的雕虫小技而已，用的不过是偷梁换柱的小把戏。他在用黑绳捆绑罐口的酒罐里灌了一罐子凉水，而红绳捆绑的酒罐里，依旧是原封不动的荞麦烈酒。他想，只要这罐子酒淌进毕摩的肚子里，能言善辩的毕摩一定会被酒烧成一个口齿不清意识迷糊的笨蛋。到那时，毕摩就会成为阿卓的玩物，任其戏弄，在这群黑彝贵族面前把颜面丢个一干二净。

对于阿卓来说，毕摩丢多少颜面并不重要。重要的是，他要让那些对土司衙门还抱有幻想，立场依旧模糊的贵族们清楚，今天的土司衙门里都是像毕摩这样的尿包，对这样的土司衙门抱有幻想是相当愚蠢的事情。

要让他们在精神上输个一干二净！阿卓上牙咬了下嘴唇想。

阿卓用手摸了一下自己脸上的鹰钩鼻尖，目光从两个酒罐子上扫过。他看清楚了那酒罐子上的黑绳和红绳，伸手出去，抓住了罐口系黑绳的土罐子，并把土罐子揽到自己面前说："各位兄弟伙，我今天宰羊，请大家来吃汤锅喝酒。承蒙大家给我阿卓面子！但让阿卓没想到的是，毕摩也来了，早上起来，我家柿树上喜鹊叫不停原来有贵客到。毕摩先前说他是土司派来的，还带来了神的旨意，这好生了得，我阿卓何德何能？让土司惦记也就罢了，神也要给我旨意？毕摩，你真是好消息和春天的使者，让我心上都开出花来啦！我实在是高兴了！我提议在座的诸位黑彝兄弟的见证下，我和毕摩各喝下这一罐酒，以表我们对土司和神的敬意和忠诚！"

围坐在桌子前的黑彝贵族们纷纷鼓起掌来。

毕摩有点脑子发蒙，他搞不清楚阿卓的葫芦里到底卖的什么药。彝人爱喝酒，彝人也好酒，这是全天下都晓得的。彝人有酒量，彝人能喝酒，这是整个乌蒙山都公认的。但开口就要喝一罐酒，这样的欢迎仪式，毕摩觉得不仅有点过分，简直就是不怀好意！但阿卓会对自己怀好意那就是咄咄怪事了？这样一想，毕摩暗自对自己说，只好骑驴看书，走了瞧啦。

毕摩唯一清楚的是，无论是自己还是阿卓，这么一大罐子酒下去，都得醉成烂泥一摊。阿卓是不是吓唬人，料定了我毕摩不敢接招？那样，他就有话对黑彝贵族们说了，这毕摩口口声声土司呀神呀的，但都是口上功夫，心中并没有敬畏和忠诚。

毕摩开动他那抹了油的脑子，认定这就是阿卓的意图。他想，不就是喝酒吗？又不是喝毒药！嗯，我毕摩可不是你阿卓吓唬长大的！

毕摩站起身，伸手扯掉了封酒罐罐口的红绳。看到毕摩轻易中计，阿卓满心欢喜地也扯掉了黑绳，唤人将封罐口的塞子拔去。

阿卓轻松地抱起罐子。

毕摩一副豁出去的样子，也抱起了罐子。两人象征性地将罐子当杯子轻轻碰了一下。毕摩口一张，眼一闭，罐一仰。就见青青亮亮的酒扑进了口腔。

他手一抖，将罐子放在了桌子上。

"毕摩，一口干呀！"桌边有黑彝贵族提醒他。

而这时，阿卓也放下了罐子。

他"噗"的一声，把满满的酒喷在了桌子上。情急之下就露出了破绽——

"怎么搞得，全是酒啊？"

聪明绝顶的毕摩，这下知道了，本来是用来灌醉他的酒，这下被阿卓误喝了；而自己喝的那罐水，才是准备给阿卓的。

识破伎俩的毕摩，一下子变得镇定自若，成竹在胸。

他重重一巴掌拍在了桌面上，"砰"的一声响，吓得在座的黑彝贵族们都身子抖动了一下。

"有这样招呼客人的吗？"毕摩大喝一声，瞪着一脸惶惑的阿卓，摇了摇头说，"阿卓呀阿卓，你口口声声把我当成贵客，当作神和土司的使者，但却在宴席上自己喝酒，让贵客使者喝凉水。这样的事传出去，羞的怕不仅是你，怕是乌蒙山所有的彝人！"

毕摩边说边用手指敲击着罐子。

一位黑彝贵族一脸怀疑着站起来说："阿卓哥可是个实诚之人，咋会在酒罐子里掺水？"

毕摩将酒罐子用力一推，直推到他面前说："要不试试？"

那位黑彝贵族撸了一下袖子，将一个手指头伸进罐子，拿出来后放嘴里一吮吸，不再言语，乖乖地坐下了。

贵族们都用满是不解的眼神看着阿卓，看得阿卓心里一阵阵发毛了——

"不是这样的，"阿卓说，"不是毕摩说的这样的。"

毕摩抖了一下身上的察尔瓦，潇洒而又满是风度地反唇相讥道："阿卓，你说的没错，确实不是我说的这样，你是不小心弄错了。"

慌乱的阿卓点点头说："对对对，就是弄错了。"

毕摩环顾一下不知所措地坐在高脚凳子上的黑彝贵族们说："阿卓承认了，他是弄错了。他弄错了什么呢？他想用酒灌醉我，让我在你们面前出洋相，羞辱我。所以他备用了一罐酒，一罐水。酒给我喝，水给他喝。这样，你们都会惊呼，阿卓酒量跟他智慧一样大！干倒了毕摩，自己一点事儿都没有。他是要让你们崇拜他，在彝山上听他的！"

"毕摩，你胡说！"阿卓气得叫起来。

"我胡说？"毕摩用手反过来指着自己说，"我胡说了吗？阿卓，你们仗着自己势力大了，就没把土司衙门放在眼里了，胆大妄为打伤了阿兹乌头人，挑战土司权威。你们干的是什么事？不都是亲者痛，仇者快的烂事吗？你们想过没有，没有吉联土司，我们就会被周边其他土司吞并，那时你们还能做贵族？这样不诚心的宴席，我毕摩不赴也罢！"

毕摩说完，急速转身，拂袖而去。

出了门，他拉了一把木桩一样站在院子柿树下的木头说："赶紧走，再不走就来不及了。"

木头紧跟着他出了门。

毕摩站住。

木头也站住。

毕摩转过身，冲木头招招手说："还不赶紧背了我跑，真是木头！"

七

木头背着毕摩从黄昏的血布中跳进了夜晚的黑幕里。他奔跑得太快了，比丧家之犬还快。逃跑是可耻的，但木头背上的毕摩，不认为自己的行为可耻。在他看来，这样的逃跑更像是一次凯旋。他起先是担心那些一时发懵的黑彝贵族们，会在恼羞成怒后清醒过来，要这样他就很难金蝉脱壳。但当他意识到自己成功地利用了宝贵的时间差后，惶恐的内心就充盈了班师回朝般胜利的喜悦。

毕摩觉得自己不是趴在一个人的背上，而是骑在一匹扬蹄飞奔的骏马上。暗夜里的木头，他奔跑得太迅疾、太快速，像风一样。不，他本身就是风，比闪电还快的风。毕摩觉得身子之下的木头，像一把锋利的刀刃，正吱啦着把夜的黑幕划破……

这个普通的夜晚从此嵌刻在了毕摩的记忆里，成为一种奇妙和骄傲。但慢慢地咀嚼和品尝这种奇妙和骄傲，却是后来的事情。心知肚明的木头，任毕摩自我神化。那天夜里，毕摩回到土司府的首要之事，就是邀约了管家去面见女土司吉联阿喜。

面见女土司，让毕摩收获了心满意足的结果。他的足智多谋不仅获得了阿喜土司的称赞，也收到了让管家嫉妒的效果。认为毕摩言过其实的管家，虽然内心固执地认为毕摩为炫耀自己的智慧编造了用谎言做材料的故事，但还是审时度势同意了毕摩要土司巡视领地的提议。在彝山，土司巡视领地，从来都是一件劳民伤财的政治行为。巡视领地几乎让整个土司衙门都得倾巢出动，一个移动着的土司衙门，光吃喝拉撒都够管家操劳的，路途中的变数和意外，更让管家苦不堪言。但熟悉土司衙门规矩的管家，知道巡视从来都不是一种空洞的仪式，它是土司扬威仪、布慈恩，展示自己权势和实力的重要形式。

在管家的精心布置和操持下，通过土司府上上下下的努力，一支阵容浩大的巡视队伍被组织起来。毕摩在出行前在土司府前举行了盛大的祭天仪式，在土司兵火铳的轰鸣和仪仗队唢呐的悠扬旋律中，盛装的土司被木头从土司府里背出来。久未见阳光的阿喜土司苍白的脸上竟然也泛起了朝霞一样的红晕。整个巡视的队伍都被一种激情和兴奋充盈着。只有当背脚的木头，依旧像一截没有知觉的木头一样，他按部就班朝前走的脚步，机械而又不失坚定。土司府附近的彝族群众闻讯赶了过来，他们分列在道路的两旁，唱起了古歌。在歌颂与赞美的歌声和鼓乐中，阿喜土司，在木头的背负下，带着她的队伍，踏上了巡视之路。

巡视之路，并非像开始那样热烈而轻松。吉联土司的领地，几乎都是由高山深谷组成，道路的崎岖和坎坷，让巡视的队伍走得缓慢而艰难。每地的头人家，成了巡视队伍的驿站。那些在土司衙门中养尊处优的大小官员，几天下来，个个灰头土脸，苦不堪言，迅速变成一支疲惫之师。怨声载道的他们，在起起伏伏的山道上，狼狈不堪的样子让阿喜土司既轻蔑又不满。年轻的她，心中生出了捉弄这疲惫之师的想法。她把嘴凑近木头的耳畔，用彝语要他快起来。

木头不动声色，加快了脚步。

走在前面的木头和背上的阿喜土司，渐渐地脱离了巡视的大部队。看着这样的情景，管家要求队伍振作精神跟上自己的主人。但他的话在山风的作用下，成了这群人真正的耳边风。管家只得放开喉咙，吆喝木头慢下来。

同样，他的大喊大叫仿佛又成了木头和阿喜土司的耳边风。无能为力的管家喘着粗气，要求毕摩祈求山神，保佑遥遥领先的阿喜土司平安。毕摩站在风中，喘吁短促的祈祷声，弱不禁风。

木头背着阿喜土司，像阵轻快的风，轻盈地越过一个背阴的山坡，来到向阳的坡地。在木头背上的阿喜土司，竟然振臂惊叫了起来。

她的眼前，是一坡盛开的马缨花。这些马缨花，开得喧嚣，自由而放肆。那些怒放的花朵，仿佛要点燃山坡。美得如此放任，美得如此潇洒，让阿喜土司惊叫连连。

木头把阿喜土司从身上放下来，把她抱了坐在山冈的青石上，就朝着那开满马缨花的地方跑去。阿喜土司看到，木头被汗水浸透的后背上，有丝丝缕缕像雾气一样的东西蒸腾了起来。

木头采来了一大抱马缨花，面无表情地朝阿喜土司走过来。他来到阿喜土司身边后，将大朵大朵的马缨花围着阿喜土司铺开来。他不断地重复着采了铺，铺了采的动作，直到最终把阿喜土司置于一片怒放的花海中。

阿喜土司开心极了，她笑得就像马缨花一样。

木头木讷的脸，像坚冰受了春风，轻融中泛起了一丝浅浅的笑容。这浅浅的一笑，还是被阿喜捕捉到了。

你哪是木头？阿喜大声说，你不是木头！

阿喜手指了木头，咯咯地笑了，她的话语和笑声，被风一吹，仿佛就撒满山冈了。

木头忍不住也嘿嘿笑了。他笑得连绷着的腰杆也弯成弓了。

山冈上，两个年轻人的笑声，被山风扬开去。世界，此时似乎也变得美好而年轻了。

"放肆！"

气喘如牛地赶上山冈来的管家，在木头屁股上踢了一脚，冲木头吼叫道。

木头的笑声，仿佛受了惊吓，戛然而止了。

阿喜也止住了笑声。她原本艳阳般的脸，一下子就结上了冰霜。

管家身后的毕摩，试图让阿喜土司重拾快乐，就奉承道："阿喜主人，你真像一尊活菩萨！"

但他的话并没有让阿喜土司重新开心起来。阿喜抓起两朵花，将花瓣用力撕碎，又将它们抛向空中。

当纷纷扬扬的马缨花碎片随风扬长而去，阿喜土司冷冷地说——

"走吧。"

巡视的队伍于是又蜿蜒成蛇一般往山下走去。

一路上，管家都在小声教训着木头——

"再走那么快，我就打断你的狗腿！"

巡视之路，又变得无趣而沉重。在木头背上的阿喜土司，无精打采，像无筋骨的烂泥，后来，竟然沉沉睡过去了。

下了山，路变得好走了许多。前面有了人间烟火的景象，一台一台的坡地被翻耕后，在太阳的晾晒下，散发出夹杂了泥腥味的芳香气息。三三两两的娃子，用锄头捶打着泥丸。被平整过的耕地上，有人在播种。他们将细碎如芝麻状的东西，一把又一把地扬出去，让它们均匀地落到新耕的土地上。

"这些人在播种啥？"

原本趴在木头身上熟睡的阿喜土司，这时竟然醒了。

她的提问让管家吃了一惊，管家愣了一下说："报告主人，娃子们正在播种芝麻。"

阿喜睁着一双大而圆的眼睛，看着坡地上略显壮观的播种场面问："管家，这是哪个头人的田地？"

管家皱了眉头想了想说："应该是安日火头人的。"

"他种那么多芝麻干啥？"阿喜的眉头也皱紧了，又问管家，"你确定？"

管家说："主人，你要我确定什么呀？"

管家在阿喜土司的目光里，垂下了头。阿喜盯着管家说："我要你确定，这地里播撒的是不是芝麻。"

"管家，你把阿喜当三岁小孩了？"阿喜土司叹了一口气说，"是该巡视领地了，要不，翻了天我都蒙在鼓里。"

"主人，我……"

管家欲分辩，但被阿喜土司挥手制止了。阿喜叫一声说："毕摩——"

站在一边一副事不关己样子的毕摩，没想到土司阿喜会叫他，吓得脚下一滑，差点摔倒。他站定后战战兢兢地说："主人，请吩咐。"

"毕摩，"阿喜土司双手按在木头肩上说，"我们吉联家族，对你家还可以吧？从我阿爹继承土司位起，土司府就没请汉人来做师爷，为啥？那是把你毕摩家，既当了毕摩又当了师爷。你实话告诉我，这地上播撒的是什么？"

毕摩偏头看了一下管家，也把头垂了下去。

"毕摩！"阿喜土司双手举起来指向天空说，"把你垂头丧气的懦弱的脑袋抬起来，看着天菩萨说，这地里种的是什么？！"

毕摩吓得跪在地上，他一边作揖一边说："报告天菩萨，报告土司，是罂粟。"

"嗯，"阿喜鼻子哼了一声说，"毕摩就是毕摩，我要不请出天菩萨，你怕不会对我说真话吧？"

"不敢！"毕摩浑身颤抖着。

阿喜土司又扭了扭身子看着管家说："管家，阿爹当年好像订过规矩，吉联家族的领地上，不准生长这东西吧。"

"这——是，是，"管家边点头边说，"老主人不是升天了吗？安日火头人一定以为，又可以种了。"

阿喜目光冷冷地看着管家说："这安日火头人，眼睛中没阿喜哩。管家，请你转告安日火头人，吉联家族没了老土司，但有了新土司！"

管家浑身哆嗦了回答说："是是，是是是。"

阿喜土司把手往木头肩上轻轻一拍说："走吧。"

队伍继续往前走。

但木头只走了几步，阿喜土司在他背上又发号施令道："停下！"

管家上前问："主人，又有何事？"

阿喜看了看天，又低下头看了看管家说："管家，好像有些不对呀？"

管家整理了一下身上的察尔瓦规规矩矩立定。阿喜问道："这安日火头人只是一个中头人，哪管这片土地的大头人是谁呢？管家？"

这一问，问到了要害，管家扑通一声跪地上说："主人，是我。但种罂粟，真不是我的意思。我为了侍候土司府，忙不过来，把土地转租给了安日火，没想他竟然斗胆在地里播种罂粟。主人，我失察，失察呀！"

管家一边说，一边把自己的脸扇得啪啪响。

八

阿喜土司巡视领地的队伍下榻在头人安日火家。让阿喜土司没想到的是，仅仅是个中头人的安日火，却有着一个跟土司府比也绝不逊色的庄院。

安日火头人的庄院，由大门，二门，正堂，厢房，五个天井，两个花园和一座碉楼组成，整个庄院除碉楼外虽然都是木构架土坯墙小青瓦覆面建筑，但依然让见过世面的阿喜也觉得规模大得与他的中头人身份不合。土墙面绘有彩绘，道路用照得见人影的青石块拼砌而成，这偌大的庄院，细部如此考究，让阿喜土司洞察了这安日火头人，在生活上是个讲究之人。

可安日火却穿了件缀满补丁的察尔瓦来迎接阿喜土司，也没准备任何的欢迎仪式。见了阿喜的面，还没等木头把她放下来坐定，就控诉起了金沙江对岸的撒玛土司。控告他们占着人多势众，经常在夜里渡江来抢他安日火的娃子和耕牛。

"土司，你来得正好！"安日火说，"就在昨天夜里，撒玛又派人来抢耕牛，被我们的人用长刀捅死了一个，捅伤了两个，撒玛扬言要报复，据说已经考虑要发木板令了，我还想着明天一早就动身，赶土司府汇报，没想到土司大人会自己上门来，我这是什么福分呀！"

一听说木板令，大家都知道问题严重了。木板令一旦发出，土司与土司之间打冤家的事就不可避免。这正是春耕大忙季节，领地上的佃农们正忙着撒荞子，种洋芋。一旦打冤家，每家每户都得派出一个壮劳力来参加，这不仅影响春耕，还会让斗殴双方付出十数条人命数十人伤残的代价。说到打冤家，阿喜土司就会想到自己的哥哥，那个长得像一头豹子一样孔武有力的年轻帅气的小伙子，曾经是阿爹振兴吉联家族的希望。但在与目阿土司因山林纠纷打冤家的过程中，被活活劈掉了半边脑袋。当哥哥的尸首被抬回来，看见爱子惨状的阿爹一病不起，自知来日无多，才让人接回了瘫痪的自己，不情愿地让她成为一个女土司。阿爹至死都没合上双眼，就是明证。

"不能让撒玛土司发出木板令！"沉思的阿喜斩钉截铁说。

"土司大人，"安日火问说，"难道你害怕了吗？人家撒玛土司，正是看到你年少懦弱，才存心欺负我们的。"

"安日火头人，你说得对，我是害怕了。难道你不害怕吗？哪一次打冤家，能不死人伤人？哪一次打冤家，解决过问题？哪一次打冤家不是两败俱伤？"阿喜质问道。

"土司大人，不是我们想打冤家，你误会了我的意思，撒玛想打，我们就跟他打，不惜一切代价。你刚当土司，决不能示弱。再说了，木板令在撒玛土司手上，他想发，谁能拦住他？"安日火头人摊了摊手说。

"我想我能。"阿喜一脸平静说。

"主人，"管家一脸惊愕说，"这可不是小孩子过家家，真不是闹着玩的。"

毕摩也摆摆手说："使不得使不得，主人，你不是跟我们开玩笑吧？"

阿喜看了看毕摩，又看了看管家说："就请你们允许我开次玩笑吧，反正在你们心中，我不过是个小孩子。"

毕摩和管家都竞相张了口，但话未出口就被阿喜制止了："我已经考虑好了，我亲自去，找撒玛土司。"

管家摆手说："不可不可，要去，就让安日火头人跟毕摩去。"

毕摩听管家这话，心里恨得想把管家大卸八块；安日火头人听了这话后说："我宁愿带人跟撒玛打冤家，也不去找撒玛讲和。"

阿喜没理会管家的建议，她问安日火说："捅死的人呢？"

管家说："报告土司大人，我让人放在村口的核桃树下的青石板上了，离开时我把我的察尔瓦脱下来，把尸体裹了。按规矩，江那边的人夜里会派人来，偷偷把尸体搬回去。"

"不！"阿喜土司摆摆手说，"我亲自把尸体送去给撒玛土司。安日火头人，快下江边去准备木船吧。但不得暴露我的身份！"

安日火头人抬头看了看天说："要去，也等吃了晚饭去。"

阿喜说："来不及了。"

她边说边示意木头把她重新背起来……

江涛高一声低一声，江风紧一阵慢一阵，艄公胆战心惊地把木头和阿喜土司摆渡到对岸去。看着那被察尔瓦包裹的彝人尸体，艄公一边摇橹，一边往嘴里灌着烈性苞谷酒压惊。

阿喜用汉话低声念了一句诗，那是她在成都的学堂里，汉人先生教的——

风萧萧兮易水寒！

木头坐在船舷上，守护着瘫坐在船舱里的阿喜土司。淡淡的月色里，越来越近的对岸变得更加深不可测。阿喜的心，就像这木船，虽然执着地要漂向对岸，却又起起伏伏，摇摇晃晃。现在，她内心里，越来越钦佩成都学堂里那个教她汉文的汉人先生。他说得真对，权力是孤独的！阿喜这么想着，身子就抖了一下。

木头解下身上的察尔瓦，将它披在阿喜身上。

"我不冷。"阿喜说。她细细的声音被波涛轻易地吞噬了。

岸越来越近！

气氛变得肃杀。

按照安日火头人的信息，撒玛土司已经赶来了江边，住在了江边瞰山坪的头人约涅木乃家。正在紧锣密鼓差遣兵马向瞰山坪聚集。阿喜土司知道，撒玛土司聚集完打冤家的队伍，就会迅速派人发出木板令。

就在阿喜土司暗自思忖之时，摇橹的船工，口腔里惊呼了一声"啊"。

坐在船舷上的木头也一激灵站了起来。

船也跟着剧烈摇晃了几下，差点倾覆在江里。

阿喜看到，满山都是移动的火光。这些火光，正星星点点地朝瞰山坪聚集。

阿喜明白了，那些火光，都是赶来打冤家的人的火把！蔚为壮观的场面，仿佛就是撒玛土司的怨气和怒气。

船工将船划到岸边一块巨大的礁石旁，他协助木头将阿喜背负好，就回到了船头。看着放在船尾用察尔瓦捆裹好的尸首，阿喜掏出了一块在月光下闪闪发光的银圆，要船工帮忙把尸首送瞰山坪去。

船工吓得扑通一下就跪在了船头，他说他不要银圆，他要的是命。

"我有一个老婆，两个没成年的孩子，跟你们去，就回不了家了。"船工奋力划了两桨说，"那约涅木乃头人，比豺狼都狠。"

阿喜听船工这么一说，心里直骂这船工是个尿包软蛋。木头背着阿喜土司来到船尾，弯腰将僵硬的尸首抱起来，就径直朝瞰山坪的方向走。阿喜将发光的银圆抛向船工说："回去的船费预付了，你好生在这里等我们回来。"

船工伸手将银圆抓在手里，夜色掩盖了他发了意外之财的惊喜的表情。

看着阿喜给的银圆，船工嘀咕道："这是俩什么人呀？吃了豹子胆了！要是落在约涅木乃头人手上，怕连魂都回不来了！"

待船工抬起头来，却不见了木头和阿喜，船工眨了眨眼睛，不太敢相信就一眨眼工夫，那闷声不响，先前坐在船舷上连屁都没放一个的年轻人，背上背个活人怀里抱个死人，消失得比风都快！比风都干净！不会是遇见鬼了吧！

这样一想，船工一下子就觉出了夜的冷，他牙齿一阵打战，慌忙调转船头，往来时的岸奋力摇去……

九

木头背着土司阿喜，怀里抱着尸体，闯进了约涅木乃头人的院子里。像风又像闪电一样的闯入者，让约涅木乃的院子就像烧烫的油锅里溅进了几滴凉水，顿时炸开了。

人群的喧嚣惊动了正在喝酒吃煮羊肉的撒玛土司，他的脸上露出了不悦的神色。这让约涅木乃头人觉得很丢面子，恼羞成怒的他腾地站起身来，抓了一把快刀握在手里就冲出客厅去了。

他推开门就看见了凛然立在天井里的木头，看着他怀里抱着一个黑不隆冬的东西背上背着一个如花似玉的女子。一群土司兵和看热闹的人把院子围了个水泄不通。约涅木乃头人就用寒光凛冽的快刀指着木头问道——

"请问来者何人？"

木头僵立着，背上的阿喜土司说话了——

"请问你又是何人？"

约涅木马头人仰天大笑，他的笑声就像嚯嚯的江风，混沌而沙哑。

"问我何人？太搞笑了吧？"他连眼泪都笑出来了，他用手掌抹了抹笑出的泪说，"私自闯入我府上，还问我是谁？"

"哦，"阿喜土司微笑了一下说，"原来是约涅木乃头人呀？"

"那……"约涅木乃头人用刀指着阿喜土司问说，"那你是谁？"

阿喜土司莞尔一笑说："我不告诉你。"

这一笑可惹火了约涅木乃头人，他挥刀逼近阿喜土司，用刀尖在阿喜土司额前划了划说："哪里来的小娘们，竟敢调戏老子！"

但阿喜土司毫不畏惧，她大喝一声说："约涅木乃，收起你的刀！一点规矩都没有！还不把撒玛土司叫出来？"

阿喜土司话音刚落，从正门里走出了一个魁梧的男人，他就是撒玛土司。他手中端着一碗苦荞酒问道："谁这么心急火燎大吵大闹要见我呀？"

阿喜土司在木头背上冲撒玛土司抱拳说："乌蒙抚夷司吉联阿喜土司求见撒玛土司。"

"哦，"撒玛土司端着酒碗，摆一个自认为优雅的姿态说，"没想到吉联家的黄毛丫头，都长成大姑娘了！你那背脚也够辛苦的，背你一个大活人，怀里还抱一大坨，给我送什么礼物来了？"

"尸首，"阿喜土司平静地说，"给你送尸首来了。物归原主，人更应该。"

一听这话，撒玛土司将酒碗重重一摔。在瓷碗破碎的声音响起时，撒玛土司也从腰间拔出了短刀。

"你这不知深浅的黄毛丫头，送上门来是想找死呀？"撒玛土司骂道。

"谁上门是为了找死？"阿喜嘴角撇出一丝似笑非笑说，"我说我是来讲和的，你信吗？"

"讲和？"撒玛土司将短刀往天上一举说，"你用什么跟我讲和？你有什么资格跟我讲和？"

阿喜在木头背上手一摊说："撒玛土司，你是土司，我也是土司，我凭什么就不能跟你讲和？"

撒玛土司像个精明的算师那样说："你呀阿喜，真不愧是吉联家族的人。你们杀死捅伤了我们的人，把尸首送回来，就万事大吉了？那我撒玛家族的面子，往哪放？我撒玛家族的仇往哪消？冤往哪诉？"

阿喜说："撒玛土司，你的人不渡江去偷我们的耕牛，他就不会死，也不会伤！你是不是觉得我们乌蒙山没人了，还是觉得我一个女儿家好欺负？你的人随意过江，又抢又偷的事，岂止这一件？"

撒玛土司被阿喜这一数落，脸上有些挂不住，就蛮横了说："我就是欺负你怎么样？一个黄毛丫头，一个瘫子，也敢冲我叫嚣？"

阿喜见撒玛土司耍横，忍不住露出了鄙夷的笑容，她手指撒玛土司大声说："我黄毛丫头怎么了？我目光比你看得远，知道做个土司要立足长远，要顾虑大局。我脑子比你清醒，知道杀人一千要自损八百，打冤家只会两败俱伤，没有真正的赢家。我是瘫子，站不起来，不能走也不能跑。但我雇个背脚，照样能走会跑，而且比你走得稳，跑得快。我哪点不如你？"

"唉！气死我了？"撒玛土司因为恼火，原本就喝红的脸，这下子变成了酱紫色，他用短刀指了指阿喜，又指了指木头说，"你竟然说一个背脚，背着你比我走得稳跑得快，你怎么可以羞辱一个高贵的土司！"

阿喜土司说："我说的不过是事实而已。"

撒玛土司想了想，将短刀重新别回腰间，对围观者说："把这个背脚怀中的丧门星拿走，我今天要跟他比一比，阿喜土司找来这两只脚，到底有多快。"

阿喜土司说："比赛是有输赢的，输了怎么办？"

撒玛土司指了指阿喜土司说："我输了，我跟你讲和！"

站在一旁的约涅木乃头人听撒玛土司的话，摆摆手说："这不公平，要是他们输了呢？"

撒玛土司哼了一声，手指戳在约涅木乃头人油亮亮的额头上说："这还用问？他们就只配变成肉酱，抛到金沙江里喂鱼！"

约涅木乃赶忙冲撒玛土司竖大拇指并恭维说："土司大人英明！"

撒玛土司推了一下约涅木乃头人说："你上交租子像拍马屁一样爽快该多好？对了，阿喜土司，你还没表态，这样奖罚可以吗？"

"可以！"阿喜土司大声说。

比赛的场地定在了约涅木乃头人家背后的驯马场。说是驯马场，其实就是一条宽仅十余尺，长约千米的沙石道。在沙石道的另一端，约涅木乃头人已命人架起了篝火堆。比赛规矩是：撒玛土司和阿喜土司各举一燃烧的火把，木头背着阿喜土司，与撒玛土司在约涅木乃的火铳声中同时起跑，谁先跑到另一端的尽头，将火把投向架起的篝火堆，谁先点燃篝火谁就胜出。

比赛消息比江风还快，迅速就传播开去，原本举了火把赶来聚集打冤家的人们，顾不得长路的疲惫，纷纷赶来看稀奇凑热闹。一时间，瞰山坪因要打冤家骤成的恐惧压抑的气氛，又迅速被喧嚣和莫名的兴奋替代了，瞰山坪，似乎在这黑夜里，被一种近似于节日的快乐笼罩了。谁也没有去想它背后的残酷：这是一个土司，在用命去跟另一土司赌输赢。

约涅木乃头人将火铳举向天空，扣动了扳机。在"砰"的一声枪响中，一团好看的火星子也喷出了枪管。

撒玛土司反应神速，身子像离弦之箭奔了出去。木头有点发蒙，犹豫了一下，才拔腿往前跑。撒玛土司举着火把跑出一段后回头看，见另一支火把被自己抛下了很远，不觉心中一阵狂喜。他甚至得意地冲黑夜吹了一声尖厉的口哨。

人群中有人冲撒玛土司鼓掌，有人用彝语喊着加油。撒玛土司边跑边向路边给他鼓劲的人群挥手，他步履轻快，高举的火把在风中噼里啪啦地炸响着，仿佛也在兴奋着为撒玛土司燃烧。

但撒玛土司的这种感觉，没能维持多长时间。就在他欲再次冲人群挥手时，一道火光掠过他的身边，迸裂出的火星飞溅到他脸上，像被啄了一下地生出了疼痛。疼痛中他恍然大悟，自己已被阿喜土司超越。这时他身子一阵紧张，奋力加速往前狂奔，但迈出去的步子却像捆绑了铅砣般。而掠过他身旁的那束火光，像一道燃烧的箭镞，正扑向终点的靶心，迅疾，坚定而执著。

在人们的惊呼声中，撒玛土司看见远处一堆巨大的篝火，已被熊熊点燃，蹿起的红色火焰，把夜撕出了一个大大的裂口……

撒玛土司止住了脚步，他一边喘着粗气，一边呆呆地注视着越燃越旺的篝火。最后，他愤然将手中火把扔在了沙地上。

约涅木乃头人这时也喘着粗气赶了过来，他弯腰小心捡起撒玛土司的火把，用安慰的语气对撒玛土司说："胜败乃兵家常事。"

撒玛土司瞪了一眼约涅木乃头人说："约涅木乃，我是输不起的人吗？我生气的是，天菩萨为啥要护着乌蒙山，让那山里出超人。"

"超人？"约涅木乃头人不解说，"撒玛土司大人，谁是超人？"

撒玛土司说："你眼睛长后脑勺啦？那背脚不就是！"

约涅木乃笑了，他说："土司大人讲笑话了，这下贱的背脚不过是跑得快了点，算啥子超人？土司要不放心，我今晚就把他做了。"

"你敢！"撒玛土司说："你做了他，我就做了你！约涅木乃，你那脑袋是铁铸的吗？会不会开窍？做了他，整个的彝族地区会怎么看我？嗯？"

撒玛土司连珠炮似的提问，让约涅木乃头人目瞪口呆。

十

撒玛土司同意讲和。

在约涅木乃头人家的堂屋里，撒玛土司和阿喜土司相向正襟危坐。在撒玛土司一边，站立着撒玛的随从和约涅木乃头人。而在阿喜这一边，只有木头一个人孤零零地呆立着。撒玛土司的目光，一直都死死盯着木头，他不明白这个年轻人的身上，贮存的是何种可怕的能量。在煤油马灯的辉映下，僵硬地站立着的木头，在撒玛土司眼中，更像一尊深不可测的铜像。

撒玛土司还有一个疑问在心中，那就是他实在不明白羸弱的阿喜土司，为何如此不畏不惧，难道她也相信，这个像铜像一样呆立着的年轻人能保护她？她的镇定自若，不像一个闺中小女子，反倒像极了一个久经沙场的大将军。也许，她说得对，要真跟她这样的人结下冤仇，结果就是两败俱伤。

但就这样让他们轻松地离开，撒玛土司仍心有不甘。一死二伤，这个代价并不轻，让他们全身而退，撒玛自知难以服众。于是，他开出了讲和的条件——

他向约涅木乃头人挥挥手，示意他到自己身边来。约涅木乃头人恭敬地来到他身边，撒玛土司对着他耳语了两句。

约涅木乃头人匆匆走出堂屋，不一会就亲手端进来一个瓷盘。盘中，赫然躺着一把寒光四射的快刀。

"都说血债血偿，"撒玛土司看一眼快刀，又看着阿喜土司说，"你们杀死杀伤了我们三个人，我总得给他们的亲人们有个交代吧？就算他们偷了你们的牛，罪不至死嘛。我今天不要你阿喜土司以命抵命，但我得见血！哪怕你在你那没知没觉的腿上刺一刀，我也认。"

阿喜土司笑了一下，是那种意味深长的微笑，她拍了一下椅子的扶手说："没问题。谢谢撒玛土司开恩，没要我的命。把刀端过来吧。"

约涅木乃头人幸灾乐祸端着装了刀的盘子，信步走到阿喜土司的面前，做出了个自以为很有风度的姿势说——

"请吧——"

阿喜土司连停顿都没打一个，就伸手到瓷盘中将刀抓过来，握在了自己的手中。

阿喜土司举起刀，正欲给自己腿上重重地刺一刀时，一直呆立着的木头，伸手抓住了阿喜土司握刀的手，并迅速将刀夺到了自己手中。

木头面无表情地紧握了刀兀自站立着。

撒玛土司看着这一切，"啪啪啪"地鼓了三下掌说："想替自己的主人挨刀，我没意见！"

阿喜尖声叫道："木头，不关你的事！"

撒玛土司又鼓了三下掌，他对约涅木乃头人说："约涅木乃，还不搬坛好酒来，今晚有好戏看了！"

约涅木乃冲堂屋外大声吆喝："快给土司搬坛好酒来——"

撒玛土司扭过头去，看了一眼自己的随从们，然后又扭回头来说："看到了吧，什么叫惺惺相惜，什么叫主仆关系，都他妈的给老子好好学学！"

下人搬上来一缸酒放在了撒玛土司面前，约涅木乃头人慌忙用土碗倒了酒，毕恭毕敬双手捧给了撒玛土司。撒玛土司一仰脖往喉咙里倒下半碗酒说："难道这出戏就这样收场啦？"

阿喜土司仰头说："木头，把刀还我，这不关你的事，这是土司与土司之间的事。听到了吗，把刀给我——"

阿喜土司话音未落，木头一扬手，将刀子深深插入自己腹中。

有热血飞溅到了阿喜土司的后脖颈上。

木头对自己下手之狠，完全出乎撒玛土司的意料，惊得他碗中残余的半碗酒，全泼洒在了地上。

木头迎着撒玛土司走去。撒玛土司吓得站起身来，高声道："你这是干什么？！"

木头几步走到堂屋中来，当着撒玛土司的面，将只剩下刀柄的刀子"嗖"地拔了出来，他用力太猛，以至于刀尖上的血珠，重重地溅在了撒玛土司头上，瞬间成了一朵红梅花。

木头将手中沾满鲜血的快刀"哐当"扔在地上，腹部汩汩流出的血，在地上漫漶开来。木头脱掉了上衣，扔在地上，然后赤裸了上身走向那缸酒，伸手抓着缸沿将酒缸提起来，将一缸酒全倒在了腹部的创口处。顿时，酒香混合着血腥味，弥漫了整个堂屋。

木头将酒缸扔在地上。酒缸粉碎的声音召进来两个土司兵，但马上被撒玛土司轰了出去，木头捡起衣服，用力将衣服撕扯成了条状。他旁若无人地用衣服撕成的布条将伤口紧紧捆住，然后走到阿喜土司面前，背过身去，背上阿喜土司，大步流星地走出堂屋，走出天井，走出约涅木乃头人家重兵把守的大门。

看着木头背了阿喜土司离去，约涅木乃头人就抽刀拔腿追出去，但撒玛土司唤住了他。

撒玛土司摆了摆手说："让他们走吧。"

木头背着阿喜土司，低了头往江边走。阿喜土司此时不再像个土司，她用拳头不断地击打着木头的肩说："谁让你这样的，谁让你这样的呀？这不关你的事，不关你的事呀！"

在呼啸的江风中，仿佛全是阿喜责备的声音。

充耳不闻的木头，沉默着背了阿喜低了头一个劲儿地往江边走。他身上冒出来的汗珠，打湿了阿喜的胸怀。

终于来到了江边。

那条失去了信誉的船，早已悄然抛弃了他们。木头背着阿喜，站在江边的巨石上，月光，映照着所有的绝望。

江水湍急地流着，涛声寂寞地响着。阿喜诅咒着背信弃义的船工，但涛声轻易地吞噬了她的咒语。

突然，她觉得自己像长了翅膀的鸟一样飞升起来，随即，又像断了翅膀，急速下坠了。

是木头，背负着她跃入了江中。

阿喜觉得全世界的江水，都涌向了她，而自己，正在快速奔向地狱。原本搂着木头脖子的手，随即就松开了。水中，仿佛有一只大手，正在用手将她往下拉。

那是阎王的手吗？

水中的阿喜，此时已看到了地狱的模样。

但就在地狱的入口，她又邂逅了另一只手。那只手拦腰抱住了她，抱得紧紧的。她下坠的身子，摇晃了几下，又开始往上升去……

当她的头终于顶破了水面，借助月光看见的是木头坚毅的脸。

木头一只手搂着她，另一只手用力划水。下身瘫痪的阿喜仿佛是一个铅坠，木头游了一阵，只得仰了身子，让阿喜紧紧地贴在胸前，双手双脚用力划水。

天空的月亮，仿佛不忍再看他们，伤心着沉到山峦那一边去了。

木头一边划水，一边喘着粗气。阿喜想到了木头的伤，轻声问："痛吗？你痛吗？回答我呀？就说痛，痛死啦！"

木头没有回答，他上气不接下气地用手脚划着水。

"那你累了吗？你累了吗？"阿喜又轻声问。回答她的只有喘息声和水声。

"木头，你真木呀！你真的是木头吗？"阿喜将木头越抱越紧，轻声呢喃着。

他要真是截木头，我就抱着他随波逐流。阿喜这样一想，心中竟然害羞了起来。

岸，仿佛永远都不能抵达，就像个虚幻的梦……

翌日凌晨，毕摩来到了江边，他想他有必要在江边做一场盛大的法事，将江对面阿喜土司和木头的亡魂召过江来。他站在江边，表情严肃，仪态庄重，但就是悲伤得发不出声音。最后，他蹲在江边，看着自己的泪水，一滴一滴落入江水中，成了江水的一部分。就在这时，江边的捕鱼人的叫喊，把太阳都惊跳出来了。

毕摩站起身，朝着捕鱼人的叫喊方向奔去，晨风鼓动着他的察尔瓦，像鼓动着一面帆。

毕摩看见，木头赤裸着上身，背着阿喜，正吃力地向他走来，而他背上的阿喜，仿佛依旧还在沉沉的梦乡。木头伸出无力的手，让毕摩赶过来帮他一把。

当毕摩的手抓住木头伸出的手时，木头双脚一软，跪在河滩上了。

"我……"他跪在河滩上说，"累！"

这是毕摩听他说的第一句话，一句两个字的话。

他吐出这两个字后，就昏过去了。

原载《民族文学》2018年第9期

点评

在《一个人和村庄》《偷声音的老人们》等关注现实和乡村的题材之后，潘灵又溯回到了历史深处。

《奔跑的木头》是一篇历史小说。小说的时间背景设置于土司时代，时间的久远与边地的贫瘠荒蛮构成了小说的主要舞台背景和色调，在这里人民朴素简单，同时也野蛮嗜血，为生存而战的争夺和厮杀成为常见的生活内容，这也成为了推动叙事前进的主要动力核。吉联土司内部的斗争以及吉联、撒切土司之间的战争是小说的主线。但历史性的故事并不是小说的主体，小说在主线之外埋藏了一块闪闪发亮的"木头"。因为木头这一人物的存在，这篇小说具有了寓言的功能和性质。

在小说中，木头是个具有神性的人，他一方面在智力上低于常人，又在肉身功能（奔跑）上超于常人，静止的"木头"就是一截毫无生气的木头，奔跑的木头则是一团奔跑的火光，照亮自己也能照亮他人。他能通过奔跑保护他的主人（毕摩），也能通过奔跑化解一场战争保护整个土司，奔跑是他的绝技，也是他的神符。他奔跑在土司的故事中，也跃出了故事走向历史之外，他用奔跑赋予小说一种神性和寓言色彩。

与此同时，木头还肩负着传播文明的重任，比如他的忠诚、善良和勇敢，在尔虞我诈的蛮荒时代是一种稀缺的品质，在野蛮的时代里，他就是一粒传递文明火光的种子。

残疾的阿喜土司也是一位简笔勾勒却内涵丰富的人物，与木头一样，身体残缺的她拥有另外一种财富，智慧和胆识。她面对土司之间战争的态度和化解的方式，都体现出超越时代的远见。对于小说而言，木头和阿喜是意义和内涵的产生源头，也是最坚实的载体，这是两个成功的人物，闪闪发光的人物。

（崔庆蕾）

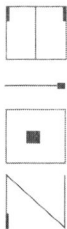

月亮舞台

/刘玉栋

一

眼前的世界让我瞪大眼睛。有一条闪光的路通在我的脚下，不远处，是一轮巨大的明亮的圆形舞台，一个手拿话筒、戴着礼帽、穿着燕尾服的小丑正朝我招手。我刚踩上闪光的路，便如同通了电似的，脚下立刻变得轻飘飘，不用劲儿，就能向前轻松地走，跟踩在云彩上一样。突然，下面响起哗哗的掌声。我紧张地朝下面看，可是黑乎乎的，什么都看不见。

小丑突然说话了："欢迎庄帅同学来到月亮舞台！"

啊，月亮舞台？我仔细看，这明亮的圆圆的舞台，确实就像一个巨大的月亮。

说话间，我已经站在小丑身边。

小丑说："庄帅同学，你来到美妙的月亮舞台，给大家带来了什么节目？"

我面红耳赤，急得不知道说什么好。我脚下软绵绵的，几次都差点儿摔倒。我歪扭着身子，好不尴尬。

小丑笑呵呵地说："庄帅同学，你会舞蹈吗？"

我摇摇头。

"唱歌？"

我摇摇头。

"朗诵？武术？小品？相声？"

我一个劲儿摇头。

小丑皱了皱眉头，说："那你为什么来到月亮舞台？"

可是，我也不知道啊。我都快急哭了。

小丑说："那么，庄帅同学，你到底会什么呢？"

是啊，我到底会什么呢？

台下传来无数的人哈哈的笑声……

我一下子睁开眼睛，原来是一个梦。阳光透过玻璃，落在课桌的一角。中午时分，同学们大都趴在桌子上休息，教室里静悄悄的。

这个莫名其妙的梦，让我怅然若失。我走出教室，站在阳光下面，梦中的寒意才如同丝线似的，被慢慢抽走，又如同从月亮上回到人间。

我们的学校在小镇的西边，一旁就是高高的鬲津河大堤。离上课时间还早，于是我走出校门。我慢慢地爬上河堤，河堤上全是高大的树木，到处都是柳树、刺槐、杨树和椿树，蓊蓊翠翠的，鸟儿追逐鸣叫，在树叶间穿梭。堤坡上遍布着野草和灌木，叫不上名来的野花开得到处都是，红的、黄的、紫的、蓝的，在正午的骄阳下，开得照样鲜艳。白蝴蝶和红蜻蜓在野花间飞飞停停翩翩起舞。

我最喜欢站在河堤上向下看，天地宽阔，小镇的轮廓尽收眼底。南边的湖水像一面镜子，泛着白玉般的光泽。东边和北边则是一望无际的玉米地，玉米地的顶端，夏天的枣树林像一片鹅黄色的云彩。我把目光往回收，看小镇的十字路口和街道房屋，街道上跑着的汽车、三轮车、电瓶车如同卡通片里的游动模型，特别好玩。当然，我最想看到的是十字路口东侧的那棵大柳树，因为柳树下面有奶奶的摊位。我能看见那棵大柳树，却看不清奶奶卖东西的摊位。

我也看不到我们家的房子。我的家住在镇子的最北头。

奶奶说，这里原来叫雾村，后来改成了雾镇。当然，镇子自有镇子的好处，五天赶一个大集不说，就是平时，两条十字交错的马路上，也是人来人往。镇政府、派出所、邮政所、储蓄所、税务分局……位于马路的两侧。超市、五金店、理发店、家具店、手机店、小旅馆，还有各种小饭馆，一个挨一个。小饭馆里烟熏火燎，钻出来的却是各种香味，让人肚子咕咕直叫。

每天早晨，我和奶奶一起出门。我背着书包，推着奶奶的三轮车，三轮车里装着要卖的东西。我说，奶奶，我先走了。奶奶笑着点点头。我飞

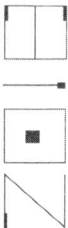

身骑上三轮车，来到大柳树下，总是喘着粗气等上半天，才看到奶奶走过来。奶奶在柳树下摆摊，我背着书包去上学。下午放了学，我再回到奶奶摆摊的地方。

不管从我家到学校，还是从学校到我家，都要穿过小镇最繁华的十字路口。我喜欢十字路口的欢腾热闹。下午放学回来，我都要在路口站一会儿，看到车水马龙的样子，我的心情便好得不得了。站在奶奶面前时，脸上就会露出灿烂的笑，蹬着三轮车往家走时，浑身都是劲儿。

我正瞎琢磨着，上课的预备铃响起来。我急忙沿着河堤往下跑，跟头骨碌的，还狠狠地摔了一跤。这一跤摔得好，把那个梦摔跑了。我有一种刚从梦中醒来的感觉。但我想，等晚上回到家，我还是要跟奶奶讲一讲。我从来没做过这么奇怪的梦。

可是下午放学后，我来到大柳树下面，却没有看到奶奶，奶奶的三轮车也不见了。我的心禁不住一沉，是不是奶奶的老胃病又犯了？如果不是天气的原因，在我放学之前，奶奶很少回家的。少有的几次提前回家，都是因为犯了胃病。去年春天，妈妈和妹妹刚离开家的那段时间，奶奶的胃病犯得最厉害。有一次奶奶好几天都没有出摊，她躺在床上，疼得哎哟哎哟地喊。

奶奶说："帅帅，你摁摁奶奶的胃。奶奶的胃里隆起一个硬硬的大疙瘩，嘣嘣直跳。"

我摁着奶奶的胃，果然是这样。我快被吓哭了，说："奶奶，咱去医院吧。"

奶奶笑笑说："傻孩子，没事的，奶奶这是老胃病，忍两天就好了。"

奶奶说什么都不肯去医院。我知道，奶奶是怕花钱。不过，老鲁爷爷也说，奶奶的胃病不会是什么大事，好多老年人都有的。我最相信老鲁爷爷的话。老鲁爷爷住在前街，我爷爷活着的时候，他们是最好的朋友。现在，老鲁爷爷成了我最好的朋友。没事的时候，我就跑到老鲁爷爷家看他制作根雕。老鲁爷爷的根雕，可是全县都有名的。

虽然我相信老鲁爷爷的话，可我还是为奶奶的身体担心。

我沿着胡同朝北走。从奶奶摆摊的地方到我家，中间要穿过一条马路。这条马路就是老鲁爷爷住的前街。老鲁爷爷家那古色古香的房子，在夕阳的照耀下，青砖灰瓦也被镶嵌上了灿烂的金边。我的脚步慢下来，犹豫片刻，禁不住拐一个弯，朝老鲁爷爷家走去。

老鲁爷爷家的门是敞着的。老鲁爷爷穿着一件白汗衫，正坐在一把老藤椅里抽烟。夕阳把他分成了两半，一半是金色的，一半是深色的。我一看老鲁爷爷的样子和额头上的汗水，就知道他是刚完成一件作品。因为他花白的头发下，皱纹是舒展开的，满脸的安详和满足。果然，老鲁爷爷一看到我，马上高兴起来，竖直身子朝我招手："帅帅，你来得正好，快过来看看。"

我跑过去。老鲁爷爷指着桌上的根雕说："看看它像什么？"

根雕是崭新的，清漆泛着亮亮的光泽，散发着一股淡淡的油漆味。我绕着它转了一圈，说："我看像羊妈妈带着两只羊宝宝。"

老鲁爷爷一听，呵呵地笑了，说："帅帅眼力不错啊。我正在犯愁，如果给它起个名字的话，叫三羊开泰好呢，还是母子情深好呢？"

"当然是母子情深了。"我不假思索地说，"你看羊妈妈这不正扭着头舔羊宝宝的后背嘛，另一只羊宝宝紧紧地靠着妈妈的后腿。"

老鲁爷爷不断地点头，说："讲得好讲得好，帅帅，晚上在这里吃饭，奶奶给咱们炖排骨。"

我说："不了爷爷，我只是路过门口，才进来看看你。我还得去看奶奶呢。今天奶奶撤摊早，是不是她的老胃病又犯了？"

老鲁爷爷忙点头说："那就快去吧，有事跟我说。"

我离开老鲁爷爷家，往家跑，边跑边想着老鲁爷爷刚才说的话，心里乐滋滋的。汗水涌出来，把我的校服都湿透了。

我打开家门，院子里静悄悄的。红彤彤的晚霞落在墙上，有几只麻雀呼地从枣树上飞走了。果然，奶奶的三轮车就停在枣树下面。我多么盼望着一进门，看到奶奶正在墙角的饭篷里做饭，可是……

我推开屋门，喊一声奶奶，接着走进里屋，看到奶奶躺在床上。

听到我进来，奶奶睁开眼说："没事的帅帅，奶奶犯了老胃病，过一会儿就好了。奶奶给你五块钱，你去张家包子铺买几个肉包子吃吧。"

奶奶一说肉包子，我的肚子里禁不住咕噜噜叫起来。可是我说出来的却是："奶奶，我一点儿都不饿，我先去做作业了。等你好一些，咱们一块儿下面条吃。"

奶奶叹一口气，没再说什么。我半点儿做作业的心思都没有，放下书包，来到院子里，抬头看看天空。晚霞中，朵朵的云彩如同盛开的花。我被吸引着，沿着梯子，爬上屋顶。坐在屋顶上，西边的鬲津河大堤看得更加清晰。

妈妈和妹妹春妮在河那边一个叫道口的村庄里。妈妈带着妹妹嫁到那边去已经一年多了。平时，奶奶不让我去找她们，说那样对妈妈和妹妹都不好。奶奶是好心，我明白。还好，妈妈有时候来镇上赶集，会到学校里去找我，给我送一些好吃的东西。当然，我和妹妹也有约定的。星期天的时候，我会穿过鬲津河大桥，到道口村头的小桥下面等妹妹来说会儿话。

上个星期天，妹妹春妮见了我，扬着笑脸告诉我："哥哥，过了这个暑假，我也要上学了。妈妈已经给我报了名。我也跟你一样，背着书包，成为小学生了。"

是啊，妹妹已经六岁多，也要上学了。

我捧着妹妹的小脸说："哥哥送给你漂亮的新书包和文具盒。"

"真的？哥哥真好！"妹妹高兴地蹦起来。

这话我可不是说着玩儿的，一种饱满的情愫塞在我胸间，满满的。是的，我要买雾镇最漂亮的书包和文具盒送给妹妹。

当然，这一天晚上，我没有把那个梦讲给奶奶听。

二

是的，我们家里只有我和奶奶。我和奶奶相依为命。

可是原来，也就是两年前吧，我们家还是那么热闹。爷爷奶奶、爸爸妈妈，还有我和妹妹，吃饭的时候，我们坐在一起，有说有笑。有时候，爸爸和妈妈会因为争论一件事而面红耳赤，我和妹妹则为了抢一块肉而相互斗气。

爸爸跑运输，开着能拉几十吨的大卡车跑遍了全国，每次从外地回来，总是忘不了给我和妹妹带回一些好玩的东西。爷爷是个木匠，平时，在家里做一些桌椅板凳，每逢雾镇大集，爷爷就拉着它们到集市上卖。赶集回来，也总是买一堆好吃的东西，烧鸡呀酱牛肉啥的，所以，我和妹妹总是盼着赶集的日子。那时候，奶奶还没在大柳树下摆摊。

有时候，爷爷带着我，晚上去老鲁爷爷家串门。两个老人坐在院子里喝茶抽烟，天南海北的，讲一些特别有趣的事情。我坐在小板凳上，听得入迷，眼睛盯着夜空里眨巴眼睛的星星和雪白的月亮，觉得这个世界又大又奇妙，大得无边无沿，奇妙得令人激动向往。

快乐的时光总是短暂的。事实就是这样，两年前的这个时候，爸爸开着大卡车在高速公路上出了车祸，再也回不来了。一开始，我什么都不知道，只是感到家里的气氛怪怪的。爷爷和妈妈说出去办事，好几天都没回家。奶奶呆愣愣地坐在一个地方，半天一动不动，眼睛红肿得像铃铛，只有妹妹饿哭了的时候，她才想起给我们做饭。

我还是从同学口里听到爸爸出事的消息的。有一天，我们班个头最高的田磊磊把我拉到一边，搂着我的肩膀头说："胖墩子啊，你怎么还来上学？"

我是长得胖了些，我承认。所有的人都喊我胖墩子。即便不在学校里，除了家里人和老鲁爷爷叫我帅帅外，整个雾镇认识我的人，都喊我胖墩子。我并不在意，可我讨厌田磊磊跟我说话的口气。

我说："我为什么不能来上学？"

田磊磊说："你没心没肺啊！你爸爸出车祸了，连命都没有了，你还来上学呀你。"

我一下子愣在那里，想到爷爷和妈妈出去了好几天还没有回来，想到奶奶怪怪的样子，我蒙了，心里空荡荡的，肉和魂儿都被挖走了似的，一上午也不知道怎么过去的。中午我没在学校吃饭。一放学，我背起书包便往家走。拐进胡同口，离老远，就看到我们家有人进进出出的。看到人们脸上悲戚的表情，我的腿一下子软了。

果然是爸爸出事了。

安葬完爸爸，爷爷一下子老了。他整天愁眉苦脸的，拿着烟卷的手在不停地颤抖，木匠活不干了，桌椅板凳不做了，集市不赶了，老鲁爷爷家也不去了。妈妈和奶奶也是泪水涟涟。大家谁都不愿意说话。妹妹春妮还小，不知道发生了什么事，整天跟在我身后问："哥哥，爸爸怎么还不回来？"有一天，我实在忍不住了，就告诉她："爸爸死了，爸爸不回来了。"妹妹一听，哇哇大哭起来，边哭边喊道："哥哥坏哥哥坏！爸爸会回来的！"我觉得，妹妹尽管小，似乎也知道爸爸不在了，她只是用这样的方式发泄出来。果然，妹妹哭过以后，就再也不提爸爸的事了。

爷爷是在那年夏天的一个黄昏离开我们的。正是暑假期间，我和几个小伙伴在前街玩耍，一辆救护车从我们身边呼啸而过。没想到，救护车停在了我们家门口。爷爷患的是心肌梗死，被拉到县里的医院，就再也没回来。

好了，我实在不愿意说这些事儿。可是，这些事儿过去了好长时间，我还是不断地想到它们。

至于妈妈改嫁，那是没办法的事情。因为爸爸出事，我们家欠了不少债。妈妈说，谁能帮她还上这些债，她就嫁给谁。后来，鬲津河那边的拐子伯伯愿意还债，妈妈就带着妹妹嫁了过去。

现在，我们家只剩下了我和奶奶。自从爷爷死后，奶奶就开始在大柳树下摆摊。那些袜子手套、针头线脑的赚不来几个钱，倒是有时候，奶奶自己做的布老虎能卖上一个好价钱。每次奶奶卖了布老虎，都会给我买些好吃的回来。可是，奶奶自己的身体不好，却舍不得花钱看病。

三

日子一天又一天地过，总算到了期末考试。考最后一门课的时候，我做完卷子，盯着窗外走神了。铃声一响，吓得一哆嗦，我把目光从窗外的篮球架上拉回来。

监考老师说："大家停下来，该交卷了。"

我这才意识到，考试终于结束了，一种幸福感马上在我心里荡漾开来。我反应极快，抄起卷子便走向讲台，书包早已经被我挎在肩上。十几分钟之前，我就把所有的题做完了。我不敢保证做得好，因为我从来就不是一个优秀的学生，可是我不想早交卷，我害怕同学们的冷嘲热讽。

我来到教室外面，觉得空气中都有一种轻松的味道。

"胖墩子。"有人在后面喊我。

是甄帅。我没回头。可是，他突然从后面掐住我的脖子，说："交卷前我叫你，给你抛了那么多媚眼，你为什么不理我？"

我说："我没听见，也没看见，我走神了。"

甄帅说："哼，你就是不想让我看你的卷子。"

我正想让他松开我的脖子，却又有一个人跑过来，一把拧住了我的耳朵。不用说我也知道是大鹏。大鹏的手上总有一股臭脚丫子味儿。

"别人看你的卷子你不让看，小茉莉看你的卷子你倒是痛快得很。"大鹏咬牙切齿地说。

小茉莉是我们班上最漂亮的女孩。她坐得离我远不说，学习比我好得多，怎么会看我的卷子呢？

我知道他们是在逗我玩儿。今天我心情好，毕竟考完试了，我知道他们的心情也不错。他们跟我逗着玩玩也没什么不好，可他们总是喜欢动手动脚。

他们架着我朝前走。一点儿不错，他们的样子就像架着我似的。快到校门口时，甄帅的双手突然松开我的脖子，嘴里还发出呀呀的叫声。我侧脸一看，原来是田磊磊站在一边，甄帅的一只胳膊正被他拧在身后。

田磊磊是我们班个头最高、力气最大的男孩子。他爸爸在镇上开了一家健身中心，所以他练得胳膊上全是肌肉。

"松开。"田磊磊一脸严肃地跟大鹏说。

大鹏马上松开我的耳朵，那股臭脚丫子味儿立刻就消失了。我盯着比我高出半头的田磊磊，觉得他就像一个英雄似的。

田磊磊说："你们俩贴在胖墩子身上，知道像什么吗？"

甄帅和大鹏大眼瞪小眼，满头雾水的模样。

"整个一动物世界，两只猴子吊在一只狗熊身上。"说完，田磊磊自己兜不住了，哈哈大笑。甄帅和大鹏发现田磊磊只是闹着玩儿，也跟着笑起来。

看着他们都在笑，我也笑了。笑是一件多么让人高兴的事情啊！

突然，田磊磊指着我的后背说："嗨，你们看，胖墩子衣服上画的是什么？"

甄帅说："是恐龙。"

大鹏说："什么恐龙，是乌龟。"

田磊磊说："像恐龙，也像乌龟。谁画的？画得太差了。"

他们用手指头戳着我的后背，争论不休。我的汗水一下子冒出来，心如同被什么东西扎了一下。我才不管什么恐龙啊乌龟的，我心疼的是校服。除了上学，我从来不舍得穿我的校服。这件短袖的白色校服，我尤其喜欢，每天放学回家后，我总是把它洗干净，挂在晾衣绳上，看着亮晶晶的水珠滴下来，闻着一股淡淡的肥皂香味，心里特别舒服。是谁这么可恶，在上面给我画上什么恐龙啊乌龟的？

小茉莉背着书包走过来，她皮肤雪白，眼睛又黑又亮，留着齐眉的刘海，漂亮得如同仙女下凡。他们三个都不戳我的后背了。

甄帅盯着孙小莉，指着我的后背说："小茉莉，你看看，胖墩子衣服上画的是恐龙还是乌龟？"

孙小莉盯着前面，好像压根儿没看到我们几个似的。她步伐优雅地走出校门，昂着脖子，风把她的头发吹得飘起来。

趁着他们发呆，我也跑出校门。我害怕他们再追上来。可是，他们不但没追上来，连喊我都没喊。我回头看一眼，掠过"雾镇中心学校"的牌子，看到他们三个懒散地晃悠着身子，一副无精打采的模样。

我沿着街道，快步朝前走。我拐进一个胡同，看看前后无人，于是放下书包，迅速地脱下衣服。衣服上什么都没有。没有恐龙。没有乌龟。只有汗水留下的印记。

我明白了，他们三个是在捉弄我。可我一点儿都没有生气。

没有毕竟比有好。

我穿上衣服，背起书包，沿着胡同，朝家的方向走去。

时间接近中午，阳光垂直。额头上全是汗水，肚子里开始发出咕咕的叫声。想到奶奶温在锅里的饭，我心里猛地涌起一股喜悦。不管怎么说，暑假马上开始了。我抬起腿，一脚把一粒石子踢出去好远。

四

白花花的太阳威力十足。还不到上午十点，几只狗跟约好了似的，已经趴在马家酱骨店旁边的屋檐下，伸着长长的舌头，哈哧哈哧地喘着粗气。我已经绕着雾镇转了大半圈，汗水湿透了背心。我站在酱骨店门口歇了会儿，闻着酱骨店里飘出来的香味，跟那几只狗一样地喘粗气。

早晨，我蹬着三轮车来到大柳树下，帮着奶奶摆好摊子。奶奶的摊子上多了雨伞和遮阳帽，手套和袜子都变成了丝的，还有塑料拖鞋、太阳能手电筒和布老虎。我把它们摆得整整齐齐的。

奶奶笑着说："还是放了假好，不用急慌慌赶着上学了。"

我说："奶奶，我们老师说，不管干什么，都要认认真真的，不能含糊。咱把摊子摆得漂亮，只有好处没有坏处，你说是吧？"

奶奶使劲点头，说："上学就是好啊，跟老师学会了知识不说，还学到做人的道理。帅帅，要好好学习，奶奶一定供你上大学。"

我咧嘴笑了。我想告诉奶奶，我学习成绩一般般啊。奶奶可能是看到了我拿回家的奖状。昨天，我刚把"品德优秀学生"的奖状拿回家，可那不是"三好学生"奖状啊。奶奶并不知情，高兴得不得了，给我做了好吃的炸酱面。我也不想跟奶奶说太多，只是一口气吃掉两碗炸酱面，不过，吃完后我就后悔了。我爬到屋顶上，盯着布满晚霞的天空，揉了半天肚子。

对于我来说，学习可以努力，多吃一碗炸酱面也不是问题。问题是，怎样才能挣到钱呢？在妹妹面前，我可是夸下了海口。明天就是七月一日，暑假正式开始了。我也想有一个全新的开始，来完成我的梦想和计划。

这时候，一只黑狗爬起来，因为它看到酱骨店的门开了。一个矮矮胖胖的男人走出来，双手端着一个盆子，来到屋角一个垃圾桶前，把盆里的脏水倒进桶里。我想，他应该是店老板吧。我稍稍犹豫一下，走上前去。

"叔叔，你店里，有没有适合我干的活儿？"

这个男人一听，把眼睛瞪了瞪，仔细打量我一番，龇牙笑了，说："有肯定有，刷刷盘子洗洗碗的，咋会没有呢？可是，我可不敢用你啊，你还是个孩子。这样的事咱可不干。"

我看到那只黑狗，伸出舌头舔了舔男人手中的盆子沿。男人说完，便扭身进店了。黑狗舔了一下舌头，也扭身回到屋檐下，重新趴在伙伴的身边。

我站在太阳地里愣了半天，汗水沿着脸颊淌下来，流进嘴里。我咂摸一下嘴唇，咸咸的。为什么大家都说我太小呢？我年龄是不大，可是我个头儿不矮，壮壮的，身上有的是劲儿，别说刷个盆子洗个碗的，就是力气活儿，我也能干得了。

是不是人家都嫌我胖呢？想了想，又觉得不像，饭馆里那些端盘子择菜的婶子大娘，可比我胖多了。唉，问了好几家饭店啥的，反正人家都不要我，有什么办法呢？我抬起腿来，把脚下的一段木头块踢出去。木头块正好砸在那只黑狗身上，黑狗蹦起来，抻着脖子朝我叫了两声。

眼看又要回到十字路口时，我突然想到同学田磊磊。田磊磊的爸爸开了一家健身活动中心，就在镇政府大院的后面。我能不能到那里看看呢？那么大的摊子，肯定需要干杂活的人啊。对，就找找田磊磊，让他跟他爸爸说一说。毕竟是同学呀。想到这里，我身上猛地来了劲儿，扭过身来，便朝镇政府的后街走去。

田磊磊家的健身中心就叫磊磊健身中心。要不平时，田磊磊表现得总是那么酷呢，从这个健身中心的名字就看得出来，田磊磊在爸爸的心里是多么重要。

我走进健身中心的门。屋里开着空调，凉爽多了。门口旁边是一个椭圆形的吧台，里面的橱柜里摆着一些啤酒饮料和香烟。一个头发染成棕色，长得像一只鸟似的年轻女人站在那里，她说："小伙子，你找谁？"我歪了歪头，一时不知道说什么好。

一个瘦瘦的穿着花衬衣的男人走过来，他一只眼一眨巴一眨巴的，是个"咯嘣眼"。

"小胖子，问你呢，找谁？"咯嘣眼没好气地说。

"我找田磊磊，我是他同学。"我怯怯地说。

我有点儿害怕咯嘣眼。但是，咯嘣眼一听我是田磊磊的同学，马上就龇开了牙，说："里面，磊磊在里面的健身房。"说着，还朝里面指了指。

我穿过几个台球案子，朝里面的屋子走去。嚯，里面的屋子好大，田磊磊正站在屋子中间的一块橡胶垫子上，赤裸着上身，一手举着一个大号的哑铃。他的周围全是健身器材，跑步机呀自行车模样的东西，有几个胖胖的人正在不同的角落里锻炼着身体。田磊磊看到了我，躬下身子，慢慢地放下哑铃。

"磊磊，你的身材好棒啊。"我讨好地说。

"哈，看拳。"田磊磊举起拳头朝我砸过来，不过，拳头马上在半空中停住了。他一龇牙，笑了，他是跟我闹着玩儿。我也笑了。

"胖墩子，你怎么来了？"

"我、我有点儿事，来跟你商量商量。"我挠着头皮说。

"有事跟我商量？"田磊磊有些疑惑地问着，脸上露出怪怪的笑容。

我使劲点点头。田磊磊说一声好吧，然后甩手把汗衫搭在肩上，带着我走出健身房。他走到吧台前，指了指冰柜，那个女人马上从冰柜里拿出一支牛奶雪糕递给他。田磊磊拿起雪糕，又指了指我。长得像鸟似的女人看我一眼，犹豫一下，不太情愿地掀开冰柜，又拿出一支雪糕来，直接扔在吧台上。我一点儿都不在乎，抓起雪糕，就跟着田磊磊来到台球案子后面的破沙发上坐下来。

"说吧。"田磊磊哧溜哧溜地嗍着雪糕。

"磊磊，咱们暑假开始了，你能不能跟你爸爸说说，让他在健身中心给我安排点儿活儿干。"

"胖墩子，你，找活儿干？"田磊磊举着雪糕，瞪着眼盯着我。

"磊磊，我家的情况你也知道。我奶奶有老胃病，我想挣点儿钱，陪她去医院查查身体。我妹妹过了暑假要上学了，我想送她个新书包呢。"我小口咬着雪糕，低声跟磊磊说着。

田磊磊猛地站起来说，胖墩子啊，你在这里坐着，先等我一会儿。接着，他快步穿过几个台球案子，朝墙角的楼梯口走去。我想，他肯定上楼找他爸爸去了。

过了一会儿，田磊磊下来了。他边朝我走，边摇了摇头。我心里一下子紧张起来，禁不住站起身。田磊磊来到我跟前，又把我摁在沙发上坐下，说："胖墩子，我爸说不行，你太小了。你来我们这里干活，是违法的事情。违法，懂不懂？"

我一下子愣住了。我说人家怎么都不要我呢，原来是这样啊，是人家不敢要我呀。这可怎么办呢？我急得眼泪都要出来了。磊磊皱着眉头，能看得出来，他也在替我着急。

"胖墩子，你再等我一下。"

说着，田磊磊把冰糕棍扔进墙角的垃圾桶，肩膀头一扭扭的，又朝楼梯口走去。接下来的几分钟，我觉得是那么漫长。磊磊是有办法的，磊磊是有办法的……我心里默默念叨着。但是我和田磊磊并不是特别亲密的同学，今天田磊磊能这样帮助我，早已经出乎我的意料。

我正胡思乱想着，田磊磊出现在楼梯口，一边打着响指，一边吹着口哨，满脸的轻松。我腾地站起来。

田磊磊走到我面前，把嘴巴放在我耳朵旁，低声地说："我老爸答应了，从明天开始，你过来就是了。"

"真的！"我兴奋地蹦起来。

鸟姑娘和咯嘣眼都在看我，我赶紧捂住嘴巴。

"但是，"田磊磊依旧声音低低地说，"我老爸说了，你不是过来干活的，你不是我们健身中心的员工，你就是我的同学。记住没有？你的身份就是田老板的儿子田磊磊的同学。你就是天天过来玩的。不管谁问你，你都要这么说。"

"可是，我必须得干活啊。我……"

"我知道，"田磊磊狡黠地笑了笑，说，"有我在，我老爸不会亏待你的。再说，我们这里也没什么累活，无非就是打扫一下卫生，倒倒垃圾，替人家摆摆台球，帮员工买买盒饭啥的。"

田磊磊说着，我一个劲儿点头。

我说："磊磊，你真好。"

"谁让咱们是同学呢。"田磊磊说，"不过，这半个月，我不能来陪你玩了。明天一早，我就跟着爷爷奶奶旅游去了。你等我回来，咱们一块儿玩。"

接着，田磊磊领着我，转遍了健身中心的角角落落，又把我介绍给健身中心的员工们。

田磊磊说："这是我的同学，大家叫他胖墩子就行了。我们老师布置了一个作业，就是让我们在暑假里进行社会考察和实践活动，我和胖墩子一组。从明天开始，胖墩子要天天来我们健身中心，大家有什么工作，尽管交给他，正好让他多干点儿活，减减肥。"

鸟姑娘和咯嘣眼他们都笑了。我的脸涨得通红，也挠着头皮笑了。

五

那天下午，我给妈妈打了电话。我说，妈妈，我放暑假了。妈妈让我去她那里玩两天。我支吾着说，我们有社会实践的作业，我已经跟同学约好，去一家健身中心进行社会实践。我只能这么说，我不能把真实的想法告诉妈妈。

我听到妈妈在电话里轻轻地叹一口气。我忙说，妈妈，我会去看望你和妹妹的。不知道为什么，我一听到妈妈叹气，心里就特别慌张。我想，天底下最困难的事情，也许就是如何才能让妈妈快乐起来。

我当然也不会把真相告诉奶奶。我跟奶奶说了同样的话。奶奶只是嘱咐我注意安全什么的，奶奶总把我当成什么都不懂的小孩子。

夜里，我躺在床上，辗转反侧了好长时间，才进入梦乡。我做了个特别好玩的梦。我梦见一只大黑狗，好像就是白天在酱骨店门口遇到的那只大黑狗，它生了一窝小狗，到底是几只呢？我数啊数，就是数不过来。后来，小狗越来越多，高兴得我合不拢嘴。我一下子醒了，似乎还能听到自己的笑声。

窗户上已经爬满阳光。我看看表，还不到七点钟。我伸个懒腰，从床上爬起来。因为健身中心九点才开始上班，所以，我可以从从容容地洗脸刷牙吃饭，然后陪奶奶到大柳树下，替奶奶摆好摊位。

就这样，我来到健身中心时，还是早了。我坐在健身中心门口的台阶上，等了半天，才看到咯嘣眼一边剔着牙一边晃悠着身子走过来。我站起身。他掏出钥匙开门的时候，似乎才发现我。

"哟，胖墩子，你还真来什么'考察'呀。"咯嘣眼叼着一根牙签说。

"我不是来考察的，我是来干活的。"

"干活？这里哪有你干的活。"

"我，我什么活都能干啊，打扫卫生，给你们买饭什么的，我都能干。"

咯嘣眼这么一说，我心里有些紧张，我怕他今天再变了卦。田磊磊可是已经离开了雾镇。

咯嘣眼哗啦一下拉开卷帘门，扑哧一声，有些不怀好意地笑了，说："好，既然你是来干活的，那就听我指挥了。"

进来健身中心，咯嘣眼吹起了口哨，他打开音响，快节奏的音乐立刻响彻屋子里的角角落落。接着，他提着扫帚和簸箕朝我招手。

"胖墩子，过来，把器材室、台球室、后院的乒乓球室和楼上的淋浴室、更衣室、办公室，仔仔细细地给我打扫一遍。"咯嘣眼眨巴着眼睛，咧着嘴，一副皮笑肉不笑的模样，"听清楚没有？"

我一边接过扫帚和簸箕，一边不住地点头。我心里很高兴，咯嘣眼能分给我活干，说明他接纳了我。

"要先打扫器材室，有一些固定的会员，会在十点钟到来。"

器材室里有些闷热，还没干活，就要出汗了。昨天我来找田磊磊时，空调是开着的。这时候，可能还没到开空调的时间。不管那么多了，对我来说，多出汗是有好处的。

围绕着宽大的房子，分布着十几台运动器材，它们的样子怪怪的，全是大家伙。我看到它们之间、它们和墙皮之间，有星星点点的垃圾，烟头、糖纸、水果核、瓜子皮、小纸团儿……如果仔细看，这些细碎的小东西还真不少。既然我现在干的就是这个活儿，我可不嫌它们多。

我撅着屁股，呼哧呼哧地干得很认真。没想到，有些器材的下面，还藏着破报纸、旧杂志和一团团棉絮状的灰尘。我压住扫帚，尽量不让灰尘腾起来。很快，汗水湿透了衣服，我不停地伸手抹捧脸上的汗珠子，使劲甩在地板上。

咯嘣眼进来过一次，他嘎嘎怪笑两声，说："胖墩子，汗出得不少嘛。磊磊说对了，这是帮你减肥啊。"

咯嘣眼的声调阴阳怪气的，我不理他。我专心打扫卫生，心想，比在学校里，可是累多了。还好，总算打扫完了，扫出了整整一簸箕垃圾。我挺兴奋，很有成就感。我想，今天打扫干净了，明天就省劲了。

咯嘣眼走进来，背着手，一本正经的样子，抻着脖子到处看了看，点点头说："还不错，再拖拖地板，器材室就算搞定了。"

说着，咯嘣眼打开墙角的台式空调。我到卫生间涮拖把的空儿，屋里已经有了凉意。我拖完地板，站在空调前，享受着徐徐凉风的抚慰，黏腻腻的汗水悄然消失，简直爽歪歪啊。

有两个客人说笑着走进屋。我提起拖把，离开器材室。鸟姑娘站在吧台后面，和咯嘣眼正说着什么可笑的事儿，面颊笑得通红，像极了一只刚下完蛋的母鸡。他们看到我走过来，立刻止住了笑声。

"胖墩子，器材室打扫完了，还有台球室；台球室打扫完了，还有乒乓球室；乒乓球室打扫完了，还有二楼淋浴室……"咯嘣眼眨巴着眼，挥动着手，跟说山东快书似的。

"我知道了，你已经跟我说过一遍。"我打断了咯嘣眼的话。

"对了，以后你听我们俩的就行了。我是你张叔，她是你王姨，记住了吗？"

"什么呀，胖墩子，你得喊他张经理才对，你听我的没错。"鸟姑娘嗲嗲地说。

"哦，叫啥都行，叫啥都行。"咯嘣眼立刻龇出大牙来。

鸟姑娘哈哈笑起来，说："哎哟，叫啥都行，你啥时候改的名？"

听鸟姑娘这么一说，我也禁不住笑了，心想，还张经理，还王姨呢，哼，我早就给你们起好名字。咯嘣眼和鸟姑娘。我越想这两个名字越形象，等磊磊回来后，我得私下里跟他说说。

不过，我没管鸟姑娘叫王姨。我叫她王姐。鸟姑娘一听，脸上立刻就灿烂起来。她咯咯地笑着说："太好了，胖墩子，叫王姐就对了，还是你有眼力，我哪有那么老啊，这姓张的没安什么好心。"

这一天上午，我打扫完所有房间的卫生，已经到了吃午饭的时间。我还没来得及喘一口气，就看到咯嘣眼朝我招手："来来来，胖墩子，去金嫂子米饭铺拿四个十五块钱的盒饭，就说是磊磊健身中心的，记账。"

鸟姑娘说："是五个盒饭。"

咯嘣眼说："怎么五个呢？"

鸟姑娘说："人家胖墩子不吃了？"

咯嘣眼嘿嘿笑了，说："哦，我寻思胖墩子减肥不吃饭呢。好了好了，五个盒饭。"

外面好热。我顶着日头，拐过路口，向左走不远，就是金嫂子米饭铺。米饭铺很小，是一个四十多岁的女人开的，但在雾镇还是小有名气的。我说我是磊磊健身中心的，要五个十五元的盒饭，记账。

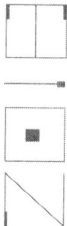

这个白白胖胖的女人一边乐呵呵地盛着盒饭，一边跟我说话："我怎么不认识你呢？那里的人我可都认识。"

我说："我是磊磊的同学。我们放暑假了。我是过来玩的，也不全是玩。我可能要天天过来，我们的暑假作业有社会实践。我这是在社会实践啊。"

不知道为什么，我一见到这个女人，就觉得她亲切，所以说起话来特别放松。

女人说："哟，学校里的名堂可真多，都放假了，还不让孩子歇着。"

盒饭准备好了，女人递给我。

我犹豫一下，问道："你就是金嫂子吧？"

女人一听，哈哈地笑起来，脸都笑红了。我以为我说错话了，急忙提着盒饭跑出米饭铺。可是，我觉得金嫂子就是她。

六

一眨眼，我在健身中心干了五天，天天重复着一样的工作。我很自觉，知道自己干什么活儿，根本不用咯嘣眼操心。不仅如此，我还给健身中心增加了乐趣，不论是员工还是客人，他们遇到我，总会跟我开几句玩笑。他们无非说我胖胖的黑黑的什么的。说深说浅，我从来不烦，都是笑脸相迎。鸟姑娘说得好：自从胖墩子来了后，健身中心比原来有趣多了。

不过，咯嘣眼见不得我闲着。上午我当然闲不着。下午，我稍一闲下来，他就让我守着台球案子给人家摆台球。没有客人的时候，他还让我陪他打台球。开始我不会打，他光取笑我。可是他不知道，这些都是我乐意干的差事。我总是乐呵呵的，干得劲头十足，比如打台球吧，没过三天，我就打得有模有样了。有一次我赢了咯嘣眼，他朝我吹胡子瞪眼的，有些急。我说我不是故意的，下次我肯定不赢了。可是一不小心，接下来我又赢了一次，咯嘣眼气得差点儿把杆子摔断。我心里可高兴了，心想：不是我打得好，是你打得太臭了。

咯嘣眼真是可爱极了。还有一些有趣的事儿，应该讲一讲，比如健身中心的开放时间是上午九点到晚上九点。需要我待到晚上九点吗？第一天刚来的时候，这个问题一直缠绕着我，我又不好意思问人家。于是下午五点多时，我还站在球桌旁等着给人家摆台球。

咯嘣眼突然走过来问我："胖墩子，你怎么还不回家？"

我挠着头说："我，我可以走吗？不是九点才下班吗？"

咯嘣眼的眼睛急剧地眨巴着，说："你个胖墩子，你还把什么考察当真了。你个小毛孩子晚上待在这里干什么？快走吧。"

我一听，心里跟吃了冰淇淋一样爽。说实在的，如果待到九点回去，我还害怕奶奶不放心呢。

我使劲松一口气，心想，咯嘣眼，这个张经理还真不错啊。可是后来我才意识到，咯嘣眼不让我晚上待在那里，是为了省一个盒饭。因为每到五点多钟要准备晚饭时，咯嘣眼就过来撵我。想一想也是，一个小毛孩子，人家凭什么免费让你吃两顿饭呢？

现在，健身中心只有一个地方还对我充满吸引力，那就是磊磊爸爸——田老板的办公室。田老板的办公室在二楼最里面，总是锁着门，显得很神秘。我望着那个总是锁着的门想，田老板的办公室里面是什么样子呢？可是，别说办公室了，就是田老板本人，我还没见过一面呢。

鸟姑娘说："老板每周只过来一次，他的生意多着呢，他还有一家好大的体育器材加工厂。他太忙了，每次到我们这里来，主要是为了休息。"

鸟姑娘又说："哦明天，明天他可能会来的。"

鸟姑娘这么一说，我心里有所期待。

可是，晚上妈妈打来电话，说明天她要包茴香苗猪肉馅水饺，让我务必去道口村吃水饺。我不好再说什么，只好答应下来。

第二天上午，我来到健身中心，用最快的速度打扫完卫生，这才跟咯嘣眼说："张经理，卫生我打扫完了。今天我家里有事，我能不能先回去？"

"不行！怎么能说走就走呢？"咯嘣眼咧着嘴说。

我一听，脑瓜子嗡了一下，眼泪差点儿淌出来。

咯嘣眼哈哈地笑起来，跟鸟姑娘说："哎呀，你看人家胖墩子，人家只是来什么实践的，把工作先干完，还一本正经地跟我请假，比咱正式的员工都自觉。"

我这才意识到，咯嘣眼是跟我闹着玩的。于是，我也傻呵呵地笑了。

这是咯嘣眼第一次夸奖我。不过，他这样的形式夸奖人，真让人心惊肉跳，一点儿都不好玩。说实在的，我多么盼望在我干活的时候，能碰到田老板。有磊磊在，我倒不是怕他把我这个小胖子忘了。我只是想，当我拿到工钱的时候，他心里明白，这钱确实是我的劳动所得。

走出健身中心，我一身轻松。我手里提着奶奶给妈妈和妹妹准备的遮阳帽，一蹦一跳地朝鬲津河大堤走去。爬上河堤，满目翠绿，高大的树木下面，还有酸枣、荆条、紫穗槐等灌木，脚下踩着野花；耳朵里塞满了蝉和鸟的叫声。我穿过长长的水泥桥，来到河对岸。再次翻过高高的河堤时，我发现了一些荆条和刺槐的树根被废弃在堤坡上。

我高兴得差点儿蹦起来。

这些可都是好东西呀！它们是制作根雕的材料啊。

老鲁爷爷曾经开着三轮车带着我，田间地头地到处转悠，寻找的就是这些东西。

我歪扭着身子跑过去，如同发现了宝藏似的，根据老鲁爷爷教我的那些判断树根好坏的知识，我真的找到了三四个不错的树根，它们长得歪歪扭扭、怪模怪样的，丑得不能再丑，但在老鲁爷爷眼里，它们是制作根雕最好的材料。用老鲁爷爷的话讲：闹不好就会出来一件艺术精品。老鲁爷爷的话我有些似懂非懂，我不太明白什么是艺术。老鲁爷爷时常鼓励我说："帅帅啊，哪天你自己做一件，你爷爷是个优秀的木匠，你肯定差不了。"我只是不好意思地笑笑而已，却不敢有这样的打算。

我手里提着树根，来到道口村边的小桥上时，妹妹春妮突然从桥下蹿出来，嗨的一声，她这是想给我一个惊喜啊。春妮嘎嘎地笑个不停，我把遮阳帽给她戴到头上。

我说："这是奶奶送你的。"

春妮说："奶奶真好。我想奶奶了。"

春妮在前面带路，高兴得又蹦又跳。见到小伙伴，便自豪地跟人家说："这是我哥哥。"

来到妈妈家，妈妈正坐在那里擀面皮，看到我来了，便朝我笑了笑。我说妈妈，这是奶奶送你的遮阳帽。妈妈说，整天风吹日晒的，还要什么遮阳帽啊，既然拿来了，就放下吧。

妈妈跟我说着话，擀一会儿面皮，再包一会儿饺子。我真想帮着妈妈一块儿干，可这些活儿，我都不会干。我站在那里干着急，妈妈看出来了，跟妹妹说："春妮，跟哥哥去院子里玩吧。"

春妮领着我来到后院。接近正午的阳光砸在我们身上，我和春妮的脑门上全是汗水。蝉声从两棵枣树上传来，此起彼伏。后院里种的全是蔬菜，西红柿、黄瓜、小白菜、韭菜、茴香、豆角、南瓜、小葱……哇，真是什么菜都有。

"这是妈妈种的吗？"我问春妮。

春妮使劲点点头。

"妈妈真是太厉害了。"我禁不住说。

春妮告诉我，拐子伯伯在一家厂子干活，每天天黑才回到家。家里所有的活，都是妈妈一个人干的。

妹妹这么一说，我的眼眶子一热，突然就模糊了。我不敢再跟妹妹说话，我害怕妹妹看到我的眼泪。我走到院墙根下，那里种着一长排秋葵花，长得比我都高，正开得鲜艳，有白色的、粉红的、深紫的，黄色的花蕊上，有蜜蜂和蝴蝶飞来飞去。妈妈真是一个爱美的人，种了这么多蔬菜，还不忘种上一排漂亮的花。

我猛地想起老师教给我们的知识，便问妹妹："春妮，你知道这叫什么花吗？"

妹妹笑了，大声说："秋葵花。"

"我们这里都叫秋葵花，它还有一个学名，也就是它正式的名字，你知道吗？"

妹妹瞪着大眼，摇了摇头。

"蜀葵。"我说，"多好听的名字啊。"

春妮又使劲点点头，说："跟妈妈的名字一样好听。"

春妮说得太好了，正是我心里想的。

我们沿着菜畦走着，走遍了院子的角角落落。春妮就像一个小导游，指指点点、比比画画，向我介绍院子里一切好玩的东西。

这一天，我跟春妮玩得真高兴。吃完香喷喷的水饺，春妮拉着我看她的图画书，听她背唐诗、唱儿歌。春妮的小嘴巴甜甜的，一口一个哥哥叫着。我的心如同浸在蜜水里。但再不舍得走也得走啊。太阳斜挂在西天上，我提着妈妈带给奶奶的水饺，离开道口村。妹妹还是送我到小桥上，一副恋恋不舍的样子。

七

早晨脖子落了枕，又疼又别扭，我支棱着脑袋在院子里走了好几圈，还是不舒服。一夜的好梦算是白做了。勉强吃几口饭，我把三轮车骑到大柳树下，没帮着奶奶摆摊，就慢慢地朝健身中心走去。

鸟姑娘正在看手机，抬头见到我，急速地朝我招手："胖墩子，来来来，快看看。"

看她的兴奋劲儿，一定是好玩的东西。可今天，我一点儿好奇心都没有。我捂着脖子，慢腾腾地走到她身旁。

"快看，磊磊发的微信，在国外拍的照片，棒棒哒。"

照片上，田磊磊穿着一件海军蓝横条纹的T恤，正挥舞着手中的旅行帽，朝我们灿烂地笑着。背景是埃菲尔铁塔。原来田磊磊去了法国，太牛了。

"还有呢，"鸟姑娘拿手指滑着屏幕，说，"看这张，后面是叫什么宫来？"

"卢浮宫吧。"我说。

"对对，卢浮宫。你行啊胖墩子，还知道卢浮宫。"

我心想，我在鸟姑娘眼里，是不是又傻又呆？过了暑假，我就上六年级了，难道连卢浮宫都不知道吗？我不想再看下去，我还得干活呢。我抄起扫帚和簸箕，走进运动器材室。

我满脑子里都是鸟姑娘的手机。奶奶倒是有一个手机，但只能打电话发短信，别的什么都不行。我知道鸟姑娘用的叫智能手机，有一个叫微信的东西，对我来说还是个谜。可我知道微信的厉害，就像田磊磊似的，在法国拍的照片，摁一下就跑回中国来了。我的同学中，没有手机的不会超过五个人。这五个人中，包括我。

我做梦都想拥有一部智能手机，当然也只是做梦。

"胖墩子，你半天都没动地方，在做梦啊？"

咯嘣眼突然出现在我面前，看来他盯我半天了。

"确实在做梦啊。"我嘟哝一句，加快了扫地的速度。

一上午，我干活都是慢吞吞的，也快不起来，右边的脖子别别扭扭，一直被一个人拽着似的。平时一个小时干完的活儿，今天到了买饭的点儿，才算勉强干完。我洗好手，领了咯嘣眼的旨意，这才走出来，去金嫂子米饭铺买盒饭。

没想到一出门，猛烈的阳光射在身上，我猛地觉得舒服多了。今天啥都不一样，真是怪怪的。平时最可怕的毒太阳，现在却变得亲切无比。在太阳底下，我慢慢地朝前走，似乎想把这片刻的舒服留住。今天一上午，用奶奶的话讲，叫丢了魂儿。是不是太阳一晒，魂儿就回来了呢？胡乱想着，金嫂子米饭铺就到了。

已经排了长长的队。

两个小伙子从里面走出来，每人手里提着一个塑料袋，里面装着几个盒饭。他们嘻嘻哈哈地说笑着，看样子比我大不了多少。他们把盒饭放进电瓶车后面的一个白色塑料箱子里，骑上电瓶车便各奔东西了。我知道他们是送外卖的。

那个白白胖胖的中年女人已经跟我很熟了，我知道她就是老板娘，确实有人喊她金嫂子。她总是乐呵呵的，一边跟顾客说着话，一边娴熟地盛着各种菜和米饭。她总是把饭盒塞得满满当当。顾客接过盒饭，没有一个不是龇着牙笑的。她一见是我，眼睛便眯成了一道缝，说："小胖来了。"她把几份盛好的盒饭装进塑料袋里，然后拍着最上面的那个盒饭说："你吃这份，这份瘦肉多。"我心里暖暖的。

心里一高兴，落枕的脖子也好多了。吃完盒饭，咯嘣眼抹抹嘴说："胖墩子，来来来，打两杆子台球。"

中午这段时间，客人少，咯嘣眼总是让我陪他打台球。实际上，我也愿意打。当然，如果是跟别人打，就更好了。咯嘣眼毛病多，一边打着台球，一边嘟囔个不停，污言秽语的啥都说。

"你个小兔崽子，你不听话，我就戳你，我非得把你戳进去，我戳死你……"

你听听，这就是咯嘣眼！

今天呢，可能是我脖子不舒服，我甚至打错了球，替咯嘣眼打进去一个，把咯嘣眼高兴得差点儿蹦起来。

危险总是潜伏在你背后。我用的那个台球杆子，顶上的橡皮头磨损得厉害，下面的金属圈露出来一点儿。我一杆子没打好，没打在球上，戳在了台球案子上，只听嗤啦一声，案子上的绿色台球布，撕开一个长长的三角口子。我吓坏了，愣在那里。

咯嘣眼也愣了一下，紧接着，他把杆子一扔，一下子扑在案子上，大声叫道："我的天哪！我的天哪！"

"怎么了怎么了？"鸟姑娘也跑过来。

他们俩趴在台球案子上，大眼瞪着小眼，一惊一乍的，跟天塌下来似的。

"口子这么大，看来得换新的了。"鸟姑娘叹着气说。

这时候，咯嘣眼才想到我。他扭过身子，指着我说："胖墩子，有你这么打台球的吗？健身中心开了好几年，也没发生这样的事。你知道这台球布是什么做的吗？羊绒，这叫羊呢子！你知道有多贵吗？你赔得起吗？"

我确实吓坏了。我脸涨得通红，站在那里一动不动。

"好了好了，别说那些没用的了。我先用胶带粘粘，先凑合着用。台球布肯定得换了。"

鸟姑娘说完，跑到吧台后面，拿来一卷透明胶带。咯嘣眼趴在案子上，用手使劲抻着台球布，鸟姑娘手巧得很，先是这边粘一道，接着又是那边粘一道，然后拿手掌拍了拍，说一声好了。这样，台球案子上就出现了一个大大的透明的X号。

"难看死了，"咯嘣眼朝我说道，"我真想一杆抽死你。"

"是你叫我打的！"我不知哪来的劲儿，猛地就喊了一嗓子。接着，我的眼泪淌下来。

咯嘣眼没想到我会有这么大的劲头。他愣了愣，似乎才意识到是我的反抗。他一下子蹿到我跟前，劈头盖脸地说："你走，你走吧，别再让我见到你，这里不需要什么考察啊实践啊啥的，这里更不需要一个胖墩子！"

鸟姑娘跑过来，一把拉住咯嘣眼，说："他不是磊磊的同学嘛。"

鸟姑娘一拉，咯嘣眼更来了劲，他挥舞着胳膊说："我才不管他是不是磊磊的同学呢！"

我再也控制不住自己，已经呜呜地哭出声来，快步走到门口，摔门而出。

八

我不想再去健身中心。一个星期，算是白干了，就真的当社会实践吧。我实在不想再见到咯嘣眼。

第二天早饭后，我陪奶奶来到大柳树下摆好摊位，又回到家中。我提着那天捡来的几个树根，朝老鲁爷爷家走去。老鲁奶奶正在院子里浇花。我忙喊奶奶，问爷爷呢。老鲁奶奶撇撇嘴，朝南屋指了指。

老鲁爷爷正坐在桌前，手里拿着小刀，给一个刚去好皮的树根剔朽。剔朽就是把树根上腐烂的部分剔掉。我喊一声爷爷。老鲁爷爷扭过头，一看是我，笑了。他放下手中的小刀和树根，又摘下老花镜放在桌上，抖了抖围裙上沾着的木屑，说："帅帅啊，来坐。"

我坐在桌前的长条板凳上，把装着树根的塑料袋放到爷爷面前，说："爷爷，我前天去看妈妈和妹妹，在河堤上看到一些树根，我挑了几个回来，你看看有用吗？"

老鲁爷爷又戴上老花镜，拿出树根，举到眼前，一根一根仔细看，边看边说："不错不错，是荆条根，根须很完整呢。你看，怪模怪样的，还有不少节疤呢，是些好材料。"

老鲁爷爷这么一说，我心里美滋滋的。能帮老鲁爷爷做点儿事，我高兴极了。

"帅帅，在家做暑假作业？"老鲁爷爷问。

我挠挠头发，该如何回答老鲁爷爷的问题呢？我不能说去健身中心干活的事吧。

老鲁爷爷没等我回答，便继续说道："帅帅，你去看妈妈和妹妹，遇到了这么一堆好材料，说明这是缘分。正好放了暑假，不妨你自己制作一件根雕试试？"

老鲁爷爷这么一说，我的脸腾一下红了。我没有任何准备。

我吞吞吐吐地说："爷爷，制作根雕，我，我怎么能行？"

"怎么不行呢？我说行就肯定行。"老鲁爷爷哈哈笑了。

老人家突然来了兴致，扭头朝院子里喊："老伴，生火。"

只听老鲁奶奶在院子里答应了一声。我心里纳闷，这个时候，又不做饭，生火干什么？老鲁爷爷笑眯眯的，把正在剔朽的树根和小刀放在盘子里，提起我带来的树根说道："来，到院子里来。"

阳光早已是白花花的了。老鲁奶奶的额头上闪着亮晶晶的汗珠，一见老鲁爷爷就说："大热的天，跟帅帅在屋里说说话多好，非得这时候煮这些烂树根。"

老鲁爷爷只笑不答。老鲁奶奶没有办法，只好手里拿着一张报纸来到院子东侧的墙角处。这里有一间草棚，草棚下面是锅台和锅灶。老鲁奶奶蹲下来，熟练地点燃报纸，放进灶膛里，引燃了里面的一团干草，又向里面续进两段树枝，顺手拉开电动风葫芦。这时候，老鲁爷爷把一盆清水倒入铁锅。

我站在锅台前不知所措，看着爷爷奶奶忙忙活活，心里很是过意不去。以前，我倒是见过他们用这个大铁锅煮树根。但今天，他们这是为我在忙。

"奶奶，我来烧火吧。我会烧火。"我想帮着奶奶干点儿活儿。

"帅帅，让奶奶烧火。今天你的任务是，记住我说的每一句话。"老鲁爷爷一本正经地说。

老鲁爷爷把装着树根的塑料袋递给我，说："把树根放进锅中的水里。"

我拿出树根，把它们一根一根放入水中。看着水中泛起的一串串气泡，我心里也莫名地泛起一些东西。我突然对制作根雕变得渴望起来。

这时候，老鲁爷爷又从南屋提来半袋子白色粉状的东西，抓了两把撒进锅中。

"知道这是什么吗？"老鲁爷爷问。

我摇摇头，心里想，会不会是洗衣粉呢？

"是漂白粉。"老鲁爷爷说，"放漂白粉是为了除虫杀菌。"

我明白了，使劲点点头。

"根雕是艺术品，是供人们欣赏的，制作的每一步都马虎不得。"老鲁爷爷表情有些严肃地说，"找到好树根以后，第一步就是放进锅里煮上半小时。为什么要煮呢？是防裂呀。想一想，好好的艺术品裂了一道缝，那还叫艺术品吗？同时，必须要做好防虫防菌处理，再好的根雕艺术品，也是木头啊。你知道，木头是最怕虫子细菌的。"

原来是这样啊！以前只是喜欢看老鲁爷爷在做某一项工作，却不知道为什么要这么做。今天，看来老鲁爷爷这是真的要教我做根雕。

汗水湿透了我的衣服。我站在锅台边上，认真地听着老鲁爷爷的话，一动也不敢动。

"好了，让奶奶烧上半小时的火。我们到树下等一会儿。"

我跟在老鲁爷爷身后，随他来到不远处的葡萄架下面。我们坐在竹编的小椅子上。老鲁爷爷掏出一支烟点上，深深地吸一口。他微抬着头，目光盯着蓝蓝的天空，轻轻地叹口气说："时间过得真快啊！一眨眼，你爷爷走了快两年了。"

老鲁爷爷这么一说，我猛地想起两年前的那些夜晚。爷爷和老鲁爷爷，就是坐在这里谈天说地的。他们说的话，我有的能听懂，有的听不懂。可是我喜欢听。我记得我盯着天上的星星和月亮，对他们说的那个外面的世界，充满了向往。

"帅帅，你可能不知道，我和你爷爷同岁，从小就是好朋友。"老鲁爷爷抬着头，目光盯着葡萄架，说道，"我们像你这么大的时候，一块儿跟着村南的丁木匠学做木匠活。那个丁木匠人倒是不错，但是光知道每天让我们干活，就是不教给我们真本事。跟他学了三年，锯啊锉啊凿啊刨啊，我们用得滚瓜烂熟，可就是不会自己完成一件像样的农具或家具。你爷爷老实，除了干活，啥都不说。我不行，我找了丁木匠好几次，每次他都是笑呵呵地说快了。我一气之下，就参军去了。后来我才知道，我这一走，你爷爷也沉不住气了，也跑了干别的去了。"

"又开始翻你这些老皇历。"趁烧火的间隙，老鲁奶奶给我们端来几块西瓜。

老鲁爷爷并不答话，他拿起一块西瓜递给我，继续说："我到了部队里，首长问我们会什么技能，我说木匠活算不算，首长笑了，说当然算了。于是我就进了部队的木工房。没想到，我锯啊刨地这么一干，老班长两眼放光，立刻喜欢上我了。我成了木工房里活儿干得最漂亮的一个士兵。后来，因为我有技术，转了志愿兵，吃上国家饭。这时候，我才想到我的师傅丁木匠，我才理解他的良苦用心。不管学什么技艺，没有扎实的基本功是不行的。"

老鲁爷爷沉浸在回忆之中,手中的香烟快燃到头了,这才想起来吸上一口。

我听得认真,老人的故事总是这么迷人。

我禁不住问道:"爷爷,那你什么时候开始制作根雕的呢?"

老鲁爷爷笑着说:"那是后来的事了。我在部队里一待就是十年,但部队不是家啊,铁打的营盘流水的兵嘛,我转业到了咱们县林业局,分配到东风农场。老场长也是个转业军人,对我不错。他喜欢根雕,我这才学着做根雕。林场嘛,树根多,也有时间,嚯,那可真是尽了兴。"

哇,原来是这样啊!我听得入迷。

老鲁爷爷继续讲:"那时候做根雕,就是喜欢做,觉得好玩,哪知道还是艺术品啊。记得当时做过不少很棒的根雕,谁喜欢谁就顺手拿走了,现在想想,太可惜了。我正儿八经地做根雕,是在退休以后,这几年,才真正重视起来,因为国家重视了,各地政府也重视起来。这不今年,县文化局还给我申请了非物质文化遗产的传承人呢。"

老鲁爷爷越说越高兴,长长的眉毛都动了起来。老鲁奶奶走过来,说煮的时间差不多了。我看到奶奶的额头上全是汗水,后背上的白布衬衫也湿透了一大片。我连忙站起身,给奶奶搬过一把竹椅子。奶奶坐下后,我又给奶奶拿过一把蒲扇来。

"帅帅真懂事。"老鲁奶奶没忘夸我一句。

老鲁爷爷点点头,说:"帅帅啊,所有的艺术品,都是一种创作,是要受到保护的。所以,你将要制作的这件根雕,它是属于你的。它制作过程的每一步,都必须是你自己亲手完成。当然,我会在旁边指导你。过一会儿,你得亲手把树根捞出来,把它们放到太阳下,晒上几天。到时候,你再过来,把它们放到清水里泡上几小时,爷爷再教你如何去皮、剔朽。好不好?"

我使劲点点头。老鲁爷爷这么一说,我心里猛地生起一种庄重感。

九

告别老鲁爷爷,我回到家中,躺在床上,想到属于自己的第一件根雕作品,心里激动半天。不用说,这个上午我是快乐的。可是,我一想到健身中心,心里还是特别郁闷。整整忙活了一个星期,一分钱没挣到。挣不到钱,怎么给妹妹买书包和文具盒？

想到这些，我身上的汗就冒出来。

不行，我还得想办法去挣钱！

我来到院子里，在两棵枣树间来来回回地走个不停。到处都是知了的聒噪声，吵得人心神不宁。我想啊想，绞尽脑汁。哪里需要我这样的人呢？两只麻雀飞过来，落在枣树上，又叽叽喳喳地飞走了，好像在商量着什么事情。我想，我连麻雀都不如。麻雀还有个伴商量事情，我能跟谁说说心中的秘密呢？

肚子里咕咕叫起来。抬头看天，太阳直直地挂在头顶上，已到了吃午饭的时候。突然，一股饭菜的香味在我眼前升腾起来，那是金嫂子米饭铺的香味。我倒不是馋金嫂子家的饭菜，我是想到了那两个送盒饭的少年，他们好像比我大不了几岁呀。他们能送盒饭，我为什么不能呢？

我有些激动。奶奶热在锅里的饭，我也不想吃了。我拔腿便走出家门。

来到金嫂子米饭铺附近，我躲在远处仔细地看了看买饭的人，我怕碰到咯嘣眼。要是碰到咯嘣眼，可就尴尬死了。我躲在一棵树下，等到买饭的人慢慢地变少，这才走进米饭铺。

白白胖胖的金嫂子看到了我，龇牙笑了，说："小胖啊，刚才健身中心的人已经把盒饭拿走了。"

我摇摇头，说："我，我不是来拿盒饭的。"

"我，我，"我挠着头皮，脸涨得通红，支吾着说，"我找你说点儿事。"

"找我？"金嫂子瞪大了眼睛。

我点点头。后面又来了买饭的，金嫂子喊了声小翠。一个女孩子跑过来，金嫂子说："来，你给客人盛盒饭。"说完，就跟着我来到外面。

"阿姨，"我说，"我可以这样叫你吗？"

金嫂子笑着点点头。

"阿姨，我叫庄帅，大家都叫我胖墩子。你也叫我胖墩子就行。我想问一问，我能不能帮你送盒饭呢？"我终于说出这句话。

"送盒饭？小胖，哦胖墩子，你才多大啊。"金嫂子笑着问我。

"我十一岁了。我个头不矮了。"

"才十一岁。为什么要帮我送盒饭？"金嫂子脸上满是疑惑。

我盯着金嫂子慈祥的面孔，觉得她是一个可以让我说实话的人，于是我把心里的话像倒豆子似的都跟她说了。我们家的变故，我的真实想法，我在健身中心的遭遇……金嫂子一边听，一边不停地点头。

听我讲完，金嫂子叹息一声，眼圈突然变得通红。她顿了一下，说道："可是，你年龄太小，送盒饭肯定不行。路上车多，一旦有个什么闪失，阿姨可负责不起。胖墩子，你看这样行不行？你来阿姨的米饭铺，可以在厨房里帮帮忙，搬搬菜、择择菜、洗洗菜啊啥的，反正干一些你能干的活儿就行。怎么样？"

我连忙点头，说："阿姨，你放心，我肯定能干好的。"

"即便是这样，阿姨让你来干活，也是不符合规定的。"金嫂子想了想说，"这样，胖墩子，从明天开始，你叫我三姨。明白吗？"

"三姨，我明白。我不会乱说话的。我是个听话的孩子。"

"胖墩子，放心，三姨不会亏待你的。"金嫂子笑了，露出白白的牙齿。

十

暑假第九天上午九点，我来到金嫂子米饭铺。见到金嫂子，我张嘴叫了声三姨。金嫂子笑着点点头，然后把我领进后边的厨房里。

好家伙，厨房比前面的店面还要大。只不过被一排炉灶和大大小小的锅碗瓢盆占去了一半的空间，地面上又摊着一堆堆的蔬菜，所以就显得空间小了。有几个人正在里面忙活着。金嫂子喊道："大家停一停，都过来一下。"

我站在金嫂子身后，看到几个人晃悠着身子凑过来。一共有四个人，一个男的三个女的。男的四十多岁，红脸膛，他的腿脚有问题，走路一拐一拐的；三个女的当中，有两个年龄跟男的差不多大，一个又高又瘦，一个又矮又胖，还有一个，就是我昨天见过的那个叫小翠的姑娘。三个年龄大的，都拿眼睛看着我，只有小翠，眼珠总是看着别处，一副愤愤不平的模样。

一看站在面前的这四位，我差点儿乐了。难道，这就是全镇有名的金嫂子米饭铺的几位员工？

金嫂子把我向前推一把，扶着我的肩头说："这是我一个姊妹的孩子，放暑假了，在家里闲着没事，过来给咱帮几天忙，大家叫他胖墩子就行。你们说，他胖不胖？"

只有小翠高声地应道："胖。"

三个年龄大的都嘻嘻哈哈地笑了。可是，小翠喊胖的时候，眼睛还是盯着别处。她怪怪的样子，让我心里直纳闷。

"这位是咱们的厨师，你叫吴叔吧，"金嫂子指着那个男人说，"这位瘦的呢，是刘姨，胖的是张姨，小的呢叫翠儿。都认识了吧？"

我点点头。

"胖墩子，他们让你干什么，你就干什么；他们谁忙，你就帮谁。好不好？"

"三姨放心。"我爽快地说。

接着，大伙各就各位，开始忙碌起来。我站在厨房中间，有些不知所措，手脚不知道往哪儿放。没有人吩咐我干什么活。金嫂子呢，已经回到前面店里打扫卫生去了。吴叔打开了排风扇，厨房里马上充满呼隆呼隆的声音。

只见吴叔逐次打开那一排煤气灶，并且把火控制到最小。每一个煤气灶上，都蹲着一个大号的砂锅。吴叔尽管是瘸子，但做起活来却利落得很。我特别好奇，便往瘸腿吴叔的身边靠了靠。瘸腿吴叔正掀开一个砂锅盖子，嚯，一股肉香扑面而来。我明白了，这里面盛的正是著名的金嫂子酱肉。

"都是酱肉吗？"我禁不住问道。

"有酱肉，还有酱豆腐、酱排骨、酱鸡蛋、酱面筋、酱茄子、酱辣椒……这一排酱货，就是金嫂子米饭铺的秘籍呀。"瘸腿吴叔并不看我，倒像是自言自语。

哦，原来是这样。我的口水都要淌出来了。

"吴叔，这些都是你做的？"

"那当然。"瘸腿吴叔瞥了我一眼，满脸的自豪，脸膛似乎更红了。

"胖墩子，别光说话，过来择菜。"瘦瘦的刘姨喊了我一声。

我忙答应。瘦刘姨和胖张姨正坐在小板凳上择菜，她们嘻哈地笑着，说着什么。我来到她们身边，蹲下来，抓起一把芹菜，学着她们的样子，笨手笨脚地开始择菜。

一把菜没择完，小翠手里提着两个不锈钢盆来到我们身边，说道："先别忙着择菜，你先把择好的菜放进盆里，每样菜一个盆，都端到水池边，接好水泡上。"

小翠说这话时，眼睛盯着旁边的刘姨。我以为她是说给刘姨听的，所以没接她的话，而是低下头继续择菜。这一下可把小翠惹恼了，她用手指着我，大声地说："难道你是聋子吗？"

我呆愣地问刘姨："她是在跟我说话吗？"

刘姨和张姨哈哈地笑起来。她们笑得前仰后合，攥着菜的手还不时地抹着眼睛，她们笑出眼泪来，一时都无法说话了。小翠更加生气，她把两个盆子咣咣地扔在我身边，气撅撅地走了。

刘姨终于笑够了，说："小翠的意思就是让你把择好的菜放进盆里，端到水管那里，接上水先泡上。"

可是……我想跟刘姨说，她说话时，眼睛看的是你呀。

我当然没有说。我怕刘姨误会。于是，我急忙站起来，按照小翠的吩咐，把不同的菜放进不同的盆里。不就是这个盆里放韭菜，那个盆里放菠菜嘛，这些我明白。我又把它们一个个地端到水管处接满水，然后一字排开。我直起腰，看着自己的劳动成果，感觉很满意。

小翠好像故意跟我过不去，她从外面进来，看到这一排接满水的盆子，接着就气炸了："有你这么接水的吗？你不知道节约用水吗？花的不是你家的钱是吧？"

小翠扭着脖子，眼珠子一翻一翻的，声音很大。

我的心一揪一揪的，不知道如何是好。我瞅瞅瘸腿吴叔。瘸腿吴叔正专注地切着葱姜蒜末，跟没听见似的。我看看瘦刘姨和胖张姨，她们正盯着我们呵呵笑。

我走到瘦刘姨和胖张姨跟前。

"我错了吗？"我问她们。

"小翠的意思是，让你少接水，水没过菜来就行了，你接满了，浪费了。"瘦刘姨说。

原来是这样啊。我想了想，小翠说得对，老师不是一直教育我们要节约用水吗？

我来到小翠面前说："小翠姐姐，是我错了。我下次一定记住。"

小翠没理我，而是扭着身子提来一只水桶。我马上明白了小翠的意思，忙端起泡着青菜的盆子，把多余的水倒进水桶里。小翠朝我竖了竖大拇指，可是，她的眼睛还是看着别处。不管怎么样，我总算得到了小翠的认可。

帮着小翠洗好几盆青菜，我看到瘦刘姨和胖张姨面前还剩下半捆芹菜。我又来到她们身边，坐下来帮着她们择菜。

"胖墩子，你多大了？"胖张姨问我。

我想了想说："我十三岁了。"

我撒谎了。我怕她们说我太小。

"十三岁，不小了。你看小翠怎么样？"胖张姨朝不远处的小翠努努下巴。

我不知道胖张姨什么意思。她是问我小翠多大，还是问我小翠好坏呢？

我不知道。我只好什么都不说。

"小翠十六岁。对啊，女大三，抱金砖。胖墩子啊，我看你和小翠还挺般配呢。这样，我们给你做个媒吧。"瘦刘姨说话跟爆豆子似的。

我的脸腾一下红了，半天不敢抬起头来，手里的芹菜都被我给择烂了。看我这样子，瘦刘姨和胖张姨哈哈大笑起来。

"胖墩子啊，我们是跟你闹着玩。就是小翠愿意，咱也不能愿意啊。"胖张姨说。

"对啊，胖墩子，你不知道，"瘦刘姨把嘴巴伸到我耳边，低声说，"小翠是个斜眼。"

小翠是斜眼！哦，我这才恍然大悟。我终于明白，小翠跟我说话时，为什么眼睛总是看着别处。

是我误解了小翠。无法把目光落在想看的人身上，该是多么痛苦。

我把择好的芹菜放进盆里，端到水管前接好水。小翠过来要洗，我说："小翠姐姐，你歇一会儿，我来洗。"

小翠的眼珠盯着别处，笑了。我知道，此刻，她看的是我。

十一

这里的环境可比不上健身中心，除了午后的一两个小时之外，很少有闲着的时候。大家忙忙活活，说着笑着，却没有一个人偷懒耍滑。金嫂子脾气好，跟谁说话都是细声慢语，用奶奶的话讲，就是菩萨心肠。所以，工作虽然累点忙点，但我的心情很好。

这一天中午，我提着半桶脏水，穿过前面店堂，来到路边上，把脏水倒进下水道里。我并没注意那些排队买饭的人。当我倒罢脏水，直起腰，扭身往回走时，却发现面前站着一个人。

"胖墩子，你小子怎么又跑到这里来了？"

是咯嘣眼！他正龇牙咧嘴地盯着我，一只眼不停地眨巴着。我可不想理他。我提着水桶，想绕过他往门口走。咯嘣眼却伸开胳膊，挡住我的去路。

"胖墩子，我可是找了你好几天啊。你小子听我说，明天回去吧，好不好？这地方又脏又累，在这里干什么？健身中心多好，轻轻松松的，还可以打打球。"

我低着头，一声不吭。我能说什么呢？既然已经在这里干上了，我是绝对不能回去的。

"胖墩子，你小子这么犟呢？磊磊快回来了，你不回去，你让我怎么跟他说呢？"

哦，是这样。我终于明白了。咯嘣眼怕的是磊磊！

"放心吧，"我抬起头，说，"前几天发生的事，我一个字都不会跟磊磊讲的。"

"那就好那就好。"咯嘣眼龇着牙，连连点头。

"张经理，是我不好，是我不小心戳破了台球案子，我如果赔得起，我会赔的。"

"不要这么说，都过去了。"咯嘣眼摆着手说，"好了，你忙你的，我买饭去了。"

我提着水桶，站在路边上，愣了半天。是啊，磊磊快回来了。

快到中午一点的时候，客人越来越少了。我们开始吃饭。我发现一个有趣的现象，越瘦的人越能吃。我们几个人，饭量最大的是瘦刘姨，其次是小翠。她们能吃，却不长肉。我羡慕死了。我不是不能吃，是不敢吃。

我吃饭快，总是第一个吃完。

金嫂子说："胖墩子，多吃点儿。"

我摇摇头说："三姨，我吃饱了。"

瘦刘姨说："这孩子，是怕吃胖吧。"

胖张姨说："怕什么胖墩子，你不是真胖，你这是奶胖。"

小翠说："你们真是的，吃饱了就是吃饱了，还让人家再吃。"小翠也不抬头，吃得喷香。

这时候，金嫂子接了一个电话。转过身来对我说："胖墩子，十字路头的春明旅社207房间要两个盒饭，你跑一趟吧。"

太好了。我正不想听他们唠叨呢。

来到春明旅社，找到207房间，门没有关。有两个瘦瘦的男人正坐在屋里说话。他们说的都是南方话。我一句都听不懂。最吸引我的还不是他们的口音，而是桌子上摆着的那一排排的小瓷罐罐。

那个年轻一点儿的，大概有三十多岁，他把钱递给我，看到我好奇地盯着小瓷罐，便用南方普通话跟我说："有好虫送过来呀，价格好说啦。"

说完，又顺手递给我一张名片。我接过名片，不好意思再看，就走出房间。在楼道里，我边走边看名片。名片上印着一个人名：陈社会。我一看，禁不住笑出声来。怎么叫这样的名字呢？名字的上面还有几排小字，印着"蟋蟀协会"一类的文字。

我突然明白了。

这些南方人是来收蟋蟀的。蟋蟀也叫蛐蛐，我们雾镇，蟋蟀自古有名。我听爷爷说，雾镇最有名的蛐蛐叫红牙青。雾镇红牙青打遍全国无敌手，曾经拿过全国冠军的。所以，每年这个时候，都有一些外地人来雾镇收购蛐蛐。

可是，我并没有专门逮过蛐蛐，只是跟老鲁爷爷一起找树根时，见到过很多蛐蛐。老鲁爷爷说，两尾的是雄蛐蛐，三尾的是雌蛐蛐。老鲁爷爷

還说，只有雄蛐蛐好斗，所以，能卖钱的，全是雄蛐蛐。

我边想着边朝大柳树走去。离好远，我便看到奶奶的身影。奶奶坐在马扎子上，背靠着树干，垂着头，睡着了。前面一米见方的摊位上面，铺着一块透明的塑料布，四个角被砖块压着，风一吹，有一个角上的塑料布便扬起来，像是在朝我招手。

我跟奶奶说过好多次，让她摆一上午摊就行了。中午回家好好休息，下午天热就不要出来了。但是奶奶不听，她是舍不得少挣那几块钱。可是，大中午的，街上走动的人都少得可怜，热风把人都快烤焦了，只有知了在不知疲惫地叫，这个时候，谁会来买东西呢？

我来到奶奶跟前，放轻放慢了脚步。可是，奶奶还是醒了。

"哦帅帅啊，中午饭吃过没有？"奶奶抹了抹嘴角上淌下的口水说。

"奶奶，我吃过了。"

奶奶点点头。奶奶的脸晒得黢黑，皱纹横七竖八地刻在上面，像老枣树的树皮似的。

"对了帅帅，上午你妈妈打电话了，明天她来镇上办事，顺便把春妮带来，跟你玩一上午。"

"真的奶奶，太好了！我明天不出门了，我要陪着春妮玩。"

无论如何，也要跟金嫂子请上一天假。金嫂子知道我有个小妹妹，那天，我可是把什么都跟金嫂子讲了。

十二

第二天一早，我们刚吃罢饭，妈妈就骑着电瓶车，带着妹妹春妮走进家门。春妮喊着奶奶，一下子扑进奶奶怀里。奶奶一撇嘴，泪便淌下来。

妈妈跟没看见似的，她带来好多自己种的蔬菜。

"帅帅，来，把这些菜提进屋里去。"妈妈说，"你和奶奶吃不了，就给老鲁爷爷送些去。"

"好的妈妈，你放心。"

黄瓜、茄子、豆角、辣椒、西红柿……这可都是妈妈自己种的呀。

妈妈放下春妮，就到镇上办事去了。奶奶在枣树下面放上一张小桌，切开一个大西瓜。西瓜又甜又脆，我们仨啃了半天，肚子都饱了，也没吃上一半。

春妮笑着说："奶奶，这个西瓜太大了。"

奶奶说："这是奶奶昨天在十字路口，专门给宝贝孙女买的。奶奶用车子拉回来，中间歇了好几歇呢。"

我们都笑了。我说："奶奶，我一会儿跟春妮去给老鲁爷爷送点儿菜，你看妈妈种的菜多好啊。"

奶奶说："好，你们去老鲁爷爷家，我去买肉馅，中午给你们烙肉饼吃。"

我提着菜，带着春妮穿过胡同，来到老鲁爷爷家。老鲁爷爷和老鲁奶奶正在院子里晾晒衣服。我和春妮一走进院子，老鲁爷爷和老鲁奶奶都把眼睛瞪了起来，他们几乎同时说："这是春妮吗？长这么高了。"

我说："奶奶，这是妈妈自己种的菜，给你们送来尝尝。"

老鲁爷爷说："太好了，这肯定是有机蔬菜。"

老鲁奶奶接过菜说："你妈妈来了？"

我说："她放下春妮，到镇上办事去了。"

"这个可怜的人啊，"老鲁奶奶摇摇头说，"真坚强。"

"帅帅，来来，看看你晒好的树根。"老鲁爷爷呵呵笑着说。

我和春妮跟在老鲁爷爷身后，走进南屋。老鲁爷爷拿过一个篮子，说："帅帅，你的树根在这里。你什么时候有时间，想去皮，得先让清水泡上几个小时。"

几个树根躺在篮子里，跟我刚拿来时相比，完全变了样子。如今，它们结实、干净、晶莹剔透，躺在篮子里，像几个安静的孩子。

"爷爷，今天下午可以吗？"我难得今天闲着。

"可以啊，那你去院子里，接上半桶清水，把树根泡上。"

我提起篮子，来到院子里的水管旁，把一个干净水桶放在水管下面，拧开水管。

春妮紧跟着我，她指着篮子里的树根问："哥哥，这是什么？"

"这是树根啊。这还是那天我去看你和妈妈的时候，在河堤上捡到的呢。"

"哥哥，树根做什么用？"春妮扑闪着黑眼睛问我。

"我要做根雕啊！你看爷爷的屋里，摆在架子上的，全是漂亮的根雕。那都是爷爷用树根做的，爷爷是根雕艺术家。我要跟着爷爷学做根雕呢。"

"真的呀，你太厉害了哥哥。"

"哥哥不厉害，爷爷才厉害呢。"

水接好了。树根一共四个，我把三个小点的放入水中。春妮看着一串串冒起来的气泡，咧开嘴笑了。我拿起最大的那个树根，递给春妮，说："你看看，这个树根，像什么？"春妮接过去，端详片刻，龇牙笑了。

"像什么动物吗？小鸟？"

春妮笑着摇摇头。

我有些失望，说："好吧。把它放进水里吧。"

春妮捏着树根，轻轻地放入水中。树根在水里转了两圈，落入盆底，又漂起来。春妮突然说："像我们幼儿园里跳舞的孩子。你看，举着双手，扭着身子，单腿点地，是不是？"

跳舞的孩子？春妮的感觉好奇怪呀。我怎么没看出来呢？

我把水盆端回到南屋。老鲁奶奶拿来了点心和巧克力。春妮羞答答的，不好意思要。我说："快吃吧，奶奶都拿来了。"春妮这才接过一块巧克力来。

我领着春妮，看架子上的根雕。什么黄雀捕蝉、鹰击长空、龟兔赛跑、母子情深啊，春妮可喜欢了。我说："这些都是艺术品，只能看，不能摸。"春妮连忙点头。老鲁爷爷和老鲁奶奶听了，只是呵呵笑。我下午还要过来，不能耽误老鲁爷爷工作啊，于是，我和春妮跟两位老人告辞。

老鲁奶奶说："奶奶给春妮做什么好吃的？"

我说："奶奶买肉馅去了，烙肉饼。"

老鲁爷爷说："你奶奶烙的肉饼可好吃了。我吃过。"

老鲁奶奶说："一只老馋猫。"

我们一听，都禁不住笑起来。

可是，老鲁爷爷说得一点儿不错，奶奶最拿手的就是烙肉饼。春妮说，奶奶烙的肉饼是天底下最好吃的肉饼。我赞同。这天中午，春妮一口气吃了三个。我呢，吃了四个，不敢吃了。尽管奶奶一个劲儿让我再吃一个，可是，我坚决没吃。

妈妈回来了，一看就饿了，竟然也吃了四个。妈妈笑着说："哎呀，好长时间没吃到奶奶烙的肉饼了。"

当然，最高兴的就是奶奶了。我们吃得越多，她越高兴。我好多天没看到她这么高兴了。可是，没有不散的宴席。吃完饭，妈妈和妹妹要走了。刚才还高高兴兴的奶奶又抹起眼泪，妈妈头也不抬，装作没看见。

十三

第二天上午九点，我来到金嫂子米饭铺。

小翠正在扫地。我说："小翠姐姐，我来扫吧。"小翠没有理我。我伸手想接过小翠手里的笤帚。小翠推了我一把，鼻子好像还哼了一声。我稍稍愣了一下，小翠的脾气我还是琢磨不透，我并没有多想。可是我还是觉得今天的气氛有些不一样。胖张姨、瘦刘姨，还有瘸腿吴叔，他们好像都没有跟我说话。我就像一个多余的人。我站在厨房中间，挠挠头皮，心想，我只是昨天没来上班罢了。可是，我已经跟金嫂子请假了呀。

我坐在瘦刘姨和胖张姨身边，跟她们一块儿择菜。

瘦刘姨干咳了两声，说："胖墩子啊，平时听你喊三姨，多亲热啊，跟亲的似的。"

胖张姨嘿嘿地笑起来，说："人家这孩子，别看长得胖，心里可会来事了。"

我一听，觉得不对劲，她们说话的口气不对呀。

瘦刘姨说："胖墩子，你跟我说实话，你妈妈跟金嫂子到底认不认识啊？"

胖张姨又嘿嘿笑起来，说："这孩子还挺会抱大腿的呢。"

我不知道怎样回答她们，只好什么都不说。我似乎明白她们话中有话。

胖张姨说："这几天啊，俺们还真相信了你是金嫂子的一个外甥呢。还想介绍小翠给你当媳妇，闹了半天，你和金嫂子八竿子打不着啊。"

我低着头，脸烫得要命。

瘦刘姨说："胖墩子，听说你在磊磊健身中心干过几天，闯了祸才跑到这里来的。是不是真的？"

听瘦刘姨这么一说，我一下子明白了，肯定是趁我不在，咯嘣眼跑过来说的。

咯嘣眼怎么能这样呢？我腮帮子嘟嘟着，跟一只生气的大青蛙似的。一上午，我一声不吭，只是拼命地干活，如同一个上了发条的机器人。

从十一点半开始，我一直盯着外面排队买饭的人。我恨透了咯嘣眼。我要当面问问他，我已经离开健身中心了，为什么还要说我的坏话？我站在厨房门口，不停地朝外张望。我等啊等，已经十二点半了，还没有看到咯嘣眼的身影。这时候，买饭的人渐渐地少了。我想，今天咯嘣眼可能不过来了。想到这里，我有些失落。可是，那股气还是堵在心口，见到什么都想咬上一口。

突然，咯嘣眼出现在门口，他吹着口哨，晃悠着脑袋，看上去心情不错。我一下子撩开帘子，迎着咯嘣眼走过去，一把攥住他的手腕子。咯嘣眼一看是我，便咧嘴笑了。他还没来得及跟我说话，便被我拉到外面的树下面。

"胖墩子，你干什么，用这么大劲？"他使劲儿抖了抖手腕子。

"你知道我背地里喊你什么吗？咯嘣眼！知道了吧，咯嘣眼！"我咬牙切齿地说。

"你，你这孩子，怎么没大没小呢？"咯嘣眼眼皮子不停地哆嗦着。

"谁没大没小了？你还好意思说。你这么大了，为什么还在背后说人家坏话？"

"我，我什么时候说你坏话了？"咯嘣眼还装出一副很无辜的样子。

"你说了，就是你说的！"我觉得非常委屈，眼泪唰地淌下来。

这时候，可能是听到了我们争吵，金嫂子从店里跑出来。有几个过路的人也停下来。金嫂子站在我们中间，问怎么回事。

"胖墩子说我说了他的坏话。我这么大的人了，什么时候说过他的坏话？"

"就是你说的！你昨天来买饭的时候说的！"我不依不饶。

咯嘣眼一听，更急了。

"你无理取闹，胡搅蛮缠，我，我昨天根本就没过来买饭！金嫂子可以做证，昨天是小王过来买的饭。"咯嘣眼都变结巴了。

我一听，有点儿傻了。小王就是鸟姑娘啊。难道是我弄错了？我看到金嫂子点点头，心里更毛了。我一时不知道说什么好了，只有眼泪哗哗地淌。

"你说，我这么大的人，我能说你什么坏话？"咯嘣眼脸色也变得苍白。

"好了好了，胖墩子，快回屋里去。有话慢慢说。"

金嫂子连说带拽，把我拉回到店里，推进了后面的厨房。

一场风波总算平息了，可我心里却更加难受。我是不是冤枉了咯嘣眼？我最怕的事情就是冤枉好人。我站在厨房里，不停地抹眼泪。

大堂里没了客人，大伙准备吃饭。金嫂子把我们几个召集在一起，让我们站好。金嫂子站在我们面前，脸色从来没这么难看过。

"你们说说吧，刚才到底是怎么回事？"

大伙都站在那里，没有人说话。

"都不说是吧？好，啥时候弄明白了，啥时候吃饭。"

金嫂子生气了。我第一次看到她生气，还是因为我。我心里很不安，想说点儿什么，可是我说什么呢？

"哈哈，一上午，我忙得跟拉磨的驴似的，什么都不知道。你们好好琢磨吧，我在门口抽支烟。"瘸腿吴叔哈哈笑着跑到门口去了。

"胖墩子不诚实，张姨说，他根本就不是你的外甥，前几天他还在磊磊健身中心干呢，是闯了祸才跑出来的。"小翠肯定是饿了，先沉不住气了。

"昨天，我，我也是听那个小王姑娘说的。都怨我，乱传话。"胖张姨支支吾吾地说着，脸上红一块白一块的。

"我就知道这里面肯定有事，要不，胖墩子不会这么冲动的。胖墩子的事情我都知道，三姨也是我让他喊的。我只是想告诉大家，胖墩子是个好孩子。"金嫂子每一句话都说得很慢，但掷地有声，"好了，大家忙活了一上午，吃饭吧。"

怎么会是鸟姑娘呢？如果不是胖张姨亲口这么说，打死我也不相信。

这顿饭吃得沉闷，没有人说话，平时最爱说话的瘦刘姨也卡了壳一样，变得一声不吭。我呢，饭没吃几口就不想吃了，心里想得最多的就是冤枉了咯嘣眼。

要不要给咯嘣眼去道个歉呢？我心里七上八下的，很是不安。心想，世界上好多的误会，是不是都是这个样子呢？

十四

事赶事，这话一点儿不假。没过两天，我又出事了。

那天快中午的时候，镇南科技园区的一个工地上打来电话，让送过去二十份盒饭。外面送外卖的小哥暂时回不来。本来，金嫂子让瘦刘姨和小翠骑着电瓶车送过去。可是，瘦刘姨正在清洗小黄花鱼。于是，我自告奋勇，要求带着小翠去送盒饭。

小翠斜着眼睛说："你会不会骑电瓶车？"

我把胸脯拍得啪啪响，说："你就放心吧。"

我说得不错，我骑着妈妈的电瓶车带着妹妹玩过。电瓶车最好骑，比自行车和奶奶装货的三轮车好骑多了。所以，我胸有成竹。

小翠坐在车子后面，一手提着十个盒饭。

金嫂子说："慢着点儿，一定注意安全。"

"放心吧。"我说一声走喽。

小翠的身子前后一晃悠，还咯咯地笑了几声。

电瓶车可能是金嫂子的，小巧、漂亮，骑起来舒服极了。天气很热，我迎着太阳，脸快晒掉皮了，身上突突地冒汗。小翠戴着遮阳帽，还一个劲儿喊热。我突然明白，瘦刘姨为什么不愿意出来送盒饭了。我像是发现了一个巨大的秘密似的，忍不住哈哈笑了两声。接着一拧车把，电瓶车速度变快起来。

小翠在后边喊道："慢着点儿。"

我说："快点儿有风，凉快。"

电瓶车很快就要驶出镇子，再往南不远便是科技园区。我可能是被太阳晒晕了头，也可能是被正午的阳光耀花了眼，更可能是把电瓶车骑得太快了，反正当我看到前面那块横着的砖块时，已经来不及躲开。我只是下意识地向外一打把，但前轮还是轧上了砖块。我觉得身子猛地一颠，两手脱离了车把，然后听到小翠的一声尖叫。

过了片刻，我睁开眼，发现自己躺在路旁的水沟边上。眼前全是野草。太阳依然挂在头顶，只是镶上了金边。我晃晃脑袋，突然看到小翠正在低头瞧我，一副居高临下的样子。不知道为什么，这一次，我似乎看清了小翠的眼珠。

"胖墩子，你没事吧？"小翠的声音细细的，有点儿颤抖。

我慢慢地爬起来，胳膊腿的都活动了一下，好像什么事都没有。

"没事儿，你呢？"我问小翠。

"我只是打了个滚儿，遮阳帽都没掉下来。"一向都是凶巴巴的小翠，此时反而温柔了。

"盒饭呢？"我一下子想起了盒饭。

小翠指了指水沟。我看到两个塑料袋子还漂浮在水面上。

"这，这可怎么办？"我一下子傻了眼。

"哎呀，胖墩子，你腿上有血，胳膊上也有。"小翠的眼斜向别处，却看清了我腿上胳膊上有血。

果真有血，我右侧的膝盖和胳膊肘上都被划破了一片。看到血，我这才觉到疼。一觉得疼，我再也无法控制，呜呜地哭起来。倒不是因为疼，是因为我又闯了祸。

"先别哭，咱们得赶快回去呀，人家工地上还等着吃饭呢。"

小翠说得对啊！我顾不得腿上胳膊上的血，抹着眼泪，来到歪在路旁的电瓶车前。我赶紧把车子扶起来。车筐摔瘪了，车把上的橡胶皮裂了。我拧一下钥匙，还好，车子竟然还没事。

小翠说："我来骑吧。"

我点了点头。这次没逞能。

小翠骑得很慢。我坐在后面，一边忍受着火辣辣的疼痛，一边想着那二十个盒饭。三百块钱哪！我如何跟金嫂子交代呢？并且，还把电瓶车摔成了这个样子。想到这些，我的眼泪便不停地往下淌。前几天惹得大家不愉快，本来是想好好表现一下，这一下可好，又丢人现眼了。

我怎么这么笨呢？

我们回到米饭铺。小翠停下电瓶车，噔噔地跑进去。我站在外面。我不想再走进米饭铺。金嫂子正忙着，听小翠一说，急忙跑出来。看到我这个样子，她一把抓起我的胳膊，上下看着，不停地问没事吧。我低着头，不敢看她，只是低声说没事。金嫂子叹一口气，说佛祖保佑，没事就好。

金嫂子走不开，她让瘦刘姨陪我去对面的诊所包扎伤口。

实际上，伤口一点儿都不深，只是医生用碘伏消毒时，疼得我龇牙咧嘴。

瘦刘姨训斥我说："怎么这么不小心呢？净给你三姨添麻烦。"

我一直低着头，不管瘦刘姨说什么，我一句话也不应。

医生给我包扎好后，笑着说："只是擦破了皮，过几天就好了。再说，这小家伙肉多皮厚，这点儿小伤算不了什么呀。"

瘦刘姨一听，笑得哈哈响，说："对啊大夫，你知道，我们喊他啥吗？我们都喊他胖墩子。他比头小猪还壮实呢。"瘦刘姨笑的声音和说话的口气都有些夸张。

从诊所出来，我径直朝十字路口的方向走去。瘦刘姨在后面喊我："胖墩子，你不回米饭铺了？胖墩子，你不吃饭了？"

我没有回头。确实，我不想再回米饭铺了。金嫂子对我这么好，可我光给她惹事添麻烦了。我对不起金嫂子。

我边走边自责。看吧，在磊磊健身中心，我戳破了人家的台球案子桌布；来到金嫂子米饭铺，更是麻烦不断，这一下可好，摔坏了人家的电瓶车，还浪费了二十个盒饭。我赔得起吗？我不但没给人家帮上多大忙，还让人家陪着提心吊胆。我一分钱没有，我怎么赔人家金嫂子呢？

又笨！又胖！

我不停地骂自己，心里失落极了。

十五

奶奶回来的时候，我还躺在床上。整整一下午，在电风扇嗡隆嗡隆的声音中，我睡了一觉又一觉，全是乱七八糟的梦，一会儿钻进长长的隧道里，怎么走都走不到头；一会儿陷入泥泞的黑泥中，拔不出脚来……

听到奶奶开门的声音，我心里好紧张。我害怕奶奶看到我的伤。可是，我的腿上胳膊上缠着那么多白纱布，又是炎热的夏天，奶奶能看不到吗？

我正琢磨着，奶奶推门走进屋，看到我躺在床上，奶奶说："帅帅，今天回来得早啊。你那个社会什么课，该上完了吧。"

我伸个懒腰，从床上爬起来，故作轻松地说："奶奶，真让你说对了，放假两个多星期，我们的社会实践课结束了。"

"总算结束了，赶快在家好好歇几天吧。"奶奶拿毛巾擦把脸，一下子发现了缠在我胳膊上和腿上的白纱布，哎哟一声便跑过来，说，"帅帅，这是咋了？"

我向旁边躲了躲，笑着说："没事的奶奶，我同学骑自行车带着我，摔了一下子，擦破一点儿皮。真的，你看看。"

我说着，又是挥胳膊又是踢腿的，给奶奶打了一通拳。尽管我的肉皮疼得火烧火燎的，但我笑得咯咯响。

奶奶说："好了好了，这么不小心。记住，可别沾水。"

"知道了奶奶。"我说，"我想吃凉面了。"

我转移了话题。中午没吃饭，也确实饿了。果然，奶奶一听我想吃凉面，高兴地说："好啊，咱就吃凉面。"

饭后，奶奶在屋里看电视。我爬着梯子上了屋顶，我喜欢坐在屋顶上看天空想事情。今天晚上的月亮特别大特别亮，我想起爷爷曾经给我讲过的那些关于月亮的故事，什么玉兔啊嫦娥的，可有意思了。不过，我们老师说，月亮是地球的一颗卫星，上面什么都没有。如果人上去，会处于失重状态，只要轻轻一用力，就会飞起来。我听了特别高兴，心想哪天我一定到月球上去，试试飞起来的感觉，该是多美啊。此时，远处的几颗星星眨巴着眼睛，像相互逗趣的孩子们。可是，我心里却没有它们那么高兴。我有些伤感。对，伤感。因为我的笨而伤感。

在这个世界上，也许只有一个人不说我笨，那就是老鲁爷爷。是啊，老鲁爷爷赏识我、夸奖我，还教我制作根雕。

我想起妈妈和妹妹走后的那天中午，时间不到两点，我已经坐不住了。我走出大门，穿过胡同，来到前街。午后阳光炙热，街上难见人影，就连树叶也变得无精打采。我站在阳光下，皱着眉头，似乎是第一次感觉到孤独。学校里那么多同学，此时此刻，他们都干什么去了呢？

当我推开老鲁爷爷家大门的时候，老鲁爷爷正神采奕奕地坐在葡萄架下面，手里摇着蒲扇，桌上放着一杯刚泡上的绿茶。

老鲁爷爷刚刚刮过胡子，穿着一件白色对襟的棉布短衫，显得特别干净整洁。我跟在他身后，走进南屋，看着桌头上摆着一个长方形的棕色塑料盘子，里面放着长长细细的小刀子和小铲子。

"帅帅，你把树根捞到盘子里，开始去皮吧。一定要小心，不要伤到里面的木头，因为所有的木质都是有纹理的。纹理本身就是很美的图案。"

老鲁爷爷说得真好。我把那个最大的树根从水里捞出来，心想，跳舞的孩子，就从你开始吧。

以前，我见过老鲁爷爷给树根去皮，他拿刀的姿势、老花镜后面的眼神，我记得清清楚楚。刀子在他手里跟活的一样，轻轻点几下，拨一拨，整块的树根皮就掉下来了。此时，我也学着记忆中老鲁爷爷的样子，坐在板凳上，眼睛端详着树根。可是，当我拿起刀子，看了半天，也不知道怎样下手。

老鲁爷爷指着树根说："看到树皮上这些本来就有的裂缝了吗？用刀刃沿着一个裂缝轻轻地划，来回划，对，多划几下，然后把刀刃放在里面，再左右使劲拨几下，直到树皮松了、开了，对，再拿刀刃贴着树皮和木头间的缝隙，小心翼翼地划拨。对，就是这样。"

老鲁爷爷这么一指点，我立刻开了窍。只是我笨手笨脚的，汗水一会儿就淌下来。

老鲁爷爷说："不着急，这是细活，要有耐心。"

我费了九牛二虎之力，用了一个多小时的时间，总算剥完了这个树根的皮。我长吁一口气，拿给老鲁爷爷看，老鲁爷爷点点头，说："不错，再用小铲子，把一些挂着的皮屑轻轻刮一刮就行了。"

老鲁爷爷又说："过一会儿，你把去好皮的树根带回家，放在桌子上，仔细看，起好名字，你再来找爷爷。好不好？"

是的，那几个去皮剔污的树根我拿回来了，就放在床头的桌子上。天天睡觉前，我都要看几眼。其实我心里已经有谱了，只是因为白天要去干活，没有仔细想。

那四个树根，只有两个可以用。一个是最大的那个，就是妹妹春妮说像幼儿园里孩子跳舞的那个。我得说，春妮的感觉真好。它真的越看越像一个跳舞的孩子。两条上扬的枝条如同孩子两只张开的胳膊，有头有腰身，腰身还有些旋转，很可爱的样子。遗憾的是，它只有一条腿，如果再有一条抬起来的腿就好了。另一个呢，则是需要横着放的，如果去掉那些无用的根须，它就像一个把头放在胳膊上，斜着身子睡觉的女人。关键是，它的身子那块正好鼓起一个圆圆的节疤，所以看上去，就像一个怀孕的女人斜躺着睡觉的样子。

太好了，我明天就去找老鲁爷爷。我得把我的想法跟老鲁爷爷说说，看看对路不对路。老鲁爷爷说，每一个根雕都要有一个合适的名字。这个就好办了，我的这两个根雕就分别叫《跳舞的孩子》和《妈妈的梦》吧。

哈哈，太棒了。我坐在屋顶上，特别兴奋。我忘掉了身上的伤痛，忘掉了白天所有的不愉快。我站起来，在黑乎乎的屋顶上手舞足蹈。

我是一个跳舞的孩子！

我朝满天的星星无声地喊道。

有的星星不理我，有的星星朝我眨眼睛。

我想，如果我在月亮上跳舞，会是什么样子呢？

第二天吃罢早饭，我提着树根，来到老鲁爷爷家。老鲁爷爷正站在葡萄架下欣赏葡萄，看到我进门，高兴地说："帅帅啊，来得正好，看看爷爷种的葡萄。一会儿让奶奶挑两串熟的剪下来尝尝。"

葡萄长得真好，紫紫的，覆着一层白霜，一串串垂下来。我说："爷爷，使不得，还没熟透呢。"

老鲁爷爷点点头说："还差一点儿，再过十天半个月，就甜了。"

老鲁爷爷看到了我胳膊上和腿上缠着的白纱布，说："帅帅，这是怎么回事？"

我挠挠头，不好意思地笑了，说："没事的爷爷，跟同学骑自行车，摔了一跤，擦破点儿皮。"

"一帮臭小子，莽莽撞撞的，以后可得小心。"老鲁爷爷指了指塑料袋里的树根，问道，"想好了？"

我点点头，有些羞涩地笑了。

"太好了，"老鲁爷爷说，"来，进屋跟我说说。"

我们走进南屋。我拿出树根，摆在桌子上，把我的想法跟老鲁爷爷说了。老鲁爷爷戴上老花镜，摆弄着树根，仔细地端详着，不停地点着头。

"好！"听我说完，老鲁爷爷只说了一个字。

　　过了半天，他才接着说道："帅帅，爷爷没有看错，你的艺术感觉非常好，是真的用心琢磨了。我都挑不出毛病来。按着你想的，咱们就这么干吧。《跳舞的孩子》中，增加一条腿确实很有必要：一是它更美观、自然、传神；二是它正好起着平衡作用啊，这样，根雕就站得住了。一条腿好办呀，从不用的树根上截下一段来，用乳胶粘上就行了，这叫补成法。根雕制作中常用的方法。《妈妈的梦》呢，你按着自己的思路，去掉那些无用的根须即可。需要注意，每一刀下去之前，一定要慎重。"

　　说完，老鲁爷爷把工具摆到我面前，说："好了，开始干吧。今天是大集，我和奶奶到集上买些东西。你边想边做，不能着急。"

　　老鲁爷爷走后，我皱起眉头，小心谨慎，开始一刀一刀地忙起来。有时候，剔除一个根须，我都要费半天思量。

　　我忘掉了伤感，忘掉了烦恼，忘掉了时间。

　　当老鲁爷爷和老鲁奶奶开门进院时，我才如梦方醒。我伸了个懒腰，把两个已经有了些模样的根雕摆在桌面上。两位老人从外面走进来。老鲁爷爷的眼睛一下子盯在桌面上，跟老鲁奶奶说："老婆子，快看，帅帅制作的根雕。"

　　老鲁奶奶伸长脖子，认真地看了看，说："真不错，有模有样的，帅帅心灵手巧啊。"

　　我满脸的羞涩，不知道说什么好。老鲁奶奶离开后，我跟老鲁爷爷说："《跳舞的孩子》的另一条腿，我倒是粘好了。可是，它还是站不住啊。"

　　"好办，加一个木头底座就行了。这个交给我来做。"老鲁爷爷呵呵笑着说，"这两件作品，我看差不多了，等乳胶干透了，最后用砂纸打磨一下就成了。"

　　我立刻有一种心花怒放的感觉。我竟然在不知不觉中完成了两件根雕作品，这可是我想都不敢想的事情啊。如今，它们就摆在我面前。

　　我突然觉得，我也不是那么笨。可是，我为什么就是挣不到钱呢？

十六

　　在家里待了三天，到了第四天，我实在憋不住了。我把纱布拽下来。伤疤还是挺瘆人的，周围是红艳艳的一圈，中间结的是黑乎乎的疤痂。这几天我没敢洗澡，浑身都臭了。我洗了个头，来到街上。往哪里去呢？我也不知道。游来荡去的，脚步不自觉地朝十字路口走去。

不知道为什么，我竟然在春明旅社的门口停下来。住在207房间的那个收购蛐蛐的南方人，他还在吗？我充满着好奇，就像有人在后面推着我，推着我走上楼梯，推着我来到207房间门口。

门是开着的，我朝里看了看。让人感到奇怪的是，还是那两个瘦瘦的男人坐在那里说话，和我上次送盒饭来时一个样子，好像上次的话他们还没有说完。他们说着南方话，我还是一句都听不懂。

那个年轻些的男人看到我，马上用我能听懂的话问我："是来送蛐蛐的吗？"

我犹豫一下，便走进去。我挠着头皮说："我过来看看。"

我想起来了，他送过我一张名片。他有一个怪怪的名字，叫陈社会。

这个叫陈社会的人站起来，说："我看你面熟啊，你肯定来过的。"

我点点头，说："我是来过，但不是来送蛐蛐，我是来给你们送盒饭的。"

"晓得了晓得了，"陈社会咧咧嘴说，"今天，我可没要盒饭啊。"

"我今天也不是来送盒饭的。我，我只是来看看。"我有些支支吾吾。

"那就看看吧。随便看了。"

我来到桌前，看了看桌子上堆着的瓷罐罐，问道："里面都有蛐蛐吗？"

陈社会说："有的有，有的没有了。"

我突然问："一只蛐蛐能卖多少钱？"

"不一定了。从三块、五块钱到五六千块钱，差好多了。还有的，一块钱都不值了。"陈社会叹一口气，接着说，"当然，我们今年来得早，再过半月二十天的，才是收虫的好季节。不过，我们必须得早来了，早来也不见得碰到好虫了。"

陈社会说的话我似懂非懂。但可以肯定的是，捉蛐蛐是可以卖钱的。

我声音颤抖地问："名片上的电话和名字都是你的吗？我可以找到你吗？"

陈社会笑笑说："当然了，随时来找我了。"

我离开春明旅社，脚步变得轻快起来。我似乎又发现了一个大秘密，我得去找老鲁爷爷。没有老鲁爷爷不知道的事情，关于如何捉蛐蛐，他肯定知道很多。可我不能跟老鲁爷爷说出我心里的秘密。孩子想捉蛐蛐玩，是天性啊，对，老鲁爷爷不会想太多。

我来到老鲁爷爷家。老鲁爷爷戴着老花镜，正坐在南屋里忙着呢。看到我进来，老鲁爷爷摆摆手说："帅帅啊，来得正好，过来看看。"

哇，原来是老鲁爷爷为我的根雕做好了底座。那个跳舞的孩子单腿伫立在那里，另一条腿跷起来，扭着身子，挥舞着双臂，活生生的样子，棒极了。

"太像了，真的是太像了。"我禁不住喊出声来。

老鲁爷爷呵呵笑着说："这可是你自己制作的根雕，要好好地保存啊。"

我点着头，心里却惦记着蛐蛐。我把捉蛐蛐的想法跟老鲁爷爷一说，老人家的两眼一下子放出光来，说道："爷爷小时候啊，最着迷的一件事，就是捉蛐蛐。"

我一听，忙坐下来，急切地说："爷爷，快跟我说说，怎样才能捉到蛐蛐？"

老鲁爷爷喝一口茶，不慌不忙地说："捉蛐蛐，这里面的学问大着呢。要做到耳聪目明、脚轻手灵，要善于辨别，叫声清脆的肯定是好蛐蛐。看到了蛐蛐，手要快，手中的网子唰地就过去了，等它一蹦，那就晚了。还有，要会找蛐蛐，蛐蛐喜欢在有食有水的地方，当然，玉米地、豆子地里还是最多的地方……"

我认真地听着老鲁爷爷的话，都快听傻了。我没想到还有这么多门道。老鲁爷爷光说捉蛐蛐的学问了，我听了半天，还不明白捉蛐蛐需要哪些工具呢。

我不禁问道："爷爷，捉蛐蛐需要哪些工具呢？"

老鲁爷爷说："这太简单了，找一个挖蛐蛐洞用的小铲刀；到五金土产店里买一个捉蛐蛐用的尼龙网；再买一根竹竿，沿着骨节下面，把它截成一段段的小竹筒，捉到蛐蛐，放进竹筒里，用青草塞好。"

老鲁爷爷咂摸着嘴唇说："捉蛐蛐可是最快乐的事情，只不过我老了，捉不了了。"

老鲁爷爷的眼神里流露出一些眷恋和伤感。如果老鲁爷爷再年轻几岁，我们在一起捉蛐蛐，那可能是世界上最快乐的事情。可是，老鲁爷爷确实老了。

一回到家，我就开始忙活起来。老鲁爷爷说的几样工具，我根本不用去买。小铲刀家里有，竹竿家里有。我们家的偏房里，还有一挂废弃的渔网，网孔细密柔软，做捉蛐蛐的小网兜，再合适不过。我找出爷爷曾经用过的小钢锯，把竹竿截成一个个小竹筒。尽管锯条已经锈迹斑斑，但锯竹子还是绰绰有余。我又找出一段钢丝，用老虎钳子把它圈成足球大小的钢圈，固定在一米多长的竹竿上，把渔网剪成圆形的一片，再用细铁丝固定在钢圈上，一个不错的网兜就成了。

我吭哧一下午，汗水不知道流了多少，但看着自己做的网兜和小竹筒，心里别提有多么高兴。我心里一高兴，就想起妹妹春妮。又好几天没陪春妮玩了，我想，反正是捉蛐蛐，要不明天我去找春妮，我们一起去田野里捉蛐蛐。

饭后，我要过奶奶的手机。电话里，妈妈的声音疲惫、沙哑。我想问她是不是病了，可张口说出的却是："妈妈，我想跟春妮说话。"

春妮高兴地叫了声哥哥。听到春妮喘气的声音，我似乎能嗅到她口里哈出来的那股青草的气息。

我说："春妮，明天哥哥去找你玩。咱们去地里捉蛐蛐好不好？"

春妮说："太好了哥哥。我们还是小桥上见吗？"

我说："还是小桥上见。上午八点，不见不散。你可得跟妈妈说一声啊。"

春妮说："好的哥哥，不见不散啊。"

十七

我跟奶奶说，明天我去捉蛐蛐。奶奶嘿嘿地笑了。奶奶这一笑，把我吓了一跳。

奶奶说："一说捉蛐蛐，让我想起你爸爸小时候的样子，也是瞪着大眼，瓮声瓮气跟我说，我要去捉蛐蛐。他生怕我不同意。我才不会呢，男孩子就应该去捉蛐蛐。你爷爷三十好几的时候，还喜欢捉蛐蛐呢。"

奶奶说完，好像又想起了原来好玩的事情，禁不住又笑起来。我也笑了。笑完后，我又想哭。两年多来，这是奶奶第一次说到爸爸和爷爷，并且是笑着说的。

这天晚上，我躺在床上滚了半天才睡着，早上醒来一看，刚刚五点钟。不过，窗外天已亮了，传来鸟的叫声。我头脑清醒，再也睡不着了。记得老鲁爷爷说，后半夜到早上五六点钟，正是捉蛐蛐的好时候，上品的大蛐蛐叫声最亮，因为它们都钻出来喝露水。喝了甘甜的露水，它们就叫得欢亮。

想到这里，我干脆从床上爬起来。我决定，现在就出发。我要一路捉到道口村去，正好带上妹妹去玩儿。我专门穿上一条长裤子。我害怕春妮看到我腿上的伤疤，回家跟妈妈说了，妈妈会担心的。

奶奶还在睡觉。我悄悄地背上书包，书包里放着一瓶水、小铲刀和几个竹筒，都是我昨天晚上准备好的。我脸都没洗，抓起小网子，走出门来。

我心里好激动，脚步迈得飞快，如同一个急着挖宝藏的人。我穿过街道，爬上鬲津河大堤。野花在清晨的朝阳中，显得尤其娇艳。白色的蝴蝶醒得比人还早，在野花间起舞。我竖起耳朵，仔细分辨各种声音，高处的是鸟叫蝉鸣，低处的可就多了，似乎所有的活物都已醒来，用歌声迎接新的一天。

我站在河堤上，有些傻眼，根本听不出哪是蛐蛐的叫声。我只好走进野草和低矮的灌木丛中。露水打湿了鞋子和裤腿，粘在皮肤上，凉丝丝的。我先是看到有两只蚂蚱蹦起来，弯腰仔细看，发现各种小虫竞相逃窜，显然是我惊扰了它们。

我就这么一路蹚着野草和灌木，来到河堤下面。有一只绿色的大蚂蚱从我身边飞过，它闪动着翅膀，发出神奇的咔嚓咔嚓声。我还遇见一只绿色大蜻蜓，像阿帕奇直升机那么漂亮。要是以往，我会拼命地抓住它们，送给春妮当见面礼。可是现在，我心里只有蛐蛐。倒是看到过几只，但颜色偏浅，又弱又小，不适合捉，只好放弃。

阳光变白了，逐渐有了热度。我的额头上也冒出汗来。来到河堤下面的一个水洼旁，我正想喘口气歇一歇，突然看到水边趴着一只紫红色蛐蛐，头大、腰粗、腿长，双尾翘起，两根长长的须子抖动着，一看就是浑身都有劲儿的。我的神经一下子绷起来，按老鲁爷爷说的，脚轻手灵，立刻举起网子，猫起腰。来不及细想，便把网子甩过去。

成功了！蛐蛐跳起来的同时，被网子盖在下面。我激动得涨红了脸，半天都没敢动，摁着网子的手都在颤抖。蛐蛐在网子里转圈。我害怕伤到蛐蛐的须子，赶紧蹲下来，把手伸入网下，然后从书包里摸出一个竹筒，把蛐蛐轻轻地推进去，又顺手拽起一把草叶，团一团，塞在竹筒口。

我长吁一口气，禁不住咧开嘴乐了。

我能感觉到这只蛐蛐不错。

就这样，我沿着河边向桥的方向走，又捉到了两只蛐蛐，但都不如在水洼边捉到的第一只好。我看了看手腕上的电子表，时间已经差不多了。我穿过大桥，翻过另一边的河堤，径直朝道口村走去。

好远就看到春妮站在桥头上，穿着粉红色的细纱裙，扎着马尾辫，看到我，高兴地蹦跶过来。看来，小丫头已经在这里等一会儿了。

"春妮，我已经捉到三只蛐蛐了。"

"真的？我看看，我看看。"春妮蹦着高要看。

"不行的，我已经把它们装进了竹筒里，一看就跑了。一会儿，哥哥给你捉新的，哥哥一定捉一只送给你。好不好？"

"好吧。咱们去哪里捉呢？"春妮皱着小眉头问。

"你看周围，全是玉米地和豆子地。那里面啊，到处都是活蹦乱跳的蛐蛐。"我拍着胸脯，呵呵笑着说，"走，出发。"

春妮一下子乐了，她学着我的样子，说："走，出发。"

我们钻进玉米地。高大的玉米如同巨兽似的，一下子吞没了我们。刚开始，我和春妮很新鲜，嘿嘿地笑着闹着。我们钻啊钻啊，宽大的玉米叶子被我们碰得欻欻响。可是，我心里总觉得不对劲儿，但一时又说不出是哪里不对劲儿。

我朝春妮嘘了一声。我们同时停下来，猫着腰站在那里，一动不动。春妮瞪着大眼，朝我吐了吐舌头。

我没想到，玉米地里这么安静。安静得让人心里发慌。

不对啊，玉米地里应该是杂草丛生，各种活物乱窜乱蹦才对啊。我这才发现，我脚下的地上，一根杂草都没有，除了粗壮整齐的玉米棵子，什么都没有。我蹲下身子，朝周围看，我能看出去好远，可是我看不到一根杂草。

我没想到，玉米地里这么干净。

干净得令人心里发毛。

周围静极了。因为没有风，所以连玉米叶子都纹丝不动。这种静是不对的。这是一种死气沉沉的静。我突然意识到，这里没有任何虫子的叫声。别说蛐蛐的叫声，什么虫子的叫声都没有。

我感到惊恐。我被我的发现惊呆了。

"哥哥，蛐蛐呢，我们怎么一只蛐蛐也见不到啊？"春妮疑惑地问我。

"哦，蛐蛐啊，天热，它们可能都躲在什么地方睡觉了吧。"我尴尬地朝春妮笑笑说。

春妮很认真地点点头，说："它们肯定都在睡觉呢，我连只毛毛虫什么的都没看到。"

我们终于来到一块开阔地。这里有一行柳树，我们在柳树下面坐下来。胳膊被玉米叶子划出一道道红印，火辣辣地疼。春妮这才看到我胳膊肘上的紫疤，瞪着眼说："哥哥，你的胳膊怎么了？"

我笑了笑说："没事的，前几天骑车子，摔了一下，已经好了。"

我让春妮摸了摸疤。疤痂硬硬的。

"哥哥，昨天晚上，我做了一个好怪好怪的梦。"春妮说，"我梦见我走在一条黑乎乎的路上，走着走着，猛地看到从前面的树杈后面，慢慢地升起来一个大月亮。那个月亮越变越大，最后变得好大好大，到处都被照得亮亮堂堂的。我感到好惊奇，月亮里面的大树、坐在树下的嫦娥和玉兔，我都看得清清楚楚。更奇怪的是，我突然看到你从大树后面走出来。我好纳闷，哥哥怎么跑到月亮上去了？你走得很慢很慢，好像走不动似的。你扬起两条胳膊，跷起一条腿，好像要跳舞似的……"

春妮做的这个梦真是好奇怪，就跟今天在玉米地里看到的情景一样奇怪。春妮说跳舞的时候，让我一下子想起我亲手制作的那个根雕……

它们之间有什么联系吗？真的让人琢磨不透。

十八

我回到镇上，直接来到春明旅社。这一次，房间里只有陈社会一个人。一份金嫂子米饭铺的盒饭摆在桌上，他正准备吃午饭。他看到我提着网子背着书包的样子，一下子笑了。

"捉到虫了？我看看。"

我放下网子，忙从书包里拿出那三个塞着青草的竹筒。陈社会拿起竹筒，熟练地倒出蛐蛐。他只是瞅一眼，两秒钟没有，便把蛐蛐放了回去。前两个都是这样，到了第三个，也就是在水洼前捉到的那只，我看到他的眼睛亮了一下。这次，他端详了有十秒钟，才把蛐蛐放进去。我急切地望着他。他扭过头说："这只不错，值二十块钱。那两只嘛，一分钱不值了。"

我一听，有些傻眼。但我的判断是对的。我也觉得那两只不如这一只。可他凭什么说这一只只值二十块钱呢？为什么不是二百块钱呢？

陈社会肯定看出了我的心思。他随手从桌子上拿过来一个瓷罐罐，说道："小家伙，你过来，我让你看一个五百块钱的蛐蛐。"

说着，他拿掉瓷罐上的盖子。一个个头硕大、通体黑青、背阔腿粗、两尾透明锃亮的蛐蛐出现在罐子里。我承认，这只蛐蛐的确气象不凡，一看，就比我那只威猛雄壮得多。我觉得，这个陈社会并没有骗我。

"一分钱一分货啦。"陈社会盯着我说，"怎么样？小朋友，二十块钱卖不卖？要不你去别人那里问问。"

"二十就二十吧。"我想，总比一分钱挣不到强。

我接过陈社会递过来的二十块钱，心里还是挺激动的。放暑假以来，我干了这么多活，这毕竟是我拿到手的第一份钱。陈社会把蛐蛐从竹筒里取出来，放入一个罐罐里，然后又拿起一根草来，逗弄几下罐中的蛐蛐，咧开嘴笑了。

"为什么玉米地里那么干净？没有草，也没有蛐蛐，连别的虫子都没有。"

我突然把心里的疑惑跟陈社会说了出来。陈社会听罢，并没有很惊奇的样子。他把竹筒递给我，说："一听你就是刚开始捉虫，这样的事情已经好几年了。这几年庄稼地里没什么虫了，人们都用一种叫百草枯的农药，杂草倒是不长了，同时，也把各种各样的虫子给杀死了。蛐蛐当然不能例外。"说完，陈社会叹了口气。

哦，我恍然大悟。我一下子明白了那种干净和安静。我明白了为什么它们会让我感到不安。老鲁爷爷说的那种杂草丛生、蛐蛐乱蹦的情景，早已是过去的事了。

"现在捉蛐蛐，"陈社会点上一支烟说，"就在废弃的场院里啊，麦秸垛草垛下面啊，水沟旁啊乱石堆里这些地方，不要去玉米地里，那里什么都没有。现在见到个好蛐蛐难啊。"

我跟听天书似的，原来，这里面还有这么多让人不知道的秘密啊。

"你要是真想捉到好蛐蛐，最好是半夜十二点以后，拿着手电筒，到那种好久没人住的荒芜的宅院里，先仔细听蛐蛐的叫声。蛐蛐一般藏在墙根、墙缝里，叫声很好辨认了，就是嚁嚁嚁嚁声音，你要寻找那种叫声清脆的去抓，说不上就能捉到值大钱的蛐蛐。这样的蛐蛐，你抓到一只，钱就够你花的了。"

陈社会说得头头是道，我呢，如同醍醐灌顶。

我离开春明旅社，兜里揣着二十块钱，朝奶奶的摊位走去。

可是，大柳树下空荡荡的。奶奶没出摊。我心里咯噔一下子，奶奶是不是又犯了老胃病？

奶奶果然又卧在床上。家里的胃药没了。奶奶给我二十块钱，让我去买药。我悄悄把奶奶的钱放进抽屉里。我兜里有二十块钱，正好给奶奶买药用。一想到是用我赚的钱给奶奶买药，心里就有了种莫名的兴奋。前街诊所的大夫一看是我，就问，是不是奶奶的胃病又犯了。我点点头。大夫二话没说，就给我拿了两瓶药。

十九块五。我把二十块钱递给大夫，大夫找给我一枚硬币，我把硬币攥在手心里。硬币在我的手心里凉丝丝的，舒服极了。

本来，我下午是想睡一觉的。早晨起得早，又跑了整整一上午，确实有些累。但是奶奶一犯老胃病，我躺在床上，又怎么都睡不着了。我想着陈社会告诉我的那些话，越想越有道理。我干脆爬起来，来到街上。我穿过一条条的街道和胡同，寻找那些荒芜的院落。

在雾镇的东北角上，我发现了一个好大的院子，门口的大铁门已是锈迹斑斑。一看就是被废弃不用的院子。不远处砖墙的高处，有一个豁口，豁口下面，还有两块石头。平时，肯定有一些调皮的孩子爬进爬出。我踩着石头，掰着砖块，身子一跃，也爬了进去。嚁，院子比我想象的还要大！远处的几排房子，塌陷的塌陷，歪倒的歪倒，还有几台农业机械淹没在荒草之中，早已锈得不像样子，有一个废弃的篮球场，只剩下了一个没有篮球筐的篮球架。这真是一个奇怪的地方，到处都是荒草、瓦砾、废铁和破房子。这是不是爷爷原来经常提到的老拖拉机站呢？不管怎么说，这里像极了陈社会所说的那种捉到好蛐蛐的地方。

我在大院里转了一圈，草丛里有好多蚂蚱和昆虫，草上面还有飞着的蝴蝶和蜻蜓，跟我在河边看到的情景差不多。我似乎看到，在那些废铁和瓦砾的下面，有一些个头硕大的蛐蛐正趴在那里睡觉呢。到了半夜里，它们就会精神抖擞地跑出来高声歌唱。

今天夜里，就是这个地方了。

我没把夜里去捉蛐蛐的事告诉奶奶。我怕奶奶不放心。晚上，我早早熄了灯，装出睡觉的样子，趴在床上不时地看表。时间突然变得慢起来，半天都不跳一个格。有一次，我真的打了瞌睡，差点儿就睡过去。我拍了自己一下子，看看表，才刚十点多钟。我决定十一点就走。还有一个小时，快了，我告诉自己，快了，就闭上了眼睛……

我背着书包，一手提着网子，一手拿着手电筒，从家里走出来。我沿着漆黑的胡同朝北走，心里被一种欣喜笼罩着。我肯定能捉到五百块钱的蛐蛐。我可以给妹妹买镇上最好的书包了。我差点儿大声喊出来。可是，周围的气氛有一种怪怪的感觉。

我不禁停下脚步，一抬头，惊奇地发现，胡同口变得非常明亮，似乎还传来阵阵掌声，就好像有什么演出即将开始。我心里既好奇又纳闷，噔噔地跑到胡同口。

眼前的世界让我瞪大眼睛。有一条闪光的路通在我的脚下，不远处，是一轮巨大的明亮的圆形舞台，一个手拿话筒、戴着礼帽、穿着燕尾服的小丑正朝我招手。我刚踩上闪光的路，便如同通了电似的，脚下立刻变得轻飘飘，不用劲儿，就能向前轻松地走，跟踩在云彩上一样。突然，下面响起哗哗的掌声。我紧张地朝下面看，可是黑乎乎的，什么都看不见。

小丑突然说话了："欢迎庄帅同学来到月亮舞台！"

啊，月亮舞台？我仔细看，这明亮的圆圆的舞台，确实就像一个巨大的月亮。

说话间，我已经站在小丑身边。

小丑说："庄帅同学，你来到美妙的月亮舞台，给大家带来了什么节目？"

我面红耳赤，急得不知道说什么好。我脚下软绵绵的，几次都差点儿摔倒。我歪扭着身子，好不尴尬。

小丑笑呵呵地说："庄帅同学，你会舞蹈吗？"

我摇摇头。

"唱歌？"

我摇摇头。

"朗诵？武术？小品？相声？"

我一个劲儿摇头。

小丑皱了皱眉头，说："那你为什么来到月亮舞台？"

可是，我也不知道啊。我都快急哭了。

小丑说："那么，庄帅同学，你到底会什么呢？"

我挥舞着手里的网子和手电筒，突然大声喊道："我会捉蛐蛐。"

喊完，我就哭了。这一嗓子，好像把力气都用完了。我好累。

台下传来无数的人哈哈的大笑声……

那个小丑，他到底想让我表演什么呢？

原载《人民文学》2018年第2期

点评/

这是一篇关注苦难少年成长历程的小说，小说中处处充满怜爱和希望。

主人公"胖墩子"庄帅是一个年仅十一岁的少年，一个在苦难中早早变得懂事的孩子：爸爸、爷爷相继去世，妈妈为还债带着年幼的妹妹改嫁，他只能和体弱多病的奶奶相依为命。承受着如此沉重的苦难，他只能让自己变得成熟和坚强；同时也因此，他有着一颗自卑、敏感而脆弱的心。

他很疼爱妹妹春妮，他想利用暑假时间打工赚钱，好为即将读小学的妹妹买好看的书包和文具盒。但是，找工作的过程并不顺利，他年纪太小，很多店家都不敢要他；好在关键时刻有同学磊磊的帮忙，他在健身中心找到了人生第一份工作，但后来不小心把台球桌上的台布弄破了，被经理骂走；好心的金嫂子收留了他，让他在米饭铺帮忙，后来却在送餐路上摔坏了电瓶车还损失了二十个盒饭；然后，又去找了收蟋蟀的南方人陈社会，开始起早贪黑地捉蟋蟀……

作者十分耐心地叙写庄帅兜兜转转的现实经历，耐心描摹这个苦难少年与"成长"一次次的正面交锋，都是为了写出一个失去了成人庇佑的少年在艰难的成长过程中那种时刻遭遇的辛酸、孤独、迷茫与无助。

然而，即便生活如此艰辛，庄帅依旧用他稚嫩纯真的眼光去审视大自然和生活中的美好：他爬上河堤去看蓊翁翠翠的大树，看快乐的鸟儿在林间嬉戏追逐，看野草灌木和各种五颜六色的野花，看白蝴蝶红蜻蜓翩翩起舞，看湖水如镜泛起白玉般的光泽，看那朵朵云彩如同盛放的花一样的晚霞……尽管心中有着无限的悲伤、痛苦和压抑，但他仍有一双善于发现美和始终喜爱美的眼睛，这便是这个顽强少年对生活始终充满希望和热情的表征。此外，还有热心善良的老鲁爷爷一直关爱着他。老鲁爷爷教他做根雕，他充满敬畏之心，学得认真做得精致，老鲁爷爷夸他艺术感觉非常好。所以他并不像他自己之前以为的那样笨，他只是过早地承担起了本不属于他的生活重担而显然力有不逮。

最后，小说开头和结尾处的相互呼应的梦境意蕴丰富——"一条闪光的路通在我的脚下，不远处，是一轮巨大的明亮的圆形的舞台，一个手拿话筒、戴着礼帽、穿着燕尾服的小丑正朝我招手"。庄帅来到梦中的"月亮舞台"，却因答不出小丑的问题"你到底会什么"而窘迫不堪。梦中的"失语"，其实是他内心深处对隐藏真实的坦承；而"月亮"意象的两次出现，则是他对"团圆""完整""美好"的一种焦虑性期待。因为在成长的道路上，庄帅的内心深处一直是孤独和恐慌的：他担心奶奶的身体，他渴望母亲的关爱，他希望能与妹妹朝夕相处，他急切地想赚钱，他不想辜负老鲁爷爷的期许和教诲……所以，不论在现实还是梦中，他都一样无比渴望着完整而美好的幸福生活。

（侯建魁）

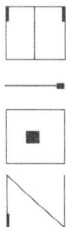